Stendhal

スタンダール
近代ロマネスクの生成

Kosei Kurisu
栗須公正 著

名古屋大学出版会

南山大学学術叢書

スタンダール　近代ロマネスクの生成　目次

序

本書は、スタンダールの五大長編小説を対象として、近代ロマネスクの生成という観点から、作家が想像力の源とした新聞など同時代の資料を掘り起こし、作品が誕生した時代の眼で作品の再読を試みたものである。各章はその主題に従って、第Ⅰ部「近代ロマネスクの形成」、第Ⅱ部「新聞を読むスタンダール」、第Ⅲ部「スタンダールと日本」に分けられている。

スタンダールが最初長篇小説の構想を明らかにしたのは一八二六年一月三日の書簡のなかであり、「ここ二、三年の風俗をあるがままに描く」ことを考えていたこの作品が、やがて『アルマンス』として完成される。スタンダールはそれ以前に音楽家の評伝、絵画史、文明批判をこめた紀行、恋愛論などを刊行しているが、この突然の小説創造の決意は謎を秘めているように思われる。演劇と詩を優先した当時のロマン主義者にとって小説は二次的なジャンルであり、バルザックやサンドのような小説家が市民権を得るのには次の時代を待たなければならなかった。だが、『ラシーヌとシェイクスピア』で独自のロマン主義者として演劇の革新を図っていたスタンダールは、小説という未知の領域に革新の方向を求め、文学の新しい道を開こうとしたのである。

かくしてスタンダールは『アルマンス』を初めとして、『赤と黒』、『リュシアン・ルーヴェン』（未完）、『パルムの僧院』、『ラミエル』（未完）の五つの長篇小説を残すのだが、こうしたスタンダールの小説の特色としては何が考えられるであろうか。色彩の異なる五つの作品ではあるが、共通点としては、作者の内面を反映してきわめて独自な自我をもつ主人公の存在と、同時代社会の政治、風俗などの現実を描こうとする意識の存在をあげることができよう。言いかえると、フランスの恋愛心理分析小説の伝統を引き継ぎながら、フランス大革命後の変動する社会のなかで個人の心理を描き、近代小説としての新しい可能性を示したのがスタンダールの小説と言えるだろう。

スタンダールは少年時代から多くの小説を読んでいる。たとえば、密かに読んだ『ドン・キホーテ』の笑い、『新エロイーズ』の感動を自伝に書き記している。人並はずれて夢想的な魂を持ったこの少年は、現実を忘れるほど想像力の世界に入りこむ。スタンダールの小説誕生前史として思い浮かぶのは、この青少年期の読書と、文学的試みとして重要な演劇の試作、さまざまな著作のなかの小説的挿話（たとえば、『恋愛論』に関連する「メチルドの小説」、「エルネスチーヌまたは恋の発生」などの小篇）、『ラシーヌとシェイクスピア』のなかの同時代を背景とする劇の提案などであり、そこでは明らかに小説への萌芽が見受けられる。

しかし、本書では、スタンダールの小説の同時代社会を捉えようとする意図に注目して、どのような状況のなかから彼の小説が生れるか、個々の作品に即してそのロマネスクの生成について考察し、現実に根ざす材源に対する作家の想像力の働きに注目しながら、作品としての小説化の手続きを検討する。すなわち、新聞、回想録など同時代資料を照合しながら、小説に描かれたその時代の現実に対する証言を求め、同時に、作品の材源とこの作家の想像力の関係から、作品の生成過程に新しい光を当てようと試みるのである。スタンダールは『赤と黒』（ブッチ本）の欄外に、真実は、少なくとも「少し詳しい」真実は、ほとんど到達不可能に思われる、という意味のことを書きつけたあとに、こう書いている。「トラシー夫人は私にこう言っていた。もはや、小説のなかでしか真実に到達できない、と」。ウォルター・スコット風な歴史の真実の描き方には批判的なスタンダールであったが、想像力の作品である小説のなかで、同じ時代の題材をどのように扱うか、その小説としての手法をつぶさに検討していこう。

以下、各部各章の内容について簡単にふれておきたい。

第Ⅰ部「近代ロマネスクの形成」では、作家スタンダールによる近代ロマネスクとしての作品の形成原理を探究する。

まず第1章は、『アルマンス』における「特異性」の観念についての考察であり、その意味論的拡がりを検討するとともに、この作品のモデル小説『オリヴィエ』との比較も試みながら、「特異な」性格を持つ人物像はロマン主義時代におけるスタンダール独自の近代的自我の表現であって、この視点をもつことにより『アルマンス』の近代小説としての成立が可能になり、やがて「驚き」の視点を得て『赤と黒』のダイナミズムに到達する、とする。

第2章は、『アルマンス』から『赤と黒』の創造に至る過程でのスタンダールの内部における小説創造に関する模索を扱う。内容としては、『クレーヴの奥方』と比較しての同時代小説、特に、デュラス夫人の小説の批評、『アルマンス』の作品分析、ウォルター・スコット論、『赤と黒』の創造過程における、描写を「驚き」に変える視点の発見など、近代ロマネスクへの進展を論じる。

ここで「驚き」とは対象世界への驚きであり、主人公の視点と対象世界を出会わせ、結ぶものである。一方で、それは世界に視点を生み出し、パースペクティヴ化するが、他方で、主人公の全能性（全望性）を保証するものではなく、むしろ（自己を含む）対象世界を主人公の視野の外でも描写することを可能にしつつ、出会いによって結びつける可能性を留保し、この両者の往復・ダイナミズムを実現する装置である。これによって、特異な自我をもったジュリアンやファブリスの視点に限定されることなく、他者や同時代の社会を描き出すことが可能になり、なおかつそれを主人公に関係づける可能性を潜在的に留保しながら、ロマネスクを展開することが可能になるのである。

本書ではロマネスクという言葉を、ルネ・ジラールが、媒介された欲望の真実を読者に提示する作品を指す言葉として、それを明かさないロマンティックな作品と対比して使った用法を意識しているが、もう少し一般的に自己と世界の真実を示す作品を指すものとして用いたい。そして、これを実現するためにスタンダールが到達したのが、「特異な」主人公の視点によって生気づけられながらも、その視点に限定されることなく読者に世界の真実を明かすことを可能にする「驚き」という装置だったのであり、我々が『赤と黒』をもって近代ロマネスクの実現とする理由である。

第3章では、『パルムの僧院』の隠れたる構造について論じる。この作品は、前半の二つの大きい旅のなかで共通の同じテーマが繰り返され、ナポレオン戦争の叙事詩的冒険からテーマの繰り返しと変奏を経て、後半の恋愛心理と政治的狡知の織りなすロマネスクに達する構造になっており、それが作品全体を支えている。このテーマ反復の構造は、スタンダールのあの即興創作の速度とも無関係ではないことが推測される。

第4章では、『ラミエル』の第一稿である一八三九年原稿の創作過程と小説技法の考察を通して、第一稿の創作において『パルムの僧院』の影響が大きかったことを指摘する。

第II部は「新聞を読むスタンダール」と題して、王政復古時代、七月王政時代の新聞を中心とした材源と小説生成の問題を扱う。この時期の新聞は強い政治色をもつものが多いが、スタンダールは熱心な新聞読者であると同時に強烈な新聞批判者でもあった。

スタンダールの文学にとって政治はきわめて重要な要素であり、この点は強調してもしすぎることはないのだが、ただし、スタンダールはそれを、「特異な」自己をもつ主人公との関係のなかで作品化しようとしたのであり、そこにスタンダールの創造があった。たとえば、政治的な文学のあり方を示す例として、スタンダールに先行する作家にコンスタンやスタール夫人があげられるが、コンスタンの『アドルフ』はコンスタン自身の（道徳的スタンスはともかく）政治についての捉え方を盛り込みえた作品ではないし、スタール夫人の、たとえば（『パルムの僧院』と同じくイタリアを舞台とした）『コリンナ』はスタール夫人自身の政治思想を語ってはいるものの、手法としては一種のアレゴリー（国民性の表象）に頼っている。文学が政治的なものであった（あろうとしていた）にもかかわらず、十分な表現を得ていなかったのである。そうしたなかでスタンダールは小説を試み、上で述べた「驚き」に代表されるような方法で、同時代の社会や政治についての自らの捉え方を作品のなかに包摂・表現しようとしたのだった。そしてその際に、自らの経験や伝聞のみならず、当時の新聞から得られた情報をしばしば用いた。新聞の多種多様な情報を厳しい批判の眼で取捨選択し、そのなかから時代の現実の本質に触れ、しかも自らの想像力を刺激する記事を選んで使いこなしたのが、近代作家スタンダールなのである。

第5章では、スタンダールが一八二〇年代に英国雑誌に寄稿した記事群である『英国通信』と小説『アルマンス』『赤と黒』における新聞ジャーナリズムの取り扱い方の比較検討を行う。『英国通信』では、フランスの新聞情報が多く用いられ、ジャーナリズムの分析がそのまま王政復古社会の分析となっているのに反して、小説中では新聞の引用ははるかに回数が少ないが、深い意味を秘めて用いられ、社会の現実と虚構の世界を結ぶ重要な役割を果たしていることを指摘する。

第6章は、一八二五年末の創刊以来スタンダールが興味を抱き、『赤と黒』の材源として用いたと考えられる裁判専門紙「法廷新報」(原題「ガゼット・デ・トリビュノー」)の研究である。スタンダールは『英国通信』のなかでこの新聞を「フランス社会の正確な絵図」を示すものとして評価している。そして「法廷新報」の記事に言及しながら「新聞のなかに発見される犯罪を作り直すこと」と本の欄外にメモし、犯罪事件の小説化の着想を示している。ベルテ事件がこの新聞に報道されるのはその半年後のことであり、『アルマンス』から『赤と黒』へ至る小説創造の時期にスタンダールがこの新聞に寄せる関心は検討に値すると思われる。

第7章では『赤と黒』における「密書」事件の章を扱う。まず最初に、一八一八年に問題になった同名の事件がこの作品のモデルとなり得ないことを確認し、次いで、一八二九、三〇年の政治情勢のなかで反政府系の新聞に掲載された「密書」に関する記事の内容に基づいて『赤と黒』を分析する。この材源を照合して明らかになることは何であろうか。第一は「密書」の章の材源は一八一八年でなく一八二九、三〇年に存在するということである。

「一八三〇年年代記」の副題が示すごとく作品と同じ時代を描いているのである。第二は、一八三〇年の「密書」とは何か、ということである。反政府系紙が言う「密書」とは、政府側の一派が外国の新聞、特にドイツ紙「ガゼット・ドーグスブール」に送った秘密通信を意味している。このドイツ紙に掲載された記事の抜粋を今度はフランスの政府系紙「ガゼット・ド・フランス」紙が自紙に載せ、自派の発言の根拠にしている、というのが反政府系紙の主張なのである。第三は、ではスタンダールは「密書」事件の章で何を描いたのか、ということである。反政府系紙の「密書」の記事を照合すると、スタンダールが描く密謀の加担者の党派、密謀の主題、援助を求める諸国の名、密謀の結果など、「密書」の記事と一致する。スタンダールは反政府系紙の記事を材源として描いているのである。第四は、スタンダールは何故「密書」事件の章を描いたのか、ということである。反政府系紙は再三「ガゼット・ドーグスブール」紙をめぐる政府側一派の情報操作を非難しており、『赤と黒』のなかで「密書」のテーマを取り上げたスタンダールは、反政府系紙の「密書」がこのドイツ紙への秘密通信を指すことを充分承知していたはずである。スタンダールは、反政府紙の記事を材源として、あたかも「密書」の討議が実在したかのごとく描く。しかも、この討議の章のはじめに作者が作品中に介入して、文学作品のなかに政治を持ち込むことを躊躇してみせる作者と、登場人物が政治の話をしないのなら一八三〇年のフランス人ではなく、この本はもはや時代の鏡ではないという出版者とのやりとりが紹介される。文学において政治を描くことへの留保と必然を同時に提示しながら同時代の政治を描くスタンダールの小説作法を示す文章といえよう。

第8章では『リュシアン・ルーヴェン』原稿の冒頭十数章における軍隊の描写を問題とする。イタリアにいたスタンダールは、ゴーチエ夫人『中尉』から新作品を構想するが、フランス新聞の軍隊記事から影響を受けながら軍隊の背景を描く。この具体的で批判的な軍隊像把握が契機となって、恋愛の情感を描く作品第Ⅰ部の誕生が可能になっていったと思われる。ここでは、いくつかの挿話を通して、新聞情報の示す現実と作家の想像力の微妙な関係について考えてみる。

第9章では、『パルムの僧院』におけるフランス語材源の問題を扱う。この作品はイタリア古文書をもとに構想され、イタリアを舞台としているので、イタリア諸文献の重要性が意識されるが、スタンダールがこの作品を着想し、構想を固め、完成させたのはパリであった。この章では創作日程と関連させながら、この作家がどのようなフランス語材源または材源となりうる資料から影響を受ける可能性があったかを調べてみる。新聞情報は、「デバ」紙のジャナン『イタリア旅行記』、「立憲」紙と「シエークル」紙のアンドリアーヌ『回想録』書評、「シエークル」紙の「ナポリの宮廷と街」などをふくむ記事が作品の内容との関連で検討される。

第10章では『パルムの僧院』の重要な材源としてのアンドリアーヌ『回想録』を取り上げる。従来、この『回想録』は、チェリーニ、ペリコなどのものと並べて牢獄の材源とされていた。この章では、長篇のアンドリアーヌ『回想録』について内容の紹介とともに一八二〇、三〇年代のイタリア、フランスの状況からの考察を行う。内容については『パルムの僧院』との詳しい比較検討を試み、この『回想録』が囚人アンドリアーヌの牢獄内部の視点だけでなく、救出に奔走する姉の日記による外部の視点をふくみ、『回想録』に描かれたオーストリア皇帝、宰相メッテルニヒ、判事サルヴォティの三人の姿は、『僧院』のパルム大公、宰相モスカ、検察長官ラッシを想起させることを示す。この『回想録』はスタンダールによって「物語のごとくおもしろい」と評価されているが、牢獄の材源のみならず、パルムの宮廷の構図の原像をも提示していると言えるのである。

第11章では、引き続きアンドリアーヌ『回想録』を対象として、この書におけるミラノの貴婦人マチルド・デンボウスキとオーストリアの宰相メッテルニヒの人物像を検討する。マチルド（スタンダールはメチルドと呼んでいた）はスタンダールのミラノ滞在時に恋人として憧れた相手であり、その不毛な恋についての省察は後に『恋愛論』として刊行される。アンドリアーヌ『回想録』には政治的弾圧に対する彼女の毅然たる態度とその死が描かれている。また『回想録』では、弟の釈放に奔走する姉アンドリアーヌ夫人の日記のなかに、公私にわたるメッテルニヒの姿が描かれており、弟の釈放を願う夫人に助言を与える宰相の姿はモスカ伯を連想させるが、スタンダールとメッテルニヒとの関わりについても概観する。

第12章では、最後の作品『ラミエル』初期創作時において新聞情報が影響を与えた可能性について考えてみる。『ラミエル』は、作品着想の時点で直接モデルになる作品、資料が存在しない、と思われる小説であり、この点他の四作品とは異なっている。この小説については研究が進んでいるので最初に先行研究を概観し、次いで、着想の月の一八三九年四月に留意してこの時期の書物、新聞などの資料を調査し、『ラミエル』創造との関連を考察する。また、一八三九年四月に発表されつつあったバルザック『ベアトリクス』と、着想されたばかりの『ラミエル』という二つの作品の女性像の間に、ニノン・ド・ランクロをめぐって微妙な相似と相異があることは、『ラミエル』誕生を考える上で注目すべきことと思われる。

第Ⅲ部「スタンダールと日本」の各章ではスタンダールの日本受容を論じる。

第13章「明治文学におけるスタンダール」、第14章「大正文学におけるスタンダール」では、明治末期から大正末期に至るスタンダール受容の流れをたどる。最初の紹介者は上田敏であり、鷗外、荷風も興味を持ち、『新思潮』『三田文学』などの文学世代はこの作家に強い関心を抱いた。大正期には、島崎藤村、芥川龍之介が関心を示すとともに、『赤と黒』、『恋愛論』が翻訳され、影響は拡大してゆく。

第15章「谷崎潤一郎と昭和のスタンダール」では、谷崎の「饒舌録」中の『パルムの僧院』賞讃の源泉をバルザック「ベイル氏（スタンダール）研究」に求める。さらに昭和一〇年代以降、戦中、戦後を経て昭和後期に至るまでの受容史を概観する。

第16章「大岡昇平とスタンダール」は、この作家の生涯を通じたスタンダール愛好をその『パルムの僧院』観の変遷とともに論じる。

第17章「三島由紀夫とスタンダール」は、一見異質に見える両作家であるが、三島がいかに深くスタンダールを読み、隠れたる援用をしていたか、作品に即して眺めてみる。

以上が、本書の構成と内容であるが、第I部、第II部に共通する近代ロマネスクの誕生に対する関心と新聞材源への興味について一言しておきたい。

発端は、一九六七年にグルノーブル大学に提出した博士論文の準備段階に遡る。「スタンダールの小説におけるフランス社会」を研究テーマとした私は、V・デル・リット教授の指導を受けながら、『英国通信』と取り組み、スタンダールが言及する歴史の細かい事実に興味を覚えて調べていった。そのなかで徐々に浮かび上がってきたのは熱心な新聞読者スタンダールの姿であった。スタンダールの記事にはフランス・ジャーナリズムへの言及が多く、新聞は貴重な材源であったのだ。このような視点から眺めると、最初の小説『アルマンス』着想の直前に刊行されたパンフレット『産業者に対する新しい陰謀について』(一八二五年)の分析も可能になってくる。この文書の従来の解釈に疑念を抱き調査を始めた私は、ハイチ共和国が独立に際し旧殖民者に対する賠償のため募集したハイチ公債問題に関する一八二五年一一月の新聞論争にたどり着いた。シャトーブリアンに率いられる反政府系の「デバ」紙はハイチ独立承認以来政府政策を攻撃し、その非難の矢は公債入札を操作する大銀行家たちに向けられその産業主義を批判した。これに対し自由主義的で同じく反政府色の「コメルス」紙が論駁する。大銀行家ラフィットとの関係を云々されるこの新聞は、その政治的信条にもかかわらず公債問題における銀行家を擁護するのである。スタンダールは独自の立場から、政治的信条よりは利益を優先する銀行家を批判し、倫理を欠く産業主義を真の産業者に対する裏切りと捉える。つまり、この文書は、従来解釈されていたような、サン・シモン主義の機関紙への批判だけではなく、ハイチ公債に関する新聞論争という特定の状況のなかでスタンダールが「考える階級」(おそらく知的自由主義者の視点であろう)という独自の立場で産業主義批判を表明したものであった。

私は新聞論争の資料を参照しながらパンフレット分析の章を書き上げ、次に進んだ。ところが、論文提出の数ヶ月前、フェルナン・リュード『スタンダールとその時代の社会思想』(一九六七年)が刊行され、そのなかでハイチ公債の新聞論争の経緯とそれに基づく分析が発表された。私は既に書いた章を書き直す時間的余裕もなく、リュード『社会思想』との比較検討を行う後註を付けざるを得ない立場になり、落胆は大きかった。

しかし少し冷静になると、スタンダールのテキストに疑問を感じて手探りで調査を始めてからの長い過程が思い出された。この過程で私の心を捉えたのは歴史の細部を伝える新聞を読むという作業だった。スタンダールも読んだと思われる新聞記事を読み、どの情報が作家の想像力を刺激しテキストの材源となりうるかを考察する作業は私の関心を惹いた。このようにして作品の成立と隠れたる意図を探ることが可能になると思われたのである。このパンフレットの章についての失意を味わった頃、論文最終章で「密書」事件を分析していた。この小説の「一八三〇年年代記」という副題が示すごとく作品創造と同時期の資料が重要ではないかという確信を持ちはじめた私は、新聞の種類のそろっているパリの国立図書館へ出かけ、幸運にも短期間に「密書」を主題とする一連の記事を発見することができ、博士論文を完成させた。しかし、提出した論文では、五つの長篇小説すべてを扱う当初の計画とは異なって、『アルマンス』と『赤と黒』しか研究の対象にできず、積み残した荷物があるような気持ちを抱きながら帰国した。

それから暫くして名古屋に定住したが、研究方向をつかみかねて焦る日々を過ごした。論文の後半を同じ方法で同時代の資料を参照しながら書きたいと漠然と考えていたが、条件を整えるのにはあまりに困難が多かった。しかし、P-G・カステックス校訂の『赤と黒』（クラシック・ガルニエ版、一九七三年）の刊行とともに転機が訪れた。校訂者は、序文で、H-F・アンベールの著書とともに拙論を引き、同時代の新聞資料を参照しながら「密書」の部分を分析して、「ガゼット・ドーグスブール」紙による情報操作やこの新聞のフランス王党派との関係についても新資料により説明を深めていた。私は忘れていた新聞による材源研究の喜びを思い出し、条件を整えながら同じ方法で論文後半を完成しようと思い立った。

だが道は平坦ではなかった。まず、最初に取り組んだ『パルムの僧院』は、新聞資料による実証分析を簡単には受けつけなかった。その上、作品に歴史の証言を求める時代はひとたびは過ぎ去りつつあった。

では、一九七〇年代の終りから八〇年代のスタンダール研究の流れはどのようになっていたのだろうか。一九八三年はスタンダール生誕二〇〇年にあたり、八三、八四年の二年で刊行書五〇冊、論文六五〇点を越えている。総じて、一九八〇年代は文献の量が飛躍的に増えた時期である。ここでヴィクトール・デル・リットの分析（『スタンダールのサンボリスム』一九八六年）を借りて少し研究の流れを眺めてみよう。デル・リットは、一九五〇年代に盛んだった歴史の証言を求めるレアリスム解釈に触れながら、それとは対照的な方法を持つジルベール・デュランの名著『「パルムの僧院」における神話的背景』（一九六一年）の登場について述べる。この著作が、スタンダールの作品に内在するテーマ、隠された意味作用の発掘に成功し、新しい道を開いたというのである。デル・リットによると、この流れを受けて、六〇年代から七〇年代にかけて精神分析的無意識の観念に基く研究が始まり、八〇年代になると、スタンダールのイマジネール（想像力の活動領域）に関するテーマや、作品における象徴を重視する研究が多くなった、という。

確かに、八〇年代に入っての研究はイマジネールという言葉が鍵となっていた。ランドリイ『スタンダールにおけるイマジネール』（一九八二年）をはじめとして、ロマン主義的想像力の働きについて述べたリンガー『魂と頁』（一九八二年）、日記・自伝のうちに特有の自我表現を読み取ろうとするディディエ『自伝作家スタンダール』（一九八三年）、フロイト的テーマをスタンダールに見出そうとするベルチエ『スタンダールと聖家族』（一九八三年）などがあり、さらには、『スタンダールとロマン主義』（一九八四年）、スリジ・ラ・サル討論集『スタンダール』（一九八四年）、討論集『スタンダールのサンボリスム』（一九八六年）など、記号、象徴に主題をおく学会論集も多かった。また、ミシェル・クルーゼ『スタンダールにおける文学と政治――反抗的作家またはその出発点』（一九七九年）は、反抗、偽善、言語、イタリア、観念哲学などのテーマを通じてロマン主義時代における一人の作家の誕生を全的に捉えようとする浩瀚な博士論文で、八〇年代に分割刊行される。スタンダールのイタリア像を長期にわたる幻想の産物ととらえる『スタンダールとイタリアニテ』（一九八二年）はその一部である。一方、実証的な文献研究として、スタンダールの未刊のマルジナリアを採録し、精緻な資料検討を行っているデル・リット校訂プレイヤード版『日記・自伝集』(一九八一、八二年)も刊行されている。

私はこのような研究に触れながら『パルムの僧院』を読み続けていた。前述したごとく私の方法は、デル・リットの定義する、歴史の証言を求めるレアリスム解釈に近いものであったが、『パルムの僧院』はそのような解釈を簡単に許すような作品ではなかった。この作品はナポレオン叙事詩ではじまり、専制政治の小さな宮廷を舞台に個人の運命を左右する政治の魔力が描かれ、アランの「政治学の祈禱書」という言葉が納得できる作品である。しかし、それ以上にこの作品では、スタンダールの青春と結びついたイタリアを背景に登場人物の愛の思念が交錯し、「崇高な」世界が形成されている。私は、どうしてこのような作品が生れたかと感嘆しながら、モスカ、ジーナ、ファブリス、クレリアなどの人物群像の魅力に惹かれて読書を続けたが、どのような視点でこの作品に取り組めばよいのかわからず紆余曲折を繰り返していた。

ジルベール・デュランの著書が暗示を与えてくれた。『神話的背景』は「ロマネスクの美学への貢献」という副題をもち、神話、古典などの観点から、人物、テーマ、構造を眺め、読者の想像力に訴える読みの可能性を示している。この方法に興味を抱いてデュランの著書を読んでいるうちに、近代ロマネスクの誕生という観点から、作品のなかに隠された構造、隠された想像力の働きを発見することはできないだろうかと考えはじめた。その結果、前述した新聞を中心とする同時代の資料と照合しながら、作品の材源と作家の想像力の関係に注目し、一九九〇年代から新聞と近代ロマネスクの誕生の関係を主題に後半の三作品の検討を試み、前半の二作品についても新聞読者スタンダールの観点から見直しを試みたのである。

このようにスタンダールの五つの主要小説について分析研究を行ったのだが、研究方法としては実証的な方法で作品を検証し新しい事実の発見によって作品の創造過程に新しい光を与えようとするものである。実証的な研究方法については、すでに一九六〇年代の中頃、新批評と講壇批評の論議が盛んななかで論文を書いていた私は、こうした方法に対する強い批判を読んで悩んだこともあったが、結局自分にはこの方法が適していると思い、意を決して論文を書き続けた。また、作品の創造過程の研究においても近年の生成研究の進展は目覚しいものがあるが、ここに示した各章は、長年にわたってほとんど変わらぬ方法でスタンダールの作品を解読しようとしたひとつの研究の軌跡であり、多様な研究の道のひとつを示したものである。その道の行き先は未だ遠くにあるというのが実感だが、スタンダールの作品の豊かさはこれからもさらなる研究に新たな活力を与えてくれることと確信している。

第Ⅰ部　近代ロマネスクの形成

第1章　近代ロマネスクと「特異性」

――『アルマンス』を中心に――

はじめに

スタンダールが作中人物の性格を示すため、形容詞**サンギュリエ** singulier を好んで用いたことはよく知られている。(1)『アルマンス』のオクターヴ、『赤と黒』のジュリアンなど、この作家の作品の主人公たちは、**サンギュリエ**な性格の持ち主であり、**サンギュリエ**な存在であることが再三、指摘されるのである。

では、**サンギュリエ**とは何を意味するのか。手許の仏和辞典を引いてみると、「(よかれあしかれ)ひどく変わっている、奇抜な、ユニークな」、「不思議な、奇妙な」、「特異な、特別な」、「単数の」、「単独の」などを意味し、この形容詞の名詞形**サンギュラリテ**は同様に、「奇矯さ、奇異さ」、「特異さ、独自性、特異性」、「単独性」などを意味する。(2)

このような意味の拡がりのなかから、スタンダールの主人公が、周囲の他者とは異なる、独自の、変わった性格を持つことが推測される。今、このような意味の拡がりを「特異な」という訳語で仮にまとめておこう。スタンダールは、「特異な」という形容詞、「特異性」という名詞を、人物像の表現を中心に作品のなかで多用しているが、このことは何を意味するのだろうか。

ひとつには、ルソー以来の近代的自我の表出においてはその自我の特異性を主張することがその特徴であった、ということがある。たとえば『告白』の冒頭にある通り、自らの自我が他とは異なるものであり唯一の存在であるという主張があり、これはスタンダールの「特異性」を想起させる。もうひとつは、「特異性」の観念に潜む孤独性が、同じくルソーにはじまりシャトーブリアンによって展開された孤独な魂の不安、孤独な魂の憂愁に通底しうる、ということである。スタンダールの最初の小説『アルマンス』の刊行は一八二七年、ロマン主義の勃興期であった。スタンダールは、テーマの現代性に力点をおいて、独自のロマン主義を主張していたが、『アルマンス』のなかで、「特異な」主人公の視点から同時代社会を描いてみせるのである。そして、こうした「特異な」性格はスタンダールの主人公像に定着してゆく。このように見てくると、スタンダールが最初の小説で示した「特異性」の観念は、近代的自我を同時代社会の政治・風俗のなかで描くというスタンダール流の近代ロマネスクの成立にとって重要な意味を持っていると思われる。

この章では『アルマンス』を中心にこの「特異性」の観念の分析を試みることで、スタンダールの近代ロマネスクの形成を追っていくことにしたい。まず最初に、この語について、十九世紀、二十世紀の辞典の定義を眺め、それとの比較で、スタンダールの用法の特徴を知ることとする。次に、『アルマンス』創作の出発点とも言える作品、デュラス夫人の『オリヴィエ』を、「奇妙さ」bizarrerie、「孤独」solitude のテーマで『アルマンス』と比較してみたい。これは、『アルマンス』における「特異性」のテーマの独自性を知るためである。最後に、『アルマンス』から『赤と黒』の時代に、「特異性」を示す語群がどのように用いられていたかを検討していくことにしよう。

1　辞書に引用されたスタンダール

形容詞サンギュリエの意味場を考えるために、まず十九世紀、二十世紀の辞典を眺めてみることにする。最初に『アカデミー・フランセーズ辞典』第六版（一八三五年）を参照してみよう。(3) これはスタンダールと同時代に作られた辞典であり、スタンダールは、『ラシーヌとシェイクスピア』IIの冒頭で、この辞典の編集会議(4)の席上、「ロマンティック」romantiqueという一語がどのようにアカデミー会員たちを刺激したかを語り、彼自身のロマン主義論の導入部としている。

それではこの辞典は、サンギュリエ singulier に対してどのような語義を与えているだろうか。次の六項目の説明がなされている。「独自の（particulier）、他に全然似ていない」、「稀な（rare）、卓越した（excellent）、を意味する」、「この語は時々悪い意味にとられ、奇妙な（bizarre）、気まぐれな（capricieux）、他人よりすぐれたふりをする、などを意味する」、「この語はまた異常な（extraordinaire）を意味し、よかれあしかれ、何かについての驚き（étonnement）を示すために用いられる」、「一騎打ち（combat singulier particulier）、一対一の戦い」、「文法上、単独の数、または、名詞として、単数。複数と対立する。唯一の人、唯一の物しか示さない数」である。

これがこの辞典の第六版（一八三五年）の記述であるが、同時に、初版（一六九四年）と比較してみると、記述の分量の点では、第六版は初版に比べ約二倍になっている。また、初版では、「独自の」particulier、「異常な」extraordinaire などの記述は存在しない。一方、「奇妙な」bizarre の記述は、初版と第六版で引用例文に至るまで同一である。(5) つまり、サンギュリエの語義のなかで、どちらかと言えば「悪い意味」で用いられた「奇妙な」というニュアンスは初版当時から存在していたと言える。しかし、スタンダールは、こうした「奇妙さ」を示すサンギユリエはあまり用いていない。『赤と黒』において、苛立ったマチルドが口にする「このソレルという男は変わっているわ」Ce Sorel est singulier などという用例はあまり多くないのだ。

スタンダールの小説の主人公は、「サンギユリエな性格」[6]「サンギユリエな存在」[7]と自らを考えるか、他からそうみなされている。こうした用法は、「奇妙さ」の語感をふくみながらも、「単独の、孤独な」seul、「独自の」particulier、「他と違った」différent などを、むしろ意味するものである。この語の解釈には、文脈ごとに違う微妙な語感の変化を意識せざるを得ないだろう。それはちょうど、ジョルジュ・ムーナンが述べた、「ひとつの語の意味は、その用法の全体から由来する」という考えと通ずるところがある。[8]従って、もちろん、スタンダールの用法の多様性は、一八三五年版のこの辞典の定義によって容易に捉えうるようなものではなく、また、その点にこそ、スタンダールの小説における「特異性」の観念の新しさがあると言えるだろう。

それに加えて、スタンダールの用法の特性としてあげられるのは、「特異性」の観念によってその作品の主人公が自らの自我意識の内的反省へと導かれる、という点である。『アルマンス』のオクターヴは母にこう答える。「私は不幸にもサンギユリエな性格を持っています。私はそんな風に（結婚するように）生まれついてはいません。私に出来たことと言えば、自分を知ることです。[9]」一人称単数の人称代名詞「私」je は、ジャン・ルーセによれば、「内的捕捉に適した道具」[10]であり、スタンダールは、「魂の内部の動きを報告[11]」するのに役立つこの一人称単数代名詞の特権性を認めている。そして人称代名詞「私」のこうした機能は、特に『アルマンス』のなかで「特異性」の観念によって強められている。また、この作品を執筆する以前、『一八二四年のサロン』のなかで、すでにサンギユリエの語を伴った自我表出を行っており、「私はサンギユリエで、独創的で新奇であるだろう[12]」と自分の視点を説明している。こうした自我意識の表出を助ける「特異性」の観念は、スタンダールの用法の特色であって、『アカデミー辞典』の規範を越えたものなのである。

次に、二十世紀の辞典を眺めてみよう。注目すべきことは、サンギユリエの項にスタンダールがよく引用されていることである。まず、『ロベール辞典』[13]では、『ある旅行者の手記』からサンギユリエとサンギユラリテの文例、『アルマンス』からサンギユリエの文例が引かれている。

最も興味深い事実は、『フランス語宝典——十九世紀、二十世紀言語辞典（一七八九—一九六〇年）』（略称 TLF）[14]のサンギユリエ、サンギユラリテの項にスタンダールの文章が六回引用されていることである。少し詳しくみてみよう。

サンギユラリテの項における引用は、「自分を目立たせるためであるか、または、自らの個性の肯定的主張として、奇抜なことをする行為か事実」を示す文例である。次がその引用文である。

舞踏会は幼稚な虚栄心に満ちたこの地方にあっては戦いの日であり、自分の強みをなおざりにすることは、人の目に立つ気取りととられた。シャストレール夫人は当然ダイヤモンドを着けてもよかったのだ。彼女の選んだ控え目で値の張らないドレスは（……）非難に価する**サンギユラリテ**の行為だった。（『リュシアン・ルーヴェン』[15]第一五章）

サンギユリエの項でもスタンダールが引用されている。

(1)「ただ一人の人、ただ一つのものに関する」、「唯一の人（もの）に向けられた」、「唯一のものを考慮に入れる」、「一人で対決しなければならない」などの語義を示す文例として、

人は、はがねをきらめかせた騎兵隊の先頭に立つ危険は冒すものだが、孤独で**サンギユリエ**で、予想外の、ほんとうに醜悪な危険となるとどうなるか。（『赤と黒』[16]第二部第一四章）

(2)「他と区別される」、「その種類で唯一の」、「固有の特色や相違点で他から離れている」などの語義を示し、同意語として、particulier, spécial, remarquable, exceptionnel, hors du commun があげられる文例として、

ファブリスが初聖体拝領を終えるとすぐに、彼女は、相変わらず自発的亡命者を決め込んでいる侯爵から、時々彼を学校から連れ出してもよいという許可を得た。彼女は彼を、**サンギュリエ**で、才気に溢れ、たいへん真面目だが、かわいらしい少年で、いま人気のある女性のサロンに連れて行っても恥ずかしくないと思った。(『パルムの僧院』(17) 第一部第一章)

(3) 「規範からはずれているので、人を驚かし、びっくりさせ、時として人の邪魔をする」語義を示し、同意語として、curieux, bizarre, étrange, extraordinaire, surprenant があげられる文例として、

これほどの善意にもかかわらず、ジュリアンは、まもなく、この家族のなかで自分が完全に孤立していると感じた。すべてのしきたりが**サンギュリエ**に思われ、そのすべてに反してしまっていた。彼のあやまちは、従僕たちをよろこばせた。(『赤と黒』(18) 第二部第三章)

(4) 慣用語法 trouver singulier que の文例として、

この問題は私たちにとって非常に大切なので、あなたが私に抱かせて下さいました期待について、いくつか細かい点を教えて頂けるようお願いしても、**サンギュリエ**に思われないと考えております。(『リュシアン・ルーヴェン』(19) 第六三章)

(5) 語法 le singulier de qqc.,「何かの**サンギュリエ**な性格」、「何かが**サンギュリエ**な点をもつこと」を示す文例として、

ある日、ミナは母親にむかってこう言った。「お母さま、お忍びみたいにして三ヶ月、パリで過ごすことを私に許してもらえるかしら。(……)――お前、いつでもお前の良いときに、二人で一緒に出かけましょう。そ

して、この決心のサンギュリエな点は私のせいにしておいて頂戴。(『ばらと緑』[20]第二章)

TLF辞典はこのようにサンギュリエ、サンギュラリテの語義の文例として、スタンダールをしばしば引用している。これは、見方を変えると、スタンダールの作品にあらわれた「特異性」の観念のさまざまな局面を示していることにもなる。特に、形容詞サンギュリエにおけるスタンダールの文例は、この形容詞の意味の分類のほとんどすべてにわたっている。また、作品としては『赤と黒』、『リュシアン・ルーヴェン』、『パルムの僧院』、『ばらと緑』が引用されている。小説の主要作品としては『アルマンス』、『ラミエル』が欠けているが、特にサンギュリエの使用頻度が作品の規模に比べて大きい『アルマンス』が引用されていないのは、この辞典の資料集めが重厚なだけに残念である。『アルマンス』では、形容詞サンギュリエが頻出し、しかも、ナタリ・モリ[21]なども指摘するごとく、その「特異性」の性質、原因は明示されていない。

そこで次に、スタンダールのこの最初の小説のなかで、「特異性」の観念がどのような役割を果たしていたか、その成立の状況と照合しながら考えてみたい。

2　『アルマンス』またはサンギュリエな小説の誕生

問題の検討に入る前に、スタンダールの主要小説における形容詞サンギュリエとその派生語の名詞サンギュラリテ、副詞サンギュリエールマンの使用頻度について調べておこう。調査の結果は次の通りである。

『アルマンス』四六回（形容詞四二、名詞四）、『赤と黒』八一回（形容詞七七、名詞四）、『リュシアン・ルーヴェン』五一回（形容詞四八、名詞二、副詞一）、『パルムの僧院』七六回（形容詞六八、名詞六、副詞二）、『ラミエル』一九回（形容詞一八、名詞一）。[22]

この結果に基づいて、各作品の頻度の比率比較を行ってみよう。プレイアード版作品集で比較してみると、[23] 頻度比率の大きさは次の通りである。『アルマンス』三・五ページに一回（一六五ページ、四六回）、『赤と黒』五・九ページに一回（四八一ページ、八一回）、『リュシアン・ルーヴェン』一二・一ページに一回（六一八ページ、五一回）、『パルムの僧院』六・二ページに一回（四七一ページ、七六回）、『ラミエル』七・九ページに一回（一五一ページ、一九回）。従って、頻度比率の大きい順に並べると、『アルマンス』、『赤と黒』、『パルムの僧院』、『ラミエル』、『リュシアン・ルーヴェン』となる。

注目しなければならないのは『アルマンス』における比率である。作品の規模に比べて「特異性」を示す語彙の頻度が多く、三・六ページに一回、登場する。しかも、スタンダールは、同じ語彙を同じパラグラフのなかで、数行をへだてて二度、三度と使うことがよくあるので、『アルマンス』の場合、三・六ページに一回という数字以上に、「特異性」の語彙の印象は強いのである。二つの例をあげてみよう。

第一の例は、第一章におけるオクターヴと母マリヴェール侯爵夫人の会話である。大革命の折の亡命貴族に対し、没収財産の補償を行うという賠償法案が話題になっているが、父の侯爵が期待を抱いているにもかかわらず、オクターヴはこの法に反対し、その理由を述べる。

「第一に、あの法は完全ではないし、あまり正当なものと思えません。第二に、あの法のせいでぼくは結婚させられるからです。ぼくは、不幸にも**サンギュリエ**な性格を持っています。結婚には向いていません。今までぼくに出来たことといえば、自分を知ることだけです。お母さまと二人きりでいる（seul）幸せを味う時間を除いては、ぼくの唯一の（unique）喜びは、人から離れて（isolé）、誰からも話しかけられないようにして（sans personne）暮すことなのです。」「オクターヴ、そんな**サンギュリエ**な趣味は、学問に対するおまえの度を越した熱心さのせいですよ。お前の研究ぶりを見るとこわくなります。[24]」

フランス語原文でわずか数行の間に、形容詞**サンギュリエ**が繰り返され、「変わった」、「奇妙な」という意味が示されると同時に、**seul, unique, isolé, sans personne** など、孤独、単独を示す、**サンギュリエ**の同義語が使われ、オクターヴの孤立性を表現している。

第二の例は、第二四章で、決闘で重傷を負ったことからアルマンスとの親密な愛を取り戻したオクターヴが、アンディイの丘で回復期を過ごす幸福な時期の場面である。

物語がこのあたりまですすんだころ、オクターヴは、輝かしい運命を期待するどころではなかった。マリヴェール夫人は賢明にも、R大公が予言していたオクターヴの**サンギュリエ**な未来のことを彼に話していなかった。この予言について議論する幸せにひたるのは、アルマンスと共にいるときだけだった。アルマンスは、世間がオクターヴにあたえるあらゆる心の痛みを、彼の心から遠のけるすばらしい術を持っていた。彼がそうした痛みを彼女に打ち明けるようになった今、彼女はこの**サンギュリエ**な性格にますます驚くのであった。ほんの何気ない言葉からこの上なく暗い結論を引き出すような日々が未だあるのだった。アンディイではよく彼のことが話題となった。アルマンスは彼にこう言った。「あなたは、有名になるということの直接的な結果を経験なさっているわけなのよ。みんな、あなたについては、ばかげたことをたくさん言っているわ。もっとも、あなたのことを話させてもらうだけで、馬鹿な人が機智のある言葉を見つけられるとお考えになる？」試練は疑い深い男にとっては、**サンギュリエ**なものだった。[25]

このように、十数行の間に**サンギュリエ**が三回繰り返され、「すばらしい未来」「奇妙な性格」「驚くべき試練」など、この形容詞の多義的な使い方が示されている。

実は『アルマンス』における「特異性」の問題については、既に拙論「スタンダール『アルマンス』における特異性の観念[26]」（一九七六年）において作品分析を行ったことがあるので、次にその内容を要約しておく。

拙論の第一節ではサンギュラリテを取り上げた理由を述べている。『アルマンス』は、その成立の状況から主人公の性的不能が隠された鍵となる小説であって、この鍵は、長い間この作品解釈の重要なテーマとなっていた。例えば、アンドレ・ジッドは、性的不能の愛が可能か、と問い、愛の崇高化という結論に至っている。だが、一方、ジャン・プレヴォは、社会への孤絶感を抱くこの主人公に、社会を裁断する「新しい視点」を見ている。一八二七年の読者にとっても、この隠された鍵の発見は難しかったようである。そこで、性的不能のテーマによらず、この作品を読んでみようというのが拙論の出発点であった。

浮かび上がってきたのが、サンギュラリテのテーマであり、このテーマの重要性についてはブラン、スタロバンスキー、アンベールなども触れている。主人公オクターヴの「特異性」は、「バビラニスム」（性的不能を意味するスタンダールの表現）だけでは説明のつかないものであり、この人物の他者への意識、姿勢を明らかにするものとして、テキストに密着した分析を試みた。

第二節では、語彙の調査を扱い、『アルマンス』のテキストにおけるサンギュラリテと派生語、同義語の意味論的検討を行った。サンギュラリエ、エトランジュ、ビザールなどの形容詞は、人物の性格、態度、行動を示すのと同時に、人物周辺の事物の描写に用いられることもある。これらの用語は、作者が主人公オクターヴを描く場合に多く表れ、アルマンスを描くのにも用いられる。また、オクターヴに対する母の視線やアルマンスの視線のなかにも表れる。章毎の頻度としては、オクターヴと母の会話のある第一章、アルマンスの紹介のある第五章、オクターヴの病いの回復期の第二四章で、よく用いられている。

またこの作品では、「孤独」を意味する語彙が第一章、第二章、第五章で多く、「幸福」を意味する語彙が第九章、第一三章、第二三章、第二四章、第二九章、第三一章で多く用いられている。すなわち、前半では「孤独」の語彙が多く、後半では「幸福」の語彙が多く使われている、と言える。

拙論の第三節では、このような作品前半の「孤独」、作品後半の「幸福」の観念と主人公の**サンギュラリテ**の関係を考察した。

最初に、「孤独を軸として展開する**サンギュラリテ**または幸福不在のテーマ」と題して作品第一章を分析した。第一章では、まず主人公オクターヴの紹介がなされ、現実離れした「変わった」原則を持ち、メランコリーの気配のある人物として描かれる。一方、子息に対し母マリヴェール侯爵夫人は懸念を示しているが、夫人自身もこの上なく「変わった」、鋭い才気の持主である。母子の会話から、オクターヴが自らの性格の「特異性」を認識し、「孤独」を求めていることが明らかになる。この章は「孤独」の語彙が多い章であるが、オクターヴの**サンギュラリテ**は「孤独」のニュアンスを持ち、「人間嫌い」(ミザントロピー)の色彩を帯びる。母の夫人から見ると、オクターヴは情熱の源を別の世界に持っていて、天上の幸福を求めながら、この世では、地獄の苦しみを味わっているようであった。「オクターヴの眼は、この世にない幸福を夢みているように見えた」のである。第一章の**サンギュラリテ**は、この「孤独」と「幸福の不在」の色を帯びた「特異性」であると言える。

次に、「**サンギュラリテ**のさまざまなテーマ、または完全な幸福のテーマ」と題して、作品第二四章を分析した。これは、前述の引用での説明のごとく、決闘での負傷のあとオクターヴがアンディイの丘で回復期をすごす章で、和解した恋人同志の幸福感に満ちた章である。第二三章に引き続き「幸福」に関する語彙、表現が多用され、「この世で極く稀にしか味わえない幸福のひとつ」とか、「言葉を発せずに、アルマンスが目の前で動くのを見るという至上の幸福」などという表現が続く。

他方、「特異性」を意味する語彙もよく用いられている。形容詞**サンギュリエ**とその名詞形は、オクターヴの才能、役割、将来、性格などを表現するのに用いられ、この主人公の「特異性」を明瞭にする助けとなっている。さらに、「奇妙な」étrange、「稀な」rare、「目立つ」remarquable など、**サンギュリエ**の同義語が多く用いられている。オクターヴが数ヶ月前、オレンジの木の傍らでした不可解な告白、彼の子供時代の盗癖とそれについての告白は、「奇妙な」étrange という言葉で形容されている。

主人公オクターヴのこのような特異な性格の特徴は、この章では、アルマンスに理解され、その暗く秘密めいた心情もアルマンスの愛情に包容されていく。第二四章は、主人公二人の双方に幸福感が見られる。二人の話す声には、「一種のこだま」が響き合うのであって、「完全な幸福」に近い状態がそこには見られた。

この作品で「幸福」の語彙の頻度比率が第二三、二四章よりも高いのは、第一三、三一章であるが、第一三章はアルマンスとオクターヴの結婚が話題になる章であり、第三一章は二人の結婚が成立する章であって、強い幸福感を抱くのはアルマンスであり、オクターヴはその喜びに同化できず、その死にあたっては「すべてをアルマンスに打ち明けるという幸福」のみを望んだ。この「特異な」主人公に本来、秘められていた孤独への志向がよみがえり、その崇高な愛にもかかわらず、死を選ぶのである。

結論においては、この作品において、「特異性」の観念がオクターヴ、アルマンス、母マリヴェール夫人などを結びつけていることから、この観念が、Happy few（幸福な少数の人々）の観念と結びつくものであり、バビラニスムのテーマを排除するものではないが、この小説を、幸福を求める「特異な」主人公の物語として読むひとつの可能性を考えた。この「特異な」主人公たちは、第一四章におけるように、社会（または社交界）の異質な要素として描かれているところがあり、ジャン・プレヴォの言う小説の「新視点」を構成するのではないか、と思われる。『アルマンス』のあと、スタンダールは、パリを外国人女性ミナ・ド・ヴァンゲルの眼で眺め、さらに、田舎出身の青年ジュリアン・ソレルの眼で眺めて、その作品を成熟させていくのである。

以上が、『アルマンス』における「特異性」に関する一九七六年の拙論の内容であるが、この章では、作品成立の状況のなかからこの問題を捉え直したい。

スタンダールが『アルマンス』の執筆を決意した一八二六年初頭、二つの『オリヴィエ』と題する小説が話題になっており、両者とも性的不能の主人公であった。恋愛の成立を妨げる、人種や身分などの社会的要因を題材に小説を書いてきたデュラス公爵夫人は、『オリヴィエ』を書き、自らのサロンで朗読するが、生前、この作品を刊行することはなかった。この状況を利用したラトゥーシュが、著者名を入れない『オリヴィエ』を刊行して話題になる。この二つの『オリヴィエ』に刺激されて同じテーマを主題とする(27)『アルマンス』は生れたわけだが、ここでは、スタンダールが関心を示していたデュラス夫人の作品との比較で、『アルマンス』の「特異性」を考えてみよう。

デュラス夫人の未刊の原稿は、ドニーズ・ヴィリューにより、立派な校訂版となり、『オリヴィエまたは秘密』という題名で一九七一年に刊行された(28)。この版を見ると、スタンダール『アルマンス』のなかにはいくつか、デュラス夫人の『オリヴィエ』に似通った箇所があることがわかる。ドニーズ・ヴィリューは、序文のなかで一四ヶ所の共通点をあげている(29)。が、本文テキストの註を見てゆくと、さらに一九ヶ所について『アルマンス』との比較が行われている(30)。

こうした比較検証の例をひとつあげてみよう。主人公オリヴィエは、従妹のC公爵夫人に手紙を書くが、そのなかに次の文章がある。「お伽話に出て来る水晶の壁で隔てられるとたがいに感じている人々がいるのです(31)。」スタンダールの作品では、オクターヴがアルマンスにこう話しかける。「わたしの自尊心が私と他の人々との間にダイヤモンドの壁を作ってしまう。従妹のあなたの前では、このダイヤモンドの壁は消えてしまうのです(32)。」さらに続けて、オクターヴは、アルマンスをどこにでも運ぶことのできる魔法のじゅうたんについて話すのである。水晶またはダイヤモンドの壁が示す孤独感、お伽話への言及は、この二つの作品で共通している。このテキスト照合につけ加えて、ドニーズ・ヴィリューはこう言っている。「『オリヴィエ』の朗読を聴いた人々の心を打ったこのイメージによって、スタンダールは自らの材源を示しているのだ(33)。」「コティディエンヌ」紙によると、デュラス夫人は、一八二四年末か二五年初頭から、この作品を限られた聴衆の前で朗読して話題になっていた(34)。しかし、その大胆な主題ゆえか、刊行されることがなかった。その状況を利用して、夫人の作品に帰されるように、著者名を記さずラトゥシュの『オリヴィエ』が刊行され、スタンダールも英国への雑誌記事[35]のなかで、おそらく真実を知ってのことと思われるが、夫人の作品とみなすのである。

ドニーズ・ヴィリューは序文でこうも言っている。「『アルマンス』のなかには、『オリヴィエ』の明確な反響があり、スタンダールは高名な公爵夫人のあとを追って、小説家の天職を発見したように思われる。[36]」後半の部分はさておいて、前半の「明確な反響」には興味を惹かれる。スタンダールは未刊の『オリヴィエ』の細部をどのようにして知ることができたのか。

前述の一八二六年一月二八日の「コティディエンヌ」紙の記述を繰り返すと、公爵夫人は約一年ほど前から、「特権的な聴衆」に対してこの作品を朗読してきた、という。また、スタンダールは、公爵夫人の逝去を告げる一八二八年四月二〇日の「ニュー・マンスリ・マガジン」の記事のなかで、夫人が何人かの友人たちにこの作品を朗読した、と述べている。[37]スタンダールが、夫人の「特権的な聴衆」のひとりであったとは考えにくいし、証明されてもいない。ではどうしたか。これに関しては、ドニーズ・ヴィリューはひとつの仮説をだしている。それによると、この小説の詳しい内容を間接的に知る可能性があったとすれば、それはおそらく、キュヴィエ経由であった、というのである。キュヴィエの一八二五年一〇月一八日付の公爵夫人宛ての手紙によると、夫人の許可をえて、彼は夫人の作品『エドゥアール』を自分のサロンで朗読し、その原稿を聴衆の大部分の人々に見せた、というのだ。[38]スタンダールがキュヴィエのサロンに出入りしていて、キュヴィエの義理の娘、ソフィ・デュヴォーセルと深い友情で結ばれていたことは知られている。[39]従って、『エドゥアール』と同じ経緯が『オリヴィエ』にもあった、という可能性は否定できない。証明する手段はないが、仮説としては心を惹かれるものがある。ソフィの友情による介在の可能性を考えると、スタンダールとソフィの間に交わされた書簡に出てくる一八二七年の「出版に関する相互の取りきめ[40]」という言葉が謎めいて見えてくる。

少なくとも、スタンダールがこの小説の主要なテーマを意識し、その細部について知識をもっていたことは確かなようである。前述のように、この小説の人物構成は『アルマンス』と共通する点があり、似ていると言える。秘密をかかえた不可思議な人物オリヴィエは孤独な存在であり、従妹を愛しているが最後は自ら命を絶つ。その人物像は、謎を秘めた特異な性格をもち、従妹アルマンスを愛していながら最後は自ら命を絶つオクターヴと類似する。最初、結婚していてやがて未亡人となる従妹のルイーズはオリヴィエを愛するが報われず、彼の死に理性を失うが、そのイメージは、アルマンスに似通っている。ただし、アルマンスがオクターヴの死後、修道院に入る点は異なる。ルイーズの姉妹で相談相手のアデールはアルマンスにとってのメリ・ド・テルサンを、オリヴィエの恋敵ムッシュウ・ド・リュウはシュヴァリエ・ド・ボニヴェを想起させる。相違点はいくつかあるにせよ、両作品の人物設定に似通ったところがあるのはたしかである。

さらに、『オリヴィエ』には作品の細部に『アルマンス』と似た要素がちりばめられている。ドニーズ・ヴィリューの検証に従って指摘するなら、主人公の病気、医者の存在、主人公の母への愛着、主人公と女主人公とのサロンでの親密な会話、断続的な告白、書簡の重要な役割（『オリヴィエ』が書簡体の小説であることは忘れてはならないが）、決闘などである。

一方、ラトゥーシュの『オリヴィエ』(41)は、未亡人だった侯爵夫人エミリーがオリヴィエ・ド・R伯爵と再婚した物語からはじまる。夫オリヴィエは結婚後しばらくしてから姿を消し、大革命が始まるころ帰ってきてエミリーと暮し、平和が戻ったころ、また姿を消す。オリヴィエとエミリーの没後、残された書類で初めて二人の結婚の状況とオリヴィエの失踪の理由が明らかになる。それによると、一時オリヴィエと関係があると噂されたB男爵夫人は悪意に満ちた人物で、ある事情からオリヴィエに深い怨みを抱いており復讐の機会を狙っていた。しかも夫人はオリヴィエの秘密を握っていたが、それが何かは最後まで不明である。B夫人は、結婚を望むエミリーと彼女を愛しながらなぜかそれを拒むオリヴィエの話合いを立ち聞きして、大切な瞬間に嘲るような高笑いを放つのである。意に反して結婚式をあげたオリヴィエは、すぐ修道院に入り、愛するエミリーを自由にしてやる。B夫人の「悪魔の笑い」、「悪霊の怒り」、「悪魔的策略」が強い印象を残す作品で、「特異性」に関する語彙としては、副詞**サンギュリエールマン**が一回使われているのみである。構成の点から言って、スタンダールの『アルマンス』は、ラトゥーシュの『オリヴィエ』よりも、デュラス夫人の『オリヴィエ』に、はるかに近い作品だと言える。

では、形容詞**サンギュリエ**とその派生語は、デュラス夫人のこの小説では頻繁に使われているのだろうか。答えは否である。二度だけ用いられているが、重要な場面ではない。[42] 反対に、**サンギュリエ**、**サンギュラリテ**の同意語となる語で、「奇妙な」、「奇妙さ」を意味する**ビザール bizarre**、**ビザルリー bizarrerie** はもう少し多く、六度用いられている（『オリヴィエ』は、本文テキスト七五ページの小さい作品である）。注目すべきは、これらの語彙がほとんどオリヴィエの秘密に関係する場面で用いられていることである。たとえば、ルイーズがオリヴィエとできたかも知れない結婚について話しながら、アデールはこう言う。「あのころ、オリヴィエはあなたのためにだけ生きているように見えたわ。説明できない**ビザルリー**だわ。」また、ルイーズの姉妹のアデールへの返書を書くのに難渋したオリヴィエはこう書く。「昔、信頼していた習慣があるので、私たちの間柄も簡単につながるはずだ、というように見えますが、私の運命の**ビザルリー**がそうなることを許さないのです。[43]」さらに、オリヴィエはルイーズへの返書でこう書く。「私の運命の**ビザルリー**によって、私の生命とひきかえにしてもいい幸福を二度も逃そうとしています。[44]」書簡三六で、オリヴィエは危うく真実を告白しそうになる。「ルイーズ、僕は君にこの秘密を打ち明けることができる。」「しかしながら、もし君がそう望めば、もし君がみかけは**ビザール**なこのふるまい、そのせいで熱愛してやまぬ人を二度もぼくは諦めてしまったのだが、このふるまいの原因を知りたいというのなら、ぼくは何でも説明して、君のあわれみを乞うつもりだ。」「ああ、ルイーズ、たぶん君は見抜いている。いや、ちがう。この**ビザール**な秘密は見抜けるものじゃない。それに、誰にもまして君には。[45]」

では、スタンダールの作品ではどうであろうか。『アルマンス』における**ビザール**、**ビザルリー**もデュラス夫人の作品同様、大部分の場合、主人公の秘密に関係している。たとえば、「彼女の息子のビザルリー」、「彼女の従兄のこれほどビザールなふるまい」、「この秘密が私の宿命的なビザルリーを私たちに説明してくれるだろう。」「オクターヴのビザルリー」[46]などの表現は、オクターヴの謎を指し示している。しかしながら、二つの作品を比較してみると、『オリヴィエ』におけるビザルリー（奇妙さ）の観念は、『アルマンス』の場合よりも明白に、謎の主人公の秘密を明らかにしており、より大きな役割を果たしている印象を受ける。

この二つの作品の比較という点ではさらに、ビザルリーと同じくらい重要な観念、ソリチュード solitude（孤独）の観念を考慮しなければならないだろう。前述の、オリヴィエの「水晶の壁」とオクターヴの「ダイヤモンドの壁」は、この二人の人物の孤独を示している。さらに、もうひとつ比較してみよう。オリヴィエはアデールに手紙を書く。「私はスール seul（ひとりで）耐えなければならない。ほかの人々の心の中に、私に足りない力と支えを求めようとするのは、私には禁じられているのです。私の助けを全部私自身から引き出さなければいけないし、私の不幸のなかに私以外の支援を持ってはいけないのです。[47]」これに対応するオクターヴの言葉は次の通りである。「私だけが（moi seul）、地上でイゾレ isolé（孤独）と思う。私は自分が考えていることを自由に打ち明けることのできる相手を誰も持たないし、持つこともないだろう。[48]」たしかに、『アルマンス』においては、孤独感が主人公の意識のなかで大きな割合を占め、孤独に関する語彙の多さがそれを示している。[49]

一方、『オリヴィエ』に先立つデュラス夫人の二つの小説においても孤独のテーマが見受けられる。まず、最初の小説『ウーリカ』*Ourika*[50]では、主人公の孤立意識が支配的である。この作品冒頭の「これが孤独であることなのだ。これこそ孤独そのものだ。バイロン」[51]という題辞にはじまって、孤立、孤独を意味する語彙は枚挙に暇がない。例をひとつ引いてみよう。「特に孤立（isolement）していることがあります。私が孤独（seule）であり、人生では永遠に孤独 seule だろうという確信を、ド・B夫人は口に出したものでした。そしていつも私は、自分に向かって、孤独だ（seule）！　永遠に孤独だ（seule）！　とくり返していました。その前日にはまだ、孤独（seule）であることは私にはどうでもよいことでした。[52]」夫人の二番目の小説『エドゥアール[53]』でも孤独のイメージは続く。主人公は自らを次のように語るのだ。「私は孤独（la solitude）を愛していました。夕日を見るのが好きでした。」「私たちが生きようと望んだかも知れない孤独（la solitude）のイメージ。」「私は深い孤独（la solitude）のなかで、上流社会とその非難の声を忘れてしまえると思っていました。[54]」孤独は主人公の運命と分かち難いものであった。

ドニーズ・ヴィリューは、デュラス夫人の小説においては主人公または女主人公は社会で孤立している、と述べ、恋愛という小説の伝統的主題が、シャトーブリアンの『ルネ』の場合と同じようにその作品のなかで後退し、幸福をさまたげる内的障害の問題に席を譲ってしまっている、と指摘する。[55] スタンダールは、一八二五年または二六年に留保をつけながらもデュラス夫人の小説を評価している。彼がこれらの作品の共通の主題に関心を抱いていたことは確かである。すなわち、それは社会的または肉体的障害が招く愛の成立不可能のテーマである。そしてスタンダールはこの主題を再び取り上げる。そのために小説の背景を考え、「ここ二、三年来のあるがままの現代風俗を描く[56]」ことを考えるのである。

ともあれ『アルマンス』と『オリヴィエ』の二作品で「孤独」または「奇妙さ」を示す語彙が用いられ、それぞれ、重要な役割を果たしていることが明らかになった。では、語彙の面で、この二作品を分かつものは何か。それは、「特異性」を示す語彙である。**サンギュリエ**、**サンギュラリテ**などの語は、『オリヴィエ』のなかではほとんど使われていないが、『アルマンス』のなかでは大きい頻度で用いられているのだ。しかも注目すべきことは、**サンギュリエ** singulier は、「孤独な」seul、「奇妙な」bizarre の両方の意味を内包しているのである。『十九世紀ラルース辞典[57]』bizarre の項目を見るとこう言っている。「**サンギュリエ**は本来、ひとつのものがその種類で唯一のもの（seul）であり、同類をもたないことを意味する。そこで、この語に何か『奇妙な』bizarre または『変な』étrange ものがある、という結果が引き出されることがよくあるのだが、この語はそうしたことを、間接的な方法でしか意味することはないのだ。」この記述は『アルマンス』の**サンギュラリテ**を説明するのには不充分かも知れないが、まず「独自性」particularité、次いで「奇妙さ」bizarrerie、「風変わりさ」étrangeté など重要な同意語の関係を教えてくれ、ここであらためて、サンギュリエの意味の拡がりとニュアンスを確認することができる。デュラス夫人の『オリヴィエ』とスタンダールの『アルマンス』では、「孤独」、「奇妙さ」の語彙が共通して重要であるが、『オリヴィエ』から『アルマンス』への発展は、この二つの語彙を包括・統合する独自の強い個性を持ったサンギュリエなる語の登場によって徴づけられるのである。そしてこの語の示す「特異性」の観念こそ、スタンダールの小説において近代的自我の個性と感性の表出を可能にしたものであり、スタンダール的近代ロマネスクの誕生に寄与したのではないだろうか。すなわち、「孤独」、「奇妙さ」では表し得ない近代的個性の特質を埋めるのに、スタンダールはサンギュリエなる語を見出したのではないか。そしてその発見は、魂の孤独と不安に悩むロマン主義時代における近代ロマネスクの成立にふさわしいものであったのだ。

3　『アルマンス』から『赤と黒』に至る時期の「特異性」の観念

スタンダールは一八二六年初頭、三巻の作品を発表する意志を示しており、それが最初の作品『アルマンス』として結実したことは明らかだと思われる。だが、前年の一八二五年はジャーナリスティックな活動の盛んな年であり、『ラシーヌとシェイクスピア』II、『産業者に対する新しい陰謀について』などのパンフレット類、「ロンドン・マガジン」、「ニュー・マンスリ・マガジン」などイギリス雑誌に毎月送っていた記事類などを考えると、小説創作時代に入る直前のスタンダールは、ジャーナリストとして活動を行っていたと言える。では、この一八二五年という時期に、スタンダールの著作のなかに、「特異性」の観念がどのように表れているのか、興味ある問題である。スタンダールはこの時期、サンギュリエなる語をどのように用いていたのか。

英国雑誌あてに準備された原稿で、一八二五年一一月一日付の文章のなかで、スタンダールは**サンギュリエ** singulier と**リディキュール** ridicule（滑稽な）の二つの単語を比較している。

グザヴィエ・ド・メーストル氏は一七八〇年代の作家たちを模倣するあやまちをよく侵す。というのもこれらの作家は流行が去ったばかりだからパリではますます**リディキュール**に見えるのだ。今から一〇〇年後には、彼らは**サンギュリエ**になるだろうが、もう**リディキュール**ではないだろう。たとえば、デュ・バルタスは『その週間』〔天地創造〕の拙劣な詩を三五版も出している。彼は、ボワローの時代にはまだ**リディキュール**である光栄に浴していた。今日ではもはや**サンギュリエ**でしかないのだ。(58)

ここで読む限り、嘲笑を呼び起こす**リディキュール**は、同時代に現存する人々を対象としている。しかも鋭い批判の言葉となっている。「**リディキュール**（の観念）はフランスにおいては、最も確かで、最も恐ろしい武器だ」(59)というセギュールの言葉はその通りである。反対に、**サンギュリエ**という語は嘲笑の意をふくまず、**リディキュール**ほど攻撃的な批判を示さず、むしろ静的なニュアンスが読みとれる。ジョルジュ・ブランによれば、「**リディキュール**（の観念）は、『ラシーヌとシェイクスピア』や『英国通信』において、その批評性からいっそうよく使われる試金石となるだろう。(60)」確かにスタンダールは、『ラシーヌとシェイクスピア』のなかにおいて、**リディキュール**の観念によく言及している。たとえば、「**リディキュール**であることはフランス人の間では大きな罰則であるので、彼らはよく復讐心から笑うのだ。」「それ故、喜劇詩人たちに言いたい。もし、真の才能があり、我々を笑わせることができると感じている詩人がいるならば、社会の普通の階級にいる**リディキュール**な人々を攻撃しなさい、と。(61)」スタンダールは、スペイン王に大金を貸した「有名な愛国者」の**リディキュール**な行為について語っているが、これは、パンフレット『新しい陰謀』と同じ視点の批判である。

ところで『アルマンス』は、スタンダールの他の小説と較べて最も**リディキュール**の使用の少ない小説である。(62)

しかし、前述のごとく、これは最も**サンギュリエ**が用いられている作品である。一方、『リュシアン・ルーヴェン』は**リディキュール**が最もよく用いられているが、**サンギュリエ**は最も少ない。この二つの単語の相反する性格をよく示している現象と言えよう。『アルマンス』第一四章で、オクターヴは言動の一致しない銀行家たちについてこう述べる。「愚者どもがこの上なく**リディキュール**な嘘を吐くのを眼にしながら、『見事な仮面をかぶっているが、ぼくにはお前がわかるぞ』と彼らに言ってやる勇気のないこと、これこそ、ぼくたちの立場からくる不幸のひとつだ。」(63) スタンダールは、この小説で、この見事な仮面をはぐ代わりに、個性的で、特異な自我の探求へとその眼を向けているのである。

サンギュリエは『恋愛論』関係の文章のなかにも姿を現す。『恋愛論』(一八二二年)の内容を発展させた一八二五年の文章「ザルツブルクの小枝」(64)のなかで何度かこの形容詞を用いており、たとえば「もっと**サンギュリエ**な、もっと輝かしい小枝」のような言い方をするが、特に、恋愛の誕生にかかわる結晶作用の心理現象について、**サンギュリエ**なイメージを抱いている。

同じく、一八二五年、翌年刊行を考えていた『恋愛論』新版のための広告記事 ***Puff-Article***(65) のなかで**サンギュリエ**が用いられている。スタンダールが、この本について「それ自体すでに**サンギュリエ**なものであるこうした試みの困難さ」を述べている。

こうした恋愛関連の文章での**サンギュリエ**の用法を見ていると、『リュシアン・ルーヴェン』の一場面、グランデ夫人がリュシアンに対し愛の萌芽を感じる場面を思い起こす。

もし彼女にもっと経験があるかもっと才気があったなら、彼女をリュシアンと結びつけているこの**サンギュリエ**なやり方を「自然な」**naturel** と呼んだことだろう。(第六三章)

リュシアンの「自然らしさ」**le naturel** は、貴族評価の支えとなる特権を尊敬し、崇拝の念にひたり切っている二六歳の女性には、みかけは全く**リディキュール**なものであった。だが、偶然にも、自然で低俗な術策などには無縁な心の持主で、あらゆる行動に**サンギュラリテ**の色合い、**サンギュリエ**な高貴さの色合いを添えているこの男にとっては、この「自然らしさ」**ce naturel** は、これまでこれほど乾ききった心のなかに特別な感情を誕生させるのにこの上なくうまく計算されたものとなったのであった。（第六四章）[66]

この文章のなかで、計算されたものでない不意打ちの「自然らしさ」は、グランデ夫人の乾いた心を捉え、予想外の感動を与える。注目すべきは、**サンギュリエ**に強められた**ナチュレル**（自然らしさ）の観念が愛の誕生へ向かうことである。アルベレスによれば、「愛のみが、自発的自然らしさにその真の位置を与える」[67]のである。だが、**サンギュリエ**に強められた**ナチュレル**、「特異性」と「自然らしさ」の共存は、低俗さの拒否、特異な高貴性を導き出し、スタンダール的倫理性を示してみせるのだ。このような**ナチュレル**と**サンギュリエ**の共存を、一八二七年三月九日付、サットン・シャープ宛て書簡のなかに見出せる。

毎年数ヶ月、あなたをこちらに迎えることに結局はなるでしょう。絶えず、**ナチュレル**であり続ければ、あなたはたいへん**サンギュリエ**で、たいへん独創的になるでしょう。これは、あくびが出ることしか恐れていない国民にとっては最高の美点です。あなたがこうした長所を持ち、金銭崇拝の気持ちが無い点は、フランスでは、すぐれた著作を評価するための、諸国民の代表の地位にふさわしいものだったのです。[68]

スタンダールは、ロンドンの友人に対して特異性、独創性、自然らしさの価値を強調し、特に「金銭崇拝の念の不在」を評価する。こうした金銭に対する無欲、嫌悪感は、パンフレット『新しい陰謀』における富裕な銀行家、営利的な産業主義に対する反発を想起させる。「特異性」の観念はこのようにして、スタンダールの倫理性をも示していると言えよう。

次章で詳しく述べるように、『赤と黒』の創作期間中に、スタンダールは『ミナ・ド・ヴァンゲル』を執筆するが、その折、描写における「驚き」étonnement の効果を発見し、自らの環境に驚く外国人女性、すなわち「外国人のミナ」の登場を着想する。また同時に、首都に到着した「田舎の若者」ジュリアンの姿を考え、『ミナ・ド・ヴァンゲル』に続く『赤と黒』第二部の構想を固めてゆくのである(69)。

この**エトヌマン**（驚き）も**サンギュラリテ**の同意語である。また**エトランジェ**（外国人）の語は、その孤立性、異質性から、**サンギュリエ**に近いものを感じさせる。このような「驚き」の発見、「外国人」女主人公による新しい視点の発見が、『赤と黒』の創造の新しい展開に寄与したことは明らかである。しかも、ミナはいろいろな意味で**サンギュリエ**な女主人公であるのだ(70)。

『アルマンス』は、主人公、女主人公ともに特異な性格をもち、彼らの特異性が反響し合っている作品である。この特異性の色調がこの小説に静的で高貴な雰囲気を与えている。『赤と黒』第二部においても、主人公と女主人公ともに特異な性格を持つ。しかし、彼らの特異性は反響し合うことはない。マチルドは自らを祖先の伝統の継承者とみなし、その特異性は中世にあこがれる歴史性に発している。いっぽうジュリアンは、その独自な視点からパリの深遠な社会的、政治的、心理的な世界を驚きとともに発見するが、マチルドの特異性とは明らかに異質である。しかし、主人公のこの特異な視点と発見は、この小説に、『アルマンス』よりもはるかに変化に満ち、活力に溢れた性格を与えることになるのである。

スタンダールの小説のすべての主人公は**サンギュリエ**である。それぞれの小説で、主人公の特異性がその独自の内省的性格を表し、その視点の独創性を示すのである(71)。スタンダールのこのような小説にひとつの転回点があったとすれば、『アルマンス』から『赤と黒』に至る過程であり、静的批判の視点から動的ダイナミズムへ、特異性の内的意識から驚きの視点による外界発見にいたる転換であっただろう。

結び

に

『アルマンス』の時代、形容詞**サンギユリエ**はスタンダールだけでなく他の作家も用いていた。たとえば、一八二六年一月三日付書簡で、スタンダールは、自らの新作のため、キュビエール夫人の『マルグリット・エモン』の品位ある調子がよい、と考えているが、この作品には、**サンギユリエ**が多く使われていた。H-F・アンベールは、『アルマンス』とこの作品を比較検討しているが、それによれば、この形容詞使用に示されたスタンダール的特性は、「キュビエール夫人にはない心理・哲学的文脈における」使用だという。[72]

またプロスペール・メリメは、一八三〇年二月一四日付の「ルヴュ・ド・パリ」に発表された『エトルリアの壺』のなかで、**サンギユラリゼ**、**サンギユラリテ**の語を用いている。[73] スタンダールがモデルではないかとも言われるこの作品の主人公サン・クレールは、こう述べている。「女性に好かれる第一の条件は自分を**サンギユラリゼ**する（自分を目立たせる）ことであり、他人とは別の人間であることだ。だが、**サンギユラリテ**（他人とは変わっていること）の一般的法則などあるだろうか。」この時期、メリメが**サンギユラリテ**を用いたのは興味深い。この作品の刊行の少し前、一八二九年一二月、スタンダールは『箱と亡霊』をメリメの前で朗読しており、さらに一二月から一八三〇年一月にかけて、『ミナ・ド・ヴァンゲル』を執筆するが、これはきわめて特異な女主人公が登場する作品なのである。[74]

以上は、任意に取り出した二例であるが、『頻度辞典』[75]を見ると、十九世紀、二十世紀を通じて、形容詞**サンギユリエ**は、全時期のうちで、一八一六年から一八三二年の時期が最も頻度が高く、名詞**サンギユラリテ**も高い頻度を示している。この時期はちょうど、フランス・ロマン主義の興隆期であった。ロマン主義における特異性の問題を指摘する史家もいる。たとえば、ランソン、シェンクなどである。[76] G・ギュスドルフは、ロマン派における特異性の問題について語りながら、「特異性に対する普遍性の優位」[77] について言及する。これは、サルトル的概念の「特異な普遍」[78] を想起させる。ジャン・スタロバンスキーはロマン主義的人物における「孤独な特異性」[79] の重要性を指摘する。自らの仮面を脱いだあと、この人物は社会で疎外されるが、孤独な特異性を示すことで、真の自我を発見し、死に至るのである。そしてこれこそスタンダールの主人公の運命であろう。

さらにポール・リクールは次のごとく述べる。「通常、若者たちに認められているこうした特異性や孤独の感覚、こうした純粋性や絶対性への関心、こうした驚きや感嘆の力、こうしたエネルギーそのもの、こうした渇望は、実行力のある実際的で少し無感動になった大人たちが、だめにしてしまった人間の財産なのではないだろうか。[80]」こうしてみると、スタンダールの特異性の観念は、「幸福な少数者」のものであるとともに、青春と結びつく観念であるとも言えよう。

第2章　スタンダールにおける近代ロマネスクの形成

――『アルマンス』から『赤と黒』へ――

はじめに

この章では、スタンダールが最初の小説『アルマンス』から次の『赤と黒』にかけて、どのような模索を重ねて小説の手法を成熟させ、近代ロマネスクを生み出すに至ったかを、作家の残したメモや『英国通信』などから検証してゆく。

十九世紀のフランス小説の流れのなかで、『赤と黒』がどのように新しい作品であったかを言うことは簡単なことではないが、強い意志とエネルギーを持ち、自我の独自性を主張する主人公はそれ以前の小説に存在しなかったものであり、新しい小説世界を創り出したことは確かである。しかも、人物の内面描写については、伝統の心理分析小説の手法を意識している。

これに加えて、『赤と黒』には、同時代社会の政治・風俗などの現実を描こうとする意識が見られ、この小説の副題が示すごとく、年代記の性格がある。当時、ウォルター・スコットの歴史小説が全盛であったが、スタンダールはスコットの叙述の方法に批判的であり、自らと同時代の人間の心理を描くことを選ぶのである。この点、スタンダール流のロマン主義の主張が示すごとく、同時代、すなわち作者にとっての現代が重要なのであった。『赤と黒』はこのように、大革命後の流動する社会を背景に個人の心理を描くことで世界の真実に迫り、小説形式の新しい可能性を生み出した最初の近代ロマネスクであると言える。この作品には、心理小説の伝統と風俗や社会を描く小説の流れが新しい形で統合されているのだ。

では、スタンダールは、特異で孤独な存在を主人公とする最初の小説『アルマンス』の静的で不毛な美の世界から、どのようにして、『赤と黒』の強い意志とエネルギーを持つ主人公の活力に溢れ流動性に満ちた世界へと移行することが可能だったのであろうか。

スタンダールは、一八二六年一月三日の書簡で「ここ二、三年の風俗をあるがままに描く」構想を明らかにするが、翌年に刊行されたその作品が『アルマンス』であった。当時、演劇と詩に較べ、小説は二次的に見られていたが、反面、制約の少ない自由なジャンルであったことを考えると、スタンダールが長篇小説創造の道に足を踏み入れるこの決意には興味深いものがある。しかも、スタンダールは刊行された最初の小説『アルマンス』を何度も読み直し、三年後の『赤と黒』執筆に至るまで、自らの小説の方法について、模索を重ねてゆく。その模索の内容については、理論的にまとめられていないので、メモ、書評、マルジナリアなどから推察するほかないが、評判の悪かった『アルマンス』については、特注の白紙挿入本が作られ、自作擁護もふくめ、小説に関する批評がメモされている。その批評はどのようなものであったのか。他方、この時期スタンダールは、イギリス雑誌への寄稿を続け、フランスの政治状況とともにフランス文壇の情報を伝えているが、この寄稿記事を集めた『英国通信』と最初の小説『アルマンス』はどのような関係にあるのか。また、この小説は、スタンダールの愛の危機のなかでどのように創作されたのか。さらに、『アルマンス』から『赤と黒』に至る過程に、どのような小説作法の転回が見られるのであろうか。

この章では、以上のごとく『アルマンス』とそれ以後のスタンダールが、小説に何を盛り込もうとし、どのようにして『赤と黒』のロマネスクを結実させてゆくか、そして第一作に較べ、はるかに力に溢れた近代小説の傑作を書くことに成功したか、小説観、政治との関係、恋愛の破局による危機、小説作法の転回の諸点にわたって資料をたどりながら、スタンダールの模索を多角的に素描してみたい。

1　『アルマンス』ブッチ本に見る小説観——『クレーヴの奥方』と『エドゥアール』

一八二七年八月に刊行されたスタンダールの最初の小説『アルマンス』への反響は厳しいものであった。ロマン主義運動に大きな役割を果たした「グローブ」紙に掲載されたヴィテの書評は、主人公オクターヴの行動が奇矯で、風俗描写に難点があり、賞めるべきところ無しとした（一八二七年八月一八日号）。これ以外のフランス内外の書評[1]も同様で、主人公の奇矯性、風俗描写の非現実性を指摘するものが多かった。わずかに、フィレンツェの「アントロジア」誌が好意的批評を行った。『アルマンス』初版本の売れ残りは、翌年、第二版として衣替えして刊行されるが、スタンダールは、イギリスの雑誌へ送った記事のなかで、その第二版刊行に触れ、『アルマンス』初版が酷評を受けたと報告している[2]。

このような状況のなかで、スタンダールは自らの作品についてどのように考えていたであろうか。前述のように、初版刊行時に彼は白紙を挿入した自家本を作らせ、再読するたびに、この小説に関する思索を書きつけていった。スタンダールの没後、この自家本はチヴィタヴェッキアの友人ドナート・ブッチ家所有の時期があったので、ブッチ本と呼ばれる。

スタンダールは、このメモのなかでこの作品に対する身近な人々の間の不評も伝えているが、自分の作品の価値には疑いを抱かず、その価値の基準として、『クレーヴの奥方』への言及が目立つ。以下、ブッチ本メモを眺めて

みよう。(3)

一八二八年六月六日のメモには、次のような作品の不評に対する反論がある。

今の流行が、『クレーヴの奥方』とか、タンサン夫人の小説とか、たいへん昔に流行した作品としか類似点のないこの小説の理解をさまたげている。

この自家本巻頭の見返しページには、一八二八年か二九年ごろのものと思われる鉛筆書きのメモが記されている。この小説を書きながら抱いていた大きな心配は、この小説が小間使いか、小間使いに似た公爵夫人に読まれることだった。

皆この作品が悪いと言う。

と述べて、友人のドメニコ・フィオーレ、アドルフ・ド・マレスト、一時恋人だったアルベルト・ド・リュバンプレ、妹のポーリーヌなどの名を挙げ、こう書く。

作者の唯一の言い訳は、『クレーヴの奥方』についてなら、彼らがどう言うか、ということだ。

さらに、見返しの裏ページに、一八二九年七月三〇日、アルベルトとフィオーレの批判をペン書きで繰り返している。フィオーレ（スタンダールはフィオーリと呼んでいた）のところを引用する。

フィオーリ氏は、絶対に何の長所もない、と言う。この小説は、『クレーヴの奥方』のように繊細だと私には思えるのだが。

ドメニコ・フィオーレ(一七六九―一八四八)は、ナポリの弁護士だったが、一七九九年に追放され、フランスに亡命した人物で、スタンダールは、この年長の友人に深い信頼の念を抱いていた。『赤と黒』第二部に登場する、ナポリで死刑を宣告された亡命者アルタミラ伯爵のモデルとされる。このフィオーレからの不評は、スタンダールにとって辛いものであったようだ。一二年後になって、『パルムの僧院』の自家本に次のようなメモを書いている。

一八四一年二月一日の手紙。

一八四一年二月一四日

バルザック氏に知らされて、フィオーレは、『アルマンス』に面白いところがあることを発見する。

私は、『アルマンス』を失敗作だと思っていた。(4)

だが、ブッチ本メモを眺めると、スタンダールは、一八三一年一〇月二九日や、一八三五年三月一五日など、再読して、「たいへん良い」very well と自分の作品を高く評価している時もある。再読しながら、自らの小説観を確認しているのである。それでは、このメモのなかで、『アルマンス』執筆時の小説構想については、どのように回想されているだろうか。

スタンダールは、一八二六年二月の状況を示すために、地球の丸い地平線の図を描き、地球の丸みのためにたがいに見えない二点にそれぞれ樹木を立て、一方に、『クレーヴの奥方』の出現、一六七〇年」、他の一方に「『ウーリカ』(デュラス夫人作)の時代、一八二五年(実際は一八二四年)」と記し、次のような註記を加える。

ウーリカの足許にいる俗悪な人間は、時代の変化によって、『クレーヴの奥方』の頂きをほとんど見ることが出来ない。一五五年のへだたり。一八二六年二月の着想。

すなわち、スタンダールは『アルマンス』執筆のごく初期から、ラ・ファイエット夫人の作品を、ひとつの理想と考え、自らが経験した、また、経験しつつあった愛の破局を重ね合わせて、現代の『クレーヴの奥方』のごとき心理分析小説を書こうとしたのではないかと思われる。そのためであろうか、彼の愛した三人の女性に関するメモが次に並ぶ。

三大絶望
ジーナから捨てられたこと……一八一七（実際には一八一五年）
メチルドへの不可能な恋……一八二〇
マンチから捨てられたこと……一八二六
すべて恋による

スタンダールは、十七世紀のラ・ブリュイエールにも言及している。『アルマンス』執筆中の一八二六年一〇月四日の着想を思い出し、次のメモを書く。

『エドゥアール』（デュラス夫人作）を読みながらこう考えていた。ラ・ブリュイエールの補遺、つまり、十九世紀のラ・ブリュイエールのようなものを非常にうまく作らねばならない。

『アルマンス』執筆中のスタンダールは、この作品に十七世紀のモラリスト風な人間心理の観察を籠めたいと考えていたのであろう。だが、この意図は同時代の人々には理解されず、その「固苦しい、あまりに高貴な文体」を非難されるのみだったのである。

こうしたスタンダールのメモで気がつくのは、デュラス夫人の作品への関心である。前述したようにスタンダールは『アルマンス』執筆に際して、当時、評判の『ウーリカ』『エドゥアール』を念頭に置いて作品を考えていた。デュラス公爵夫人（一七七九—一八二八）は、海軍将官だった父が大革命の間に亡くなり、マルチニック島で育てられ、亡命先のイギリスで結婚し、ナポレオンの治世間に帰国して、スタール夫人のサロンに出入りする。王政復古時代には、デュラス公爵は王党派の上院議員として活躍し、公爵夫人の開いた文学サロンは人気も高く、自由派の文人も顔を見せたが、スタンダールは出入りしたことがなかった。

公爵夫人は、当時の社会的禁制による恋愛の不成功をテーマに小説を書いていた。『ウーリカ』[5]（一八二四年）は、海外植民地から連れてこられ、貴族社会のなかで育てられた黒人女性が、フランス貴族の青年に失恋する物語である。『エドゥアール』[6]（一八二五年）の方は、恩人の貴族の令嬢で今は未亡人となった公爵夫人のナタリーと激しい恋に落ちた平民出身のエドゥアールが、身分ちがいの結婚でナタリーを傷つけるのを恐れ、一人でアメリカに渡り、フランスからの新聞でナタリーの死を知ったあと戦場で倒れ、望んでいた死を遂げる、という物語である。

スタンダールは、イギリス雑誌への寄稿記事のなかでこの二作品について触れている。[7]「ニュー・マンスリ・マガジン」一八二四年六月号の書評では、『ウーリカ』について、短いことは何よりの長所であり、公爵夫人は、処女作ではあるが宣伝による作品成功の手段を知っている、と述べる。そして、物語は単純で語り口は上手であり、時として気取りはあるが、処女作としては良い方だ、とする。だが、女性作家の作品は多く、これより優れたものも多い、と述べる。実際、『ウーリカ』書評の翌月の記事で、スタンダールは、『ウーリカ』成功の影響で、貴族夫人の創作熱が高まり、ラドヴォカ書店は、貴族の名流夫人の六作品の刊行を予告している、と書いている。[8]同誌一八二五年一二月号の書評では、『エドゥアール』について、文体に貴族階級の匂いがあり、この貴族階級への気遣いから、思想、感情を表すのに最も自然で心に迫る方法を避けている、すなわち、デュラス公爵夫人は、作家としては貴族階級の犠牲者なのだ、と評している。ただし、同誌一八二六年一月号の「素描一」の書評はもう少し分析的である。

前章で見たように、デュラス公爵夫人の第三作は、『オリヴィエ』であったが、その大胆な主題のため、生前、印刷されることはなく、二十世紀後半になって刊行された。したがって、この作品の原稿は公爵夫人のサロンで読み上げられたのみであったが、この状況を利用して、アンリ・ド・ラトゥーシュが、一八二六年一月、『オリヴィエ』という同じ題名で、作者名を入れず、同じ主題を扱った短い小説を公爵夫人の作品のごとく装って発表した。この試みはあまりに反響が大きかったため、スタンダールも、もうひとつの新しい『オリヴィエ』を書こうとしたのが、『アルマンス』となるのである。

デュラス公爵夫人に対してこのように深い関心を抱いていたスタンダールは、一八二八年のその死に際して長い追悼記事を書いている[9]。スタンダールは、彼女の小説が「フランスにおけるハイ・ライフの忠実な絵画」を提供している、と評価する。そして、社交界を描こうとする作家は、まず、それを見たことがあり、そこで生活したことがなければならないのだが、この利点をもつ公爵夫人のような作家はほとんどいない、と述べる。スタンダールによれば、フランスでは、社会というものは文学と同じように、多様で繊細なニュアンスを示すものであり、「風俗のこうした特性、こうした繊細なニュアンスを描くことこそ、小説家の仕事」なのである。しかも、小説の舞台を一五世紀にすれば、作家がその時代について無知であることも注目を浴びないが、「現代の風俗、人物を描くこと」は作家にとって危険を冒すことになるのだ、と言う。

スタンダールは、一八二六年一月三日、書店主ルヌアールに、のちに『アルマンス』となる小説執筆の意図を明らかにするが、この手紙が日程の上で、デュラス公爵夫人の作品評が載った『英国通信』の二つの記事の間に書かれたことになるのは興味深い。前述の通り、『アルマンス』の生成とデュラス公爵夫人の『オリヴィエ』は密接な関係がある。スタンダールは、「ニュー・マンスリ・マガジン」一八二六年一月号から「パリの社会・政治・文学素描」という標題のシリーズ連載をはじめるが、一月号の「素描一」(記事巻頭日付一八二五年一二月一八日)には、公爵夫人の第二作『エドゥアール』の書評を載せ、二月号の「素描二」(日付一八二六年一月一八日)では、公爵夫人の作品としてアンリ・ド・ラトゥーシュによる偽作『オリヴィエ』を紹介する[10]。スタンダールは、「素描一」のなかで、エドゥアールはルネの引き写しでハムレット的逡巡と狂気があり、身分の低さは心得ながらも、高貴な心、寛大な感情の点では恋人と同等であり、二人とも例外的存在であると感じることを誇りに思っていると、スタンダール小説を連想させる意味のことを述べている。さらに「素描二」の執筆では、偽作であることを充分承知してのことと推察されるが、スタンダールは『オリヴィエ』を公爵夫人の作品とみなして、公爵夫人の文学について語っている。こうしたことから明らかなように、スタンダールの一月三日の書簡は、デュラス公爵夫人の作品への強い関心の下に書かれたものであり、小説構想が形成されるひとつの段階を示していると言えよう。

2　描かれた政治、描かれなかった政治——『英国通信』と『アルマンス』の間

スタンダールが一八二六年一月三日に出版業者のルヌアールに書いた手紙は次のようなものであった。

二ヶ月後に、一二折本三巻の小説の原稿をお届けします。ほとんど『ロッシーニ伝』の文体で書かれたものです。

私は、この小説のなかで、ここ二、三年来の現在の風俗をあるがままに描こうと努めました。私が最初に気を配ったことは、『マルグリット・エモン』(11)の節度ある調子からはずれないようにすることでした。要するに、作者がユルトラ（過激）王党派か自由派か察しがつかないでしょう。(12)

先に述べたように、これがスタンダールの最初の長篇小説の着想であり、その完成作品が『アルマンス』となるわけである。この文面からは、現実の風俗を描こうというレアリスムの意識や、作者の政治的位置に関する意識が読み取れる。

スタンダールは、それ以前、一八一〇年代に、ハイドン、モーツァルトなど音楽家の評伝、イタリア絵画史、文

明批評もこめたイタリア紀行、一八二〇年代に入って、恋愛論、ロッシーニの評伝、ロマン主義や産業主義に関するパンフレット、フランスの新聞やイギリスの雑誌への寄稿記事など、さまざまな主題について発表し続けてきた。このような状況のなかで、スタンダールが何故、『オリヴィエ』偽作問題を契機に長篇小説に着手しようとしたかは、謎を秘めた決意に見え、簡単な説明を許さないものがある。(13)

上の書簡では、スタンダールは、ここ二、三年来の風俗を描く意図を示すとともに政治にも触れていた。この時期、スタンダールが、フランス社会の風俗と政治についてもっともよく触れたのは、イギリスの雑誌への寄稿記事を集めた『英国通信』のなかであった。『英国通信』(14)は、途中で中断はあるにしても一八二二年から二九年前半までの長い期間続くのであるが、ここで重要なのは、「ロンドン・マガジン」に「グリムの孫」の筆名で書いた一八二五年の「パリ便り」一二編、「ニュー・マンスリ・マガジン」に一八二六年一月から二九年七月までの期間に発表された「パリの社会・政治・文学素描」と題された二九編であり、分量的にも大きいこの二つの記事群を中心に、この二誌掲載の記事は注目に価するだろう。

『アルマンス』との関係で考えてみると、作品冒頭の事件、俗に言う「亡命貴族の十億フラン法」による亡命時の没収財産の賠償問題、ヴィレール内閣の政治状況、ジュズイット派に対する反撥、社交界での新宗教の流行、タルマやフォワ将軍への言及、貴族階級の世代分裂など、作中に描かれたさまざまな社会的、政治的テーマの源が『英国通信』に見出されるのである。さらに、一八二五年末には、パンフレット『産業者に対する新しい陰謀について』が刊行されるが、そこに示された産業主義、銀行ブルジョワジーへの批判的態度は、『アルマンス』第一四章の内容と呼応するであろう。

こうしてみると、スタンダールが、一八二六年一月はじめに、小説執筆の意志を表明したとき、彼が言う「ここ二、三年来の風俗」についての考察は、相当の部分、すでに発表されていたことになる。しかも、執筆が開始されてからもその考察の発表は続けられていたのである。とすると、『英国通信』の記事と小説『アルマンス』の記述はどのような関係にあるであろうか。風俗や政治の同じ主題が、両者にどのように描かれているかを眺めてみる。そのために、『アルマンス』の冒頭で描かれる「亡命貴族の十億フラン法」の、亡命貴族没収財産のための賠償法案を例にとってみよう。

スタンダールが賠償法を『アルマンス』のなかでどう扱っているかについては、H-F・アンベール『自由の変貌』(15)のなかで適確な分析が行われている。それによると、スタンダールが小説中で用いているのは、法案論争のなかで、侯爵の言葉のなかに出てくる賛否の票の配分と予定されている措置の不十分さ（不満を抱く地方貴族への対策であろうか）の二点のみであり、論争をする自由派も背景にいるユルトラ王党派も描かれることがなく、小説のなかに政治論争が持ちこまれることはなかった。こうしてアンベールは、『英国通信』から小説創造に移行する際の客観性保持の努力を指摘している。

客観性保持の指摘は、一八二六年一月三日の手紙の、党派性を明らかにしない意図と一致するものであり、さらに、わずか二点の細部しか賠償法の事実を書いていないということも確かである。

だが、ここで興味深いのは、政治の深い部分でなく、細部を少しだけ描くことによって、時代の背景を明らかにし、人物の運命を導く印象的な効果をあげていることだ。どのような小説設定を行っているのか、賠償法案の経過と照合しながら、小説の時間の流れを眺めてみたい。まず、賠償法そのものの由来を調べてみよう。

ベルチエ・ド・ソーヴィニー『王政復古史』(16)によると、この法案は一八二五年議会の重要な法案であり、一八二四年九月に没したルイ十八世の後を継ぐシャルル十世の治世の最初の議会に提出されたが、実際は先王ルイ十八世の遺志によるものだった。

王政復古が行われて以来、革命時代に没収、売却された貴族の財産に対する処置は常に問題になり、貴族の不満はシャルル十世の政権の安定を危うくしかねないものであった。何よりこれは財政上の問題であり、時の首相ヴィレールは財政の専門家で、支払いに必要な一〇億フランを国債利率の引き下げによって捻出しようとした。最初の引き下げ法案は一八二四年六月三日に上院によって否決されたが、一八二五年の議会の会期に、ヴィレールは、まず賠償法案の可決を求め、次いでその財政的処置として国債の金利問題を扱うこととした。このようにして、一八二五年、国有財産の旧所有者のための賠償法案の審議がはじめられる。当初、左派の自由派のみの反対と思われていたが、賠償法の利害をめぐって右派の貴族側にも反対が出て議論が白熱する。しかし結局、法案は可決され、成立する。その内容については、喜安朗の記述を借りると、「二五年五月に成立したこの法律で、賠償の対象となる財産は一〇億フランと評価され、その三%の三〇〇〇万フランを賠償金とし、国債の利率の引下げからもたらされる収入によって五年賦の支払いを保証するというものであった。[17]」喜安は、この賠償法が、「大革命の原理と成果の否定をその精神としていること」と、「ユルトラの社会経済上の地位の強化という点では、実際上の効果はあまりなかった」ことを指摘している。

ここで、賠償法関連の日程を整理しておこう。

一八二四年二月　下院選挙で政府側圧勝。全四三〇議席中、反政府側一九議席（そのなかにコンスタン、フォワ将軍などが含まれる）。
　六月　国債利率引き下げ法案上院で否決。
　九月　ルイ十八世没（アルトワ伯、新王シャルル十世となる）。
　一二月二二日　議会開催。王の開会演説で賠償問題に触れる。
一八二五年一月　三日　亡命貴族の賠償法議案下院に提出。
　二月一七日　討論開始。
　三月一五日　下院で投票、三八三票中二五九票対一二四票で可決。翌日上院へ提出。
　四月一一日　討論開始。

四月二一日　議案修正ののち上院で投票、一五九票対六三票で可決。
四月二三日　修正案を下院へ。二二一票対一三〇票で可決。
五月　三日　「モニトゥール」紙、賠償法実施に関するシャルル十世の勅令（五月一日付）を公表。
一八二六年一月　三日　小説執筆の意志表明。
一月三一日―二月八日　最初の執筆と中断。
九月―一〇月　執筆再開、完了。以下修正。

では、『アルマンス』のなかでは、この問題はどのように登場しているのであろうか。亡命貴族の没収財産賠償法が話題になるのは、第一章、第二章がほとんどである。

第一章では、主人公オクターヴの父、マリヴェール侯爵の亡命貴族としての姿が描かれる。大革命前は非常な金持ちだったが、一八一四年に帰国すると、財産没収によって年収二、三万フランの身分になり、自らを乞食の境遇に落ちこんだと思っている、というのである。彼の誇りにしているものは、パリに一三家しかない「立派な家名とルイ若年王の十字軍遠征以来のたしかな系図[18]」である。妻の侯爵夫人によれば、侯爵は「あんまりしっかりした根拠のない政治上の見通し」を持っていて、財政面の計画としては、「三年このかたよく話をきく例の賠償法」をたよりにしている。しかし息子のオクターヴは、その賠償法が否決されるのを望んでおり、その第一の理由として、「あの法律は完全なものじゃありませんし、したがってあまり公正なものじゃないと思うからです」と母の侯爵夫人に告白する。

第二章は、賠償法の見通しが確実になったと喜びに取り乱す侯爵の姿からはじまる。侯爵は息子に向かってこう言う。

「そうだ、オクターヴ、賠償法が提出される見通しが立ったところなんだよ。四百二十票のうち、確実なところ三百十九票はこちらのものだ。お母さんは、わしのみるところ六百万フラン以上の財産をなくしている。で、ジャコバンどもの脅威で、王様のお裁きがどれだけ割り引かれるとしても、わしらはたっぷり二百万フランがとこ当てにできるわけだ。だからわしももう乞食ではない。」

その晩、ボニヴェ夫人のサロンで、この二〇〇万フラン（ピエール・ルイ・レイの試算によると、一九九二年における六〇〇〇万フランに相当するという）による人々の態度の変化を感じたオクターヴは軽蔑感を覚えるが、従妹のアルマンスだけには心の品位を認める。

このサロンで、オクターヴの態度に腹を立てたある地方出の下院議員が、伯父のスービラーヌに向かってこう言う。

「宮廷貴族のかたがたよ、われわれがあなたがたの賠償法を通さずにわれわれ自身の賠償法に投票できたら！ということころですな。そしたら、われわれに保証を与えないかぎり、あなたがたの手には賠償金は入りませんぞ。われわれとしても、昔のように、あなたがたは二三で大佐、われわれは四〇になっても大尉なんていうのはもうごめんです。三一九人の穏健派議員のうち、われわれ二一二人は、昔、犠牲になった地方貴族の出なんですからな。」

そのあとオクターヴは、サロンでの噂話を聞いて、アルマンスの態度を富に対する嫉妬からと誤解し、暗い思いを抱いて帰宅し、自分の心情をメモに綴り、一八二＊年一二月一四日の日付を書き込む。この誤解は、第四章で解け、オクターヴは幸福感を抱くが、やがて愛の苦悩を味わう。

この第二章以降、賠償法については、第五章で、賠償法に関する既定方針が秘密でなくなったことと、第七章で、ボニヴェ夫人が賠償法の気に入らない点をほのめかすことの二ヶ所で触れられるのみである。

この第二章で、スタンダールは、いったいどの時代を描いているのか。第二章に、一八二＊年一二月一四日の日付があり、前後の状況からこれは明らかに一八二四年一二月一四日であろう。マリヴェール侯爵は、この日早朝、情報を得たのである。賠償法案の情報はどのように伝わったのか。新王シャルル十世は、おそらく閣議で極秘裡に賠償法案を提案しているであろうが、それが公になったのは、一八二四年一二月二二日午後一時から行われたシャルル十世の議会開会演説のなかであり、そのなかで、王は亡命貴族への賠償を約束した。

兄の王は、大革命の最後の傷をいやすことに大きな喜びを見出していた。亡き王の賢明な意図を実現するときが来たのである。我が財政状態はこの偉大な正義を行い、政治的行為を行うのを可能にしており、増税を行わず、予算を損わず、公共投資の資金を減らさずにすむのである。（「ジュルナル・デ・デバ」一八二四年一二月二三日号）

『アルマンス』第五章では、スタンダールはこの議会開会演説には触れていないが、一二月二二日の議会開会式の日については触れている。賠償法案の情報を知ってマリヴェール侯爵が狂喜するのが第二章の一二月一四日であり、第五章途中では、賠償法に関する既定方針は社交界の大半の人々にとってもはや秘密ではなくなり、第五章後半に出てくる「最近の議会開会式」、すなわち一二月二二日に至る、というのが、第二章から第五章の時間的経過と考えられる。しかし、この時間進行の流れに逆らう例が第四章にある。オクターヴがスクリーブ作『愛なき結婚』第二幕の若い妻に夫が鍵を渡す場面を見て芝居小屋を飛び出す描写である。この芝居についてスタンダールは、「ニュー・マンスリ・マガジン」一八二六年一二月号に劇評を書いている。この芝居は一八二六年一〇月一〇日に上演されたものであり、この時間をそのまま小説の時間に受け入れると一挙に二年近く進行することになり、不自然である。この場面は一八二六年秋『アルマンス』を執筆中だったスタンダールが、同時期に上演されていた演劇を一八二四年末のこの場面に挿入したものと考えられる。これ以外にも、この作品のなかで、同時代への言及がいくつかあるが、一八二六年への言及をあげると、第一一章における一八二六年九月、一〇月のパスタ夫人お名残り興行（第二一章の『オセロ』もおそらくその一つと思われる）、第一四章註二の一八二六年三月、四月の上院審議、第一九章の一八二六年四月のミソロンイオン陥落の情報などがあるが、小説進行上、厳密に計算されて配置されたのかは確かでない。むしろ、執筆の状況で必要に応じて同時代の事柄を挿入した、という印象を受ける。『愛なき結婚』の場合には、傷痍軍人らしい新婚の夫が若妻にもし自分を愛しているのなら返してくれと言いながら部屋の鍵を預ける芝居の場面をみたオクターヴの反応を描きたかったのであろう。

このように考えると、『アルマンス』第五章までは、一八二四年一二月という法案提出前の時期を扱っているのであり、一八二五年一月の下院への賠償法案提出後の、議会の論戦が白熱する時期のことは、どこにも書かれていないのである。第六章以降では、オクターヴとアルマンスの和解と幸福、ドーマール伯爵夫人の登場、マリヴェール侯爵夫人とアルマンスの信頼関係などが描かれており、二人の恋人の内省と逡巡のドラマは続くのだが、一八二五年一、二、三月ごろの賠償法案に対する議会内外の激しい批判は、この小説のなかで触れられることはない。[19] まさに、スタンダールが第一四章の終わりで言っている通り、「こんな単純きわまる物語のなかに政治が割りこんでくるのは、音楽会の最中にピストルをぶっぱなすような効果にもなりかねない」のであろう。スタンダール小説のなかには、恋愛をふくむ想像力の働きと卑俗な現実を描くレアリスムの結合があるが、上の引用文は、賠償法案のような政治色の強い事件を描くことで、レアリスムが想像力の世界を押しつぶすことを危惧する文章とも読むことができよう。もっとも、政治を警戒してみせながら政治について語る、というのもスタンダールの常套手段であって、三分利子国債（一八二四年六月）、長子相続法（提出一八二五年一一月）、出版取締法（一八二六年一二月）と政府の議案が上院の反対により否決されるか議案取り下げで通らなかった例を三つ挙げ、ヴィレール内閣の命運を予告してみせるのである。

スタンダールは、小説のなかで書かなかった一八二五年前半の賠償法案論議の経緯を、『英国通信』、すなわち、イギリスの雑誌への寄稿記事のなかで書いている。記事の日付順に従って、その内容を眺めてみる。
「ロンドン・マガジン」一八二五年二月号、「パリ便り二」に次の文章がある。

> 亡命貴族たちは最大の強者であり、国庫から、〃一〇億フラン〃を奪おうとしている。このような問題に真面目に取り組むことほど簡単で、馬鹿げて見えることはない。せいぜい、《こうした盗みがどこから生れてくるか》と問うだけだ。昨晩、亡命貴族たちは、ヴィレール（首相）に、さらに六億フラン要求した。[20]

「ロンドン・マガジン」一八二五年二月号に、「人物、風俗、一八二五年の会期開始にあたってフランスで取られた措置」[21]と題する長文の記事があり、ヴィレール首相が政権維持できるのは、その財政手腕に信頼を置く王の支持があるからであり、ヴィレールは、個人的には亡命者に賠償を与えたくないが、自らの地位保全のために必要というだけでこの法案を支持している、と述べている。さらに、ユルトラ王党派が、何の財政的方策も持ち合わせず、馬鹿げた修正案を出したりするので、ヴィレールは、この法案が今期に成立せず、来年に持ち越される、という希望を抱いている、と述べる。スタンダールは、続けて、賠償を求めるユルトラ王党派の三つの大きな派の分析を行う。第一の派は、昔の所有地を現在の所有者（ほとんど農民）から買い戻すことを要求している。スタンダールによれば、この派を密かに支持しているヴィレールは、この過激な要求により、王と王太子を恐れさせ、法案の次の会期への持ち越しを狙っているというのである。第二の派は、旧所有地売却代金の二倍の金額を望んでいる。第三の派は、古い宮廷貴族から構成されるが、その大部分は、昔のアルトワ伯、現在のシャルル十世の放蕩仲間だった人々である。この派は、シャトーブリアンが主導していて、まず、亡命貴族の負債全額を賠償金から差し引き、残額を没収の損失額に応じて配分しよう、という主張をする。この方法は、放蕩を重ねる宮廷貴族に較べ、負債額がはるかに小さい地方貴族に著しく不利になる、とスタンダールは分析している。

スタンダールは、一八二五年二月二〇日付で、亡命貴族たちの賠償に関する恣意的な行動を非難するパンフレット『旧制度により王政復古以来、賠償された亡命』（イシドール・ル・ブラン）の書評を書いている。ただし、これは原稿のまま残り、英文で発表されることはなかった。[22]

「ロンドン・マガジン」一八二五年四月号「パリ便り四」[23]（三月一八日付）では、バンジャマン・コンスタン、フォワ将軍、ジラルダンの三人の賠償法案反対演説が報告されている。スタンダールは、「ヴォルテールの痛烈なアイロニー」「パスカルの辛辣な皮肉」が籠められているとして、ジラルダンの演説を引用している。

何と、諸君、本議会は四三〇人の議員で構成され、その三七〇人は、提案された賠償の権利を持つ亡命貴族であるが、亡命貴族十億フラン法投票のため名前を呼ばれたとき諸君は、自分自身と戦えと諸君に対してきびしく命じる名誉か節度を尊ぶ感情があっても、大胆にもそれを無視しようとなさるのか。

さらに、スタンダールは、フォワ将軍も賞讃するが、最も評価したのはバンジャマン・コンスタンで、彼が、フランスの運命を決める三七〇人の貴族議員をいかに嘲弄したかを詳しく語っている。

スタンダールは、「ニュー・マンスリ・マガジン」一八二五年四月号でも、『亡命と植民地について』[24]と題する、亡命貴族議員に対する攻撃のパンフレットの書評を行っている。

以上、賠償法案が審議されていた期間の文章について触れてきたが、それ以後も、議会の姿勢を批判する一八二五年一二月の「ロンドン・マガジン」「パリ便り一二」[25]のなかでも賠償問題に触れている。

このように、『英国通信』[26]を読むと、貴族への亡命賠償を正当とし賠償法案を支持するユルトラ王党派が絶対多数であることがわかる。しかも、そのなかにはこの法の成立により、国庫からの賠償金という利益を享受する亡命貴族が多くふくまれている。彼らは自分の利益のために票を投じることになる。また、ユルトラ王党派が三派に分かれ、それぞれ要求が異なることも報じられている。したがって、第二章におけるマリヴェール侯爵の賠償の見通しへの確信、この法を不完全なものとするオクターヴの主張、宮廷貴族と地方貴族の相異を述べる地方議員の主張などは、この一連の記事のなかに、その論点の手がかりを見出せるであろう。

しかし、賠償法論議における各党派の動向、人物像などについての、スタンダールの才気に満ちた観察は、小説のなかに再現されることはなかった。スタンダールは、『アルマンス』の最初の五章を一八二四年一二月という賠償法案下院提出（一八二五年一月）の時期より前に設定し、一八二五年一月から三月に至る激烈な論議のなかに足を踏み入れないでよい状況を作り出していた。この時間設定により、政治の深部に立ち入らずに政治を描くことが可能になったのである。

『アルマンス』では、モデル小説『オリヴィエ』の流れから青年貴族オクターヴを主人公に据えている。しかし、この主人公は、貴族の特権を重荷と感じ、なかなか自らの階級に同化できない、特異で異質な主人公である。彼の父侯爵は、賠償法に望みを託す亡命貴族であり、彼の周辺の貴族たちは、賠償金のあてのあるこの青年貴族に対して態度を変え、歓迎するか嫉妬する。この賠償法をめぐる状況が、拝金主義を嫌うオクターヴの心の品性を明らかにし、自らに相似するアルマンスへのオクターヴの接近を導くのであり、そこから、やがて、自ら封印したはずの愛の展開へとオクターヴを誘う可能性が生れるのである。スタンダールは、『英国通信』とは全く違う小説の視点から賠償法を扱い、『アルマンス』冒頭の時間設定により筋の展開を可能にしたのであり、それが、この遅咲きの小説家が最初の小説冒頭に仕掛けた戦略だったのである。

3　『アルマンス』における自死の誘惑と義務の観念
——一八二六年の『新エロイーズ』読書

『アルマンス』第二章後半で、賠償法によって自らは望まない二〇〇万フランのあてができたオクターヴは、人々の応対の変化に軽蔑感を覚え、誤解からアルマンスの態度にも失望し、暗い気持ちを抱いてボニヴェ夫人のサロンを退出する。人を愛することのできない自らを嘆きながら、嵐模様の夜のパリの街を歩いていたオクターヴは、疾走してきた馬車に危うく轢かれそうになり、〈どうして死ななかったんだ！〉と叫ぶ。帰宅した彼は部屋に閉じこもり思索に耽る。

〈なんで決着をつけてしまわないんだ。どうして、おれを押しつぶさんばかりのこの宿命と闘うことに執着するんだ。外見がどれほど筋の通った行動計画を立ててみても、しょせんは無駄なことだ。おれの一生は不幸とつらい思いの連続にすぎないんだから。今月が先月にくらべてましなわけじゃなし、今年が去年よりいいわけでもない。この生きようとする執念はどこから来るんだ。おれには、確固としたところが欠けているんだろうか。いったい死とはなんだろう〉。ピストルのケースをひらき、それを見つめながら彼はつぶやいた。〈死ぬなんて、じつはたいしたことでもないんだ。死なずにいるなんて馬鹿のすることにちがいない。気の毒にも、お母さんは、胸の病気で、もう死にかかっている。もう少しすれば、おれもあとを追わなけりゃなるまい。もし生きていることが自分にとって苦しすぎるというなら、母さんよりさきに行ってもいいわけだ。かりにこんな許しを乞うことができるものとしたらのことだが、母さんは案外許してくれないものでもない……。伯父さんにしたって、いや、あのお父さんにしたって、おれを愛してくれているわけじゃない。おれの名前を愛しているだけだ。おれのなかにある、野心の口実になるもの、それだけを愛しているんだ。ふたりにおれを結びつけているのは、まったくちっぽけな義務感なんだ……〉。この義務という一語は、オクターヴにとって雷の一撃にも等しかった。〈ちっぽけな義務だって！〉彼は立ちどまって思わず叫んだ。〈とるにたらない義務だって！……いったい、ほんとにとるにたらないことなのか。もしそれがおれにのこされた唯一の義務だとしたら。(……)〉（小林正・冨永明夫訳）

やがて自らの思い上がりに気づいた彼は、生の苦しみを乗り越えて、不幸とたたかい、強く生きようと決意を固めるのである。

この文章のなかにある自殺への誘惑は何を意味しているのだろうか。スタンダールは、二年前から続いていたクレマンチーヌ・キュリアル伯爵夫人（一七八八－一八四〇）との愛の破局が近づきつつある時期に、『アルマンス』を執筆している。クレマンチーヌからの切実な手紙が示す愛の高揚の時期は過ぎ去っていたのである。スタンダールは、一八一四年、クレマンチーヌの母のブーニョ夫人のところで、すでにクレマンチーヌと出会っており、一八二一年、イタリアから帰国して彼女と再会し、親しくなっていく。夫人の方が積極的であったようだ。彼女の夫キュリアル伯爵は、革命期から帝政期にかけて、志願兵から将軍にまで昇り、一八一四年三月、ナポレオンから伯爵位を授けられ、同じ年の六月、皇帝が退位したあとの新しい支配者ルイ十八世からは、上院議員に任命されている。王政復古期にも軍職にあり、王に仕える廷臣の身分であった。妻に暴力をふるい、召使たちに手を出すような兵隊上がりの粗暴さがあったと言われている。そのせいか、夫人は、スタンダールや副官のロスピエなどの愛人を持つようになったらしい。彼女のなかには、優しさと激しさが同居していた。従って、「それは嵐のような恋で、彼女を殺していたのも、生かしていたのも恋だったのである。[27]」

スタンダールは、一八二六年一月三一日から『アルマンス』の執筆をはじめるが、二月八日には書き続ける力を失って中断する。五月に関係はいっそう冷え、六月終りから九月前半、英国に滞在する。帰国すると、恐ろしい破局が彼を待っていた。自伝『アンリ・ブリュラールの生涯』（一八三五－三六年執筆）では、マンチ、すなわち、クレマンチーヌの与えたその苦しみをこう書いている。

そしてマンチは、私を捨て去ったとき、私をどのような悲しみのなかに投げこんだことだろう。そこで、私は、サン・レモ［フランス西部サン・トメールを指す］での一八二六年九月一五日のこと、私がイギリスから帰ったときのことを思って身ぶるいした。一八二六年九月一五日から一八二七年九月一五日まで、私はなんという年をすごしたことだろう！

マンチ［クレマンチーヌ］にたいするおどろくべき勝利も、彼女が私を捨ててロスピエ氏のもとにはしったときにうけた苦痛の百分の一に匹敵するほどの喜びもなかった。

クレマンチーヌは別れるときに私にもっとも大きい苦しみをあたえた女だ。しかしその苦しみも、私を愛すると言おうともしてくれなかったメチルドによってあたえられた苦しみにくらべえようか？(28)

ブッチ本へのメモによると、スタンダールは、一八二六年九月一九日、苦悩への「療法」として『アルマンス』執筆を再開し、一〇月一〇日に完了し、以後、修正に入る。さらに、「一八二六年一〇月二三日には初稿を訂正」「一八二六年一〇月七日、彼はピストルに大変近いところにいた」というメモを残している。(29) こうしてみると、このピストルが与える死のイメージは、第二章後半のピストルのイメージと通底するものがある。この作品には、自死の想念が潜んでいて、その結末は主人公の自殺によって終るのである。その意味でこの小説をスタンダールにとっての「一種の遺書」とみなすことも可能であろう。(30)

ところでこの時期、スタンダールは、『アルマンス』執筆・修正と平行して、ルソー『新エロイーズ』の読書を行っていた。当然、スタンダールにとって『新エロイーズ』はどのような作品であったのかが問題となろう。自伝『アンリ・ブリュラールの生涯』を見ると、少年ベイルが、クレの父の別荘で『新エロイーズ』を発見し、グルノーブルの自室に鍵をかけ、閉じこもって読んだときの「とても筆にはつくせない幸福と逸楽の感動」（第一六章）が語られている。さらに、この自伝の終りのあたりでは、語り手はイタリア遠征軍に加わり、レマン湖のほとり、小説の舞台となるヴヴェーの近くを行進するが、寺院の荘重な鐘の音と美しい湖の光景が『新エロイーズ』の読後の印象と結びつき、恍惚たる幸福感を味わうことになる。だが、スタンダールのルソーに対する感情には、アンビヴァレントなものがあり、先ほどの第一六章の部分では、すぐ後に続けて、「今日では、この作品は私にはペダンチックに思われる。そして一八一九年においてすら、もっとも狂気じみた恋愛の感動のなかでも、私はこれを二〇ページとつづけて読むことができなかった」と述べている。一八一九年の恋とは、もちろん、マチルド（メチルド）・デンボウスキ夫人に対する恋である（本書第11章参照）。では、一八一九年にはほとんど読めなかったものが、一八二六年の恋では、なぜ読めたのであろうか。しかも、どのように読んだのであろうか。

一八二六年、スタンダールが読んだ『新エロイーズ』の版は、ディド社刊一八一七年版四巻本であった。ブッチ本として残されたスタンダール旧蔵書のこの本には、彼の手によって、一八二六年四月八日から一二月四日までの日付のついた長短一二の欄外メモが書きこまれている。

興味深いことに、スタンダールは、一八二六年四月八日、この小説の第四巻の内表紙に次のような英語のメモをしている。**I have those boocks**（判読不能文字）**・I have the note on *suicides*.**[31]（原文のまま）そのまま訳すと、「私は（判読不能文字）その本（複数）を持っている。私は〈自殺〉についてのメモをもっている」となる。「その本」とは過去に自分の苦しみと関係のあったその本、すなわち、いま手にしている四冊本を指すのであろう。「〈自殺〉についてのメモ」とは、この本を読んで、自殺の記述についてメモをとって持っている、の意に解することができよう。

そこで『新エロイーズ』[32]を調べてみると、この小説の第三部でサン・プルーからエドワード卿宛ての手紙二一と、その返信でエドワード卿からサン・プルー宛ての手紙二二の二つが自殺に関する記述に相当する書簡である。手紙二一では、サン・プルーは、人生に倦怠を覚え、さまざまな議論に言及しながら自殺を正当化する主張を行っている。[33]これを、先に引用した『アルマンス』第二章後半と比較してみよう。『アルマンス』には、「宿命と闘うことに執着する」無意味さ、自分の「一生は不幸とつらい思いの連続」なのに何故「生きようとする執念」があるかという疑問、死の容易さの主張など、オクターヴの自殺正当化の文章が見当たる。手紙二一の方では、人々は「数々の執着によって自分の鎖の重みを重くする」、「人生により深く没入するほど、それだけ不幸になる」、「その者にとっては絶望とにがい苦悩が生れながらにもっている旅券であるような不幸者がいる」、「人は生を放棄する決意をするまでに、長いあいだつらく苦しい人生に耐える」、「素早い死によって苦痛な生から解放されるすべを知らない者」は傷を好んで放置し悪化させる者に似る、などの文章が連ねられていて、オクターヴの言葉との近似性を感じさせる。

手紙二二では、エドワード卿がサン・プルーの自殺正当化の主張に強い調子で反駁している。まず、「常軌を逸した苦悩が君を愚かにし、無情にしている」と非難している。そして、「人間の生には、目標が、めざすところが、精神的目的がきっとあるのではないか」と問いかける。エドワード卿はさらに、「君が数えあげている義務のなかで、忘れられているのは人間の義務と市民の義務だけ」だとして、義務への責任感の欠如を指摘する。「ところで、君は何者か。君は何をしましたか。（……）君の弱さのゆえに義務を免れるのですか。」このあたりの叙述は、オクターヴの「義務」に対する反省と通ずるところがあるだろう。『アルマンス』という作品全体において、義務の観念は、人物の運命を決するのに重要な役割を果たしている。たとえば、「ノブレス・オブリージュ」（「貴族のつとめ」第一八章）という言葉は、オクターヴのギリシャ参軍とその自死を用意する。第二章においては、義務の観念は、オクターヴを自死の執念から救い出し、生への決意を与える。まさに『新エロイーズ』第三部手紙二二における義務の主張と方向は同じである。

このように見てくると、『新エロイーズ』の自殺に関する記述は、苦悩の底にあったスタンダールにとって、自殺への誘惑を客体化して認識させ、論理化して検討させる作用があったはずである。それはまた、オクターヴの自死観の表現への触媒作用も果たすものであり、『アルマンス』第二章後半におけるオクターヴの自殺正当化論とその撤回の記述に影響を与えたと思われる。

『新エロイーズ』第三部手紙二一にはさらに、『アルマンス』の創作状況との関係で注目すべきことがある。エドワード卿は、この手紙で、肉体と魂の苦痛を比較し「魂の苦悩」はいかに激しかろうと、つねに「治療の方策」remède つまり「療法」がある、と述べ、苦悩から自分を解放する二つの手段、死か時かを選ぶとしたら、時を選べ、と勧める。「待つということをなさい、そうすれば君は癒されるでしょう」と呼びかけるのである。この一節は、スタンダールが、一八二六年秋に書いた次のメモを想起させる。「療法として（『アルマンス』を）再開すること、一八二六年九月一九日。一〇月一〇日、完了」。一八二六年九月、英国より帰国したスタンダールは、クレマンチーヌとの決定的破局に直面し、救いがたい苦悩を味わう。その「療法」として、『アルマンス』執筆再開を考えたのである。この「療法」という言い方には、『新エロイーズ』のエドワード卿による自殺予防のための手紙の影響が見られるとしてよいだろう。スタンダールは、すでに、『恋愛論』（一八二二年）のなかで、「恋の療法」remèdes à l'amour（第三九章の二）のような言い方をしていたが、一〇月七日に至ってなお、ピストル自殺の危機が考えられていたとすると、九月一九日の小説創造続行のなかには、「恋の療法」とともに「自殺予防への療法」も含まれていただろうと考えてみたい(34)。

スタンダールの『新エロイーズ』読書(35)について概観すると、一八二六年四月八日の自殺に関するメモ以降、次に読書メモが現れるのが一八二六年九月二二日で、『新エロイーズ』第四部手紙一七の描写に、「何と美しい！」と感嘆している。この手紙では、サン・プルーと今はヴォルマール夫人となったジュリの二人がジュネーヴ湖で船遊びに行き、危険に遭遇し、上陸してサン・プルーの想い出の地まで散歩することが語られる。サン・プルーは過去を思い出し、「あの時代、あの幸福な時はもはやない。永久に消えてしまった。ああ、もう再びめぐってはこないだろう。それなのに私たちは生きている」と心のなかで述懐する。また九月二八日、同じ手紙の終りのあたりに、愛の破局についてであろう、「苦痛やわらぐ」とメモする。しかし、ブッチ本メモを見ると、一〇月三日、クレマンチーヌとの間に、今後の交際の仕方をめぐって「一〇月三日の戦い」があった。さらに、「一〇月七日、彼は非常にピストルの近くにいた」と自殺への誘惑があったことを回想している。『新エロイーズ』のメモの方は一〇月も続いている。一〇月一四日、第四巻内扉にサットン・シャープについて言及したメモがある。一〇月一九日、第一部手紙一〇の終りに、「ここまでの冒頭の手紙に不満足」とメモする。言うまでもなく、ジュリとその家庭教師の恋愛への導入部である。一〇月二一日、第四巻内扉に、メリメと同席のところで、クレマンチーヌに会ったが、彼女はコケットリがあり、着いたとき、こちらを見ず、眼を伏せた、とメモする。一〇月二四日、第三巻表紙の内扉二枚目に、マンチのなかに生じているはずの結晶作用を考察したメモを書く。一〇月三一日、第一部手紙五一の最後からひとつ前の段落の向かい側に、「魅力あり、馬鹿げている」と書いている。この手紙は、ジュリの恋人が、ジュリに無礼な態度をとったことに驚き、禁酒を誓う内容である。一〇月の日付しかないメモには、オクターヴの人物像についてのメモがある。一一月二日には、クレマンチーヌとの経過を綴った二つのメモがある。一二月二日のメモは、カノーヴァについて触れている。

このように眺めると、スタンダールの『新エロイーズ』への欄外メモは、クレマンチーヌに関するものが多い。彼女への未練が断ち切れず、その想いを書き留めるが、作品そのものへの感想はいたって少ない。だが、九月以降一二月まで、四巻本の各所にメモを書きつけていること自体、この作品への愛着を示している。ただ、九月以降のこの作品の読書が、『アルマンス』の執筆と修正にどのような役割を果たしたかは明瞭でない。『アルマンス』のなかには、『新エロイーズ』の名は登場しない。しかし、ジョルジュ・ブランは『アルマンス』のなかで、リズムと音調において『新エロイーズ』を想起させる文例を三つ挙げている[36]。そのうちの一例は、前に引用した第二章後半の「どうして、おれを押しつぶさんばかりのこの宿命と闘うことに執着するんだ」というオクターヴの言葉であり、ブランはそのなかに、サン・プルーの叫びを聞きとっている。

『赤と黒』においてはじめて小説のなかに『新エロイーズ』が姿を現す。ジュリアンがブザンソンのカフェの美しい娘アマンダにささやくのは、暗記していた『新エロイーズ』の一節であり、マチルドが自分の恋に気づき、恋を描いた本を思い浮かべたうちの一冊が『新エロイーズ』であり、ジュリアンがマチルドの部屋をはじめて訪れた夜、暗誦してみせたのも『新エロイーズ』であった。『新エロイーズ』は、『アルマンス』とは、自殺論の正否と義務の主張の点で共通点を持っていたが、『赤と黒』では、恋愛の書としての類縁性を示しているのである。マチルド、クレマンチーヌから一八三〇年の『赤と黒』の女主人公たちへ至る道は、一八二六年の『新エロイーズ』読書のなかにも準備されていたと言えるであろう。

4 犯罪から真実へ——『赤と黒』への歩み

一八二七年六月六日、スタンダールは「『アルマンス』校正中」とメモしている。第6章で詳説するが、このころ、スタンダールは、「ガゼット・デ・トリビュノー」紙六月二三日号で報じられたとされる少女の暴行事件に触れ、「新聞のなかに見出される犯罪を作り直すこと」とメモを書いている。『赤と黒』創造にもつながる新聞報道された犯罪の小説化という発想がはじめて表明されたと言えよう。このメモからしばらくした七月二二日、スタンダールの生れ故郷ドーフィネ地方で『赤と黒』のモデル事件とされるベルテ事件が起き、「ガゼット・デ・トリビュノー」他各紙は一八二七年一二月末のグルノーブルの重罪裁判所の審理と一八二八年二月の処刑を報道している。また、もうひとつのモデル事件、ラファルグ事件は「ガゼット・デ・トリビュノー」紙などで一八二九年三月、四月に報道されている。『赤と黒』創造に向けて犯罪のなかに小説化の鍵となる人物の情熱を見出す流れは、このころから準備されていたと言えるだろう。

このあとの一八二八、二九年、スタンダールは、回想録、歴史などの書評において、真実の意識を重視していた。その経緯を少し眺めておこう。

デュラス公爵夫人への追悼記事が載ったのは、イギリスの「ニュー・マンスリ・マガジン」一八二八年五月号であったが、このころ、スタンダールはこの雑誌への寄稿を再開したばかりであった。「パリの社会・政治・文学素描」と題された連載欄への寄稿は、一八二六年一月から始まっていたが、途中で中断され、このころ再開されたあと、一八二九年七月まで続けられる。スタンダールのさまざまなイギリス雑誌への寄稿は一八二二年からはじまっているが、そのなかでも、この二六年から二九年の連載は、量的にも質的にも重要なものである。

この「素描」の連載記事を見ると、『赤と黒』執筆直前のスタンダールが、どのような書物を読んでいたか、克明にわかる。目を惹くのは、回想録、歴史などの書評が多いことである。再開された二八年四月から二九年七月まで一三回の記事中、少なくとも一二の回想録、六の歴史の紹介を行っている。また、二八年に「アシニウム」誌に送った八つの文学通信のなかでも、回想録一、歴史一の紹介を行っている(37)。

まさに回想録の時代と言ってよいほどであったが、スタンダールのこうした著作に対する評価の基準は、文体に誇張がないこと、真実を描いていることであった。この点二度にわたって取り上げられている『ブリエンヌ伯爵回想録(38)』と『ある現代女性の回想録(39)』は対照的な例である。前者については、一六六〇年の才能ある人物が、歴史の体系によらないで、ルイ十四世の治世の絵図を飾り気のない語り方で描いてみせたもので、マザランの病と死の描写は、「叙述的文体の傑作」と賞めている。だが、売れ行きの点になると前者は後者にはるかに及ばない。前者が二千部に対し、後者は二万五千部である。というのも、『現代女性の回想録』については、契約が完了するとすぐに、ラドヴォカ書店は、売れ行きがよくなるように別の作家に原稿の書き直しを命じているのだ(40)。この『回想録』の誇張と虚偽がどのようなものか、スタンダールは、モロー将軍、ネイ将軍についての叙述をあげて非難している。そして、この『回想録』を読むのは、パリの小間使たちと地方の商人階級の人々であり、『ブリエンヌ伯爵回想録』を読むのは、パリの文人と地方貴族だというのである。

このように、二種類の著作、二種類の文体、二種類の読者の存在を指摘するのは、文学についても同様であり、スタンダールは、シャトーブリアンに代表される誇張された文体を非難し、十七世紀の作家の簡明な文体を称え、

『アドルフ』の描き出す真実を推賞する。(41)

スタンダールの書評のなかで、度々登場する基準は、その作品がある社会の真実の「絵図」picture=tableau かどうかということであり、この考えは、やがて『赤と黒』の副題「十九世紀年代記」の主張ともつながるものだろう。

ところでスタンダールは、『赤と黒』執筆中の一八三〇年、「ウォルター・スコットとクレーヴの奥方」と題された一文を発表する。(42) 彼はこの文章のなかで、小説が叙述の対象とするのは、衣服、風景、人物の顔など外的要素なのか、それとも、情熱、さまざまな感情など人間の心の動きなのか、という問いかけを行っている。この点について、スタンダールは、読者のあまりよく知らない時代の衣装風俗を克明に描いて当時たいへん人気のあったスコットの歴史小説を批判し、真実の観点から人間心理を分析的に描く『クレーヴの奥方』の価値を認めようとした。

スコットの歴史小説とフランス小説の関係についてはいくつかの研究があるが、そのなかでもスタンダールとの関係を論じたマックウォータースは、いかにこの二人の作家の気質が異なるかを明確に述べている。(43) 技法的には、スコットの特徴は、長い場面提示、会話の利用、提示のあとの早い展開と結末などであり、これに反し『赤と黒』の導入部分における伝統的手法による提示と会話の不在、『パルムの僧院』における長い導入部分、場面提示および会話の不在などはスコットとのちがいを示すものである。バルザックは、『パルムの僧院』を評論「ベイル氏研究」のなかで賞讃するが、物語の最初の部分の「冗長さ」を批判する。スタンダールは、バルザックに対する礼状（草稿）で、スコットの退屈な導入部、『クレーヴの奥方』の導入部の例をあげ、自らの弁明とする。スタンダールにとって『僧院』の導入部は自らの青春の想い出であり、小説技法上の観点からのみ、削除できるものではなかったのである。

スタンダールはスコットの熱心な読者であり、ウェイヴァリー小説集の二五作品のうち一五は読んでいたらしい。スタンダールは自伝『アンリ・ブリュラールの生涯』（第二章）で、「恋をしていないときには、人生の芝居仕立を夢想するか、モンテスキューかスコットを無上の喜びをもって読んでいた」と書いている。だが、この愛好とともに批判があり、アンビヴァレントな感情があったようだ。逆に言えば、批判にもかかわらず、スコットのなかにあるロマン主義的要素を無視できなかったはずであり、「歴史とフィクションの親密な混合[44]」という点ではスコットとスタンダールは同じ方向に向かっていたとも言える。ここから虚構、すなわち小説のなかに真実を見る可能性を考えることができるだろう。ともかく、スタンダールの小説革新へのスコットの貢献はもう少し考えてみるべき問題だと思われる。

5　『赤と黒』と「驚き」の視点

スタンダールが、「ウォルター・スコットとクレーヴの奥方」を発表したのは一八三〇年二月一九日の「ナショナル」紙上であった。当時、彼は『赤と黒』執筆を続けていたが、その創作はどのような状況にあったのであろうか。次に、『赤と黒』の生成過程をながめ、スタンダールの小説の描写方法への関心がどのような意味をもっていたかを考えてみたい。

『赤と黒』は一八二九年一〇月に着想され、一八三〇年一一月の刊行に至るまでの間に執筆されたことになっているが、その具体的過程については不明の点が多い。たとえば、第一部と第二部が書かれた時期や、初稿に対する加筆修正の程度の問題は、原稿が現存せず、他の資料が充分でないので結論が出せない[45]。

しかしスタンダールが、一八二九年九月、パリから南仏、スペイン旅行に出発し、その途中の一〇月末に『ジュリアン』(後の『赤と黒』)の着想を得たことは分かっている。この段階でどこまで書いたかは不明だが、短い原稿であったと思われる。一一月末にパリ帰着、一二月から一月にかけて、『赤と黒』の執筆を中断し、『ヴァニナ・ヴアニ』を発表、『箱と亡霊』、『ミナ・ド・ヴァンゲル』、『媚薬』を執筆する。彼は一月後半に、『ジュリアン』の執筆を再開するのだが、作品内部で言及されている、『エルナニ』『マノン・レスコー』上演、アルジェの占領などの事件や、マチルドの人物形成に関わるスタンダールに対するジウリア・リニエリの愛の告白、メリ・ド・ヌーヴィルのロンドン駆け落ち事件などから、第二部の相当な部分が一八三〇年になって書かれたと思われる。

このように「ウォルター・スコットとクレーヴの奥方」が発表される直前の二九年一二月から三〇年一月は、『赤と黒』創作にとってまことに興味深い時期である。

この時期に執筆された中篇小説『箱と亡霊』『ミナ・ド・ヴァンゲル』『媚薬』の三篇と『赤と黒』第一部最終章の第三〇章の間には、恋人の侵入と脱走、貞潔な女性の背徳という共通のテーマがみられ、テキスト対照によっても非常に密接な関係があることが証明される。[46] これは、『赤と黒』第一部第三〇章が、これら三篇と近い時期、それも三篇よりも後の時期に書かれたことを推測させる。すなわち、貞潔な女性の背徳の愛が、異なる三篇のなかで形を変えて現れ、最後に第三〇章の情感に溢れた恋愛心理描写に熟してゆくように思えるのである。『赤と黒』中断のこの時期は、第二部の準備期間と考えられるだろう。

このうち『ミナ・ド・ヴァンゲル』は原稿が残っており、『赤と黒』執筆中のスタンダールの状況を知るのにたいへん重要な作品である。特に、原稿の欄外に記された小説創作に関するメモは示唆に富むものである。たとえば、『ミナ』の第一稿を書き終えたあと、こう書きつける。

現代における困難な問題を認めること（一月八日）。真の特徴をもって情熱を描き、けっして滑稽にならず、けっして現実の物笑いにならないこと。

これは『ミナ』に対する感想であると同時に、中断した『赤と黒』創作の感想としても読むことができよう。いかにして、真の情熱恋愛を描くか、これが『ミナ』と『赤と黒』に共通する問題だったはずである。

スタンダールのもっとも鋭い考察は、『ミナ』完成後、原稿に記されたロマン・コロン宛ての前書きのなかに見られる。

風俗を描写するのは、小説のなかでは冷やかな感じを与える。それは、ほとんど道徳を説くのと同じだ。描写を驚きに変え、驚いている外国人女性を配すること。そうすれば、描写は感情を帯びる。読者は、誰か共鳴できる対象をもつことになるのだ。

ミナは、哲学好きの国から来た外国人女性であり、ジュリアンは、プルタルコスとナポレオンの弟子である若い田舎者なのだ。(47)

ミナ・ド・ヴァンゲルは、プロシア貴族の娘で、父の死後、パリに来て、フランス社会の軽薄な偽善性に気がつき、耐えがたい思いをするが、その真の情熱を求める心は変わらない。彼女のフランス社会に対する外国人としての新鮮な批判の眼と、恋愛における情熱のあり方が『ミナ』という作品の世界を構成している。ミナは、外国人としての新しい眼で驚きながらフランス社会を発見してゆくのである。

描写を驚きに変える方法をスタンダールは既に『赤と黒』第一部で用いている。たとえば、ジュリアンのレナール夫人との邂逅や、神学校入学の場面などがそうであり、ジュリアンは、新しい環境での発見に強い驚きの念を抱く。小さいひとつひとつの場面でもジュリアンが行う発見には驚きがともなっており、『赤と黒』におけるジュリアンの行動の軌跡は、驚きの感情による新しい世界の発見と、その新しい世界の法則修得の繰り返しと言えるだろう。『赤と黒』第二部を前にして、『ミナ』を完成したスタンダールは、描写に関するこの原理を明確に認識したのである。

北方の夢想的な魂を持ったミナは、外国人としての視点でパリを発見してゆく。他方、エネルギーに溢れたジュリアンは、田舎の若者の視点でパリを発見する。ジュリアンのこの視点に着眼したことが、『赤と黒』第二部の執筆を可能にしたのではなかろうか。前述のように『赤と黒』の物語のモデルとされるのはスタンダールの生地ドーフィネ地方に起きたベルテ事件であり、この事件の一切は地域が限定された一地方事件である。しかるに、スタンダールは、ベルテが二度目に家庭教師に入るドーフィネの一地方貴族コルドン家の令嬢の物語を『赤と黒』第二部では、パリの大貴族ド・ラ・モール侯爵令嬢マチルドの物語に大きく飛躍させている。マチルドが住むのは、七月革命を直前にひかえたパリ上流貴族社会であり、ジュリアンは田舎の若者の新鮮な眼でこの社会を眺めるのである。もっとも、田舎の若者によるパリ発見は、十九世紀フランス小説のひとつのテーマであったことは確かである（『ゴリオ爺さん』のウジェーヌ・ド・ラスティニャック、『幻滅』のリュシアン・ド・リュバンプレ、『感情教育』のフィリップ・モローなど）。それはともかく、一六歳のアンリ・ベイル、すなわちドーフィネから上京した若き日のスタンダールがパリを発見したように、ジュリアンは、パリの上流貴族の館の豪奢さに驚き、そこに住む人々に驚きながら、パリで暮すための法則を覚えてゆく。ジュリアンのこうした「他者」としての視点をあらためて認識したことが『赤と黒』第二部の創造を可能にしたのだ。

ところで、描写と驚きに関する『ミナ』のメモは、スタンダールの小説における「主観的レアリスム」と、それにともなう「視点」の技法を示すものとして、研究者の注意を惹いてきた。ジョルジュ・ブランの提唱した「主観的レアリスム」は、現象学と映画の影響を受け、スタンダール小説における話者の全能性を否定し、三人称小説といえども、「視点」の技法によって、主人公の眼を通して世界が眺められることを可能にする、すなわち、スタンダールの読者は主人公の眼を通して世界を発見し、新鮮な現前感覚を味わうことになるという。(48)

ジョルジュ・ブランは、二十世紀の小説美学に重要な問題提起を行っているのだが、「主観的レアリスム」や「視点」のこうした概念に異論がないわけではない。ミシェル・クルーゼは『「赤と黒」——スタンダールのロマネスクに関する試論』（一九九五年）のなかで、「視点」は真実認識を意味し、叙述の形式となりえず、「主観的レアリスム」なる概念は、叙述形式の拒否、物語の解体を意味し、叙述の方法論を意味するよりは、スタンダールにおける感覚と感情によるレアリスムを意味するにすぎない、とする。さらに、スタンダールの叙述に関する唯一の方法は、そうした固定した手法を拒否することであり、あらゆる手法を連結、背反、消去させ、絶えざる変化を作りだすことにあるのだ、と述べる[49]。また、小説の主人公と小説の読者の両者が味わう二重の驚きが、この小説における現実の認識の方法に、アイロニーの効果を生み出しているとも指摘する[50]。クルーゼによるジョルジュ・ブランの小説論再検討は、近来のナラトロジーへの批判の一環として行われたようで、スタンダール小説美学に新境地を開いたブランの理論の発展的な解釈を示している。

それはともかく、「驚き」に関する『ミナ』のメモが、『赤と黒』第二部の叙述に重要な意味を持っていることは間違いない。それでは、スタンダールは『赤と黒』のなかでどのように「驚き」の観念を用いているだろうか。スタンダールはこの作品で、直接に「驚き」を示す語（étonnement, étonner, étonnant, étonné）を一四四回用いている[51]。さらに、意味場（champ sémantique）を広げて考えれば、同意語ははるかに増えるであろうし、主人公を性格づける「特異性」の同意語であったことも思い出しておきたい（前章参照）。スタンダールは、『赤と黒』のなかで、「特異な」主人公ジュリアンが新しい世界に入ってゆくときに「驚き」の観念を用いて叙述する。その重要な一例として第一部六章で、ジュリアンがヴェリエールの町長レナール氏の邸に家庭教師として登場する場面を眺めてみよう。

粗野な家庭教師が来ることを考えて気が重かったレナール夫人は、門前に娘とみまがう色白な若者が立っているのを見て声をかける。夫人が来るのに気がつかなかったジュリアンは、「どきっとした」Il *tressaillit*。ジュリアンはふりむくが、「優しさあふれたレナール夫人の眼差しにおどろき」*frappé* du regard si rempli de grâce de Mme de Rênal「その美しさに打たれて」*étonné* de sa beauté ぼう然とする。ジュリアンは、「あなた《ムッシュー》」と呼びかけられ、「びっくり」する Ce mot de Monsieur *étonna* si fort Julien...。子供を叱らないかと問われて、「驚いて」ジュリアンは答えるMoi, les gronder, dit Julien *êtonné*,...。このように、ジュリアンと話しているうちに、「彼女もやっと驚きからさめた」Enfin, elle revint de sa *surprise*。そして、自分が若い男と門口に立っていることに驚くElle fut *êtonnée* de se trouver ainsi à la porte de sa maison...。夫人は、レナール邸のなかで、「家のなかの美しさに驚いている」Son air *étonné* à l'aspect d'une maison si belle...[52] ジュリアンの様子を見て愛らしく思う。

ジュリアンのレナール家登場の場面は、クラシック・ガルニエ版（一九七三年）でわずか二ページあまりだが、「驚き」の観念を示す単語が頻出している。スタンダールは、繰り返しを意に介さない作家であり、また、その繰り返しが深い意味をもつ作家であると言えるが、ここでは、ジュリアンの驚きとともに、レナール夫人の驚きも描いてあり、この驚きの相互作用が、スタンダールの感覚的なレアリスムの効果を高めている。

このジュリアンとレナール夫人邂逅の場面は、オペラ『フィガロの結婚』のケルビーノと伯爵夫人の組み合わせを想起させるが、『告白』におけるルソーのヴァランス夫人との出会いを連想させるとも言われている[53]。では、この場面に同じタイプの恋愛の古典とも言える『クレーヴの奥方』との共通点を見ることはできないだろうか。

クレーヴの奥方とヌムール公の出会いの場面を見てみると、クレーヴの奥方がはじめて会うヌムール公について、「この殿は、まだ一度もお会いしたことのない方も、ひと目見ておどろかずにはいられないほどのお人」Ce prince estoit fait d'une sorte qu'il estoit difficile de n'estre pas *surprise* de le voir... と表現され、一方、クレーヴの奥方も、「初めて見る人の目をみはらせずにはおかない美しいお方」il estoit difficile aussi de voir Mme de Clèves pour la première fois sans avoir un grand *êtonnement* とされ、ヌムール公は、「奥方の美しさにいたく心を奪われ」M. de Nemours fut tellement *surpris* de sa beautê... 「心を打たれた様子」*admiration* を見せる。翌日、クレーヴの奥方は、ヌムール公の優雅な姿を見かけて「またおどろかれる」のであった ...elle en fut encore plus *surprise*（川村克己訳）。

このように『クレーヴの奥方』においても、二人の恋人の出会いは、驚きの観念とともに描かれる。しかも、その驚きは二人の間で相互に感じられるもので、『赤と黒』の場合と共通する。この場面だけでなく、『クレーヴの奥方』と『赤と黒』第一部には、恋愛の設定に類似する点がある。豊かな遺産を相続する娘が一六歳で、立派な貴族と結婚するが、夫に愛を感じず、背徳の恋に悩むという設定は両者に共通するのであり、この点について詳しい検証を行っている研究もすでに存在する。(54)

スタンダールは、『恋愛論』第二章「初対面について」のなかで、初対面の小説的状況のなかで驚きの果たす役割についてこう述べる。「驚きは、その異常な出来事について長い間もの思いにふけらせ、すでに結晶作用に必要な頭脳の働きの半分を使いはたしている」(大岡昇平訳)。だからこそ、恋が凱歌をあげるのだと言う。スタンダールが認識している「驚き」の効果は、恋愛心理に不可欠な要素であり、『クレーヴの奥方』と『赤と黒』を結ぶものである。

そしてまた、この同じ「驚き」の効果は、何よりも主人公の視点と対象世界を出会わせ、結ぶものであり、一方で、それは世界に視点を生み出してパースペクティヴ化するのみならず、強い感情によって彩っていく。他方、それは主人公の全能性(全望性)を保証するものではなく、むしろ(自己を含む)対象世界を主人公の視野の外でも描写することを可能にしつつ、出会いによって結びつける可能性を留保し、この両者の往復・ダイナミズムを実現する装置となっている。これによって、特異な自我をもった主人公の視点に限定されることなく、他者や同時代の社会を描き出すことが可能になり、なおかつそれを主人公に関係づけその感情によって生気づける可能性を潜在的に留保しながら、ロマネスクを展開することが可能になるのである。こうして「驚き」は、『赤と黒』の作者に感覚的なレアリスムで社会を描く新しい視点を獲得させ、真実を志向する作品の完成を助けたのであった。

結びに

一八三〇年に小説を書こうとするとき、叙述上の問題は何もなかった、というのも、小説のジャンルが確立されておらず、創作上の規範がなく、せいぜい、先例となる作品があるだけだったから、というのが、ミシェル・クルーゼ（『「赤と黒」試論』一九九五年、第四章）の指摘である。一八二六年に、スタンダールが『アルマンス』執筆の意志を表明したときも、同じ状況であったろう。彼の先例となる作品としては『クレーヴの奥方』があり、自らの作品との近親性を再三、言明していた。彼の同時代の作家としては、デュラス夫人がいて、彼はその作品に関心を示し、やがて、その関心が『アルマンス』の誕生へとつながっていったのである。前述のように、一八二八年におけるデュラス夫人への長い追悼記事のなかでスタンダールは、彼女の小説が「フランスにおけるハイ・ライフの忠実な絵画」であり、フランスでは、社会というものは文学と同じように、多様で繊細なニュアンスを示すものだから、「風俗のこうした特性、こうした繊細なニュアンスを描くこと、それこそ小説家の仕事」なのだと言い切っている。従って、一八二六年一月三日の手紙で、「ここ一、二年来の現在の風俗をあるがままに描こう」としているスタンダールは、まさに、この「小説家の仕事」を目指していたわけである。

もちろん、政争の激しかった当時の風俗を、政治と無縁に描くことはできない。この手紙のあとの方には、作者がユルトラ王党派か自由派か、悟られない書き方をしたい、と述べられていた。だが、『英国通信』では、政治の主題に躊躇しながら政治を描き、歴史的事実を客観的に提示するよりは、政治的行動のからくりを暴露し、主役、脇役を明らかにし、野心、投機、ためらい、失望などを描いている。ユルトラ王党派の分析などがその一例であった。小説家スタンダールは、自らの想像力を展開させる最初の小説において、『英国通信』で描いてきた、いわば

「醜い現実」をどのように扱ったのか。これは、スタンダールのロマネスクを考える上で重要な問題である。スタンダールは、たとえば登場人物の運命に関わる亡命貴族賠償法案の内容のうち、二〇〇万フランの金額への反応とユルトラ王党派内の利害の対立のみを冒頭に掲げ、小説の時間設定によって実際の審理には触れず、貴族サロンにおける心理ドラマの展開に入る仕組みを整えた。だが、第一四章の存在が示すごとく、この小説のなかで政治に触れる機会が失われたわけではない。ただし、それは、「単純きわまる物語のなかに政治が割りこんでくるのは、音楽会の最中にピストルをぶっぱなす効果にもなりかねない」という『赤と黒』のなかにも用いられている留保の言葉とともにである。スタンダールの小説のなかにおける政治は、こうした留保、躊躇、嫌悪とともに現れるが、それにもかかわらず、政治が語られる場合が多く、この作家の政治への関心の強さを見逃すことはできない。

『アルマンス』のもうひとつの問題は、現実の作家の人生と作品の主題の重複が見られることである。『恋愛論』から続く「フィアスコ」(不能)のテーマ、それから由来する愛の不可能のテーマは、作品と実人生に重なるが、主人公オクターヴは、現実の生々しさを越え、古典的澄明さをもって描かれる。愛の破局により自死も考えた作者の苦悩とロマネスクの創造はどのように相関するのか。『アルマンス』第二章における自殺可否論の描写はそのよい一例であった。スタンダールが当時読んでいた『新エロイーズ』に同じ自殺可否論が載っており、第二章の描写と近似性があって影響は明白である。このようにルソーの小説の媒介によって描かれた自殺回避のテーマは、スタンダールのロマネスクと作者の現実を結ぶものと言える。『新エロイーズ』の欄外メモはクレマンチーヌへの想いに満ちていて、愛の破局のなかで読んだこの書はやがて、『赤と黒』の新しい女性像を生み出す作家の想像力に活力を与えることになるのである。

スタンダールは『アルマンス』校正中に新聞報道の犯罪を小説化する、という着想を持ち、この着想は『赤と黒』において結実する。これは、あれほど批判しながらも読み続けたスコットの小説のなかに、歴史と虚構の結合として先例を見ることができるものであった。

スタンダールは、『赤と黒』を執筆中にも、「ウォルター・スコットとクレーヴの奥方」のごとき、自らの小説創造の核心に触れる文章を発表しているし、平行して書き進めた作品『ミナ・ド・ヴァンゲル』の草稿には、小説の叙述における「驚き」の観念について重要なメモが残されていた。そしてこの「驚き」の発見は、新しい小説において、特異な主人公の視点に限定されることなく、よりダイナミックに他者や同時代社会を描く可能性を示していたのである。スタンダールは、『赤と黒』第二部の展開に先立って、「驚き」という新しい視点を確認し、同時代の個人と社会の真実を描く近代ロマネスクを確立するのである。

第3章　叙事詩的冒険から近代ロマネスクへ[1]
――『パルムの僧院』における二つの旅――

はじめに

『パルムの僧院』はまことに驚くべき速さで創作された作品であって五十数日の日数により八〇〇頁を越える壮大で複雑な物語が完成されている。しかもこの作品に対して最初の批評家であったバルザックは「一章ごとに崇高が炸裂する」と述べて賞讃を惜しまなかった。

この流るるごとき創作の速度と作品の質の高さを考えると、この作品の誕生には天来の契機とも言うべきものが感じられ、作品の成立過程についての検討は困難に思われる。しかし『パルムの僧院』は、前半の波乱に満ちた冒険と遍歴、後半の恋愛心理のロマネスクというように二つの色調のちがう世界が見事に融合している小説である。作者はワーテルロー会戦に従軍した主人公をどのようにしてクレリアとの恋愛に向わせることができたのか、その作品の着想から口述筆記に至る経緯を考えると、興味ある問題である。

『パルムの僧院』における主人公ファブリスは作品の前半で二つの大きい旅を試みる。第一の旅はワーテルロー参戦の旅であり、ナポレオン崇拝のこの少年は人生の門口で苦い試練を味わう。第二の旅は旅役者ジレッチとの決闘のあとの逃避行であるが、単なる逃亡の旅ではなく青年ファブリスの真の恋を求める旅とも言える。

この二つの旅の存在は作品に見られる叙事詩から近代ロマネスクへの移行の問題と関連するものであり、第二の旅に見られる第一の旅との類似はスタンダールの作品創出のメカニズムを示している。この章では、作品の成立状況と作品の構成を相関させながら、以上の諸問題を考えてみたい。

1　叙事詩から近代ロマネスクへ

『パルムの僧院』は、「一七九六年のミラノ」と題されたナポレオン入城の場面から始まるが、その雄大な構想と格調ある描写は、ナポレオンを主題にした叙事詩の一節を読むような印象を与える。さらに、この作品の前半の物語の展開は、ナポレオンのイタリア遠征からワーテルローを経てその戦後に至るイタリア史と深く結びついている。『パルムの僧院』は明らかに叙事詩的視点をそなえた小説であり、ヨーロッパ近代史の大きな変動を背景にした作品であると言える。だが、同時にこの作品は、後半に、主人公のファルネーゼ塔入牢を契機として、多くの障害によっていよいよ高められる情熱恋愛の世界を展開する。それは、スタンダール特有の親密で情感に溢れた愛の世界である。『パルムの僧院』では、このように叙事詩から近代ロマネスクへの発展を作品のなかに読みとることが可能だが、では、どのようにしてこの二つの要素が融合されているのだろうか。

まず、この作品の生成について見てみよう。『パルムの僧院』の材源としてはスタンダールの発見した古いイタリア語文献がある。スタンダールは、十六・十七世紀の短い物語が集められたこの古記録を翻案して、『イタリア年代記』の諸篇を書く。その古記録中の小篇「ファルネーゼ家栄華の起源」に興味を抱いたスタンダールは、一八三八年八月一六日、この物語を「小ロマン」に仕上げようと考える。おそらくこの時期と推定されるが、「アレクサンドル・ファルネーゼの青春時代」なる翻案を作る。九月一日と二日、ワーテルローの場面を執筆。九月三日、『パルムの僧院』を着想。二ヶ月を経て、フランス西部の旅行からパリに帰着したスタンダールは、一一月四日から一二月二六日にかけ、コーマルタン街八番地の部屋に閉じこもって口述筆記を行い、五三日間という驚嘆すべき速度でこの長編を完成させる。(2)

従って、『パルムの僧院』のなかには、イタリア古文書中の小篇「ファルネーゼ家栄華の起源」の物語とワーテルローの戦いを中心としたナポレオン叙事詩との二つの流れが融合していることになる。しかしながら、スタンダールが作品の着想から執筆に至る段階でどのようにこの二つの要素を結びつけたのかは、『赤と黒』と同じく原稿が消滅したこともあって、いろいろな書籍や原稿の欄外に記された覚え書から推測する他はなく、重要な部分は闇に包まれている感がある。

だが、十六世紀の物語を作者の時代の十九世紀に置き直したこと（現代を描くのはスタンダール流ロマン主義の主張である）が豊かな作品の誕生を約束したことは間違いない。スタンダールは作品の冒頭を自らの青春と一致する時代に設定した。ナポレオンのミラノ入城の場面は、自伝『アンリ・ブリュラールの生涯』の最後を飾るイタリア遠征とミラノ入城の溢れんばかりの幸福感を継承した描写なのである。ひとたび味わった激しい幸福の感覚をあとで明晰に知覚しようとするのは、ジャン・ピエール・リシャールの指摘するスタンダールの感覚作用の働きである(3)が、自らの味わった至高の幸福をいかにして再現するか、これこそ『僧院』の主要な人物の関心事であり、同時に、自伝作家としてのスタンダールが苦慮していた事柄であった。スタンダール自身のナポレオンへの関心はその評伝執筆の試みなどによってよく知られているが、『僧院』はナポレオンのイタリアとそこに溢れていた幸福感を描いて作品の出発点としているのである。

この叙事詩的出発が、後半の情熱恋愛の世界に変貌することの意味、言いかえると、主人公の神話的ヒーローから近代的ヒーローへの変貌の意味について、ジルベール・デュランは、『「パルムの僧院」における神話的背景』

（一九六一年）において、ヨーロッパの叙事詩の伝統を念頭に置きながら、この作品における、叙事詩から抒情へ、昼の体制から夜の体制（愛の神秘）への主人公《ヒーロー》の変貌を指摘している。(4)

では、ひとつの小説作品におけるこのような転換は何を意味しているのだろうか。ミハイル・バフチンは、小説のジャンルとしての生成過程を検討しながら、叙事詩《エポペー》との対比を行っている。バフチンは、一定のジャンルとしての叙事詩に三つの本質的特徴をあげる。すなわち、第一に、主題は国家の叙事詩的過去であり、第二に、叙事詩の源泉《もと》は国民的伝説であり、第三に、叙事詩の世界は絶対的な叙事詩的距離によって作者の時代から分離されている。そして、こうした国家的神話を描いた高位のジャンルとしての叙事詩に対し、高位のイメージのパロディ化を行い、笑いの原理を導入し、同時代の現実を扱うのが小説だというのである。(5)

バフチンの考察は、ヨーロッパ小説の基本的胚子を明らかにしようとするもので、十九世紀近代小説を直接、論じているものではないが、『パルムの僧院』を考える上でまことに示唆的である。

一七九六年五月一五日ボナパルト将軍は、ロジ橋を突破した若い軍隊を率いてミラノにはいった。彼らはかくも長い世紀を経た後、カエサルとアレクサンドロスがようやくその後継者を得たことを、世界に知らせたばかりであった。（第一章）

カエサル、アレクサンドロスに比すべきナポレオンのイタリア遠征は、雄大な英雄叙事詩の格調をもって描きはじめられるが、やがて、歴史的過去と作者の経験した現実との距離は消え、一八三八年の作者が思い浮かべるのは青春のイタリアである。しかも、そこには戯画と笑いの要素も欠けていない。招待を受けて困惑するロベール中尉、小麦買い占めを行う大公の肖像、髪粉をつけたデル・ドンゴ侯爵の姿など枚挙に暇がない。

このようにジルベール・デュラン、ミハイル・バフチンなどの所説を見てくると、『僧院』は、叙事詩的世界から小説的世界への小説史的変貌をふくむ作品であると言えよう。そしてこの変貌は、作者が過去に味わった幸福感の意識的追求が契機になっているように思われる。ともかく、叙事詩的格調は、この作品全体のスタイルを決定し、作者のイマジネール（想像力の活動域）のあり方と深く結びついて、晴朗で不思議な幸福感をこの作品に与えているのである。

2　父・子・ワーテルロー

バルザックは、『パルムの僧院』に対し、心からなる讃辞を呈した最初の人物であり、その数度にわたる賞讃とスタンダールの作品修正の試みは、デル・リット『「パルムの僧院」シャペール本註解』(6)に詳しく分析されており、この二人の作家の資質のちがいを示してまことに興味深い。バルザックが『ベイル氏研究』のなかで求めている作品修正を、スタンダールは遂に受け入れることができないのである。バルザックは、ワーテルロー会戦の描写を冒頭にもってきて、それ以前の部分を回想で語れ、と勧めているのだが、修正を試みたスタンダールは、自らが想い出の籠められたミラノの部分に執着していることに気づき、「この導入部の方が私の心をとらえる。私がこの時期を愛しているのは確かだ」とメモして、最初のテキストを復元する。(7)まさに、ミラノこそスタンダールにとって「元型の都市」であり、「想像のイタリアのパラダイム」となる街なのである。(8)

またバルザックは、ファブリスが主人公として立派な思想をもち、周囲を圧倒するような感情を備えるべきだ、という意味のことを言うが、作品の構成に留意し、統一を重んじるバルザックらしい発言である。もちろんこれは、作者の自我が主人公に色濃く反映しているスタンダールの作風には受け入れがたい要求である。だが、主人公の存在感という観点から言えば、ファブリスは絶えず舞台の前面にいるのであって、肉体的にはその場に不在でもその人物の影響力が感じられるという意味で、まさしく作品を統一する主人公と言えるのだ。(9)

ところでスタンダールは、そのファブリスの真の父がフランス軍のロベール中尉であることを再三ほのめかしている。(10) 現実の父親に父性を認めず、他に真の父性を認めるのはスタンダールの小説の常套であり、作品の原案にあたるファルネーゼ家の物語のなかでも同じ設定が見受けられる。ジルベール・デュランは、これについて、ファブリスはジュリアンと異なり、生れつき貴族の称号を帯びているが、それゆえにこそ、衰退するデル・ドンゴの名とともに、英雄性をもつ父性を必要としていたのであって、デル・ドンゴの貴族性を覚醒させるのがナポレオン軍のロベール中尉であり、真の父はフランス人でなければならなかったとしている。(11) ファブリスの気質がイタリア人、フランス人のどちらに近いかは、議論のあるところだが、(12) その父親のデル・ドンゴ侯爵の父性の疑わしさが問題を投げかけていることは確かである。

それと同時に、ファブリスと叔母ジーナとの近親相姦的感情（まことに抑制された心の動きだが）が、従来、指摘されてきた。特に、ロベール・アンドレ『スタンダールの小説における文章化作業《エクリチュール》と衝動』（一九七七年）や、レヴィッツ・トルー『スタンダールにおける愛と死——感情修業の変貌』（一九七八年）は、作家スタンダールの幼年時代に味わった愛と死の相克や、オイディプス・コンプレックスなどが、作品にどのように影を落としているか、フロイト的な精神分析の方法を援用して解釈を試みている。(13)

一九七〇年代におけるこのような精神分析的研究の方向は、八〇年代に入ってスタンダールのイマジネールの研究へと発展し、作品における象徴、記号が重視されるようになってゆく。(14) このような精神分析、象徴などの問題は、ジルベール・デュランが『神話的背景』（一九六一年）のなかで既に提示していたもので、あらためてデュランの分析の深さに感嘆せざるを得ない。

神話と精神分析の結合については、現在の神話学の成果をふまえた検討が期待されるが、(15) これも、オイディプス神話との関連が示すごとく、フロイトの研究に端を発している。特に、神話のテーマをフロイト的な方法を用いて分析した定評ある著作に、オットー・ランク『英雄誕生の神話』（一九〇九年、邦訳一九八六年）があり、心理学的神話研究として興味深い[16]。ランクは、子供の自我と伝説の英雄とは対応するものとし、英雄誕生から認知に至るまでの諸条件が、子供の家族、特に両親に対して抱く空想、すなわち、フロイトの家族小説の観念と一致することを指摘する。ランクによれば、「英雄的なこととは、まさに父親の克服に他ならない」（邦訳一五四ページ）のであって、この観点からファブリスの父との関係を眺めると、ワーテルロー会戦の最中における真の父A伯爵、昔のロベール中尉との邂逅は新たな意味をもたらす。二人は互いに親子と気づくことはなく、ファブリスはA伯爵のために馬を奪われてしまうのだが、この無意識な認知の拒否は、主人公を新たな試練に投げこみ、さらに高度な父親像の克服に向かわせるのである。

では、誕生時にすでに問題性を秘めて生れた主人公ファブリスのワーテルロー会戦参加の意味とは何であろうか。初めて戦場に出たファブリスは嫌悪感に耐えながら死んだ兵士の手を握り、弾の飛び交う戦野をネー将軍、ついでA伯爵の一行の巡察に従い、オーブリ伍長の指揮の下にプロシア騎兵を倒し、ル・バロン大佐の命により歩哨に立ち、敗残兵と戦って重傷を負う。すべて、自らの勇気を実証するためである。ファブリスは、「不幸な母の国イタリアの名もない子供」として、叔父ピエトラネーラ伯爵の愛していたナポレオンに身を捧げようとする。このとき、ナポレオンはファブリスにとって父と同じ価値のものとなる。その上、ファブリスは真の父A伯爵とも戦場で遭遇する。神話では、驚嘆すべき功績により真の父に自らの価値を認めさせるのが英雄の運命であった。だが、ファブリスは、皇帝の巡察を目前に見ながら、皇帝を確認できず、A伯爵と行を共にしながら、子として認められることはない。

ジルベール・デュランは、ファブリスのこうしたワーテルロー会戦経験に、勇気を示す成人儀式（イニシエーション）を見ている[18]。ワーテルローがイニシエーションの旅とすると、自らが行った戦いが戦争という名に価するか否かはファブリスにとって重大事であり、是非とも確認せざるをえない。

ベアトリス・ディディエによれば「『僧院』は、あらゆる神話や魔法物語と同じく、最初は未経験と思われる人物のイニシエーションが連続する物語[19]」であり、ワーテルローの場面が示す旅、戦争、死のイニシエーションに続き、愛、政治、自己放棄のイニシエーションを主人公は経験することになるという。

ワーテルローで苦しい状況のファブリスは女性に庇護される。馬を盗まれ、疲れ切ったファブリスを酒保の女マルゴは車に乗せ、休ませる。ファブリスは深い眠りに落ちる。また、退却の途中、重傷を負ったファブリスは、フランドルの宿屋の女主人と二人の娘たちの手厚い看護を受ける。そして、気を失った彼は数日間、昏々と眠りつづける。こうした女性たちによる庇護は、「あなたの運を開いてくれるのはきっと女ですからね」という叔母ジーナの予言を思い起こさせる。だが、ファブリスの貪る深い眠りは何を意味するのだろうか。

イニシエーションの儀式では、死を象徴化することが必要であって、儀式の修練者は象徴化された死を経験することで、母の住む俗界とはちがう聖界へ入っていく[20]。イニシエーションの完成にはこれが必要なのであり、ファブリスの深い眠り、特に、瀕死の重傷の人事不省の状態に、イニシエーションの意味を見ることはできないであろうか。

ワーテルローの場面のうち、特に第三章のみを分析したノーデンストレング・ウルフは、ユゴーの『レ・ミゼラブル』のワーテルローの描写との比較を試み、視点、視線のテーマを通じて主人公の自己形成の問題を論じている[21]。それによると、ユゴーの描写のキー・ワードは形容詞 grand（大きい）であり、一頁に八回ほど使うのに対し、スタンダールは章全体で一〇回ほどしか使わない。スタンダールのキー・ワードは petit（小さい）で、これは章全体で三三回用いている。

このことが示唆するように、スタンダールのこの場面での戦場描写は、俯瞰的でなく、主人公の眼の位置からのものであり、ファブリスは全体の状況を把握できないまま敗戦にまきこまれる。それは、一八一三年五月二一日、バウツェンの戦いを見て、「我々は、一つの戦闘で見ることができるすべてのものを見た、すなわち、何も見なかった」と書いたスタンダールを想起させる（それにしても、『日記』を読む限り、バウツェンでスタンダールは丘の中腹に陣取って、俯瞰的な位置から戦闘を見ていたらしいのだが)。

第三章のファブリスは、従軍酒保の女マルゴと別れて馬で戦場に飛びだし、将軍たちの後について一巡し、馬を奪われて森のなかにいるマルゴの馬車のところに戻ってくる。森の出口で別れ、森のなかで再会するのである。このファブリスの戦場での軌跡は、メルヘンの世界に遊んだ子供が母親の許に帰ってくるような非現実性を帯びている。また、第三章の戦場のトポロジーは、ワーテルローと特定できない一種の抽象性を持っている。ナポレオン、ネー元帥の存在は、この場面がロシア戦役の一場面であってもよい可能性を示している。ここでは、ナポレオン戦役の抽象化された姿が描かれていると言えよう。

ロシア戦役のナポレオンの話は、スペインのモンチホ伯夫人の娘で、まだ少女だったウージェニー(後のナポレオン三世の皇后)にせがまれてスタンダールが度々語った話題である。スタンダールは、刊行後、作品を再読し、第三章の終りにこう書き付ける。「わたしはエウケニア(ウージェニー)のことを考えていた。彼女のためにわかりやすい戦いの物語を作ろうと思ったのだ。その少し前、彼女にナポレオンの戦闘を話してあげたから。(22)」ファブリスの戦場一巡において、何種類もの騎兵が登場し、ナポレオン軍の制服、組織の展示が行われている観がある。これも、ウージェニーのためだったろうか。

スタンダールのワーテルローの章は、ウージェニーに語ったようなナポレオン叙事詩の回想と、アリオスト、タッソーの示す高貴な感情を夢みながら戦場の現実に幻滅し自己発見していく若者のイニシエーションのテーマが融合している。イニシエーションは成就したのだろうか。物語は一たん閉じられ、新しい発展を待つことになる。

3　ファブリスの二つの旅

ファブリスのワーテルロー冒険行は、彼がイタリアに帰着し、叔母のピエトラネーラ伯爵夫人の奔走のお蔭で逮捕を免かれ、ロマニアーノに亡命したところで完結しているように思われる。すなわち、第五章の終りで物語にひとつの段落があると言えよう。これを第一の旅の終りとしよう。

しかし、『僧院』のなかではファブリスの旅はまだ続くのであって、ナポリからパルムに帰った彼は、コモに行き、一たんパルムに戻るが、ジレッチとの決闘のあとの逃避行では、フェラーラを経てボローニアに至り、やがて奸計によりパルムに連行され、ファルネーゼ塔に入獄する。この第七章から第一五章にわたる物語を、連続した意識をもつ一つの旅、すなわち第二の旅として捉えることが可能であろう。

ファブリスのこの二つの旅の間に、どのような関連があるであろうか。第一の旅は、情熱に溢れているが人生に未経験な若者の試練の旅の色彩があった。とすると、第二の旅は何であるのか。仔細にテキストを見ていくと、第一の旅と第二の旅の間に、少なからぬ共通の要素が浮かび上がってくる。まず、共通部分の指摘から始めよう（次の表示において、(イ)は第一の旅、(ロ)は第二の旅を示し、引用については、セルクル・デュ・ビブリオフィル版の巻号、頁数を示した）。

(1)　旅に出発する前であるが、ファブリスは学校で良い成績を納め、教師は上司から賞讃をうける。すなわち、ミラノの学院で、ファブリスは五つの一等賞を得て、学院長は上役から賞められる。一方、ナポリで、ファブリスは試験を相当な成績で通り、彼の指導教師は勲章と贈り物をもらう。

（イ）第一章、Ｉ・三一　（ロ）第七章、Ｉ・二四一）

(2) 勉学を終えて帰ってきたファブリスは、その魅力により、母（または叔母）を驚かす。
（イ）第一章、Ｉ・三四　（ロ）第七章、Ｉ・二四一）

(3) 第一の旅はコモ湖のグリアンタから出発し、第二の旅の最初もグリアンタ訪問であり、ともにコモ湖の「崇高な景観」の描写が見られる。
（イ）第二章、Ｉ・四八　（ロ）第八章、Ｉ・二八八）

(4) ファブリスは前兆を信じているが、それはブラネス神父から受けた影響である。
（イ）第二章、Ｉ・四〇　（ロ）第八章、Ｉ・二八八）

(5) 父の城館に対する嫌悪感は、第一の旅への出発時にも、第二の旅のはじめでも消えることはない。
（イ）第二章、Ｉ・五七　（ロ）第八章、Ｉ・二八一）

(6) 第一、第二の旅いずれでも、ファブリスは母の植えたマロニエの木に運命の前兆を読みとる。
（イ）第二章、Ｉ・五七　（ロ）第九章、Ｉ・二九六）

(7) 二つの旅で、ファブリスは度々、偽旅券を使わなければならない。
（イ）第二章、Ｉ・五四、六八　（ロ）第一〇章、Ｉ・三〇三、第一一章、Ｉ・三二三、三三七、第一二章、Ｉ・三四七）

(8) 牢獄に対する予感、予言が絶えずファブリスを支配している。
（イ）第二章、Ｉ・六八、第四章、Ｉ・一二五　（ロ）第八章、Ｉ・二八四、第一〇章、Ｉ・三〇三、三〇六、三〇八、第一一章、Ｉ・三二七）

(9) 二つの旅の何れでも、ファブリスは金を払って馬を強奪する。
（イ）第四章、Ｉ・一二六　（ロ）第一〇章、Ｉ・二九九）

(10) ワーテルローにおけるファブリスの二つの戦闘、すなわち、森のなかでのオーブリー伍長指揮下の戦いと橋のたもとで哨戒中の戦いは、ジレッチとの決闘とのいくつかの共通点がある。森のなかでの戦いでは、サーベルを持った騎兵に追いかけられるが、木をまわって逃げろという伍長の教え通り、武器を捨てて森のなかに逃げこむ。一方、ジレッチとの決闘では、武器を持たないファブリスが、剣を持ったジレッチに追いかけられ、馬車のまわりをまわって逃げる。

〈(イ)第四章、I・一〇四、一〇六以下　(ロ)第一一章、I・三一八〉

森の戦いで、ファブリスは猟を思い浮かべ、ジレッチとの争いでは、その直前にファブリスは猟をしていた。

〈(イ)第四章、I・一〇五　(ロ)第一一章、I・三一六〉

橋のたもとの戦いで、ファブリスは、腕と腿に負傷し、発熱して病状が悪化する。ジレッチとの戦いでも、腕と腿に負傷し、発熱、病状悪化する。

〈(イ)第四章、I・一三三、一三八、一三九　(ロ)第一一章、I・三一九、三二〇、三三九〉

(11) 負傷したファブリスは、看病してくれた宿屋の娘アニカンに恋心を抱くが、のちになっても、自らの真の恋はアニカンに対するものだったと思い出す。

〈(イ)第五章、I・一四二〜一四五　(ロ)第一三章、I・三六四〜三六五〉

(12) ファブリスは変装した王子と思われる。

〈(イ)第五章、I・一四二　(ロ)第一三章、I・三七九〉

(13) 叔母の伯爵夫人（または公爵夫人）はファブリスに手紙を送るが、ファブリスにとって状況が不利であることを明確に語ろうとしない。

〈(イ)第五章、I・一四五　(ロ)第一二章、I・三五二〉

(14) 二つの旅において、隠密行のファブリスを迎えに来るのは叔母の侍従長ペペである。

(イ)第五章、I・一四六　(ロ)第一二章、I・三四七

(15)　ファブリスの国外脱出、ジレッチとの決闘事件、ともに政治的事件とみなされる。前者は、ナポレオンへのイタリア陰謀団の密書運搬とみなされ、後者は、大公により自由主義者の事件視される。(イ)第五章、I・一四七　(ロ)第一二章、I・三五〇

(16)　二つの事件とも、事件が拡大しファブリスが苦境に陥るのは、ワーテルローの場合は兄アスカニオ、ジレッチ事件の場合はラヴェルシ侯爵夫人のごとき策謀を図る者がいたからである。(イ)第五章、I・一四八　(ロ)第一二章、I・三五二

(17)　ファブリスは、二つの旅の終りに、ファビオ・コンチ将軍とクレリアに遭遇する。(イ)第五章、I・一五六　(ロ)第一五章、II・三〇以下

以上の検討から明らかなように、第一の旅と第二の旅の間には共通の因子が存在する。二つの旅の展開は、一見明瞭ではない共通点で結ばれているが、基本的には同じ構造の上に成り立っているように思われる。ただ、第一の旅が、若い主人公（一八一五年、一七歳）の人生におけるデビュー、それも、ワーテルロー会戦という歴史の一場面を背景にした叙事詩的展開であったのに対し、第二の旅は、成人した主人公（一八二二年、二三歳）の徹底して個人の運命にかかわる旅である。恋に恋をしながら真剣な恋を知らない、この命題がファブリスの第二の旅の出発点となっている。この旅は、ファブリスをパルムから遠ざけようとするモスカ伯の配慮から画策されたのであるが、一たんパルムへ戻ったファブリスは、逃げるようにパルムを立ち去る。叔母の公爵夫人の次のような言葉にもかかわらず。

「あたしのそばを離れる言いわけばかり捜しているようね」（……）「ベルジラーテから帰ったばかりなのに、もう出かける理由を見つけてくるの」（第一〇章）

ファブリスと叔母の公爵夫人との微妙な感情の動きは、決して登場人物の口から語られることはない。言葉は、一たび発せられたら、恐ろしい起爆剤となるのであろう。ファブリスの女優マリエッタへのかりそめの恋、母に会うための旅立ちは、こうした複雑な状況を逃れる意味合いがあったのであり、その後に続くジレッチとの決闘と逃避行は、真の恋を求める騎士の遍歴行のようにも見える（歌姫ファウスタとの経緯などむしろオペラ・ブッファ的であるが）。この第二の旅のあと、パルムの牢獄、パルムの宮廷を通じてクレリアとの恋愛が成立するのであり、ジルベール・デュランの言う「愛の神秘」が完成するのである。第二の旅はこのような観点から見ると、愛の不在という試練に挑む旅であり、愛のイニシエーションのひとつと言えるであろう。

この第二の旅の部分がスタンダールの執筆過程のなかで、どのような意味を持っていたかを見ていこう。

スタンダールは、一八三八年一一月はじめ、この作品の執筆を再開するが、そのとき最初に行ったことは書きかけの原稿の整理であった。一一月八日のメモによると原稿八〇枚、印刷ページに換算して第三章終りまで整理している（註(1)参照）。すなわち、ワーテルロー参戦の主要部分は書かれていて、その結末部分のあたりから執筆を再開したと推察することが可能である。

スタンダールは、前述のごとく八月半ばから九月はじめにかけてこの作品の構想を固めるのであるが、その時点では、入牢と脱獄の筋を含む古記録「ファルネーゼ家栄華の起源」の物語と九月はじめに執筆したワーテルロー参戦の物語があって、九月はじめの最終的な作品構想とは、この二つの要素を融合することであったはずである。すなわち、十六世紀のファルネーゼ家の物語を十九世紀に置き換え、ワーテルローの場面も組み込む必要があったのである。

作品構想のなかで牢獄の場面は非常に大きい比重を占めるはずであるが、古記録の「起源」では簡単な筋書のみである。スタンダールは、ベンヴェヌート・チェリーニ『生涯』、シルヴィオ・ペリコ『我が牢獄』などさまざまな材源を持っていたと思われるが、スタンダールの描写に特に色濃く影響を与えているものとして、アレクサンドル・アンドリアーヌ『シュピールベルクにおけるある国事犯の回想録』（一八三七―三八年）をあげたい。第10章で詳しく検討するように、スタンダールはこの時期、アンドリアーヌの『回想録』から牢獄の実質的なイメージを得ていたことは間違いない。特に、九月二日の「立憲」紙にこの書籍の詳しい書評が載っていたことを考えると、九月三日の作品の最終的着想と執筆開始は、この『回想録』の存在と何らかの関係があるのではないかとも考えられる。

ともかく、一八三八年一一月はじめ、スタンダールが中断していた執筆を再開したのは、ワーテルローの終りの部分ではないかと推測される。そして『僧院』第五章末の註には、アンドリアーヌの『回想録』への好意的な言及があり、この時点で、作品後半の牢獄のイメージは固まっていたと見られる。とすると、執筆を進めてゆく上での問題は、ワーテルローから牢獄へとどのように連結してゆくかということであったろう。「起源」の筋書によれば、入牢の原因となる誘拐事件があるのだが、ワーテルロー参戦の物語が完結したあと、どのようにして物語をつなげてゆくのかが『僧院』の当面の問題だった。

この点で、第二の旅が第一の旅と多くの類似性を持つことは、こうしたスタンダールの創作の状態と対応しているように思われる。スタンダールは主人公のミラノでの学校教育からワーテルローに至る少年期の成長過程を第五章までで既に描いたのだが、第六章におけるモスカ伯爵の登場をはさんで、第七章から第一三章まで主人公のナポリにおける学校教育から決闘事件と逃亡の旅を描く。この第二の旅の主人公は青年ファブリスであり、その関心事は真の愛とは何かである。このようにして第二の旅は歴史の枠組みのなかで行われた第一の旅に較べ、個人の心情と運命により深く関わっている。この第二の旅の部分によってワーテルローから牢獄の愛の描写への筋の転換と発展が円滑に行われたのであり、その契機となったのは、第二の旅が第一の旅の一種の変奏だったということではないかと思われる。

ところで、スタンダールの創作手法という点から考えると、二つの旅の存在は別の意味を持つ。『僧院』におけるスタンダールの想像力は二段階の展開を必要としたように思われる。この作品のなかで、二つの旅はもちろん、二つの都市（ミラノとパルム）、二つの宮廷、二つの城（グリアンタとパルム）、二つの塔（ブラネス神父の鐘楼とファルネーゼ塔）、二つの湖（コモ湖とマジョーレ湖）の存在が注意を惹く。

二つの塔、二つの城の相似性とその重要性については何人かの評家の指摘と分析があるが、ファブリスはグリアンタを訪れることで自己の再認識を行い、やがて愛の不在に悩んだ後、クレリアの愛の獲得に至るまでの過程が準備されたと言えよう。(23)

たしかに相似のテーマを二度にわたって提示することは、スタンダールにあっては作品の展開を豊かなものにするのに役だっている。ミラノの宮廷よりはパルムの宮廷、ワーテルローの牢獄よりはパルムの牢獄の方がより複雑で人間心理に深く介入した展開が行われている。第一の提示は基本的なテーマを示し、第二の提示はその豊かな変奏を演じているように見えるのである。スタンダールは真珠が結晶するために核を必要としたごとく小説創作に明確な材源を必要とし、『パルムの僧院』にはファルネーゼ家に関する「起源」などの材源を用いているのだが、作品の展開に関して言えば、二つの旅の分析に示されたごとくテーマの二重提示が著しく作家の想像力の発露を容易にしたのではなかろうか。『パルムの僧院』の奇蹟的なとも言うべき即興創作の秘密の一端がこの辺りに潜んでいると考えられるのである。

結　び　に

『パルムの僧院』を読み返す度に、スタンダールが筋書のみとも言えるイタリア古文書の原案からどのようにしてあの見事な作品を仕上げたのかという素朴な疑問を抱くのであった。この章はこうした疑問をいささかでも解こうとしたもので、ここで全体をふりかえって結びとしたい。

最初に問題になったのは、一八三八年九月三日の作品構想がどのようなものであったかということである。この構想は「ファルネーゼ家栄華の起源」の筋書の十九世紀化、つまり現代化であったはずであり、そこには、既に執筆されていたワーテルローの物語が含まれ、「起源」のなかではほとんど描写のない牢獄の部分の拡大化が行われていたであろう。

その意味で、構想を得る前日の九月二日、「立憲」紙に掲載されたアレクサンドル・アンドリアーヌ『シュピールベルクにおけるある国事犯の回想録』の詳しい書評は重要な意味をもつ。『パルムの僧院』第五章に、この『回想録』の名は賞讃の意を籠めて引用されているが、スタンダールがこの書物に多くを負っていたことは確かで、十九世紀の牢獄を描く具体的イメージを得たときスタンダールの作品構想は完成されたと言えるであろう。

次に問題になったのは、一八三八年一一月はじめの執筆再開の状況である。スタンダールは既に書いた少くとも三章分の原稿の整理から始め、五十数日の連続した執筆期間に入る。つまり、この期間の最初にワーテルローの旅の整理を終え、次いで、ジレッチとの決闘後の逃避行をふくむ第二の旅の執筆に入るはずであるが、注目すべきことは、第一の旅と第二の旅がいくつかの類似点をもち、共通のテーマの繰り返しが見られるという点である。

しかし、第二の旅は第一の旅の単なる繰り返しではなく、第一の旅のテーマの変奏と言った方がよいであろう。第一の旅はナポレオン叙事詩の枠組みのなかで行われる少年ファブリスのイニシエーションの旅であり、第二の旅は成長した青年ファブリスの自己探究の旅であって、愛の不在、愛の希求が主人公の関心事である。このように主人公の成長とともに心理のロマネスクへの転換が行われ、牢獄の章の情熱恋愛へとつながってゆくのである。

第二の旅は、作品構想上で不可欠なワーテルローと牢獄の二つのポイントを結ぶ非常に重要な部分であり、スタンダールは連続執筆の初期に、おそらく苦慮を重ねながらこの部分を書き、作品完成の保証を得たと思われるのである。(24)

第二の旅の分析を通して、作品の構想の面から叙事詩的部分と近代ロマネスク部分の連結の仕方が明らかになり、テーマの反復の面からはスタンダール特有の創作メカニズムが明らかになる。『パルムの僧院』は謎の多い作品であるが、第二の旅の部分には作品の構想から執筆に至る状況が反映されており、その分析は重要な意味を持つと言えよう。

第4章　未完のロマネスク

──『ラミエル』の生成に見る晩年の創造──

はじめに

『ラミエル』は、作家スタンダールがその生涯の終りに営々たる努力を重ねながら遂に完成に至らなかった作品である。この小説は一八三九年春の『パルムの僧院』刊行直後に着想され、以後、作者の死に至るまでの約三年間、その執筆活動の大きな部分を占めていたにもかかわらずである。

この『ラミエル』が作品として未完で終ったという点はいくつかの問題を提起する。まず、作品像と校訂テキストの関係である。女主人公ラミエルはジュリアン・ソレルを女性にしたような、(1) 独立心の強い奔放な性格の持ち主で挑戦的アマゾネスとも言える人物であるが、(2) よく見ると作品中での位置は必ずしも支配的でなく、副主人公的な医師サンファンの比重の方が大きいのである。サンファンは作者の心理を反映する人物で、鋭い才気、深い内面性を持ち、ラミエルに対し人生の教師的役割を果たしているが、作品前半でのその存在の重さはラミエルを凌いでいると言える。作品を調べてみると、こうしたサンファン像は原稿の第一稿にはなく、修正稿のものであることがわかる。現在の校訂テキストの多くは修正稿と第一稿の融合からなるもので、そこから現在の作品像が生れてきたのである。この点、『ラミエル』の原像は何であったか、第一稿のイメージを明確にしておきたい。そして、第一稿の未完が作品全体の未完の問題を包含することを明らかにしたい。

このように、この作品の生成について考えるためには創作過程を詳しく眺める必要があるのだが、『ラミエル』の小説作法は他の作品と異なるのであろうか。この点、作品全体を通じて、『赤と黒』『パルムの僧院』など他の作品を想起させる部分が多いのは注目される。スタンダールは『ラミエル』を執筆しながら自らの書いた作品群を源泉として既出のテーマや技法を集大成するような意識があったのであろうか。

『ラミエル』執筆中のスタンダールは、刊行されたばかりの『パルムの僧院』を何度も読み返している。しかも『僧院』を読んだその眼で『ラミエル』という小説を読み直し、創作に関するメモを残しているのだ。それはちょうど、『僧院』から離れて趣きを異にする作品を書きたいと望む作家スタンダールの試みにたいして、『僧院』をひとつの美の基準とする批評家スタンダールが註釈を加えているように見える。

この章では、このように、作品の主たる材源も明瞭でなく、未完の理由も明確に言い難い、いわば知られざる作品とも言える『ラミエル』の創作過程を中心に考察し、最晩年のスタンダールの文学創造の状況を明らかにしていきたい。

1　『ラミエル』作品像の誕生——原稿から校訂本へ

未完の小説『ラミエル』を論ずるとき、最初に直面するのは校訂テキストの問題である。『ラミエル』はさまざまな版で刊行されているが、決定稿のないこのような作品の場合、どの版を選択するかということは、この作品の作品像に関わる重要な問題と言えよう。

グルノーブル図書館に残されている『ラミエル』の原稿は、種々の自筆稿、口述筆記稿、数多くの修正稿断片などからなっており、作者がこの作品の完成にどれほどの努力を傾けたかを示している。スタンダールは、五六歳から五九歳に至る最晩年の三年間、体の衰えを知り、迫りくる死の影を感じながら『ラミエル』完成に執念を燃やし続けたと言える。このような錯綜した創作過程をさまざまな版のテキストはどのように再現しているであろうか。

『ラミエル』は作者の生前に刊行されず、最初の出版は、カジミール・ストリヤンスキーの版(3)（一八八九年）である。スタンダールの未刊原稿の発掘者として知られるストリヤンスキーは、『ラミエル』の雑然とした状態の原稿から一貫した物語を選ぶ方針をとり、口述筆記稿と自筆原稿を融合し、独自の章分けを行うことでひとつの作品とした。

次いで現れるのが、アンリ・マルチノーによるディヴァン版(4)（一九二八年）である。この版の構成はストリヤンスキーの版とあまり違わず、口述筆記稿と自筆原稿の融合によるものであり、これも独自の章分けが行われている。このマルチノーによるディヴァン版の影響は大きく、『ラミエル』の作品像は、マルチノーのテキストによって形成されてきたと言っても過言ではないだろう。

これに対し、ストリヤンスキー、マルチノー系統のテキスト校訂に疑問を投げかけたのが、ヴィクトール・デル・リットであり、ランコントル版(5)（一九六二年）で従来の校訂に疑問を発し、セルクル・デュ・ビブリオフィル版(6)（一九七一年）でその疑問の答えとなるような新しいテキスト校訂を行った。ビブリオフィル版の方針は、原稿作成の時間的順序を尊重することであり、反復を厭わず、すべての原稿を執筆順に列挙している。創作の各段階での未完成稿を時間的配列に従って並べてゆく方法は、完成した作品を求める読者には抵抗があるかも知れない。だが、この未完作品の生成の状況を記録し、作者の苦闘と挫折をふくむ創作過程を忠実に再現するという意味で、画期的な校訂版と言えよう。

これ以後の版を眺めてみると、ミシェル・クルーゼによるロベール・ラフォン版(7)（一九八〇年）は、物語の部分のみ一貫化を図っているがその前後は、デル・リット校訂テキストによる時間的配列を行っている。アンヌ・マリ・メナンジェによるフォリオ版(8)(一九八三年)は独自の校訂を行っているが、作品としてまとめた部分以外の原稿を執筆日付順に配列し、創作日記としている。ジャン・ジャック・アムによるGF-フラマリオン校訂版(一九九三年)(9)もスタンダールの原稿から独自の校訂を行っているが、一八四〇年原稿を作品前半(第一〇章まで)とし、一八三九年原稿の後半をそれにつなげている。そして、作品とした部分以外は時系列に従って付録のなかに収めている。作品としての読みやすさを考え、原稿の解読など各版と比較する丁寧な校訂を行っている。

このように見てくると、アンリ・マルチノーの版以来の各版は、デル・リットによるビブリオフィル版を除いて、作品本体として、一八四〇年の修正稿を前半におき、一八三九年の第一稿の後半部分をそれに連結させている。この連結の状態がどのようなものであったか、また、第一稿と修正稿の内容はどう違うか、比較してみたい。

そのため、以下、ビブリオフィル版を使用して検討を行うこととする。(10)

この版に収録されたテキストは、大別して次の二段階に分けられる。

(1) 一八三九年の段階

一八三九年四月一三日より一二月までの創作メモ、プラン、原稿(三―一六四ページ)

(2) 一八四〇年以降の段階

一八四〇年一月以降の原稿、修正稿、プラン(一六五―三八五ページ)

この分類のうち、長い物語を形成するのは、次の二つの部分である。

(イ) 一八三九年五月から一二月の原稿一四一ページ分(一七―一五七ページ)

(ロ) 一八四〇年一月以降の原稿一四七ページ分(一六九―三一五ページ)

(イ)を三九年原稿、(ロ)を四〇年原稿と名づけよう。場合によっては(イ)を第一稿(ロ)を修正稿と呼ぶこともある。(イ)と(ロ)にはどういう関連があるのだろうか。物語の内容から判断すると、(ロ)は(イ)の最初の三分の一ほどの部分に加筆修正を行い拡大したものと考えられる。つまり、四〇年原稿は、三九年原稿の最初の四七ページ分（一七―六三ページ）に加筆して一四七ページにまで拡大したものなのである。これを下に図示してみよう。

(イ)すなわち三九年原稿の内容の概略は次の通りである。ノルマンディ、カルヴィル村で布教のための劇的な説教が行われたあと、オートマール夫妻は、ラミエルをルーアンの孤児院よりもらい、養女として養育する。ミオサンス侯爵夫人（のちに公爵夫人）は読書係としてラミエルを雇い、教育を授ける。夫人の一人息子フェドールがパリから帰還するため、ラミエルは家に帰され、村の生活に喜びを感ずる。ラミエルは、恋とは何か知りたがり、村の男と交渉をもつ。次いでミオサンス家のフェドールと知り合いになり、二人で駆け落ちをする。途中一人旅のラミエルは、行商人たちに難渋し、頬に柊の葉の汁をつけて醜く粧うことを覚える。ルーアンでフェドールと二人で暮すが、退屈したラミエルはフェドールを置き去りにしてパリに行く。パリの宿で女主人のル・グラン夫人と親しくなる。やがてドーヴィニェ・ネルヴァンド伯爵の愛人となるが、これにも退屈し、社交界を遍歴する。旧知のクレマン神父と再会し、ノルマンディの消息を聞く。ネルヴァンド伯爵が夕食会で侮辱された場面で三九年原稿は終っている。

この時期、スタンダールがこの作品の結末に対しどのような構想を抱いていたかは、一一月二五日に書いた創作プランで知ることができる（一五九―一六三ページ）。それによると、盗賊ヴァルベールとのラミエルの真実の恋、サンファン医師の仲介によるミオ

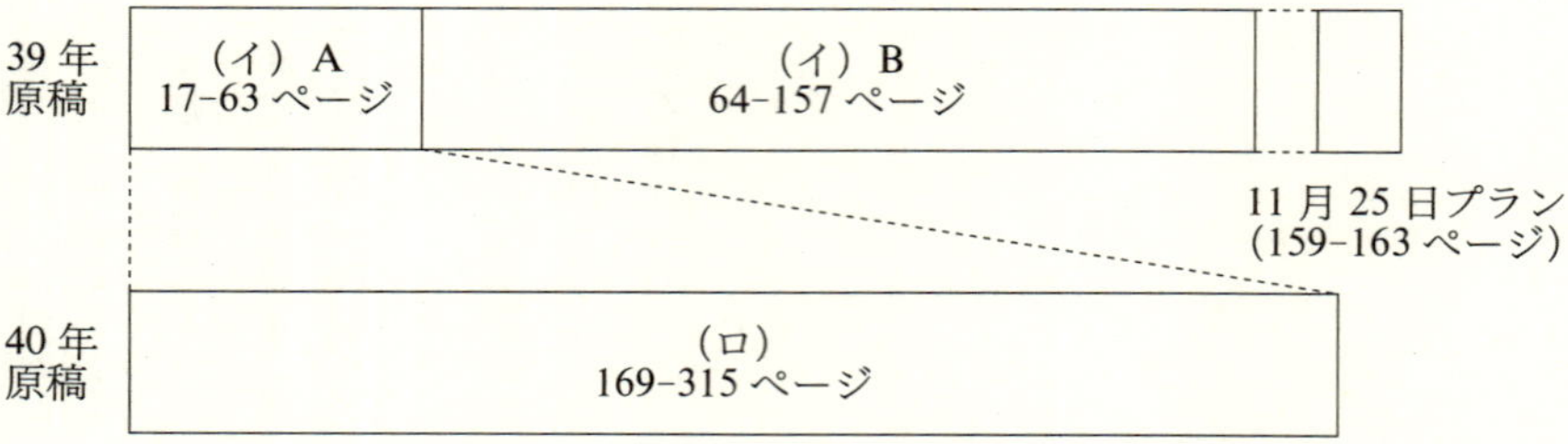

サンス公爵との結婚、殺人を犯し刑の宣告を受けたヴァルベールの自殺、復讐のため放火したラミエルの自殺などが考えられている。だが、こうしたプランがあるにもかかわらず、三九年原稿は未刊のまま終ってしまうのである。

(ロ)すなわち四〇年原稿の内容は、前述したごとく、三九年原稿の最初の三分の一ほどの部分に加筆修正を加えたものである。物語の概略はカルヴィル村の紹介からはじまって、ラミエルがミオサンス館から帰され、村の生活に喜びを感じるあたりで終っている(ビブリオフィル版、六三ページ)。女主人公ラミエルに関する物語の基本は同じだが、スタンダールは大幅な追加を行っていて、第一章では、ある貧乏な公証人の息子の眼を通してカルヴィルの村やミオサンス夫人の館を眺め、第三章では、洗濯女たちとの言い争いからサンファン医師が落馬する場面を描き、第五章では、サンファンの野心的な行動や公爵夫人の中世風古塔建設を描き、第六章では、七月革命の地方における影響を述べる。

このように、三九年原稿がラミエルを中心とした物語であったのに比べ、四〇年原稿では、くる病にかかった医師サンファンの役割が増大し、その野心と虚栄心が描かれ、長い内面独白の描写などからも、事実上、主人公と言ってよい描き方である。その分、ラミエルの役割は後退している。また、四〇年原稿では、より多く地方貴族社会が描かれている。

従って、三九年原稿と四〇年原稿は二つの異なった作品として考えることが可能なほど色調が違う。三九年原稿は、社会に批判的でモラルにとらわれない女主人公ラミエルを中心に据えた個人の物語である。一方、四〇年原稿は、野心的なサンファンを中心に、その弟子たるラミエルや地方貴族の群像を滑稽味もまじえて描く十九世紀フランス社会の絵図なのである。まさしく色調の違う二つの別の作品と言えよう。

従来の校訂版は四〇年原稿を最初にかかげ、そのあと三九年原稿をつなぐ方式をとってきた。先ほどの図で言うと、(ロ)と(イ)Bをつなぐことになる。この方式だと異なる視点をもつ部分を連結したことになり、作品としての統一性が欠ける恐れがある。実際、アランは従来の版でこの作品を読み、医師サンファンが途中から消滅してゆく印象を受けている。[11] このように見てくると、三九年原稿と四〇年原稿をそれぞれ独立の単位として読む可能性が考えられる。そして、『ラミエル』創作第一段階の三九年原稿を独立単位としてとらえて分析することは、『ラミエル』生成過程の進展をたどることになり、未完の問題を解明するひとつの糸口を求めることとなるだろう。

2　『ラミエル』第一稿創作過程の考察——三九年原稿の着想から創作まで

スタンダールが小説技術の上でどのようなタイプの作家であったか、ということはなかなか興味ある問題である。ジャン・プレヴォは作家を二つの型、すなわち、彫心鏤骨の苦心を重ねて作品に取り組む職人型の作家と、自己を深く追求し即興創作する型の作家とに分け、スタンダールを後者に分類している。[12] だが、この作家がすべての局面で霊感に恵まれて即興的に作品を完成させていったかは『リュシアン・ルーヴェン』のような未完作品を考えると議論の余地がある。[13]『ラミエル』の場合はどうであろうか。

作品『ラミエル』がどう書かれたかは、スタンダールの小説技法を知る上で重要である。未完に終ったこの作品が、着想から執筆まで他の作品と比べてどのような創作過程をたどっているかを検証してみる必要があるだろう。F・W・J・ヘミングズ[14]は『アルマンス』『赤と黒』などの分析からスタンダールの創作メカニズムを次のようにとらえている。

(1)　最初の作品執筆

(2)　休息期間があり、他事に専念し、文学的営みを放棄しさえする。

(3)　最初の執筆の再検討。修正と拡大化。これで作品は、印刷業者にはほとんど渡してもよい状態になる。

すなわち、第一段階の執筆、休息期間、第二段階の執筆というのがスタンダールの創作方法の図式であり、言いかえると、第一は作品創造（invention）の段階であり、第二は作品推敲（élaboration）の段階だと言うのである。[15] ヘミングズはこの考えに従ってビブリオフィル版を用い、三九年原稿を『ラミエルI』、四〇年原稿を『ラミエルII』として分類し、二段階創作の原則が可能とみなしている。ヘミングズの唱えるこの創作二段階論は基本的には妥当な考え方だと思われる。この点、ヘミングズも引用しているスタンダールの創作メモが、二段階にわたって執筆するこの作家の創作心理をうまく表現している。

事実を創作することと立派な展開を示すこと。ドミニック（スタンダール自身を指す）の精神のなかには「相反する」二つの動きがある。ドミニックは九月に創作し、一月にはそれを忘れて、何か古い本からその物語を盗んできたように細い部分を描くことができるのだ。[16]

問題は『ラミエル』の場合におけるこの二段階の適用である。ヘミングズは『ラミエルI』すなわち三九年原稿を初稿とみなし、『ラミエルII』すなわち四〇年原稿を修正稿とみなして二段階創作としての検討を行う。ヘミングズは一八三九年一〇月以降の原稿を初稿と考え、それ以前のメモ、草稿類を除外しているのである。ヘミングズの考え方は三九年原稿が真の初稿であるという論拠によってはじめて成り立つと思われるのだが果たしてそうであろうか。スタンダールの創作の初動がどこにあるか、三九年一〇月以前の状況について検討してみなければならない。すなわち、四月、五月の状況が問題となる。

『ラミエル』の最初の着想はおそらく三九年四月であり、その構想がまとまってゆくのが五月九日から五月一八日の間だと考えられる。もう少し詳しく眺めてみよう。[17]

スタンダールは三年越しの休暇を得てパリにいるが、三月末には『パルムの僧院』を出版している。『僧院』第二巻の作者の著作表のなかでは『アミエル』*Amiel* が刊行予定となっている。

四月一三日、バスチーユからの乗合馬車のなかでアミエル（Amiel）に出会った、とスタンダールはメモしている。同じ日の別のメモでは『アミエル』開始と記されている。四月中に筆を染めていた作品として『深情け』『尼僧スコラスティカ』『サン・チスミエ従男爵』などがあるが、いずれも未完に終る。五月はじめにはノルマンディ地方に行き、オンフルールからル・アーブル行きの船中でラミエルの原型となる女性と会った可能性がある。[18]五月九日には、ラミエル、サンファン、公爵などに関するメモを書く。さらに五月一六日、スタンダールは登場人物表の詳しいプランを口述筆記者に書きとらせている。五月一七日、読書中の書籍の欄外に「『ラミエル』L'Amiel 二五ページ目」と記す。五月一八日、小説の構想についての長文のプランを口述筆記している。[19]五月二〇日、『フェデール』の執筆を開始し、二五日には一三五ページまで書く。六月一二日、領事としてのイタリアへの帰還命令が出て、六月二四日にパリを出発。八月一〇日、チヴィタヴェッキア到着。一〇月一日より『ラミエル』執筆を再開する。

このように眺めてくると、スタンダールは、一八三九年五月の段階で部分的にせよ執筆を開始していたのではないかと思われるのである。五月一七日のメモは一九八二年発表の資料でそれまでの研究では知られていなかったものだが、この五月一七日の段階で既に原稿が二五ページ目まで存在することを明示しており、一六日、一八日のプランは、口述筆記者により『ラミエル』の原稿に書きつけられていたものである。スタンダールは、一八三九年五月には一部分とはいえ執筆を始めていたのではないだろうか。[20]そして、一〇月以降の『ラミエル』原稿のなかに、五月執筆のテキストがアレンジされて入っていることは充分ありうることではないだろうか。

現在では、ランケス論文により、八〇ページの五月原稿の存在が明らかになった（第12章参照）。五月の初稿着手は確認されたわけである。従って、『ラミエル』の場合には作品執筆の二段階を、五月の初稿着手、一〇月以降の修正、拡大稿執筆とした方がスタンダールの創作リズムに合っているように思われる。ヘミングズは一〇月以降書かれた三九年原稿を初稿と考えて二段階を設定したが、五月の段階で登場人物案、長文のプランに加えてある程度の分量の執筆が行われたことを考慮すると、五月の執筆を第一段階とすべきだと思われる。そしてこの初稿から四ヶ月の休息期間を置いて第二段階の執筆に入るわけである。

『ラミエル』のこのような創作日程は、ヘミングズがあげている『アルマンス』『赤と黒』よりは『パルムの僧院』のそれと近似している。『僧院』創作日程は次の通りである。

(1) 構想と初期執筆の段階

一八三八年八月一六日、スタンダールは「ファルネーゼ家栄華の起源」を「小さいロマン」にしようと思う。九月一日から九月三日にかけて、ワーテルローの章を創作し、同時に『僧院』の構想を得る。

(2) 修正と本格的執筆の段階

旅行などで二ヶ月の間を置いたのち一一月に執筆再開。最初、一一月四日から一一月八日までワーテルローの章を修正、八〇ページまで達する。主人公名、アレクサンドルからファブリスへ変更。以後、創作を続けて一二月二六日完成。

この二つの作品の創作日程は共通するところがあり、最初の着想を得て一ヶ月以内に作品の構想が出来、一部分の執筆を始める。数ヶ月の中断期間を経て執筆を再開するが、執筆に要した期間は約二ヶ月である。

このように『ラミエル』は『僧院』と似通った点があるのだが、大きく異なる点が二つあり、一つは『ラミエル』には「ファルネーゼ家栄華の起源」のごとき想像力の核になる物語が存在せず、作者の独創により創作が行われた点と、もう一つは最後の二ヶ月の執筆期間中に原稿、すなわち三九年原稿が完成しなかった点である。『ラミエル』創作の問題点は『パルムの僧院』と比較することで明らかになるであろう。

3 『ラミエル』第一稿小説技法の考察——スタンダール的テーマの集大成

ところで、前述のように作品『ラミエル』の女主人公の道徳にとらわれない大胆な人物像はジュリアン・ソレルを連想させ、地方とパリの対比は『赤と黒』『リュシアン・ルーヴェン』を想起させる。『ラミエル』の読者は、この作品のなかにスタンダール小説のテーマが数多くちりばめられていることに気づかざるを得ない。この点について、V・デル・リットはランコントル版序文（一九六二年）のなかで『ラミエル』とスタンダールの他の作品との深い関係を指摘し、小説技法の面で、他の作品に既出のほとんどあらゆる手法が用いられていると述べている。(21) これはまことに重要な指摘であって、スタンダールが自らの他の作品の影響下でどのように『ラミエル』を執筆したか、どのようにそこから脱却しようとしたかは、少し詳しく眺めておく必要があるだろう。特に『ラミエル』第一稿としての三九年原稿に焦点をしぼり、三九年一〇月からの本格的創作にあたってスタンダールがどのような技法上の問題を抱えていたかを考察しておこう（以下、かっこ内数字はビブリオフィル版ページ数を示す）。『ラミエル』三九年原稿で最初に気がつくのは『赤と黒』との共通点である。以下、項目をあげて比較してみよう。

(1)　他から容認されない主人公の愛読書。

ラミエルは大盗賊の冒険を描いた『大マンドラン物語』『カルトゥーシュ氏物語』に熱中する。だが、こうした不道徳な主人公への熱狂は信心深い養父母たちの許すところではない（二七、二八）。『赤と黒』のジュリアン・ソレルは、ルソー『告白』、ナポレオン軍戦況報告集、『セント・ヘレナ日記』に最も熱中している（第一部第五章）。しかも、他人の前ではナポレオンへの熱狂を知られてはならない。

(2) 朗読係（家庭教師）としての雇用交渉。

ミオサンス公爵夫人は、ラミエルを朗読係として雇うことを望み、ラミエルの伯父夫婦との交渉に入るが、駆け引き上手なこの二人のために話は難航する（三一―三三）。この一連の交渉は、『赤と黒』でレナール氏がジュリアンを家庭教師に雇おうとして父親のソレル爺さんとの交渉が難航する場面を想起させる（第一部第五章）。

(3) 新しい環境への賞賛の念。

ミオサンス公爵夫人の館に到着してラミエルは館の美しさに驚く（三四）。『赤と黒』でもジュリアンはレナール家の立派さに驚く（第一部第六章）。

(4) 気まぐれで我がままな恋人。

ラミエルの若いミオサンス公爵に対する気まぐれな恋人の態度（七四）は、マチルドのジュリアンに対する気まぐれな対応を想起させる（第二部第一九章）。

(5) 祖先が平民であることを隠す貴族。

ネルヴァンド伯爵は、自分の祖父がペリグーの帽子屋だったことを隠しており、自らの貴族性が疑われることを恐れている（一三七）。『赤と黒』では、フェルヴァック元帥夫人は自分が実業家の娘（リプランディの研究によれば、モデルの貴族夫人はラシャ商または靴下商の娘）[22]であることを隠す（第二部第二四章）。

(6) ラ・ヴェルネ（La Vernaye）の名。

ラミエルがネルヴァンド伯を苦しめるために話しかける相手はラ・ヴェルネ伯爵（一四五）。『赤と黒』で、マチルドの父ラ・モール侯爵は、マチルドと関係のできたジュリアンを、ラ・ヴェルネ従男爵として、ストラスブールの連隊に入隊させる（第二部第三四章）。

(7)　服装による思いちがい。
クレマン神父はラミエルの従僕が立派な身なりをしているので紳士とまちがえ丁重な挨拶を繰り返す（一四八）。ジュリアンはいきな身なりの洋服屋を紳士と思いちがえる（第二部第二章）。

(8)　女性の服装の香りに驚く。
クレマン神父はラミエルと再会し、その衣装の優雅さとかすかに立ちのぼる香りに驚く（一四八、一四九）。ジュリアンは、初めて会ったレナール夫人の夏着の香りに魅せられる（第一部第六章）。

(9)　偽りの口実で送られる為替。
ミオサンス公爵は、ラミエルが大伯母から送られたように見せかけて、ラミエルの養父母のオートマール夫妻に一〇〇フランの為替を送る（一五四）。ラ・モール公爵は、ピラール神父に感謝するため、その愛弟子のジュリアンに、ジュリアンの親戚からと称して五〇〇フランの為替を送る（第一部第二九章）。

(10)　ヴェリエール（Verrières）の地名。
ラミエルは、ヴェリエールの森の夕食会へ出かける（一五六）。『赤と黒』では、ヴェリエールの町は、小説第一部の舞台である。

『ラミエル』の原稿における影響が考えられるもう一つの作品は、『パルムの僧院』である。言うまでもなく『僧院』は、『ラミエル』着想の直前に刊行された作品であり、そのためであろうか、三九年、四〇年両方の原稿に『僧院』との共通テーマが見られる。しかも、前述のようにスタンダールは小説構成を発展させてゆく上で『僧院』のことを絶えず考えていたらしく、『僧院』との関連は小説未完の問題ともつながっていると思われる。
以下、三九年原稿と『僧院』との共通性を眺めてみる。

(1)　早熟な一二歳の少女。

一二歳のラミエルは美しく早熟で、既に退屈感を知っており、精神がしっかりしていることがわかる（二六）。『僧院』第五章で、ファブリスが初めて会ったとき、クレリアは一二歳だったが、賢いので一四歳か一五歳に見られていた。

(2) 顔色の青白く、やせて胸を病む若い僧。

クレマン神父はやせて背が高く、かなり胸の悪い、才知のある若い僧である（四三）。『僧院』でも、僧籍に入ったファブリスは心の苦しみのため、青白くやせ、胸の病を噂される（第二六章、第二八章）。

(3) 愛について問いかける少女。

ラミエルは愛についてクレマン神父を問いつめる（五〇）。僧となったファブリスはクレリアと再会し、愛について語る（第二六章）。

(4) 戦争の物語を好む少女。

ラミエルは英雄が大きな危険を冒して困難なことをなし遂げる戦争の物語が好きで、そうした話を聞くと三日も夢を見たようになってしまう（五三）。スタンダールは『僧院』のワーテルローの章をモンチホ伯夫人の娘ウージェニー（後のナポレオン三世皇后）のために書いた。ウージェニーはナポレオンが好きで、スタンダールにせがんで度々戦争の話をしてもらった。

(5) 召使の言うままに恋をする主人。

ミオサンス公爵フェドールは、パリから連れてきた召使デュヴァルの指示に従ってラミエルに近づく（六九）。『僧院』で、若い大公エルネスト五世は、フランス人の侍僕に勇気をふきこまれてサンセヴェリーナ公爵夫人の邸に出かけてゆく（第二七章）。

(6) 他人名義の旅券。

公爵フェドールは、ラミエルとルーアンに出発するため、森の猟番にラミエルのための他人名義の旅券を作らせる（八二）。ファブリスは、ナポレオンの戦いに加わるため、友人のヴァジの旅券で出発する（第二章）。

(7) 牢獄での恋というテーマ。

ドーヴィニェ伯爵（ネルヴァンド）は、自分の住むホテルを牢獄にたとえながら、恋愛にあこがれ、ラミエルに関心を寄せる（一一七）。『僧院』第二部で、牢獄のファブリスはクレリアに恋をする。

(8) サン・セルブとサンセヴェリーナ。

ラミエルはネルヴァンド伯のすすめで、外国にいるサン・セルブ（Saint-Serve）夫人の名を名乗り、オペラ座で人気を博した（一三〇）。『僧院』でジーナは、モスカ伯爵の画策により、外国へ派遣される大使と名目上の結婚をして、サンセヴェリーナ（Sanseverina）公爵夫人となり、パルムの宮廷で成功を収める（第六章）。

(9) 愛の不在のテーマ。

ミオサンス館から村に帰ったラミエルは、恋とは何かどんなことがあっても知りたいと思う（五四）。パリに出たラミエルは、恋の遍歴をしながら、自分が恋に対して無感覚なのではないかと考える（一四四）。さらに、クレマン神父に自分の行状を告白しながら、自分に恋愛ができるかどうか知りたいと言う（一五三）。『僧院』では、ナポリから帰ったファブリスは、自分がそれまでの恋愛遍歴にもかかわらず恋の情熱を知らず、真剣な恋もできないことを自覚し、公爵夫人を離れて旅に出る（第七章、第八章）。

以上のような対照を通して『ラミエル』の創作について何が言えるであろうか。

主人公の愛読書、雇用交渉、新環境に対する驚きの反応などのテーマは、ラミエルがジュリアンと同じ状況にあることを意味するように思われる。また、パリのラミエルの身辺にラ・ヴェルネ、ヴェリエールの固有名詞が現れるのも、パリのラミエルの世界に『赤と黒』第二部のパリを作者が想起していることを示していよう。

また、少女ラミエルのイメージは『僧院』のクレリアの少女時代を連想させ、恋を知らぬ主人公が真実の恋を求める心の動きは、『僧院』第一部後半の主人公の心理と共通する。作者は直前に刊行された『僧院』から離れようとしながら離れることができないのだ。

他の作品との共通点はこれだけでなく、たとえば『リュシアン・ルーヴェン』について言えば、サンファンはデュ・ポワリエを想起させ、理工科学校生のフェドールはリュシアンを想起させる。スタンダールは『ラミエル』第一稿の三九年原稿のなかに、自らの他の作品中に示したテーマ、技法を集大成している観があるのである。

スタンダールは他の作品の場合のように特別な材源をもたず独自の構想のみで『赤と黒』『僧院』などの傑作に対抗しうる新しい作品を考えていた。しかもそれは女主人公ラミエルの感情教育の物語であった。これが三九年原稿執筆の状況であったろう。そして、作品はさまざまな点でスタンダールの小説の特徴を備えるのだが、おそらく、原型の物語をもたないために完成に至らない。この作品中のスタンダール的テーマの集積は、作者の空しい苦闘を示しているように思えてならないのである。

4　『パルムの僧院』の完成と『ラミエル』の未完成

——創作メモを通して見た作品未完の問題

『ラミエル』創作において注目すべきことは、その創作過程においてスタンダールが絶えず『パルムの僧院』の方法を意識していたことである。『ラミエル』を執筆中の三九年一一月に『僧院』を再読して修正を考えて以来、スタンダールの『僧院』への関心は『ラミエル』完成への努力と平行して生涯の終りまで続く。

ここでは、スタンダールが『ラミエル』創作時に原稿や書籍の欄外などに書きこんだメモを手がかりに、この作品の創作過程と『僧院』との関係を考えてみたい。スタンダールは、この小説を書きながら絶えず小説構成上のさまざまな点についてメモしている。

まず、創作メモを眺めてみよう（かっこ内数字はビブリオフィル版ページ数）。一八三九年原稿の開始される一〇月一日、オートマール夫妻の場面について、小説冒頭に必要な物語性、物語の滑稽性について記す（一五）。一〇月二日には、事件を哲学的に語るか叙述的に語るか考えなければならないと述べる（一六）。

一〇月六日のメモでスタンダールは、虚栄心が強く、人の物笑いになるのを恐れるサンファンの描写のところで、『僧院』とは別のプラン」と記す（四〇）。四月一三日のメモにもある通り、『僧院』とはちがって虚栄心の強い人物を描いて読者の注意を惹こうというのが最初からの意図だったらしい（三）。

一八四〇年一月一日、『ラミエル』草稿を修正中、スタンダールは誤って火の上に転落、意識を喪失したらしい（四一）。

ともかく、一月以降、作品の修正が果てしなく続けられ、日毎に増え続ける創作メモのなかで、二月一五日のラミエルの性格分析の文章に『僧院』に関する一句が姿を見せる。「ラミエル。ジーナ・デル・ドンゴと同じに、計画をもたない魅力のために。」スタンダールはここで、突然の気まぐれで行動するサンセヴェリーナ公爵夫人の魅力を思い浮かべ、ラミエルの性格に同じ要素を盛ろうとしているが、そうした魅力を与えることは断念したようである（三三六）。

スタンダールはこうした修正を五月末ごろまで続け、そのあと中断して翌年の春まで再開することはないのだが、その一八四〇年五月二五日に「小説構成法」と題する重要な文章を書いている。小説のプランを作ると、プランを思い出すための記憶力の働きが想像力の働きを消してしまうから、絶対にプランを作らないのだ、という内容の一節に次の文章が続く。

私が書いているページは私に次のような考えを与える。『僧院』は次のようにして生れたのだ。私はサンドリノの死のことを考えていた。そのことだけが私にあの小説を企画させた。あとになって、打ち勝つべき困難の核心がわかった。
一、第二部でのみ恋をする主人公たち。
二、二人の女主人公。
さて、大雑把にしかプランを作らないので、私は、「人物提示」とか「描写」とかの愚劣なことをして私の熱情を静めるのだが、こうしたものは、無用なことが多く、最後の場面になって抹消しなければならない。

このようにして、一八三九年一一月には、(『ラミエル』のなかで)カルヴィル公爵夫人の性格を描き、私の熱情を静めた。

どうするべきか。

わたしは、要約のみで、「人物提示」と「描写」を示す以外、他の方法はないと思う(一八四〇年五月二五日)。プランを作れば、(記憶力を働かせる必要性から)作品がいやになってしまうから。(三四〇、三四一)

スタンダールは、『パルムの僧院』を刊行以来、たびたび読み返し、改訂版を出す意図ももっていた。バルザックが「ベイル氏研究」で『僧院』を絶賛するのが一八四〇年九月で、スタンダールがそれを読んで作品再検討を考えはじめるのは一〇月半ば過ぎであるが、[23] それ以前に『ラミエル』創作と平行して既に『僧院』加筆修正が考えられていたのである。
この『ラミエル』に関する創作メモが書かれた同じ五月二五日、スタンダールは『パルムの僧院』を読んでいて、別の長いメモを書きつけている。その内容は、作品刊行時に省略した部分をクレリアの性格描写に追加すること、第一部の公爵夫人のパルム到着のあたりで後出の人物提示を行うことなどである。[24]
スタンダールは当初のプランに比べて、あまりに多様な加筆修正を加えて袋小路に入ってしまった感のある『ラミエル』の創作と、既に完成して刊行された『僧院』の改訂と、二つの作業を平行して行っていたのである。

その観点から両方のメモを読み比べてみると、両方が描写と人物提示の問題に触れていて、スタンダールが『僧院』完成の視点から『ラミエル』創作を考えていることがわかる。とすると、『僧院』創作の問題点としてあげられた二つの点は、そのまま『ラミエル』の問題点ではなかっただろうか。

第一番目の『僧院』第二部でしか恋をしない主人公たちの問題は『ラミエル』においても共通する。『僧院』で、ファブリスは第一部で恋とは何かを知らず、第二部になってはじめてクレリアとの真の恋を知る。『ラミエル』においては、ノルマンディとパリのラミエルの遍歴のなかで真の恋は生れていない。先のテキスト検証が示すごとく、ラミエルは恋とは何かをたずね真の恋を求めるが、それに到達できないのである。

ただし、注目しなければならないのは、三九年一一月二五日のプランである。この段階では、スタンダールは三九年原稿のうち、ドーヴィニェ（ネルヴァンド）伯爵が、ラミエルの前に酔漢として初登場するあたりを書いていたが、(25) 物語の終末部分をプランとして書き留めるのである。その冒頭の一句は次のように始まる。「真実の恋とともに興味が湧いてくる。(26)」このプランでは、エネルギーがあり、大胆で教養もある盗賊ヴァルベールとラミエルの情熱恋愛が語られ、ヴァルベールの逮捕、懲役、脱走、刑の宣告、自殺に従ってラミエルの運命も変化し、最後には彼女も自殺する。

こうしたラミエルと大盗賊の情熱恋愛は、すでに三九年五月一六日に人物表を作ったときから構想として存在していた。(27) スタンダールは、三九年原稿が、ラミエルのパリ生活の展開をはじめるあたりでこのプランを書き、物語の結末を想定するのだが、三九年原稿は遂にその部分まで到達できないのである。

前章で検討したように、『パルムの僧院』の場合、第一部のワーテルローの戦いへの旅から、第二部のファルネーゼ塔の真実の恋へと展開するのは難事であったろうが、スタンダールはその展開に見事に成功している。しかし、『ラミエル』の創作では、「真実の恋」は遂に描かれることがなかった。四〇年五月二五日のメモには、三九年原稿の未完成への苦い悔恨が籠められているように思えてならない。そしてそれは同時に『ラミエル』未完の原因を示していると考えられるのだ。

スタンダールが『僧院』創作の第二番目の問題点としてあげている二人の女主人公の問題はどうであろうか。これは『僧院』第二部におけるサンセヴェリーナ公爵夫人とクレリアの二人の女主人公の構成上の配分に苦労した問題だと思われる。

『僧院』における女主人公の問題は、『ラミエル』においては男主人公の問題となろう。三九年原稿を見てゆくと、ラミエルに対応する男性主要人物は、ノルマンディのカルヴィル、ルーアンを舞台としてミオサンス公爵フェドール、次に、パリを舞台としてドーヴィニェ・ネルヴァンド伯爵、カルヴィルとパリの最後の部分に姿を見せるクレマン神父の三人であり、サンファン医師の部分はあまり多くない。ビブリオフィル版テキストでの分量を眺めると、概算だが、ミオサンス公爵に二三ページ、ネルヴァンド伯爵に三三ページ、クレマン神父に一七ページが割かれ、サンファンには六ページのみである。『僧院』では二人の女主人公が問題だったが、ここでは三人の男主人公が問題であり、この三者のラミエルとの関係がどうなるのか、三九年原稿の構成からは明確ではない。

前述の三九年一一月に書かれたプランを見ると、盗賊ヴァルベールの精力と才能、ミオサンス公爵の礼節と教養が競合し、二人の男主人公が対立する構造になっている。だが、それはプランであって、三九年原稿では遂に書かれることがなかった。三九年原稿では、三人の男性主要人物が有機的構成をもつことなく、物語は中断して終っているのだ。三九年一〇月六日のメモでは、『ラミエル』の結末近くまでゆけば、クレマン神父を削除すべきか否かがわかるだろう[28]、と言っている。スタンダールはこの人物構成上の重要性を決められないまま書き進めているのだ。『僧院』では、二人の女主人公の問題を克服して作品完成に至ったが、三九年原稿の男性主要人物の設定は遂に作品としての統一をもたらさなかったのである。従って、これも『ラミエル』未完のひとつの理由として考えることができるであろう。

『ラミエル』三九年原稿にはスタンダールの先行作品『赤と黒』などとの共通要素が多いが、特に注目すべきは『パルムの僧院』との関係で、作品中に共通要素が見られるだけでなく創作方法の面でもスタンダールは『僧院』を意識し、『ラミエル』創作と比較していたと思われる。恋愛テーマの発展の問題や人物配置の問題など、三九年原稿の未完（それはすなわち『ラミエル』の未完であるが）に深く関わる問題点を『僧院』に関する創作メモが明らかにしてくれるのである。完成した作品の『僧院』を読みながら、その同じ眼で未完の作品『ラミエル』を眺め、スタンダールは自ら未完の秘密を解き明かしていると考えられる。

結びに

スタンダールは一八四〇年四月一〇日、『特典』[29]と題する不思議な文章を書いている。二三項に分かれたその内容は超人間的な特典を授かるよう祈りを捧げるもので、魔法の指輪による奇蹟や、変身、読心術、魔術的空間移動など、日常的思考からの飛躍を試みるスタンダールの夢が語られている。この文章のなかに「特典をえた者（すなわちスタンダール）は一八三九年八月一日から一八四〇年四月一日の間ほど不幸になることは決してない」[30]という一文がある。おそらくこの「不幸」は『赤と黒』創作にも関係のある恋人ジウリアに起因すると思われるが、ここに示された不幸の期間はまさしく『ラミエル』の二つの長い原稿が生れた時期だった。『ラミエル』を創作中のスタンダールは、活気あるパリを離れ、恋にも見離されていたのであり、奔放で気まぐれなラミエルの性格描写のなかにこの「不幸」の影を見ることができるのかも知れない。

三九年原稿がラミエル中心であったのに対し、四〇年原稿ではサンファンの役割が増大する。その後の修正でもスタンダールの関心はサンファンを中心に作品における笑いの問題に向けられてゆき、やがてルイ・フィリップ時代のフランス人を描くことが主題[31]として考えられるようになる。だが、最初の主題からこれほど離れてしまったこの作品は遂に完成することがない。

すべては三九年原稿の未完に由来するように思われる。この段階でラミエルの感情教育の物語が完成しなかったことが四〇年原稿における作品の視点の変更をもたらしている。『パルムの僧院』と比較した創作メモが示す通り、三九年原稿ではラミエルに対する男性主人公の存在が未整理であり、それにともない、スタンダールの小説特有の情熱恋愛を展開するところまで物語が発展することは出来なかったのだ。

なお、スタンダールが『ラミエル』の構想を立てていた三九年五月前後の「法廷新報」を眺めてみると、ヴォルテール、ユゴーを愛読する盗賊が追いつめられて自殺する話や、スペイン国境の山賊の裁判、脱獄囚の逮捕などの記事[32]が並んでいる。ジャン・プレヴォはラミエルが真に愛するヴァルベールのモデルとして大盗ラスネールをあげているが[33]、スタンダールの構想していたエネルギーに満ちた世界は同時代のものであり、彼の愛読紙のなかで読むことができるものだった。しかも、ラミエルの原像とも言うべきニノン・ド・ランクロのイメージも同時代の新聞に見出すことができたのだ。だが、これについては後の章の検討に委ねよう。

第II部　新聞を読むスタンダール

第5章　新聞を読むスタンダール（一）

――『英国通信』から『アルマンス』『赤と黒』へ――

はじめに

第2章でも見たように、スタンダールは、『アルマンス』『赤と黒』など初期の小説を書くにあたって、十七世紀の小説『クレーヴの奥方』の存在を強く意識していた。本来、人間心理観察家であったスタンダールにとって、小説の舞台を過去の歴史のなかにではなく作者と同じ時代に設定するにあたって、『クレーヴの奥方』のごとき卓越した心理描写をいかに復活させるかが大きな問題だったのである。

小説の主題を現代に置くのは、スタンダール流のロマン主義のひとつの主張であった。古典劇の制約、歴史小説の過去への執着に反して、スタンダールは『アルマンス』『赤と黒』で自らと同時代の社会を題材とした。個人の心理を社会の現実を背景に描くというフランス近代小説の形式は、『赤と黒』とともに誕生を迎えたと言ってよいだろう。

それでは、『赤と黒』の作者は、どのようにフランス社会を眺めていたのか。ひとつの資料として、スタンダールが『赤と黒』創作の八年前からイギリスの雑誌に寄稿した記事群がある。そのなかには、フランスの新聞の情報が多く盛り込まれ、新聞ジャーナリズムの分析がそのままフランス王政復古社会の分析となっている。スタンダールは新聞の愛好家であり、その社会観察の眼は新聞の存在と切り離せない。では、その作品のなかでは、新聞はどのようなかたちで姿を現すのであろうか。新聞の引用は小説のなかでは、イギリスへの記事に較べ、はるかに回数は少ないが、(1)深い意味を秘めて用いられているように見え、社会の現実と虚構の世界を結ぶ重要な役割を果たしているように思われる。従って、この章では、イギリスの雑誌寄稿記事と『アルマンス』『赤と黒』を、新聞のテーマで通して眺め、スタンダールの小説生成における虚構と現実の関係について考えてみたい。

1 『英国通信』における新聞

スタンダールにおける王政復古時代、特に一八二〇年代の新聞像を考える上で不可欠の資料は、この作家がイギリスの雑誌に匿名で送った一連の記事（以下『英国通信』と総称）であろう。スタンダールはフランスの新聞に寄稿することはあったが、本格的ではなかったと言える。(2)それゆえ、王政復古期の社会、特に新聞についてのジャーナリスト・スタンダールの分析を知るためには、『英国通信』は質量ともに重要な資料である。まずは、この資料を眺めてみよう。

スタンダールは、一八二二年から二九年にかけて、イギリスの雑誌「ニュー・マンスリ・マガジン」、「ロンドン・マガジン」、「アシニアム」などに匿名で寄稿を行っていた。フランスの政治、文学、社会に関するスタンダールの記事が英語に翻訳され、これらの雑誌に掲載されていたのである。スタンダールの没後、埋もれていたこの記事群の全容を二十世紀に入って明らかにしたのは、イギリス人のドリス・ガネルであった。(3)その後、一九三〇年代、アンリ・マルチノーが、はじめてこの記事群のフランス語への再翻訳を試み、ディヴァン版全集のなかで、五巻の

にする)。

『クーリエ・アングレ』[4]として出版を行った。一九八〇年代に至り、英仏の研究者の協力により、八巻(九冊)の『英国通信』が刊行された[5](以下、この二つの版のうち、前者を『英国通信』旧版、後者を『英国通信』新版と呼ぶことにする)。

『英国通信』旧版の刊行は大きな影響を与えたが、英文記事の筆者確認(スタンダールの筆かどうか)の問題および英語からの再翻訳などテキスト校訂の問題もあって、新しい版の刊行が期待されるようになっていた。[6]一九八〇年以降、一六年かけて完成した『英国通信』新版は、旧版と較べて、次のようないくつかの相違がある。新版は、イギリスの雑誌の英文テキストを写真版で提示し、新たな仏文翻訳を並置対照する。しかも、その翻訳は英文テキストへの忠実性を原則とし、旧版におけるスタンダール的文体の再現を重視とする原則とは異なっている。[7]また、新版の各巻には、テキスト校訂についての序文が添えられ、英文記事の筆者確認の作業も行われている。[8]新版は、旧版と異なり、テキストに註のついた校訂版であり、特にイギリス関係の註は貴重である。新版には、『英国通信』のみの索引が別巻として添えられている。このように、『英国通信』両版を比較すると、長年親しんできた旧版への愛着も深いものがあるが、学術的校訂版の新版を参照せざるをえない。

この『英国通信』新版を眺めていて印象づけられるのは、スタンダールが英国へ送った記事のなかに、フランスの新聞名が頻出することである。一八二〇年代のフランスの新聞は、規模が小さいのと同時に政治性が強く、三〇年代中頃以降の、ジラルダンによる新聞の商業性強化、新聞小説の流行の時期とは、いささか様相が異なる。[9]そのせいであろうか、スタンダールは、イギリスへの記事のなかで、フランスの新聞をたびたび引用し、その性格を分析することでフランス社会の図式を示そうとしているように思われる。『英国通信』新版の索引を調べてみると、スタンダールがイギリス雑誌寄稿記事のなかで引用したフランス新聞の数は約三二種類と考えられる。[10]その新聞名を引用回数の多い順に示すと次のようになる。

四三回　*Le Constitutionnel*（以下「立憲」）
三〇回　*Journal des Débats*（「デバ」）
二五回　*Le Globe*（「グローブ」）
一七回　*Le Courrier français*（「クーリエ・フランセ」）
一一回　*Le Miroir*
一〇回　*L'Etoile*（「エトワール」）
　　　　Le Mercure du dix-neuvième siècle
七回　*Gazette des Tribunaux*（「法廷新報」）
六回　*Le Frondeur*
　　　　Le Moniteur
　　　　La Quotidienne（「コティディエンヌ」）
四回　*La Pandore*（「パンドール」）
三回　*Le Censeur européen*
　　　　Le Diable boiteux
　　　　Gazette de France（「ガゼット・ド・フランス」）
　　　　Le Mémorial catholique
　　　　La Minerve française
　　　　（以下省略）

以上は、『英国通信』の全期間（一八二二―二九年）にわたる集計であり、全引用回数は二一二回となる。次に、スタンダールのイギリス雑誌寄稿で質量ともに注目するべき時期、一八二五、二六の両年を眺めてみよう。一八二五年は、スタンダールにとって、ロマン主義論争や産業主義批判についてのパンフレット[11]を発表した一年であるが、さらにまた、イギリス雑誌への寄稿もさかんに行い、「ニュー・マンスリ・マガジン」、「ロンドン・マガジン」の二雑誌に、一年間で三〇を越える記事を寄せている。一八二六年は、最初の小説『アルマンス』の執筆をはじめた年であるが、年頭から「ニュー・マンスリ・マガジン」へ、「パリの社会・政治・文学素描」と題した、内容の濃い記事の連載をはじめている。この二年間の引用回数を多い順に並べてみると次のようになる。

三三回　*Le Constitutionnel*（「立憲」）
二二回　*Journal des Dêbats*（「デバ」）
　　　　Le Globe（「グローブ」）
一一回　*Le Courrier français*（「クーリエ・フランセ」）
一〇回　*L'Etoile*（「エトワール」）
五回　*La Quotidienne*（「コティディエンヌ」）
　　　　Gazette des Tribunaux（「法廷新報」）
三回　*Gazette de France*（「ガゼット・ド・フランス」）
　　　（以下省略）

これを眺めると、前記の全期間の各新聞の統計と較べて、この二年間の引用回数の比率が大きいことがわかる。ところで、このように、ジャーナリスティックな執筆のなかでは新聞への関心の高かったスタンダールが、同時期に執筆に入った『アルマンス』（次いで『赤と黒』も）のなかでは引用回数が少ないのは何故であろうか、興味ある現象である。[12]

一八二五、二六年は、シャルル十世、ヴィレール首相にたいする反対派の批判が高まってきた時期であった。一八二四年から二五年にかけて亡命貴族財産賠償法、反瀆聖法、二六年の長子相続法案などは、自由派を中心とする反政府派の言論による攻撃を鋭いものとした。[13] 当時の新聞の党派別と発行部数はどうなっていただろうか。一八二六年の「レコー・デュ・スワール」紙第一号は、新聞分布表を発表しており、この時期、二一の分野で一二七の新聞が刊行されていたことを明らかにしている。[14] 専門紙を多くもつ分野をあげると、政治一六、医学一六、科学一五、文学一一、法律九、演劇九などであり、さらに、政治新聞については、独立紙と非独立紙とに分けて説明を加えている。この資料をもとに、シャルル・ルドレが一八二六年の政治新聞の明確な分類を行っているので、それを参照して、スタンダールの引用新聞を眺めてみよう。[15]

ルドレの分類によると、「立憲」紙（二万一千部）、「デバ」紙（一万四千部）、「クーリエ・フランセ」紙（四千部）は、国民的で立憲的な系統の反政府紙（この派の総計四万二千部）に属している。「コティディエンヌ」紙（五千部）は、貴族的で教皇至上権的系統の反政府紙（総計五千九百部）に属す。「エトワール」紙（二千五百部）、「ガゼット・ド・フランス」紙（八百部）は、政府紙（この系統の総計一万五千二百部）に属す。他にスタンダールの引用している「グローブ」「法廷新報」は政治新聞としてのこの分類に入っていない。こう眺めてみると、スタンダールの引用順上位の「立憲」「デバ」は反政府系の大新聞であり、政府紙の「エトワール」「ガゼット・ド・フランス」、貴族紙の「コティディエンヌ」などは、はるかに引用回数が少ない。

しかし、引用回数が多いことは、スタンダールがその新聞の論調に同調していることを意味しない。[16] 自由主義的で反教権主義的な「立憲」紙について、同じような視点をもつスタンダールは、いたって批判的なのだ。たとえば、一八二五年二月の「ロンドン・マガジン」の記事では、自由主義党派の分析のなかで、二万の予約講読者を持ち、高収入の「立憲」紙が、ヴィレール首相に対して生ぬるい論調しかとれないことを指摘する。[17]

スタンダールは、こうした反政府紙の内容について、英国読者に詳しく説明している。一八二六年四月二〇日付の「ニュー・マンスリ・マガジン」の記事を見てみよう。ジュイ、ジェイ、ティソ、エティエンヌなど「立憲」紙の編集者たちは、ナポレオン没後、ブルボン家に冷遇され、一八一五年、反政府紙をいくつか創設し、一八一六年に六千フランで売られた「立憲」紙株が、現在では、三万フランになり、一万九千の購読者（購読料七二フラン）を得て、一三六万八千フランの収入を上げている、とスタンダールは指摘する。[18]

さらに、世論の高まりとともに、「デバ」「クーリエ・フランセ」「立憲」のような敵に買収されていない新聞は、英米の新聞よりもはるかに大きな優越性をもつことになり、シャトーブリアンなどの最良の作家が新聞に執筆して、簡単に無視できないほどの文学的価値を新聞に与えている、とスタンダールは書いている。これでは、イギリスの読者に対する自国の新聞の手放しの賞賛にしか思えないが、次を読んでみよう。

大衆の注意は、相変わらず、前の一〇月にド・シャトーブリアン氏が発表した記事に向けられている。そのなかで氏は、ブルボン家が世論を無視することで、国民に頭を下げさせて、共和主義の方へ追いやることになるのだ、と予言している。だが、ド・シャトーブリアン氏が罷免されてはじめて起きたことだが、「デバ」紙は、一三六万八千フランの収入のある「立憲」紙を恐れさせるほどの影響力を得るようになったのだ。ド・シャトーブリアン氏の失脚以前には、「デバ」紙は、三千五百フランの月額で、内閣に買収されていた。（中略）エティエンヌ、ジュイ、ティソの諸氏は、フランスでもっともよく売れている新聞「立憲」紙の編集者になることで自尊心をくすぐられ、その結果、文学における専制的な一種の三頭政治を形成するに至ったのだ。ジュイ氏の『スッラ』Sylla という悲劇が成功したのは、大部分、「立憲」紙のお蔭なのである。一人の作者が、名声を得て自分の著書を売りたいという希望を抱くとしたらその前に、「立憲」紙のなかで激賞してもらうことが絶対に必要だったのであり、この賞賛を得るためには、エティエンヌ、ジュイ、ティソの諸氏に、熱心に取り入ろうとしなければならなかったのだ。[19]

上記の文章に出てくるシャトーブリアンの罷免問題というのは、一八二四年六月のことで、当時、ヴィレール内閣の外務大臣であったシャトーブリアンが、上院に出された王にとって重要な法案に消極的な態度をとり、そのため法案が否決されたことで王の怒りを買い、翌日、「罪を犯した召使」を解雇するごとく、大臣を解雇された事件である。シャトーブリアンは、すぐ反政府派にまわり、「デバ」紙で政府攻撃の論陣を張るのである。[20]

スタンダールは、人々の心をとらえる華麗なシャトーブリアンの論説を紹介しながら、すぐその後で、この著名な文人政治家が、「デバ」紙の執筆陣に加わった効果として、むしろ経済的効果と言うべきものに言及している。「立憲」紙についても同様で、この新聞の企業体としての成長と、宣伝を通じての文壇支配の実情を淡々と、だが実際は皮肉な語り口で暴いている。「立憲」紙の編集者の一人ジュイが、自分の作品の成功のため、自分も加わっている編集陣に取り入らねばならないという状況は、滑稽以外の何ものでもない。こうしたスタンダール特有の筆致は、『英国通信』におけるフランス新聞の分析に共通するものだと言ってよいだろう。王政復古期の激しい政治の流れとそれに対する新聞の動向を見つめるジャーナリストとしてのスタンダールの眼は鋭い。だが、小説作品のなかではどうだろう。この同じ時期、小説を書きはじめたスタンダールが、その作品のなかでどう新聞を扱ったか、眺めてみなければならない。

2　『アルマンス』と新聞

スタンダールの最初の小説『アルマンス』（一八二七年）第二五章[21]に新しい人物としてボニヴェ騎士が登場する。母ボニヴェ夫人のサロンに姿を現した二〇歳そこそこの若者は、「エトワール」紙に関する激しい意見を吐いて、サロンの貴族の老人たちの好評を博すのである。サロンに配達されてきたこの新聞の帯封が不完全で、門番に読まれてしまったのだが、ボニヴェ騎士はこの事実をとらえて、民衆にものを読ませる危険を冒したとしてこの王党紙を強く非難する。彼は、王党派の新聞がこうではジャコバン派の新聞から何を期待できよう、と嘆くのだ。

「エトワール」紙は、一八二〇年から二七年まで存続した熱烈な王党紙で、首相ヴィレールお気に入りの機関紙とされていた。[22] 編集長はグルノーブル出身で自伝『アンリ・ブリュラールの生涯』にも登場するユジェーヌ・ド・ジュヌードであった。[23] スタンダールは、一八二五年、すなわち、『アルマンス』執筆開始の前年、「ロンドン・マガジン」への寄稿記事のなかでこの新聞に触れ、王党派であると同時にイエズス会派に近い新聞としてその論調を紹介している。[24]

一八二四年九月、ルイ十八世が没し、シャルル十世の治世が始まるが、この王はユルトラの統領であり、この王の政府の施策にともなって、政治、宗教の諸面で左右の対立が激しくなってゆく。新聞もまた政府派と反政府派に分かれ、激しい論戦を展開する。「エトワール」紙は、王と政府の一体化を主張する激しい論調で目立っていた。[25] 従って、ボニヴェ騎士がこの小説に登場の折、「エトワール」紙に対し、この新聞の信条よりもさらに厳しい態度を示し、ジャコバン派、すなわち、反政府系の新聞を非難するのは、一八二七年の読者にとって、この人物の思想的背景を瞬時に悟らせる効果をもっているのである。また、ボニヴェ騎士がサン・タシュル出身であることはイエズス会教育を受けたことを意味し、「エトワール」紙への非難に次いで、さらに、激烈な反政府紙の「パンドール」紙を非難することは、この若者の政治・宗教上の立場をより明確にしている。[26]

では、主人公オクターヴと新聞の関係はどうであろうか。ボニヴェ騎士の場合と異なり、オクターヴの場合には彼が関心をもって読む新聞名については明示されていない。第一章における、オクターヴの言動を懸念する母との会話を見てみよう。

「(……) 本当のところ、一昨日、聖トマス・アクィナス教会から出てきたときは、ほとんど絶望に近い気持ちでしたよ。不信心な書物に対する全能の神様のお怒りが、ファイ＊＊＊神父様の申される十分の一でしかないとしても、私はまだ、あなたを失うのではないかと恐れなくてはならないのです。ファイ＊＊＊神父様が、説教のなかで名前さえお出しにならないくらいいまわしい新聞がありますが、あなたがそれを毎日読んでいることを確かに知っているのですから。」——「ええ、お母様、本当に読んでいます。でも、前にしたお約束に従って、それを読んだすぐ後に、主義主張がまったく反対な新聞を読むことにしているんです。」(27)

ここで、主人公オクターヴが毎日読んでいる「いまわしい新聞」un journal abominableとは何であろうか。推測の手がかりはファイ＊＊＊神父の名である。ジョルジュ・ブランは、この名が、一八二五年、二六年の『英国通信』のなかでイエズス会派の中心人物の一人とみなされているファイエ神父の名から由来することを検証している。(28)ファイエ神父が不信心な書物追放を主張している点でもイメージは一致しており、作中のファイ＊＊＊神父はイエズス会に属していると考えられよう。

スタンダールは、一八二五年一二月一八日付の「ニュー・マンスリ・マガジン」への寄稿記事のなかで「立憲」紙、「クーリエ・フランセ」紙の裁判における無罪判決について述べている。(29)『アルマンス』の最初の着想が一八二六年一月三日、最初の執筆が一月三一日であるから、作品の創作開始の直前と言ってよい。スタンダールの報告によれば、王のシャルル十世は、自ら、検事総長にこの両紙を起訴するよう命じていた、というのである。『英国通信』新版の校註をみると、裁判の経緯は次の通りである。一八二五年八月、時のヴィレール内閣は、一八二二年の出版法に基づいて、「立憲」「クーリエ・フランセ」両紙を、国の宗教に対する不敬の念あり、ということで告訴した。実際、この両紙は一八二五年前半、イエズス会攻撃の記事を発表していた。両紙は、一八二五年一二月四日、無罪判決を得て、発行停止処分を免れる。王立裁判所の判決理由は、ユルトラモンタニスム（教皇権至上主義）の教義に対する批判と、一六八二年のガリカニスム（フランス教会独立強化説）の条項の喚起からなっており、この判決の有効性については、王政復古時代の多くの法曹家たちによって異議が唱えられたとのことである。[30]

スタンダールは、一二月一八日の寄稿記事のなかで、パリの人々が非常な関心をもってこの裁判の結果に注目していたと述べ、イエズス会批判の色濃い無罪判決をだしたセギエ（Séguier）裁判長の横顔を描写している。前述したようにこの記事の書かれた翌月に『アルマンス』の執筆が始まるのである。こうした状況から考えて、ファイ＊＊神父の「いまわしい新聞」とは「立憲」「クーリエ・フランセ」両紙のうち、どちらかを指すのではないか、特に「立憲」紙を指すのではないか、と考えたい。反政府系の新聞のなかで最大の部数を誇り、最も影響力の強かったのが、「立憲」紙だからである。

この作品で、主人公オクターヴと新聞の関わりを描いたもうひとつの場面がある。第四章で、主人公オクターヴは、亡命貴族財産賠償法により周囲から寄せられた富の期待にうんざりし、芝居小屋に行くが、スクリーブ作『愛なき結婚』第二幕の鍵を渡す場面で小屋を飛び出し、ある料理店に新聞を持って入る場面である。

彼はあるレストランに入り、彼の行動すべての印となっている謎めいた態度を忠実に守って、蠟燭とポタージュを注文した。ポタージュが来ると、一室に鍵をかけて閉じこもり、買ってきたばかりの二つの新聞を興味を持って読み、暖炉の火でたいへん念入りにその新聞を焼き捨てたあと、支払いを済ませ、外に出た。[31]

ここでオクターヴが興味をもって読み、焼き捨てた二つの新聞とは何であろうか。この場面の直前、主人公オクターヴが芝居小屋で見た芝居、スクリーブ作『愛なき結婚』は、一八二六年一〇月一〇日初演であり、[32] スタンダールは、「ニュー・マンスリ・マガジン」一八二六年一二月号にこの芝居の劇評を書き、特に第二幕を賞賛している。[33] スタンダールは、執筆時期と同時期の事柄を作品に盛り込んでいるのであって、この二つの新聞も、一八二五年一二月、無罪判決が出てパリを大いに騒がせた「立憲」「クーリエ・フランセ」両紙と考えるのが妥当なのではないか。では何故主人公オクターヴは、この新聞を焼いてしまうのか。第一章の母親との会話にもあった通り、まさに

「いまわしい新聞」だからであり、家に持って帰れないからであろう。[34]

このように見てくると、スタンダールは主人公オクターヴが関心をもって読む新聞の固有名を明示しないようだ。『アルマンス』という作品の成立が、二つの『オリヴィエ』と関係がある以上、性的不能のテーマは意識せざるをえないところだが、このひとつの鍵にしばられない作品解読の可能性はいくつかあるのであり、たとえば、前述のようにジョルジュ・ブランは、創作にあたってスタンダールが関心を抱いていた『クレーヴの奥方』との関連を検討し、この作品のなかに心理的ドラマ、つまり、「躊躇と誤解のドラマ」[35]を見ようとする。たしかに、『アルマンス』は、十七世紀の古典主義の作品の色調、音調をもった作品で、すべての光は「内的ドラマ」[36]に向けられていると言ってよい。従って、作中主人公に、政治色が強く攻撃的な新聞への信奉を告白させれば、それだけで、内的ドラマは特定の色彩に染められ、自由な展開を失ってしまったであろう。もちろん、これはスタンダールが常用する政治的内容への韜晦の一種とも考えられるが、非政治的な態度をとりながらいつの間にか政治を語る、というのがスタンダールの姿勢であり、『アルマンス』第一四章の「政治がこれほど単純な物語のなかに入ってくると、音楽会の最中にピストルを一発ぶっぱなした効果を与える」[37]というスタンダールがよく繰り返すお気に入りの一句は、この apolitique（非政治的）—politique（政治的）の関係を語っていると言えよう。こうした姿勢は必然的にアイロニカルな、皮肉な語り口に結びついていかざるをえない。グラハム・C・ジョーンズによれば、『アルマンス』はスタンダールの小説のなかで、登場人物が作者から皮肉な扱いを受けることの少ない小説だ、ということだが[38]、皮肉な語り口は存在しているのだ。『アルマンス』第一四章末の作者註を見よう。「人々は、ヴィレール内閣にまだ感謝が充分ではない。三パーセント利子公債、長子相続法案、出版規制法は諸党派の融合をもたらしたのだ。（……）[39]」これは、一八二六年、ヴィレール内閣の政策提案が失敗して、対立していた王党派と自由派を結びつけ、政府攻撃の流れをつくってしまった事実を皮肉な語り口で語っているのであり、スタンダールは、政治の日々進行する現実をこうしたかたちで作品に入れ込んでいるのである。[40]

こうした視点は、作品中の新聞に関わるもうひとつの場面でも示されている。オクターヴとアルマンスの二人が、自分たちの貴族階級と新興ブルジョワ階級の比較を行う第一四章で、今まで小新聞を馬鹿にして知らないふりをしていたある侯爵が、自分の政敵に対し小新聞の「オーロール」紙が汚い冗談をあびせたとたん、大喜びしてこの新聞をポケットに入れて持っていた、とオクターヴが話している。(41) この描写には、貴族階級の偽善をあばく皮肉な眼がひそんでいる。「オーロール」紙は虚構の名で実際には存在しないが、ここで言及された当時の小新聞の役割をよく代弁している。(42) 既に見たように、スタンダールはこの作品のなかでもう一つ、実際に存在した当時の小新聞「パンドール」にも言及している。スタンダールは、大新聞より当時全盛の小新聞を好み、政治の滑稽さを皮肉な笑いとともにやっつける小新聞の軽妙な姿勢に魅力を感じていた。『英国通信』とその同時期の作品『アルマンス』『赤と黒』の政治描写には、小新聞と共通する姿勢と内容が見られるようであって、斬新な視点からスタンダールと小新聞を論じたミシェル・クルーゼによれば、「こうした小新聞を読むことは、もちろん、スタンダールそのものを読むことになる」(43) のである。

スタンダールは、『アルマンス』において、主人公が関心をもって読む新聞の名を伏せ、読者の推測に委せる。名前を伏せられた新聞名はひとつのほのめかしであって、スタンダールの作品はこうしたほのめかしに満ちている。名前を出された新聞名は、その点、明確な像を与え、虚構と現実をつなぐ役割をはっきりさせている。この作品で、スタンダールは、名前を伏せた新聞と名前を出した新聞、つまり、普通名詞と固有名詞を巧みに使い分けていると言えよう。

3　『赤と黒』と新聞

『赤と黒』第二部第二章[44]、すなわち、「密書」に関する陰謀の場面を描いた最初の章で、王党派の新聞「コティディエンヌ」紙の存在が読者の眼を引く。ジュリアンを呼びつけたラ・モール侯爵は、不機嫌そうにその日の「コティディエンヌ」紙をくしゃくしゃにしながら彼の記憶力について尋ねると、ジュリアンは、翌日の朝までにこの号の全文をすっかり暗誦してみせよう、と答えるのだ。侯爵が、彼の記憶力に信頼を置いて課した任務は、ある会議の内容の要約（すなわち、密書）を暗記して、外国の要人に伝えるというものだった。会議に出席するための服装をととのえている間に、ジュリアンはこの新聞の第一面を暗記し、侯爵に暗誦してみせる。会議が開かれる家の主人（貴族）に紹介されたジュリアンは、ここでも同じ新聞の第一面を暗誦してみせる。この家の主人は、この新聞第一面の「海外通信」欄には、あわれなNなる人物についての記事が載っていることに言及する。

ここでの「コティディエンヌ」紙の登場は、この新聞がユルトラ貴族が愛読する新聞であり、その購読者の一八三〇年における政治的色彩と貴族階級への帰属を示すとも言える。それは、『アルマンス』における「エトワール」紙の引用が、ボニヴェ夫人のサロンの政治的傾向を示すのと同じである。

『赤と黒』では、さらに、レナール町長の家でも「コティディエンヌ」紙を講読しており、この新聞に予告された書籍にこの家の子供が興味を抱く話が出てくる[45]。また、悩みを抱いたレナール夫人が女中のエリザに読ませるのもこの新聞である[46]。これは、王政復古時代のノルマンディを最初の舞台とする『ラミエル』のなかで、ミオサンス公爵夫人がラミエルに読ませたのが「コティディエンヌ」紙であったことを想起させる[47]。

この新聞について興味深いのは、『赤と黒』のなかで、「ガゼット・ド・フランス」紙との競合が語られていることである。ジュリアンが、ラ・モール邸のサロンの人々を観察している章で、ラ・モール侯爵が亡命中に知己となった二人の子爵、五人の男爵が登場する。この人々の会話がこのサロンを活発にしていたのだが、彼らの支持する新聞は、四人が「コティディエンヌ」、三人が「ガゼット・ド・フランス」であった[48]。何気なく書かれたこの事実は、この両紙の間には争いがあり、ユルトラ貴族の読者を二分していた状況を暗示している。時は一八三〇年四月、七月革命直前の時期に、反政府側紙から攻撃をうけている政府紙が分裂を起こしたのである。この問題をはじめて解明したP-G・カステックスによると[49]、この両紙は、長いこと首相の座にあったヴィレールの退陣(一八二七年)以来、対立関係にあった。一八二九年八月には、ポリニャックが首相となるが、不評であり、一八三〇年三月には、王権の権威をめぐってシャルル十世は議会と衝突する。「コティディエンヌ」紙は断固としてポリニャック首相を支持して過激な手段も辞さない姿勢であったのに対し、「ガゼット・ド・フランス」紙は、さし当たり現内閣を支持するにしても、やがてはヴィレールを登場させようと考えていた。四月一二日の「立憲」紙がこの両紙の対立をあばいたのであるが、その後の経緯のなかで「コティディエンヌ」紙は、議会に対して王は妥協すべきでないと強く主張している。ラ・モール侯爵は、密書の討議のなかで出版の自由は不倶戴天の敵と述べ、クー・デタも辞さない強い姿勢を示すが、こう眺めてみると、「コティディエンヌ」紙の姿勢と共通するところがあり、従って、「密書」の章の最初の「コティディエンヌ」紙の名前の引用も深い意味を持つことがわかる。しかし、注目すべきは、これほど政治的な意味をもつこの新聞が登場する二つの場面でのジュリアンの位置である。第7章で見るように、ラ・モール邸のサロンでも、密書の討議の場面でも、彼は観察者、記録者として参加している。すなわち、ジュリアンを通しての現実描写には、現実を映し出す小説=鏡の機能を感じずにはいられないのだ。

「コティディエンヌ」紙のごとき政府支持派の新聞と違い、反政府紙はどう描かれているのであろうか。王政復古最大の反政府紙「コンスティチューショネル」(立憲)紙の名は、この作品中、二つの場面で計三回引用される[50]のみである。最初は、「立憲」紙を読む人々に対して不正な判決を下す治安判事の話であり、次は、神学校に入ったジュリアンが訪ねてきた友人フーケに「立憲」紙を持っていないかとたずねる場面で、彼はこの新聞を自由主義者の同級生に売りつけようというのである。[51]『英国通信』のなかでは、一八二五年、二六年ごろのイエズス会攻撃の新聞の論調を伝えているスタンダールだが、小説ではこの問題を軽い挿話に変え、主人公が新聞の論調に加わることはない。密書の討議のなかで、ラ・モール侯爵は、「グローブ」紙に煽動的な記事を書く若者たちについて触れるが、ジュリアンは、その内容について感嘆しながらも速記するのみである。ところで、病床にあって行動を制限された侯爵が、新聞を媒介としてジュリアンを知る一節を読んでみよう。

ラ・モール侯爵は、ジュリアンしか相手にできなくなったが、この男にちゃんとした考えがあるのを知って驚いた。侯爵は新聞を読ませてみた。すぐにこの若い秘書は、そのなかで面白い記事を選ぶようになった。侯爵が毛嫌いしていた新しい新聞があった。絶対にそれを読まないぞと誓っておきながら、毎日、その新聞について話すのだった。ジュリアンは笑っていた。侯爵は現在の時勢について立腹し、ティトゥス・リヴィウスをジュリアンに読んでもらった。ラテン語の原文を即席で翻訳してもらうのが楽しかったのである。[52]

ジュリアンは、この作品では、新聞の記事を選択し、朗読する人間であり、新聞を暗記し、暗誦する人間であって、一度も彼自身の好みで新聞を読んでいる姿を見せないのである。つまり、彼自身、支持する特定の新聞が何であるかを示すこともなく、新聞のテキストそのものに対する関心を示すこともない。最初の作品『アルマンス』では、新聞の名は伏せていたとはいえ、主人公オクターヴがそれを読む姿が示されていた。一八二九年前半までの『英国通信』の記事のなかで、たびたび、フランスの新聞の動向に言及してきたスタンダールだが、その後の『赤と黒』のなかでは、小説の視点の中心となるジュリアンを、新聞の（政治、社会、宗教についての言述から由来する）特定の傾向から切り離し、一八三〇年の党派対立の激しい政治状況のなかに登場人物を投入するにあたって、なおかつ、主人公が観察の自由を確保できるような配慮が行われていると思われる。

ところで、侯爵の毛嫌いしていた新しい新聞とは何であろうか。校訂版の註は、「ナショナル」紙と推測している。[53]ティエール、ミニェ、カレルを編集者として、一八三〇年一月三日に創刊されたこの新聞は、「憲章のなかにブルボン王家を閉じ込める」**enfermer les Bourbons dans la Charte**の主張のもとに、王と政府を激烈な調子で攻撃し、ジャーナリストの革命とも言える七月革命で大きな役割を果たすのである。[54]密書の討議で示された侯爵の政治的意見から考えると、一八三〇年に創刊されたばかりのこの新聞は、侯爵にとって唾棄すべき存在だったにちがいない。

しかし、ここで興味深いのは、この場面のジュリアンの態度に対する作者の「解釈」である。スタンダールは、『赤と黒』刊行後、特別に作らせた白紙挿入本に、追加、訂正、感想などを書き加えていった。いわゆるチヴィタ・ヴェッキア本またはブッチ本である。[55]先ほど引用した一節の、「ジュリアンは笑っていた」**Julien riait**のところに、スタンダールはあとになって、文章を追加している。これを眺めてみよう。

ジュリアンは笑っていた。〔以下増補〕そして、権力とひとつの思想の間の戦いが不毛であることに、ほとほと驚いていた。侯爵のこのような心の狭さを見て、ジュリアンはすっかり冷静な心を取り戻していた。これほどの大貴族と夜毎さし向かいで過ごすことで、こうした冷静な心を失いかけていたのである。[56]

スタンダールが『赤と黒』を再読した際の感想で目につくことは、冗長を嫌うあまり、文体が唐突で、文章が簡潔に過ぎたことに対する反省である。たとえば刊行後一年足らずの一八三一年七月に読み直したときには、「あまりにぶっきらぼうで、ごつごつした文体」「一八三〇年の才人たちの誇張した長い文章に対するドミニック（スタンダール自身）の嫌悪から、ぶっきらぼうでごつごつし、ぎくしゃくした堅い文体になっている」などの言葉が見られる。[57]

従って、ここに書き足した文章の意図は、侯爵に対するジュリアンの姿勢をより詳しく描くことにある。しかもこの増補で、作者は、ユルトラの侯爵の偏狭な言動に対するジュリアンの感想を示し、政治的立場からの批判というよりは、政治と人間に対するモラリスト的考察を行うジュリアンの姿勢を描いてみせる。スタンダールが、この増補の文章をいつ書いたかはっきりしないが、少なくとも、『赤と黒』の新聞およびそれに伴う政治の部分で、作品に明白に表明されていないこのような視点が存在し得る。

『赤と黒』において新聞は、表面に出ないかたちで材源としての役割を果たしている。たとえば、前述の「密書」事件については、スタンダールは、一八二九年、三〇年の新聞で行われた「密書」に関する論争を材源として描いているのだが、[58]「立憲」「クーリエ・フランセ」「タン」「ガゼット・ド・フランス」紙など、材源としての新聞の役割は明示されることはない。スタンダールは、反政府紙の政府攻撃の内容を、小説中における政府側のユルトラ王党派などの陰謀の内容にほとんどそのまま置きかえるという皮肉な手続きを行っている。つまり、新聞の論争のなかに示された同時代の政治状況を、当時の読者に解読可能と思われるやり方で、カリカチュア化した描き方をすることに成功しているのだ。

材源にかかわる新聞名をわずかにほのめかしている、と思える場合もある。「法廷新報」（「ガゼット・デ・トリビュノー」）の場合である。「密書」の陰謀の描写のなかでスタンダールは次のように書く。

ジュリアンの議事録は二六ページになった。次に示すのは、まったくぱっとしないその要約である。というのは、相変わらず、愚劣なことを削除しなければならなかったからであり、そうしたことが多過ぎると、耐えがたくなるか、ほとんど真実らしさを失ったであろうからだ。（「法廷新報」を見よ。）[59]

何故、ここで「法廷新報」が引用されたのであろうか。スタンダールはこの新聞の熱心な読者であり、『赤と黒』の材源に、ベルテ事件、ラファルグ事件に関するこの新聞の裁判記事があることは知られている。[60]『赤と黒』クラシック・ガルニエ版の校註では、読者を喜ばす細部描写が多すぎると興味を薄めてしまうことがよくある、という嘆きから、作者は、突然、「法廷新報」の名を持ち出しているのではないか、と推察している。[61]実際、「法廷新報」

の裁判状況の詳しい（時として冗長な）描写を考えると、この校註の解釈は説得力がある。

興味深いのは、「……を見よ」Voir... という表現で作者がひそかに、重要な材源を示す方法である。同じような例を挙げてみよう。スタンダールは、『パルムの僧院』第一部第五章の終りのあたりで、シュピールベルク牢獄に関して次の註を付けている。

アンドリアーヌ氏の風変わりな『回想録』を見よ。物語のようにおもしろく、タキトゥスのように後世に残るだろう。(62)

ここでスタンダールが言及しているのは、アレクサンドル・アンドリアーヌ『ある国事犯のシュピールベルク監獄回想録』（一八三七―三八年）であって、全四巻、一五〇〇ページをこえる大部の著作である。(63) この『回想録』の牢獄生活の部分は、ベンヴェヌート・チェリーニ、シルヴィオ・ペリコの著作とともに、『僧院』の牢獄描写の材源だと考えられていた。(64) まさにその通りなのであるが、第10章で詳しく見るように、この大部の『回想録』には、さらに、皇帝、宰相、判事、主人公の救済に奔走する姉などの人間的側面が描かれていて、スタンダールは、牢獄の描写ばかりでなく、宮廷政治と牢獄という『僧院』という作品の基本構造に関する点で、この『回想録』から想を得ているのだ。(65)

従って、作品の基本構造にかかわる材源を突然「……を見よ」Voir... のかたちで、何気なく、あっさりと一回だけ提示するのは『赤と黒』『僧院』に共通している。「法廷新報」の報告するベルテ事件(66)は、ベルテの町長邸、地方貴族邸という遍歴から『赤と黒』の基本的な二元構成を持っている。ただ、スタンダールは、地方貴族のド・コルドン伯爵家を、パリの上級貴族街のフォーブール・サン・ジェルマンにあるラ・モール侯爵家に変え、王側近の大貴族フィッツ＝ジャム公爵に想を得たと思われるラ・モール侯爵を登場させている。(67) 山間にひっそりと立つ、たよりなげなド・コルドン伯の館の写真(68)を眼にするとき、スタンダールが『赤と黒』第二部で描くパリの貴族の館と対比して、作家の想像力の発展に驚かざるをえない。ともかく、さりげなく引用された「法廷新報」の名は、『赤と黒』の材源を暗示し、さらには、この作品の基本構造の解読の可能性も示しているのだ。

スタンダールは、『赤と黒』のなかで政治と文学に関し、演奏会の真ん中で発せられたピストルの一発、という『アルマンス』第一四章でも用いた同じ比喩を用いている。「密書」の密謀を描いた章（第二部第二二章）で、文学と政治についての省察を作者の作品への介入というかたちで語ったこの部分を読んでみよう。

ここで作者は、一ページ点線にしておこうかと考えた。すると出版者が、「それは不適切であり、こうした他愛ない本では、適切さに欠けるのは駄目になることです」と言った。作者はこう言い返した。

「政治は文学の首に付けられた石であって、六ヶ月もしないうちに文学を沈めてしまうのです。想像力の興味のなかに政治を持ち込むのは、演奏会の最中にピストルを一発発射するようなものです。この音は耳をつんざくような音だが力強くない。どの楽器の音とも合わないのです。こうした政治の話は、読者の半分をひどく立腹させ、朝の新聞でその政治の話をまったく別な風に、特別で力強く思ったもう半分の読者を退屈させることになるでしょう……」

出版者はこう言い返した。

「もしあなたの登場人物が政治の話をしないのなら、もう一八三〇年のフランス人ではありませんし、あなたが自負しているのとは違って、あなたの本はもはや鏡ではありません……」(69)

演奏会で発射されたピストルの比喩は『アルマンス』のみならず、『ラシーヌとシェイクスピア』（II-五）、『パルムの僧院』第二三章で用いられた非常によく知られた表現であり、小説を鏡にたとえた比喩は、スタンダールのレアリスムにかかわる問題を含んでいる。(70)

しかし、ここで興味深いのはこの文章のなかでの新聞への言及である。小説のなかに政治の話を持ち込むと、朝の新聞でその話をまったく違った風に読み、力強く思った読者を退屈させるのではないか、という作者の感想は、一八二九年後半から三〇年前半にかけて、「密書」のテーマを掲げて激しく政府を攻撃した反政府紙、特に「立憲」紙の記事と『赤と黒』の「密書」の数章の関係を想起させる。スタンダールは、小説で登場する政治の話が、すでに新聞のなかで「力強く」論じられたものであることをほのめかしているのである。従ってこの文章は、小説における新聞の役割を示すものとしても読むことができよう。もちろん、この文章におけるスタンダールの論点は、政治の党派性と文学作品の美的価値の対立の問題である。だが、その政治と文学に関する省察の出発点には、新聞の存在があるのであった。

結びに

スタンダールの「ニュー・マンスリ・マガジン」、「ロンドン・マガジン」などへの通信は、ティエールの「ガゼット・ドーグスブール」紙への通信(71)とともに、外国の新聞、雑誌への寄稿というかたちで、フランスの王政復古期の社会に光を当てる重要な資料となっている。スタンダールは、イギリスの読者に、パリの社会、政治、文学を紹介するにあたって、フランスの新聞の動向を再三、分類、分析し、この紹介の柱としている。しかも、反政府系紙の存立の基盤に触れ、「政府と教会を弾劾するのは金になる産業」(72)であることを匂わせ、文壇をその宣伝術でひきまわす面妖さを指摘する。一方、「法廷新報」のごとき小新聞を取り上げ、「フランス社会のこの上なく精確な絵図」(73)を提供する新聞、とたたえるのである。『英国通信』のなかでは、新聞をめぐって、スタンダールの筆は自在に走っていると言えよう。

ところが、『アルマンス』『赤と黒』のごとき小説作品のなかでは様相は異なる。新聞の固有名の引用が少なくなり、引用そのものが深い意味を帯びてくるのだ。すなわち、一八二〇年代の政治性の強い新聞の名を作品のなかに多用することは、虚構と現実を直接に結び、色濃い党派性を呼びこんで作中人物の自由を縛ってしまう危険性があり、作者はその点を懸念しているように見える。

『赤と黒』の分析でミシェル・クルーゼが指摘している通り、スタンダールには、「歴史を隠すとともに提示する」cacher et montrer l'Histoire という手法、ほのめかし（allusion）の手法があるのであって、対象を直接的に描くことで平板な風刺におちいり美的価値を失う状況、「演奏会の最中にピストルが発射される」状況を防ごうとする配慮が、スタンダールの現実描写にはあるのだ。[74]

スタンダールがその小説作品中でもっとも固有名詞としての新聞名を引用しているのは、『リュシアン・ルーヴェン』である（八七回）[75]が、この作品や『フェデール』などの作品における、七月王政期の新聞像については新たな検討が必要であろう。また、バルザックの『幻滅』における一八二〇年代はじめのジャーナリズム描写、バルザックの一八三〇年ごろのジャーナリスト的活躍、一八四〇年代のジャーナリズム批判など、[76]スタンダールとの比較で眺めてゆく必要があるだろう。書物は、小説作品のなかで、外部の現実と虚構の世界を結ぶ「二重の鏡」[77]の機能を果たしているが、新聞は、書物以上にアクチュアリティをもつ「二重の鏡」を構成している。従って、『英国通信』の軽妙で辛辣なフランス社会の観察を通して眺めると、スタンダールの小説作品における新聞のイメージは、分析対象として尽きない豊かさに満ちているのである。

第6章　新聞を読むスタンダール（二）

――「ガゼット・デ・トリビュノー」紙の場合――

はじめに

「ガゼット・デ・トリビュノー」*Gazette des Tribunaux* 紙は、一八二五年末、パリで創刊された小さな裁判専門紙で、訳せば、「法廷新報」ということになるであろう。この特殊な領域の専門新聞が注目される理由のひとつは、ベルテ事件、ラファルグ事件の裁判記録をこの新聞が報じており、スタンダールが『赤と黒』の材源として用いたと考えられるからである。スタンダールは、創刊当初からこの新聞を愛読していた。当時、この作家は、イギリスの雑誌に寄稿を続けていたが、その記事のなかで、「ガゼット・デ・トリビュノー」を賞賛するとともに材源としても用いていた。しかも、この新聞に対する関心は、やがて、小説『赤と黒』として結実するのである。

スタンダールがこの時期、裁判記録、言いかえれば、犯罪の記録に関心を抱いた、という事実は興味深い。それはちょうど、『アルマンス』から『赤と黒』にいたる小説創造の時期であった。そこで、この章では、生れたばかりの「ガゼット・デ・トリビュノー」紙の記事と、スタンダールの作家としての想像力が、どのように交錯するのか、イギリス雑誌への寄稿記事や『赤と黒』などを眺めながら、考察することとしたい。

1 「ガゼット・デ・トリビュノー」紙の誕生

「ガゼット・デ・トリビュノー」紙は、一八二五年一一月一日に、創刊号が刊行された。「判例と法廷弁論の新聞」Journal de jurisprudence et des débats judiciaires という副題がつけられている。当時の文学新聞や演劇新聞と同じサイズで、一ページ二段組（後に三段組）、全四ページ、週六回刊行（月曜休刊）で、年間予約購読料六〇フランであった。

創刊号第一面に、刊行趣意書が載っているので見てみよう。政府、議会など政界はそれぞれ依拠すべき新聞を持つが、司法界にはそうした専門紙がない、というのが刊行の最初の理由である。また、司法界の名弁論を紹介するとともに、重要な判例を紹介する意図もあり、年度の終りに判例の項目索引を付ける予定、と述べられている。さらに、常習犯罪の手口、犯人の名などを明らかにすることで特に商人階級の役に立ちたい、と述べ、「法廷新報」と命名したのは、上記の諸々の意図によるものと説明している。

次に、三つの編集方針をあげている。第一は、基本問題を扱う記事の掲載であり、敏腕弁護士が執筆する。第二は、興味ある事件の判決および弁論の報告であり、対象となる法廷は、破毀院（Cour de cassation）、王立法廷（Cour royale）の公開審議、重罪院（Cour d'assises）、軽罪控訴法廷（Chambre des appels de police correctionnelle）、五つの第一審民事法廷（Chambre civile de première instance）、第六および第七軽罪法廷（Chambre de police correctionnelle）、都市簡易裁判所（Tribunal de police municipale）、商業裁判所（Tribunal de commerce）、軍事会議（Conseil de guerre）である。(1) こうした重要な裁判の内容が速記によって記録され、翌日の紙面に掲載され、パリにも地方にも敏速に伝達されるというわけである。第三は、広く裁判所に関連する記事である。この趣意書の最後は、この新聞が政治的に中立であることを強調して終っている。

「ガゼット・デ・トリビュノー」と同名の新聞は、これ以前にもあった（たとえば、一七七四年、九三年創立の二紙）。しかし、司法関係の荘重な記事と重罪犯や軽罪犯の物語性に富む裁判記事を融合した新しいかたちの法廷新聞を考え出したのはダルマンであり、彼は一八三五年の死に至るまで、この「ガゼット・デ・トリビュノー」の編集長をつとめた。他に、編集者として、フォッセ、メルミリオ、シャルル・ルドリュ、コルムナン、デュパン兄、ブルトン、レッソン、ヴォリス、ボードワン兄弟などがいた。一八三五年のダルマンの死後は、パイヤール・ド・ヴィルヌーヴが編集長となった(2)。

一八二七年はじめ、つまり、この新聞の創刊後一年少し経たころ、特定領域のみを扱う専門紙は、パリで、一三二紙あったとのことである。司法関係の判例新聞は一〇紙あり、そのなかには「ガゼット・デ・トリビュノー」紙もふくまれていた(3)。

この新聞がよく読まれ、息長く続いた理由のひとつは、読者の犯罪記事への関心であったことは確かである。こうした事情を『フランス新聞総合史』で眺めてみよう(4)。王政復古期の新聞には雑報記事（faits divers）の紙面が増えるようになってきていた。当時の政治・文学新聞は四ページ構成だったが、そのあちこちに、見出しなしで、事故、犯罪、火事など三面記事的なものが挿入されていた。はじめ、犯罪は控え目に語られた。たとえば一八一七年のフュアルデス殺人事件は、三週間も経ってから、「デバ」紙に五行ほどでそっけなく報告されるが、裁判が進むにつれて読者の関心が高まり、新聞によっては、四ページ中三ページの紙面を割く始末となる。裁判が芝居と出版の領域に踏みこんできたわけで、「ガゼット・ド・フランス」紙を発行しているピレなどは、「文士にして速記者」という触れ込みで、アンリ・ド・ラトゥーシュを、裁判が行われる地方都市に送り込んで記事を書かせ、成功を収めた。このようにして、重罪裁判の報告というかたちで犯罪記事の紙面が増え、カスタンの友人毒殺事件（一八二三年）、パパヴォワーヌの子供殺し（一八二四—二五年）などが新聞で詳しく報道されるようになったのである。

MARDI 1er. NOVEMBRE 1825. (PREMIÈRE ANNÉE.) NUMERO 1er.

GAZETTE DES TRIBUNAUX,

JOURNAL DE JURISPRUDENCE ET DES DÉBATS JUDICIAIRES.

Le prix d'Abonnement est de 6 fr. pour un mois ; 15 fr. pour trois mois ; 30 fr. pour six mois et 60 fr. pour l'année. — On souscrit au Bureau du Journal, QUAI AUX FLEURS, N°. 11, *à Paris, et dans les Départemens, chez les principaux Libraires et aux Bureaux de poste. — Les lettres et paquets doivent être affranchis.*

PROSPECTUS.

Dans le grand nombre de journaux publiés à Paris, il n'en existe pas un seul qui soit exclusivement consacré aux matières de droit, aux audiences des tribunaux et aux nouvelles judiciaires; enfin, à tout ce qui se rattache à l'étude ou à la pratique de la jurisprudence. Il est facile de reconnaître qu'il y a à cet égard, parmi nos feuilles quotidiennes, une lacune à remplir, et dans la magistrature, dans le barreau et dans le public un besoin à satisfaire.

Le gouvernement a des journaux pour publier et justifier ses actes. La chambre des Députés accorde une place particulière à des journalistes, chargés de faire connaître ses discussions et ses votes. Elle s'est même attachée par abonnement le journal officiel destiné spécialement à rapporter les débats législatifs dans toute leur intégrité. La chambre des Pairs elle-même, bien que ses séances soient secrètes, appelle le *Moniteur* à son secours. La magistrature seule, ne possède pas encore ce moyen de publicité et d'influence morale, que tous le grands pouvoirs ont cru nécessaire de se créer et avec lequel ils agissent constamment sur l'opinion publique.

Et cependant, s'il est une autorité qui soit dans un rapport continuel avec les individus, et qui touche directement à leurs intérêts les plus positifs, c'est certainement celle qu'exerce la magistrature. Car il est peu de jours où elle ne prononce, à Paris seulement, sur la fortune, la liberté, l'honneur ou la vie de quarante à cinquante citoyens.

Aussi, la magistrature est-elle sans cesse en présence du public. Elle lui ouvre ses portes; elle lui assigne une place dans son enceinte; elle expose à ses yeux tous les élémens de ses décisions; et si quelquefois il arrive que des détails trop scandaleux l'obligent à l'éloigner, elle le rappelle pour qu'il l'entende du moins prononcer son jugement. Il faut que ce commencement d'une publicité, trop restreinte jusqu'à présent, reçoive enfin les utiles développements que comporte l'état actuel de nos mœurs et de la société.

Une autre considération se présente. Cette magistrature a aussi ses orateurs, parmi lesquels figurent des jurisconsultes d'un haut savoir, des hommes habiles dans l'art de la parole, et des jeune gens pleins de science et de talent. A chaque instant s'offrent des causes dans lesquelles MM. les avocats-généraux ou leurs substituts, pour lutter contre de redoutables adversaires, doivent se livrer à une discussion approfondie des questions de droit les plus graves, ou aux considérations les plus élevées de morale et de sécurité publique. Pourquoi le bienfait de la publicité ne s'étendrait-il pas jusqu'à ces discours où se rencontrent fréquemment de beaux mouvemens oratoires, et qui sont le plus souvent empreints d'une connaissance profonde du cœur humain?

Mais combien cette observation devient plus décisive encore lorsqu'on l'applique à notre barreau! Le Palais de Justice a, pour ainsi dire, sa tribune, et jamais elle n'a jeté plus d'éclat qu'à l'époque actuelle. Cette tribune est permanente; elle a son genre d'éloquence à part; on y parle de tout ce qui peut le plus vivement intéresser et émouvoir les hommes, et il ne se passe presque pas de semaine, sans qu'on soit à même d'y recueillir quelque plaidoierie digne de fixer l'attention. A côté de nos avocats les plus justement célèbres en Europe s'élèvent une foule de jeunes talents, dont les brillans débuts sont ignorés. Pourquoi les voix éloquentes des orateurs de notre barreau resteraient-elles enfermées dans l'étroite enceinte du Palais de Justice? Pourquoi la France serait-elle privée de les entendre?

On sait que la collection des arrêts de la cour suprême et des cours royales, qui font *jurisprudence*, est un complément nécessaire de nos codes. Toutefois, quelque motivés qu'on les suppose, ils ne peuvent servir que de renseignemens et de régulateurs. Il a fallu, pour fixer un point de droit, chercher les bases du jugement, soit dans l'esprit de la loi, soit même hors de la loi dans les principes antérieurs. Cette investigation lumineuse se trouve développée dans les conclusions du ministère public, dans le rapport d'un conseiller, dans la plaidoierie d'un avocat. Le compte rendu des débats est donc lui-même, sous ce rapport, un accompagnement indispensable de la collection des arrêts.

Pour que notre feuille ne laisse rien à désirer, à cet égard, nous publierons à la fin de chaque année une table méthodique, destinée à faciliter la recherche des jugemens auxquels les jurisconsultes auraient besoin de recourir.

Beaucoup d'autres motifs justifient notre innovation. Il en est un trop important pour être passé sous silence.

Serait-il donc sans utilité de signaler au public cette multitude d'individus qui passent journellement sur les bancs de la cour d'assises et de la police correctionnelle, et qui s'y montrent, en quelque sorte, périodiquement? Ne sait-on pas que ces coupables d'habitude, leur peine une fois subie, et à la faveur du secret de leurs condamnations, font sans cesse de nouvelles dupes ou de nouvelles victimes. Ce sera rendre un véritable service à toutes les classes de la société, aux commerçans surtout, que de leur révéler chaque jour dans un journal, non seulement les noms des malfaiteurs, mais encore les moyens de fraude et d'escroquerie dont ils font usage. Il nous semble que cette publicité utilisera réellement les nombreuses répressions dont nous sommes redevables à la surveillance active de nos magistrats.

Telles sont les principales considérations qui nous ont dé-

「ガゼット・デ・トリビュノー」1825年11月1日号（創刊号）

「ガゼット・デ・トリビュノー」の創刊には、こうした背景が大きく作用したことは確かであろう。

それでは、王政復古期から七月王政期にかけてこの新聞は、どのようなイメージを読者に与えていたであろうか。シュヴァリエ『労働階級と危険な階級』を眺めてみよう。(5)十九世紀前半のパリでは人口が激増するが、そのパリでの犯罪の姿を、シュヴァリエは、文学作品や人口動態資料を検討することで、社会史的視点から生き生きと描きだす。「ガゼット・デ・トリビュノー」は、この著作の随所に引用されているのだ。シュヴァリエは、この著作のなかで、「王政復古期および七月王政下のパリにおいては、われわれが今日犯罪という言葉に与えている意味合いとはまったく異なるものが問題になった(6)」と述べ、この時期の犯罪を都市の拡大と変化の現象と結びつけて考えようとしている。そしてこの検討の資料(質的資料)のひとつとして、この新聞に言及する。一八四三年二月の「ユニヴェール」紙掲載の『パリの秘密』書評のなかで、この新聞名が引用されていることについて、シュヴァリエは次のように書く。

一八二五年一一月一日に第一号が刊行された「ガゼット・デ・トリビュノー」紙は、事実、小説家や年代記作者がほとんどの話題を掘り出してくる鉱脈である。この事実を証明することは容易であり、またしばしばおこなわれてきた。この新聞が犯罪に関する強迫観念をかもし出す上で、大きく寄与したことを指摘することは恐らくいっそう重要である。パリの人々は瞬時にして、これまで断片的に知っていたさまざまのできごとが、この新聞の数ページのうちに束になってまとめられているのを見て、首都パリが想像以上に物騒であり、本物の盗人の集団が多人数で徒党を組み、人々の安全を脅かしているという印象、ないし、いうなれば確信を抱いた。なかんずく大きな犯罪事件はこの新聞によって途方もない共鳴作用をおこし、グレーヴ広場の祭典は隅々まで伝えられた。(7)

シュヴァリエは、この新聞が犯罪都市パリのイメージ拡大に寄与したことを指摘している。その点、スタンダールがこの新聞で関心を抱いた二つの事件が地方都市のものであったことは興味深い。この著作では、他に、盗賊ラスネールの報道に関するこの新聞の立場[8]、社会主義者のルイ・ブランがこの新聞に感動した記憶[9]など七月王政期のこの新聞のイメージが語られている。

さらに、第二帝政期になってもこの新聞は存続するが、その「不道徳性」が嘆かれた時期もあったようである[10]。が、ともかく、スタンダールが最初に興味を抱いたのは、草創期の「ガゼット・デ・トリビュノー」であった。スタンダールは、どのような視点から、この新聞を読んだのであろうか、次にそれを眺めてみたい。

2 『英国通信』と「ガゼット・デ・トリビュノー」紙

前述のようにスタンダールは、一八二〇年代、イギリスの雑誌「ニュー・マンスリ・マガジン」、「ロンドン・マガジン」などに、フランス社会に関する記事を連載していた。この記事を『英国通信』と呼ぶ。前章で見たように『英国通信』については、近年、英文テキストに仏文翻訳を対置した校訂版が出ており[11]、この新しい版を参照しながら、スタンダールの「ガゼット・デ・トリビュノー」紙に対する意見をさぐってみたい。

『英国通信』のなかで、スタンダールは、さまざまな新聞の論調を紹介することでフランス社会の構図を説明している。たとえば、一八二六年四月二〇日付の「ニュー・マンスリ・マガジン」の記事のなかで、フランスでよく読まれている新聞をいくつか解説し、そのひとつとして、「ガゼット・デ・トリビュノー」をあげている。創刊して半年ほど経ったこの新聞についてのスタンダールの説明を眺めてみよう。

週六回刊行の「ガゼット・デ・トリビュノー」は、有名な裁判を報じている。この新聞は読んでたいへんおもしろく、フランス社会のこの上なく正確な絵図を示してくれる。イギリス人でフランスを訪れようと思いフランス語がわかる人なら、「ガゼット・デ・トリビュノー」一年分を読むことほどよい旅行の準備はできないはずだ。この新聞には、たくさんの事実が細部にわたって描かれてあり、法廷で証明されたものであるから、その正確さにはいささかの疑いもない。数日前、「ガゼット・デ・トリビュノー」は、有名な女優デスマール嬢(Mlle Desmares)の二人の子供に関する裁判の報告記事を載せている。この二人の子は、デスマール嬢がド・テシニ氏(M. de Tesignies)の法律上の妻となってから生れたものである。この裁判は、パリで重要な社会階級となっている男優、女優たちの暮らしぶりについて、ひとつの考え方を教えてくれる。彼らのうち百人ほどは、毎週、自分たちのサロンにとても楽しい仲間を集めているのだ。「ガゼット・デ・トリビュノー」は、有名なルサージュに匹敵するほどの才能、とは言わないにしても、少なくともルサージュに匹敵するほどの真実性をもって、こうしたことすべてを描いてみせるのだ。(12)

スタンダールは、もう少し後のことだが、文中にある通り、ロンドンにいるイギリス人の友人サットン・シャープにこの新聞を薦め、何部か送っている。(13)

それにしても、スタンダールが関心をいだいた女優デスマールの裁判事件とは何であろうか。「ガゼット・デ・トリビュノー」を眺めてみよう。この新聞の初年度の「総合目次」を見ると、一八二六年二月、三月、四月、七月に、この事件に関する記事が計一一回掲載されたことがわかる。(14)「総合目次」の要約によると、この事件は夫ド・テシニの相続人が妻デスマールの未成年の子供たちに対して起こした父子関係否認の提訴であり、判決によると、デスマール嬢の不貞と子供たちの誕生の事実隠匿が確実に立証され、ド・テシニの相続人による提訴が認められている。さらに、判決はデスマールの未成年の子供たち二人、すなわちオーギュスト・ウジェーヌ、ヴィクトール・オノレに、ド・テシニの姓およびこの姓に伴う権利(貴族特権をふくむ)の使用禁止を命じている。(15)以上は、第一審民事裁判所第一法廷における判決であるが、上訴された王立法廷でも、第一審の判決が是認されている。[16] スタンダールの記事の日付は、一八二六年四月二〇日であるが、デスマール裁判第一審の判決記事が載ったのは一八二六年四月八日号であるので、スタンダールは第一審の結果を知ってからイギリス雑誌あての文章を書いたことになる。

さらに詳しく「ガゼット・デ・トリビュノー」を読んでみると、夫ド・テシニ家（新聞ではThésigniesと綴る）の弁護士アヌカン、モーガンと妻デスマール嬢の弁護士デュパン兄が激しい論戦を行っており、こまかい事実の立証に基づくこの法廷弁論の内容を、この新聞は長い紙数を割いて収録している。ド・テシニは王に仕える貴族の子であり、デスマールはヴォードヴィル座の女優であった。ド・テシニはデスマールに惹かれ、家族の反対を押し切って結婚契約を結ぶが、別居と生活援助が条件となっていた。結婚直後から二人の間には争いが絶えず、別れることが問題となるが、遂に一八一〇年離婚が成立する。ド・テシニは一八二五年四月に没する。契約成立から離婚までの間に生れた子供オーギュスト・ウジェーヌ（一八〇七年生）とヴィクトール・オノレ（一八一〇年生）の父子関係の認知、相続権の有無が裁判の論点であった。必然的に、論議は離婚前の夫婦の関係の確認に集中した。二月一八日および二五日号に採録された弁論で、弁護士アヌカンは、ド・テシニが結婚当初から欺されていて、妻には愛人がおり、身持ちが悪かったことを立証しようとする。しかも、そこには、女優という職業に対する皮肉も時折籠められていた。[17] これに対し、デスマール嬢の子供たちの側に立つデュパン弁護士は、三月四日号に掲載された弁論で、二人の子供から父の姓と相続財産を奪おうとするド・テシニ家の意図を攻撃する。デュパンは、ド・テシニの貪欲さ、結婚生活における不誠実さを指摘する。さらに、舞台俳優としてのデスマールの妊娠は知れわたっており、ド・テシニが知らぬはずはなく、不貞の事実などあり得ない、と主張する。このようにして、口頭弁論が進み、「ガゼット・デ・トリビュノー」三月一二日号には、ド・テシニ側のモーガン弁護士の五ページにわたる弁論、三月一八日号には、デュパン弁護士のこれも五ページにわたる反論、三月一九日号にはアヌカン弁護士の弁論、四月一日号には、控訴院検事シャンパネによるデスマール事件の解釈、四月八日号に判決と判決理由が載せられている。

このころ、スタンダールは、最初の小説『アルマンス』の執筆に入っていた。一月末から二月初めにかけて第一稿、九月後半から一〇月にかけて第二稿を書いている。だが、この作品のなかに、この時期の「ガゼット・デ・トリビュノー」の記事の反映と見られるものはほとんどない。イギリス雑誌への記事のなかでパリの俳優たちの暮らしぶりについて言及したスタンダールは、おそらく、一五年ほど前のイタリア座オペラ歌手アンジェリーヌ・ベレーテルとの関係を思い出したに違いない。[18]しかし、この時期パリを騒がせたデスマール事件は、『アルマンス』のなかでは触れられていないのである。

ただ、ひとつだけ、『アルマンス』の登場人物の姓を想起させる裁判記事がある。『アルマンス』の主人公オクターヴの伯父に、スービラーヌ氏（M. de Soubirane）という人物がいるが、一八二五年一一月から一八二六年一月にかけて約一〇回ほど「ガゼット・デ・トリビュノー」に報告されたケロン裁判は、[19]ケロン侯爵が妻の不貞を告発し、子の認知を拒むものだったが、この不貞の相手の名が、スービランヌ（Soubiranne）だった。作中のスービラーヌ伯父が六〇歳をこえた卑俗な心情の持ち主であるのに対して、法廷に姿を現したスービランヌは、二七歳の医学部学生で、風貌がよく、身なりも洗練されていて、良い印象を与えたらしい。相違は明らかである。裁判の第一審判決の内容は、この新聞の一月二八日、二九日号に掲載され、スタンダールが執筆を開始したのは一月三一日であるから、少々気になるが、単なる名前の相似に留めておくほかはない。

前述の一八二六年四月二〇日付「ニュー・マンスリ・マガジン」あての記事を読んでゆくと、さらに、「ガゼット・デ・トリビュノー」との関連を見出すことができる。スタンダールは、イエズス会士批判の流行について述べ、ルイ十五世治下でイエズス会攻撃を行った検事総長ラ・シャロテについて触れ、最近のラ・シャロテ裁判に言及する。[20]「エトワール」紙が、この人物を非難したことに対し、家族が裁判を起こしたのである。この記事を書くにあたって、スタンダールが三月と四月にこの裁判を詳しく報道した「ガゼット・デ・トリビュノー」を参照したことは充分考えられる。[21]その他、セギエ、モンロジエなどこの記事に出てくる名前は、一八二五年一一月から翌年にかけてこの新聞に頻出する名前である。

スタンダールは、「ニュー・マンスリ・マガジン」あての一八二六年八月一八日付の記事のなかでも、この新聞に触れている。

「デバ」紙と大衆の人気を二分している小新聞がある。「ガゼット・デ・トリビュノー」紙である。この新聞は、絶対に解説を加えないで事実を紹介することだけで満足しているのだ。この新聞は、フランスの全法廷の公判報告を収録するだけでなく、刑事犯罪の報告も載せている。それはちょうど、ロンドンの各紙が、マンション・ハウス、ボー・ストリート、マルボロー・ストリートなどで調査中の事件の詳細を載せるようなものである。

「ガゼット・デ・トリビュノー」紙ほどフランスの現状の正確な絵図を提供するものはない。この新聞は、リヨン近郊の若い司祭が名を上げたある裁判を報道して、上流階級の評判を博したのである。(22)

このあとスタンダールは、休息日の日曜日に教区民にダンスを禁ずる若い司祭とそれに反抗する村の楽士（ヴァイオリン弾き）の争いを詳しく描写する。この事件は、裁判となるが、司祭は無罪となり、楽士は非難を受ける。スタンダールは、この新聞がたいへんおもしろい公判報告を載せて、このような判決を出した法廷の隷属性を滑稽なやり方で暴いている、とこの新聞の報道の仕方を評価する。スタンダールは、明らかに、客観的報道が売り物であるこの小新聞が、状況において政治的性格、つまり、諷刺新聞的論調を示すことに興味を惹かれているのだ。(23)

それにしても、スタンダールが読んだこの裁判の記事は、何月何日のものであろうか。『英国通信』註釈版を見ても、その他のところを調べても、明記されていないようだ。(24) この時期の「ガゼット・デ・トリビュノー」を調査した結果、同一事件に関して次の三記事がある。

(1)　一八二六年五月一八日号。標題のない二三行の記事で、ヌヴェール郡ボナの村の楽士と司祭の間の裁判を報じている。

(2)　一八二六年六月六日号。各県の個人特派員からの報道で、四六行の記事。ヌヴェール軽罪裁判所におけるボナの司祭に対するコルヌミューズ（バグパイプの一種）楽士の事件の公判と判決を報じている。

(3)　一八二六年九月九日号。ブールジュ王立法廷における軽罪事件の控訴として行われたコルヌミューズ楽士の司祭に対する裁判の公判と判決が、九六行の記事として報じられている。

スタンダールは、「ガゼット・デ・トリビュノー」のこの裁判報道の面白さ、滑稽さを強調している。その点では、法廷における笑いを描いているのは、六月六日号の記事であり、おそらく、スタンダールはこの記事を関心をもって読んだのであろう。しかし、九月九日号の記事はどうであったか。彼は九月中頃までイギリスに滞在[25]していたので、読むことはなかったであろう。

ともかく、スタンダールは、「ガゼット・デ・トリビュノー」六月六日号を中心に、この新聞の滑稽さの感じられる諷刺新聞的要素のある記事を材源に、イギリス雑誌への記事を執筆したことは確かであると言えよう。

3　『赤と黒』と「ガゼット・デ・トリビュノー」紙

(1)　犯罪記事への着目

一八二六年、スタンダールは、創刊されたばかりの「ガゼット・デ・トリビュノー」に強い関心を示し、イギリス雑誌への記事のなかでこの新聞を紹介した。これは、前節で見た通りである。しかし、スタンダールが当時、執筆中であった最初の小説『アルマンス』(一八二七年八月刊)の作品生成には、この新聞はほとんど関わりがない。これに反し、次作の『赤と黒』(一八三〇年一一月刊)の作品生成は、この新聞の記事と深く関係している。一八二七年一二月末のベルテ事件裁判記事、一八二九年三月、四月のラファルグ事件記事が作品の大きな材源と考えられているからである。では、『アルマンス』から『赤と黒』に至るどの時点で、スタンダールは、犯罪記事に注目するようになったのか。一八二七年六月、スタンダールがある本の表紙の裏に書きつけたメモを眺めてみよう。

新聞のなかに見出される犯罪を作り直すこと。(Refaire les crimes qu'on trouve dans les journaux)。カニリ(Kanily)大公[不明語あり]は、一八二七年六月二三日号の「ガゼット・デ・トリビュノー」で暴行を受けたと知っていた九歳の少女に、サン・マルソー街で会っている。(26)

新聞に記録された犯罪を作り直して作品の材源にしようとする着想がここにある。ベルテ事件、ラファルグ事件などを『赤と黒』の材源として用いるという手法は、まさにこの着想の発展と言えよう。一八二七年六月、このメモの書かれた時期、スタンダールは『アルマンス』の校正に専念していた。(27)「私は、『アルマンス』を校正している」**Je corrige *Armance***と一八二七年六月六日にスタンダールは本の余白に書きつけている。書き上げた作品の校正刷を直しながら、次の作品の構想を考えていたのであろう。こうして「ガゼット・デ・トリビュノー」紙の犯罪記事と小説の創造が結びついてゆくのである。

それにしても、ここでスタンダールが言及している事件とは何であろうか。ここで言及されている「ガゼット・デ・トリビュノー」一八二七年六月二三日号には該当する記事が見当たらない。鍵になるのは、カニリ大公、九歳の少女、サン・マルソー街などの言葉であるが、この日の号だけでなく六月のすべての号を通してもこの三つの条件をふくむ記事は掲載されていない。この新聞の総索引を引いても何も発見できなかった。従って、現在までのところ、スタンダールの記述を解明することは不可能である。

（2）ユルバック事件

ただ、一八二七年六月の「ガゼット・デ・トリビュノー」を読んでいて注目すべきは、当時、パリで話題になったひとつの殺人事件である。それは、郊外のイヴリーから来た一九歳の美しい羊飼いの娘が、前から言い寄られていた二〇歳の青年にナイフで胸や背中など計五ヶ所を刺され殺害される、という事件であった。事件が起きたのはサン・マルソー街であり、この点、スタンダールの事件と同じ地区である。事件発生は五月二五日であったが、二週間ほどした「ガゼット・デ・トリビュノー」六月七日号は、サン・マルソー街の人々がこの不運な娘の死を悼み、五尺の高さの黒い十字架を事件の場所に立て、そのまわりをいろいろな花で飾っている、と述べている。さらに、すぐ側の最後の息を引き取った場所の壁には、彼女の姓名エメ・ミロ（Aimée Millot）と年齢、出身地、死亡年月日が書かれ、「ここを通る人々よ。恐ろしき罪の犯されしこの場所を眺めよ」と記されていて、ひっきりなしに多くの人々がつめかけている、と報じているのである。

犯人はオノレ・フランソワ・ユルバック（Honoré-François Ulbach）という二〇歳の青年で、フォンテーヌブロー入市税取立所の傍のワイン販売店で働いていた（取立所の外側では、入市税のかかっていない安いワインを販売していた）。ユルバックは近所の羊飼いの娘ミロを見染め、言い寄るが、娘の女主人に交際を禁止され、娘からも冷たくされ、他の男性との関係を邪推し、嫉妬に駆られる。ついにある日、娘と一緒に羊の番をしていた八歳の少女が傍を離れたときに、ちょうど雷雨が降りしきるなか、ユルバックは娘を刺殺するのである。ユルバックはいったん逃亡するが、他の容疑者が逮捕されるのを見て自首する。

「ガゼット・デ・トリビュノー」一八二七年七月二八日号によると、法廷に姿を現したユルバックは、ほっそりした体格で青白く表情のない顔をしている。ほとんど聞き取れない弱々しい声で返事をし、予審調書でみとめた犯意と犯行をなかなか認めようとしないなど、良い印象を与えていない。だが複数の証人の証言から、ユルバックが以前から自らの運命の悲劇的結末を予言していたことがわかる。ユルバックは予謀による自発的殺人のかどで、死刑の宣告を受けるが、彼は平然とその判決を聞き、裁判長が三日以内に控訴を行う権利があることを知らせても、「私は絶対に控訴しません」と冷たく断言して退席するのである。

「ガゼット・デ・トリビュノー」一八二七年七月二九日号は、判決翌日のユルバックの姿を描いている。何人かの人が彼の監房を訪れ、控訴をすすめるが、「私はすぐに死にたい。私の控訴は卑怯な行為だ。私には勇気があるところを見せたい」とユルバックは答えて断っている。最後に、ユルバックの信頼する担当の弁護士が現れ、控訴をすすめるが拒否される。そこで、この弁護士は、虚勢を張る二〇歳の若者の心理を読み、このますぐに死刑執行をうけるより、控訴申請して三〇日か四〇日の間決定的瞬間を待つ方がはるかに勇気と精神力を要するのだ、と説いてユルバックに控訴を決意させた、と報じられている。この新聞の一八二七年八月二五日号によると、結局、この控訴は却下される。一八二七年九月一一日号は、ユルバックの処刑の状況を詳しく報じている。悲惨な環境に育ったユルバックは宗教から縁遠かったが、死の数日前、はじめて、初聖体を受け、死刑台の下でひざまずいて祈りを捧げ、無言で台上に登っていった、とのことである。

スタンダールは、一八二七年七月二〇日ごろパリを出発し、イタリアの各所に滞在したのち翌年一月末にパリに帰着している。従って、ユルバック事件の公判記録の載った七月二八日号を読むことができなかった可能性はあるが、この事件は五月末の事件発生以来、九月の死刑執行までに再三、この新聞に報道され(28)、特に七月前半までの報道は詳しかったので、スタンダールは事件の全貌を知っていたと考えられる。

スタンダールの着想と関連して、一八二七年六月の「ガゼット・デ・トリビュノー」に、どのような犯罪記事が掲載されていたか、という例証として、ユルバック事件を挙げてみた。従って、すぐ『赤と黒』との関連を云々するつもりはないが、ユルバックが法廷で控訴申請の拒否を断言して自らを死に追いやったこと、しかも拒否し続けた控訴を信頼できる人間の説得で申請するようになることなど、『赤と黒』との共通性が感じられる。さらに、「ガゼット・デ・トリビュノー」一八二七年九月一二日号によれば、死刑執行のあと、遺体がヴォージラール墓地へ馬車で運ばれたが、途中、包みが半ば開き凄惨な遺体が目に映ったため、護衛の警官のひとりが気を失って落馬し、それに乗じた見物の群衆が馬車に飛び乗るという大騒ぎになったことが報じられている。『赤と黒』の最終章、人間の力をこえた勇気をふるってジュリアンの遺体が包まれた外套を開くマチルドと目をそむけるフーケの場面を連想させる。

(3) ベルテ事件

一八二七年一二月末、「ガゼット・デ・トリビュノー」紙は、イゼール県重罪裁判所で行われたアントワーヌ・ベルテ事件の裁判記事を四号にわたって連載している。[29]「神学生により教会中で行われた謀殺事件起訴」という見出しがついたこの連載記事は、被告ベルテの風貌、経歴とともに証人喚問、被告の発言、検事と弁護士の応酬、判決など法廷の雰囲気をよく伝えているが、ここでは事件全体を要約して眺めてみよう。[30]

アントワーヌ・ベルテは、一八〇一年、イゼール県のブラング村の蹄鉄工の家に生れた。頭は良いが体は弱く家の職業に適さなかったので、村の司祭はその才を惜しみ、ベルテを小神学校に送った。四年後の一八二二年、病気のため退学したベルテはブラングに帰り、村の名士、ミシュー家に家庭教師として入るが、ミシュー夫人との恋愛事件により一年後にこの家を去る。村の司祭の仲介により別の小神学校に入るが二年後に退学を命ぜられる。一八二五年、ブラングへ戻ったベルテは、既に別の家庭教師がいるミシュー家をたびたび訪れ、この頃からミシュー夫人に脅迫の手紙を送るようになり、出入り禁止になる。ベルテはグルノーブル大神学校に入るが一ヶ月で放校になる。その後ベルテはブラングから一〇キロ離れたシャトー・ド・ラ・バールに住む貴族のド・コルドン家に家庭教師として入る。しかし、公判の告訴状には明記されない理由でこの職を追われる。だが公判の過程でベルテは、ド・コルドン家の令嬢アンリエット・ド・コルドンが自分に特別な興味を示したとほのめかすが、二人の関係に恥ずべきものはなかったと確言する。しかし、父のド・コルドン氏が娘から聞き出した「告白」が解雇の原因だともしている。この新しい醜聞がなかば消えないうちにベルテは神学校への再入校を試みるが失敗する。このころミシュー夫人に新たな脅迫状を送る。恐れたミシュー家の仲介により、ベルテはブラングから近い町モレステルの公証人トロイエ氏のもとで働くことになる。だが神学校への道を断たれたベルテはこの新しい職に満足せず、何度も、ミシュー夫人を殺して自殺する、という意志を明らかにする。遂に一八二七年七月のある日曜日、ブラングの教会でミサの間に夫人に発砲し、同時に自殺を試みる。だが二人とも命をとりとめる。裁判でベルテは、すべての罪状を加重して、殺人の試みを有罪とされ、一八二七年一二月、死刑を宣告され、一八二八年二月二三日に処刑される。

このように要約してみると、ベルテの人格は低劣に見え、『赤と黒』のジュリアン・ソレルの人間像との格差ははなはだしい。他方、『赤と黒』のもうひとつのモデル事件として一九六〇年代、後述のラファルグ事件が注目されはじめる。しかし、一九七一年、法律家で地方史家のルネ・フォンヴィエイユは、実証的調査によるその著書『真実のジュリアン・ソレル』[31]でベルテ像にいくつかの修正を加えた。ベルテが犯行時に自殺を企てたこと、ミシュー夫人の助命嘆願書に対し自ら死を願う上申書を書いたこと、アンリエット・ド・コルドン嬢の秘密を守ろうとしたことなど、むしろ、ベルテの人格の救われるべき点を強調している。[32]また、アンリエット・ド・コルドン嬢にベルテの子がいたという新事実も検証している。[33]このように、ベルテ像は以前より明らかになった点もある。だが、この新聞の記事をいつ、どのように材源としたかは明確でない。ただ言えることは、「ジュリアン・ソレルの物語は大局のところまさしくアントワーヌ・ベルテの物語の移し変えなのである」ということだ。[34]

スタンダールはベルテ裁判の連載記事が出たときにはイタリアにいたが、一八二八年二月二九日、同じ「ガゼット・デ・トリビュノー」紙にベルテの死刑執行とその最期の状況を知らせる記事が掲載されたときにはパリに帰ってきていた。[35]スタンダールがベルテ事件をどのようにして知り、材源としたかは、明確になっていないが、刊行時パリにいて読む可能性の高かったこの記事について少し考察しておく。

この記事のなかには、監獄改善協会員のアペール氏がグルノーブルの牢獄でベルテと会って協力を約束し、パリで減刑のため奔走するが成功せず、アペール氏の手紙を受け取ったベルテが翌日の死を予感する、という一節がある。アペール氏は実在の人物であるが、『赤と黒』第一部第三章に登場し、ヴェリエールの監獄視察を行い、田舎町に波紋を起こす。だが、前述の一節を念頭に置くと、第三章におけるアペール氏の監獄視察は彼自身によるベルテの監獄訪問を想起させ、牢獄に関わるジュリアン・ソレルの運命を予告しているように感じられる。

さらに二月二九日の記事を念頭に置いて、ジュリアンの生涯の結末が予告される第一部第五章の場面を読んでみよう。ジュリアンが教会の祈禱台の上に見つけた紙片には「ブザンソンで処刑されたルイ・ジャンレルの死刑とその最期の詳細」と印刷されてあった。ルイ・ジャンレル（Louis Jenrel）はジュリアン・ソレル（Julien Sorel）のアナグラムで、この紙片はジュリアンの悲劇的運命を予告している。だがこの標題は「ガゼット・デ・トリビュノー」紙の記事を連想させるものであり、二月二九日の記事はまさしく「グルノーブルで処刑されたアントワーヌ・ベルテの死刑とその最期の詳細」と命名されてもよい内容である。スタンダールは二月二九日のベルテ死刑執行の記事を意識していたのではないだろうか。このように考えると、この教会の紙片の挿話はベルテとジュリアンの二つの物語をつなぎ、作品の材源と作品の構想をつなぐひとつの手がかりを示しているように思われる。

(4) ラファルグ事件

一八二九年三月三〇日・三一日合併号、四月一日号の「ガゼット・デ・トリビュノー」紙に、ラファルグ事件の裁判記事が掲載されている。これはフランスの西南、オート・ピレネー地方のバニェール・ド・ビゴールで家具職人のアドリアン・ラファルグが、テレーズ・カスタデールを嫉妬の末殺して五年の禁固刑になった事件である。

スタンダールは、一八二九年九月はじめに刊行された『ローマ散歩』(36)のなかでこの事件を取り上げている。スタンダールは、二種類の新聞を引用しながらこの事件を報告し、ラファルグをフランスの若い貴族には欠けている平民の情熱、エネルギー、感性、才知の象徴としてとらえているのである。このラファルグ事件については、クロード・リプランディ『ラファルグ事件と「赤と黒」』（一九六一年）[37]があり、ジュリアン像のなかにラファルグ的側面があることを立証し、ベルテ事件と比較しながらこの事件の材源として重要性を主張している。この両事件の研究の流れを『赤と黒』の創造という観点から眺めると、ベルテ事件は作品の劇的構成という点で重視され、ラファルグ事件は主人公の性格形成の面で評価されていると言える。[38]

ところで、『ローマ散歩』のなかでスタンダールは、どのように「ガゼット・デ・トリビュノー」を引用しているであろうか。

『ローマ散歩』の引用を見ると、冒頭の部分は「クーリエ・デ・トリビュノー」紙の三月三〇日・三一日号の報告の冒頭部分約二節を用いている。[39]次いで「ガゼット・デ・トリビュノー」の引用に入る。この引用は、この新聞の三〇日・三一日合併号については、「ラファルグは二五歳である」という文章から約四段分すなわちほとんどの部分を引用している。反対に四月一日号については、全二段の記事のうち、最後の「三月二一日公判」以外の部分はほとんど省略されている。こうした省略により、この犯罪が嫉妬による狂気からというより、はげしいエネルギーの結果というスタンダールのラファルグ観と結びつくことになる。

この新聞の記事のタイトルは、「ある若者が愛人に対して行った殺人——被告の物語」となっているが、『ローマ散歩』の記事のタイトルは、「ある愛人が情婦に対して行った殺人——自殺の試み」となっている。スタンダールは、『ローマ散歩』の引用のあと、註釈をつけ、民衆のエネルギーと結びつけて情熱による犯罪と自殺に言及している。従って、彼の視点はまさしくこのタイトルに示されているのだ。

（5）『赤と黒』の着想

このように『赤と黒』の材源となる事件を眺めてきたが、ではこの作品の構想を着想したのはいつであろうか。スタンダールは、所蔵していた『ローマ散歩』の欄外に次のメモを書きつけている。「一八二八年（一八二九年の誤り）一〇月二五日から二六日にかけての夜、マルセイユだったと思うが『ジュリアン』を着想、その後、一八三〇年五月に『赤と黒』と名づけた」。しかも、スタンダールは同様なメモをいくつか残している(40)。スタンダールはこの時期、長い旅に出ていた。一八二九年九月八日、パリを出発したスタンダールはボルドーを経由してバルセロナまで行き、マルセイユ、グルノーブルを通ってパリに帰り、一二月はじめに八五日の旅を終えるのである(41)。そして前述のメモから、『赤と黒』の着想は、一八二九年一〇月二五日から二六日にかけての夜、マルセイユにおいてなされたと考えられてきた。

ところが、一九八二年にはじめて発表されたスタンダールの未刊メモには次のような記述が見られる(42)。

セート、［判読不可能語］のあと、一〇月一六日または一七日金曜日。セートのすばらしい山の上で、海と向き合いながら『セルトリウス』を読む。

セート、月曜から金曜まで、一八二九年一〇月一六日。二二日、マルセイユから発つ。

二四日土曜、五時、快晴、リヨン到着。

二五日日曜、蒸気船。真夜中にシャロン到着。

このメモで、セートは、南仏の Sète であり、スタンダールが一八二九年一〇月中ごろから末にかけて、セート、マルセイユ、リヨン、シャロンと旅を続けて行く様子がよくわかる。これは、前述の一八二九年秋の旅程の問題に対する新資料であるが、現在までこの点に言及した研究はないようである。

問題にすべきことは三点あると思われる。

(1) このメモによると、スタンダールは従来考えられていた一八二九年一〇月二五日、二六日には、マルセイユに滞在していなかった。

(2) スタンダールは、シャロンのあと、どこへ行ったのか。
(3) マルセイユに入る直前、セートで、コルネイユ『セルトリウス』を読んだことは何を意味するか。

第一の問題であるが、明らかに、スタンダールは一〇月二五日の深夜、シャロンに到着しているのである。従って、一〇月二五日の夜、マルセイユで着想、という従来の定説は崩れる。だが、スタンダールが再三、マルセイユの地名を繰り返すことを考えると[43]、一〇月一八日から一〇月二二日までのマルセイユ滞在の間に着想した、とするのが妥当であろう。[44]

第二の問題は、シャロン（Chalon-sur-Saône）のあとの旅程である。シャロン到着は、一〇月二五日深夜であり、このあとスタンダールの所在がはっきりするのは、九月八日以来八五日の旅を終えて帰還したパリである。[45] 一〇月末、一一月についてのパリ滞在を証明するものはない。従って、シャロンからのこの時点でのパリ帰還は考えにくい。ヴィニュロン、カステックスのマルセイユ〜グルノーブルの順路説[46]をとると、シャロンからグルノーブルに行って、一〇月から一一月にかけて滞在したのではないか。自伝『アンリ・ブリュラールの生涯』を読むと、スタンダールが、一八二九年、グルノーブルに帰り、近郊のクレ（Claix）、サンティスミエ（Saint-Ismier）などを訪れた記述を見出すことができる。[47] しかし、マルセイユからグルノーブルに帰るためには、ヴァランスあるいはリヨンで降りた方が近い。シャロンまで行くのは北に上り過ぎである。なぜであろうか。

ここで、シャロンからドール（Dole）を経てグルノーブルに帰る旅程の推測を行ってみたい。ドールは、シャロンの北東六四キロにあり、ドゥ（Doubs）川に面したフランシュ・コンテの一地方都市である。ドールからさらに北東五二キロにはドゥ県の県都ブザンソン（Besançon）がある。『赤と黒』第一部では、フランシュ・コンテ地方が舞台となっていて、ジュリアンが生れ育ち、家庭教師をするのは地方都市ヴェリエール（Verrières）であり、神学校で学ぶのはブザンソンである。スタンダールは、『赤と黒』の巻末に、モデルにしたこの二都市に触れて、ヴエリエールは架空の地方都市であり、ブザンソンには一度も行ったことがない、と明言している。[48] ヴェリエールについては、グルノーブルとドーフィネ地方の反映を見る意見もあるが、[49] アベル・モノの研究「『赤と黒』とフランシュ・コンテ地方」（一九四六年）で調査が行われ、この作品におけるドールとブザンソンの二都市のイメージが明瞭になった。[50] ドールについては、スタンダールの『日記』（一八一一、一九、二三年）のドール滞在の記述を採用し、特に一八一一年滞在におけるこの町のサン・モーリス散歩道からの美しい眺望への感動など、スタンダールのこの町への強い関心を指摘する。クラシック・ガルニエ版（一九七三年）では、この研究を引いて、『赤と黒』の冒頭はかなり精確に描かれていて、ヴェリエールの町の眺望を描きながらスタンダールがドールを考えていたことがわかる、として一八一一年の『日記』との相関性を認めている。[51] 実際、『日記』の一八一一年九月一日の項を読むと、次のように書いてある。

ドール、たいへん快適な位置にある。散歩道またはサン・モーリス遊歩道からは美しい眺めだ。三つの町［ディジョン、オーソンヌ、ドール］のうちで私が好きなのはこの町だ。その立地状況が絵のように美しいのだ。[52]

スタンダールは、一八一一年の段階でこのようにドールを礼賛している。では、その眺望はいかなるものか、『十九世紀ラルース辞典』（一八七二年）で、ドールの町の描写を読んでみよう。

ドールの家並みは、ドゥ川の谷間を見下ろす丘の上に絵のように美しく配置され、魅惑的な景観を呈している。サン・モーリス遊歩道の見晴らし台はすばらしい展望にめぐまれている。町の全景、ドゥ川の谷、村々の点在する緑の平原、ショー（Chaux）の森、ジュラ山脈、モン・ブランの氷河や万年雪を見渡せるのである。[53]

『十九世紀ラルース』のドールの項には、この町が産業の盛んな場所で、鍛冶屋、鉄索工場、染物（藍 indigo）

工場、製材所（scieries）、多くの水車小屋（moulins）があることが述べられている。さらに、十五世紀のこの町の歴史とかかわる史跡ヴェルジー塔（la tour de Vergy）についても語られている。こう眺めてくると、『十九世紀ラルース』の記述との比較ではあるが、『赤と黒』冒頭の数章におけるヴェリエールとドールの町の類似性を感じざるをえない。冒頭の町の全景の描写、絶景に臨む遊歩道の存在、染物工場、鉄索ではないが釘工場、ソレルの製材所、水車の存在などであり、さらには、レナール氏の別荘はヴェルジーにある。(54) スタンダールはヴェリエール（Verrières）をこの作品のなかで架空の町として設定した。(55) だが、その架空の町は、フランシュ・コンテの町ドールに似通っているのである。

スタンダールがマルセイユで、ベルテ事件の小説化を構想したとき、舞台を事件のあったドーフィネ地方ではなく（自らの生地であり、筆を制約せざるをえないので）、フランシュ・コンテ地方に移して物語を展開することも着想のなかにあったのではないか（『赤と黒』から八年ほどのち、スタンダールは『フランスの旅』のマルセイユ滞在の項で、快楽の都市マルセイユの対極にブザンソンを据え、このフランシュ・コンテの首都をスペイン的で宗教的な都市としてとらえているが、(56) 一八二九年一〇月にも同じ考えを抱いていたのだろうか）。そして、以前から好感を抱いていた町ドールの景観を味わうため、マルセイユから蒸気船でローヌ河、さらにはソーヌ川を遡上し、三日後に、シャロンに到着する。シャロンからドールまで東北に六四キロ、帰路としては交通の便のよいジュネーヴ街道をとり、ポリニー(57) を経て南下してジュネーヴまで一四四キロ、ジュネーヴからさらに南下を続け、アネシー、シャンベリを経てグルノーブルまで一五一キロである（これも『フランスの旅』のなかで、「アネシー経由でシャンベリからジュネーヴへ行く街道は美に溢れて崇高だ」とスタンダールは言っている）。(58) ドールからグルノーブルまでスタンダールの知りつくしている道筋であったはずだ。ブザンソン訪問については何とも推論しがたい。『赤と黒』の記述が多くないことから、もし行ったとしても短い滞在であったろう（『赤と黒』から八年後の『ある旅行者の手記』では、ブザンソンはじめ多くの描写にガイド・ブックの記述を借りている。(59) 『赤と黒』のフランシュ・コンテの描写に旅行案内などの記述の借用がありうることを考慮しながら、なおかつこの推論を行っている）。ともかく、『赤と黒』第一部の冒頭にはジュラ山脈の描写があり、「ヴェラ山のぎざぎざの頂きが一〇月の最初の寒さでもう雪に覆われている」と書かれている。スタンダールのそれまでのドール通過は九月か一〇月であった。しかし、この『赤と黒』の描写は、一八二九年一〇月の訪問の新鮮な感覚に満ちた描写と考えられないだろうか。一八一一年、一九年、二三年の三回、スタンダールは『日記』にドール通過を記しているが、『赤と黒』冒頭のヴェリエールをドールと考えるならば、描写はより精密で一種の臨場感に満ちているように見え、これ自体、一八二九年一〇月のドール滞在記録に近いものと考えてよいのではないか。そして、『赤と黒』第一部のヴェルジーの描写には、一八二九年一〇月のグルノーブル訪問、近郊のクレ（Claix）探訪の、これも新鮮な感覚が生かされていると言ってよいだろう(60)。

第三の問題は、『セルトリウス』である。スタンダールは、マルセイユに入る前、一〇月一二日（月曜日）から一六日（金曜日）までセート（Sète）に居て、その間にピエール・コルネイユの悲劇『セルトリウス』（一六六二年）を読んでいた(61)。これは、プルタルコスの「セルトリウスの生涯」あるいは「ポンペイウスの生涯」に題材を仰いだ史劇で、舞台はスペインである。セルトリウスは経験に富むローマ人の老将軍であり、一〇年前からローマのスッラ（Sylla）の独裁を拒否してその軍隊と戦っている。一方、セルトリウスの老齢にもかかわらず二人の貴婦人が彼との結婚を求めている。ポルトガル女王ヴィリアトは自国の統治に有能な夫を求めて求婚するが、セルトリウスは承諾しない。アリスティはスッラの部下ポンペイウスの前妻で、ポンペイウスをスッラの娘エミリと結婚させるためスッラの命令により離婚させられたのである。アリスティはスッラの敵陣に強力な味方を得るためセルトリウスとの結婚を考えるが、前の夫ポンペイウスへの愛情は消えていない。ポンペイウスはスペインに来てセルトリウスにスッラへの敵対を止めるよう説得するが、セルトリウスの独裁批判は変わらない。ポンペイウスとアリスティとの再会も行われる。結局、セルトリウスは部下の部将ペルペンナに暗殺される。そしてペルペンナを罰し、権力を握ったポンペイウスの下で平和が訪れる(62)。

この史劇では、愛はいつでも政治の犠牲になる。作者は序文で、この作品には「愛の優しみも、恋の激情も、華麗な描写も、悲壮な詩句もない」と書いている。(63) そして、ドゥブロウスキが指摘する通り、セルトリウスがポンペイウスに対し、支配者、被支配者の意味を明らかにし、自らの英雄的自我を貫こうとする場面（第三幕第一場）などは著しく政治的であるのだ。(64)

この『セルトリウス』の読書と、そのあとマルセイユで着想された（と思われる）『赤と黒』とをすぐに結びつけるのは難しい。しかし、ベルテ事件と『赤と黒』のシノプシスの間で最大の飛躍は第二部の展開である。ベルテが二度目の家庭教師に入ったのはドーフィネ地方の貴族の小さな館であったが、『赤と黒』第二部はパリのサン・ジェルマン街の壮麗な大貴族の館が舞台となる。しかも、ジュリアンの恋愛も、「愛の優しさ、恋の激情」よりは、厳しい自己抑制、冷たい計算が必要になる。さらに、第二部は著しく政治が前面に出ている。このように考えると、『赤と黒』第二部の着想と『セルトリウス』読書は、もしかするとどこかで通底しているかも知れないと思えるのである。

不思議なことに、スタンダールは、一八三八年一一月、『パルムの僧院』の驚異的な五二日間の創作に入る直前にも『セルトリウス』を読んでいる。この創作に入る三日前、コルネイユの生地ルーアンにいたスタンダールは、『ヴォルテールの註釈付コルネイユ傑作集』でこの作品を読んでいたのである。(65) ポンペイウスとアリスティの再会の場面（第三幕第二場）を読んだ、とのメモが残されている。だが一方、ヴォルテールのコルネイユ批判の判断基準に異を唱えてもいる。(66) それはともかく、『赤と黒』、『パルムの僧院』というスタンダールの二つの傑作の生成の前に、『セルトリウス』が関係していることはたいへん興味深い。

マルセイユでの着想については、その段階でスタンダールは既にベルテ事件の骨子をよく知っていた、と考えたい。あくまでも推論であるが、愛読紙である「ガゼット・デ・トリビュノー」紙の一八二八年二月のベルテ処刑記事を読む確率は高かったし、犯罪記事の小説化の関心もあって、一八二七年末の裁判記事も読んでいたのではないだろうか。その場合、この事件を小説化するにあたり、第一部の舞台をフランシュ・コンテ地方にし第二部の舞台をパリにするというのがマルセイユでの着想の内容だった、と考えることが可能になる。一八三七年六月、ナントで書きかけていた中編小説『ばらと緑』の原稿の欄外にスタンダールは、「ナントが私にとって『赤』のときのマルセイユのようになってほしい」[67]とメモしている。これから類推すると、マルセイユでの着想の内容は、既にあるベルテ事件の筋書の飛躍的展開ということにあるだろう。

(6)「ガゼット・デ・トリビュノー」への言及

一八三〇年一月一〇日、スタンダールはパリからロンドンの弁護士で親しい友人のサットン・シャープへ手紙を書き、一八二九年八月に成立したポリニャック内閣への反感から反政府勢力が強まってゆく情勢を伝えている。これは、『赤と黒』第二部の内容とも関係する重要な手紙である。このなかで「ガゼット・デ・トリビュノー」の名が出てくる。

実際、パリは共和国みたいになっている。誰もここでは気を悪くしていない。宮廷は笑いものになっていて、ただそれだけのことだ。交渉好きのアングレーム公爵夫人はセギエ裁判長に完全に馬鹿にされた。彼は、一昨日の一月八日か、あるいは一月七日、公衆への演説のなかで彼女を嘲笑し怨みを晴らしたのだ。唯一面白い「ガゼット・デ・トリビュノー」を見ること。[68]

ルイ十六世とマリー・アントワネットの娘アングレーム公爵夫人は、王シャルル十世の長子(王太子)の夫人である。一八三〇年一月八日号の「ガゼット・デ・トリビュノー」を見ると、パリ王立法廷で、セギエ筆頭裁判長の主宰する公判に関する記事がひとつある。記事のタイトルは「『あの人の息子』と題された詩の作者バルテルミー氏の公判――筆頭裁判長の公衆への言葉」となっている。「あの人の息子」とはナポレオンの子息ローマ王で、この時期はライヒシュタット公爵としてウィーンにいた。この時期、ナポレオンに関する印刷物は厳しい取り締まりがあり、バルテルミーは軽罪裁判所で受けた判決に対して控訴したのである。セギエ裁判長は、開廷に先立って法廷の公衆に対し、前回の政治に関する裁判で、夜の闇にまぎれて裁判所の前で叫ぶものがいたが、裁判の厳正を保つため、「国王万歳」というかくもフランス的な叫び声さえあげてはいけない、と述べて聴衆に感動を与えた、と報じられている。これは、王党派の過激な言動を押さえる巧みな発言である。セギエ裁判長は反王党派に理解ある人物であり、スタンダールは『英国通信』で何回も彼に言及している。(69) スタンダールの文面は、セギエの演説を忠実に採録した「ガゼット・デ・トリビュノー」の姿勢に興味と信頼を抱いていることを示している。

スタンダールは、『赤と黒』のなかでこの新聞の名をただ一回、さりげなく引用するのみである。しかもそれは、材源の名称としてではない。(70)「ガゼット・デ・トリビュノー」の名はこの作品のなかに埋没し、作品は完成されたのだ。

結びに

スタンダールは『赤と黒』以後も「ガゼット・デ・トリビュノー」を読み続けていた。『エゴチスムの回想』(一八三二年)では、出版界の裏側の事情に触れて、この新聞の一八三一年一〇月二日号に載ったユゴーと出版社の裁判を取り上げる。(71)『ある旅行者の手記』(一八三八年)(72)では、一八三七年四月一三日の項で、パリでは新聞を通してすべてを見る例証としてこの新聞の名を引き、七月七日の項では、ブルターニュでの魔術師裁判の記事をこの新聞から引用する。(73) 前述書の続編となる原稿では、七月一五日の項で、虚栄心からブランデーの代わりにアプサントを飲んで泥酔し法廷で裁かれる女たちの記事が引用される。(74) また、一八三七年に書かれた小編『タラン夫人の話』は、当時のこの新聞の毒殺容疑事件の記事と関係があることがわかっている。(75) スタンダール最晩年の作品『ラミエル』

では、医師サンファンは若い娘のラミエルに独特な教育を施すため、「ガゼット・デ・トリビュノー」を毎朝、読んでやっていた(76)。このように見てくると、この新聞に対するスタンダールの関心は、『赤と黒』以後も変わることがなかったと言えよう。

ルイ・シュヴァリエが指摘している通り、バルザック、ユゴー、シューなど十九世紀前半のパリを扱った作品には、テーマとしての犯罪を読みとることができる(77)。そして、民衆が興味を抱く犯罪のイメージ形成に新聞は大きな役割を果たしており、「ガゼット・デ・トリビュノー」はまさしくそうした新聞のひとつであった。スタンダールは一八二五年一一月創刊のこの新聞のなかにフランス社会の精確な絵図を読みとり、やがて、そこに描かれた犯罪の再構成を考える。しかし、スタンダールの選択はパリの事件ではなく、ベルテ、ラファルグのような地方の事件であった。ベルテ事件は作品に地方とパリの二極構造を与え、ラファルグ事件は主人公に、パリの上流階級にはない小市民階級の鋭いエネルギーを与えたのである。スタンダールは『赤と黒』を執筆していたころ、「描写を驚きに変える」という着想をメモしている。また、「ジュリアンはプルタルコスとナポレオンの弟子である若い田舎者だ」ともメモしている(78)。そして七月革命直前のパリ上流社会は、地方出身のこの若者の新鮮な眼によって観察されるが、それはまた、この若者の強烈な自我を確認する過程でもあった。スタンダールの場合、題材としての犯罪は、このように、ひとつのエネルギーに満ちた自我の物語として昇華し、作品に結実してゆく。この事情はこの作家の犯罪を材源とする一八三〇年代の作品についても同じであると言えよう。そして、スタンダールにおけるこうした犯罪のロマネスク化という問題の出発点に、一八二〇年代の「ガゼット・デ・トリビュノー」があるのである。

第7章　『赤と黒』と「密書」事件
──一八二九、三〇年の新聞情報と作品創造(1)──

はじめに

『赤と黒』第二部、「密書」に関する数章は、いくつかの謎を秘めている。ジュリアンが書記として列席し、その眼で見た奇怪な陰謀の意図とは何であったのか。陰謀の加担者は何者か。密使ジュリアンが会いに行く異国の大政治家とは誰なのか。事件の全貌は、歴史と政治の深い闇につつまれていて、容易な解読を許さない。スタンダールは、何を素材にこの事件を描いているのであろうか。一八一八年に存在した「密書」事件と呼ばれる陰謀事件であろうか。

『赤と黒』は確かに「十九世紀年代記」であり、王政復古時代の政治の流れを底流として描いている。だが、この作品は、それ以上に「一八三〇年年代記」であり、一八一八年よりは一八三〇年が重要である。スタンダールは、一八三〇年の「密書」を題材に、七月革命直前のフランスにおいて、反革命派がどのような対応策をとりえたかという、いわば政治の可能な姿を描いてみせたのであり、「密書」の数章は、『赤と黒』の政治を象徴的に示すものと言えよう。

この章では、一八一八年の「密書」の検討から始め、一八三〇年の「密書」とは何であったか、スタンダールはそれをどのように描いたか、当時の新聞資料を用いながら明らかにしてゆきたい。

1　一八一八年の「密書」から一八三〇年の「密書」へ

一八一八年の「密書」とはいかなる事件であったのか、まず、当時の政治状況から眺めてみよう。

一八一八年におけるフランスで、ワーテルローの戦い以後の英、露、墺、普の占領軍駐留は大きな政治問題であった。(2) フランスが相変わらず占領されているという事実は、駐留費という財政負担に加えて国家の威信を深く傷つけ、首相リシュリュー公は解決を求めて苦慮を重ねていた。占領第三年目の一八一八年は、占領の終了か延長かを決定する年にあたり、九月からエックス・ラ・シャペル（独領アーヘン）で連合国の会議が行われ、その結果、占領軍撤退が決められた。

当時のフランスは、ルイ十八世の王弟アルトワ伯（のちのシャルル十世）が過激王党派（ユルトラ）の首領として隠然たる勢力をもち、憲章に基づいた中庸の政治を望むリシュリュー内閣と対立していた。この内閣の実際の主導権は、ルイ十八世の無二の寵臣ドカーズ警察大臣に握られていて、ことごとに過激王党派の勢力伸長が阻止されたので、ドカーズに対する過激王党派の憎しみは甚だしいものがあった。

問題の「密書」事件とは、占領延長を願う過激王党派が、占領国側に「密書」を送ったとされる事件で、「密書」は公刊され、ドカーズに対する陰謀のかどで逮捕者が出た。また、ほとんど同じ時期の一八一八年六月、「水辺の陰謀」事件が起こる。(3) これも閣僚の更迭によりアルトワ伯を王位につけようとする過激王党派の陰謀とされた。

「密書」というタイトルから、幾人かの研究家が、『赤と黒』と一八一八年の同名の事件との関連を考えてきた。

一九一四年のアドルフ・ポープ[4]をはじめとして、ジュール・マルサン[5]、ピエール・ジュルダ、アルフレッド・マッセ[6]などである。

だが、この事件の最も詳しい検討は、一九四九年、クロード・リプランディの著書『スタンダール――「水辺の陰謀」事件と「密書」事件』によってなされた[7]（この研究は、ルイ・アラゴン『スタンダールの光』一九五四年のなかで高い評価を与えられている）。リプランディは、「密書」の刊行者であったアレクサンドル・ボードワンの回想録（一八五三年）に基づいて、秘密であるべき「密書」が、いかにして印刷されるに至ったかを明らかにしている[8]。その回想録によると、自由主義派の政治家ランジュイネ伯とジュリアン・ド・パリの二人に出版を依頼されたボードワンは、ジュリアンの紹介で、スウェーデンとおぼしき外国大使館から「密書」を入手・筆写し、印刷に取りかかる。ドカーズ警察大臣はこの印刷のことを知り、校正刷を取り寄せて眼を通すが、暗黙のうちに印刷を許可し、その結果『最近の陰謀の口実と目的を示す密書』と題されたパンフレットが出版されるのである[9]。

ボードワンのテキストによると、「密書」の筆者は、フランスにおける革命の可能性が増大したことを訴え、王政を定着させるためには、現内閣を更迭することが必要だと説いている。ただしその際、フランスを分割したり、軍事占領するのは、この「密書」作成者の愛国心が許さない、というのである。

王政復古史の専門家ベルチエ・ド・ソーヴィニーの著書『王政復古時代』（一九六三年）によると、「密書」の筆者は過激王党派のヴィトロルであり、執筆を命じたのはアルトワ伯であった。これは、フランス内政に関する覚書であったが、この書類の写しがドカーズの手に落ち、ドカーズは「密書」というタイトルの下に削除版を出版させ、占領延長をはかる秘密文書であるかのごとく装ったというのである[10]。

リプランディは、「密書」、「水辺の陰謀」の両事件を調査し、両事件とも『赤と黒』の陰謀事件のモデルとはなりえないと結論する[11]。ヴィトロルの「密書」の目的は、ドカーズを中心とする内閣攻撃であって、フランスの占領延長ではない。その点、従来の研究家が主張した『赤と黒』との共通点は見出し難いというのである。

では、『赤と黒』の陰謀事件は、純粋に想像力の所産であり、スタンダールの創作になると考えられるのであろうか。スタンダールはその小説創造にあたって、真珠の結晶化が核を必要とするように、想像力の核を求めた。『赤と黒』のベルテ事件、『パルムの僧院』のイタリア古文書などがその例である。このように考えると、『赤と黒』の「密書」にも何らかの素材があるのではないかと推察され、その探索は興味ある問題である。まず、最初に、『赤と黒』のテキストを調べ、次に作品の内外におけるスタンダール自身の「密書」観を検討してみよう。(12)

対象としては『赤と黒』第二部第二一、二二、二三章を検討することになる。

まず問題になるのは、いかなる理由のためこの陰謀が企てられたのかということである。一二人の謀議出席者のうち四人が演説するが、それを要約すると、

(1) フランスにおいて、貴族やイエズス会派などの保守派に対し、革命を望む過激な小市民階級が戦いを挑み内乱を起こす可能性がある。

(2) 外国軍隊によるフランスの軍事占領を行い、革命派を制圧する解決策もあるが、イギリスがその費用を払うことを望まない。

(3) この占領を助けるため、ジャコバン主義革命派に対抗する貴族中心の武装隊を国内に組織する必要があるが、そのためには僧侶の協力が不可欠である。

この陰謀者たちから、次のようなグループを識別できる。

(1) 首相のネルヴァル氏、元ナポレオン麾下で裏切者の将軍など内閣の閣僚

(2) チョッキを重ね着している教会関係者でおそらくは司教らしき人物や、アクドの若い司教、さらには威厳の

ある枢機卿など聖職者たち。イエズス会士らしく思われる。

(3)　ラ・モール侯爵および十字軍騎士を先祖にもつ貴族など王党派貴族、ほとんどは過激王党派貴族であるらしい。

以上の諸点から、『赤と黒』の「密書」は、革命と内乱の危険を感じた過激王党派貴族、聖職者たちが、外国軍隊に望みを託し、外国列強に内情を訴えようとして行った謀議の会議録であることが明白になる。企画しているのは閣僚の一部、過激王党派貴族、イエズス会派の聖職者であり、主導権を握っているのは、過激王党派貴族とイエズス会派の聖職者である。

ところでスタンダールは、『赤と黒』刊行以前にどのような「密書」観を持っていただろうか。

一八一四年から七年間、スタンダールはイタリアに在住するが、祖国フランスの政治に絶えざる関心を払っていた。一八一八年、外国軍隊駐留が問題になったとき、警察庁にいる友人マレストに宛てて次のように書く。

イギリスが二つの戦役の間、列強連合の費用を支払うことができぬのを見よ。(一八一八年三月二一日)

私だったら、すべての貴族を廃止し、外国軍隊にいてもらうことにする。(三月二四日、四月九日)

「密書」の刊行後、一八一八年八月三日に、

『密書』の作者は誰なのか。

一八二〇年代にスタンダールがイギリスの雑誌へ寄稿した記事(『英国通信』)のなかにも「密書」に関係する部分がある。

(1)　ラ・モール侯爵の演説に引用されたラ・フォンテーヌの一句が、フランスの政情不安を象徴する文章として

一八二九年はじめの記事に用いられている。[13]
(2)　アグドの司教の攻撃する反宗教的都市パリのイメージは『英国通信』に頻出する。[14]
(3)　『赤と黒』の枢機卿は、フランス人の不信仰と内乱の危機を指摘するが、『英国通信』でも同様の指摘がある。[15]
(4)　『赤と黒』第二部第二五章において語られる憲章廃止案と宮廷派の関係は、『英国通信』では「秘密政府」という形で述べられる。[16]

『赤と黒』執筆中にもスタンダールは「密書」に関連する意見を表明する。

(1)　内乱から全ヨーロッパ相手の戦争に発展したとき、フランスは第一年目に敗れても、第二年目には勝利を得る、と一八三〇年一月一〇日付の手紙で言っている。
(2)　英国は貧しく、列強連合を支持してフランスに対する戦争を実現させることはできない、と一八三〇年二月三日号の「タン」紙の記事で述べている。[17]

以上の諸点から、『赤と黒』「密書」の各章には、一八一八年から三〇年に至るスタンダールの政治観が集成されていることは明らかである。特に注目すべきは『赤と黒』執筆と平行して「密書」のテーマが表明されている点である。これは「密書」の挿話が一八一八年というよりは一八三〇年の状況の産物であることを示してはいまいか。[18]
ではどのような状況から「密書」の挿話が生れたのか、同時代の証言を求めてみよう。

2　一八三〇年の証言

一八二九年八月、穏健なマルティニャック内閣が崩壊、ポリニャックを中心とした新内閣は過激王党派の反動的な性格が目立ち不評を買う。この時期、憲章の解釈をめぐって政府系紙、反政府系紙の論戦が激しい。一八三〇年三月、王権の権威を憲章の上に置こうとしたシャルル十世は議会と衝突、七月に選挙が行われるが政府側は敗北を喫し、憲章を無視した「七月勅令」が発布されるに及んで七月革命となる。

一八二九年から三〇年にかけて「密書」に関する記事が見出されるのは反政府派の新聞紙上である。「クーリエ・フランセ」紙、「立憲」紙、「タン」紙などがそれであり、これに政府系紙の「コティディエンヌ」紙、「ガゼット・ド・フランス」紙が反論している。これらの記事の細目は次の通りである（資料の提出者、その照合については註参照[19]）。

(1)「クーリエ・フランセ」一八二九年九月七日号、「陰謀者どもよ」
(2)「クーリエ・フランセ」一八二九年九月九日号、「お前たちは未だ陰謀を企む」
(3)「立憲」一八二九年九月一一日号、「外国通報——外国への訴え」
(4)「クーリエ・フランセ」一八二九年一一月二六日号、「『密書』事件の回想」
(5)「立憲」一八二九年一二月五日号、「外国の干渉について」
(6)「立憲」一八二九年一二月八日号、「修道会内閣」
(7)「立憲」一八二九年一二月一四日号、「外国からの干渉」

(8)「立憲」一八二九年一二月二〇日号、「外国通信の秘密」
(9)「立憲」一八二九年一二月三〇日号、「例の一党による外国列強の内政干渉への要請」
(10)「立憲」一八三〇年一月一七日号、「外国通信」
(11)「立憲」一八三〇年一月二七日号、「ポリニャック公の立場」
(12)「タン」一八三〇年一月二九日号、「『タイムズ』と『ガゼット・ドーグスブール』 *la Gazette d'Augsbourg* の私的通信について」
(13)「立憲」一八三〇年二月一日号、「ベルリンからの私信」
(14)「立憲」一八三〇年二月五日号、「反議会派から議会になされた挑戦」
(15)「ガゼット・ド・フランス」一八三〇年二月五日号、「外国の干渉について」
(16)「立憲」一八三〇年二月六日号、「大陰謀の暴露」
(17)「立憲」一八三〇年二月九日号、「問題はどこにあるか」
(18)「立憲」一八三〇年二月二四日号、「大暴露」
(19)「コティディエンヌ」一八三〇年二月二七日号、(無題)
(20)「ガゼット・ド・フランス」一八三〇年三月九日号、「『ガゼット・ドーグスブール』の抜粋」
(21)「立憲」一八三〇年三月一〇日号、「外国列強への新たな要請」
(22)「立憲」一八三〇年三月一二日号、「ポリニャック氏とブルモン氏」
(23)「立憲」一八三〇年三月一四日号、「破られた幻想」
(24)「ガゼット・ド・フランス」一八三〇年三月二〇日号、「『ガゼット・ドーグスブール』の抜粋」
(25)「立憲」一八三〇年三月二八日号、「フランスに対して企てられた陰謀について」

以上の新聞記事の標題から明らかなごとく、一八二九年九月から三〇年三月の、まさにスタンダールが『赤と黒』を執筆していた期間に、「密書」事件が当時の新聞紙上で論じられていたわけである。

ところで、スタンダールはこれらの新聞、特に「立憲」紙、「タン」紙などに関心を寄せていたであろうか。この点については、『英国通信』中における諸新聞への言及が示す通り、スタンダールは一八二〇年代、数多くの新聞の熱心な読者であった（第5章参照）。『赤と黒』執筆後、トリエステに赴任したスタンダールは「コティディエンヌ」、「ガゼット・ド・フランス」しか入手できず、友人たちに繰り返し不満を訴えている。

当時のジャーナリズムについて一言すると、[20]一八二九年、パリの人口八一万六千人のうち、約三万人が何らかの形でジャーナリズムに関係していた。

また、一八二八年の初頭、一三二の定期刊行物があったが、政治的色彩をもつものとしては、一四の日刊新聞、五の週刊・月刊誌があった。これらはさらに五つのグループに分類できる。

(1) 反政府的、反宗教的で自由主義の日刊新聞、「立憲」紙、「クーリエ・フランセ」、「ジュルナル・ド・コメルス」など。
(2) ドクトリネール（正理論派）で広く自由主義を包含する「グローブ」「フィガロ」など。
(3) 立憲君主政支持の「ジュルナル・デ・デバ」
(4) 過激王党派だが反政府的でもある「コティディエンヌ」、「ドラポー・ブラン」など。
(5) 政府系紙の「ガゼット・ド・フランス」および公報として「モニトゥール・ユニヴェルセル」など。

当時最大の新聞は「立憲」紙で、約三万の発行部数を誇っており、株主は有利な配当を受けていた。この富める新聞に対する批判は多かったようで、たとえばパンフレット作者アザイは、自分の作品の書評を依頼したが裏切られたということでこの新聞を非難している。[21]

ルネ・ドロによると、スタンダールは文学、哲学、政治の各面でこの新聞の論調に同意できなかったとのことである。[22] ともかく、スタンダールにはこの新聞の党派性が気に入らなかったのは確かである。[23]

こうした不満にもかかわらず、スタンダールはこの新聞をフランスの文芸、政治に大きな影響を及ぼす重要な新聞とみなしており、一八二〇年代に書かれた『英国通信』には五〇回もの多きにわたって「立憲」紙の名が登場する。[24] 従って、政治情勢の非常に切迫している一八三〇年に、スタンダールがこの新聞に目を通している確率は非常に高い。たとえば、一八二九年一二月一八日の日付のあるスタンダールの小論「超越哲学」[25]には、「立憲」紙一二月一六日号の記事への言及がある。一二月はこの新聞が繰り返し「密書」について論じていた時期で、現に二日前の一二月一四日にもそうした記事が掲載されているのであり、「密書」の問題は少なくとも一二月の段階でスタンダールの眼に触れているのではないかと思われる。

「タン」紙についても同様で、一八三〇年一月二九日に「密書」関係記事が掲載されるが、その五日ほど後の二月三日号にスタンダール自身が書評を執筆、その文中で「密書」に関係ある考察を表明する。さらに二月一二日号には『ローマ散歩』の書評が掲載される。スタンダールはこの時期、「タン」紙経営者の一人オレイ氏のサロンに出入りし、友人ランゲイが同紙編集長であるなど「タン」紙との因縁も浅くない。[26]

このように当時スタンダールは、少なくともこの二紙の忠実な読者であった。そして他の各紙についても無関心であったとは考えられないのである。この点で前述の新聞記事は資料として大きな意味を持つと思われる。

3　『赤と黒』「密書」事件の考察

(1) 一八三〇年の新聞における「密書」とは何か

反政府系紙の記事を通して明らかになることは、新しい「密書」はポリニャック内閣の支持者が外国新聞に送ったフランスの内政に関する覚書らしいということである。新内閣成立後間もない一八二九年九月九日の「クーリエ・フランセ」紙によると、

ごく最近、パリからロンドン、ウィーン、さらにはベルリンへと送られる伝令たちが、一七九一年の精神で書かれた書状を携行しているというのは本当であろうか。(……) 国内の大きな陰謀を想定させるこの新しい「密書」が、外国の軍事介入を要請するものだというのは本当であろうか。

二日後、同じ反政府系新聞「立憲」紙は上述の記事を忠実に引用しながら、「かくも愚劣で卑怯な裏切り行為」に対する嫌悪感を表明する。

また、「クーリエ・フランセ」一一月二六日号は、内閣側のある者が外国新聞「ガゼット・ドーグスブール」へ覚書を送り、外国政府にフランスの内政に容喙させようとしている、と述べる。

さらに「立憲」紙一二月三〇日号は、外国軍隊導入に関する内閣の情報操作について述べ、

例の一派は、外国の列強に直接訴えかけるほど充分、未来に確信が抱けない。そこでこの一派は「ガセット・ドーグスブール」へ脅迫的言辞の入り交じった加護を求める言葉を手初めに送ってみて、次いでその記事を自

派の新聞に引用再録するのである。

問題の焦点になっているのはドイツの新聞「ガゼット・ドーグスブール」（註(38)参照）である。このようなドイツ系新聞とフランスの政治の結びつきに関しては「立憲」紙一二月二〇日号が既に述べており、フランス政府の宣伝機関としてのイギリス新聞の役割が減少して、代わりにドイツ系新聞がポリニャック内閣に便宜を与えていることを指摘している。

この間の事情をより詳しく述べたのが『タイムズ』と『ガゼット・ドーグスブール』の私的通信について」と題された一八三〇年一月二九日の「タン」紙の記事である。それによると、外国ではこの情報操作の経緯はよく知られていて、「ガゼット・ドーグスブール」へ送られた通信がフランスの真の意見を示すものとは、ウェリントンやメッテルニヒのような各国首脳も信じていないだろうというのであり、さらに、こうした操作は一八一九年ごろ行われたことがあり、「タイムズ」を中心としたイギリス新聞、「ガゼット・ドーグスブール」をはじめとするドイツ系新聞は報酬次第で意のままに記事を掲載するはずであったが、ポリニャック内閣はイギリスであまりに評判が悪かったので「タイムズ」はこの内閣の通信掲載を敬遠するようになり、代わってドイツ紙「ガゼット・ドーグスブール」がこの内閣の秘密通信を掲載、今度はフランスの政府系紙「ガゼット・ド・フランス」がその記事を引用しているというのである。

では、「ガゼット・ド・フランス」は実際にどのような記事を引用しているのであろうか。この新聞の一八三〇年三月九日号は問題の「ガゼット・ドーグスブール」の記事を引用しており、それによると、シャルル十世は国民に対し無限の善意を抱いていて、フランスが外国の軍事介入を免れ革命派がヨーロッパの懲罰を受けないで済むのはひとえに国王のお蔭である、という内容である。当時反政府派は、憲章の保障する自由の諸権利が国王の王権によって脅かされていると感じていたのであり、この時期に外国通信の権威を借りて国王に有利な見解を示すことは

N° 68 MARDI — 9 MARS 1830

La Gazette de France.

FRANCE.

NOUVELLES DE LA COUR DU 8 MARS.

PARIS, 8 MARS.

「ガゼット・ド・フランス」1830年3月9日号

MERCREDI 10 MARS 1830. — NUMÉRO 69.

LE CONSTITUTIONNEL,

JOURNAL DU COMMERCE, POLITIQUE ET LITTÉRAIRE.

EXTÉRIEUR.

RUSSIE. — Des bords de la Newa, le 16 février.

SERVIE. — Belgrade, 18 février.

INTÉRIEUR.

Paris, 9 mars.

「立憲」1830年3月10日号

反政府派の神経を逆なでしたに違いない。反政府系紙はこの情報操作を「密書」の陰謀と考えたのだ。

このように「密書」に関して「クーリエ・フランセ」、「立憲」、「タン」の三紙の論調は一致しており、そこから次のことが結論できる。

(1) 一八三〇年、『赤と黒』第二部が執筆されている時期に、新聞紙上で「密書」事件が論議されていたこと。特に反政府系の「立憲」紙は、一八二九年一二月以降、特有の激烈な論調で繰り返しこの問題を論じ、一二月に五回、一月に二回、二月に五回、三月に四回、「密書」について論じている。

(2) 反政府系新聞が指摘する「密書」とは、政府支持の一派が外国の新聞、特に「ガゼット・ドーグスブール」へ送った秘密の覚書を指す。

(3) 政府系紙「ガゼット・ド・フランス」はドイツ紙「ガゼット・ドーグスブール」に掲載された秘密通信を抜粋して自紙にのせ、自紙の発言の根拠としている。

以上の結論から、一八三〇年の反政府系新聞が論ずる「密書」とは、政府側が情報操作のため外国に送った秘密通信を意味することが明らかになった。次にそれが『赤と黒』の描写とどこで交錯するのか眺めてみよう。

(2) 一八三〇年の「密書」の内容は何か

『赤と黒』においては、革命勢力を押さえるため外国軍隊によるフランスの軍事占領を行うことが密謀の主題となっている。その実現にはいくつかの障害があり論議は紛糾するのだが、ラ・モール侯爵は、フランス国内に内応する軍隊がない限り軍事占領は実現しないから、貴族中心の忠実な軍隊を各県ごとに組織するべきだと主張する。

一方、新聞紙上では、「立憲」紙の記事題名「例の一党による外国列強の内政干渉への要請」、「外国列強への新たな要請」などが如実に示すごとく、政府側の一派が不利な政治情勢を打開するために外国の軍事介入を求めている、というのが反政府系紙の主張する「密書」の内容である。「立憲」紙一八二九年一二月三〇日号によれば、一八一八年の「密書」作成者と同じ人々が列強に新たな軍事占領をさせ、利益を得ようと図っている。しかも、各国の軍隊の案内者の役割をつとめようとする一派がいるというのである。さらに、「立憲」紙一八三〇年三月一〇日号の文章は、『赤と黒』のラ・モール侯爵の演説と相通ずる煽動的な内容をもつものである。

さあ、メッテルニヒ、ヴァン・マアネン、ウェリントンの諸氏よ、急がれよ。時は切迫し、気運は熟していますぞ。我らを道理に服させるために貴国の軍隊をお進めなさい。で、もし軍隊の準備が整わないなら、我が政府へ代表を差し向けなさい。何を恐れることがありましょう。ポリニャック氏が我々の政治の指導者で、ブルモン氏が我々の軍隊の指導者ではありませんか。

「立憲」紙はポリニャック首相、ブルモン陸相の一派を内応者に想定しているのであり、『赤と黒』の密議でもこの二人と覚しき人物が列席している。

リプランディの研究によると、一八一八年の「密書」では外国軍隊による軍事占領という問題は「密書」の主題ではなかった。従って『赤と黒』との共通点を見出し得なかったわけである。それに反し、一八三〇年の「密書」においてはこの主題が「密書」の内容とされ、小説の描写と一致しているのであり、小説と時代の新聞の間に密接な関連があることは明白である。

(3) 一八三〇年における「密書」の作者は誰か

まず、『赤と黒』の陰謀者が、内閣閣僚、イエズス会士らしい聖職者、過激王党派の貴族から構成されていることに留意しよう。

反政府系新聞紙上で、新しい「密書」事件が問題になると、すぐに「密書」の作成者は誰かが論じられる。「クーリエ・フランセ」一八二九年九月九日号は、この「密書」が「一七九一年の精神、すなわち亡命とコブレンツの精神」で書かれたと述べ、旧制度復活を望む過激王党派を作者に想定する。「立憲」紙は、過激王党派、内閣あるいは王自身を想定する（九月一一日号）。「密書」作成者たちからなる一派は「国内で助けが見つからないので外国に味方を求めた」のであり（一二月八日号）、この一派の顔触れは一八一八年の「密書」の作成者と同じで（一二月三〇日号）、ポリニャック内閣とつながりは深いが、この内閣は修道会（コングレガシオン）、宮中党（カマリヤ）の強い影響下にある（一二月五日、八日、二月五日、六日、九日号）というのである。つまり、一八三〇年の「密書」作成者として内閣閣僚、修道会士（またはイエズス会士）、宮中党に代表される過激王党派が考えられ、『赤と黒』の密議と同じ構成メンバーを想定できる。[27] ここでも小説と、同時代の新聞の論旨には否み難い共通点が見られる。

注目すべきは『赤と黒』における首相ネルヴァル氏および元ナポレオン麾下で裏切り者の将軍の存在で、この二人は現実のポリニャック首相とブルモン将軍に酷似している。[28] ネルヴァル氏は天職を信じ神がかり的なところがあって、声望がないことを知りながら首相を続けようとし、修道会側に辞職を要求される。これはまさしく一八三〇年におけるポリニャックの立場で、「立憲」紙二月六日、二月九日号によれば、修道会と結びついた宮中党が、就任当初から不人気であったポリニャック内閣の無能に失望し、新内閣擁立の陰謀を企てている、というのである。さらに、スタンダールはネルヴァル氏に関し、事実の細部を明確に描いている。レス家の舞踏会（第二部第九章）に外務大臣として登場したネルヴァル氏は、「密書」の挿話（第二部第二三章）では首相の肩書きをもつ。歴史的事実もこれと符合していて、一八三〇年八月から一一月までポリニャックは外務大臣であり、一一月半ばに至って外相兼任のまま首相に任命される。ネルヴァル氏は明らかにポリニャックに基づいて描かれているのである。

ナポレオンの部下で裏切り者の将軍のイメージはポリニャック内閣の陸相ブルモン将軍をおいて他にない。反政府派は内閣攻撃のためこの将軍の裏切り者のイメージを強調する。彼の裏切りに関して多くのパンフレットが書かれ、たとえば、メリとバルテルミーによる『ブルモン将軍におけるワーテルロー』（一八二九年）では、会戦の前夜闇にまぎれ逃げだすブルモン将軍の姿が描かれ、脚註で彼の閲歴が辛辣な筆致で紹介されるという形式をとっている。ポリニャックとブルモンが指導者である限り軍事占領は容易だという反政府新聞の論理は、こうした点から成り立つのであり、『赤と黒』はこの状況を忠実に再現しているのである。

(4)「密書」の目的地はどこか、謎の政治家は誰か

「立憲」紙が、フランスへ軍事介入するのが可能な国として挙げているのは、英、墺、普、露の四ヶ国である(一二月五日、二月五日、三月一〇日、三月一四日号)。『赤と黒』でもこの四ヶ国が挙げられており一致は明白である。問題はジュリアンが「密書」の使命を帯びてどこを訪れたかということである。ジュリアンは北方のある大政治家に密書の報告をすることになっていて、シャンピオン版編者のジュール・マルサン、ガルニエ旧版編者のアンリ・マルチノーはこの政治家にウェリントンを見ている。この推定は正しいであろうか。この大政治家がウェリントンだとすると、ジュリアンが何故ドイツ方面の北方に向かっているか説明し難いところである。また「密書」の討議の間に、イギリスは他の諸国の戦費を支払うほど豊かではないことが再三報告される。密謀者たちは期待するイギリスが動かない場合にどうしようかと論議を重ねるわけで、ウェリントンはその点密謀者たちの夢に充分応えることができる人物ではない。さらにスタンダールは「討議」の章でウェリントンの名を引用しているのに反し、問題の大政治家については「高貴なる＊＊＊公爵」とのみ呼ぶ。従ってこの公爵がウェリントンである可能性は少ない。

この人物はむしろメッテルニヒと考えるのが妥当ではないだろうか。(29) 当時の新聞はたびたびメッテルニヒ、ウェリントンの二人を並べて論じている(「立憲」紙一二月五日、二月二四日、三月一〇日号、「ガゼット・ド・フランス」一月一二日号、「タン」四月一日号)。この二人がヨーロッパの君主政治擁護者の代表と見られていたのである。だが、ウェリントンについては、軍隊を率いてまでフランスの内政に干渉するつもりはないだろうと推測されている

(「立憲」紙一二月五日号)。

こうして見ると、一八三〇年の政治情勢で、陰謀者たちの「外科医」たるに最適の人物はメッテルニヒであろう。俗に「人民を弾圧する国王連合」と解釈されている神聖同盟[30]の実権を握り、他国への干渉政治を行った政治家としてのメッテルニヒのイメージは一八三〇年にも強烈であったはずである。列強同盟の団結は以前ほど強くないにしても、ヨーロッパ国際政治におけるこの政治家の重要性は自他ともに認めるところであったにちがいない[31]。

密使ジュリアンと同宿する歌手ジェロニモはマインツへ向かう。スタンダールが一八三二年に書いた『赤と黒』の解説[32]でもジュリアンの行先はマインツである。一方、メッテルニヒは一八一六年以来マインツの近くのヨハンニスブルクに領地を持ち時々滞在していた。一八三〇年も五月、六月に滞在している[33]。

メッテルニヒのヨハンニスブルク滞在は、フランスの反政府勢力の神経を苛立たせたらしい。一八三〇年五月九日、メッテルニヒは駐仏大使アッポニーに次のような手紙を書く。

ライン河畔(ヨハンニスブルク)に私が姿を現すと、例の党の非難の的になるのは避けられない。「デバ」紙は私の旅行をフランスの何らかの事件と結びつけて非難する最初の新聞だろう。貴下にしていただく奔走も同じことだ。貴下にはポリニャック氏の使番になっていただくが、この大臣が何をなすべきか命令するのは私なのだ[34]。

メッテルニヒのマインツ近辺の滞在がフランスの反政府派の関心を惹いたという事実は興味深い。スタンダールはこの事実を知っていて密使ジュリアンをマインツ方面に向かわせ、メッテルニヒに似た謎の大政治家に会見させているのではないだろうか。またフランスの内政に介入するだけの政治力を持つという点でも、この政治家はメッテルニヒだと考えられる。

『赤と黒』刊行後トリエステに赴任したスタンダールが、メッテルニヒのオーストリア政府から遂に領事認可状を得ることができなかったことを考えると、歴史の皮肉を感じさせられる。

(5)「密書」の結果はどうか

『赤と黒』で「密書」の結果はどうなったであろうか。第二五章の冒頭で、密使の任を終えてパリに帰ったジュリアンが差し出した書状を見て、ラ・モール公爵は極度に狼狽する。明らかに「密書」の陰謀は成功せず、外国軍隊介入に関して北方の大政治家の同意が得られなかったのである。

「立憲」紙一八三〇年二月五日号は次のように述べている。

破廉恥にも密書と外交に関する中傷記事を作り出す人々よ、諸君は外国をあてにしているのか。相手の方では諸君の値ぶみが終ってその目的が何かを知り、諸君の策謀を軽蔑しているのだ。ロシアは諸君と心をともにしていない。というのも諸君があの国の野心や利益に関する期待を裏切ったからであり、プロシアは馬鹿げた言葉を自分の国の政治家のせいにされて腹を立てている。イギリスは自分の信用と勢力を危うくするような戦争には決して身を投じないだろう。オーストリアは国内で反抗する人民や、自由主義的憲法をふりかざして脅威を与えるドイツ連邦諸国を押えるのにぎりぎりの軍隊しか持っていないのだ。

英、墺、露、普の軍事介入が不可能であり、「密書」の陰謀者たちは国の内外で孤立していてその敗北は明らかだという論旨である。

「立憲」紙の三月一四日号は「破られた幻想」と題する記事で、ポリニャック内閣が自己の地位保全に汲々としているので外国列強はこの内閣を支持したがらず、外国の軍事介入という政府系新聞の作り出した幻想も雲散霧消してゆく、と述べている。『赤と黒』でジュリアンの運んできた返書を前にしてラ・モール侯爵の示す狼狽の様は、密謀者たちの幻想が見事に破れ去ったことを示しているのである。

ではこの後、ラ・モール侯爵はどのように行動するであろうか。侯爵は第二五章終りで「秘密政府」[35]と関係をもち、宮中党へ一八一四年の憲章を廃棄する妙案を進言する。現実の歴史では一八三〇年三月、王権の解釈に関して議会と対立し「二二一人の奉答演説」を受けたシャルル十世は議会を解散、選挙を行うが、政府側の敗北となり、七月勅令を発布する。この勅令がパリ市民の反抗を引き起こして七月革命となるのだが、憲章による王権の制限を無視したこの勅令こそ実質的な憲章の破棄に他ならない。また「ジュルナル・デ・デバ」紙四月二一日号は一八二〇年ごろ論じられた「秘密政府」の問題を再燃させている。

このようにして、憲章廃棄を考え、「秘密政府」と接触するラ・モール侯爵の行動はまさしく一八三〇年の過激王党派貴族の行動であり、『赤と黒』の背景に描かれた政治は見事に時代の潮流を反映していると言えよう。

4 「密書」の章創作の背景

一八二九年、三〇年の新聞で論じられた「密書」事件と『赤と黒』の「密書」は明らかな共通性があり、スタンダールが「密書」の挿話を書くときこれらの新聞記事に影響を受けたであろうことは想像に難くない。

さらに「立憲」紙の「大暴露」と題された記事（二月二四日号）を見ると、スタンダールの描写は密謀の場面に漂う謎めいた雰囲気においても当時の新聞の論調を伝えていることがわかる。この記事は、アルプス山中の宿に泊ったドイツの若い博物学者が、夜中ヨーロッパ政治に関するイエズス会士の秘密会議を耳にする話で、その信憑性はともかく、『赤と黒』の密謀と同じ性質の奇怪な物語である。

このように『赤と黒』創作においてジャーナリズムの影響は大きいわけであるが、「密書」の問題についてスタンダールの情報源が一八三〇年の新聞論争のみであったとは考え難い。この作家が、情報通の友人を通じて政治の裏面を知っていた可能性は充分考えられるわけで、彼のイタリア滞在中の文通相手でパリに帰ってからは連日会っていたアドルフ・ド・マレストは警視庁旅券局長であったし、このマレストの紹介で知ったジョゼフ・ランゲイはその文筆の才を警察大臣ドカーズに認められ、警察省、内務省で重用され、反政府攻撃記事に対する論駁を仕事としていた。[36]『エゴチスムの回想』第八章に登場するランゲイは政治に密着して現実を知りぬいたジャーナリストとして描かれている。ランゲイは一八二九年「タン」紙に入り常時執筆していたが、この新聞が「密書」論争のなかで外国への秘密通信について最も詳しい記事をのせているのは興味深い（註(26)参照）。

ランゲイやマレストからスタンダールが何を知り得たか推測することは難しい。だが、ランゲイがその下で働いた大臣ドカーズは、一八一八年前後、過激王党派との軋轢が絶えず、政敵の失墜を図って相手の不利になる記事を英独の新聞に送り、それを政府系新聞に再録して相手を攻撃した。後に過激王党派はこの記事を出版、『千と一の誹謗またはドカーズ公の内閣の間に英独の新聞に掲載された秘密通信の抜粋』と名づける。[37]外国新聞を通じての情報操作は、王政復古時代、半ば公然たる秘密であったらしい。スタンダールは、このような政治の裏面を友人たちから詳しく知る機会があったはずであり、さらには、ドイツ紙「ガゼット・ドーグスブール」の社主がこれを攻撃している「立憲」紙の株主であるというような事実[38]もおそらく耳にしていたかも知れない。

こうしたことから、一八三〇年に「密書」の論議が行われ、外国への秘密通信が問題になったとき、スタンダールは並の読者とはちがった鋭い眼で、新聞記事の背後に潜む政治の歯車を読み取ることが可能であったように思われる。しかもスタンダールは、「密書」の陰謀をジュリアンの眼を通して描写し、陰謀者や大政治家など現実感のある人物を登場させ、ジャーナリズムに半ば抽象的な形で告発された「密書」の思想を肉化することに成功しているのである。

ところで、「密書」の問題は反政府系紙の政府攻撃の単なる口実にすぎなかったのであろうか。「密書」に象徴される過激王党派的思想は、一八三〇年の状況でどのような形で実際に存在し得たのであろうか。かつてのアルトワ伯、現在のシャルル十世の腹心で、一八一八年の「密書」の作者と目される過激王党派の領袖のひとりヴィトロルの『回想録』がこの問題に答えてくれる。ヴィトロルは、いかにすれば七月革命を防止できたかを後年になって回想しているのである。

私だったら王党派的感情が強い地方で防衛策を講じたであろう。ヴァンデやブルターニュの住民が認めた首領たちにひそかに予告し武器弾薬を供給したであろうし、南仏の王党派の住民にも暗号を送ったことであろう。同時に、ヨーロッパ列強同盟に忠誠を誓っている私であるから、私たちが直面していた極限状況についての報告書を神聖同盟の君主たちに送り、彼我相互の危険を払いのけようという私たちの決意を知らせたことであろう。(39)

このように述べ、さらにプロシア、オーストリアによる軍事介入の可能性を考えている。シャルル十世側近のヴィトロルの脳裏に浮かんだこの報告書こそ、スタンダールの描いた「密書」が一八三〇年に実際に存在し得たかもしれないということの証左となるものである。

ヴィトロルは一八二八年にメッテルニヒと間接的に交渉する機会があった。(40)メッテルニヒはフランス・ジャーナリズムの執拗なオーストリア攻撃を嫌い、フランスの革命化を恐れていたので、フィレンツェ駐在の墺大使を代弁者としてヴィトロルと話合いをさせたのである。ヴィトロルは革命、反革命を対立させて考えるメッテルニヒの政治観に賛同し、「我が時代の最大の大臣」と賞賛して、「オーストリアはフランス王党派が常に信頼できる唯一の強国」だと述べる。だが相互の状勢判断に一致しない点があったらしく、メッテルニヒは話合いを中断する。ともかく、一八三〇年の状勢で、ヴィトロルがオーストリアの軍事介入を期待する素地はあったわけである。

こうして見ると、『赤と黒』「密書」事件の陰謀者と謎の大政治家の関係は、まさしくヴィトロルのごとき過激王党派とメッテルニヒの関係に他ならない。スタンダールは一八三〇年の政治の底流を見事に描き出しているのだ。

このように一八三〇年の政治とジャーナリズムを通して「密書」の挿話を考えてきたが、最後に残った問題はスタンダールがどの時期に「密書」の挿話を書いたかということである。

『赤と黒』は原稿が消滅したこともあり、創作過程の全貌は不明であるが、「密書」の挿話がいつ執筆されたか、作品中に書き込まれた同時代の出来事を手がかりに、ある程度、推測できそうに思われる。以下、諸事件を列記してみよう。

(1) 一八二九年九月七日、反政府系紙に「密書」事件の記事登場。
(2) 九月八日、スタンダール、スペイン、南仏旅行へ出発。
(3) 一〇月末、おそらく、マルセイユで『ジュリアン』（後の『赤と黒』）着想。
(4) 一一月末、パリ帰着。
(5) 一二月、「立憲」紙、「密書」に関する記事を五回掲載。
(6) 一八三〇年一月一〇日、サットン・シャープへの手紙（「密書」に関係あり）。
(7) 一月一九日、『ミナ・ド・ヴァンゲル』完了。そのあと『赤と黒』執筆再開を考えていたと思われる。このころ、第一部の終り、たぶん第二七章まで執筆済みだったと推測される[41]。
(8) 一月二四日、二五日、『媚薬』完成。一二月から一月にかけて執筆した三編の中編小説には、『赤と黒』第一部第三〇章と共通するテーマ、描写あり。おそらく、第三〇章はこの中編小説のあとに書かれたと思われる[42]。
(9) 一月二五日、エドワール・グラッセ、メリとロンドンへ駆け落ち（マチルドの人物形成と関係あり）。
(10) 一月末、ジウリアの愛の告白（マチルドの人物形成と関係あり）。
(11) 二月三日、「タン」紙へ書評掲載（「密書」と関係あり）。
(12) 二月二五日、『エルナニ』上演（第二部第一〇章に言及あり）。

(13) 二月から三月にかけて「立憲」紙、「密書」の記事を九回掲載。
(14) 三月二二日、「ガゼット・ド・フランス」はパンフレット『革命はまだ可能か[43]』の書評を掲載（第二部第一二章「ダントンになれるか」でマチルドは革命勃発の可能性を考えている）。
(15) 四月八日、『赤と黒』出版契約。
(16) 四月二一日、「ジュルナル・デ・デバ」はマディエ・ド・モンジョーの「秘密政府」に関する一八二〇年の小冊子に言及。註(35)参照（第二部第二五章で「秘密政府」への言及あり）。
(17) 四月二五日、『赤と黒』原稿転写。
(18) 五月三日、バレエ『マノン・レスコー』上演（第二部第二八章に言及あり）。
(19) 五月前半、題名を『赤と黒』と決定。
(20) 五月より校正開始。
(21) 七月二七、二八、二九日、七月革命、この時期、第二部第八章まで校正進む。
(22) 八月一一日、第一三章校正。
(23) 一一月一三日、『フランス出版目録』に出版の記録掲載。

以上の日程を見ると、スタンダールは同時代の事件にジャーナリスティックに反応しながら筆を進めたと思われる。『英国通信』に見られるようなアクチュアルな社会観察の眼が、『赤と黒』創作にも働いているということであろう。

さらに以上の日程から、『赤と黒』第二部はおそらく一八三〇年二月ごろから執筆され、「密書」の挿話は四月ごろ書かれたと推測され得る。「密書」の陰謀は、主題の大胆さから言って七月革命後でなければ書けなかったとする説もあるがどうであろうか[44]。ジュリアン自身、「幸いなことに、この陰謀はグレーヴの広場へ連れてゆかれて首を斬られるようなものではない」(第二三章)と言っている。一八二九年九月から三〇年三月末ごろまで「密書」に関する論議は続いたのであり、スタンダールが、その同じ主題を作品中に取り上げるのを躊躇したとは考え難い。大政治家の名や、陰謀者たちの名を伏せるという配慮はあったにしても、七月革命以前に扱い得る主題だったのであろう。

結び に

七月革命はスタンダールが『赤と黒』を校正中であった一八三〇年七月末に起きている。選挙が反政府側の勝利に終ったあとシャルル十世の四つの勅令が出されるが、その第一勅令は定期刊行物の自由の停止を命じるものであり、この言論弾圧に抗議して「ナショナル」紙のティエールを中心とした四四人のジャーナリストが共同声明を出している。翌二七日、勅令に反して新聞を発行した「ナショナル」「タン」紙の印刷所は警察に踏み込まれる。このようなジャーナリストの動きは反響を呼び、革命の口火となったのである。民衆のなかに共和政待望の声もあったが、この革命は銀行家ラフィット、ペリエなどの主導により、オルレアン家のルイ・フィリップが「フランス人の王」として王位に就くことで終り、ブルジョワジーの支配する七月王政が到来する。(45)

七月王政の初期、「立憲」紙は、政府系新聞になったにもかかわらず編集組織の乱れもあって力を失うが、オルレアン派とのつながりを云々されたこともある「ナショナル」紙の方は、ティエールの抜けた後、アルマン・カレルが編集し、反政府系の共和主義新聞として活躍する。(46) 領事としてイタリアにいたスタンダールがどのようにこの時期の新聞を読んだかについては『リュシアン・ルーヴェン』創造との関係で興味ある問題であり、次章で扱うことになる。

ところで、スタンダールは『赤と黒』のなかで小説と新聞の関係についてどのように言及しているだろう。「密書」の挿話の間に、スタンダールは次のような作者の述懐をはめこんでいる。

小説のなかに政治を持ちこむと、半分の読者をひどく怒らせてしまうだろうし、朝刊で読んだときは政治の記事もまったく別な具合に風変わりで、力に溢れていると思った他の半分の読者まで退屈させてしまうだろう(……)。(第二二章)

本書第5章で既に述べたことだが、これは政治を避けようとして政治について書かざるを得ない、スタンダールの文学の特質を示す言葉と言えるが、それ以上に、彼の小説と時代の新聞との関係を示す文章として読むことができそうである。

『赤と黒』は、時々刻々と移り変わる政治の底流を描いている点で、日付のついた文学であり、年代記としての性格をもつ。アウエルバッハが言う通り、「当時の政治的社会的な状況が物語の筋の中にこれ程微に入り細にわたってレアリスティックに織り込まれたことはなかった」(47)のであって、『赤と黒』が、主人公個人の物語を時代の歴史的状況のなかに組みこんで描く、新しい豊かな形式の近代文学であることを示す点で、「密書」の挿話はあらためてその重要性が認められるべきであろう。

第8章　『リュシアン・ルーヴェン』と軍隊

――一八三四年の新聞情報と作品創造――

はじめに――モデル作品『中尉』について

スタンダールの『リュシアン・ルーヴェン』がどのように着想され、執筆が開始されたかはよく知られている。ローマ近郊のチヴィタヴェッキアの領事であったスタンダールは、一八三三年後半、一時帰国するが、その間、旧友のジュール・ゴーチエ夫人から彼女の作品『中尉』の批評を依頼され、任地に戻ってから目を通す約束をする。(1) 約束が果たされたのは、一八三四年五月四日であり、この日、スタンダールはゴーチエ夫人に手紙を送り、この作品の容赦ない批評を行う。(2)

スタンダールは、この作品を全面的に書き直す必要があり、文章は「著しく荘重で誇張」されており、徹底的に手を加えねばならなかった、と言い、作品の問題点を指摘する。それとともに「ルーヴェン、あるいは理工科学校を放逐された学生」という新題目を提案するのである。この手紙から推測するところ、作品『中尉』は中尉オリヴィエのエレーヌに対する愛が主題となっていて、軍隊の駐留地（おそらくヴェルサイユ）(3) における二人の女性の存在（ソフィはエレーヌの恋敵か）と、それにともなう土地の社交界の喜劇が描かれる。オリヴィエは、ブルジョワ的イメージをもつ主人公だが、未来のアカデミー会員にふさわしい知性をもつエドモンと友情を結ぶ。
この物語の概要が、『リュシアン・ルーヴェン』第一部の基本的な構図と一致するものであり、第一部のプランとなるものだ、とする評家がいるのは当然であろう。[4] [5] 何より、スタンダール自身、この『中尉』から自らの作品を作ることを決意している。[6] 注目すべきは、スタンダールがゴーチエ夫人の《燃えるような情熱》という恋愛心理の表現に苛立ちを感じ、小説家としての《慎み》に反する、としている点である。ゴーチエ夫人の『中尉』は、ジャン・プレヴォが指摘する通り、作品として欠けている部分によってスタンダールの想像力を刺激したのであり、その欠落を補完しようという思いが、この新しい作品の着想の源となっているのである。[7]
しかしながら、スタンダールが『中尉』から『リュシアン・ルーヴェン』を自らの作品として創造するためには、恋愛のテーマだけでなく、他の要素が重要だったと思われる。それは七月王政におけるフランスの軍隊の具体的なイメージである。スタンダールは、既に『ラシーヌとシェイクスピア』II（一八二五年）のなかで、駐留地の社交界における少尉の恋というテーマを考えていた。[8] 『中尉』には、この点、テーマの類似性がある。だが、この作品に駐留地の軍隊生活はそれほど深く描かれていたようには思われない。スタンダールは、ゴーチエ夫人宛ての手紙で、「各章の背景は真実味がある」と述べるが、これはむしろ社交界の描写に関するもののようで、特に軍隊描写と特定できない。
一方、『リュシアン・ルーヴェン』第一部の前半は、地方の駐留地が舞台の軍隊生活を主題としている。しかも、その描写は、執筆開始より一ヶ月か二ヶ月ほど前のフランスの新聞各紙の軍隊や士官に関する議論の影響を受けているように思われるのである。『リュシアン・ルーヴェン』の創造は四月の蜂起の直後に開始されている。こうした四月蜂起の激烈な記事の印象はまことに強いものがあるが、それに劣らず興味深いのは、四月蜂起の直前に行われた、ジャーナリズムにおける軍隊批判であり、その一連の記事である。イタリアにいたスタンダールは、この作品の執筆直前に、フランスの新聞を通して、このような軍隊に関する詳しい記事を読む可能性があったのである。

では、こうした新聞情報はスタンダールの作品とどのような関係があるのであろうか。それを知るためには、まず、新聞に関する具体的な検証が必要である。

そこで、この章においては、一八三四年三月を中心としたフランスの新聞の軍隊、士官に関する報道と『リュシアン・ルーヴェン』の関係を調べ、考察を加えることにしたい(9)。それによって、この作品の着想と初期執筆の背景についていささかなりとも光をあてることができるであろう。

最初に、一八三〇年代のイタリアにおいて、スタンダールがフランスの新聞をどのように購読していたかを調べ、次いで、作品に関連する新聞記事の検討に入りたい。

1　イタリアのスタンダールとフランスの新聞

一八三四年、『リュシアン・ルーヴェン』の執筆を開始した時期、スタンダールはチヴィタヴェッキアの領事であった。通信手段の乏しかった当時、イタリアに滞在する彼にとって、フランスの新聞は、本国について知る重要な情報源であったはずである。では、スタンダールは、どのような新聞を読む可能性があったであろうか。V・デル・リット編のスタンダール『総合書簡集』(10)を参照しながら、この作家が領事としてイタリアに滞在していた一八三〇年代におけるフランス新聞への言及を眺めてみよう。なお、この新しい書簡集には、従来のプレイアード版『書簡集』には未収録だった分のチヴィタヴェッキアの書記官リジマック・タヴェルニエの書簡が加えられ、スタンダールとこの人物の紛糾した関係解明への資料となると同時に、スタンダールの新聞講読状況の証言を提供してくれている。

スタンダールは、一八三〇年一一月末、フランス領事としてトリエステに赴任するが、オーストリア政府からの領事認可状が得られず、新たな勅令により、一八三一年三月末にこの地を離れ、新任地チヴィタヴェッキアに向かう。

このトリエステ滞在中、不安定で苦しい立場にあったスタンダールは、「コティディエンヌ」「ガゼット・ド・フランス」あるいは「モニトゥール」しか読むことのできない閉塞状況を、友人、知人に向かって、再三、嘆いている。(11) 一八三一年一月末に彼は、この三紙しか読めないあわれな男の姿を想像してくれ、と友人アドルフ・ド・マレストに手紙を書く。これらの新聞は週四回送られてきて、しかも八紙一度に着くので不消化を起こしそうだ、と嘆き、「ガゼット」や「コティディエンヌ」の恒常的な嘘には、二週間前から大いに笑っている、と言うのである。三月末のマレスト宛ての手紙では、「タン」紙への言及もある。手持ちの新聞に、時々この新聞の抜粋が掲載されるが、二〇行の記事に一〇以上の嘘があり、読み返して楽しんだ、と言っている。これは、おそらく、他紙の記事の要約に力を入れている「コティディエンヌ」紙による抜粋ではないか、と思われる。また、上記の同時到着の八紙とは、領事館に公式に配送される新聞ではないか、と推測される。トリエステでは、スタンダールは領事あて公用の新聞のみを読まざるをえない状況にあったのであろう。

新任地チヴィタヴェッキアに到着したスタンダールは、「クーリエ・フランセ」を読み、書き方が下手で、意図的な記事だ、と友人アドルフ・ド・マレストへの一八三一年五月一七—二一日付の手紙で書き、従弟のロマン・コロンにもう少しましな新聞を二、三紙予約するよう頼んだが、多忙なのだろう、未だ着いておらず、毎朝うらめしく思っている、と嘆く。しかし、同じ手紙の追伸で、「ナショナル」紙の最初の九号が到着して読んだので、コロンへのうらみ言は取り消しだ、と付け加えている。

さらに、一八三一年六月一〇日、チヴィタヴェッキアの領事館の書記リジマック・タヴェルニエは、ローマにいるスタンダールに手紙を送り、「まだ誰も読んでいない」「ナショナル」紙を同封した、と告げる。というのも、この手紙によると、領事館にスタンダールの友人ブッチ（Bucci）がやって来て、「デバ」紙を読み、「クーリエ・フランセ」紙を持ち帰ったとあるからである。

スタンダールからリジマックへの発信、リジマックからの着信を調べてみると、スタンダールは、一八三一年から三三年の時期、「ナショナル」「立憲」「ヴォルール」「フィガロ」の各紙をマルセイユのバザン社経由で予約購読していた。[12]

そのなかでも「フィガロ」「ナショナル」の両紙には特に愛着があったのであろうか、あるいは、ローマの友人の間でも読みたがる人がいたのであろうか、「『フィガロ』紙が正確に届くようにしてほしい」(一八三一年一一月二二日付)、「船便で受け取ったら『ナショナル』紙の最新号のみ(ローマへ)郵送してほしい」(一八三二年六月二六日付)などとリジマックに注文を出している。

公務に関係する各紙の到着には問題があったようである。一八三一年九月、スタンダールは教皇庁郵政局長のマッシモ大公に手紙を書き、自分の新聞が規則正しく、汚されずに到着するようお願いしたが、それが守られていない。すなわち「ガゼット・ド・フランス」紙の八月末の三号が到着せず、九月一日号は抜き取りを免れたのであろう、到着したが、日報の載っている九月二日号は到着せず、公務に支障をきたしている、と訴えている。[13]

一八三二年六月には、パリにいる友人アドルフ・ド・マレスト宛ての手紙で、新聞がきちんと届かず、パリの情報がわからなくなっている、と嘆く。たとえば、「ジュルナル・ド・パリ」紙が毎月、一五号から二〇号、盗まれてしまうというのだ。消毒のためであろうか、酢を通すために手紙は開封され、「ガゼット」紙、「コティディエンヌ」紙も黄ばんで到着するあり様で、パリを二週間前に出たイギリス人の貸してくれた雑誌が最新の情報になる、というのである。さらに、マルセイユの汽船会社バザン社経由の彼宛ての郵便物は、四日で届くこともあるし、一ヶ月かかることもある、と述べている。[14]

郵便物の配送の日数については、二つの例をあげておく。一八三一年一〇月六日付のリジマック宛ての書簡で、スタンダールは、「ガゼット・ド・フランス」九月二〇日号を読んだ、と言っている。また、一八三二年七月二六日付、リジマックからスタンダール宛ての書簡で、「ナショナル」「立憲」七月一五日、一六日号を今朝、受け取ったことと思います、と書いている。[15]パリからローマまで、前者は一六日、後者は一〇日ほどで届いたことになる。

ところで、作品執筆の年である一八三四年におけるフランス新聞への言及はどうであろうか。作品執筆開始の五月ごろまでのスタンダールとリジマック間の交信を調べてみると、固有名詞としての新聞名は出ていない。しかし、何度かリジマックは船便による「新聞」の到着を知らせ、それをローマのスタンダールのところに送っている。[16]スタンダールの方もリジマックに「新聞」を二紙受け取ったかと尋ねている。[17]これまでの両者の関係から言うと、リジマックがスタンダールに送るのは予約購読の「ナショナル」「立憲」「フィガロ」「ヴォルール」などであり、政府系の各紙は送っていない。従って、一八三四年前半の段階でスタンダールが、前記の各紙を引き続き読んでいた可能性が大きく、少なくとも領事館、大使館などで読むことのできないフランスの新聞を複数購読していたと言ってよいだろう。そして、そのうちのひとつは「ナショナル」紙であったと思われる。[18]

一八三四年五月一五日、ちょうど、『リュシアン・ルーヴェン』の執筆を開始した時期のある一日、スタンダールは「八つの新聞」を読んでいる。[19]これは、一八三一年二月、トリエステの領事館で読んでいた「八つの新聞」と同じもので、外務省から海外の領事館に送られていたものと推測される。そのなかには、「ガゼット」「コティディエンヌ」「モニトゥール」の各紙がふくまれていたが、書簡集で言及があった「クーリエ・フランセ」「ジュルナル・ド・パリ」などもふくまれると思われる。また、体制派の新聞とされる「ジュルナル・デ・デバ」も入っていることだろう。

一八三四年には、スタンダールは雑誌「ルヴュ・デュ・ドゥ・モンド」(両世界評論誌)の購読をはじめていることも注目すべきであろう。[20]

このように、イタリアのスタンダールはフランスの新聞を読み続けたのであるが、一八三四年三月を中心に紙面をにぎわしていた陸軍関係の記事を必然的に目にしたにちがいない。

一八三四年三月には、共和主義の団体をより厳しく取り締まる「結社法」の法案がフランスの議会（下院）で審議され、激しい論議が行われた。「結社法」は三月二五日、下院で可決され、四月九日に上院で採択される。同じころ、リヨンで、一八三一年の蜂起以来の流れを受けて絹織工たちが反乱を起こし、同時に、フランス各都市に反乱は波及して、最後には、パリも蜂起する。いわゆる四月蜂起である。

三月から四月にかけての議会で、一八三四年度補正予算、三五年度予算の法案が審議され、陸軍関係法案も上程される。軍整理、士官身分に関する法案である。三月の段階で首相兼陸相がスールト、外相ブロイ、内相ダルグーで、ギゾー、ティエールも閣内にいたが、一八三一年のリヨン暴動鎮圧者として知られるスールトへの反政府紙の攻撃は激しかった。

議会でのスールトを糾弾した記事を契機として、軍隊予算、士官身分、兵員削減、軍隊における思想的迫害などをめぐって、共和主義系の「ナショナル」「トリビューヌ」、ブルボン正統主義系の「ガゼット・ド・フランス」「コティディエンヌ」、王政復古期の自由主義紙「立憲」「クーリエ・フランセ」「タン」、独自な色彩の小新聞「フィガロ」などの新聞各紙に多くの記事が掲載された(21)。

以下、これらの記事の内容に基づいて作品を再読し、『リュシアン・ルーヴェン』第一部草稿における軍隊像を確かめてみよう。

2　「泥中停止」

『リュシアン・ルーヴェン』初稿の第二章を見ると、槍騎兵第二七連隊の少尉に任官した主人公は、自分の制服を眺めながら、祖国のために立派な戦いをすることを考えて、「例の中庸派に好かれて、外国をあんなに増長させてしまった例の泥中停止を好んでやって中庸派の歓心を買うしかないのなら、まったく、戦うまでもないわけだ[22]」とつぶやく。この「泥中停止」halte dans la boueという言葉は、ラマルク将軍によるものとされていて[23]、『十九世紀ラルース辞典』によると、第一次王政復古の折り、王側近のブラカス公爵が、新体制のもとでは休息を楽しんでいただきましょう、と言った言葉に対して、ラマルク将軍が、「これは休息ではなくて、泥のなかで停止せよとの命令ですな」と軍人らしい率直さで答えた、という[24]。ラマルク将軍は、その後、王政復古期から七月王政初期にかけて、反政府側の代表的議員となり、一八三二年六月はじめの将軍の葬儀は、共和主義的色彩を帯びた暴動のきっかけになり、それに参加したリュシアン・ルーヴェンは理工科学校を放校処分となるのである。

この「泥中停止」という表現を、一八三四年三月二六日号の反政府系「ナショナル」紙で読むことができる。記事のタイトルは、「結社法の投票。スールト氏とメモリアル・ボルドレ紙」と題され、前日の投票結果に対する批判とそれ以上に、票決直後のパッシー議員による「モニトゥール」紙記事への告発を取り上げ、政府内の軍部の動きを批判している。スールトの答弁から背後に何があるか明白だとしながらも軍隊の解体を企む多数派に怒りを表明する。

あなた方の平和維持の体制とは何か。国民がそれを信ずることができるのか。あなた方自身はどうか。きっとできないはずだ。七月革命はその運命を成し遂げていない。それは相変わらず「泥中停止」の状態で、フランスはこの姿勢を取り続けることはできないのだ[25]。

このように見てくると、「泥中停止」の表現は、共和主義の象徴ラマルク将軍の王政復古期のブルボン復帰批判の言葉であるとともに、一八三四年三月の時点における軍隊の処遇に関するスールト批判、政府批判の意味をもつのではないだろうか。そのように考えると、リュシアンの語る「泥中停止」による外国の増長は、王政復古初期の外国軍隊のフランス占領、いわゆる神聖同盟による圧迫と同時に、「外国をあんなに増長させてしまった例の泥中停止」というリュシアンの言葉が示すように、一八三四年四月前後の四国同盟におけるフランスの屈辱的立場を意味していると言えよう[26]。草稿第二章では、この制服の場面で主人公は、外国で掠奪を行う軍人の姿を思い浮かべるのだが、作者はその箇所に、その人物のモデルとして「スールト」の名を書き付けている[27]。

3 少尉の身分、少尉の生活

リュシアン・ルーヴェンの少尉任官については、理工科学校中退で、軍歴が無いに等しい青年の中途任用が当時の軍隊の状況で可能であったかどうか、という疑問が湧く。この点については、ミシェル・クルーゼが、ピエール・シャルマン『一八一五年から一八七〇年におけるフランス士官』(一九五七年)を援用しながら説明している[28]。それによると、この時期、軍隊は国家奉仕の組織として昇進の民主化が図られ、位階と職能の分離・確立を行った一八三四年のスールトによる法改正もあって、能力・経歴の評価による昇進、下士官の士官への昇進率の確保が考えられる状況であったが、しかし、抜け道的な縁故採用が不可能だったわけではなく、リュシアンの任官は可能だった、という。

この説明は、一八三四年前半の状況をよく要約しており、説得力がある。一八三四年三月における士官身分法に関する議会はまさしく上記の事柄について行われたのであった。では、少尉の身分についてどのような記事を読むことができるであろうか、眺めてみよう。

士官身分法については、「ナショナル」紙一八三四年二月五日号に、「士官身分法案」と題された匿名の歩兵大尉執筆の批判記事が載っている。この記事の冒頭を引用しよう。

フランス社会の全階層のなかで、軍隊の士官階級は王政復古時代以降もっとも不遇であったことは確かだ。[29]

これに続いて、現陸相スールトが議会に提出した士官身分に関する新法案は、一見すると公平で士官に有利であるように見えるが、実は欺瞞に満ちていて、自分の意に添わない士官に対して、陸軍大臣は、人事の専断を発揮できるようになっている、と述べる。つまり、解雇、休職、引退は大臣の「恣意」に委されている、というのである。

このあと、「結社法」案を批判する報道のため、三月のあいだには「ナショナル」紙が士官身分について触れることはない。むしろ、政府側の中庸派に近い「タン」紙が、三月末から四月はじめにかけて「士官身分法」の詳しい解説を行っている。[30]

だが、注目すべきは、明白な共和主義の姿勢を持ち、王と政府を攻撃したため何度も裁判で有罪となり、遂には、一八三四年四月一四日から八月一一日まで発禁処分、一八三五年に廃刊となる小新聞「トリビューヌ」紙の一八三四年三月二八日号の記事である。[31]

この記事は、「軍隊における現行の昇進について」と題され、上院で審議中の「士官身分法」への批判からはじまる。そして法案立案者の陸軍大臣スールトを非難し、「この法は、合法性を装うひとりの偽善者の専断を塗り隠して、もうひとつ悪を重ねるものだ」と言い、上院の審査委員会も信頼できず、軍隊における「受動的服従」の原理が至るところで支配していて、軍人はすべて、市民としての権利を奪われ、奴隷と化している、と述べる。

次いで、老兵士の保護者を自任していた王の長子オルレアン公爵[32]への不信、さらには政府への不信を述べる。

続けて、一八三〇年以後の軍隊の昇進制度に触れ、将軍、元帥、上級士官の無原則な大量生産に触れ、その多くはろくな戦歴もないか、長いこと兵役についたこともなく、指揮能力もなくて、制服を着ているだけであり、科学や産業に従事していたりする、しかも待遇が良い、というのだ。それに対し、老士官の不遇が述べられる。さらに、昇進の例が引かれるが、注目すべきは、参謀本部の例である。

すなわち、参謀本部の人事には「専断」が支配していて、事実上、周知のこととして、所属の士官は明白に二種類に分かれ、血縁、宮廷筋、大臣、代議士などによる庇護を受けて特権階級を形成しているグループと、庇護がなく下積みにならざるを得ないグループがある、というのである。この特権階級の士官たちは、早い昇進を狙ってサロンに足繁く通っており、彼らのパリへの配属は既得権となっている、と述べられている。

この記事は、「士官身分法」立案者の陸軍大臣スールト批判のため、軍の昇進問題を題材にしたと言えよう。この記事の内容からリュシアンの少尉任官を眺めてみると、何がわかるであろうか。まず、彼の任官は、父ルーヴェン氏の友人たちによる現大臣への推薦の結果である。[33] この場合、リュシアンの理工科学校在籍の経歴が味方したかも知れない。[34] だが、ともかく、彼はナンシー駐留の槍騎兵第二七連隊配属であり、大臣庇護の特権を利してのパリ配属ではない。しかも、この配属は、第九連隊を希望する可能性[35]があったことからも、リュシアン自身の選択だったのである。当時、軍職は青年たちに人気がなかったことからしても、リュシアンの行動は型破りで、「時代と環境への挑戦」、「社会的身分からの脱出の試み」[36]とも見えるのである。たしかにリュシアンは、自らの道を探し求めるために、住み馴れたパリを離れ、自ら言う通り、「まさに自分の意志から、この地獄に身を投じた」[37]のであろう。この点、地方連隊に赴任するパリの裕福なブルジョワ出身の将校というスタンダールの設定は、「トリビューヌ」紙の攻撃するパリ駐留の特権的上級将校群や、同紙の味方する老兵士をふくむ非特権将校群という、どちらの設定とも異なっていて、スタンダール独自の軍隊に対する視点を可能にしていると言えよう。

ただ、ここで疑問に思われることは、モデルとなるゴーチエ夫人の作品は『中尉』だったのを、何故、少尉という設定にしたのかということである。これはもちろん、スタンダール自身が青年期にイタリア遠征軍で少尉だった経験と、前述の『ラシーヌとシェイクスピア』IIにおける少尉の恋の構想から由来すると考えれば解答になるであろう。

しかし、一八一八年のサン・シール法以来、少尉任官枠の三分の一を昇進下士官のために確保するなど、少尉の位は士官の最下位級として注目すべき問題を抱えていた。たとえば、「モニトゥール」紙三月二四日号へ転載された「メモリアル・ボルドレ」紙の記事においても、軍隊の苦境を訴え、議会の無理解を非難する論調のなかで、少尉への言及がある。兵士、下士官を経て長い辛苦の末、ようやく少尉になっても、衣食住を辛うじて満たす程度の待遇しか与えられないというのだ。さらに、一八三四年度の議会の軍事予算委員会は、寡婦年金の廃止、退職給の削減、現職軍人の給与削減による経費補充を打ち出し、軍人を圧迫しようとしている、と激しく怒るのである。

いや、まったく、少尉がもらっている九八フランの月給から何を差し引くというのか。彼のシャツか、それとも彼の昼食か。というのは、彼の位のしるしである金の縁飾り付きの軍服に加えて手袋もそうだが、こうしたものを無くしたら、営倉入りの罰を受けなければならないからだ。(38)

この「モニトゥール」紙の記事は領事スタンダールの目に入る可能性が充分にあった記事であり、また、当時の少尉の生活状況を知らせる文章であろう。スタンダールも、作品中で少尉の給料に触れていて、「月給九〇フランの身分になるために」(39)(口述筆記稿では、九九フラン)(40)パリを離れた、と主人公に言わせている。リュシアンは、駐留地ナンシーで、身分不相応な豊かな暮らしをしていて、住居、馬、食事、召使など、他の同僚とは隔絶している。リュシアンを目の仇にし、この点をとがめるマレール大佐は、彼に対して、自宅での贅沢な食事をやめ、月極め五二フランの定食を他の同僚と一緒に食べるように命令するのである。(41)このように見てくると、スタンダールによる少尉の身分の選択には、時代の背景と関連しながら独自の視点を保つ効果があったと考えることができよう。

4　少尉と駄馬

駐留地ナンシーに向けて行進中の連隊に合流したリュシアンは、フィロトー中佐から軍馬を与えられるが、道中、この駄馬の扱いに手こずり、遂には、ポンプ街で、シャストレール夫人が窓から見ているその前で見事に落馬する。到着後、彼は大金をはたいて知事所有の名馬を手に入れる。『リュシアン・ルーヴェン』第一部のはじめの部分は、軍馬の主題が大きな役割を占めていて、軍隊から恋愛生活へとテーマの移行を助けるかたちとなっている。

ところで、「コティディエンヌ」紙の一八三四年三月二二日号を読むと、歩兵連隊、騎馬連隊の削減に関する王の勅令の要約が掲載されている。それを見ると、予備、現役もふくめ、各騎兵連隊は五中隊に削減され、各中隊の騎乗者一三〇名、非騎乗者二〇名（連隊で騎乗者六五〇名、非騎乗者一〇〇名）となり、連隊毎の軍馬の定数は六五七頭で、このなかには連隊幹部の分もふくまれる。(42) この記事では、槍騎兵連隊（リュシアンの在籍するのは槍騎兵第二七連隊）の第二狙撃中隊が予備役にまわされることも述べられていて、経費節減の状況が伝わってくる。こうして見ると、三日で三頭の馬を買い入れ、立派な自前の馬を持つリュシアンに対して、「馬が一頭しかなくて、しかもしばしば三本足の馬を持つ君の同僚は何と言うだろう」(43) と述べるフィロトー中佐の皮肉な笑いを思い浮かべざるを得ない。

軍馬については、少しあとの「コティディエンヌ」紙の一八三四年三月二六日号にも、「タン」紙の記事要約が掲載されている。上院の補正予算の審議の折、上院議員のドゥジャン将軍が、一八三一年のフランスが軍事介入した時の北方面軍の混乱について発言した内容を、(44)「タン」紙の記事に基づいて要約した記事で、「コティディエンヌ」紙は正統王朝派の視点から「タン」紙の記事に批判を加えてゆくのである。

補正予算について発言したドゥジャン将軍は、先週の土曜の上院で、北方面軍における無秩序は甚だしいもので、ジェラール元帥とオルレアン公爵までもが、龍騎兵の馬に乗ることを「余儀なく」された、と述べた。

王族たちは、将官と同じように、「自費」で馬に乗らなければならないから、もし、オルレアン公爵と指揮官の将軍が部隊の軍馬に頼ったとしても、それが軍行政の欠陥であるはずがなかったことくらい、ドゥジャン将軍が私たちよりよく知らないわけがないのである。この点、秩序の乱れなど無かったのであり、兵士たちの軍馬を貸してやることに同意した部隊長の好意があっただけである。

この要約記事の記者は、こうした態度を、「将官たちとある王族の強欲」と呼ぶ。さらに、上級将校たちが、自分たちに支給されている馬糧手当をいかにごまかしているかを述べ、次のごとく書く。

結果として、このような将官は、四頭か六頭の保有を認められているのに、二頭、多くても三頭を飼育しているのである。しかも、その将官のなかには、栄光ある軍人もいるのであり、彼らは、その唯一の乗馬をブルジョワみたいに、副官と共有しているのだ。

上院におけるドゥジャン将軍の発言は、「モニトゥール」紙の詳しい記事を見る限り、一八三三年度の北方面軍特別予算の下院審議における非難に答えて、将官給与が平時編成になっていることを明らかにし、唯一、戦時編成の馬糧手当（将官のみ）は戦力維持のため削減するべきでないと主張し、その例としてベルギー遠征軍の軍馬に関する混乱を引いたものである。そして正統王朝派の「コティディエンヌ」紙は、政府側の中庸派の「タン」紙の記事を媒介に、上級将官（もちろん、陸相スールト元帥もそのなかに入る）や王族（オルレアン公爵は王ルイ・フィリップの長子）の行動を「強欲」と呼び、攻撃するのである。

このような軍馬に関する一連の記事を通して眺めると、リュシアン・ルーヴェンの軍馬についての態度は、「強欲」と対照的な位置にあることは明らかである。さらに、複数の馬にたいする馬糧手当をもらいながら、「ブルジョワのように」ただ一頭の馬を副官と共有する将官と較べて、ブルジョワ出身のリュシアンが、倫理的にすぐれていることは言うまでもないだろう。

5　将軍と下士官

『リュシアン・ルーヴェン』草稿第三章には、師団査察官で、上院議員、中将のN伯爵の到着が描かれている。彼は、陸軍大臣のスールト元帥に、若い下士官たちの動きを監視するよう依頼されてきており、師団長で中将のテランス男爵との会見で、師団の下士官たちの動向をたずねている。(45) テランス男爵がこの街における軍隊への冷たい反応を述べ、「一日中、侮辱を受けている」と嘆くと、N伯爵は次のように答える。

「君、そんなことはあまり大声で言わない方がよい。君の昔の仲間の将軍たちが三〇人も、君の地位欲しさにひざまずいて懇願していて、元帥は皆を満足させることを望んでおられる。少しきびしいことを言わせてもらいたい。三日前の火曜日の夜、お別れの挨拶に伺ったとき、『たった一人だけ間抜けがいて、ある地方で自分の巣を作ることができないのだ』と、元帥は私に言われたのだ。(46)」

「コティディエンヌ」紙の一八三四年三月一九日号には、「タン」紙の記事要約が載っており、その内容は陸軍大臣(スールト元帥)が軍隊内における下士官の動向を懸念している、というものである。

同紙によると、軍隊に著しい削減が行われた今、政府の注意は特に下士官に向けられねばならなかった。というのは、下士官は、その地位から見て、扇動者たちの影響を他よりも受けやすいと思われたからである。これは、陸軍大臣の考えでもあるようだ。(47)

さらに、この記事の続きでは、陸軍大臣の命令によりパリ軍団の将校と下士官に召集がかけられ、将校には、削減は彼らには直接関係ないと安心させ、下士官たちには、下士官の昇進にあたって少尉欠員の三分の一を席次に関係なく年功によって下士官に保証すると言ったとあり、記者はこの処置に批判的である。

実際、政府側に立つ中庸派の「タン」紙は、一八三四年三月五日号、三月一三日号で軍隊の人員削減に関する記事を載せ、陸軍大臣スールト元帥が、議会の軍事予算委員会の審議の結果、どのような人員削減を強制されたか、その内容を述べている。(48)

「コティディエンヌ」紙の「タン」紙記事の引用はそのあとも続き、同紙三月二一日号には、将官の退職についての記事が引用される。

「タン」紙は次のように述べている。巷の噂を信ずれば、それもおそらく意図的に流された噂だが、陸軍省では、将官の人員に関する重大な作業が行われている。少なくとも六〇人程度の将官が退役を命じられる模様で、現在の時点で必要がなければ補充は認められないようだ。(49)

さらに、この記事の終りでは、このような調整策をとることにより、士官、下士官の昇進への道が開ける、と結んでいる。このように見てくると、作品草稿第三章の査察官N伯爵による下士官の動向探査や不適任な将官退役のほのめかしは、明らかに陸軍大臣スールトの意図を代弁しているのであり、この点、「コティディエンヌ」紙による「タン」紙記事の要約と内容が一致していると言えよう。

6　軍隊と共和主義者

『リュシアン・ルーヴェン』原稿の最初の七章ほどの間には、「共和主義者」、「共和主義」、「共和国」などの語彙が頻出する。[50] 特に、第一章、第二章で、「これは共和主義者が話しているのだ」と三回にわたって脚註[51]をつけているのは印象的だ。外交官でありながら四月事件の直後に執筆をはじめた作者の、自らの立場の中立化であろうか。しかも、第二章のはじめに、この脚註を続けて二回つけているあたりで、主人公リュシアンは、新しい軍服を目の前にして華々しい戦いと恋を夢みるが、やがて軍人の現実に目覚め、軍隊の栄光が言論の自由を圧迫することに気づく。スタンダールは、原稿のこの部分に「危険な挿話だ」というメモを書き入れ、文中の重要な単語は皆アナグラムに変え、さらに、原稿欄外に「たぶん削除すべきだ。元の共和主義者が話しているのだから[52]」と書き付けるのだ。政府が共和主義的な団体を取り締まる「結社法」を作り、リヨンとパリで特に激しかった四月の暴動を鎮圧した直後に執筆が開始され、しかも官吏という作者自身の立場を考えると、「危険な挿話」という表現が出てくるのは当然であろう。

スタンダールは、主人公リュシアンの身分を、一八三二年六月の共和主義的暴動参加の咎により退学になった元理工科学校生と定めている。少尉として駐留地ナンシーに赴いたリュシアンは、たびたび共和主義者とみなされ、政府の敵視する共和主義に対し、自らのとるべき姿勢を明確にするよう迫られる。第六章では、粗野な下士官たちから一通、共和主義者の下士官たちから一通、それぞれ偽名の手紙を受け取り、第七章では、共和主義者の「オーロール」紙主幹ゴーチエと話しながら自らの考えを確認し、遂には、共和主義者の疑いを払いのけるため、同僚の士官と決闘して負傷するのである。

それでは、一八三四年三月から四月はじめにかけての新聞のなかで、軍隊と共和主義者についてどのような記事を読むことができるだろうか。この時期、事実上、共和主義者を取り締まる「結社法」が下院で三月二五日、上院で四月九日に可決される。また、このころ、軍事予算の審議が行われ、人員、経費削減の法案が立案された。また、四月四日、内閣改造が行われ、首相兼陸相は変わらずスールト、内務大臣はダルグーから実力者ティエールに代わり、外相はリニーとなり、もうひとりの実力者ギゾーは公教育相として閣内に留まった。

このような状況のなかで、軍隊と共和主義者の問題に触れているのは、「タン」「トリビューヌ」「フィガロ」の三紙である。「タン」紙の四月五日号は、「軍隊に対する各派の働きかけ」と題された四〇行ほどの記事を掲載している。

軍隊は今まさに公衆の関心の的となっている。ともに政府の敵である二つの党派が、陸軍大臣の最近の措置により軍隊のなかに生れた不満と不安の念を利用しようと努めている、と人々は確信している。共和主義者側の密使たちがパリから出発したのである。特に、下士官たちに宛てて、民衆の結社の声明は出されているのだ。結社加盟の曹長は大尉になる権利があり、軍曹は中尉に、伍長は少尉、准尉、曹長、軍曹になる権利がある。結社に加盟しない士官は追放されることになる。(……)以上が共和主義者側の約束であり、シャルル十世王党派側の約束もほとんど変わらないか、上記のものを参照したものだ。(53)

この文章の続きで、記者は、陸軍大臣の施策を非難するが、軍の忠誠には信頼を置くことができるので、施策が拙劣でも軍に暴動が起きなかったのはこれが最初ではない、と結ぶ。

共和主義を主張する「トリビューヌ」紙の四月六日号は、前述の「タン」紙の記事を批判する八〇行ほどの無題の記事を掲載している。二派の密使を軍隊に送ったとする「タン」紙の記事に対し、王党派がいささかでも若い兵士たちに影響を与えることができると思う「タン」紙は実情を知らず、間違っている、つまり、正統王朝派はフランスでは死滅しているのだ、とこの記事の記者は主張する。

共和主義党と軍隊の親愛感についてはごく自然であり、その感情を認め、示すのにあまり知恵をしぼる必要はない。勇気があり、無私の心を持ち、祖国と自由へ身を捧げるすべての人々は、同じ道をたどるものだ。私たちは、いささかも軍隊を追い求めたことはなく、軍隊も私たちを追い求めなかった。ただ、私たちの方が勇気を出して私たちの考えを口にすると、軍隊がわかってくれたのだ。というのも、私たちはすべての寛大な人々の魂に響く言葉を語っているからであり、私たちの感情は彼らと同じであり、私たちが掲げてきた旗を彼らが認めたからだ。(54)

この記事の記者は、この文章の続きで、さらに、兵士たちと市民たちとの共感に触れ、「地方のいたるところで、市民に向けた銃剣の先が下に下げられている」と書き、兵士に「受動的服従」を命じても、「フランス人の剣で、フランス人の血を流そうという望みは捨てた方がよい」と付け加えている。

独自の批判的立場をとる小新聞「フィガロ」紙の四月七日号は、「軍隊と共和国」と題した一〇〇行程度の同じ主題の記事を掲載している。ただし、「フィガロ」紙は独特の揶揄的な調子で、この両派の軍隊への密使さわぎを冷笑している。

気をつけた方がよい。兵士は、共和国と正統王朝主義をまともに背負い込むことになる。兵士の背袋は、パンフレットと声明文でいっぱいになる。特にパンフレットを奮発しているのは共和国側で、旧王党派の方は酒を買ってくれる。こちらは体によく、あちらは心によい。共和国側は、特に印刷物で軍隊によい印象を与えようと望んでいる。

記者は、共和主義者たちの提案する昇進の約束を批判し、下士官が結社に加盟しない士官を押しのけ、どんどん昇進できるという案をからかう。すべての士官が加盟したら下士官の昇進は駄目になるだろう、という指摘である。もし、大佐から少尉まですべての士官が、共和主義者たちの甘いことばに耳を傾けたとしたら、共和国側は彼らをどう扱うのか。彼らの位を奪うとしたら不正であり、たいへんな行為だ。それで、もしそのままにしたら、同じ位階を曹長、軍曹、伍長に、どのようにして与えることができるのか。[55]

これらの新聞の記事によると、共和主義者側と正統王朝側の二派がパリから同調者獲得のため、軍隊へ密使を送ったという。そして、共和派の勧誘手段は下士官以下の兵士の尉官への昇進であり、正統王朝派もそれを真似しているが、この派に同調者があるわけがないというのである。しかし、こうした二派の動きを冷笑する小新聞の論調もある。

こうした記事の流れから、『リュシアン・ルーヴェン』原稿テキストを眺めてみよう。スタンダールは、パリからの勧誘の密使については触れていない。しかし、リュシアンが受け取る共和主義者の下士官たちからの匿名の手紙は明らかに勧誘のための接触であろう。[56] しかも、リュシアンはこの手紙を受け取って、この匿名の下士官たちの忠告と誘いかけに対して、「何と哀れな人たちだ。君たちが一〇万人もいれば、言うことは正しいとされるだろう。でも君たちは、フランス全土でせいぜい二千人なのだから」と共和派が密使を送らざるをえない状況について冷静な分析を行っている。

さらに、アメリカ型の共和国思想と文化について考察したあとで、この下士官たちの昇進の問題に触れる。

(……)彼らは大尉になりたいと思っている。フランスに奉仕するということだけを問題にするならば、彼らは現在大尉の位を占めている人々よりもはるかにその地位にふさわしい。彼らが、共和国になれば大尉の位が与えられると信ずるのは当然なのだ。[57]

ここの叙述で、スタンダールは「タン」「トリビューヌ」「フィガロ」各紙が扱った下士官の大尉への昇進という同じ主題を論じているのである。

スタンダールのこの作品のなかに、パリからの密使は現れないが、少し見方を変えると、リュシアンは、彼自身の内面とは関係なく、周囲の人々には、共和主義派のパリからの密使とみなされる可能性があった、と言うこともできよう。

7　大佐とスパイ

『リュシアン・ルーヴェン』原稿テキストの冒頭の十数章には、スパイの話がよく出てくる。ナンシーを訪れた査察官N伯爵は、密偵ブレッサン大尉にこの街の状況を聞き、リュシアンが受け取った共和派の下士官たちから送られた匿名の手紙には、連隊の士官たちのなかにスパイがいるから留意するように、という警告がなされている。ある日、貸し本屋にぶらりと入ったリュシアンは、早速スパイの目にとまり、その報告を受けたマレール大佐にその翌日呼び出され、反政府紙の「ナショナル」紙を読んだことで詰問される。(58)

この問題については、一八三四年三月末の連隊関連の報道のなかに、軍隊における密告を告発したルイ・ル・グラン校の数学教師ギヤール（Guillard）の投書を読むことができる。「ナショナル」紙と「トリビューヌ」紙の各三月二八日号がこの人物の同文の投書を掲載し、「コティディエンヌ」紙の三月二九日号が「ナショナル」紙の要約を掲載している。(59) では、どのような内容か、投書の本文を少し眺めてみよう。

証券取引所広場での「撲殺者たちの日」(60) の翌日、私の親類で、パリ駐屯の槍騎兵第五連隊のギヤール中尉は連隊の古くからの仲間で、槍騎兵第五連隊曹長の男と、路上で二人きりで立話をしていて、(前日の)警察のやり方について自分の考えを思った通り口に出してしまい、公明正大な政府のなかだったら、誰もそんなやり方を許可も承認もしないだろう、と言ったのです。この曹長は、連隊の別の士官にそそのかされて、ギヤール中尉に敵対する報告書を大佐に提出しなければならないと信じこみ、大佐の方は自分の士官たちの一人を陸軍大臣に密告することが忠誠を示すことになると考えたのでした。ギヤール中尉は、処分が決まるまで禁足処分になったのです。

この文章のあと、うっかり密告者の曹長の名を洩らしてしまった大佐が、連隊の士官たちを集め、問題の曹長を以前同様に扱うよう命令を出した経緯が語られる。だが、陸軍省の反応はどうであったか。

陸軍省では、大佐があまりに大急ぎで行動を起こし、とるに足らぬことを大問題にしてしまった、ということになりました。勤務外で交わされた個人的会話は、それが咎められるべき性質のものであったとしても(しかも、ギヤール中尉の場合はそうでなかったのですが)、軍事上の義務や服従の欠如から由来する不都合な結果をもたらすことなどいささかもあるはずがなかったのです。

やがて、中尉にとって事態は好転し、連隊の移動日の前日、禁足処分が解かれる。

不幸にも大佐は、この決定に苛立ち、自分の権威が危うくなったと思い、下手なやり方ではじめたこの事件を自分の方からうまく終らせることができず、(陸軍大臣)スールト元帥に頼み込んだのです。ギヤール中尉は、この連隊からの転出が決定し、アフリカの連隊へ配属予定であるという通知を受け取りました。(61)

『リュシアン・ルーヴェン』原稿テキストを眺めると、少尉リュシアンに対するマレール大佐の悪意ある行動のなかに、いくつかの段階に分けて、この投書の状況が再現されている。

原稿第七章によると、大佐のリュシアンに対する敵意は連隊のなかで知らぬ者はなく、この若者を決闘か何かで厄払いできればよいと思っていたという。大佐は、リュシアンに、他の同僚と同じ安い食事を強制するが、次にしたことは、乗馬による遠乗り禁止であった。この命令に対し、皮肉な質問を投げかけたということでリュシアンは二四時間の「禁足命令」を受ける。注目すべきは、最初の命令と、リュシアンの皮肉を忠実に報告した結果の「禁足命令」のこの二つの命令伝達者は、マレール大佐の腹心だと言われている槍騎兵第二七連隊の曹長であった。彼は、「少尉、私はあなたの質問を大佐に報告します」と言うのである。[62] これはギャール中尉所属の槍騎兵第五連隊の大佐と曹長の関係を連想させるのではなかろうか。

また、前にも述べたが、リュシアンは貸し本屋に入り、「ナショナル」紙を読んだことを密告され、マレール大佐に共和主義者としての嫌疑をかけられる。[63] これは、共和主義的視点に立った反政府的発言を大佐に告発され、苦境に立つギャール中尉と同じ状況ではないだろうか。

ギャール中尉の場合と同じように、『リュシアン・ルーヴェン』でも、大佐が部下の将校を陸軍大臣に密告する状況が出てくるが、密告の主題は思想的言動でなく、従僕の制服の件である。この作品の第一二章では、リュシアンは四、五人いた従僕たちに派手な制服を着せていたが、さらにその数を増やそうとしていた。マレール大佐はリュシアンを呼び、制服を着た従僕を二名以上持ってはいけないと命令する。と同時に、陸軍大臣にこのことを密告する。リュシアンの父ルーヴェン氏は内閣の大臣たちと関係があったが、陸軍省とは商売上、特に深い関係があった。彼は、息子の事件を知り、興味を持った。

息子の制服の問題は、彼をたいへんおもしろがらせ、この事件にかかりきりになった。それで、マレール大佐は大臣への密告の直後に、ほとんど手紙の折り返しのように、ルーヴェンの件について屈辱的な回答を受けとった。彼は、ルーヴェンを、労働者たちが相互扶助の結社を作りはじめている手工業都市のN市の支隊へ転出させたいと心から思った。(64)

大佐が部下を陸軍大臣に密告する、という設定は同じだが、スタンダールの作品では、従僕の制服が主題で、大佐と大臣の関係がほとんどパロディ化されていると言ってもよいだろう。しかも、陸軍大臣は父ルーヴェン氏の財力、影響力に支配されて、その言うままになり、大佐はリュシアン少尉に自由を与えざるをえないのだ。保身を図るマレール大佐はリュシアンに向かって、作り笑いを浮かべながら、「君と君の服従（obéissance）の態度には満足していますよ。君が良いだけ制服の従僕を使いなさい。でも、パパのお金を使いすぎないように」と言わざるをえない。これに対し、リュシアンは謝意は述べながらも、「本当のところ、父はこの件で私に手紙をよこしたのです。きっと陸軍大臣に会ったのだと思いますが」と冷たく言い放って止めを刺すのである。

このようにして、スタンダールの作品中では、投書のなかのギヤール中尉の状況が逆転して、陸軍大臣も大佐も金銭の力に押さえこまれ、主人公リュシアンは勝利者となる。ギヤール中尉はアフリカの連隊（おそらくアルジェ）(65)に転属されるが、リュシアンはN市支隊への転属はなく、投書で言及された「服従」の精神も大佐は認めざるをえない。当時の軍隊の命令系統のなかで、マレール大佐に対しリュシアンがどこまで反抗的な態度をとれたかという現実の問題は結論が出しにくいが、ギヤールの投書を読む限り、スタンダールは、軍隊と政治の関係について、この時代の本質をえぐり出す可能な姿を描いているのだろう。金銭の力に屈服する軍人たちの姿と較べると最も汚れていてしかるべき裕福なリュシアンが、本来の軍人が持つべき廉潔な精神を備えているのは注目に価する。それはちょうど、平民のジュリアンが本来の貴族よりも貴族らしい高貴な精神の持ち主であったことを想起させる。

8 軍隊と「受動的服従」

マレール大佐とリュシアンの確執は、見方を変えれば、命令と服従の問題になる。つまり、軍隊における軍事的服従、兵士の上官に対する「受動的服従」の問題であって、一八三四年、スタンダールが作品執筆を開始する以前の時期に、この問題が光を浴びていた。スタンダールの読者なら誰でも、『パルムの僧院』(一八三九年)の第一八章で、ファブリスの入った牢獄の監房の名が、「受動的服従」であったことを想起するであろう。スタンダールはどこからこの名称を持ち出したのであろうか。アルフレッド・ド・ヴィニー『軍隊の服従と偉大』(一八三五年)[66]であった可能性もあるが、それ以上に、一八三四年の軍隊に関する議論のなかでこの表現が用いられたことに由来する可能性が大きいのではないか。

「ナショナル」紙の一八三四年二月五日号は、「軍隊の受動的服従について」[67]という一文を載せている。まずはじめに、陸軍大臣がこの言葉で示そうとしているのは、上官への絶対的、完全な服従であるが、それは不可能であり、不当な命令には従えない場合がある、とする。

たとえ、それが陸軍大臣で元帥の人物であろうとも、上官の命を受けたからと言って、士官は常規を逸した行動をする義務はないのである。(……)このようにして、命令が不合理なとき、それを受けた下位の者は、服従せずに済ませることもできるし、そうしなければならない。

この時期、新聞呼び売り人に対する規制法の成立、結社法の立案など、政府の共和主義者対策は厳しくなっていた。さらに、スールト元帥のもと軍隊改革が図られるが、軍隊はまた、政府の弾圧の一手段でもあった。その意味

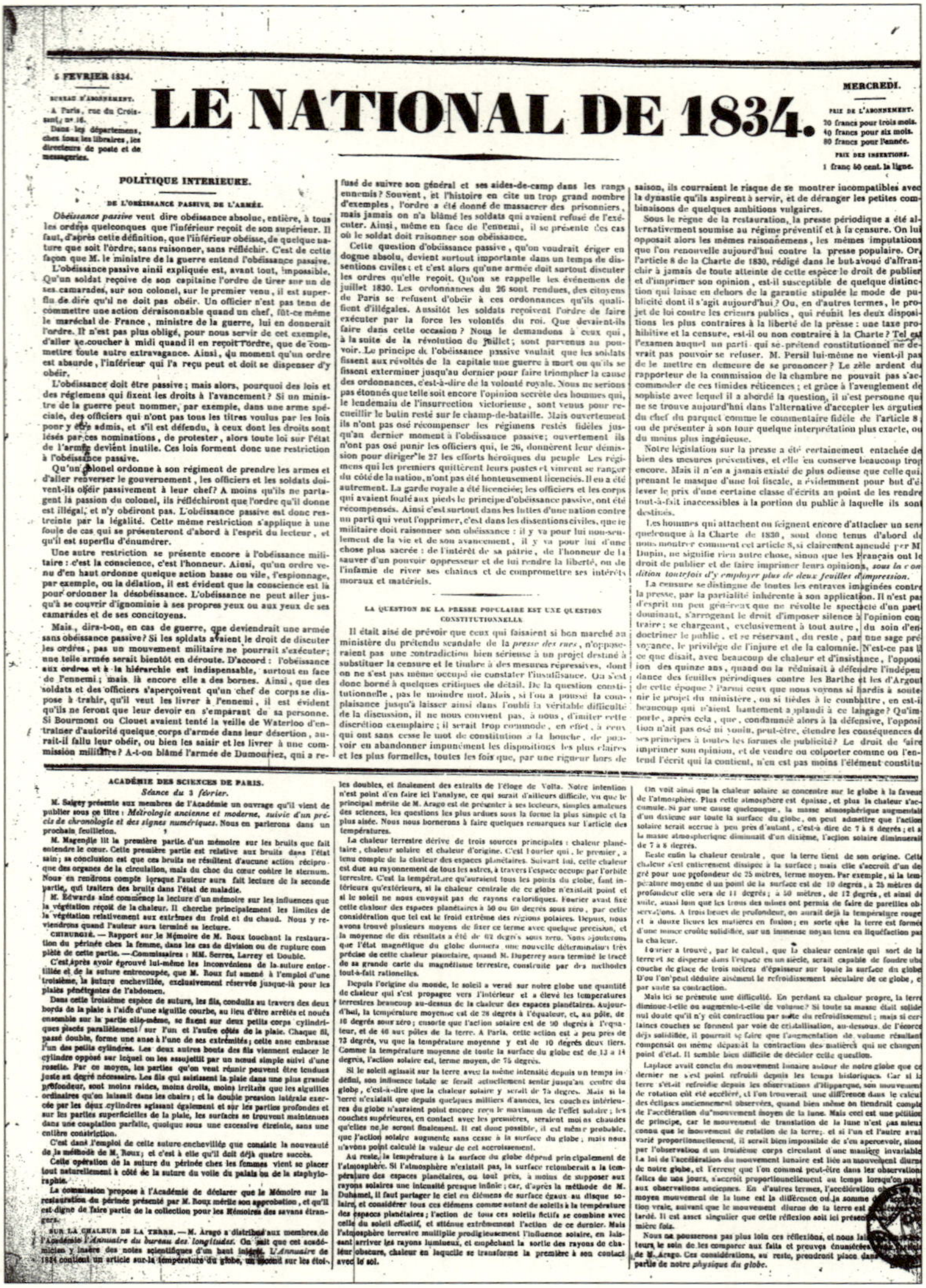

「ナショナル」1834 年 2 月 5 日号

で、この記事の後半では、軍隊が上官の命令への「受動的服従」により、民衆に銃を向けるか、という問題を論じている。

このようにして、特に、抑圧するひとつの党派に対して国民が戦うとき、市民の対立があるとき、その時こそ軍人は服従について熟考しなければならないのだ。

共和主義を支持する「ナショナル」紙がこのような記事を掲載するのには明白な理由があった。議会における「受動的服従」の論争から生じた決闘でデュロン代議士が殺され、その葬儀が二月二日、この記事の三日前に行われたからである。一月二六日の議会で、陸軍大臣スールト元帥がストラスブール砲兵隊の士官宛てに書いた、絶対服従を命ずる書簡からスールト元帥の軍事独裁が問題にされ、議場騒然となると、ビュジョー将軍が「まず服従すべきだ」と叫び、デュロン議員が「囚人になるまで服従するのか」と答えて論争になり、政府紙「デバ」紙の暗躍もあって、決闘が行われ、デュロン議員の死に至ったのである。(68)

こうした流れもあって、一八三四年三月ごろまでの新聞には、反政府紙を中心に、「受動的服従」に対する言及、軍隊と権力に関する考察が多く見られる。(69) スタンダールの作品における上官と部下、命令と服従の関係については、こうした軍隊批判のさかんな状況を背景にして、時代とのつながりを感じさせる部分もあるが、第二七章の反乱鎮圧の描写が示すように、決定的な、組織への違反は見られないのである。

「受動的服従」については、前述の通り、もちろんヴィニーを考えねばならないが、この言葉が、前面に出て、ヴィニーの帝政期兵士像の廉潔性が目立つのは、一八三五年の著書としての刊行からではないか、と推察する。一方、留意しなければならないのは、ラムネーの軍隊観であり、その「熟慮する軍隊」の考え方である。ラムネーは、『信者の言葉』(一八三三年)のなかで、若き兵士に、その用いる剣が聖なるものであり、平和や労働、弱者、貧者、被抑圧者などのために使われているかと問いかけている。(70) しかし、スタンダールへの影響は明らかではない。

結び に

『リュシアン・ルーヴェン』原稿テキストの冒頭の十数章に見られる軍隊の描写が、同時代の新聞情報から刺激を受けた作家の想像力の結実でありうることをいささか示してきた。これが、この作品のゆるぎのない材源であると言うつもりはない。ただ、老齢の近づいてきたフランスの作家が、ひとり異国のイタリアにいて、孤独を感じ自らの姿を見つめながら、祖国を舞台にした新しい作品を決意したとき、手許に送られてくる新聞をどのように読んだだろうか、と考えてみたのである。

この作品の恋愛描写については、スタンダールは原稿執筆のごく初期（一八三四年五月七日）に、リュシアンとシャストレール夫人のひそかな恋心の芽生えを描いている。一ヶ月半ほどあとでこの場面を読み返した彼は、繊細な恋愛心理のテーマを作品の「脊柱」と認識し、「脊柱は一番大切なものだから最初に作られ、二次的な事柄はもっとあとで脊柱の上に築かれる」と感想を書き付ける。(71) 小説の批判者として知られるポール・ヴァレリーはシャンピオン版序文のなかで、「シャストレール夫人の姿の素描の格別な繊細さ、主人公たちの感情の高貴で深遠な性状、一種の沈黙のうちに絶対となっていく愛情の進展」に魅惑されてこの作品を再読した、と告白しているが、こうした「脊柱」の部分に小説としての肉体を持たせるために、軍隊の場面の導入部は「二次的」とは言え無視出来ない重要性を持っている。

スタンダールは、一八三四年三月、ある物語の原典を見ながら、「すべての小説の基礎となる『興味』はどこにあるか、『諷刺』はどこにあるか」(72) と自問している。ジュール・ゴーチエ夫人の『中尉』から新作品を構想したとき、この二つの要素は『中尉』に欠けているものであったにちがいない。従って、一八三四年のフランスの現実を

「諷刺」した軍隊の描写は、新作品への飛躍のために不可欠のものであっただろう。そして、この作品の第二部では「諷刺」の対象は、軍隊からパリを舞台とする政治へとさらに発展する。

こう考えてくると、『中尉』から『リュシアン・ルーヴェン』への進展には、おそらく、一八三四年三月におけるスタンダールの具体的で批判的な軍隊像把握が関係しており、それが契機となって、軍隊を背景として自我の内面と恋愛の情感を描く作品第一部の誕生が可能になったのであろう。この作品成立の出発点には、このように、新聞情報の示す現実と作家の想像力の微妙な関係があることに注目しなければならないだろう。

第9章 『パルムの僧院』のフランス語材源

——一八三八年の新聞情報と作品創造——

はじめに

『パルムの僧院』は、イタリアを舞台にした作品であるが、スタンダールがこの作品を構想し完成させたのは、フランスのパリであることは注目されることが少ない。『僧院』を最初に着想した一八三八年八月、スタンダールは領事としての任地イタリアのチヴィタヴェッキアを離れてすでに二年有余の休暇をフランスで過ごしていたのであった。パリに住んでイタリアを主題とした作品を創作するとすれば、フランス語資料による想像力の刺激は受けなかったであろうか。この素朴な疑問がこの章の出発点である。

周知のごとく、スタンダールはローマで発見したイタリア語古文書「ファルネーゼ家栄華の起源」[1]をもとに『僧院』を着想した。さらに、ベンヴェヌート・チェリーニの自伝『生涯』[2]や、シルヴィオ・ペリコ『我が牢獄』[3]などが、イタリア語の材源として挙げられている。また、スタンダールのイタリア関係の諸著作、特に『ローマ散歩』『ローマ・ナポリ・フィレンツェ（一八二六年）』『ロッシーニ伝』などに示されたスタンダールのイタリアに関する知識の蓄積と彼自身の長期のイタリア滞在による経験の集積を考えると、『僧院』創作におけるイタリア語材源の優位性は揺るぎないように思える。

しかしながら、スタンダールは『僧院』の創作に関し、フランス語文献の影響を全然受けていないわけではない。次章で詳しく見るように、当時、パリで出版されたアレクサンドル・アンドリアーヌ『ある国事犯のシュピールベルク監獄回想録』[4]を読み、単に牢獄の場面だけでなく、作品の基本構造にまで影響を受けている[5]。しかもこの本の書評を、作品の構想を決める微妙な時期に、フランスの新聞二紙[6]が発表している。また、これまで見てきたように、『赤と黒』[7]でも『リュシアン・ルーヴェン』[8]でも作品の創作における新聞の役割は大きかったのである。

そこで、この章ではスタンダールが一八三八年の『僧院』創作の過程で、どのようにフランス語の資料を材源としたか、あるいは材源とする可能性があったかを創作の構想の時間的順序に従って探ってみたい。スタンダールの作った『僧院』の原稿は消失して現存せず、残されたいくつかのメモからこの作品の創作過程を推察するしかないのだが、新聞を中心としたフランス語資料を検討することで、『僧院』という一八三〇年以前のイタリアを主題とする作品のなかに、どのように一八三八年のフランスが反映しているかを見定めることにしよう。

1　一八三八年八月

(1) ジャナン『イタリア旅行記』

『パルムの僧院』と同じく、イタリア古文書に材源を求めている作品、『パリアノ公爵夫人』が、雑誌に掲載されたのは、一八三八年八月一五日であった[9]。その翌日の八月一六日、スタンダールは「ファルネーゼ家栄華の起源」の欄外に、「この素描から短い小説を作ること」[10]とメモする。この着想が、やがて大きくふくらみ、『僧院』が誕生するのである。

十六世紀に書かれたこのファルネーゼ家の物語の舞台はローマであるが、『僧院』ではミラノとパルムになる。何故、この二つの街なのか。ミラノについては、自伝に示されるスタンダールの青春回想とその後の七年間の滞在を考えると理解できる。パルムについては、ファルネーゼ家の子孫が領主として支配した街だからであろうか。『僧院』のパルム大公が、ファルネーゼの末裔として設定されているのは、この事実に符合する。

興味深いのは、スタンダールが着想をメモする日の前日の八月一五日に、「デバ」紙にジュール・ジャナン「イタリア旅行記」[11]の最終回が掲載されたことである。この記事は、同紙に、六月二〇日以来、七回にわたって連載されてきたもので、筆者は、パリ、リヨンからモン・スニを越え、トリノ、ジェノヴァ、ピサ、フィレンツェ、ボローニャなどの諸都市を歴訪している。最終回の八回目は、フェラーラ、パルム、ミラノを訪れている。

フェラーラでは、エステ家の宮廷を偲び、詩人アリオスト、タッソーについて語る。パルムでは、スタンダール鍾愛の画家コレッジオを礼賛し、ミラノでは、ペリコ、コンファロニエリ、アンドリアーヌなど、シュピールベルク幽閉の囚人を想起して、オーストリア統治への反撥を明らかにする。

ところで、『僧院』では、ワーテルローとそれに続く章で、作者は、アリオスト、タッソー、ペリコ、アンドリアーヌの名を繰り返し挙げている。

特に注目すべきは、アレクサンドル・ファルネーゼ将軍（古文書のアレクサンドルの曾孫）に関する叙述である。『僧院』で、旅役者ジレッチを殺したあと逃亡していたファブリスが、策略により逮捕され、ファルネーゼ塔に入れられる場面がある。この塔は、スタンダール『ローマ散歩』の記述にもあるローマのサン・タンジェロ城がモデルと考えられており、現実のパルムには存在しない。作者はファルネーゼ塔建設の由来を述べたあとで、こう書く。

塔の古さを証明するため、幅二尺縦四尺ある入り口の上に、有名な将軍のアレクサンドル・ファルネーゼが、アンリ四世にパリの包囲を解くよう強制する場面を描いた見事な浮彫りが取りつけてあった。（第一八章）

15 AOUT 1835. — JOURNAL DES DÉBATS — MERCREDI.

POLITIQUES ET LITTÉRAIRES.

ON S'ABONNE rue des Prêtres-Saint-Germain-l'Auxerrois, n° 17. PRIX : 30 francs pour trois mois. 40 francs pour six mois. 80 francs pour l'année.

ON REÇOIT LES AVIS A INSÉRER tous les jours, depuis dix heures du matin jusqu'à quatre heures, au Bureau du Journal. LE PRIX DES INSERTIONS est de 1 fr. la ligne.

「デバ」1835年8月15日号

このアレクサンドル・ファルネーゼは、第三代のパルム・ピアチェンツァ公で、フランドルでフィリップ二世の将軍をつとめていた。スタンダールは『ローマ散歩』（一八二九年）のなかで、「アンリ四世の好敵手としてふさわしい偉大な将軍(12)」と述べている。『僧院』ガルニエ版（一九五四年）の編者アンリ・マルチノーは、『僧院』のこの箇所に註をつけ、実際のパルムにはこの将軍の記念となる建物はなく、ピアチェンツァにある将軍の銅像とその台座の浮彫りから想を得たのだろうと推測している。

だが、ジャナンの記述を見ると、こう書いてある。

パルムには地下廟があって、そこには、アンリ四世から高く評価されていたかの偉大な将軍アレクサンドル・ファルネーゼの墓が入っている。

マルチノーの註釈とは違い、ジャナンはこの将軍の墓がパルムにあることを指摘している。この指摘は、パルムの街とファルネーゼ家との深いつながりを想起させるものであった。スタンダールは、ジャナンを参照したのではあるまいか。「デバ」紙はスタンダールがよく読んでいた新聞であり、ジャナンは「デバ」紙常連の批評家として、『赤と黒』の書評も書いている。スタンダールは、のちに『赤と黒』の紹介文を書くときにも、ジャナンの書評からいくつか文章をそのまま借用している(13)。

『僧院』第一部で、ファブリスはミラノからパルムへ行き、逃避行のあいだに、フェラーラ、ボローニャに滞在し、捕らわれてパルムに戻るが、ジャナンの旅行の最後の日程はボローニャ、フェラーラ、パルム、ミラノとこの四都市を経由するのである。イタリアをよく知り、イタリアに関する著書をもつスタンダールであるが、ジャナンの旅行記にあらためて刺激を受けたように思われ、興味深い。

（2）バザン『ルイ十三世の歴史』

一八三八年八月二四日、スタンダールはバザンの『ルイ十三世治下のフランス史』(14)を面白く読んでいる、と手紙に書く。当時、全四巻のこの『フランス史』のうち、最初の二巻のみが刊行されていたが、その二巻の内容は、一六一〇年から一六二八年の時期を対象として、アンリ四世の暗殺、王妃マリー・ド・メディシスの摂政政治、王妃のリシュリュー登用、ルイ十三世の母王妃追放、リシュリューの宰相就任、ラ・ロシェル攻囲戦の勝利などの事件をふくんでいる。

『僧院』の方では、父のパルム大公エルネスト四世の死後、若い新大公エルネスト五世は、父の暗殺の真相を調べて犯人の処刑を迫る司法大臣ラッシに対し、いかなる態度をとるべきか困惑し、母の大公妃とともに女官長のサンセヴェリーナ公爵夫人に相談する。その重苦しい雰囲気のなかで、

また、たっぷり一五分沈黙が続いた。遂に、大公妃は、昔、ルイ十三世の母のマリー・ド・メディシスが演じた役割のことを考えついた。この日まで毎日、女官長は読書係の女性に、バザン氏のすばらしい『ルイ十三世の歴史』を読ませてきたのだ。大公妃はたいへん立腹していたが、公爵夫人がこの国を出て行くかも知れないと思った。そうすると、彼女に恐ろしい思いをさせてきたラッシがリシュリューを真似て、息子に彼女を追放させるかも知れない。（第二四章）

バザンの著作名の引用は、この場面では深い意味をもつ。父アンリ四世が暗殺され、母の王妃マリー・ド・メディシスが摂政となるとともに、年若いルイ十三世が後継者となり、有能な宰相リシュリューが登場する、という構図は、『僧院』における父の大公の暗殺による死、母大公妃の存在、年若い新大公、有能な宰相モスカ伯という設定と似ているのである。『僧院』を読むと、大公妃は息子に迫害されるのではないかと再三心配し、息子に代わって自ら治めたいと思われているのではないかと懸念する（第二四章）。『僧院』のこの部分には、スタンダールが読

んで面白いと思ったバザンの著作の影響がうかがえる。[15] バルザックはこうした構図を読みとり、「ベイル氏研究」のなかで、モスカと新大公の関係について、「モスカはこの小型のルイ十三世のリシュリュー」だと言っている。ここでもまた、スタンダールはフランス語材源の助けを借りているのである。

2　一八三八年九月

（1）アンドリアーヌ『回想録』書評

一八三八年九月一日、スタンダールは、「従軍酒保の女とアレクサンドルの章[16]」の仕事をしたというメモを書いている。この部分は、『僧院』の第三章、ワーテルローの戦いの章に相当する。主人公の名はまだファルネーゼ家古文書のままであり、ファブリスと変更するのは一一月八日のことである。[17]九月二日、スタンダールはファブリス（この段階ではアレクサンドル）が眺めたワーテルローの戦線背後の情景を口述筆記している。[18]九月三日、スタンダールは、『僧院』の構想を得て若干の枚数を仕上げている。[19] このあと、一一月四日に最初の原稿に手を入れ、一一月八日から一二月二六日の間の短い期間に、『僧院』を完成するのである。

このように見てくると、スタンダールは九月はじめに構想を固め、一一月はじめに初稿（若干の枚数）を修正し、続きを作っていったことになる。

ここで注目すべきは、九月はじめにフランスの二つの新聞に発表された、アレクサンドル・アンドリアーヌ『ある国事犯のシュピールベルク監獄回想録[20]』の書評である。掲載紙は、「立憲」紙九月二日号、「シエークル」紙九月四日号であった。[21]

スタンダールは、『僧院』の第五章でこのアンドリアーヌの『回想録』に触れ、「物語のごとくおもしろく、タキトゥスのごとく後世に残るだろう」と感想を述べている。『僧院』第一部では、シュピールベルク監獄の恐怖のイメージが再三繰り返されるが、そのイメージは、シルヴィオ・ペリコ『我が牢獄』やアンドリアーヌ『回想録』から汲み上げたものであろう。『僧院』において、巨大な塔の上に作られた牢獄の構造、その牢獄からの脱獄、二度の入牢と毒殺の危険などの物語の原型は、ベンヴェヌート・チェリーニの自伝『生涯』に負うところが大きいが、牢獄のイメージはペリコとアンドリアーヌにも負っている。特に、『僧院』における牢獄生活の要点は、アンドリアーヌに多くを借りている。しかも単に牢獄の場面のみでなく、牢獄の外部で囚人の救出に苦慮する貴婦人の奔走や、宮廷における君主、宰相、判事の関係など、作品の基本的な構図にまで、アンドリアーヌ『回想録』の影響を受けているのである。(22)

この『回想録』は、「フランス出版目録」によると、前半の二巻は一八三七年一〇月二一日、後半の二巻は一八三八年九月一五日の各号に出版が報告されている。(23) 特に後半の第三巻、第四巻がシュピールベルク監獄における獄中記になっていた。スタンダールが作品の構想を得るのは九月三日であるが、作品の構想に占めるシュピールベルクに似た牢獄部分の比重を考えると、『回想録』後半の二巻の書評、とりわけ、九月二日の「立憲」紙の書評の役割は重要であると思われる。

「立憲」紙の書評（ベルヴィルによる）は、前半の二巻の内容に触れた後に、オーストリアにはフランスのごとき政治犯に対する敬意が欠如していることを指摘し、シュピールベルクの国事犯が精神的、肉体的にどのような虐待を受けたか、『回想録』の内容に従って紹介する。だが、暖かい色合いもなかったわけではないとして、好意ある典獄、友情で結ばれたペリコなどの同囚をあげ、特に、獄外で救出に奔走する三人の貴婦人やアンドリアーヌの姉の名をあげる。

第11章で述べるが、この三人の貴婦人のうちの一人は、マチルド・デンボウスキであり、スタンダールのミラノ滞在中の宿命的な不毛の恋の対象であり『恋愛論』（一八二二年）の恋愛心理の分析の源となった女性であった。アンドリアーヌ『回想録』は、マチルドの献身的な奔走とその死（一八二五年）を描いているが、書評も同じ内容のことを告げている。

「立憲」紙はスタンダールが最もよく読んだ新聞のひとつであり、『僧院』においてもこの新聞の名は何度も引用され、ファブリスは危険を冒して「立憲」紙を読みに行く。一八三八年九月二日、スタンダールが「立憲」紙を読んだとすれば、彼はシュピールベルクの獄中記の要約から作品発展の手がかりを得るとともに、なつかしいマチルドの名を見出して、マチルドと別れた一八二一年のミラノの状況を思い出したにちがいない。彼が作品の構想を固めたのはその翌日だったのである。

九月四日の「シエークル」紙の書評も、『回想録』の内容をかなり忠実に要約するものであったが、特に、オーストリア皇帝がシュピールベルク監獄の統治に全権をふるい、宰相メッテルニヒの容喙も許さないことを指摘している。これは、『僧院』の牢獄に関するパルム大公と宰相モスカの関係でもある。また、この書評は、皇帝が政治犯の精神を管理するため、「受動的服従」obéissance passive を強制している、と指摘する。ところで『僧院』では、ファルネーゼ塔の監獄で、ファビオ・コンチ将軍が考案し、パルム大公の賞讃を受けた囚人室が、この奇妙な名称をつけられているのである。

(2) オーストリア皇帝のミラノ行幸

一八三八年八月から九月にかけて、フランス各紙は、オーストリア皇帝、皇后と宮廷の一行のミラノ行幸に関する記事を再三掲載している。たとえば、「デバ」紙九月四日号を見ると、[24] ミラノに向かう途中の皇帝一行は、コモ湖に滞在し、蒸気船に乗って美しい風光を賞でるが、その一行を有名な歌手ジュディット・パスタの甘美な歌声が湖上で歓迎するのである。このあと、下船した一行は、宰相メッテルニヒなど廷臣たちに迎えられる。「民衆の歓呼の声は絶えることがなかった」と記者は書いている。夜、湖畔の街には美しく照明がほどこされ、湖面を美しく彩るのだった。

言うまでもなく、コモ湖の美しい風光は、『僧院』の物語の発端において重要な意味を持っており、この記事はそのことを想起させる。イタリアの歌姫ジュディット・パスタとスタンダールは王政復古時代のパリでの知り合いであり、スタンダールは『ロッシーニ伝』（一八二三年）や自伝『エゴチスムの回想』（一八三二年）第七章で詳しく彼女の人物像を描いている。さらに、コモの街の照明は、パルム大公暗殺後のサッカの照明を思い起こさせないだろうか。

「デバ」紙はさらに、九月九日号で、皇帝一行の壮麗なミラノ入城の様子を報告している。コルソを通って入城する宮廷の人々の馬車とそれを眺めるミラノの人々の感嘆などである。スタンダールは、『アンリ・ブリュラールの生涯』では自らのミラノ入城を描き、『ナポレオン回想録』『僧院』ではナポレオンのミラノ入城を描いたが、ここにもう一つのミラノ入城があったのである。

（3）オペラ『ベンヴェヌート・チェリーニ』

一八三八年九月一二日、一三日、スタンダールはイタリア古文書を材源とした物語『カストロの尼』第一部（第五章まで）の原案を口述筆記して仕上げる。[25] この作品全体が完成するのは翌年二月となる。この時期、スタンダールは『僧院』の構想を暖めながら、同時進行で『カストロの尼』を仕上げていったのである。

九月一五日、「デバ」紙は、ベルリオーズのオペラ『ベンヴェヌート・チェリーニ』の劇評を掲載する。[26] チェリーニの自伝『生涯』は、『僧院』の構想で重要な役割を果たしている作品である。スタンダールは、『イタリア絵画史』（一八一七年）や『ローマ散歩』（一八二九年）で彼の名を引用しており、特に後者では、サン・タンジェロ城で、チェリーニの自伝に描かれた、一五二七年の皇帝軍に対するチェリーニ活躍の場面を思い出している。[27]

この劇評では、ベルリオーズのオペラは酷評を受けている。評者は脚本（レオン・ド・ヴァリ、オーギュスト・バルビエ）の不自然さを責め、「何たる主人公、何たる主題」と再三繰り返す。次々と重ねられる冒険も意味がなく、ミケランジェロなど同時代人の扱いも悪い。「主人公は俗悪で下らない。彼は絶えず罵詈雑言を口にし、剣を手にしている。」このオペラの主題はいったい何なのかと厳しい非難を行っている。一方、「ルヴュ・ド・パリ」九月号[28]でも酷評されているが、今度は、ベルリオーズの音楽が対象である、彼のオペラでは「テノールがバスの領域に進出し、オフィクレイド（十九世紀の銅製管楽器）がフルートやオーボエの音を出す」として、ベルリオーズの新しい試みが非難される。

ベルリオーズの『回想録[29]』を見ると、彼がチェリーニの自伝に興味を抱き台本を依頼したがその内容が悪く、さらに上演までさまざまな妨害を受け、しかも「デバ」紙の反感を買っていたことなど、このオペラ失敗の事情が明らかにされている。スタンダールとベルリオーズは同郷人でありながら、相容れぬ要素をもつ芸術家とみなされているが[30]、スタンダールは、ベルリオーズのオペラ失敗のあと二ヶ月後に、チェリーニの自伝に材をとりながら『僧院』を作るのである。見方を変えれば、スタンダールはベルリオーズとは別の彼独自の方法でチェリーニの自伝を翻案したと言うことができるだろう。

3　一八三八年一〇月

（1）「シエークル」紙の描くナポリ事情

一八三八年一〇月一二日、スタンダールはパリを出発し、オルレアン、ナント、レンヌ、カーン、オンフルール、ル・アーブル、ルーアンを経て、一一月二日にパリに帰還する旅に出た[31]。このあと、パリに帰ってすぐ『僧院』の創作を再開するわけである。

『僧院』との関係で興味深いのは、「シエークル」紙、一〇月二四日号の「ナポリの宮廷と街」という記事である。[32]これは、ナポリ在住のフランス人が、最近パリでも評判になったオペラ『ポリウクト』の上演禁止の実情を知らせるという体裁をとっている。それによると、作曲家ドニゼッティは、歌手ヌーリのため、オペラ『ファウスト』を書くが、上演禁止になる。宗教劇ならよかろうということで、コルネイユ『ポリウクト』を選び、台本を総譜に合わせるかたちでオペラを作るが、またもや検閲にかかり、上演禁止となる。歌手のヌーリはナポリ王に直訴し、王の権限で検閲委員会が改組され、新委員会は『ポリウクト』に上演可能の判定をするが、今度は王の気が変わり上演禁止の決定となる。台本作者はやむをえずヴォルテール『ゲーブル』*Les Guèbres* を新台本にしようと考えており、作曲家のドニゼッティは『ポリウクト』のパリ上演を考えているというのである。

この記事ではさらに、先代のナポリ国王（ブルボン家フェルディナンド一世、一七五一―一八二五）がたいへん迷信深く、じっと見つめられると不幸が到来するという魔眼（cattivo occho）の伝承を信じていたと述べている。この王は、ナポリの美術館長が魔眼だという噂があったので、この美術館を訪ねないようにしていた。芸術愛好心よりは迷信を信ずる心の方が強かったのである。しかし、美術館に新しい絵が入ったある日のこと、手紙による館長の切なる懇願に負けて、王は美術館に行き、魔眼の一瞥に遭い、その翌日この世を去ったのであった。

ところで、スタンダールは『ローマ・ナポリ・フィレンツェ（一八二六年）』のなかで、ナポリに広く定着した魔眼（iettatura）の迷信に触れ、ナポリ王と美術館長の同じ物語を書いている。[33]スタンダールはこの話を一八二四年のこととしている。ドン・ジョという美術館長に魔眼の噂があり、ナポリ王フェルディナンド（一世）はこの館長の頼みがあるにもかかわらず会おうとしない。八年を経てようやく、館長の友人たちの懇請により、王は謁見を許すことになるが、その謁見の二十分間、王は落ち着かない様子で（魔除けの）小さいさんごの角をにぎりしめていた。しかし次の夜、王は卒中で倒れたのであった。このようにスタンダールの物語は細部に異同があるにしろ、同じナポリ王が魔眼の持ち主と言われる美術館長と会見した直後に倒れるという展開は、「シエークル」紙の記事と同一の物語である。従って、スタンダールがこの記事を読むことがあれば特別な興味を抱いたことであろう。

「シエークル」紙の記事の紹介を続けると、この記事の筆者は現国王についてこう書く。「現国王が迷信深いか否かは皆さんの判断にまかせよう。年若くして王になったのは魔眼のおかげだったのだから。しかし、迷信信仰はこの王の二番目の欠点にすぎない。」この筆者によると、現国王は王位に就くとすぐ、先王の時代からの流行で宮中に飼育されていたたくさんのカナリヤを空に解き放った。これは「このすぐれた王が現在までに行った唯一の自由主義的行為」であり、「カナリヤの牢獄」が空いた分を、あとで自分の臣下の方で埋め合わせをした、というのである。これはまことにスタンダール的筆致と言えよう。さらに、現国王フェルディナンド二世（一八一〇—一八五九）について、死別した最初の王妃は、王を賤民あつかいしていたこと、二番目の現王妃はオーストリアの宮廷出身で道徳的に厳しく、芝居を検閲することで民衆の人気を失くしている、という。「『ポリウクト』を上演禁止にするのはかまわないが、検閲だからと言って、バレーの踊り子に脚が見えないようだぶだぶのトルコのパンタロンをはかせて踊らせるのはたまらない」と筆者は嘆いている。

また、現国王フェルディナンドは自分が立派な将軍であるとの自負を抱いていて、自分の軍隊に非常に力を入れ、絶えず戦時体制に置き、時々、総員非常呼集をかけ、国王自身、全軍の先頭に立って、何時間にもわたって、夜中の強行軍を強いるのである。そして、宮廷に戻ると、皆、国王の軍事的才能を賞めそやすのであった。

さらに、王妃が宝くじに熱中していること、大臣たちが給料は安いが、旅券に署名することでお金を得るなど小さい特権を持っていること、ナポリの人々の最大の楽しみである劇場のこと、上流階級の人々がのびやかな態度で行き交うコルソの様子、フランスの新聞が二、三のものを除いて禁止になっていて、その講読は密輸とみなされることなどが述べられている。

この「シエークル」紙のナポリに関する記事を読んだあとで、『僧院』を眺めてみよう。ファブリスは、ワーテルローから帰還後、叔母の勧めもあって、四年間、ナポリで勉学する。ナポリは、ファブリスの運命を変え、少年から青年に変貌の機会を与えた重要な街となる。

『僧院』によれば、四年の勉学を終えたファブリスは、一八二一年、パルムに到着する。叔母の公爵夫人の願いにより、彼は到着二時間後にパルム大公に謁見を許される。

はじめ、好意的な言葉を二三かけてから大公はファブリスにこう言った。

「ところで猊下、ナポリの人民は幸福ですか。国王は愛されていますか。」

「殿下」ファブリスは一瞬も躊躇せずにこう答えた。「町を通って国王陛下の諸連隊の兵士のすばらしい様子に感心しておりました。上流社会の人々は当然のことながらその主君を尊敬しております。また、私は、下層階級の者が賃金を払っている仕事以外のことについて私に話かけることは決して許しませんでした。」（第七章）

スタンダールは、この場面を一八二一年の事柄として書いている。史実は、ナポリ王国に一八二〇年、立憲革命が起きるが、国王の裏切りのため失敗して鎮圧されたのであった。そしてこの反乱が全イタリアに反オーストリアの気運を作り出すのだが、スタンダールは、『僧院』のなかでそのことに触れていない。その点、大公とファブリスのこの対話も、一八三八年一〇月二四日の「シエークル」紙の記事を参照する方がよく理解できる。

「ナポリの人民は幸福ですか」という質問に対しては、人々の最大の快楽である演劇を検閲で取り締っている実情を見れば明瞭であるし、「国王は愛されていますか」という問いに対しては、「シエークル」紙の記事にある、先代の国王と現国王の行動に対する批判的な叙述を見れば充分であろう。国王陛下の連隊に対するファブリスの讃辞は、新聞記事のなかで述べられている、現ナポリ国王の命ずる強行軍で疲労困憊した国王陛下の軍隊に対する辛辣な諷刺以外の何ものでもない。スタンダールの文章の裏に潜むこうした色調は、「シエークル」紙の記事を参照してはじめて理解できるものなのである。

さらに、大公との謁見の場面の最後に、スタンダールは、ナポリに滞在していたファブリスが、「フランスの新聞を読むことに喜びを覚え、それを手に入れるために無謀なことさえ行った」と書いているが、これもまた、「シエークル」紙の記事にある、ナポリでは、フランス新聞の購入が密輸行為とみなされる、という一節と対応するのである。

(2) オペラ『ポリウクト』

ファブリスはパルム大公の謁見を済ませたあと、叔母のところに戻ると、すぐに大司教ランドリアーニ師のところへ行くよう勧められる。叔母はこう言うのだ。

「ランドリアーニ猊下は生き生きとした広く深い才智をもった人です。彼は誠実で徳を愛しています。もしデシウス帝がこの世に再来したら、先週上演されたオペラ座の『ポリウクト』のように、彼はきっと殉教すると思います。」（第七章）

叔母はこの大司教に是非とも気に入ってもらうようにとファブリスを送り出すのであった。

『僧院』ガルニエ版（一九五四年）の校註（マルチノー）[34]によると、ナポリで上演禁止になったドニゼッティの『ポリウクト』は、改作されて『殉教者たち』と題名を変え、一八四〇年四月一〇日、パリのオペラ座ではじめて上演された。一八三八年末の『僧院』創作の時期、準備中のこのオペラについて何か噂があったかも知れないが、（作中の）一八二一年のパルムで、このオペラの上演について話すことは時代錯誤にならずには済まないので、スタンダールはこの点については慎重にあいまいな態度をとった、というのがマルチノーの解釈である。

ところが、「シエークル」紙のナポリに関する記事を参照してみると、スタンダールの態度は明瞭になる。スタンダールは上演禁止の『ポリウクト』が上演されたかのごとく述べている。スタンダールはここで、大公の謁見の場面でのナポリ国王、人民、軍隊への言及と同じように、『ポリウクト』についても事実と反対を述べているのである。「シエークル」紙の記事では、『ポリウクト』上演禁止にまつわるナポリ国王の気まぐれ、芝居検閲に関する王妃の滑稽な態度が戯画化されて語られている。この記事では、ナポリの宮廷と軍隊がカリカチュアとして描かれているのだ。このことを念頭におくと、スタンダールのナポリの国王、人民、軍隊、オペラへの言及は、スタンダール流のもう一つの新しい戯画化、パルム大公とその宮廷のカリカチュア化につながると言えよう。[35]

(3) ヴォルテール『コルネイユ註釈』

「シエークル」紙の記事のなかでは、コルネイユとヴォルテールの作品名が登場したが、スタンダールは、このフランス西部旅行の終りごろ、不思議な一致と言うべきか、ヴォルテール『コルネイユ註釈』[36]を読んでいた。この本はスタンダール没後、友人のドナート・ブッチの許に残され、その後、所有者の変更があり、なかなか参照できなかったが、一九八二年になってようやくこの本に書き込まれた重要なメモが発表された。[37]

この『註釈』のなかでヴォルテールは全体的にコルネイユに対して厳しく、典雅で秩序あるラシーヌを推賞しているが、これを読んだスタンダールは、ヴォルテールを批判し、コルネイユに自らの文学の源泉を求めようとするのである。スタンダールはメモのひとつにこう書いている。

この『註釈』は良識に満ちているが（それは）崇高性を感じることのない人間の良識なのだ。ラシーヌの文体の（判読不明部分）法則をコルネイユに適用するとしたら、それはたとえば、ギリシャ建築の法則でゴシック建築を評価することになる。

私はいつもそう考えるというよりは感じてきたのだが、コルネイユのように書くべきであって、ラシーヌのようにではないのだ。コルネイユにはフランス語の真の文体がある。ラシーヌには文章を組み立てるだけのことしかないのだ。[38]

ここでスタンダールは、フランス古典主義文学の重要な条件である「良識」bon sens を持ち出してコルネイユの「崇高性」と対比させ、ヴォルテールに反撥している。では、ヴォルテールは『註釈』のなかでどのようにコルネイユとラシーヌを比較しているであろうか。

たとえば、『ポリウクト』を眺めてみよう。これは『聖ポリウクトの殉教』という聖者伝に材を求めたことから明らかなごとく、キリスト教殉教を背景にした劇である。四世紀アルメニアの貴族ポリウクトは、禁制のキリスト教に改宗したばかりだが、彼は既に結婚していて、相手はローマ人総督の娘ポーリーヌである。彼女には昔、セヴェールという恋人がいたが父に別れさせられ、父の命で結婚する。彼女はセヴェールが戦死したと思っている。そこへ、今はローマ皇帝の信頼厚い騎士となったセヴェールがこの国にやってくる。ポーリーヌは彼に自分の結婚を告げ、二度と会うまいとする。このよく知られた再会の場面のポーリーヌ自身の言葉にヴォルテールは註をつける。

Pauline a l'âme noble, et parle à coeur ouvert.（ポーリーヌは気高い魂を持ち、心を開いてお話し申し上げます。）

（第二幕第二場第三行）

高貴な魂を持てば持つほど、そのことを口に出すべきではない。芸術はこうした高貴さをそれと言わずに悟らせることにあるのだ。ラシーヌは一度たりともこの法則に反したことはなかった。コルネイユはいつもその主人公たちに自分が偉大だと言わせている。もし彼らが偉大だとしても、そうすることは彼らの品位を下げることになるだろう。高潔さの逆は、自らを高潔であると自ら言うことなのだ。[39]

前述したごとく、スタンダールは、ラシーヌに適用できる法則でコルネイユを評価しようとするヴォルテールの方法を非難している。コルネイユの「崇高性」の理解が足りないというのである。

ところで、スタンダールがこうしたヴォルテールのコルネイユ解釈に触れるのははじめてではなかった。一八〇二年、一九歳のスタンダールは、クレマンの『ヴォルテール氏への書簡集』[40]を熱心に読み、メモをとっている。V・デル・リット『スタンダールの知的生活』[41]（一九五九年）によると、クレマンの『書簡集』はヴォルテールの『コルネイユ註釈』を厳しく批判するものであり、コルネイユをラシーヌの上に位置づけて擁護するものであった。クレマンは特にコルネイユの「崇高性」について、「コルネイユは最高度の崇高性を含むこうした多くの特性によってラシーヌよりすぐれている。ラシーヌはそうした崇高性に近づくことはほとんどなかったのだ[42]」と言っている。このような「崇高性」の主張は、スタンダールの一八三八年のメモと同じである。スタンダールが一九歳で読んだ本の論調が、五五歳で書いたメモに蘇るわけである。その直後に創作する『パルムの僧院』という作品のなかで、「崇高」という観念がいかに重要か、あらためて認識せざるをえない。「ベイル氏は、崇高が一章毎に炸裂する本を書かれた」（「ベイル氏研究」）というバルザックの指摘はまことに正しいのである。

スタンダールは『僧院』の口述筆記がすでにはじまっていた一一月一〇日、まだヴォルテールの『註釈』を読んでいた。そして「『新エロイーズ』のプランは、『ポリウクト』から取られたようだとずっと思ってきた[43]」とメモしている。たしかに、夫と妻と昔の恋人の三人が物語を構成していて、妻は親の命令により結婚したのであるが夫に貞淑であり、夫は妻の昔の恋人に対して理解を示す、という設定は、この二つの作品に共通するであろう。しかし、より興味深いのは、『僧院』のクレリアが『ポリウクト』のポーリーヌに似ている部分があるということである。父の命令に従って結婚したクレリアが昔の恋人ファブリスに再会して苦しむ設定は、『ポリウクト』のそれであり、上演当時に論議を呼んだ地上の愛と神の愛の混淆、観衆の心を惹いたポーリーヌとセヴェールの愛の魅力などが[44]、『僧院』にも流れこんでいるように思われる。

4　一八三八年一一月

一八三八年一一月、スタンダールはフランス西部の旅行から帰り、すぐに『パルムの僧院』に再着手する。九月に作っておいた原稿の最初の二〇ページを一一月四日に修正し、一一月八日には、ワーテルローの場面を直し、主人公の名をアレクサンドルからファブリスに変更する。修正分は原稿八〇ページ（第三章終りに相当）に達していた。[45] これ以降、驚異的な速さで口述筆記が続けられ、作品は一二月二六日に完成する。

『僧院』創作の本格的起点となるこの一一月八日、スタンダールは次のようなメモを書いている。「モスカはドン・ペドロとなるだろう。一一月八日の『ガゼット』参照。昨日、七時から八時、夕食をとりながら読む。[46]」『僧院』のモスカ伯爵の人物形成に関するメモである。

「ガゼット・ド・フランス」紙の一一月八日号には、アンスロ作五幕悲劇『マリア・パディラ』[47]の劇評が掲載されており、この劇の主人公の一人はたしかにドン・ペドロである。ドン・ペドロとは、十四世紀にカスティーリャのピエール残酷王（一三三四―一三六九）のことである。この劇評の筆者によれば、王子ドン・ペドロは宰相夫人付きの貴婦人マリアをひそかに熱愛し、ブランシュ・ド・ブルボンと結婚後もその関係は続く。ネロのごとき暴君となったドン・ペドロは、ブランシュを毒殺し、マリアも間もなく王妃に続いて世を去る。ドン・ペドロはマリアと秘密結婚していたと称して彼女の棺を王墓に入れるのであった。この物語は、モンテルランの『死せる女王』（一九四二年）の材源となった、ポルトガルの王子ドン・ペドロと秘密結婚したため父王に暗殺されるイネス・デ・カストロの話と似ているところもあり、あるいは関係があるのかもしれない。[48]

ともかく、この記事に描かれるドン・ペドロ像は、マリアに対する情熱恋愛を示す恋人とチェーザレ・ボルジア風の残酷な政治家との混合である。一一月八日の段階でスタンダールが何を意図していたのかは確言できないが、『僧院』のなかでモスカ伯が決して残忍な政治家になれなかったことを考えると、スタンダールが心に描いていたのはドン・ペドロと同じように激しい恋に身を委ねる恋する宰相の姿で、そこからモスカが嫉妬に焦燥するあのすばらしい場面が生れたのではないかと推測される。

結び に

このように見てくると、イタリアを舞台とした作品『パルムの僧院』の誕生にはイタリア古文書だけでなく、フランス語の資料が材源として使われていたことがわかる。その資料は、フランス語で書かれた歴史、回想録である場合もあり、新聞の記事である場合もある。そしてその資料が作者によってどのように使われたのかは、作品中の書名の引用、ある事柄への言及、作者自身のメモなどによって推察するほかはない。だが、こうした資料を少し詳しく眺めてみると、フランス語を経由して得られた作品への発想、イタリアに関する情報は、作品の誕生に際して予想外に重要な役割を果たしていることが明らかである。

一方、『僧院』の創作過程をたどってみると、最初の着想から構想を固めて口述筆記に至る時間的経過のなかで、スタンダールは、絶えずフランス語資料からの情報を摂取している。こうしたスタンダールの能動的な姿勢を示すのが、彼の新聞への関心である。イタリア古記録に小説着想のメモを書いた直後の一八三八年八月二〇日、スタンダールはある書簡でこう書く。

最良の新聞は「シエークル」紙と「コメルス」紙だ。(49)

さらに、『僧院』の口述筆記を終えたばかりの一八三九年一月三日、スタンダールは、ローマのチニ伯宛ての書簡でこう書く。

相変わらず、「コメルス」紙の講読をお薦めいたします。すべての新聞のなかで最も嘘を吐かない新聞ですから。「立憲」紙はたびたび敵に身を売るし、「ナショナル」紙は常軌を逸しているし、「デバ」紙はいつも敵に身を売るのです。「シャリヴァリ」紙はいつも面白くて、ヴォルテールと同じくらいの才智を示すのですが、この新聞が貴国に入っているかどうかわかりません。(50)

実際、今までの検討から、スタンダールはここにあげられた新聞の「シエークル」「立憲」「デバ」、さらには「ガゼット・ド・フランス」などから材源を得た可能性は非常に高いのである。

スタンダールの小説は、『赤と黒』がまさにそうであったが、作者が生きている時代の現代性を生き生きとした形で取り入れるのが特長である。『僧院』は一八三〇年以前の時代を題材とした叙事詩的枠組みから出発した作品だが、この作品においても作品誕生の年である一八三八年の現代性を帯びていることがフランス語資料を通して確認できたのである。そして、この現代性こそ、『パルムの僧院』という謎を秘めた作品を近代ロマネスクたらしめている重要な要素であると考えられる。

第10章　『パルムの僧院』と牢獄

——アンドリアーヌ『回想録』を読むスタンダール（一）——

はじめに

スタンダールの『パルムの僧院』(1)において牢獄の持つ意味はまことに重要である。作品前半で、主人公ファブリスはワーテルローの戦いに加わろうとして牢に入れられ、イタリアに帰ってからもたびたびシュピールベルク監獄の恐怖のイメージに脅かされる。作品の後半で、彼はパルム公国の城塞監獄ファルネーゼ塔に収監される。この不吉な塔は、パルムの専制主義政治の象徴として人々から恐れられている。だが、塔の高みに幽閉されたファブリスの眼には窓の向こうに夕日に輝くアルプス連峰が見え、窓の下の鳥小屋には城塞司令官の娘クレリアの美しい姿を眼にすることができるのだ。悲惨であるはずの牢獄のなかで主人公は幸福感を味わうのであり、牢獄は「幸福な牢獄」となる。さらに、主人公ファブリスはファルネーゼ塔からの脱獄という難事に見事成功する。

このように、『僧院』における牢獄のテーマは、作品の第一部から第二部へ、叙事詩的冒険から愛のロマネスクへと物語を展開させる重要な役割を担っている。牢獄は現実の専制政治を象徴する存在でありながら、その内に閉ざされた構造によって夢想を誘い、愛を誕生させるのである。従って、『僧院』の牢獄では現実の政治の厳しさが示されると同時に、逆説的とも言える牢獄生活の「快さ」「幸福」が示されるのである。

以上のような『僧院』における牢獄のテーマの重要性はさまざまな評家によって既に指摘されていることであるが、では、スタンダールは具体的にどのようにしてこのような牢獄のイメージを生み出していったのであろうか。前章でも触れたように、従来スタンダールが参照したと考えられてきたのは主として、チェリーニ、ペリコ、アンドリアーヌの回想録である。十六世紀の芸術家ベンヴェヌート・チェリーニの自伝『生涯』は十八世紀になって公刊され、この情熱に溢れたルネッサンス人の奔放な生涯が知られるようになった。スタンダールはチェリーニを高く評価しており、チェリーニの自伝には、ローマのサン・タンジェロ城から脱獄する場面があって、『僧院』の脱獄場面との共通性が指摘されてきた。ペリコとアンドリアーヌの名は『僧院』のなかにも出てくるが、この二人はそれぞれ、シュピールベルクに関する獄中記を一八三〇年代に刊行している。ペリコの『我が牢獄』の方が先に出版され、シュピールベルクの名を衝撃的に広めたからであろう、『僧院』の牢獄についてはペリコの名がよく引用される。イタリアの詩人シルヴィオ・ペリコは政治犯として逮捕され、シュピールベルクへ一一年間、幽閉される。一八三二年、イタリア語で刊行されたこの獄中記はただちに各国語に翻訳された。ヴェネチアの鉛の独房の暑さに苦しみ、シュピールベルク監獄の鎖の重さに耐える詩人の姿はヨーロッパの識者の関心と同情を集めた。

だが、『僧院』を調べてみると、アンドリアーヌの『回想録』との関係が従来考えられてきたよりもはるかに深いことが明らかになってくる。では、この著作はどのようなものであったのか。

アレクサンドル・アンドリアーヌ（一七九七―一八六三）の『ある国事犯のシュピールベルク監獄回想録』（一八三七―三八年）は、全四巻、一五〇〇ページを越える大著である。一八二〇年代、イタリアの秘密結社への密命を帯びたフランス人青年がミラノで逮捕され、イタリアを統治しているハプスブルク帝国の法廷で裁かれ、悪名高いシュピールベルク監獄で服役後、釈放されるまでの経緯がこの『回想録』の主題であるが、獄中の描写は決して単調でなく、読書と思索による内面生活が文学的筆致で語られると同時に、服役中のイタリア独立を願う革命家の群像が生彩をもって描かれている。しかも、獄外で釈放のため奔走する主人公の姉が綴った日記を挿入することによって、もうひとつの視点から現実が眺められる。この姉に対するミラノのオーストリア警察の冷徹な態度、厳しい裁判の判決へのミラノ市民の反応、宰相メッテルニヒの主人公の姉に対する人間的な応待、峻厳極まりない皇帝の謁見など、まことに興味深い場面であって、この『回想録』を単なる獄中記の域を越えたものにしているのである。

アンドリアーヌの『回想録』は、ペリコの作品より四年遅れてパリの著名な書店ラドヴォカから刊行されるが、ペリコのものほど熱狂の対象にならなかったようである。ペリコの二番煎じとみなされたのであろうか。ともかく、この『回想録』は、ペリコの『我が牢獄』に比べて叙述も詳しく分量も約五倍あり、内容も多彩なのであるが、あまり注目をひくことはなかったのである。

しかし、この書物に感動した人がいなかったわけではない。ナポレオン三世皇后ウージェニーはモンチホ家令嬢だった娘時代、アンドリアーヌの『回想録』に熱狂した、と回顧している。ウージェニーは『パルムの僧院』成立に関わりのある女性で、この作品の執筆を始めたころ、作者スタンダールはモンチホ家に出入りしていて美少女ウージェニーとその姉のためにナポレオンの物語をしてやっていたのである(6)。

その『パルムの僧院』第五章で、スタンダールはアンドリアーヌの『回想録』に触れて、「物語のごとくおもしろく、タキトゥスのごとく後世に残るだろう」と言っている。スタンダールが自らの作品のなかでこのような賞讃を示すことは珍しい。彼はこの著作の魅力をよく心得ていたと言えよう。

先の章でも述べたように、『僧院』の最初の着想は一八三八年八月半ばであり、九月はじめには構想が固まりつつあった。『僧院』の原案は十六世紀のローマの物語「ファルネーゼ家栄華の起源」であったが、スタンダールは十九世紀のミラノとパルムに舞台を置きかえ、物語の「現代化」を図る。そしてこのあと、一一月に執筆を開始し、五三日という驚くべき短期間でこの作品を完成するのである。

『回想録』後半の二巻は、九月はじめ、ちょうど『僧院』の構想が固まるころ刊行された。原案に較べ、「現代化」されたこの作品では牢獄がはるかに重要な意味をもち、シュピールベルクの恐怖がたびたび語られる。そして、『回想録』後半の二巻は、まさに、シュピールベルクの内部を詳しく描いているのである。スタンダールが『回想録』に強い関心を示していることもあり、『僧院』誕生にアンドリアーヌの著作が影響を与えていることは確実と思われる。

この章では、『回想録』の内容、背景などを眺め、『僧院』との比較を行って、スタンダールの牢獄の描写に潜む意味を明らかにしたい。

1 『回想録』の内容

まず、『回想録』の内容を紹介しておきたい。第一巻は、一八一五年ごろの記述からはじまる。アンドリアーヌはナポレオン皇帝の没落とともに軍職を諦めている。このとき一八歳だったアンドリアーヌは、パリのたいへん裕福な家の出身で生活に困ることはなかったが、将来の目標を失って身を持ち崩す。放蕩児となってパリの街で歓楽の極みを尽くすのである。アンドリアーヌの母は既に世を去っていたが、母代わりの姉が心を痛め、弟を立ち直らせようと懸命の説得を行う。遂に心を動かされた弟は、改心して新たな勉学の道を志すのである。

アンドリアーヌはパリを離れ、南仏を経由して一八二〇年一月、ジュネーヴに到着する。はじめ勉学に励むが、やがて、大革命中「平等のための陰謀」で名を知られた革命家のミケランジェロ・ブオナロティ（一七六一―一八三七）に出会い、強い影響を受ける。ジュネーヴはヨーロッパ各国の政治亡命者が集まる街で、ブオナロティはイタリア人亡命者と連絡をとりながら秘密の革命運動を続けていた。当時イタリア全土がオーストリアの影響下にあったが、一八二〇年のナポリ、二一年のピエモンテと反乱が続いていた。イタリア北部はミラノを首都とするロンバルド・ヴェネト王国としてオーストリアの直接支配下にあり、強い弾圧を受けていた。

アンドリアーヌはブオナロティの組織に参加し活動を行うが、そのうちに文学、芸術に興味を抱き、イタリア留学を考える。そのことを知ったブオナロティは彼に秘密指令を託す。一八二二年一二月、サン・ゴタール峠を越えてイタリア領に入り、ミラノへ到着する。オーストリア警察の厳しい弾圧に驚いた彼は、任務放棄を考え、ブオナロティに連絡するが、時すでに遅く、一八二三年一月一八日、携行の重要書類とともに、警察に逮捕される。

アンドリアーヌは、ミラノのサンタ・マルガリータ監獄に入れられ、判事サルヴォティの激しい訊問を受ける。容疑は国家反逆罪であった。この監獄はペリコの獄中記の冒頭にも登場し、スタンダールも『僧院』のなかで名前を出している。『回想録』では、訊問の状況や、取調べ室への往復で目にした光景、担当の看守との会話や、壁を叩く方法で隣室の政治犯と情報を交換する光景など獄中生活の細部が描かれている。一方、彼を救うため、彼の兄の一家がミラノに長期滞在して奔走するが、その奔走の記録として、姉の日記が、『回想録』に挿入されている。

このあたりから第二巻に入る。アンドリアーヌは壁による交信で、ミラノの秘密結社「フェデラーティ」(連盟者)の首領コンファロニエリ伯爵と知り合う。この人物は、ペリコとともに、ロマン主義をすすめた文芸紙「コンチリアトーレ」(調停者)の創始者のひとりであった。アンドリアーヌは、最終判決が出るまで、同じミラノのポルタ・ヌオーヴォ監獄に移される。判決言渡しは、最初、非公開の法廷で行われ、政治犯のなかでコンファロニエリとアンドリアーヌの二人のみが死刑を宣告される。だが直ちに減刑され、二人とも無期の重禁固刑でシュピールベルクへ送られることとなる。判決言渡しはもう一度公開で行われる。オーストリアの統治政策なのであろう、ミラノの広場の群衆の前で、鎖につながれた政治犯たちは刑を宣告される。この判決が出るまえ、テレサ・コンファロニエリ伯爵夫人はウィーンへ行き、皇帝、皇后に夫の減刑を請願している。その状況を詳しく告げるのは姉の日記である。第二巻の最後はシュピールベルクへの護送の旅であり、政治犯は鎖につながれて馬車にのせられ、目的地まで旅を続ける。

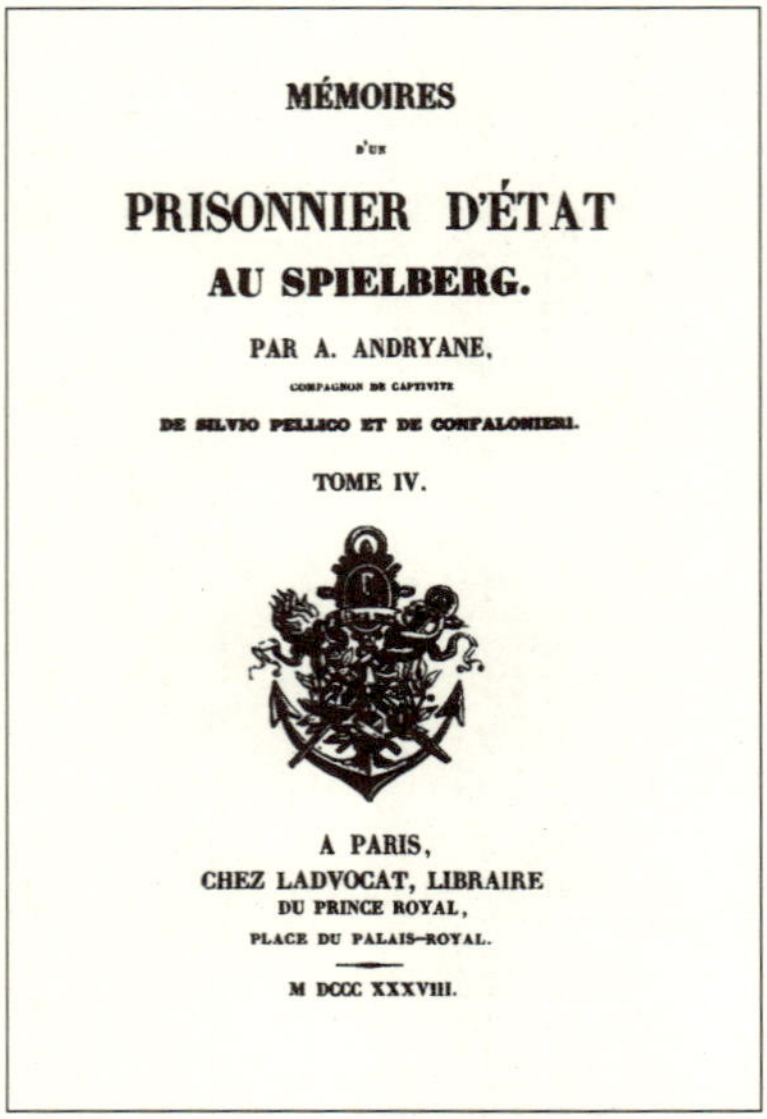
MÉMOIRES

D'UN

PRISONNIER D'ÉTAT

AU SPIELBERG.

PAR A. ANDRYANE,

COMPAGNON DE CAPTIVITÉ

DE SILVIO PELLICO ET DE CONFALONIERI.

TOME IV.

A PARIS,

CHEZ LADVOCAT, LIBRAIRE

DU PRINCE ROYAL,

PLACE DU PALAIS-ROYAL.

M DCCC XXXVIII.

アンドリアーヌ『回想録』第4巻，1838年刊（初版）表紙

第三巻、第四巻はシュピールベルクにおける獄中生活を描いている。この監獄は元来、モラヴィア（現在のチェコ東部）の都市ブルノの近郊にあるオーストリアの城塞であり、十七世紀半ばから監獄として用いられていた。この城塞は二五九メートルの丸い丘の上にあった。ここには強盗、殺人などの重罪犯などとともに国事犯が収容された。囚人は通常、両足に鎖をつけられ、最も重い監禁の場合、地下牢に入れられ、壁に鎖でつながれた。牢内の生活条件は劣悪であった。ただし、一八三八年、フランスの刑務視察官ルマクルはシュピールベルクを視察し、ペリコの著書の影響でこの監獄の状態が著しく改善されたことを報告している（『ガール県学会報告集』）[7]。

第三巻では、シラー、クラルなど著者に好意的な看守との交渉、ペリコ、マロンチェリなどとのシラーの仲介による手紙連絡、遅れて到着したコンファロニエリとの同房生活、コンファロニエリのウィーンにおけるメッテルニヒとの会見、アンドリアーヌの読書と執筆、古布ほぐしの不潔な労働、部屋変えでのコンファロニエリとの別れなどが語られる。

第四巻では、コンファロニエリが中心となってシラーも協力する脱獄計画、聴罪司祭ドン・ステファノとの対立から生れた著者の信仰への懐疑、新司祭到着による信仰への復帰、コンファロニエリの再同室、父の死の知らせ、脱獄計画の中止、マロンチェリが鎖の傷化膿による脚切断の手術を受けたこと、ペリコとマロンチェリの釈放、七月革命の報、コレラの流行、アンドリアーヌの釈放が語られる。挿入された姉の日記は、コンファロニエリの妻テ

レサの死、釈放されたペリコからの手紙、マロンチェリの訪問、フランスの王妃、王太子などへ協力依頼、パリからウィーンへの旅行、メッテルニヒの助言、皇后の厚意、皇帝の謁見と特赦の許可、弟のアレクサンドルとの再会、フランスへの帰国などを描いている。アンドリアーヌの在獄期間は一八二三年から三二年までの約十年にわたった。

『回想録』を刊行したあとのアンドリアーヌについてひと言のべておく。この本が出てから十年後、二月革命が起きる。一八四八年二月二四日は、国王ルイ・フィリップが退位し、亡き王太子の妃であるオルレアン公妃の議会における気丈な努力にもかかわらずオルレアン家に王位は戻らず、臨時革命政府が成立した歴史的な一日である。アレクシス・ド・トクヴィルは自らの『回想録』のなかでこの一日を冷静に描いているが、そこにアンドリアーヌが登場する。トクヴィルがひとりで歩いているとオルレアン公妃支持の国民軍の一隊に出会う。その指揮者のひとりがアンドリアーヌで、トクヴィルの腕を激しくつかみ、オルレアン公妃の救出と王政擁護を訴えるが、トクヴィルは、来る時期が遅すぎた、と答える。だが、その同じ日の夜、アンドリアーヌは急進派で革命をすすめるルドリュ＝ロランの下で総書記として働いていたのである。「すべての貪欲な移り気による行為のなかでも（こうした行為を書く革命の歴史はたくさんある）、この男の行為は語られ指摘されるに値するものである」（喜安朗訳『フランス二月革命の日々——トクヴィル回想録』岩波文庫）とトクヴィルは強い軽蔑の念を隠さない。

アンドリアーヌは第二帝政の一八五九年には軍を監督する軍事委員としてイタリア戦役に従軍する。しかし、ナポレオン三世はこの戦争で友軍であるイタリア軍を無視してオーストリア軍と単独講和を結び、イタリア人の民族解放の希望をつぶしてしまう。『回想録』でイタリア解放に同感していたアンドリアーヌとしてはまことに皮肉な結果である。このあと、彼はフランスのオワーズ県で一八六三年に没する。

ここで、アンドリアーヌ逮捕の原因となった秘密結社との関係について眺めてみよう。ブオナロティがアンドリアーヌに与えた使命とは何であったのか。今日では、押収された書類の内容は明らかになっていて、秘密を知ることができる。その内容は秘密結社「シュブリーム・メートル・パルフェ」（完全至高の親方たち）に関するものだったのである。ブオナロティ指導になるこの結社は以前からあった反ナポレオン、反フランス的な結社をブオナロティが再編成したものであり、各国の革命を推進する国際的組織として、いくつかの秘密結社をその指導下におき、ジュネーヴにある本部から指令を出していた。アンドリアーヌは一八二一年にこの結社に入会して、三段階あるうちの第二位の身分「シノード」（教会会議）に属し、「管区助祭」として下位の組織を監督することになっていた。イタリアのモデナの結社が発覚したあと、一八二二年に、その組織の本部は、書類の分量が多く携行に難がある旧規定を改め小さな用紙一枚に収まる程度に改変した。アンドリアーヌが携行を求められたのは、こうした新旧両方の書類であり、その分量に危険を感じるが断り切れず携行を承諾する。『回想録』によると、ブオナロティはこの書類に示されている規定、称号、暗号などにこの上なく固執していて、アンドリアーヌから見ると「意味のない規定集」が、ブオナロティにとってはこれから作る政治結社のためには不可欠であり、結社の入会者にとっては、特別の合図、暗号があることでその結社が重要に見えてくる、と主張する。

ブオナロティは、ジュネーヴの結社に参加していたフランス人青年アンドリアーヌがイタリア留学に赴くのを利用して、イタリアの組織との連絡、新組織の開拓を考えたのにちがいない。だが、アンドリアーヌが感じた通り、現地の状況は厳しく、彼は逮捕される。アンドリアーヌの逮捕により、オーストリア政府が動き、各地の亡命者に国外退去の措置がとられる。ブオナロティもその一人である。

ところで、『回想録』の記述で問題があるのは、著者が現実に秘密結社と深く関係しながら、記述を読むと浅い関係に見えることだ。アンドリアーヌはブオナロティの集会については触れるが、結社の組織や自らの位置については説明しない。従って、『回想録』を読んで与えられる印象は、一時の情熱に駆られて秘密結社の世界に足をふみ入れた青年が後悔して任務を放棄しようとするが間に合わず逮捕される、という政治の犠牲者の物語である。だが実際には、一八二四年の彼の判決を報道する長文の記事を載せたフランスの新聞(8)「モニトゥール」紙一月三〇日号、「デバ」紙一月三一日号を見ると、彼の自白と押収書類による審理により、彼の秘密結社との関係は明らかになっている。この事実は、彼の自白調書と押収書類両方を参照した研究者によっても確認されている（アーサー・レニング「ブオナロティとその秘密結社」一九五六年）[9]。従って、アンドリアーヌは、『回想録』のなかで、逮捕の原因について真実をぼかし、自らを犠牲者に仕立てていることは明白である。これは、第8章でも少し触れたが、彼が『回想録』を執筆していた一八三四年、三五年のフランスでは反政府的暴動が連続し、政治結社を取り締る厳しい法律が立法されるような状況であったため、結社の細部を描くのを避けたとも考えられる。だが、それ以上に、変り身の早い彼の性向を考えると、自らを美化する計算だったのではないかと思われる。自らも犠牲者に仕立て、さらに、話題の人ペリコや、英雄的愛国者としてのコンファロニエリの親しい友人、彼らの行動の証人として自らを印象づける、このような意図がアンドリアーヌにあったのではあるまいか。彼の『回想録』を克明に読むと、このような疑念が心をかすめるのである。

しかし、これは歴史の記述の信憑性に関する疑いであり、この『回想録』は物語としての興味に溢れていて、読者スタンダールを魅了してやまないものがあったのである。

2　『パルムの僧院』と『回想録』の共通点

『パルムの僧院』のなかでアンドリアーヌの『回想録』と明らかな共通点をもつ箇所を作品の進行の順序に従ってあげ、較べてみよう[10]。

(1)　まず『パルムの僧院』のファブリスと『回想録』のアンドリアーヌの間にはいくつかの類似点がある。この二人はほとんど同年齢で、アンドリアーヌは一七九七年生れ、ファブリスは一七九八年生れ、一歳ちがいである。アンドリアーヌはフランス人であり、ファブリスはイタリア人だがその真の父親はフランス人である。この二人ともナポレオンの下で戦い、ナポレオン賛美の情を抱いている。それと同時に、イタリアを圧制の外国支配から解放したいという情熱にも溢れているのである。

アンドリアーヌは、ナポレオンの没落後、軍人になることを断念し、パリで放蕩にふけるが、母代わりの姉の忠告で立ち直り、勉学をこころざしてジュネーヴに赴き、三年の滞在ののちイタリアに行き、ミラノで逮捕され監獄に入る。ファブリスの経歴も似ている。ワーテルローの参戦のあと、軍人になることを断念するが、「カフェの生活を送ること」も拒否し、母代わりの公爵夫人の忠告に従って、神学の勉強に三年ナポリへ行く決意をする。そこでの学業を終えたあと、パルムへ来て決闘事件を起こして逮捕され、監獄に入る。このようにナポレオン戦争のあと、軍職をあきらめ、母代わりの女性の忠告で他の街で勉学に励み、そのあと事件を起こして逮捕され監獄に入る、という経緯は明らかに共通している。

(2) 主人公を庇護する女性の存在は古記録の「起源」にもあったのだが、アンドリアーヌの『回想録』第二巻では、「一五年前」から母代わりをつとめる姉のイメージがあり、『僧院』第七章でも、叔母の公爵夫人がファブリスを「一五年来」息子のように愛している、という言葉がある。

(3) 『僧院』と『回想録』の主人公に関してはまだ、共通点をあげることができる。二人とも秘密結社の密使として告発され、その無実を証明するために二つの論点が示されるのである。ファブリスの場合、兄に告発され、彼の母は二つの点をあげて真相証明を試みる。一方、『回想録』第一巻では、ミラノの警察に逮捕されたアンドリアーヌは、秘密結社カルボナリの幹部でスイスからの特命を帯びた密使であるとみなされ、二つの点について弁明を試みる。

(4) ファブリスの叔母ジーナがピエトラネーラ伯爵夫人であった一八一四年、ミラノにもナポレオン没落の反動がやってきた。前大臣のプリナ伯爵が街中で暗殺される。ジーナの夫ピエトラネーラ伯爵はナポレオンに対する忠誠を守り、オーストリアに仕えることを拒絶していたが、逮捕され獄に入れられた。伯爵夫人はすぐ旅券を手に入れ、ウィーンの皇帝に訴えに行こうとする。だが、プリナの暗殺者一味が恐れをなして、彼女の真夜中の出発一時間前に釈放許可が出される。翌日、オーストリアのブブナ将軍はピエトラネーラ伯爵を呼び出し丁重に遇する。「才知あり情誼に厚い勇敢なブブナ将軍はプリナの暗殺と伯爵の投獄にまったく恥じ入っている様子であった」(『僧院』第二章、大岡昇平訳、以下同じ)とスタンダールは書いている。

アンドリアーヌの『回想録』にも何度かブブナ将軍が登場する。ミラノの裁判で夫の死刑判決が免れないことを知ったコンファロニエリ伯爵夫人は、ウィーンの皇帝に直訴に行くのであるが、そのために必要な旅券の手配をしてくれたのがブブナ将軍である。将軍はコンファロニエリ伯爵と旧知の間柄だったのでわざわざウィーンまで行き、皇帝に旅券発行を懇願する。それで、旅券はウィーンから直接、伯爵夫人のもとへ送られてくるのである。ロンバルディアの軍事総督であったブブナ将軍は終始コンファロニエリ伯爵夫人の良き支援者であり、一八二五年、イタリアを訪れた皇帝にシュピールベルクの政治犯の特赦を願って不興を買ってしまう。皇帝から禁足を命じられたブブナ将軍は持病が悪化して世を去るのである。

『僧院』の挿話は一八一四年、『回想録』の挿話は一八二四年、二五年のことであるが、投獄された夫を救うため伯爵夫人がウィーンの皇帝に直訴を試みようとし、それに対してブブナ将軍が同情的な態度をとる点、明らかな共通性がある。

(5) 『僧院』第一四章で、ジーナはパルム公国に住み、サンセヴェリーナ公爵夫人となっている。この章のはじめに置かれたパルム大公エルネスト四世に公爵夫人が突然の拝謁を願う場面は、公爵夫人の崇高な性格が余すところなく示された『僧院』中の圧巻とも言うべき描写である。旅役者ジレッチを決闘で殺したファブリスの事件を検察長官ラッシが調べ、懲役刑か死刑の判決が出て大公が署名する予定になっていることを知ったサンセヴェリーナ公爵夫人は、宮殿に行き、大公に時間外の拝謁を乞う。

大公は拝謁の願いに少しも驚かず、また気を悪くもしなかった。《綺麗なおめめから涙が出るのを拝見するかな》と彼は手をこすりながら独言ちた。《特赦を願いに来たな。あの高慢な美人もとうとう屈服するわけだ。(……)》

そこで大公は公爵夫人をわざと一五分待たせてから会う。

「サンセヴェリーナ公爵夫人を通せ」と大公は芝居がかった声でどなった。《涙が始まるぞ》と彼はつぶやき、そういうときの用意にハンカチをとりだした。

このときほど公爵夫人が軽快で美しかったことはなかった。二五にもみえなかった。その軽く速い足がほとんど絨毯に触れない速さで進むのを見て、哀れな侍従武官は気を失わんばかりだった。

大公は期待を裏切られる。公爵夫人はパルムを離れるつもりでいるのだ。しかも、ファブリスの事件の予審を行ったのは最良の判事だという大公に対して公爵夫人は激しい怒りを爆発させ、「千エキュか勲章のために身を売る汚らわしい判事」すなわちラッシを強く非難する。公爵夫人のこうした決然たる態度に大公は感嘆した。「このとき彼女全体が一種の崇高の美に達していた」とスタンダールは書いている。

アンドリアーヌの『回想録』を読むと、特赦を求めて皇帝に拝謁を願う場面が四回ある。二回はコンファロニエリ伯爵夫人であり、二回はアンドリアーヌの姉である。伯爵夫人の拝謁は二回ともウィーンで行われるが、『僧院』の謁見と似ている点がいくつかある。コンファロニエリ伯爵は裁判の第一審で死刑の判決を受け、第二審のヴェロナ元老院特別法廷でこの判決が確認され、あとはオーストリア皇帝の最終裁可の署名を待つだけとなっていた。一八二三年暮れのことである。このことを知った伯爵夫人は旅券を入手して義父とともにウィーンへ向かう。皇后を通じて皇帝の拝謁を願うが何日も待たされ、伯爵夫人は焦燥に駆られる。皇帝は伯爵関係の裁判記録を読了しなければ謁見できないというのだ。遂に謁見が許される。伯爵夫人が部屋に入っていくと皇帝は書類を積み上げた机の傍に立っていて、伯爵夫人が挨拶する前に口を切ってこう言う。

「コンファロニエリ伯爵が大罪人であることを御存知ですか。この書類を念入りに読むとわかることです。イタリアで最も危険な男で、私が平和にさせたいと思っているあの国を一番乱す人物です。(……)」(第二巻)

これに対し、伯爵夫人は取り調べの判事サルヴォティの不正を非難する。

「陛下、サルヴォティが私の夫について絶えず繰り返す中傷の言葉を、どうか神と正義の名においてお聞き入れにならないで下さいませ。あの男は夫に激しい憎しみを抱いたのでございます。その憎しみの念を満すためなら何でも許されると思っているのでございます。」

だが、皇帝は裁判書類の正当性を述べ、伯爵が有罪であるという意見を変えない。二度目の謁見で伯爵夫人は皇帝の膝下にひれふし、特赦を懇願するが皇帝の対応はこの上なく冷たく、すぐミラノへ帰らなければ夫の死刑執行に間に合いませんよという冷酷な返答が戻ってくるのみであった。

アンドリアーヌの姉の最初の謁見は皇帝のミラノ訪問の折であり、皇帝から特赦を拒否され、姉夫人は涙に暮れる。第二回目は一八三二年、ウィーンであり、フランス王妃の後援もあり、フランス人のアンドリアーヌにはイタリアの政治犯とは違った配慮がなされたのであろう、彼の姉は皇帝から特赦を許される。この謁見は涙の懇願に終始した。

「陛下、私のお願いをお断り下さいませんように。どうか、弟にぜひとも特赦を」そうして泣きくずれながら私は皇帝の膝下にひれふしたのであった。
「どうか、お立ちになって下さい。」皇帝はこうやさしく言い、手をさしのべて私を助け起こした。（第四巻）

このように眺めてくると、死刑判決の特赦を求めるコンファロニエリ伯爵夫人の状況は、『僧院』第一四章と共通する。君主に判事の不正を訴えるのも同じである。一方、パルム大公が期待する涙の場面はむしろアンドリアーヌの姉の謁見から由来するのであろう。スタンダールは明らかに『回想録』から『僧院』第一四章の謁見の場面の細部を借りている。だが、そこに描かれた公爵夫人はその軽く速い足取りが示すごとく軽快で美しく、君主の前にひれふす代わりにその断固たる態度によって君主を驚倒させている。まことに見事な女性像の創出である。

(6) 逮捕された主人公ファブリスは、手錠をはめられ、長い鎖で馬車につながれて、パルムの城塞に送られる。これは、『回想録』第二巻最後のミラノからシュピールベルクへの護送場面と同じ状況である。

(7) ファブリスは、高い城塞の上の司令官邸へ連れて行かれた。

大塔の背中にらくだの瘤のように孤立したこの小さな邸の窓から、ファブリスは平野と、はるか遠くアルプスを眺めることができた。彼は城塞の下を流れるパルム河の流れを眼で追った。かなり急な流れで、町から四里離れたところで右に折れ、ポー河に向かっていく。

この城塞の上からのすばらしい眺望は、『回想録』第三巻で、アンドリアーヌが散歩を許された監獄のテラスからの展望と共通する。このテラスから、山間のボヘミア街道、川沿いの散歩道、ブルノの街とその鐘楼、さらにはオーステルリッツの古戦場につながる平野を眼にするのである。

(8) 『僧院』のファルネーゼ塔は城塞の上にあり、その三階の監房にファブリスは入れられるが、窓から見えるアルプス連峰の崇高な光景に感動する。『回想録』第三巻では、シュピールベルクの監房に入ったアンドリアーヌは、天窓から山々、木々、牧場、街を眼にして生気をとり戻すのである。

(9)『僧院』では、監房からのこの崇高な眺めも窓に日除けがつけられてふさがれてしまう。城塞司令官の命で囚人に空しか見えないようにするためだ。『回想録』第三巻では、天窓からの眺望を楽しんでいたアンドリアーヌは高い石の壁で視野をふさがれてしまい悲しむ。

(10)『僧院』で登場するファルネーゼ塔の看守グリロは囚人ファブリスに対して好意的につくし、司令官の娘クレリアとの連絡役をつとめて間接的に脱走を助ける。ファブリスは彼に対し金を与え、ピエモンテ産の葡萄酒をふるまう。この人物は、『回想録』後半のシュピールベルクの看守シラーを想起させる。『回想録』の記述では、シラーはアンドリアーヌに好意的で、他の囚人との連絡役をつとめ、脱走計画にも関係していた。葡萄酒については、『回想録』第一巻で、看守にピエモンテ産の名酒をふるまおうとするが思い返して、フランス産のものをふるまう場面がある。

(11)『回想録』によると、シュピールベルクの政治犯の生活の細部にいたるまで監督し、実際に唯一の看守長とも言えるのはオーストリア皇帝であり、彼は囚人の心身両面を支配することで「受動的服従」の精神を育てようとしていた。アンドリアーヌは『回想録』中で何度かこの表現を用いている。『僧院』では、ファブリスが入れられた監房は、「一年前に作られたファビオ・コンチ将軍の傑作たる監房の一つで、受動的服従という美しい名を持っていた。」スタンダールは明らかに『回想録』を援用しているのであり、この表現のなかに、オーストリア皇帝への諷刺を読みとることが可能であろう。

(12)『僧院』と『回想録』の両方に、獄中で父親の死が告知される場面があり、その描写に共通点が見られる。『僧院』では、監房に三人の判事が訪れ、ファブリスの父デル・ドンゴ公爵の死を通知し、ファブリスは泣きだす。その死を告げる母の公爵夫人の手紙は、内容に支障があるという理由でファブリスには渡されない。手紙の朗読箇所のみを確認させただけである。『回想録』では、監獄の本部に呼びだされ、所長をふくむ三人の人物から父親の死を知らされる。アンドリアーヌは絶句し、やがて眼から涙が溢れる。その死を告げる姉の手紙は、読み上げられるのみで彼には渡されない。わずかに手にとって眺めることを許されただけである。二つの描写の共通点は明らかだが、ただ、スタンダールの描写は、三人の判事を三人の脱獄囚に見立てるなど、いたって諷刺的である。

(13) 『僧院』のなかで、牢獄のファブリスとその眼下の邸に住むクレリアとの間には秘密の交信がなされ、やがて、運命的な愛が生れる。この作品のなかでも美しい場面である。ファブリスは、監房の窓が日除けで覆われると日除けに穴をあけて邸の鳥小屋にあらわれるクレリアの姿を見るのだった。『回想録』では、サンタ・マルゲリータ監獄で、通りの向こうの家の露台に姿を見せた美女が、監獄の囚人のひとりに悲痛な仕草で愛を伝える場面がある。アンドリアーヌは、この光景を窓を覆う日除けのすき間から目撃する。

(14) 『僧院』では、獄中のファブリスが美しい合奏のセレナーデを耳にしてその甘美な調べに心地よい涙を流し、クレリアに思いを馳せる。だが、それは恋敵クレセンチ公爵がクレリアに捧げたセレナーデであった。『回想録』では、サンタ・マルガリータ監獄の向かいの家から竪琴が奏でる甘美なセレナーデが聞こえてきて、アンドリアーヌは心を動かされ、涙を流す。彼は、だれか美しい女性が自分のためにそのセレナーデを捧げてくれたと夢想するのである。

(15) ファブリスは、クレリアの叔父ドン・チェーザレ師から借りた宗教書の欄外余白に、獄中の感想を書きつける。ファブリスの脱獄のあと悲しみに沈んでいたクレリアは、この本の余白に記された愛の日記を見つけて喜び、そのなかの一四行詩を暗唱する。『回想録』第二巻では、シュピールベルクへ送るため、弟がミラノの監獄で読んでいた書籍を整理していたアンドリアーヌの姉は、一冊の本の余白にピンでかすかに記された覚え書を発見して喜ぶ。それは、死と直面して暮らすアンドリアーヌの心情吐露だったのである。そして、その書籍は、恋の苦悩と政治的幻滅を描いたウーゴ・フォスコロの自伝的小説『ヤコボ・オルティスの最後の書簡集』の英訳版であり、恋人リュシーからの贈物だった。スタンダールは、『回想録』に示された死の想念の余白書き込みを、『僧院』では愛の想念の書き込みに転換させているのである。

(16) 叔母のサンセヴェリーナ公爵夫人からファブリスへの連絡はアルファベット通信である。

ある夜の一時ごろ、ファブリスは窓の上に寝転び、日除けにこしらえた小窓から首を出して、星と、ファルネーゼ塔の高みから見える広い地平線を眺めていた。彼の眼がポー河の下流やフェラーラの方面にさまよっているうちに、非常に小さいかなり明るい光を認めた。それはある塔の上から出る光のようであった。《あの火は野原からは見えるはずがない》とファブリスは独言ちた。《塔の厚みで下からは見えまい。何か遠いところへ合図しているんだろう》突然彼はその光がたいへん短い間をおいて明滅するのに気がついた。《どこかの娘が隣村の恋人と話をしているな》数えると九度続けて火がついた。《こりゃIだ》事実Iはアルファベットの九番目の字である。それから少し休んで、十四度火がついた。《Nだ》それからまた少し休んで、一度だけ火が点いた。《Aだ》言葉はInaだった。相変わらず少しずつ間をおいては明滅する光が、言葉を綴り終わったときの彼の驚きと喜びはどんなであったろう。

INA PENSE A TE

明らかに「ジナはあなたを思う」だった、彼はすぐに自分でこしらえた小窓からランプを明滅させて答えた。

FABRICE T'AIME（ファブリスはあなたを愛す）

これは、甥ファブリスの安否を気遣うサンセヴェリーナ公爵夫人が、はじめて直接の交信に成功する感動的な場面である。このあと、ファブリスは、暗号を使った交信の簡略化、字の順序を入れかえる昔の修道僧のアルファベットの使用を交信相手ときめるのである。

『回想録』では、逮捕されてサンタ・マルガリータ監獄に入ったアンドリアーヌは、隣室の囚人との連絡を試みるが、ある日はじめて反応がある。

壁に音が聞こえるように思ったが、それが前に危険を冒して叩いた音への返答だと知って、私の驚きと喜びはどんなであっただろう。壁に耳をつけると相手は叩き続けていた。でも、叩き方が弱すぎるのでその音を聞きとるのにはあらん限りの注意力を集めなければならなかった。一、二、三、それから休止。a、b、c、これはCだ。他の音が続く。二回か三回同じ音が繰り返されるのを数えた。八度あった。これはHだ。了解したというしるしに、同じ度数叩きかえした。

ゆっくりと明瞭に小さい音が九度続く。この字はIだ。（第一巻第一〇章）

この単語はchi（誰）ということがわかるが、そのあと相手の伝えてくる数を文字に置き換えても意味不明の単語となり、交信不能となる。アンドリアーヌはその原因を求めて苦慮するが、遂に、イタリア語のアルファベットがフランス語と異なることに気づく。以後、交信は円滑になり、交信を簡単にするための方法が相互に確認される。『回想録』を読み進むと、アンドリアーヌは、この同じ方法によってコンファロニエリと連絡をとり、彼から死刑の判決の可能性があることを知らされ、死を覚悟する。『僧院』でも、毒殺による死の危険が知らされるのはアルファベット通信である。ただ、スタンダールは、暗い独房で用いられた聴覚による交信を、塔から塔へ天空を光で結ぶ、視覚の交信へ見事に転換してみせたのである。

(17) 『僧院』におけるファブリスの脱獄は叔母サンセヴェリーナ公爵夫人の周到な準備により成功を収める。ファルネーゼ塔、大塔、外壁の全部で二百尺を越える高みを綱で降りたのである。だが、ファブリスに情報を伝え、大量の綱を牢内に持ち込み、脱出のときに歩哨の兵士たちにたくさんの酒を与えて酔わせたのは司令官の娘クレリアだった。脱獄のあと公爵夫人は、恋をするファブリスの態度に苦しみながらもこのことに気づく。

《もし、衛兵が酔っていなかったら、あたしの考えだした方法も、手配もみんなむだになってしまうところだった。だからこの子を救ったのはクレリアなのだわ。》

『回想録』第一巻を見ると、アンドリアーヌは、訊問室へ行く途中に見かけた美しい娘が看守を酔わせ、脱獄を助けてくれる場面を夢想する。

彼女が何者かはわからない。でも、彼女は監獄内に入ることができて、しかも私をあわれに思っている。それで多分、彼女のおかげで、彼女の同情と献身のおかげで脱獄できるだろう。こう思ったあとで、脱出計画が浮かんできた。脱獄の機会や手段を考えた。彼女が看守や哨兵を全部酔わせて鍵を奪ったあと、錠をあけ扉をあけて軽やかに歩いてきて私を連れていく。私たちは自由になり、ミラノから出て、国境を越え、フランスに入るのだ。そして私の家族に迎えられて、彼女は感謝の言葉とお礼をたくさん受けるのだ。（第一巻第一一章）

『回想録』後半のシュピールベルクの部分を読むと、コンファロニエリを中心に、看守のシラーまで共謀者とした脱獄が計画されていたことがわかる。変装して徒歩で脱走する予定で、日時も決まり、協力者がブルノの街へ旅券を持ってくる段階まで進んだが、最後の瞬間に計画が放棄されたのであった。『僧院』の脱獄は、城塞監獄からの脱出という点ではチェリーニ『生涯』の影響が濃いと思われるが、脱獄をめぐる状況については、アンドリアーヌの『回想録』の影響を無視できない。

(18) 脱獄のあとのファブリスの姿は、特赦でシュピールベルクから出獄したアンドリアーヌと奇妙なほど似ている。ファブリスは、脱獄後に昏睡とも言える眠りにおち入るが、アンドリアーヌも眠ったままフランス領に入るのである。クレリアを想うファブリスは脱獄を喜ばず、公爵夫人はその冷たい変貌ぶりに驚く。アンドリアーヌも同様で、釈放に喜びを感じず、自分が以前の自分ではない冷たい人間になっていることを知る。姉は弟のこの変貌に驚くのである。

このように『パルムの僧院』とアンドリアーヌの『回想録』を較べてみると、多くの共通点が存在することが明らかである。しかし、スタンダールは、『回想録』に見出されたいくつかの主題をそのまま借用したわけではない。暗い監房の壁通信が、天空を結ぶ壮大な光通信となり、哀願する伯爵夫人を前にして譲らぬ皇帝の謁見が、出国する公爵夫人を引き留めるため特赦状を出す滑稽な大公の謁見となっている。そして何よりも陰惨極まりないシュピールベルクは、「幸福な牢獄」のファルネーゼ塔に変貌しているのだ。ともあれ、スタンダールが十六世紀の物語を「現代化」して『僧院』の構想を固め、執筆に取りかかったとき、描写の細部（スタンダールは細部を尊重した）を描くため、もっとも想像力を刺激したのはこの『回想録』であったと言えよう。

結びに

『パルムの僧院』を最初に評価し心からなる賞賛を捧げたのはバルザックである。バルザックは『僧院』刊行の翌年、七〇ページに及ぶ評論を発表し、「一章ごとに崇高が炸裂する」と述べてこの作品を激賞する。バルザックは、この作者が現代の『君主論』を書いたのだと述べ、小国の宮廷を舞台に錯綜する政治を描き切るその力量に感嘆する。バルザックは登場人物に触れて、モスカ伯爵のなかにメッテルニヒ公の肖像を読み取り、パルム大公のなかに苛酷な専制君主として知られるモデナ公の姿を見る。そしてバルザックは、メッテルニヒをも凌ぐモスカ伯爵のごとき人物を創造し活躍させるスタンダールに天賦の才を見るのである。

この登場人物のモデルに関して、スタンダールはバルザック宛ての礼状のなかで否定している。「私は決してメッテルニヒ氏を写したのではありません」と述べ、さらにパルム大公のモデルもナポレオンの宮廷で見つけたと言っている。作者自身の否定によって問題をこれ以上深めることは困難に思える。だが、アンドリアーヌの『回想録』は、新たな推論の可能性を提示している。獄中の囚人をいかに救うかという観点から見ると、『僧院』のパルム大公、宰相のモスカ、検察長官のラッシの三人の存在は、『回想録』のなかのオーストリア皇帝、宰相メッテルニヒ、判事サルヴォティの三人の姿を想起させる。大公は専制君主として刑の内容の決定から獄中生活の細部に至るまで、ファブリスの全運命を手中にしている。これは『回想録』中の皇帝の姿である。この大公に対し宰相モスカは囚人のことに関しては干渉を許されない。だが、ファブリスの入獄で苦しむ叔母の公爵夫人に対しては慰めと協力を惜しまない。これはまさしく『回想録』中の宰相メッテルニヒと姉アンドリアーヌ夫人との関係である。アンドリアーヌの全運命を握っているのは皇帝であり、獄中生活の細部にいたるまではメッテルニヒといえども口出しできなかった。ただ彼は皇帝への仲介役になり、アンドリアーヌの姉を励ましている。『回想録』では、この姉の日記というかたちで、メッテルニヒの繊細で社交的な対応、私邸での生活など、人間的側面を読みとることができる。パルムの検察長官のラッシはどんな罪状でも作り出せる節操のない策謀家で人を絞首刑にすることも厭わない人物として描かれている。これは『回想録』に登場し絞首刑でアンドリアーヌを脅かす判事サルヴォティを想起させる。この判事は政治犯に対する苛酷な取調べで有名だったのである。従って、パルム大公、モスカ伯爵、ラッシの三者の原像として、オーストリア皇帝、メッテルニヒ、サルヴォティを考えることは決して不可能ではないだろう。特に、メッテルニヒについては『回想録』に示された彼の姿は、大政治家としての姿というよりは、メッテルニヒの人間的側面を示す肖像であり、『僧院』のモスカ伯爵の人物像に示唆を与えているように思われる。

アンドリアーヌの『回想録』の興味は、その記録としての正確さよりもその題材のおもしろさ、語り口のおもしろさにあるのだろう。「物語のごとくおもしろい」とスタンダールは言い、実際、執筆にあたって多くの題材を借り、想像力を発展させている。その意味で、アンドリアーヌの『回想録』の分析は、『僧院』創造過程の解明に新しい光を投げかけるのである。

第11章　マチルドとメッテルニヒ
――アンドリアーヌ『回想録』を読むスタンダール（二）――

はじめに

前章で述べたように、アレクサンドル・アンドリアーヌの『ある国事犯のシュピールベルク監獄回想録(1)』は、全四巻、一五〇〇ページをこえる大著であり、フランス人である作者のシュピールベルクの獄中生活を主題としているが、単なる獄中記の体裁をとっていない。作者自身の回想とともに、獄外にあって主人公の釈放のために奔走した姉の回想が適宜、挿入されていて、読者は、事件の進行を複数の視点から眺めることになるのである。弟がミラノでオーストリア警察に逮捕されるとすぐに、姉はパリからミラノに来て、オーストリア、フランスの政府関係者をはじめとして、各方面に懸命の奔走を行う。弟はミラノで終身刑の判決を受け、オーストリアのシュピールベルク監獄に収監されるが、姉はオーストリア皇帝と宰相に嘆願を繰り返し、遂に釈放をかち取る。こうした経緯を語るアンドリアーヌの姉の回想は、一人のフランス人青年の逮捕事件の背景となる当時のヨーロッパ宮廷の姿、政治の姿を明らかにして行く。

このように、アンドリアーヌの姉の回想の記述によって、この『回想録』の構想は広がりを見せ、その展開は変化に富んだものになっているのだが、興味深いのは、この姉の回想に、スタンダールに関係の深い二人の人物、マチルドとメッテルニヒが登場することである。ミラノの貴婦人マチルドは、スタンダールの永遠の恋人であり、オーストリア宰相メッテルニヒは、作家あるいは外交官としてのスタンダールの運命に深く関わった政治家である。この二人の人物は、恋愛または政治の観点から、それぞれ、スタンダールの文学にとって重要な存在であり、スタンダールは、アンドリアーヌの姉の記述を前にして無関心ではいられなかったであろう。

そこで、この章では、アンドリアーヌの『回想録』に描かれたマチルドとメッテルニヒの人間像を取り上げ、スタンダールとの関係を考えてみたい。それはまた、スタンダールの文学におけるこの二人の人物の影響をあらためて考えることにもなるであろう。

1　スタンダールの永遠の恋人マチルド

アンドリアーヌの『回想録』には、マチルド・デンボウスキ夫人の名が何度か登場する。ミラノの自由主義貴族と親密であり、反オーストリアの政治活動に加担していたこの女性は、スタンダールが激しい情熱を捧げ、その恋の苦しみをもとに『恋愛論』(一八二二年)を書くことになったメチルドと同一人物なのである。彼女は、マチルド(Matilde)またはマチルド・デンボウスキと署名していたが、スタンダールはメチルドと呼んでいた。どの名で呼ぶか迷うところだが、ここではフランス語で書かれた『回想録』のなかで友人たちが使うマチルド(Mathilde)を使って話を進めたい。『恋愛論』は恋愛に関する省察の書であるが、その省察は報われることのないマチルドとの恋の思い出に満ちている。そして、スタンダールの後年の小説『赤と黒』『リュシアン・ルーヴェン』『パルムの僧院』などに描かれた恋愛を眺めてみると『恋愛論』が持つ意味は大きく、その源となるマチルド体験が作家スタンダールの生涯を貫いていたと言えよう。

ところで、『回想録』は、スタンダールが触れなかったマチルドの別の一面を明らかにしている。彼女はハプスブルク帝国の支配下にあるミラノで、危険を冒してイタリア解放の運動を助けていた。スタンダールがミラノを去るのは、一八二一年六月のことだが、その半年後、マチルドは逮捕され、訊問を受けるような事態になる。スタンダールがアンドリアーヌの『回想録』を読むのは一八三八年だが、この本のなかに自分がミラノを去ったあとのマチルドの姿を発見して深い感慨を覚えたはずである。このように、二人の運命の交錯は興味深いものがある。まず、この二人の生涯の軌跡を眺めてみることにしよう。(2)

スタンダールが友人の弁護士ヴィスマラに紹介され、マチルドと初めて会ったのは、一八一八年三月四日であったらしい。ひと眼見るとたちまち彼はこの女性の気品ある美しさ、憂いを秘めた魅力の虜になってしまった。当時三五歳のスタンダールはミラノ在住四年目になろうとしていた。ナポレオン皇帝の退位とともにフランスを諦め、あこがれの国イタリアに移り住んだ彼は女性に裏切られるなど精神的に苦しい時期でもあったが、このころには、絵画、紀行に関する著書を刊行するなど活力を取り戻し、ミラノの社交界にも出入りしていたのであった。

マチルドはミラノの旧家ヴィスコンティニ家の出身で、一七歳のとき、三四歳のポーランド人の軍人ジャン・デンボウスキと結婚し二児をもうけたが、この結婚の事情についてはいろいろな推測があるようである。夫のデンボウスキはスペイン戦役で活躍し、将軍、男爵の位を得ていたが粗暴な行いが多く、二人の結婚生活は数年にして破綻した。マチルドは夫の虐待に耐えかね、次男のエルコーレを連れてスイスのベルンに逃避行を行う。マチルドは、やはりこのころベルンに来ていたイタリアの情熱的な詩人ウーゴ・フォスコロと交際があったため、ミラノの社交界で二人の関係が取沙汰されたが、実際には友人に過ぎなかったようだ。

一八一六年、マチルドはミラノに戻るが、夫は同居しなければ滞在を許さないと脅し、マチルドから子供を取り上げようとして彼女の実家に侵入する。軍人の家族の問題ということで、オーストリアのブブナ元帥が仲介して子供はマチルドの手許に残ることになるが、この事件はミラノ社交界を大いに騒がせる。一度ベルンに戻ったマチルドは数ヶ月後ミラノに戻り、さまざまな障害を乗りこえて別居のための裁判を争う。彼女は子供の保護権を獲得できず、次男のエルコーレを長男カルロのいるトスカナ地方、ヴォルテラの寄宿学校に送らざるを得なくなる。彼女が完全な別居権を得たのは一八一七年七月ごろと思われる。このように、一八一八年春、スタンダールが出会ったころのマチルドは、悩み多い人生に苦しみながら誇り高く生きている女性だった。

スタンダールはマチルドをレオナルド・ダ・ヴィンチ（実際はルイーニ）が描く「エロディアード」に似た典型的なロンバルディア美人だとしているが、このとき二八歳のマチルドに惹かれ、これこそまさに長い間探し求めていた崇高な心を持つ女性だと信じた。スタンダールは激しい恋心を抱いて彼女のサロンに通うが、臆病で不器用な恋人である彼は、ゆきすぎた行動をして感受性の鋭いマチルドを傷つけてしまう。さらにマチルドの従姉トラヴェルシ夫人の感情をも害してしまう。マチルドは訪問を月二回だけにしてほしいと彼に言い渡す。スタンダールが落ち込んだ絶望の苦しみは『恋愛論』（第一巻第三一章）が見事に描き出している。

一八一九年五月一二日、マチルドはトスカナ地方の町、ヴォルテラに出発した。この町のサン・ミケーレ学院に預けてある二人の息子に会うためであった。マチルドに対する熱い思いを抑え切れないスタンダールは、彼女の後を追って六月三日にヴォルテラに到着する。緑色の眼鏡をかけて変装した彼は、隠密な旅をしているつもりだったが、眼鏡をはずしたとたん、マチルドに見つかってしまう。厚かましくも子供の学校のある場所まで追いかけてきたというので彼女は激怒し、この上なく厳しい詰問の手紙を書き、彼の不躾けな行動を咎める。スタンダールは、彼女を傷つける意図はなかったのだと何通もの手紙を書き弁解につとめるが、彼女の心はやわらぐことはなかった。ヴォルテラの半ば喜劇的でもある失敗はスタンダールの恋の望みを断ち切ってしまった。だが、以後二年間、スタンダールはマチルドの心を得ようとして苦しみ続けるのであった。

一八一九年の暮れに、『恋愛論』（一八二二年）が着想される。彼はサロンや散歩の途上で、マチルドを想いながら自分の不幸な情熱の分析を鉛筆で書きとめる。たしかに、ここに記された恋愛感情の微妙な色調の表現は作者自身の経験によるものだろう。この本は恋愛分析の試論の体裁をとりながら、作者の恋のため息が聞こえてくるような一書である。

スタンダールがフランスに帰国したのは一八二一年のことであった。彼はこの出発について、自伝のなかでこう書いている。

私は一八二一年六月某日、パリに向けてミラノを発った。たしか三千五百フランくらいの金を持っていて、この金額を使い果たしたらピストルで頭を打ち抜くのを唯一の楽しみとしていた。私が恋愛した女性、私を愛してはいたが一度も私のものにならなかった女性と三年間親しくしたあとで別れようとしていたのだ。(『エゴチスムの回想』第一章)

一八二一年、ミラノにいたスタンダールは、原稿の余白にピストルの絵を描きこんで死を考えていた。この自殺の誘惑から救ってくれたのは政治への好奇心だ、とこの自伝のなかで言っている。さらに、彼の出発をひき止めてくれようともしなかったマチルドとの悲しい別れの挨拶の場面も描いている。

それでは、スタンダールは何故ミラノを永遠に離れたのであろうか。スタンダール自身、「反乱とカルボナリ事件がなかったら、私は決してフランスに帰らなかっただろう」(『恋愛論』序文案)と言っている。従って、彼のミラノ出発には政治的理由が考えられるが、実際にはどのような状況だったのだろうか

当時、南ヨーロッパは革命に揺れていた。一八二〇年から二一年にかけて、スペインとイタリアのナポリ、ピエモンテなどに革命が起きていた。マチルドとその友人たちはこうした革命を支持し、イタリアの独立を願う自由主義者たちであった。特に、マチルドと親しいコンファロニエリ伯爵は、ロマン主義の先駆的雑誌である「コンチリアトーレ」(調停者)を詩人ペリコとともに創刊するなど文化人として知られていたが、同時に、カルボナリに近

い結社「フェデラーティ」の首領とされていた。アンドリアーヌの『回想録』はこの人物を克明に描いている。

スタンダールは、こうした人々の政治的熱狂から一歩退いていたようである。それにもかかわらず彼は、彼らと同類の危険な外国人とみなされてミラノ警察の秘かな監視を受け、彼の手紙は盗み読みされていた。ところが一方、ミラノの自由主義者たちは、彼をフランス政府のスパイとみなして挨拶もせず、敬遠しはじめていた。

一八二〇年八月、ミラノを統治するオーストリアは、秘密結社への加盟者に死刑で臨むことを宣言する。一〇月、詩人ペリコが逮捕される。一八二一年初頭には、マチルドは相変わらずスタンダールに冷たく、ほとんど会ってくれない状態であった。

一八二一年三月、四月にオーストリア軍は革命軍を連破し、ミラノの自由主義者たちが望んでいたイタリア独立の夢は消える。弾圧は一段と厳しくなり、スタンダールの知人も次々と亡命する。親しい友人の弁護士ヴィスマラも亡命し、欠席裁判で死刑を宣告される。スタンダールは、四月一日付のパリの友人マレスト宛ての手紙で、ミラノを離れる「この上なくつらい決意」を表明している。思い出深いコモ湖を逍遥したのち、彼がパリに向かうのは六月一三日のことであった。

スタンダールがもしミラノに残っていたらどうなっていたであろうか。おそらく同胞であるアンドリアーヌと同じく逮捕され訊問を受けたことであろう。スタンダールが出発してから半年後の一八二一年一二月一三日、コンファロニエリ伯爵が逮捕される。訊問された伯爵は、共謀者のひとりとして、また、危険な外国人としてフランス人ベイル（スタンダールの本名）の名をあげる。ミラノ警察はスタンダールについて調査を行うが、本人は既にミラノを退去しており、政治的に好ましくない人物としての評価がハプスブルク帝国の記録に残されることになる。

伯爵の自白はマチルドをも危うくする。彼女は自宅監禁され、『回想録』に酷薄なイメージで登場するサルヴォティ判事からヴィスマラなど秘密結社員との関係について厳しい取り調べを受けるが、見事な応対をし、決して自分の友人たちに不利な証言をしなかったと言われている。アンドリアーヌの『回想録』は、マチルドの友人のフレカヴァリ伯爵夫人の追想のかたちで、このときの状況を伝えている。

翌日、査問委員会に召喚された彼女は十時間にわたる訊問を受けなければなりませんでした。このときのことですが、サルヴォティが彼女の答え方の威厳を傷つけようとしてのことでしょう、あなたはここでもまだ自分が牛耳っているカルボナリの真中にでもいるつもりかと皮肉な調子で彼女に聞きました。

「いいえ、私がいるのはヴェネチアの裁判所判事団（サルヴォティ主導で悪評高い）の真中です」と彼女は答えました。

このあと、か弱い女性をふみにじるような行為に抗議して、今後いかなる質問をされても答えないと宣言しました。それで、腹を立てながらも、サルヴォティは、彼女を釈放せざるをえなくなったのです。（第三巻第九章）

彼女の毅然たる態度は、イタリア独立運動の英雄的女性にふさわしいものである。だが、このときの釈放については、軍人の妻であるとの理由から、以前の別居騒動の折にも庇護を受けたことのあるブブナ元帥が強く介入して釈放をかちとり、その後も警察の厳しい追求からマチルドを守ったことが近年の研究で確認されており、彼女の立場の微妙さを指摘する声もある。ただし、『回想録』を読むと、ブブナ元帥は、イタリア独立運動の囚人救済に熱心でありすぎたため、オーストリア皇帝の不興を買っていたとの記述があるから、ブブナ将軍の庇護はマチルドだけのものでなかったのだろう。『パルムの僧院』でも彼はすぐれた人物として描かれている。

このあとのマチルドはどうなったであろう。『回想録』によると、この事件から、一年後、一八二二年一二月末にミラノに着いたアンドリアーヌは、厳しい弾圧に負けない勇気をもった女性としてマチルドの名を耳にする（第一巻第五章）。だが、マチルドは一八二五年五月一日、結核により病死するのである。

『回想録』には彼女の死が友人たちに与えた衝撃が語られている。シュピールベルク監獄にいる夫の釈放のため奔走しているコンファロニエリ伯爵夫人は次のように悲しむ。

私はマチルド・デンボウスキが息を引きとるのを見たのです。彼女はすばらしい感受性から生れるすべての美点をもち、この上なく崇高な行動を行うことのできる力を兼ね備えた天使のような女性でした。夫フレデリックと私への彼女の献身ぶりは比類のないものでした。（第三巻第八章）

フレカヴァリ伯爵夫人の悲しみも深い。

彼女は三五歳で死にました。私の腕のなかで死んだのです。まだ美しかったあの人は可愛がっていた二人の息子さんのため何としても生きていなくてはいけなかったのに。でも彼女は、祖国の栄光と祖国の名を高めることのできる人たちも愛していました。（……）あの気高い心のなかに何という善意と天使のような優しさが潜んでいたことでしょう。（第三巻第九章）

獄中のコンファロニエリ伯爵も、

（彼女は）祖国のために献身し、友人のためにつくすことなら、どんな危険や犠牲の前でも退かないような心の持ち主だった。（第三巻第一六章）

と述べ、妻の親友の死を嘆く。

一方、彼女の死を知ったスタンダールは『恋愛論』の欄外に「真の作者の死」と記す。さらに彼は自伝（一八三六年）のなかで、「一八一八年から一八二四年までメチルドは私の生活を独占した。そしてその傷は未だ癒えていない」(3)と書いている。スタンダールは生涯真の恋を求め、いつも恋している男だったが、マチルドの姿は彼の心を離れることはなかったのである。

2 『回想録』に描かれた宰相メッテルニヒ像

フランスの青年アンドリアーヌがシュピールベルクから釈放されたのは、姉アンドリアーヌ夫人の懸命な奔走によるものであった。彼にとって母親代わりのこの姉は、一八二三年初頭、弟が逮捕されるとすぐにパリから現地ミラノに赴き、弟を救うためあらゆる手段を講じ、その後、刑が確定して弟がシュピールベルクへ護送されたあともその努力を続け、遂に特赦を得るのである。足かけ十年にわたるその奔走の記録は、『回想録』のなかで、アンドリアーヌ夫人の「日記」のかたちで紹介されている。

『回想録』中のこの「日記」によると、アンドリアーヌ夫人は、特赦を得るための奔走のあいだに、オーストリア(ハプスブルク帝国)の宰相メッテルニヒと密接な連絡を保ち、助言を受けていた。「日記」には、彼との面談の場面が描かれ、彼の発言が詳しく記録されている。では、このメッテルニヒとは、どのような政治家であったのだろうか。彼は、ナポレオン没落のあと、反動的なウィーン体制をつくり、自由主義、国民主義の運動を弾圧したということで、悪役的な反動政治家のイメージで見られてきたと言えよう。しかし、二十世紀中葉になって、ヨーロッパ秩序の再建という視点から彼の政策の再評価がはじまり、正統主義と勢力均衡に基づくウィーン体制とそれを支えるメッテルニヒの政治思想が見直され、伝統的メッテルニヒ像が修正される必要が出てきた。(4)

しかし、『回想録』に登場する時代のイタリアについて言えば、メッテルニヒは革命運動を鎮圧するため武力行使も辞さない政治家であったことは確かである。この点、イタリアにおいて反乱罪に問われた国事犯の姉とこの政治家の接触はまことに興味深いものがある。従って、次に、アンドリアーヌ夫人の「日記」を通して、『回想録』に描かれたメッテルニヒ像を少し詳しく眺めてみたい。

アンドリアーヌ夫人がはじめてメッテルニヒの面識を得るのは、一八二五年、オーストリア皇帝のミラノ訪問の折りであった。ミラノのフランス大使とパリ大司教の仲介によりメッテルニヒに会った夫人は、皇帝に直訴したいと頼むが、メッテルニヒは皇帝には特赦を与える意志がないことを告げる。しかし、夫人の立場に同情したのであろう、最後には皇帝引見の機会を作ることを約束するのである。このようにして、アンドリアーヌ夫人はオーストリア皇帝フランツ一世（在位期間は、神聖ローマ皇帝フランツ二世として一七九二―一八〇六年、オーストリア皇帝として一八〇四―一八三五年）と会うことになる。この皇帝の風貌について「日記」にはこう記されている。

眼を上げると、私と同じくらいの背の小柄な老人が私の前に立っているのが見えた。いささかの威厳もなく、不機嫌きわまりない態度の老人で、その顔面は、ただただ長いとしか言えなかった。（第三部第一〇章）

夫人は皇帝の足もとにひざまずき、弟の特赦を願うが、何としても皇帝の承諾を得られない。この結果を報告に赴いたアンドリアーヌ夫人に対し、メッテルニヒは、希望を失わず待つように慰め、これから三ヶ月ごとに、パリのオーストリア大使経由で、自分のところに近況報告の手紙を書くように勧める。また、夫人が皇帝から拒否されたことだが、家族の手紙の内容を囚人の弟に伝えることも約束する。メッテルニヒは、「私の約束を信じて下さい」と明言するのだ。夫人は彼の態度に感動し、別れを惜しみながら帰国する。そして、このあとシュピールベルク獄中ではアンドリアーヌが、メッテルニヒの指示で、特別に家族の情報を知らされたのである。

アンドリアーヌ夫人の一八二九年大晦日の「日記」を見ると、一八二五年以来、三ヶ月ごとにメッテルニヒ大公に近況を知らせる手紙と弟宛ての伝言を送り続けている、と記されている。この年、夫人はウィーンのフランス大使を動かして皇帝に対する工作を行ったが失敗している。七月革命（一八三〇年）後の七月王政になってからも、国王ルイ・フィリップの王妃アメリーに懇請して義兄にあたるオーストリア皇帝宛ての書簡をウィーンのフランス大使経由で送るが何の音沙汰もない。遂に、アンドリアーヌ夫人は、親類のベルトラン氏を伴ってウィーンへ出発する。一八三二年二月一一日のことであった。

夫人のウィーン到着を知ったメッテルニヒは、その翌日の晩、自邸に夫人を招く。夜八時、大広間でしばらく待たされたあと、夫人はろうそく二本のほのかな光で照らされた執務室に通される。メッテルニヒは、不安におののく夫人に向かって好意に満ちた歓迎の言葉を述べ、弟の釈放のため何をしたらよいか、という夫人の問いに「自分に委せてほしい」と答え、皇帝から謁見の許可をとることを約束する。次いで、メッテルニヒは、アンドリアーヌの特赦のため、今まで皇帝の傍でどういう配慮をしていたかを語る。皇帝をその気にならせるのには機会を選ぶ必要があること、一たん失敗すると皇帝による拒絶を決定づけてしまうこと、そのため、フランス王妃アメリーの書簡を皇帝に渡さぬよう大使に警告したことなどである。

皇帝は、このような公式の依頼が、彼の権威に対する一種の侵害に思えたという理由だけで今まで拒絶の回答をしてきたのです。(……)もし、ヨーロッパのすべての君主とフランス王が弟さんに好意を持ったとしたら、弟さんは絶対釈放されることはないでしょう。皇帝は「家族からの圧力」にしか譲りたくないのです。(第四部第一八章)

メッテルニヒは、夫人の請願にまだ希望があると励まし、この夜の会話の内容について秘密を守ることを約束させて会見を終えた。

メッテルニヒの仲介により、夫人は皇帝の謁見を許可される。夫人の涙の懇願の前に、遂に皇帝はアンドリアーヌの特赦を認めるのである。喜びに我を忘れて、宙を舞う気持ちで宮殿を出たアンドリアーヌ夫人は、すぐその足でメッテルニヒ邸に赴く。メッテルニヒは夫人と喜びをともにし、皇帝との会見の様子を詳しく聞き、今後の夫人の行動について助言をする。特に、南ドイツを通る帰途の旅を変名でする必要性を説く。アンドリアーヌという名は有名だから発見されると無理やり政治集会にかつぎ出され、皇帝の死を願う乾杯をさせられる破目になるというのである。
このように、特赦の許可は下りたのだが、釈放手続の細部にまで皇帝が関与するため釈放が遅れ、夫人は焦燥の念に駆られながら、ウィーンに滞在を続ける。このころ、オーストリアが、反乱鎮圧のため、ローマ教皇領に軍隊を進駐させたのに対抗して、フランス軍がイタリアのアンコナを占領した。当然、両国の関係は険悪になり、メッテルニヒとフランス大使は激論を交わす。フランス人アンドリアーヌの特赦は、まことに微妙な時期に行われたのであった。だが、夫人に対するメッテルニヒの態度は変わることはなかった。

三月五日、月曜日。常に親切で、常に変わることのないメッテルニヒ大公と暫くの時間を過ごした。大公は、三日前にお産をした妻のこと、生れたばかりの小さい娘のことを、良き父、良き夫を感じさせる語り方で私に話してくれた。（第四部第一九章）

メッテルニヒは妻と二度死別しており、ここに登場するのは一年前に結婚した三度目の妻メラニーで、彼の後半生の良き伴侶となった女性である。社交界で艶聞のあったこの政治家も六〇歳近くなり、穏やかな家庭人となっている様子がうかがえる。
ようやく、アンドリアーヌ夫人は、三月一五日、メッテルニヒの直筆の書簡を受け取り、釈放される弟と五日後に国境の町で再会できることを知らされる。夫人の喜びは限りないものであった。夫人は出発に際してのメッテルニヒとの別れの場面を次のように描いている。

メッテルニヒ大公邸を辞するとき、別れの言葉を言いながら涙を押さえることができなかった。それほど私は大公に対し親愛の情と感謝の念を抱いていたのだ。私たちは長時間話をしたが、大公は何度もこう繰り返した。「シュピールベルクに残っている囚人たちが不利にならないように、フランスの新聞や議会が彼らのことを問題にしないようにして下さい。特に、コンファロニエリについてはいかなる工作もしないで下さい。というのも、皇帝が自分の国の出来事に口を出されるのに耐えられないというだけの理由で、彼をもう十年、牢に入れておくでしょうから。王妃アメリーに対しては、皇帝は、友情を示したいというお気持ちはあるのですが、こうした状況の下では『家族の働きかけ』にしか譲ることができなかった、とお伝え下さい。(……)」

「大公閣下、フランスでまたお眼にかかることはできませんでしょうか。」

「これからは、フランスへ行くことは考えていません。少し休息をとれる暇ができても、もうヨハンニスブルク(マインツ近辺の自領)にしか行きません。でも再びお会いしようとしまいと、奥さま、私をほんとうの友人と、一生を通じてお考え下さい。」(第四部第一九章)

別れを告げるメッテルニヒの眼に涙が溢れていた、とアンドリアーヌ夫人は記している。夫人は、このようにしてメッテルニヒのさまざまな配慮に助けられて、念願の弟との再会を果たし、ともに祖国フランスの土を踏んだのであった。

アンドリアーヌ夫人の「日記」はこのように宰相メッテルニヒの密接な接触を描いているのだが、メッテルニヒは何故このように国事犯の姉の夫人に対して好意的であったのかという疑問が浮かぶ。これに答えるのは難しいがあえて考えてみると、まず、夫人は、フランス王妃、パリ大司教のような強力な推薦者から紹介されているので、廷臣であり上流貴族であるメッテルニヒは夫人を丁重に迎えざるをえなかったであろう。また、メッテルニヒは、その経歴からフランスおよびフランス人との関係が深かったから、夫人がフランス人であることは有利に作用したにちがいない。

だが、一方、夫人から数年間、三ヶ月ごとの近況報告を受け取りながら、弟のための工作は進展せず、同囚のペリコ、マロンチェリが先に出獄してしまったという事実もある。メッテルニヒ自身、状況の停滞について、皇帝の傍で自分がどういう努力をしたか弁明しているが、シュピールベルクの囚人については皇帝の意のままで、メッテルニヒには手が出せない印象を受ける。ともかく、こうした状況のなかで、メッテルニヒは、優雅な物腰で愛想よく夫人を迎えており、皇帝の意向を明瞭に伝え、自分の立場を明らかにすることにより、夫人への同情に溺れてしまうことなく、終始、すぐれた政治家の冷徹な眼を持ち続けているように見える。また、メッテルニヒの親切な印象は、夫人の記述の仕方にもよると思われる。夫人には、大政治家を身近に描く喜びがあったのかも知れない。

証言を求めて、メッテルニヒの『回想録』(一八八〇―八四年、八巻)と照合したが、アンドリアーヌとその姉の名は無かった。だが、こうした検証は別にして、「日記」に描かれた皇帝と宰相の世界は、アンドリアーヌの『回想録』に、単なる獄中記にはない、新しい視界のひろがりを与えているのである。

この観点から、スタンダールにおけるメッテルニヒ像について最後に触れておこう。スタンダールは『赤と黒』の「密書」事件を描いた章のなかで、メッテルニヒと思われる大政治家を登場させている。主人公ジュリアンは、革命を抑えるための陰謀の密書を暗記して、マインツ方面に住む大政治家に伝えに行く。『赤と黒』は「一八三〇年年代記」の副題の通り、七月革命直前の時期を扱った小説だが、この時期のヨーロッパで、反革命思想をもち強力な指導力をもつ政治家としては、メッテルニヒをあげることができよう。彼もマインツ近くに自領ヨハンニスブルクを持ち、彼の滞在はフランスの反政府党の警戒心を喚び起こしていた。七月革命少し前の五月、彼はパリのオーストリア大使に次の書簡を送っている。

ライン河畔(ヨハンニスブルク)に私が姿を見せると必ず例の党の非難の的になってしまう。「デバ」紙が、私の旅行をフランスの何かの事件と関連させて最初に非難する新聞となるだろう。貴下にしていただく奔走も同じことだ。貴下には、ポリニャック氏(フランス首相)の使者になっていただくが、この大臣が何をすべきか命令するのは私になるだろう。(メッテルニヒ『回想録』第五巻)(5)

フランスの反政府勢力が強くなってきたことを懸念するメッテルニヒの様子がよくわかる書簡である。しかし、その懸念が現実となり、七月革命が起きてしまう。

スタンダールは七月革命により、外交官の職を得ることになった。新政府によりトリエステ（当時オーストリア領）の領事に任命されたのである。刊行直前の『赤と黒』もそのままに、彼は任地へ向かうのだが、そこには大きな障害が待っていた。任地国に受け入れられるのに必要な領事認可状の発行を、メッテルニヒが拒否したのである。主たる理由は著書のなかでのオーストリア政府攻撃であった。このため、スタンダールは、教皇領のチヴィタヴェッキアに任地変更せざるをえなくなった。

これから八年後、スタンダールは『パルムの僧院』のなかで、またもや、メッテルニヒを彷彿とさせる政治家モスカ伯爵を描く。前章でも述べたように、バルザックは「ベイル氏研究」（一八四〇年）のなかで『僧院』を激賞するが、モスカ伯については、メッテルニヒ公のすぐれた人物像を見ないわけにはいかない、とする。スタンダールは、バルザックへの礼状の言葉のなかでは、決してメッテルニヒを写したのではない、と述べているが、(6) アンドリアーヌ『回想録』を通して眺めるとき、モスカ伯がメッテルニヒ的特徴を帯びていることは明らかで、スタンダールの否認にもかかわらず、バルザックの鋭い批判眼に驚かざるをえない。

このように、ナポレオンとともに、ヨーロッパ十九世紀前半の時代精神を象徴するメッテルニヒ像は、スタンダールの文学のなかにひそかに生き続けていると言えよう。

結 び に

マチルド・デンボウスキ夫人とメッテルニヒ大公は、スタンダールの運命を変えた二人の人物である。マチルドとの恋愛は、『恋愛論』の源となり、さらには、スタンダールの小説に描かれた恋愛の源流となっている。一方、メッテルニヒは、イタリアにおける旅行者としての、あるいは外交官としてのスタンダールにとって、ハプスブルク帝国の官僚組織の頂点として絶えず意識せざるをえない存在であった。スタンダールが、ローマ近郊の港町にフランス領事として赴任し、秘書の悪意に苦しめられながら晩年を暮らすことになるのも、メッテルニヒが、トリエステ領事の認可を与えなかったからであった。

スタンダールのマチルドへの恋愛は、ミラノの貴族社会を背景としており、そのミラノは、ハプスブルク帝国の属国の首都として、メッテルニヒの主導するウィーン体制の下にあり、スタンダールの恋は、イタリア独立運動に対する弾圧の影響を受けざるをえなかった。まことに、アランの言う通り、「政治的情勢はいつも恋愛の咽喉をしめる」のである。(7)

アンドリアーヌ『回想録』には、全四巻中の後半二巻でこの二人の人物の描写がたびたび登場する。しかも、この後半二巻は、一八三八年九月、スタンダールが『パルムの僧院』を構想中の時期に刊行された。彼はこの著書のなかに、自分が別れたあとのマチルドの消息とその死の描写を読み、宰相メッテルニヒの人間性を示す描写を発見するのである。この二人はスタンダールの恋愛と政治を象徴する人物であり、この点、『回想録』と『僧院』のあいだに、共通の底流が流れていることを感じさせる。

『回想録』の主人公は、イタリアの音楽と文芸に憧れ、イタリア独立運動に共感しながらイタリアのミラノを訪れ、逮捕される。このイタリア幻想破綻の物語は、スタンダールが心に描くイタリアが想像のイタリアであり、ミラノはその「元型の都市」(8)であることと不思議な共通性を感じさせる。アンドリアーヌ『回想録』は、『パルムの僧院』のイタリアを理解するために、貴重な資料と言えるだろう。

第12章　『ラミエル』の同時代材源

——一八三九年四月の新聞情報と作品創造——

はじめに

第4章では、『ラミエル』の一八三九年原稿を分析し、作品像を探ろうとしたが、作品創作時の状況については触れることができなかった。この章では、近年の研究史を眺め、『パルムの僧院』のように文章化された明白な材源のないこの作品に対してどのような源泉が指摘されているかを探り、次いで、一八三九年四月一三日着想、五月初稿の創造過程のなかで、作家の構想が熟していったにちがいない四月の時期に注目して、新聞を調査し、作品と共通の要素をふくみ作家の関心を惹く可能性のある資料の分析を試みたい。これまで見てきたように、スタンダールは熱心な新聞読者であり、しかも小説創造にあたって創作と同時期の情報に無関心ではなかったからである。まず、四月末の『ジル・ブラース』の読書、四月七日に第一章が新聞掲載されたレオン・ゴズラン『ル・ペックの医師』、四月一三日から新聞連載が開始されたバルザック『ベアトリクス』などを、順次、検討の対象とし、最後に、ヴォードヴィル「ナノン、ニノン、マントノン、または三つの閨房」の新聞劇評について触れながら、全体を考察したい。

1 『ラミエル』研究概観

作品『ラミエル』が着想され、執筆に至る過程はどのようなものであったろうか。『ラミエル』作品誕生の直接的な発端として知られているのは、一八三九年、スタンダールが、『深情け』の原稿に書き付けた次のメモである。

私は、喜劇『田舎の好奇心男』で、『僧院』の疲れをいやすつもりだった。

だが、今日、四月一三日の夜、バスチーユ近くの駅からサン・ドニ通りのあいだでアミエルを見た。（……）

アミエルともう一人の人物に多くの才知を与えること。フランス人の共感を引くために、虚栄心の強い人物を一人入れる。(1)

これは、『パルムの僧院』刊行に続く次の作品の構想を示すもので、示唆に富んだメモである。文中、「アミエルともう一人の人物」は、ラミエルとサンファンを思わせる。スタンダールの原稿では、『ラミエル』の女主人公の名は、アミエル **Amiel**、ラミエル **L'Amiel**、と変化し、最後に、ラミエル **Lamiel** に定着するのであり、(2) このメモのなかのアミエルは、『ラミエル』の女主人公の原像と言えるであろう。

さらに、四月一三日付メモはもう一つあって、スタンダールは、人からもらった手紙の裏に次のように書いている。

私は、一三日の夜、（……）で涙を流していたアミエルが、その五分後には、二人の農民を馬鹿にして笑っているのを見た。(3)

四月一三日、『アミエル』開始。(……)

このメモを見る限り、この作家は、精力的で野性味のある民衆の女性像を心に描いていたことになるだろう。しかし、メモの存在があっても、この作品の真の着想は、時間的にもう少し前の可能性があったのではないか、と思わせる事実がある。一八三九年三月末に刊行された『パルムの僧院』巻頭の作者著作目録に、『アミエル』が刊行間近の本として掲載されていることである。この事実は、評家の注意を引き、ジャン・プレヴォの指摘や、フィリップ・ベルチエの分析などがある[4]。このような事実から判断すると、四月一三日メモのアミエルは、スタンダールが心に抱いていた女主人公の肉化された実像の発見によるもの、と考えられるであろう。

さらに、このメモの時期以前、スタンダールが『ラミエル』の材源として何を利用できたか、さまざまな指摘がなされてきた。登場人物形成の具体的モデルを提示している研究をいくつか挙げてみる。

ジャン・プレヴォは、『「ラミエル」材源に関する試論』(一九四二年)[5]のなかで、スタンダールの作品中に現れる、知性的で独立心が強く、大胆で、男性と対等にふるまう女性像の系譜、すなわち、アマゾネス的女性像の系譜を指摘している。また、スタンダールの自伝からサンファンのモデルとしてトゥルト、当時の犯罪事件報道などからヴァルベールのモデルとしてラスネールを指摘している。

アンドレ・ドワイヨンとイヴ・デュ・パルクは共著『メラニーからラミエルまで——または、アンリ・ベイルの恋からスタンダールの小説まで』(一九七二年)[6]のなかで、スタンダールの青春期の愛人メラニーについて調べ、その生い立ちとパリに出奔した経緯から、スタンダールは、メラニーの物語をもとにラミエルの物語を組み立てることができた、と述べ、この二人の女性の身体的、精神的特徴を比較検討したあとで、主たる材源のメラニーの物語が尽きたところでスタンダールの情熱が醒めた、と指摘する。また、メラニー Méla(n)i(e) とアミエル Amiel のアナグラムの近似性も指摘している。

アンヌ・マリ・メナンジェは、フォリオ校訂版（一九八三年）[7]の序文で、「法廷新報」にベルテ事件記事と同時に掲載された美貌のスペイン娘に魅せられる盗賊の物語（ジャン・プレヴォの発見による）について、バルザック『三十女』の挿話との類似を指摘する。また、背中にこぶを持つサンファンに似た人物像が、一八一七年ピカールとラデの喜劇以来、流行し、バルザックもたびたび引用していることも指摘する。

ジャン・ジャック・アムは、GF-フラマリオン校訂版（一九九三年）[8]の序文で、サンファン像の形成に触れ、多様な材源の可能性があるが、特に、背中にこぶがあり、宗教心に欠け、大食で頑固、酔っぱらいで卑猥なマイユー（Mayeux）の人物像が、一八三〇年代、四〇年代に流行したことを指摘する。

C・W・トムソンは、『火の娘ラミエル――スタンダールとエネルギーに関する試論』（一九九七年）[9]で、十七世紀文献と十九世紀の民衆文化資料に光をあてながら材源の問題を考えている。ラミエルの原像については、メラニー像に加え、スタンダールが熱中して読んだタルマン・デ・レオーのニノン・ド・ランクロ像の重要性を指摘する。さらに、サンファンの材源については、一八三〇年代に盛んだったマイユー像とその類似像の分析を通して、「こぶを持つドン・ファン」像を追求し、こうしたこぶのある人物の戯画像が、七月革命とそのあとの社会の諷刺であることに言及している。

このように四月一三日のメモの段階で、スタンダールは、前述の種々の材源（自伝にふくまれた事実は、当然そうなるが）を利用可能だったはずである。では、このあと、スタンダールは、作品創造をどのように進めたのか。この点については、第4章のなかで、ビブリオフィル校訂版の原稿配列、F・W・J・ヘミングズ「二つの『ラミエル』」などを参照しながら考察した。

その際にも触れたが、この原稿配列と執筆過程の問題に関して、二〇〇〇年に重要な論文が発表されている。ミシェル・アルース編集による学会論文集『最晩年のスタンダール　一八三七―一八四二年』（二〇〇〇年）に『ラミエル』関係の論文が数篇あり、力作が多いが、一八三九年五月の創作開始を検証したセルジュ・ランケス「『ラミエル』の原稿――謎の終りか？」[10]が注目されるのである。この論文の筆者は、スタンダール大学スタンダールおよびロマン主義研究センターのチームとともに原稿の調査に従事しながら『ラミエル』生成についての博士論文を準備している研究者であり、この調査は、近代テキストおよび草稿研究所の協力の下に行われたものである。

ランケス論文の調査方法は、原稿におけるテキスト、書体、紙質、執筆の場所など、物質的条件に光をあてるもので、資料を電算化し、答えを出している。その結果、判明したことは、『ラミエル』の創作が開始されたのは、ビブリオフィル校訂版、プレイヤード校訂版などの解釈とは異なり、一八三九年五月、スタンダールがパリにいた時期からであり、ローマに戻った一八三九年一〇月からではない、ということである。この調査によれば、小説の最初の八〇ページは、パリのシャンベラン紙を用いて、『僧院』でも使ったお気に入りのパリの筆記者ボナヴィ(Bonavie)に口述筆記させたものであるという。[11]そして、イタリアに帰ったスタンダールは一〇月一日にパリの口述筆記稿に訂正を加え、翌二日、イタリア製用紙に第一章を自筆で転写するが、数ページでまたパリの口述筆記稿に戻る。作者自身の創作メモや、書きつけられた一〇月の日付などが、五月にパリで書かれた口述筆記稿を、一〇月にイタリアで別の筆記者により書かれた草稿と誤解させた、というのである。このランケス論文の検証により、『ラミエル』の原稿配列・執筆過程が明瞭になるとともに、その創作が一八三九年五月には開始されていたことが明らかになった。『ラミエル』創作過程の探究に関する重要な発見と言わねばならない。[12]

当然、ラミエルの構想に関しては、その直前の一八三九年四月がますます注目されるわけだが、以下ではこの時期を中心とした、材源に関わる資料分析を試みたい。

2 『ジル・ブラース』と『ラミエル』

スタンダールは、四月一三日のメモのあと、五月九日、一六日、一八日に、登場人物の詳しいイメージをメモしている。[13] ラミエルをはじめとして、背中にこぶのある医者サンファンや、盗賊、殺人者で情熱的恋人でもあるパンタール（またはショワナール）、あるいは若くて内気なミオサンス公爵など、主要な登場人物像が、四月からの約一ヶ月の間に明確にされていく。では、スタンダールの他の小説と同じように、作品執筆と同時期の材源、または、それに準じたものは、この時期に見出されるであろうか。ここではまず、ルサージュ『ジル・ブラース』をあげたい。

一八三九年四月三〇日、スタンダールは、この物語を読み、第四篇第七章と第一〇章にメモを書きつけている。[14] 第七章では、ジル・ブラースは、老蕩児の貴族に仕え、その愛人の悪謀みを主人に忠実に伝えたばかりに、その家から出ざるを得なくなる。「ドン・アルフォンソと美しいセラフィナの話」と題された第一〇章は、ジル・ブラースが道中出会った若者の身の上話で、決闘でひとりの騎士を殺した若者が、マドリッドからトレドへ逃げる途中、嵐を避けようとして見知らぬ邸に入りこみ、決闘で命を奪った騎士の妹セラフィナと遭遇する話である。[15]

ここで注目したいのは、この二つの章の間にはさまれた第八章である。上述の二章と同じく、四月三〇日に読まれた可能性が高いと思われるが、この章では、背中にこぶを持った人物が、高位の貴婦人にひそかに接近し、詐術によりその心を魅する話が語られる。ジル・ブラースは、チャヴェス侯爵夫人という美しい未亡人の邸に客間掛主任として勤務しているが、色恋に無縁と思っていた女主人が、そうでもないらしいと思い始める。というのも、ある朝、四〇歳ぐらいの、背中にこぶを持つ小男が訪ねてくると、侯爵夫人は激しく喜び、二人きりで時間をすごし、非常に満足した様子でこの男を送り出した。侯爵夫人は、この面会が気に入ったらしく、ジル・ブラースに、次にはあの男をできるだけひそかに、自分の部屋に案内するよう命じる。このようなことが二、三回続くと、ジル・ブラースはこの面会の性質について疑いを抱き、それが女主人の愛に関わるものかどうか考えて、心穏やかではない。だが、真相は、この小男は魔術（magie）に手を出していて、手練手管で「信じやすい貴婦人たちを騙し、生計を立てていたぺてん師」[16]だったのであり、侯爵夫人もその犠牲者だったのだ。

『ラミエル』一八四〇年原稿のサンファンのなかに、「信じやすい貴婦人たちを騙すぺてん師」の像を見出すことができる。第五章で、ラミエルの治療のため呼ばれたサンファンは、死にそうな退屈を味わっている公爵夫人を、厳しい言葉と巧みな術策で幻惑する。公爵夫人は、「預言者の言葉を聞く」ような気持ちになる。サンファンは、公爵夫人の体調を勝手に悪くし、大いに苦しませ、毎日一時間、「彼の悪魔的雄弁の恐ろしい催眠術」を彼女にかけるのであった。[17]

このように見ると、『ジル・ブラース』のなかの魔術的なぺてん師の姿は、『ラミエル』のなかに再現されていると言えよう。一八三九年四月の読書が、一八四〇年になって結実したのである。

補足すると、『ラミエル』一八四〇年原稿の終りの部分で、ラミエルは『ジル・ブラース』の読書に熱中している。[18]また、『ジル・ブラース』のぺてん師は医師ではなかったが、この作品は医師の策略に満ちていて、ジル・ブラース自身も第二篇では偽医者になりすましている。

3　レオン・ゴズラン『ル・ペックの医師』と『ラミエル』

一八三九年四月七日の「立憲」紙・文芸付録には、レオン・ゴズラン著『ル・ペックの医師』[19]の第一章全部が掲載されている。この小説は、『パルムの僧院』と同じく刊行されたばかりで、両著とも『フランス出版目録』四月六日号にその発刊が報告されている。ゴズランは、スタンダールが関心を持ち、作品や自伝でその名を引いたこともあるマルセイユ出身の小説家で[20]、一八三六年には『シャンティイの公証人』を発表していたが、今回は療養所の医師を題材としている（バルザックは、一八四〇年に「ベイル氏研究」を書き、レオン・ゴズランを、スタンダール、メリメなどと同じ観念の文学の一派に分類することになる）。

また、「立憲」紙は、これより三週間ほど前の三月一七日号文芸付録に、『パルムの僧院』のワーテルローの場面を掲載していた。

このような状況から推論して、スタンダールが、この新聞の文芸付録に目を留める可能性は充分あった、と考えられる。では、掲載された『ル・ペックの医師』第一章はどのような内容か眺めてみよう。

この小説の舞台は、自然の恵みゆたかで、歴史の関わりも深い、サン・ジェルマン・アン・レの街のル・ペック地区にある私立の療養所である。この療養所は、精神障害をもつ患者、老人をふくむその他の患者など、裕福な病人を対象として、若く美しいダルゾンヌ夫人によって経営されており、患者は自由を束縛されない待遇を受けている。第一章では、一日の正餐である昼食の場面が描かれている。作者は食卓での会席者の会話を追ってゆくのだが、この会話で強烈な印象を与えるのは、患者のひとりフルヌッフ男爵の言動である。背中にこぶのあるこの人物は、絶えず「鋭い才気」のある言葉を吐き、自らを軽蔑する相手を容赦しない。昔、軍の御用商人であったカバソルは、そのような相手であって、食事の間を通して、フルヌッフは攻撃の手を休めない。途中で、作者は、この人物の肉体的特徴と性格を説明しているが、それによると、フルヌッフは、アポロンのような立派な体と「二つの美しい黒い眼」を持っている。さらに、彼は、自らしか愛さず、自らの肉体と服装の美化に専念している。作者によると、「彼の肉体は、彼の信仰の祭壇だった」という。

フルヌッフのこのような特徴を眺めると、スタンダールが、一八三九年五月に書いた医師サンファンの人物像に

関するメモを想起せざるを得ない。五月九日のメモでは、

サンファンのなかでは、

一、憎悪が虚栄心を苦しめる。

二、虚栄心が憎悪を苦しめる。

と書いている。憎悪と虚栄心の相克は、フルヌッフの抱いていた苦しみではなかっただろうか。

スタンダールはまた、五月一六日のメモで、サンファンが「美しい眼」をしていて、「生れつき、たくさんの才気を持ち、信じがたい虚栄心から愚行を犯す」と書いている。さらに、五月一八日の作品の計画でも、サンファンについて、「たいへん活発な才気」、「憎悪」、「虚栄心」などについて同じような記述が見られる。(21) フルヌッフの人物像との共通性が感じられると言ってもよかろう。

ところで、このような共通性に留意したとしても、サンファンが医師であるのに対し、フルヌッフは療養所の患者に過ぎない。しかも、ゴズランの小説は療養所の医師を主題としている。この点、医師という観点を中心に、『ル・ペックの医師』の内容をもう少し詳しく眺めてみよう。

この作品は、全四八章、三巻、九一三ページに及ぶ大きな作品である。主要人物は、経営者ダルゾンヌ夫人、療養所の主任医師カルヴェイラック、神経症患者の貴族の若者アベル、牛乳配達の一五歳の純真な娘ベルジュロネットなどであり、第二章以降、フルヌッフは脇役の扱いである。

主要人物の間の恋愛感情が、物語の重要な伏線となっている。誠実な医師カルヴェイラックはダルゾンヌ夫人を意中の人としているが、彼女の心を得ることができない。夫人は貴族の青年アベルに魅せられ、彼を熱愛しているのである。アベルは周囲の期待を裏切って、新来の美しい患者ロール・ド・トゥラルブに関心を示さない。彼が愛したのは、孤児同然の貧しいベルジュロネットであり、ダルゾンヌ夫人は自らの恋を彼女に譲り、この少女をアベ

ルに近づけようとする。

医師カルヴェイラックとはいかなる人物なのか。彼は、学識と倫理をそなえた、すぐれた人物として描かれている。アベルは、父親が不正な手段で入手した財産を遺産相続し、その精神的重圧から発病していた。カルヴェイラックは、この患者の心に人間愛を目覚めさせるよう図る。アベルは、この土地の豊かな自然のなかで、貧しい人々の救済に熱中し、病状は好転する。だが、このころ、女性患者ロールの部屋へ侵入した嫌疑をかけられてアベルは逮捕され、詐欺師シャンポーの策謀もあって、ヴェルサイユで裁判が始まる。やはり、このころ、妊娠していたベルジュロネットは、男子を出産する。アベルには不利な裁判であったが、カルヴェイラックは、病気の回復途中で夢遊病の症状を呈していたアベルに、犯意が無かったことを証明し、無罪の判決をえる。その間、ベルジュロネットは、アベルを愛するあまり、有罪を求める検事論告を判決と思い込み、生れた赤ん坊を残し、死を求めてと思われる失踪をし、三ヶ月後も発見されていない。残された子は、ダルゾンヌ夫人とアベルが育てることとなる。ル・ペックの医師カルヴェイラックは、裁判の途中でアベルを救うため行われたダルゾンヌ夫人からの結婚の申し出を断り、海外に旅立つ。

五月のメモ、プランと一八三九年原稿を見ると、医師サンファンの人物像は、ル・ペックの医師カルヴェイラックの対極をなすと言っても過言ではないだろう。ル・ペックの医師には、憎悪、虚栄心、さらには滑稽味も欠けている。誠実で、学識高く、周囲の信頼の厚いこの医師と対置すると、サンファンは、この医師の戯画像と見えないこともない。

さらに、このゴズランの小説のなかで、『ラミエル』を想起させる点を二つ挙げることができる。まず、ゴズランの小説におけるヴァンサン神父の心理の描き方と、『ラミエル』におけるクレマン神父の心理の描き方に似通ったものが感じられる。次いで、ゴズランの小説では、一五歳の村娘ベルジュロネットは、母はなく、父は密猟者で、孤児同様に育ち、ル・ペックの医師の診察を受ける。療養所経営のダルゾンヌ夫人は、彼女の代母として、彼女を引き取り、さまざまな仕事を教え、美しい服を着せ、時として読書係をつとめさせる。これは、一八三九年原稿のミオサンス公爵夫人とラミエルの関係を想起させないだろうか。(22)

『ル・ペックの医師』の新聞掲載の書評は、一八三九年四月と五月にいくつか出ている。「コメルス」紙四月一九日号、「シエークル」紙五月四日号、「シャリヴァリ」紙五月一四日号などで、それぞれ長文の記事である。「コメルス」紙の書評の筆者は、オールド・ニックであり、三〇〇行にわたって、詳細に内容を要約している。この筆者は、この新聞の四月一五日号で、『パルムの僧院』の書評も書いている。スタンダールは必ずや、自らの著書の場合と比較しながらオールド・ニックの書評に目を通したに相違ない。

4　バルザック『ベアトリクス』と『ラミエル』

次に、バルザックの『ベアトリクス』中の女性作家カミーユ・モーパンの人物像を参照しながら、『ラミエル』創造との関連を考えてみたい。

『パルムの僧院』を対象として、最初に本格的な批評を行い、作品の価値を認めたのが、バルザックであることはよく知られている。前述のように、小説刊行の翌年、一八四〇年九月、バルザックは長文の「ベイル氏研究」を発表し、「一章ごとに崇高が炸裂する」と述べて、惜しみない称賛を与えながらこの作品を詳しく紹介した。ところで、これに先立って一八三九年春の作品刊行の前後に、両作家の間に数度の接触があり、バルザックの称賛がこの時期からはじまっていることは興味深い事柄である。特に『ラミエル』創造との関係で注目されるべきだろう。

この両作家は、一八三九年三月八日に、キュスチーヌのところで会っているが、『僧院』の刊行がどのような話題になったかはわからない。三月一七日、「立憲」紙は日曜付録で、ワーテルローの挿話を掲載する。三月二九日、スタンダールは、刊行直後の『パルムの僧院』を贈呈するため、バルザックに所在を問う手紙を出す。三月末に書かれたと推測される返信のなかで、バルザックは、「立憲」紙掲載の挿話について、「軍隊生活情景」の戦闘場面を書こうとして「このような見事で真実味のある描写」を夢みていたので嫉妬の発作に駆られる、という率直な称賛の言葉を述べている。四月五日、バルザックは、贈呈に対する礼状を送るが、それは「『僧院』は偉大で美しい書物です」と讃嘆の念を示しながらも、場所をパルムと特定したことに異議をとなえ、作品の舞台となる国名、都市名を明示しないで読者に（実在の）「モデナ大公やその大臣」を想像させるべきだという「考察」を行うなど、翌年の「ベイル氏研究」を予告する内容の手紙となっている。[23]

四月一一日、ブールヴァールでバルザックと出会ったスタンダールは、次のようなメモを書き残している。「ブーレの店にいたバルザックは、私に『僧院』を賞めそやして、こう言った。パルムの名を削除しなさい。四〇年来これに匹敵する作品はありませんでした、と」。二日後の四月一三日、スタンダールは、アミエルを見かけ、新しい小説の着想を書きとめるのである。

その同じ四月一三日、「シエークル」紙は、バルザックの新聞小説『ベアトリクス、または強いられた愛。私生活情景新シリーズ』[24]の掲載を開始する。奇しくも、この連載期間（四月一三日から五月一九日まで）は、『ラミエル』の最初の創作期間（四月一三日から筆記者ボナヴィヴィが八〇ページ目を書いた五月一九日まで）[25]と完全に重複している。

この、四月、五月に刊行された部分は、現在の『ベアトリクス』の三部構成のうち、第一部「人物」、第二部「悲劇」に相当するものである。[26]ブルターニュのゲランドを背景として、土地の貴族の若者カリスト、パリから生れ故郷に戻った女性作家カミーユ・モーパン（本名フェリシテ・デ・トゥーシュ）、音楽家との恋の逃避行で知られる侯爵夫人ベアトリクスなどが主要な人物として登場する。土地で評判の悪い年長の女性カミーユへのカリストの求愛、カミーユの友人ベアトリクスの出現、カリストの彼女への関心とカミーユの心の葛藤、カリストの熱愛と失恋による虚脱状態、カリストとパリの公爵令嬢との結婚を整えようとするカミーユの奔走、などの経緯のあと、結

Paris (par trimestre), 19 fr.

Départ. (par trimestre), 22 fr.

Le Siècle.

SAMEDI 13 AVRIL 1839. — 4e ANNÉE. — N. 101. | BUREAUX DU JOURNAL, A PARIS, RUE DU CROISSANT, 16, HOTEL COLBERT.

FRANCE.

Paris, — 12 avril.

SÉANCE DE LA CHAMBRE DES DÉPUTÉS. — VÉRIFICATION DES POUVOIRS.

FEUILLETON DU SIÈCLE. — 13 AVRIL.

BÉATRIX

OU

LES AMOURS FORCÉS.

PREMIÈRE PARTIE.

Mœurs d'autrefois.

§ Ier.

UNE VILLE DE BRETAGNE.

「シエークル」1839年4月13日号

婚契約成立の日にカミーユは、全財産をカリストに残して、ルーアンの修道院に入る。

　プレイヤード版（一九七六年）では、カリストの結婚署名の場面で終るが、「シエークル」紙五月一九日号では、さらに、この著名な女性を改宗させたことにより、グルモン師が教区の助任司祭に任命されたことを述べ、裕福になりパリ随一の美人と結婚したカリストは、一八三八年に子息が誕生し、伯母のゼフィリーヌを喜ばせたにもかかわらず、ベアトリクスから受けた悲しみから抜け出すことができず、カリストとベアトリクスが遭遇するようなことがあれば、この夫婦にどのような災害が起きるかわからない、と結び、一八四五年刊行の第三部の展開を予告している。

　この作品の着想としては、リストとマリー・ダグーの恋愛関係の経緯を、作者がジョルジュ・サンドから聞いたことに始まるという。[27] もちろん、実際の恋愛事件とそれに関わる人々を直接の源泉として考えるのには困難があるだろうが、カミーユ・モーパンとジョルジュ・サンドとの類似点は否定できないようである。[28]

　スタンダールは、『ベアトリクス』の名を一度も出していないが、一八四〇年一〇月、バルザック宛て礼状の草稿のなかで、バルザックに敬意を表してと思われるが、「モルソフ夫人とその一派」[29] を除いては現代文学を読んでいない、という言い方をしている。

　また、スタンダール研究者のルイ・ロワイエは、『ベアトリクス』の校正稿を調査して、カミーユ・モーパンの二番目の愛人であるクロード・ヴィニョンの人物描写について、初校では存在しなかったスタンダール的特徴が、第三校では加えられていることと、欄外に『僧院』の印象のメモがあることなどを報告している。[30] ガルニエ版校註を見ると、この人物は、「ラトゥーシュとスタンダールの複合像[31]」と思われる、とスタンダールの名を出している。しかし、プレイヤード版校註では、原稿照合から、ギュスターヴ・プランシュと断定している。[32] この結論は説得力があるが、それでもなお、「この時代で最も独創的な精神の一人」であり、筆名を持ち、その初期の作品がイタリア崇拝者であることを示し、「懐疑的で嘲笑的」な人物、クロード・ヴィニョンについてのルイ・ロワイエの推論には興味を惹かれる。

一八三九年四月、五月に発表された『ベアトリクス』のなかで注目されねばならないのは、カミーユ・モーパンの人物像であり[33]、カミーユ、すなわちフェリシテが、父母のいない孤児の境遇から自立した女性として成長する過程である。『ベアトリクス』におけるカミーユ・モーパンは、作家として名を成し、経験豊かな、成熟した女性である。ラミエルとの近似点はないように見えるが、カミーユ・モーパンとなる以前のフェリシテの生い立ちは、孤児として育つラミエルの境遇と比較、対照するに値する。スタンダールは、『ラミエル』の着想を明らかにした直後、バルザックの描くフェリシテの生い立ちを読む可能性があったのである。以下、「シエークル」紙掲載の『ベアトリクス』と一八三九年原稿(四月以降のメモ、プランも含む)の『ラミエル』を比較する。

まず、「悪魔」のイメージである。バルザックは、ゲランドの町におけるカミーユ・モーパン、すなわちフェリシテ・デ・トゥーシュについて、「悪魔の集団」la société du diable(「シエークル」紙四月一六日号、一九七六年刊行P-G・カステックス監修プレイヤード版該当部分、六七六ページ)とつながりがあり、品行の良くない女性で、カリストに「魔術」des sortilèges(四月一七日、六七九ページ)をかけている、という評判を伝えている。また、カリストの母は、この種の女性に、いかなる「悪魔の秘法」secrets diaboliques(四月一六日号、六七九ページ)があるか知りたいと思う。これに対して『ラミエル』では、ルーアンの孤児院から養女としてもらわれてきたラミエルが、「悪魔の娘」une fille du diable(『ラミエル』ビブリオフィル版、二四ページ)と村人たちに呼ばれるようになる経緯が述べられている。さらに、一八四〇年原稿では、ラミエルが、村の女たちに、「悪魔の娘、悪魔の娘」と、はやし立てられる場面が強い印象を与えている(『ラミエル』二一一ページ)。

次は、孤児としての生い立ちである。バルザックは、フェリシテの生い立ちについて、一七九三年、二歳のときに孤児となったが、その財産は大革命時の没収を免れた、と書いている。フェリシテは、母方の大伯父でナントに住む考古学者であるフォーコンブ氏に養育されたのである(四月一八日号、六八八、六八九ページ)。『ラミエル』の方を見ると、一八三九年原稿では、ラミエルは、ルーアンの養護院から、一歳半のときに連れてこられたことになっているが、一八三九年五月一八日付の「プラン」を見ると、「ラミエル（原文アミエル）の父母は、ずっと前に死亡している。彼女の叔父で、教会の番人の（……）オートマールは、この遺産相続のため、彼女が故郷へ行くことを決める（……）」と書かれていて、オートマールがラミエルの血縁であるような印象を受ける（『ラミエル』八、二三ページ）。

さらに、両者に読書に関する記述がある。フェリシテは、フォーコンブ氏の書斎で好きな本を読み、その読書への情熱により自らを啓蒙するが、この驚くべき読書は、彼女の情熱を抑制する役割を果たす（四月一八日号、六八九ページ）。スタンダールの作品では、ラミエルは、最初、読書を嫌うが、やがて、フェリシテの読書とは質を異にする、エネルギーに満ちた、マンドランとカルトゥーシュの物語に熱中するようになる（『ラミエル』二七、二八ページ）。また両作品に胸の炎症の記述がある。フォーコンブ氏の著述を助けて消耗したあまり、フェリシテは病気になり、「胸が炎症を起こしそうになって」la poitrine paraissait menacée d'inflammation（四月一八日号、六九〇ページ）、医師は乗馬や社交界の気晴らしをすすめて治療する。『ラミエル』の一八三九年原稿では、ミオサンス夫人の提案を辞退する理由として、「胸のあまりな弱さ」la poitrine trop délicate があげられるが、夫人の館に読書係として入ったラミエルは病気になり、病因が「倦怠」からと気づいた医師サンファンの治療を受ける（『ラミエル』三三、三九ページ）。一八四〇年原稿では、病気を長引かせてラミエルに独自の教育を与えようとするサンファンは、小鳥の血をラミエルの口に含ませ、「この娘の胸は（……）長い間炎症を起こしていたのです」Cette jeune poitrine (…) a été enflammée pour longtemps（『ラミエル』二四九ページ）と夫人に繰り返し、この病気を読書係の過重な負担のせいにするのである。

フェリシテの独身生活について、「シエークル」紙のテキストでは、一八一七年の終りごろ、（男性の讃辞に対する）「頑固な冷淡さ」son indifférence obstinée（四月一八日号、六九二ページ。ただし、プレイヤード版では「頑固な独身生活」son célibat obstiné となっている）から、自分の美しさに衰えと言わないまでも変化が起きていることにフェリシテは気づいた、と述べられている。さらに、「結婚と情熱の間に置かれて、彼女は縛られないことを望んだ。しかし、自分を囲む男たちの讃辞にもう冷淡ではいられなくなった」Placée entre le mariage et la passion, elle voulut rester libre ; mais elle ne fut plus aussi indifférente aux hommages qui l'entouraient（四月一八日号、六九三ページ）と叙述されている。

プレイヤード版の「架空人物索引」では、六九二、六九三ページのこれらの叙述に対し、フェリシテは、一八一七年、二七歳で最初の交渉を持った、と解釈している。[34] さらに、「彼女のその関係は、たいへん秘密に結ばれたので、だれもそれに気づかなかった」（四月一九日、六九八ページ）とバルザックは書いている。これらの諸条件を重ね合わせると、ラミエルの同じような場面を想起せざるを得ない。ラミエルは、愛とは何かを知ろうとして、自らの意志で、秘かに、ジャン・ベルヴィルと関係を結ぶのである（『ラミエル』六七ページ）。プレイヤード版テキストを読む限り、両者に共通性が感じられる。

しかしながら、「シエークル」紙のテキストでは、おそらく道徳的な読者に対する配慮であろう、原稿に改変が加えられ、この部分でも、célibat（独身生活）が indifférence（冷淡さ）に変えられている。この変更によって、もともと読み取りにくかった処女喪失のテーマの解読が、いっそう困難になったと思われる。[35]

次に、両者に見られる女性ドン・ファンのイメージがある。フェリシテのイタリア滞在と恋の苦い経験について述べたあとで、バルザックは、「フェリシテは死に、カミーユが生れた」と書く。パリに帰った彼女は、幻想を抱かず、「借財も征服もない一種の女性ドン・ファン」となる（四月一九日号、六九八、六九九ページ）。一方、スタンダールは、一八三九年五月一八日付のプランのなかで、「ラミエルは、二人、三人、四人と、次々に愛人を持つ。（……）どの恋も、三ヶ月続いて六ヶ月の間後悔し、それから別の恋に入る」（『ラミエル』八ページ）と書いている。[36]

このような一連の類似点を前にして、『ベアトリクス』におけるフェリシテの経歴が、ラミエルという人物の創造に影響を与える可能性がなかったか、という問いが心に浮かぶ。だが、この問題を考える前に、両者の相異についても眺めておこう。

まず、生い立ちの環境の違いである。フェリシテは、貴族の血を引き、知的環境に育つ。ラミエルは、出身は不明で、民衆の環境に育つ。次に、精神形成の違いがある。ほとんど独学で教養を身につけたフェリシテは、人生を理論で知り、その青春は「学問の白雪と考察の冷気」によって包まれていた（四月一八、一九日号、六八九、六九七ページ）が、ラミエルの方は、野性的情熱、独創的精神の持ち主で、彼女が重視するのは、「思いつき、気まぐれであって、決して理性ではなかった」（『ラミエル』七ページ、五月一八日プラン）。フェリシテが貴族の出自と学問に示される知的背景を持つのに対し、ラミエルは民衆の奔放なエネルギー、自由な発想を持つ女性である。この点、両者のコントラストは明らかであろう。

この時期、スタンダールは、バイアノ修道院に関する古い記録に材を得て、『深情け』、『尼僧スコラスティカ』などの中編小説を試みるが未完に終っている。この二つの小説とも、家庭の事情に縛られ、服従を余儀なくされている貴族出身の女主人公の物語で、『カストロの尼』とも共通する点がある。ところが、ラミエルは、民衆の出身で、家族から解放され、独立の精神をもった女性である。前述のようにスタンダールは、『僧院』の初版の扉に『アミエル』の近刊予告をしているが、(37) スタンダールの構想のなかで、この女主人公が既にラミエルの特性をもっていたことは考えられる。では、バルザックの連載小説をスタンダールが読んだと仮定して、カミーユ・モーパンの人物像は、どのような効果をスタンダールに及ぼす可能性があったであろうか。

スタンダールは、四月一三日のメモで、二人の農民と泣き、笑いする民衆の娘アミエルの姿を書きとめている（『ラミエル』三ページ）。スタンダールが、この娘の生い立ちを書こうとしたとき、この数日後に読むことになるカミーユ・モーパンの経歴は、源泉というよりはひとつの刺激剤にはならなかったであろうか。(38) バルザックが描く地方貴族の孤児の娘の経歴を読んで、スタンダールは、自分がバルザックとは対照的な民衆の娘を題材としようとしていることを意識したであろう。ブルターニュはノルマンディとなり、冷気の漂う学問の青春は、エネルギーに溢れた奔放な青春にとって代わられる。悪魔視される成熟した女性作家は、悪魔の娘と呼ばれる少女に代えられる。この二人の作家の描く女性像の微妙な相似と相異は、両者の求める究極の像の相似と相異から由来するものだろう。バルザックは、カミーユ・モーパンのなかに、「知性のニノン（ド・ランクロ）」（四月一九日号、六九九ページ）を描こうとしたのに対して、スタンダールは、ラミエルのなかに、パリの爛熟した社会に生きる、現実の「ニノン・ド・ランクロ」（『ラミエル』一三二ページ註）を描こうとしていたのである。

最後に、この作家が熱心な新聞読者であり、しかも、新聞記事の鋭い批評家であったことをもう一度強調しておこう。彼は、前年の書簡（一八三八年八月二〇日付）で、「シエークル」紙を最良の新聞の一つにあげている。スタンダールが、この新聞を読み、バルザックの連載小説の数章のなかに、『ラミエル』創造と関連し、対比するに値する要素を発見する可能性があったことを指摘しておきたい。

5　四月上演のあるヴォードヴィルと『ラミエル』

バルザックもスタンダールも、このように、社会の規範を逸脱して生きる自らの女主人公のモデルとして、ニノン・ド・ランクロを想起するのであるが、ラミエルの原像のひとつとして、ニノンに新しい光を注いだのは、前述のごとく、C・W・トムソンである。トムソンによれば、スタンダールは、若き日に、メラニーとニノンのイメージを結びつけて考えることもあったが、一八三四年に刊行された、タルマン・デ・レオー『小伝集』を読んで、新しいニノン像を発見した、というのである。スタンダールは、『小伝集』に強い興味を抱き、そのなかの人名を自分の作品中で何度も用いる。特に、ニノンの恋人の名であったミオサンスという名を、『ラミエル』とその他の作品で用いている。さらに、『ラミエル』着想から遠くない四月二一日、タルマン・デ・レオーに言及し、原稿のなかでも、ニノンの名を二度、引用している。こうした一連の検証を眺めると、『小伝集』のニノンがラミエル像誕生に貢献し、メラニーには無い特徴をこの女主人公に与えている、とするトムソンの主張には、まことに説得力がある。[39] トムソンはさらに、この時代、ニノンから「解放された女性」femme libérée のイメージを引き出したのはスタンダールだけではない、として、フーリエの例を挙げている。[40] 我々も急いで、カミーユ・モーパンの例を付け加えることにしよう。

もうひとつ、挙げておきたいことは、一八三九年三月、四月にニノン・ド・ランクロの名を題名に入れたヴォードヴィルがパレ・ロワイヤル座で上演されていたことである。「ナノン、ニノン、マントノン、または三つの閨房」と題する、この三幕の軽喜劇の劇評は、「立憲」紙三月二五日号に掲載されている。[41]

マントノン夫人は、言うまでもなく晩年のルイ十四世の寵を受け、妃に近い存在で、女侯爵の位を持つ。彼女は、新教徒の詩人アグリッパ・ドービニェの孫娘で、詩人で劇作家スカロンの未亡人であった。劇評によれば、この喜劇は、サン=シモンの『回想録』を下敷にして、ルイ十四世のヴェルサイユ風俗を笑いの種にしたものであり、実際、サン=シモン『回想録』のなかでは、ナノンは、マントノン夫人の最も古い召使であり、ニノン・ド・ランクロは、マントノン夫人の「親友」であった時期もあるのだが、夫人はそのことに触れられたくなかった、と述べられている。[42] こうした事情を前提として、次の物語が展開する。

宮廷貴族のドービニェは、ラ・ヴァルールという変名で、下士官になりすまして、居酒屋に通い、女将のナノンに気に入られ、結婚せざるを得ない破目となる。ドービニェは、決闘事件を口実にして、部下に自分を逮捕させる芝居を行い、この状況から逃れる。

ナノンは、ラ・ヴァルール、すなわちドービニェが絞首刑になろうとしていると思い込み、その赦免を求めて奔走する。彼女は、ライヴァルではあるが頼みを聞いてくれるニノンの住居を訪れ、正装したドービニェ侯爵と会うが、それがラ・ヴァルールと同一人物だとは気づかない。彼はニノンの愛人であった。赦免を求めて駆けまわったナノンは、マントノン夫人の住居に行き、開いた扉から男の人影を見かけ、「マントノンの旦那様」と呼んで追いかけるが、それはルイ十四世であった。ナノンは、王からラ・ヴァルールに対する赦免を取り付けるが、これは何の役にも立たず、赦免が真に必要だったのは、傷害の罪を犯したドービニェだったのである。

この劇評の筆者は、ナノン役の女優デジャゼの好演を賞め、笑いが涙を誘い、ナノンに感動的で優美な性格を与えた、と述べている。

この芝居の標題に名はあるが、実際にはニノンは登場しない。興味深いのは、ニノンの愛人としてのドービニェ（侯爵）である。『ラミエル』の後半、パリの場面でも、現代のニノンたるべきラミエルの愛人として、ドービニェ（伯爵）が姿を現す（『ラミエル』一一〇ページ以下）。彼は、自らの祖先としてマントノン夫人の名を引く（一一七ページ）。サン・シモンの『回想録』を見ると、愚行を続け、マントノン夫人の重荷となった兄弟のドービニェ（伯爵）の話が出てくる。(43) スタンダールは、奇行と放蕩でイメージの重なるこの人物をモデルに、ラミエルの愛人を描いているように思えるが、この芝居におけるニノンと放蕩者ドービニェの関係も、サン・シモンの叙述から生れたものと考えられ、ニノン的自由な女性とドービニェ的放蕩者の組み合わせの発想が、ジャンル、表現の水準の差はあれ、この時期に存在したことは注目してよいだろう。

結び に

『ラミエル』は、『赤と黒』、『パルムの僧院』のような文章化された明確な材源をもたないことはよく知られている。では、一八三九年四月、五月の、作品の着想から執筆に至る状況のなかで、作者の内面にあるモデル像、すなわち、自らの作品のアマゾネス的女主人公像、記憶にあるメラニー像、読書から生れたニノン像、時代の風俗のなかにあるマイユー像など、さまざまなイメージの蓄積のみで作品創造は進められたのだろうか。着想、プラン、執筆と進む、まさにその同じ時期に、想像力に新しい刺激を与える可能性のある資料に出会うことはなかったのか、というのが本章の論点であった。そのため、スタンダールが、この時期、読むことが可能な書籍、新聞を検討してきたのである。

その内容を振り返っておくと、四月三〇日の『ジル・ブラース』読書メモの隣の章に、医師サンファンがミオサンス公爵夫人を幻惑する場面と相似の場面がある。四月七日の新聞掲載の『ル・ペックの医師』第一章には、サンファンを想起させる人物が描かれ、第二章以降には、孤児に近い形で育った野生の少女が、裕福な夫人から養女として教育を受ける話が展開する。作品着想の四月一三日から連載の始まったバルザック『ベアトリクス』では、「知性のニノン」としてのカミーユ・モーパンの生い立ちが語られる。三月二五日の「ナノン、ニノン、マントノン」の新聞劇評では、ニノンと放蕩者ドービニェの愛人関係が紹介される。

このように、作品創造の初期に、作者が読みうる資料のなかに、ラミエル、またはサンファンに共通するテーマ、人物像を発見できるのである。従って、ここでは、『ラミエル』創造の初期に、作品との共通要素をもつ資料が同時に存在し、スタンダールが、その資料を読む可能性が充分あったことを指摘しておきたい。

ただし、このように同じ時代の文学環境のなかに発見される共通要素は、スタンダールの作品では、強烈な個性を与えられて表現される。ラミエルの野生と自由な発想、サンファンの風俗観察と笑いなど、スタンダールの作品構成は、はっきりとした独自性を示している。

それにしても、『パルムの僧院』刊行を通して交渉が密になったバルザックとスタンダールが、同時に、道徳的な社会の規範を逸脱した女主人公の作品を構想していたのは興味深い。さらに、この両者の女主人公の共通モデルとしてニノン・ド・ランクロが登場し、バルザックは「知性のニノン」を描き、スタンダールは、いわば野生のニノンを考えているのである。翌一八四〇年の「ベイル氏研究」の『僧院』批評に先立って、この二人の小説家の小説観の違いが示されているように思われる。ともかく、『ラミエル』の誕生には、検討に値する問題が尽きないと言えよう。

第Ⅲ部　スタンダールと日本

第13章　明治文学におけるスタンダール

はじめに

日本におけるスタンダール紹介は、いつごろから始まったのであろうか。

大岡昇平「明治のスタンダール――敏と鷗外」(1)は、この点について論じたほとんど唯一の論文である。それによると、上田敏は明治三三年（一九〇〇）の論文「十九世紀の仏蘭西文学」、明治四三年（一九一〇）の小説『うづまき』でこの作家の紹介を行い、森鷗外は明治四二年（一九〇九）の短篇小説『追儺』でスタンダールの名を引いている。

鷗外、敏の海外文学導入に果たした役割については今さら云々するまでもない。特に上田敏は、明治三〇年代以後、本格的なフランス文学紹介を行っている。従って、この二人の大才が、当時のフランスで文学史上の市民権を獲得しつつあった特異な作家について言及するのはごく自然かも知れない。

だが、『うづまき』におけるスタンダール讃美は、単なる新作家紹介の域を越えているように見える。そこに浮かび上がるのは、明治文壇の欠落を補おうとして、スタンダールの文学像に共感を寄せる上田敏の姿であり、その共感はほとんど心酔と言ってもよいほどである。

このスタンダールへの共感は敏だけのものであったろうか。海外新思潮に敏感な当時の人々の間に、スタンダールへの関心は見られなかったであろうか。成瀬正勝の証言によると、スタンダールの存在は、敏、鷗外の紹介は別として、大正末期に最初の翻訳が行われるまで、注目されることがなかったという。(2)

だが、明治の自然主義文学に飽き足らず、海外の文学、思想に絶えず学ぼうとしていた新しい世代には、当時のフランスにおける、情熱的なスタンダール愛好者たちの研究を知る機会はなかったであろうか。

このような疑問を抱きながら、明治三〇年代、四〇年代のフランス文学に関する紹介文献を眺めてゆくと、次のような事柄が明らかになってくる。すなわち、上田敏は『うづまき』以前に『赤と黒』を紹介したことがあって、この時期、最もスタンダールに言及している文学者であり、一方、第一次、第二次「新思潮」、「三田文学」など明治四〇年代の文学世代は、精力主義、快楽主義の近代作家スタンダールに関心を持ち、紹介、翻訳、言及を行っていたのである。

日本におけるスタンダールの最初の翻訳は、大正一一年(一九二二)、佐々木孝丸による新潮社版『赤と黒』であり、知識人に大きな影響を与えた翻訳としては、昭和八、九年(一九三三、三四)、桑原武夫・生島遼一訳による岩波版『赤と黒』があり、昭和一一年(一九三六)には、大岡昇平・小林正編集になる竹村書房版『スタンダール選集』が編まれる。

大正末期から昭和にかけて、このように、スタンダールの影響は決定的になってゆくのだが、その時期よりもはるか以前、明治末期に、既にこの作家に対する関心が示されていた。

この章では、明治末期のスタンダール理解がどのようなものであったか、いかなる経路によってその理解に到達したかを考えながら、この時期のスタンダール紹介の意味について論じたい。

1　スタンダールと明治三〇年代の上田敏

明治三〇年（一八九七）以前、スタンダールの名は一度も紹介されたことがないと言ってよいだろう。「早稲田文学」をはじめとする種々の雑誌の題目を見ても、英文学の紹介が中心であり、フランス文学そのものに対する記事は少ない。(3)

この時期の本格的なフランス文学紹介者としては、上田敏の登場を待つしかない。明治三〇年（一八九七）、二三歳の上田敏は、「帝国文学」（第三巻第八号）に「仏蘭西文学の研究」を発表する。この、文学史概観とでも言うべき論文のなかで、「近代の仏蘭西文学に於て吾等の最も留心すべきものは小説なり」と述べ、諸作家を挙げるが、スタンダールの名は無い。

その名がはじめて登場するのは、明治三三年（一九〇〇）六月の雑誌「太陽」臨時増刊「十九世紀」中の上田敏「十九世紀の仏蘭西文学」である。敏は、「ロマンチシズムの風潮」、「ロマンチシズムの反動」の二項目でスタンダールの名を挙げ、併せて、十数行の説明を加えている（前掲、大岡昇平論文参照）。第一のロマン主義に関する文章は、スタンダール『ラシーヌとシェイクスピア』第一部第三章「ロマン主義とは何か」を要約しているが、スタンダール流ロマン主義の特徴である現代性の尊重について、説明不充分であるように見える。敏の第二の文章においては、この作家のロマン主義的一面と同時に、写実主義の鼻祖たることを示すのはよいが、その文脈からは、作品名として『赤と黒』も列挙すべきであったろう。

しかし、このような留保を付けるとしても、明治三三年の段階で、しかもわずかな紙幅で、未紹介のスタンダールを要約し得たことには意義がある。敏が何を土台にこの文章を書いたか、まだ解明しえないが興味ある問題である。

上田敏はさらに、明治三六年（一九〇三）一月一日「明星」掲載の「仏蘭西近代の詩歌」のなかでスタンダールの名を引く。敏はここで、フランス文学が英独の両文学に比べ研究が不充分であり、ゾラなどの作家が英訳で読まれているのを嘆き、フランス詩人の紹介を行う。

このなかのユゴーの項で、ロマン主義宣言としての『クロムウェル』の序文について述べ、

これは先年宮元法学士が譯して『柵草紙』に載せてあったと思ふ。懐古旧劇の根底を覆へさむとした雄篇だ。されどこれもスタンダルやスタアル夫人の夙に唱道した事で、敢て珍しくない。（原文のまま。以下同じ）

また、ミュッセの項でロマン主義の流行が去ったことを述べたあとで、

十九世紀後半から今世紀にかけて、達人の眼は感情を放れて、意志の強健にむいて来た。さればミシュレェ Michelet よりもスタンダル Stendhal を、ミュッセよりもギニイを尊奉するのである。

第一の文章は、明治三三年の文章と同じ流れに位置するが、第二の文章の「意志の強健」とは何か。『定本上田敏全集』の島田謹二解説によると、敏はサント・ブーヴ、ルナン、ファゲ、ブリュンチエールらの批評を参照していたらしいから、これらの評家の言かも知れない。だが、敏は明治三四年（一九〇一）一月一〇日の「帝国文学」にニーチェの評伝を訳していて、その文中、超人の思想や、人生における「充分なる活力と勢力の意志」の重要性が説かれていることに留意しよう。「意志の強健」という見方には、当時流行のニーチェの影響があるのかも知れない。

次いで上田敏は、明治三八年（一九〇五）九月五日の「戦後の思想界」（「時代思潮」掲載）でスタンダールを紹介し、『赤と黒』の梗概を説明している。『定本上田敏全集』（第四巻三六四ページ以降）で約一ページ半にわたる分量

であるが、これはおそらく日本における、『赤と黒』についての最初の記述であり、ジュリアン・ソレルなる名前が人の目に触れた最初であろう。

敏の説くところによれば、日露戦役の終了を契機として、文学、哲学、宗教など思想界一般に混乱が予想される。思想上の問題を解決するのに、武士道思想は不充分であり、人道主義と征服主義、世界主義と国家主義、自由放任の思想と科学的進化論哲学はそれぞれ相克し合い、真の解決に至らない。

その結果、敏は、「日本の新社会における生存競争の事実」に目を向ける。フランス大革命と明治維新の革命は、「階級を打破し、旧慣を破壊」し、その後の生存競争を激しくした点で両者その軌を一にしている。

敏は、ここでスタンダールの名を引く。

仏蘭西の小説家にアンリ・ベエル Henri Beyle と云ふ人が居りまして、之がスタンダル Stendhal と云ふ号を以て『赤と黒』Rouge et Noir といふ小説を作りました。其人は拿破崙崇拝家であって、若いときに皇帝の軍に投じて、露西亜征伐に従軍した士官である。莫斯科の焼打を見、或は悲惨なる経験を嘗めて大軍の残余と共に仏蘭西に帰ってきた。其後に伊太利亜に住んで暇を得たから、それで小説に力を用ひて、許多の著書を作ったのであります。然るに当時の人の趣味には全く適しない、著書は頗る売れなかったさうであります。それで死ぬときに、今後三十年にして我は仏蘭西の有名なる作者となるであらうと言った。然るに丁度其予言の通りに三十年の後、此人の本が広く仏蘭西の読者に読まれるに至り、十九世紀の大家と仰がれて居る。此『赤と黒』と云ふ長篇の小説は仏蘭西革命以後那翁帝政の後に於る社会の状態を詳らかに書いた物で、主人公をジュリヤン・ソレル Julien Sorel と云ひ、身分は低いが、才智がある為漸次と立身して終に才の為身を誤まる話である。之を精読すると実に心を寒からしめるやうな事が多い。今日の評家は之に依って現社会の事情を照し戦慄すべき事があると言って居る。

次いで敏は、ポール・ブールジェの論旨を借りて、青年が社会に出て生存競争の厳しさを味わい社会の迫害に遭った場合、競争を放棄するか、迫害を破って上に出るかの二つの場合がある、とする。

このスタンダルの小説にある主人公ジュリヤン・ソレルの如きは此後の方に属して居る人間であって、極めて強健なる意志を以て現代社会の迫害を免れ、種々の手段を回らして、人情道徳は之を蹂躙して着々自家の位置を進めて行くことを図りました。終に或る事情の下に罪を犯した為に処刑されるといふので小説は畢って居りますが、此小説が今の人の胸にひしと応へるのは実に能く今日の生存競争の激甚なる社会の状態を写して居るからであらうと考へます。

筆者は引き続いて、日本における生存競争社会の到来を懸念する。「教育ある無産者」の著しい増加を指摘し、成功を得るための激しい競争から起きる、道徳上の危機を憂慮しながら論を結ぶ。

この論中、上田敏が、『赤と黒』の社会描写に眼を向けた紹介をしているのが注目される。この小説の、明治の社会にも通ずる真実性を認め、「之を精読すると実に心を寒からしめるやうな事が多い」と述べるのである。「教育ある無産者」が「極めて強健なる意志」を発揮して社会の「生存競争」に打ち勝つ姿をジュリアンのなかに見ようとする上田敏の解釈には、前述のニーチェの影響と同時に、ブールジェの影響がうかがわれる。上田敏が、ポール・ブールジェ『現代心理論集』中の「スタンダール（アンリ・ベイル）」を読んでいたことは明らかである。敏は、ブールジェの文中『赤と黒』とジュリアンに関する部分をたくみに要約、援用している。(4) ブールジェも「生存競争」struggle for life なる表現を用いている。

上田敏の『赤と黒』解釈には、当時の社会主義運動への危機意識を感ぜざるを得ない。この年、明治三八年（一九〇五）一月、ペテルスブルグでは労働者デモ弾圧の「血の日曜日」があり、五月には日本最初のメーデーが行われ、幸徳秋水、堺利彦らの平民社（一〇月解散）を中心とした社会主義運動が発展しつつあった。上田敏の、生存競争社会への憂慮、さらにその象徴をジュリアンのなかに見ようとする解釈には、この時代の流れが敏感に反映されていると思われる。

このように上田敏が、明治三〇年代にスタンダールに関心を示し、『赤と黒』の政治的、社会的骨組みを認めた紹介を行っているのは興味深いことであり、敏が通読した評家の書が何であれ、敏自身の新しい対象に対する観賞力、洞察力が優れていることを示している。こうした傑作に対する敏の嗅覚の鋭さは、まさに山内義雄(『定本上田敏全集』月報)の証言の通りである。敏がこの時期に示したスタンダールへの興味は、やがて『うづまき』のなかでの強い共感となって展開されるのである。

2　第一次「新思潮」とスタンダール

明治四〇年(一九〇七)一〇月一日発行の第一次「新思潮」創刊号に、一八ページに及ぶ「スタンダアル研究」と題された論文が掲載されている(5)。

第一次「新思潮」は、二六歳の小山内薫の個人編集の雑誌で、その誌名が示すごとく、海外文芸の紹介を主たる目的としていた。小山内は、既に同人雑誌「七人」を作り、「帝国文学」の編集にも加わっていたが、当時、近代劇の理想を求めてイプセン会を作り、海外演劇に強い関心を抱いていた。この新雑誌で、鷗外、敏の外国文学紹介を独自に受け継いでゆこうとしていたのである(6)。

創刊号を眺めると、チェホフ『決闘』、ビョルンソン『奇蹟』、コレット・イヴェ『妻』、ズウデルマンに関する評論、イプセン劇、アイルランド劇の紹介などが並ぶ。

問題の「スタンダアル研究」は巻頭第三番目に位置し、「リュッツオウ伯の説」と副題が添えられ、海外評論の翻訳であることを示している。翻訳者S・T生は、雑誌「七人」の同人であり、「新思潮」の他の号にも翻訳の筆を執っている高瀬荘太と推定される。

その内容を瞥見してみよう。論者は冒頭、バルザック愛読者と比較してスタンダール愛読者の数が少ないのは、有毒な楽天主義がはびこり、スタンダールの思想が理解されないからだとする。論者はさらに、ポール・ブールジェに対する反動が起こって、スタンダールの観察描写、心理分析に対する攻撃が行われたが、スタンダールは自分の時代より進んでいて、その優れた個人心理の研究は理解されなかったとする。訳文を引いてみよう。

其作を見給へ、彼れが描出した Julien《ジュリアン》 Sorel《ソレル》 は近世反抗者――或はまた無政府党――の好模型ではないか。Dostoyevsky《ドストイエフスキイ》 の Rozkolnikov《ロスコロニコフ》 また Bourget《ブルジエ》 の作 Disciple《デイスイプル》 の主人公の如き、実に此の Julien《ジュリアン》 Sorel《ソレル》 の立派な後裔である。

Stendhal《スタンダール》 の努力した所は、箇人心理の研究にある。因習流俗の権威熾んに、箇人を没却し去らん底の社会にあって、斯の如き研究の容れられざるは道理である。而かも注意すべきは、其の作 La《ラ》 Chartreuse《シアルトルウズ》 de《ドュ》 Parme《パルム》 及び Le《ル》 Rouge《ルウジュ》 et《エ》 le《ル》 Noir《ノアアル》 を読み行きて、吾人は公侯伯、名爵の人に、はた一国の王者にさえ逢着するの事実である。

次に論者は、謎めいたスタンダールの性質を知ろうとすれば、その生涯を知らなければならない、として、約八ページにわたりこの作家の経歴について語る。すなわち、幼時の陰惨な家庭生活と父親への憎悪を語り、イタリア遠征軍への参加とバールの初陣、イタリア滞在とそこでの恋愛について記す。さらに、パリ帰還、メラニーとの恋について述べ、一八〇九年のオーストリア戦役については『日記』を引き、モスクワ遠征、ナポレオン退位後のイタリア滞在、バイロンとの邂逅などを記す。このあと、論者は約五ページにわたって『赤と黒』の梗概を語る。

巴里に留って、一千八百三十年に至る。此間また彼れの精神に大変化を来した。此の際に出したるは、有名な Le《ル》 Rouge《ルウジュ》 et《エ》 le《ル》 Noir《ノアアル》 此を以て其の変化の限界とする。彼れの悪み厭うた Bourbon《ブルボン》 家、長袖政治の面影は、此の書の到処に彷彿として現はれて居る。
此の小説位ゐ、世間の物議を醸したものは少なからう。大失敗の作とは言へぬが、余り成功の作とも言へぬに後世に影響を及ぼす事、此の如く大なる、殆んど盲目的に称美するもの丶此の如く夥多しき、此の小説の如きは蓋し匹儔《たぐい》稀《まれ》なる処であらう。筋其の者は甚だ簡単で、行文また簡素を気取つたものである。

以下、論者は『赤と黒』の粗筋を述べるが、特にマチルドの性格に興味を寄せ、小説の結末の部分の説明では、マチルドがジュリアンの首を抱く場面の原文を示す。論者はさらに、一八三〇年以後のスタンダールの生涯について述べ、『パルムの僧院』は『赤と黒』に匹敵する作品であるが、「若き頃の作物に現はれた勢力」を欠く、とする。次いで、『イタリア年代記』中の『カストロの尼』を約一ページにわたって要約、最後に、ニーチェのスタンダールへの讃辞に触れ、超人の思想を通じての両者の共通性を述べる。

さて、以上がこの「スタンダアル研究」の内容であるが、スタンダールの生涯を詳しく紹介している点、また、『赤と黒』、『パルムの僧院』以外に『イタリア絵画史』、『ローマ・ナポリ・フィレンツェ』、『恋愛論』、『イタリア年代記』中の『カストロの尼』などの作品を挙げている点、特に『赤と黒』の梗概を詳しく説明している点など、初期のスタンダールの紹介の論文としてまことに意義深い。

また、ジュリアンをラスコーリニコフなどの「近世反抗者」または無政府主義者の原型とみなす考え方は、上田敏の解釈とも相通ずるところがあり、興味深い。このような解釈は当時のフランスに存在し得たもので、たとえば一九〇六年のフェリシアン・パスカル(7)の文章を見ると、ジュリアンの思考や行動に、無政府主義者またはラスコーリニコフとの共通点を認めている。

ところで、この論文の原文はどこにあり、論者リュッツオウ伯とは誰であろうか。

アンリ・コルディエ『スタンダール書誌』をみると、リュッツオウ伯「スタンダアル研究」は、アメリカの雑誌「北米評論」に明治三八年（一九〇五）に掲載された論文であることがわかる。(8) 従って「新思潮」では、約二年ほど前のアメリカの論文を翻訳していることになる。「北米評論」の当該号を参照してみると、翻訳は決して原文に忠実とは言い難いが、原文の大意はほぼ伝えている。この時期の翻訳の特徴であろうか。

M・S・ウォルサー『アメリカにおけるスタンダールの影響力　一八一八―一九二〇年』(9) を見ると、リュッツオウ伯の論文はアメリカにおいてはじめて『赤と黒』を擁護した論文で、アメリカのスタンダール批評史に新しい時代を開き、ヒュネカーなど優れた批評家の登場を準備した研究であった。

リュッツオウ伯とはいかなる人物か。伯自身の著書から類推するところ、ボヘミア王立科学協会員で、ボヘミア・アカデミー会員でもあり、『ボヘミア文学史』『ヨハン・フスの生涯と時代』などボヘミア関係の著書のある人物であった。(10) しかも、熱烈なスタンダール愛好者であったらしい。

この「スタンダアル研究」にはどのような反響があったであろうか。

第一次「新思潮」第二号（明治四〇年一一月一日刊行）の巻末に「師友より」と題して、創刊号寄贈に対する薄田淳介（泣菫）、夏目漱石、島崎藤村、蒲原有明などの礼状が掲載されている。なかで創刊号に対する感想を述べているのは有明で、

新思潮殆ど読了、大兄御翻訳のチェホフ非常に面白く拝見仕候。スタンダアルといふ作家はじめて承知、その作物が読んで見たく相成候。英訳有之候やいづれ拝眉のせつ詳しく御話承り度候（……）

「新思潮」第三号（明治四〇年一二月一日刊行）の「編輯余禄」の説明によると、

カウント、リュッツオウの論文『スタンダアル研究』は「北米評論」に出たものであるが、スタンダルと云ふ作者が未だ余り日本に知れて居ないからと思って出したまでだ——國木田君は本誌一般に就て「我々が聞いた事も無い毛唐の事を書くのはつまらん、やはりツルゲネエフとかモオパッサンとか、みんなの知ってる者の事を書く方が好い！」と云はれた。——スタンダアルの英訳は無いかと云ふ質問を大分受けたが、ハイネマン蔵版のゴッス氏監修『仏蘭西小説一世紀』"Century of French Romance" の中に、傑作 "The Chartreuse of Parma" は在る。

この、小山内薫のものと思われる文章を通じて、フランス文学を英訳で読んでいた当時の風潮がうかがわれ、興味深い。文中、指摘の『パルムの僧院』英訳版は、メアリ・ロイド夫人の手になるもので、英米で当時好評の版であった。(11)

小山内薫との関係から言って最も関心を示すはずの鷗外、敏には何の反応も見られない。鷗外については書簡集、日記、同時期の著作を通じて、「新思潮」創刊号を読んだか否かも確認できない。敏も同様である。敏は、明治四〇年（一九〇七）一一月二七日、横浜を出帆、外遊の途に就く。従って、一〇月発行の「新思潮」の寄贈を受け、目を通している可能性はあると思われるのだが、少なくとも現在刊行されている敏の作品のなかにその反応は見られない。外遊出発前の多忙さのためであろうか。

漱石も、「新思潮」創刊号寄贈への儀礼的礼状を書いたのみで、沈黙している。岩波版全集第一七巻索引（昭和五一年版）を見ると、第一次「新思潮」についても、スタンダールとその作品についても何の記載もない。漱石は生涯スタンダールに関心を抱かなかったと言えるであろう。

「明星」（明治四一年二月一日発行）にはじめて言及が見られる。栗原古城「海外詩壇——ロバァト・ブリッジェズを論ず」のブリッジェズの戯曲の説明の部分である。

パリシオ Palicio は一八八三年の作に係る。此戯曲は仏蘭西の作家ステンダアル Stendhal（昨年新思潮第一号に此作家の紹介ありしと記憶する）が『伊太利史話』Chroniques《クロニック》 Italiennes《イタリアンヌ》店中に其材料を求めたる者にして、ステンダアルが原作は十九世紀初葉の頃、伊太利国シシリイ島に起りたる、秘密結社カルボナリイ党の事実を描きたる者なれども、ブリッジェズは殊更現代の描写を避けむが為めに、之を十五世紀頃の伊太利に起りたる事実となし、脚色の上にも亦尠からざる変更を加へたり。

栗原古城は、「スタンダアル研究」を記憶していたわけである。なお、ここに述べられている『伊太利史話』中の物語とは、多少事実の誤りはあるが、明らかに『ヴァニナ・ヴァニニ』であり、栗原の詳しい『パリシオ』解説は、期せずして日本における最初の『ヴァニナ・ヴァニニ』紹介にもなっている。(12)「新思潮」論文の真の反響を知るためにはさらに広汎な調査が必要であろう。だが、ここに示したわずかな調査からも明らかなことは、たとえ少しずつにせよ、スタンダールへの関心がきざし始めているということである。

3　明治四〇年代の上田敏、森鷗外、永井荷風とスタンダール

明治四一年（一九〇八）七月帰国した永井荷風は、のちに『ふらんす物語』に収められる作品を発表し始める。この短篇群のうち、四一年一一月、「早稲田文学」掲載の『蛇つかひ』には、題辞として『アンリ・ブリュラールの生涯』第一四章の文章が引かれている。(13)

Je ne prêtends pas peindre les choses en elles-mêmes, mais seulement leur effet sur moi. ——Stendhal
われは其まゝに物の形象を写さんとはせず、形象によりて感じたる心のさまを描かんとするものなり。

――スタンダル

自伝や小説におけるスタンダールの現実描写の本質を示す文章で、リヨン郊外の見世物小屋の女を描いて、人生の悲哀を示そうとする荷風の作品とよく適合した引用である。

次いで、荷風は翌四二年（一九〇九）一〇月、「中央公論」に『帰朝者の日記』を発表する。[14] 帰朝者として異国への愛を語り、亡命、放浪への想いを語った部分で、

　小説家スタンダルはナポレオンに従って共に魯西亜《ロシア》の都から退却した仏蘭西人である。彼は伊太利《イタリー》を愛して己れの墳墓にミランの人某《なにがし》と刻せしめた。

荷風は、スタンダールのコスモポリティスムのなかに、自らを明治の日本から解放してくれる自由を読みとっているように見える。

これより数ヶ月前、明治四二年五月一日発行の「東亜の光」に、鷗外は、短篇『追儺』を発表、小説の理想の作法についての最近の議論に触れ、

　Stendhal は千八百四十二年に死んでゐる。あの男の書いたものなどは、今の人がかういふものをかういふ風に書けといふ要求を、理想的に満足させてゐはしないかとさへ思はれる。

と述べ、小説は何をどんな風に書いてもよいものだという結論を下す。

四二年前後は、自然主義の最盛期で、鷗外は、抱月、天弦、花袋あたりを対象にこの文を書いているような気がするが、ゾラ、モーパッサンをひとつの理想として小説作法を論ずる自然主義派の議論に対し、スタンダールを持ち出して、やんわりと反論しているように思われる。[15]

上田敏の唯一の小説『うづまき』は、明治四三年（一九一〇）一月一日から三月二日まで「国民新聞」に連載された。題名は「人間の心は渦巻のやうだ。経験が刻付ける印象の為に、感覚と感情と思想の波は、眩《めくら》むばかりの回転をしてゐる」という作中の文章に由来するのであろう。主人公牧春雄は、こうした「感覚と感情と思想の波」を余すところなく捉えて、生の楽しみを味わい尽くそうとする、積極的な「享楽主義」を抱いている。(16)

この小説の第三九節以降、結末の第四六節に至るまで、スタンダールの名が頻出する。上野の音楽会の帰途、主人公は、友人の小池、「新帰朝者」の永田と盃を上げるが、永田はスタンダールに心酔していて、その魅力を説いて止まない。永田は、こうスタンダールを定義する。

一口に言へば、此精力と美の宗教を奉じた先生は、智力と意志の力を兼有した所が豪いんだ。非常に精妙な分析力を持ってゐながら同時に感情の人、実行の人となれたのが珍らしい、何しろ「赤と黒」といふあの傑作を読んで見給へ。

この観点から、スタンダールの生涯が述べられ、『赤と黒』、『恋愛論』が紹介される。

上田敏のこのようなスタンダール理解については精密な分析を必要とするが、今、明らかなことのみ記しておく。敏が、作中のスタンダール観を述べるにあたって援用している文献をあげてみると、まず、前述のようにポール・ブールジェ『現代心理論集』がある。(17) 比較検討してみると、

(1) 第三九節「八人か十人の面白い人ばかりが集った客間で、賑《はしや》いだ空談《むだばなし》や世間話をして、夜半過《よなか》に軽い五味酒《ぽんしゆ》を飲む」は、そのままブールジェ原文二八一ページの引用の再生である。(18)

(2) 第四〇節「白の長外套、黒毛の甲《かぶと》」は、原文二八五ページにある。

(3) 第四〇節「然し活動の人物はともすると冥想の哲学家に似てゐるものだから、スタンダルの一面には、静思

默考の学者らしい所もあるだらう」は、原文二九九ページの大意と似ている。

(4) 第四六節「又スタンダルの小説シァルトルウズ・ド・パルムの有名な冒頭《かきおこし》に、ワアテルロオの戦場に臨まうとする主人公の心理を叙して、始めての夜会に趣く少女《おとめ》のやうだと書いてあるのを思出した」は、原文二八五ページの引用である。「夜会に趣く少女《おとめ》」の比喩はブールジェのもので、大岡昇平説の通り、スタンダールのものではない[19]。

上田敏は既に、明治三八年の『赤と黒』に関する文章のなかでブールジュを援用していた。今回も、『赤と黒』についての論旨は三八年のものと同じであり、同じくブールジェを引用しているわけである。

エミール・タルボ「ブールジェ以前のスタンダール批評展望」[20]によると、ブールジェは十九世紀後半、スタンダールへの評価が未だ定まらない時期にあって、この作家の近代性を明らかにし、作家像を確立した。敏は、心理と精力主義に基づいた、ブールジェのスタンダール解釈を受け継いでいる。

その他に、文中、スピノザ、テーヌの名があげられているが、テーヌの「スタンダール論」の影響だろうか[21]。

また、第四一節で、『恋愛論』についてエミール・ファゲの論を引くが、これはファゲの「スタンダール論」の要約である[22]。

ここで注目すべきことは、『うづまき』文中では名を出していないが、敏が最も参照していると思われるのは、ジェームズ・ヒュネカー「感情教育。アンリ・ベイル——スタンダール」だということである。この論文は、明治四一年(一九〇八)にアメリカの雑誌に発表され、翌年、ロンドンで刊行された『エゴイスト。超人の書』に収録された[23]。

ヒュネカーは、心理分析家、人間観察者としてのスタンダールを高く評価し、精力と快楽によって支えられる快楽主義(エピキュリスム)を認める。従来のスタンダール批評を列挙、要約し、各作品、作中人物の解説も詳しい。

仏、米において好評な論文であり、特に米国において大きな影響を与えた。日本での初訳は大正一五年（一九二六）である。[24] ヒュネカーの論文は、フランスの雑誌「メルキュール・ド・フランス」明治四一年（一九〇八）三月一六日号にレミ・ド・グールモン（筆名リュシル・デュボワ）により「アメリカにおけるスタンダール」として紹介されている。

以下、ヒュネカーの原文により比較を試みる。[25]

(1) 『うづまき』第三九節

「どれもこれも同じなのは女だ、女だ」は、ヒュネカー原文第七節にある。[26]

(2) 第三九節

「八人か十人の面白い人ばかりが集った客間で、賑《はしゃ》いだ空談《むだばなし》や世間話をして、夜半過《よなか》に軽い五味酒《ぽんしゅ》を飲む」は、ヒュネカー原文第二節にもある。

(3) 第三九節

「ゲエテが感嘆し、バルザックが讃美し、テエヌが崇拝し、ニイチエが私淑した吾スタンダル先生は、（……）」は、ヒュネカー原文第一節のゲーテに始まるスタンダール批評史の要約によるのではないか。

(4) 第四〇節

「『善悪の彼岸』といふ本だったらう、中でニイチェが大層賞め振《ちぎ》ってるね、牧君。」「うん確乎《しっかり》覚えてはゐないが、何でもこんな言《こと》だった。「此仏蘭西の偉人は、拿破崙《なぽれおん》の如き勢を以て、『彼《かれ》』の歐羅巴を蹂躪し、歐洲文明数世紀の測量家、発見家となった。其疑惑し狂喜した謎の或物を解くには、其後優に人間の二代は掛った。実に不思議な快楽論者だ、疑問の人物だ。仏蘭西最近の大心理學者だ」と感嘆の辞を奉った上、「恐らく此人は現代の仏蘭西人中最も精妙な耳目を持ってる」と迄言ってゐる。」——この文は、ヒュネカー原文第一節に

あり、敏の文章は、ニーチェの原文よりもヒュネカーに酷似している。(27)

(5) 第四〇節の引用

「汽船に石炭が要る如く、自分には毎日三四立法尺の新思想が必要だ」は、ヒュネカー原文第一節にある。(28)

(6) 第四〇節の引用

「熱情が無ければ徳も不徳も無い」は、ヒュネカー原文第五節にある。(29)

(7) 第四〇節

①「サン・ベルナアルの山路を、拿破崙に二日後れて通越して伊太利亜の沃野に轉戦した時も、イエナ、ワグラムの大戦に加はって、「何だこれだけか」と嘯《うそぶ》いた時も」、②「莫斯科《もすくわ》の焼落《やけおち》を壮観だと言って、ヅルテエル、プラトオンの書を読んだり、露西亜征伐の帰途惨憺たる退却軍の中に居ながら、毎朝綺麗に髭を剃《す》る事を缺かさなかった時も」——①はヒュネカー原文第二節、②は第一節の原文に酷似している。(30)

この他、敏がヒュネカーを参照したとは確認できないが、両者の文章に共通して示されている事実がいくつかある。

このように見てくると、上田敏のスタンダール理解は、ブールジェ、ファゲ、テーヌ、ヒュネカーなど多くの批評家から影響を受けており、この時代のフランス本国における研究の状況を考え、明治末期という時代を考えると敏の情報摂取量は多い方であった。敏がどこまでスタンダールの作品を読んでいたか、ここでは判断できない。推測できることは、文中の引用により、『恋愛論』は読んでいたと思われる。『赤と黒』も再度の言及により、読了していたという印象を受ける。

上田敏が『うづまき』のなかで示すスタンダール像は、「快楽主義」と「精力主義」に彩られているが、これは、ブールジェ、バレスなど世紀末のスタンダール愛好家に見られる解釈である。敏はまた、ジュリアン・ソレルを

「一種の超人」として捉えるが、ここにはニーチェの影響があるだろう。敏はこのように、自らの新しいディレッタンティスムを具現している作家としてスタンダールを発見し、明治文壇に新しい可能性を示すが、敏の理解と共感は、広い賛同を得ることはない。敏は、この作家に関心を持つ「幸福な少数者」だったのである。

敏とスタンダールの関係について、考察すべきことは未だ多い。たとえば、敏は、『牧羊神』で一連のレミ・ド・グールモンの詩を訳しているが、この詩人は当時一流のスタンダリアンで、前にも触れた通り敏のよく読んでいた「メルキュール・ド・フランス」にも筆名でスタンダールについて執筆していたというような事実がある。(31) また、敏は、『うづまき』以後、少なくとも二度スタンダールに言及している。明治四四年（一九一一）の評論「戦争と文芸」と大正三年（一九一四）の評論「小説」（『独語と対話』収録）で、特に後者は、敏の小説論を考える上で重要な言及である。

以上、より精密な研究を必要とするが、ここでは指摘のみに止めておく。

4　第二次「新思潮」と「三田文学」

明治四三年（一九一〇）九月に創刊された第二次「新思潮」の同人のうち、木村荘太、後藤末雄の作品には、再三スタンダールへの言及が見られる。

「新思潮」第三号（四三年一一月一日）の『第二のReal Conversation』で、木村荘太は、自らの望むべき生き方のひとつとして『赤と黒』をあげる。第四号（一二月一日）で木村は、短篇『前曲（A note on analysis)』を、「小説は弓にあたる――読む人の心が音《ね》をいだす提琴である」という『アンリ・ブリュラールの生涯』第一六章の文章で始め、以下、セラ、ヒューレットなどのスタンダールに関する文章を引用する。

第五号（四四年一月一日）には、後藤末雄が短篇『葉巻』を発表、年上の女性との恋をスタンダールとの連想において語り、「Sans les nuances, avoir une femme qu'on aime ne serait pas un bonheur, et même serait impossible——多くの恋調なくして恋人を有することは幸福にあらず、また猶、不可能なり」というスタンダールの言葉で作品を結ぶ。第六号（四四年二月一〇日）の Vance Thompson「Maurice Barrès と主我説」なる翻訳論文では、精力主義の観点からスタンダールとバレスが比較される。

第二次「新思潮」におけるこのようなスタンダールへの関心がどこから発しているのか、どういう影響を与えたのか、あまり明確ではない。いずれにしろ、木村と後藤にとってスタンダールは、恋に思念を凝らし、恋愛と人生と文学が渾然一体をなす近代作家として映っていたようだ。木村と後藤は、その後スタンダールから遠ざかってゆく。後藤は後に比較文学研究者として大きな業績をあげるが、スタンダールについては、大正八年（一九一九）に論文を書いたのみで触れることが少なかったようである(32)。

第二次「新思潮」同人中で、後年、スタンダールに興味を示すのは、谷崎潤一郎である。第15章で述べるように、谷崎は、『カストロの尼』を邦訳し、『饒舌録』中でスタンダールへの言及を行う。第二次「新思潮」の影響と言えようか。

後藤末雄がスタンダールについて語るのは、「新思潮」のみに止まらず、明治四四年（一九一一）二月の「三田文学」にも、『恋愛論』の抄訳を発表する。内容は、原文の第二章から第一九章までを取捨して訳したもので、一八ページの長さにわたる。『恋愛論』は、『うづまき』のなかで詳しく紹介されているが、翻訳されたのははじめてである。『うづまき』以後、「新思潮」同人の間で、恋愛の分析と表現に近代性をもつ作家としてスタンダールへの関心が高かったことを、この翻訳は意味しているように思われる。

このような、スタンダールの恋愛の意味については、さらに数年後、阿部次郎「聖フランチェスコとスタンダール」（『三太郎の日記・第弐』大正三年六月五日付）のなかで語られることになるであろう。

結びに

明治期のスタンダール受容は、いかなる背景をもっていたか。

上田敏の『うづまき』は美を求める「享楽主義」を基調とし、時代の自然主義文学との対比を明らかにしている。日露戦役後、特に明治四〇年代、反自然主義とでも言うべき文学の流れが強くなってきたのは事実のようである。「新思潮」「スバル」「三田文学」の創刊などは、この観点から考えると明白な意味をもつ。自然主義派の批評家片上天弦が、明治四四年（一九一一）の文壇を回顧して、「この一、二年の文壇の主潮は、自然主義及至現実主義といふ言葉だけでは、言ひ尽されなくなってゐる。寧ろこれを近代主義《モダーニズム》といふ、極めて漠然とした言葉で現はす方が安全である」と述べているのは、この間の事情を示すものであろう。[33] 一方、菊池寛は、第一次「新思潮」の創刊に際して、「日本の近代文学の（……）つまりモダニズムの第一声」[34] を感じた、と述べている。

スタンダールへの関心は、このような近代文学模索の動きを背景として生れたのである。敏は鋭い直観でスタンダールを発見し、学究的文献探索をもとに、ニーチェ、ブールジェ、ヒュネカーなどの影響を受け、精力主義的、快楽主義的解釈を明らかにしてゆく。次いで「帝国文学」の流れをくむ「新思潮」「三田文学」などの知性的な文学流派のなかに、近代的な恋愛心理分析作家としてのスタンダールのイメージが浮かび上がる。スタンダールは、従来考えられていたよりもはるかによく知られていたのである。

敏らが、スタンダールについて語ったのには、一九〇〇年代の仏英米のスタンダール研究の影響があったことは明らかである。ところで、フランスにおいてシャンピオン版全集の刊行が開始され、ポール・アルブレ、アンリ・マルチノーらが、本格的研究を展開するのはこれよりわずか後の一九一〇年代である。こう考えると、同時代にあたる大正期の海外文学紹介が、そうした動きに無縁であったか、あらためて興味を惹かれる。スタンダールに対する関心が、明治、大正文学を通じて、底流として存在し続けたと考えるのは冒険だろうか。

スタンダールと日本の近代文学との結びつきについては、未だ考えてみるべきことが多く残されているようである。

第14章　大正文学におけるスタンダール

はじめに

大正期におけるフランス文学紹介は、前代の明治に比べて多彩になり、量的にも多くなっている。(1) 翻訳の数だけ見ても、大正一〇年（一九二一）ごろまでにメーテルリンク、モーパッサン、アナトール・フランスが目立ち、大正末年にはゾラの翻訳が多くなる。新潮社版世界文芸全集の宇高伸一訳『ナナ』は爆発的な売れ行きを示した。作家への影響としては、島崎藤村と永井荷風におけるモーパッサン、芥川龍之介におけるアナトール・フランスとメリメ、白樺派に対するロマン・ロラン、新感覚派に対するポール・モーランなど多くの例があげられる。明治文学が模倣、翻案の形式で受容を行ったのとは異なり、大正期の西洋文学の受容は、「潜在していた自己の顕現という形で、作家の独創性」(2) へとつながってゆくのであろう。

では、大正期にスタンダールはどのように紹介されていたであろうか。受容史の観点から言えば、大正一一年（一九二二）を境に二つの時期に分けられる。スタンダールは、前章で見たように明治末年に上田敏らによって本格的に紹介(3)されるが、その時期以降、大正一〇年まで小論、言及などがいくつかあるにしても受容現象は稀れである。対照的に、大正一一年以降、佐々木孝丸訳『赤と黒』、大正一二年(一九二三)から一四年(一九二五)にかけての三種類の『恋愛論』など、翻訳の刊行とともにスタンダールの紹介は量的に増加する。大正一一年を契機にスタンダール紹介は新しい時期に入ったと言えよう。

大正作家への影響としては、影響の深浅は別として、芥川龍之介、谷崎潤一郎があげられる。特に、谷崎の『パルムの僧院』讃美(『饒舌録』昭和二年)は注目される。

大正期にあたる一九一〇年代から一九二〇年代はフランスのスタンダール研究の高揚期であった。前代のカジミール・ストリヤンスキー、レミ・ド・グールモン、アドルフ・ポープなどのスタンダール研究者に続いて、新しい世代が台頭してきた。アンリ・マルチノー編集の雑誌「ル・ディヴァン」Le Divan(一九〇九—五八)は、一九一二年より「スタンダール時報」欄を設けてスタンダール関係記事を連載しはじめる。一方、ポール・アルブレ、エドゥアール・シャンピオン編集によるシャンピオン版全集(一九一三—四〇年、全三三巻)が刊行開始される。この優れた註釈版全集がスタンダール研究に与えた刺激は図り知れない。その他、ピエール・マルチノー、レオン・ブルムなどの登場もある。(4)

しかし、大正期のスタンダール紹介は、第一次大戦をはさんでこのように躍進しつつあったフランスの研究の影響をほとんど受けることがなかった。むしろ反対に、一八九〇年代から一九一〇年代初期のロッド、ストリヤンスキー、メリアなど前代の研究をもとに紹介が行われていたのである。シャンピオン版などの影響が出てくるのは、昭和に入ってからであろう。また、作品の英訳本、英文評論など英文文献に依存することが多いのもこの時期の特徴であった。

以下、大正期の受容史を通観することとする。(5)

1　上田敏、後藤末雄、阿部次郎

大正三年（一九一四）三月、上田敏は雑誌「太陽」に評論「小説」(6)を発表する。敏は小説を分類し、「個人の一生を展開する受動小説」のなかで、「一の性格が内から漸々《だんだん》と変化して、当然の発達を遂げる漸進の小説」の例として「Stendhal《スタンダル》の二傑作」をあげる。

敏はこの小論中で、小説をそれ自体、作品として読むのが正当な鑑賞であって、小説中の事件の有無、作家の私的状況が第一に問題になるのは作家にも責任がある、と述べ、「作物は臍帯《ほぞのを》が切れていて貰いたい」と断言する。こうした当代の自然主義作家に対する苛立ちから敏は、西欧の小説を分類して小説の概念を示そうとし、他の傑作と並べて『赤と黒』『パルムの僧院』を典型としてあげるのである。前章で見たように、敏は『赤と黒』『恋愛論』の最初の紹介者であり、小説に関しては、スタンダールを重視していた感がある。

また、同一二月一八日、後藤末雄は著書『近代仏蘭西文学』（石川文栄堂、三五〇ページ）を刊行する。後藤は「序」のなかで、「仏蘭西文学が充分紹介されていない」のを憂いてこの本を出したと述べている。バルザック、フローベール、ゾラ、モーパッサン、ロマン・ロラン、アナトール・フランスなど十九・二十世紀の作家論を並べているなかに、二〇ページほどのスタンダール論もある（「スタンダール」二四七―二六七ページ）。スタンダールの特異性、精力主義、ナポレオン崇拝、ロマン派に対する写実主義的傾向、ベーリスム（Beylisme）、享楽主義者、観念論者、心理分析家など、その特質をあげてゆくが、「スタンダールは十九世紀の作家中で最も人心を知り抜いた独創的の天才であった。然し彼の独創（オリジナリテ）にも何処かに不自然の点が存在するのを免れなかった」という文章が示す通り、スタンダールの独創性に対する批判が目立つのである。この著書の「序」で、後藤自身、「翻訳したといふ方が適切なほど御蔭を蒙った」文献があること、なかでもプチ・ド・ジュルヴィル（Petit de Julleville）の文学史に負うところが大きい、と述べている。

次いで大正四年（一九一五）二月に発行された阿部次郎の『三太郎の日記・第弐』（岩波書店）に「聖フランチェスコとステンダール」が掲載されている。これは愛の理想に関するエッセイで、神の愛の例証として聖フランチェスコをとりあげ、対立するドン・ファン像としてスタンダールを引く。作者は一応の解決として、神の愛の優位を確認している。阿部次郎は、恋するスタンダールの姿に、疲れたドン・ジュアンの虚無を見ようとする。しかしドン・ファン思想の検討を目指しながら、『恋愛論』中の「ウェルテルとドン・ジュアン」（第二巻第五九章）には言及していない。スタンダールのなかに潜むウェルテル像、すなわち、美に開かれた感受性を持ち、自ら感ずる情熱により幸福に至る人物像の探究はスタンダールの恋愛を語る上で重要であるだろう。

文中、ブランデスの引用により、ゲオルク・ブランデス『十九世紀文学主潮』第五巻のスタンダールの項を参照したことは明らかである。おそらく英語版（一九〇五―〇六年）を参照したと思われる。(7) また、「スタンダールの著書をとってこれを拾い読みした」と述べ、『アンリ・ブリュラールの生涯』第一章、第二章の引用を行っている。(8) 結局、このエッセイにおける阿部次郎のスタンダール観は『アンリ・ブリュラールの生涯』とブランデスに多く依存するものと考えられる。(9)

2　フランス紀行とスタンダール――島崎藤村と吉江喬松

島崎藤村は、大正二年（一九一三）から大正五年（一九一六）まで三年間、フランスに滞在した。この旅がどのような背景で行われたかは、帰国後に出た『新生』（大正七、八年刊）から推測することができる。姪を妊娠させるという苦境からのがれるようにして、四三歳の藤村はフランスに出発したのであった。

藤村は滞仏中、東京朝日新聞へ「仏蘭西だより」を書き送る。第二年目の大正三年（一九一四）には第一次大戦が勃発、パリからリモージュに避難するが、その期間も通じて大正四年（一九一五）八月まで書き続ける。[10]

このフランス通信のなかにスタンダールの名が散見される。大正三年一〇月一七日付の通信に、

矢張仏蘭西は仏蘭西だ、フロオベエルやスタンダアルやそれからユイスマンスなどの文芸に見るような誠実は失はれては居ない、後から後から好いものが潮のやうに湧いて来る、斯様な風に考へて居ました。今度の戦争は私の心を暗くします。戦後の社会に跳梁するものは左様いふ好い芽を萎れさせて了ふことを恐れます。[11]

さらに、滞仏通信「春を待ちつゝ」の大正四年三月一六日の項に、リュクサンブール公園に建設されたばかりの白い大理石の記念碑についてこう書く。

『スタンダアルに献ず。』

として、その下にあの文学者の生死の年号が彫ってある。碑の裏面には『ド・ラムウル』を始めとして、著書の題目のみが並べて表してあった。床しい石碑と思った。[12]

このリュクサンブールの記念碑について一言すると、明治三八年（一九〇五）以来、スタンダール記念碑建立の委員会が組織されており、ダヌンチオ、モーリス・バレス、ポール・ブールジェ、アドルフ・ポープなどが加わっていたが、大正二年（一九一三）一一月にエドワール・シャンピオンが委員長となり、大正三年八月、ポアンカレ大統領主宰のもとに記念碑の除幕式が行われる予定であった。しかし、戦争のために中止され、大正九年（一九二〇）六月になってはじめて除幕式が行われ、ポール・ブールジェなどが演説を行った。碑は表面に、ロダンによって復元されたダヴィッド・ダンジェ（David d'Angers）のスタンダールの肖像をかかげ、裏面には、『恋愛論』『ロ

ッシーニ伝』『ローマ散歩』『赤と黒』『ある旅行者の手記』『パルムの僧院』の題名を並べただけであった。(13) 藤村の心を惹いたのはこの簡素さであったのだろう。ただし、戦時下のパリに滞在していた藤村が見たのは、戦争のために除幕式の済んでいない記念碑だったのである。

滞仏通信のなかでスタンダールへの言及はさらに続く。同じ大正四年三月一六日の項で、トルストイ、ドストエフスキーの、西欧の文芸に対する独自性を述べ、こう言う。

何と言ってもトルストイやドストイエフスキイはしっかりして居た露西亜人だ。しかし、ルウソオの感化は、トルストイの一生を通じてゐる。スタンダアルの影響はドストイエフスキイの作物にみることが出来る。あの人達は決して頑《かたく》なでは無かった。

笹淵友一「藤村と大陸文学」(14) によると、藤村文学とルソーの関係は深く、『破戒』の告白、『新生』の告白などルソーとの関係で眺められるらしい。もちろん、ロシア文学とのつながりも深かった。笹淵は、このころ藤村が読んでいたトルストイの『モーパッサン論』が『新生』創造に影響のあることを指摘する。モーパッサンの幻覚する地獄は、『新生』の作者の心を惹いたのであろうか。

では、ここでの、ドストエフスキーにおけるスタンダールの影響とは何か。ヒュネカー『エゴイスト』(一九〇九年)のなかに、

ドストエフスキーのラスコールニコフ(『罪と罰』)におけるロシア的ジュリアン・ソレル像を見よ。(15)

という一句があるから、ヒュネカーによるのかも知れない。

大正四年六月二五日付「街上」と題された通信は、少し落ち着きを取り戻したパリの初夏の風俗を描いているが、散歩中の筆者は、廉価本の『愛』(『恋愛論』)が店頭に飾られてあるのに気がつく。(16) 藤村は、『恋愛論』には特別の

関心を抱いていたようで、後年の大正一二年（一九二三）六月、すなわち二つの邦訳『恋愛論』刊行直後の時期に、「愛」という小論を書いている。[17] ドン・ファン型、ウェルテル型の二つの愛の形について触れ、エレン・ケイ、カーペンター、トルストイの名をあげながら霊肉一致の困難さを問題としている。

滞仏通信以外で、スタンダールの名が出てくるのは『エトランゼエ』（大正一一年）である。そのなかで藤村は『ローマ散歩』の文章を引いて、こう言う。

『羅馬をよくみようとするには、三日を好い社会の中に、三日を孤独の裡に送って見ねば成らない。』とスタンダアルは言ったとやら、巴里をみるにも此の言葉は当嵌ると思ふ。[18]

藤村は、スタンダールの著作名としては、『恋愛論』『ローマ散歩』をあげるのみである。『藤村全集』別巻の蔵書目録を見ると、カルマン・レヴィ版で『ローマ散歩』『ナポレオン伝』『アルマンス』、ガルニエ版で『恋愛論』『赤と黒』など所蔵していたらしいが、通読したかどうかはその著作からは確認できない。パリについてからフランス語を習いはじめた藤村も、滞在中、「メルキュール・ド・フランス」など読めるようになったらしいが、『赤と黒』などにはいっさい言及がないこともあって読了したようには思えない。ただ、藤村が何故たびたびスタンダールに言及するのかは興味ある問題である。

藤村は、青年時代より「文学界」同人として上田敏と知己であり、敏の『うづまき』（明治四三年）のスタンダール紹介を読んだ可能性は充分にある。さらに、藤村渡仏の大正二年は、フランスのスタンダール研究の高揚期であった。この年、シャンピオン版全集の刊行が始められ、『アンリ・ブリュラールの生涯』、別巻のポープ『スタンダールの文学生活』が出た。翌大正三年には『ハイドン、モーツァルト、メタスタージオの生涯』、別巻のコルディエ『スタンダール書誌』が出たが、大戦のため暫く中断、戦後に刊行は続けられる。『ブリュラール』も『ハイドン』も、大正九年には売り切れていたから、評判は良かったらしい。[19] 全集刊行とほぼ同時に、雑誌「ル・ディヴァン」ではアンリ・マルチノーのスタンダール紹介が開始された。「思想と書籍の批評誌」は大正二年三月一〇日号でスタンダール特集を組んでいる。レオン・ブルム『スタンダールとベイリスム』、ピエール・マルチノー『スタンダール』が出たのも大正三年である。[20]

藤村のパリ滞在の時期、フランスのスタンダール研究は新しい活動期に入っていたのである。こうした動きに、藤村がどれだけ触れたかは明らかではない。ただ、スタンダールについてはブールジェのものを読んだ可能性がある。『エトランゼエ』のなかで、滞仏中、ブールジェ『現代心理論集』(一八八五年)を読めるようになった喜びを述べ、フランス文学のコスモポリティスムに共感している。[21] この著書には当時よく読まれたスタンダール論が収録されていた。

しかしながら、藤村がどれほどスタンダールの著作に影響を受けたかは明瞭ではない。影響はむしろ少ないと言えるのではないか。『新生』において、純愛の理想として再三あげられるアベラールとエロイーズの例も、『恋愛論』における情熱恋愛の典型としてではなく、添い遂げられなくても耐えてゆく恋人たちの例証として登場する。藤村は、『パルムの僧院』の名を遂に出さなかったが、仮に藤村がこの小説を読んでいたらいかなる感慨を抱いたであろうか。夢想に満ち、はれやかで気高い雰囲気を備えたこの小説には、『新生』と同じ近親相姦のテーマが潜んでいるのである。もちろん、藤村の作品は「宿命の沈潜」[22]が基調となり、「宿命の浄化」[23]を祈る暗く重い過程が描かれているのであって、軽やかな速度に溢れたスタンダールの世界とは大きな隔たりがあるのだが。

吉江喬松は、大正五年(一九一六)九月に出発して大正九年(一九二〇)九月に帰朝するまでの四年間、フランスに滞在した。吉江は藤村とほとんど入れ代わりにパリへ行ったのであるが、戦中、戦後のフランスについて書いた一連の滞仏通信を『仏蘭西印象記』(大正一〇年九月刊)として上梓している。この書のなかに、スタンダールの生地グルノーブル来訪記が載っている。「アルプの麓」「スタンダアルの故郷」なる二篇である。吉江は滞仏中、二年にわたってフランス東南、イタリア国境に近い山間の都市グルノーブルの夏期大学を聴講した。二篇のうち、この街について詳述している「スタンダアルの故郷」を眺めてみよう。冒頭、吉江はノワイユ夫人の詩を引く。

かくも美しき、かくもいみじき銀色の夕べは、
グルノオブルをつつみ揺る。
あたりくまなく情緒あふるる
ここスタンダアルの市よ……　（ノワイユ夫人）(24)

喬松が文中、繰り返し強調するのは、ベルドンヌ連嶺などアルプスの美しさである。スタンダールも山の美観だけは忘れ難かったとして、二つの文章を引く。第二の文章は『アンリ・ブリュラールの生涯』第四二章の引用であるが、第一の文章は出典未確認である。

「不幸にも巴里の近くには高い山とてはない。若し天がこの地方に、一つの湖水でも一つの山らしい山でも与へてゐたならば、仏蘭西文学はどんなにかもっと絵画的になってゐたらうものを。……不思議な神力が、グルノーブル附近のあの厳めしい山々の一つを此処へ運んで来ないといふことは、いかにも残念なことである。」とも、また、「山や森のないことが、どんなに私の胸に痛い思いをさせることであらう。」ともいってゐる。

山岳への郷愁に溢れたこの文章には、『緑雲』（明治四二年）などの文集をもち、後に、『自然美論』（大正一二年）を著す作家としての吉江狐雁（喬松）が示されている。吉江は、スタンダールの生地であることを意識してグルノーブルを訪れた最初の日本人であろう。しかも、作家スタンダールにおいて、グルノーブルの雄大な自然が、いかに重要な意味をもつかに注目したのも、彼がはじめてであった。

3　二つの『仏蘭西文学史』

大正五年（一九一六）、大正六年（一九一七）に、二つのフランス文学史が刊行された。大正五年のセンツベリ著、久保正夫訳『仏蘭西文学史』向陵社刊と、大正六年の太宰施門著『仏蘭西文学史』玄黄社刊の二著である。[25]

センツベリはイギリスのエディンバラ大学の教授で、ヨーロッパ文学に関する著作がいくつかあり、当時の日本にもある程度知られていたと思われる。大正三年（一九一四）の早稲田文学社文学普及会講話叢書の相馬御風『欧州近代文学思潮』の参考書目を見ると、ブランデス、シモンズなどとともに、センツベリの著書が三冊あげてある。訳者久保正夫は、大正七年（一九一八）東京帝大哲学科を卒業し、翻訳家、評論家となる人物である。センツベリは、スタンダールの生涯を要約し、この作家がディドロの哲学の流れをくみ、文学的には現実主義（写実主義）、自然主義の祖とみなされるが、ブールジェなどはその文学の「心理的」要素に注目する、とする。その気質の特異性に注目し、「彼の矛盾と興奮と滑稽とはこまかな研究を要する」と述べる。翻訳ページにして約五ページほどのスタンダールに関する記述は、バルザックに関する記述とほぼ等量で、簡略を目指すこの文学史のなかでは少ない方ではないのだが、筆者はこの作家の評価に迷っているように見え、統一した印象を受けない。翻訳文のぎこちなさも大きく作用している。これ以後、センツベリは、一九一九年刊行の『フランス小説史』（邦訳なし）において、スタンダールについて約二〇ページの記述を行っている。[26]

太宰施門『仏蘭西文学史』（玄黄社）は、日本人の手によって書かれたほとんど最初のフランス文学史である。文章は簡明で読みやすく、著者がいくつかの資料に基づいて行う各作家の評価も明快な印象を与える。スタンダールについては、約三ページ余りの記述であるが、スタンダールにおける一八世紀哲学精神の存在を説き、幸福とエネルギーの観点からナポレオン崇拝、イタリア讃美をあげ、『赤と黒』の梗概を述べ、『パルムの僧院』についても触れる。スタンダールは、心理解剖に秀れており、のちの心理解剖文学の祖である、とする。一方、写実主義、自然主義の作家の魁でもあったとし、「Stendhal《スタンダール》の名は近代小説史の上で見遁す事の出来ぬ最も大きい名前の一つである」と述べている。文中、「精力」について触れた点は、モーリス・バレスの影響がうかがわれ、「心理」については、ポール・ブールジェの「スタンダール論」が想起される。

太宰施門は、緒言のなかで、この書は厳密な意味での著述ではなく読書ノートを整理したものだと謙虚に断っており、参考にした文学史家として、ブリュンチエール、ファゲ、ルメートル、ランソン、ドゥミック、プティ・ド・ジュルヴィル、ジローなどをあげている。[27]全体としてこれらの批評家の説を適宜取捨したものと思われるが、この作家の価値を認める紹介を行っている。おそらくこの評価は、太宰施門がブールジェ、モーリス・バレスのごとき、スタンダールに心酔している作家に関心を寄せていることと無関係ではないだろう。太宰施門は、前年の大正五年、「帝国文学」にブールジェについて二つの論文を執筆しているが、そのなかにはスタンダールの名が散見される。[28]太宰施門の紹介は、学問的紹介という点で上田敏以来のものであり、やがて昭和のスタンダール研究へとつながってゆく。

4　第一次大戦直後の時期について

大正七年（一九一八）から大正一〇年（一九二一）までの四年間は、スタンダール受容の観点からは見るべきものはほとんどなかった。大正七年一一月に大戦は終るが、ロシア革命、シベリア出兵、米騒動と政情不安であった。文壇的には新旧の交替期であり、藤村、荷風などを除き、明治の作家による作品が少なくなり、大正の作家の活躍が目立つようになった。[29] しかし、次の三例を除きスタンダールに対する関心はほとんど示されなかった。

大正八年(一九一九)一二月、後藤末雄は「スタンダールの風格と其の芸術」(1)を雑誌「仏蘭西時報」に発表する。後藤はこの年から慶應義塾の教壇に立っている。後藤末雄の論文は、冒頭でスタンダールの精力と感受性を強調している点で特徴がある。小説執筆期以前の恋愛の歴史を述べている。二段組、六ページの長さの論文のうち、第二ページ後半から第六ページまでは、エドゥアール・ロッド『スタンダール』(一八九二年)の第一章「アンリ・ベイル、その生涯と時代」の翻訳であり、第二ページの第一部に、ジャン・メリア『スタンダールの恋愛生活』(一九〇九年)の翻訳を入れている。[30] 批評家ロッドの著書は、『赤と黒』に対する厳しい意見が見られ、それに対する反撥もある。[31]

次いで大正一〇年(一九二一)三月に谷崎精二が「スタンダルの『恋愛論』を「新潮」に発表する。広津和郎、葛西善蔵などとともに雑誌「奇蹟」から出た中堅作家として既に認められていた谷崎精二は、この年より、早稲田の教壇に立っている。これはわずか一ページのエッセイで、『恋愛論』再読の読後感を述べたものである。ウェルテルとドン・ジュアンの比較の箇所を取り上げ、ウェルテル型の恋愛に疑問を投じ、こう言う。

ウェルテル型、ドン・ジュアン型と云っても、結局只程度の相違ではないかと思はれる。どんな、熱烈な、至純な全人格的な恋をしても、首尾よく愛人の手を求め得たのち、一生変らずに、始めのとほりの熱烈な愛を持ちつづけて、他の異性に絶対に心を動かさないと云ふことは、不可能であらうと思はれる。

さらに、ラッセルの人間における創造的衝動、所有的衝動の分類を引いて、プラトン、エマーソンなどは、「創造的衝動としての恋愛の力」を説いたとする。スタンダールは、ドン・ジュアンの非情性とその倦怠をウェルテル型恋愛と対立させているが、谷崎はその点には触れていない。

この時期、愛または恋愛に関する大正期の重要な著作が相次ぐ。大正九年(一九二〇)、有島武郎『惜みなく愛は奪ふ』、大正一〇年三月、倉田百三『愛と認識との出発』、大正一〇年一〇月から一一月にかけて、厨川白村が朝日新聞に『近代の恋愛観』を連載する（翌一一年一〇月刊行）。白村は、その『近代の恋愛観』の第二章でスタンダールに触れている。

西洋には昔から恋愛の心理を論究して、その霊肉両方面に於ける種々相を闡明しようと試みた書物は甚だ多い。かの小説に批評に暢達流麗の筆を揮うて一世を驚かし、テエヌやゾラやニイチェの如き近代の文豪をして讃嘆措く能わざらしめた前世紀の才人スタンダアル（即ちアンリ・ベイル）には、『恋愛論』の名著がある。

さらに白村は、「三度恋愛に就いて言ふ」のなかで、『恋愛論』断章二五、一四五の引用により、恋愛と他の情熱との差を明らかにしようとする。『近代の恋愛観』は、大正の恋愛至上主義を代表する著作で、文芸における性と愛の例を引きながら自由恋愛を主張するが、スタンダールに関しては『恋愛論』の名をあげながら本格的には論じていない。

5　邦語訳のスタンダール（一）——佐々木孝丸訳『赤と黒』

大正一一年（一九二二）、新潮社より佐々木孝丸訳『赤と黒』前後篇二冊が刊行された[32]。最初の邦訳である。

佐々木訳『赤と黒』は訳文に問題があったようである。横光利一は後年、スタンダールについて語ったとき、「新潮社のは佐々木孝丸で訳がまずくて途中でやめた、あのとき読んでいれば……」と感慨深げに述べたそうである（成瀬正勝「昭和初頭文学への鍵」雑誌「明治大正文学研究」二五号）。実際、訳文に晦渋な部分が目立つのは事実である。ただし、昭和五年（一九三〇）の世界文学全集版では全面的に改善されている。横光の感想は大正一一年版に対するものと思われる。この翻訳は序文における作品題名の訳にも問題があった。『パルムの僧院』となるべきところを『パレルモの女城主』（後篇註では『パレルモの修道女』）と訳されている。

つまり、佐々木訳『赤と黒』には、初期の翻訳、紹介にありがちな欠陥がいくつか目につく。だが、確かに訳文と題名訳には問題があったが、スタンダール紹介という点から見ると、序文と七六ページに及ぶ巻末の解説附録には歴史的意義があるように思われる。この書の受容史上の重要性を発見し、「大正一一年の時点では、驚くべき充実した内容の解説ではあるまいか」という大岡昇平（「大正のスタンダール」「文学界」昭和五七年一月号）の復権要求はまことに正当なものと考えられる。

この翻訳の底本は、ラルース文庫、名作シリーズの『赤と黒』（一九一一年）であった(33)。序文、校訂はカジミール・ストリヤンスキーで、この研究者は一八九〇年前後、スタンダールの未刊の遺稿を出版してこの作家の自我主義理解に大きく貢献した(34)。

このストリヤンスキーの序文に対しては、刊行後暫くして、当時、スタンダール研究紹介に熱心であった雑誌「ル・ディヴァン」誌上で、アドルフ・ポープが不満を表明している(35)。ポープの言うところによれば、ストリヤンスキーは、遺稿を刊行した当時に比べてスタンダールに対する熱情を失っているように見え、道徳的で冷厳な批評家としてこの作品を裁断し、ジュリアンの死刑執行にほとんど喜びを覚えている印象を与えるなど、不可解で不正確な評価を下している、という。このようなポープの非難に対し、たちまち反応があり、二号あとの同誌上にポープに共感を示す読者、研究者の手紙が五通掲載されている(36)。さらにもう一号あとの同誌には、ストリヤンスキーの死亡記事（一九一二年八月三日没）が掲載されている。ラルース版『赤と黒』は彼の最後の仕事だったのだろう。

翻訳底本のラルース版『赤と黒』には以上のような経緯があったのだが、佐々木訳の「序」には、ポープの非難する道徳的裁断の影響は表れていない。未知の作家を紹介する意気込みもあってのことであろう、恋と野心を前面に押し出した解釈が目につく。

黒い僧服に身を包んで、その心に描く大望は、余りに黒い世界である。人妻との、身を灼き尽すやうなパッショネートな恋は、余りに鮮血のやうな赤い世界である。野心か恋か？　ダントンたらんか、ドン・ジャンたらんか？

ドン・ジュアンについては、大正一〇年代の恋愛論の隆盛を想起させ、ダントンについては初期社会主義者としての佐々木孝丸自身の政治的関心を連想させる。佐々木孝丸は大正一〇年（一九二一）九月、小牧近江、村松正俊らとともに第二次「種蒔く人」を刊行する。『赤と黒』の刊行は翌年七月であり、その翻訳が「種蒔く人」などプロレタリア文学草創の雰囲気のなかでなされたのは興味深い。この翻訳をめぐる当時の状況については、佐々木孝丸会見記をふくむ大岡昇平「大正のスタンダール」が詳しい（他に佐々木孝丸『風説新劇志』現代社、昭和三四年。笹本寅『文壇郷土誌』公人書房、昭和八年）。

附録の「スタンダールの影響」という文章は、エドゥアール・ロッド『スタンダール』（一八九二年）によっている。ロッドの批評には道徳的配慮が働いていて、『赤と黒』について厳しく、この作品はその時代全体を反映するものでないとするような否定的見解がうかがわれる。[37]ロッドは二十世紀初頭に見られたジュリアンの無政府主義者的解釈（フェリシアン・パスカル、一九〇六年）[38]などとは対立する立場にいたという。佐々木訳は政治的、道徳的に反対の立場のロッドの著書を資料として用いていたのである。

佐々木訳の附録としてはさらに、ストリヤンスキーの序文を援用した「『赤と黒』のモデル」、妹ポーリーヌへの「スタンダールの手紙」が訳載されていて、この時期のスタンダール紹介という点からは質の高い仕事だったと言える。残念ながら、この訳書に対する反応はあまり明らかでなく、一部の証言があるのみである。[39]

6　邦語訳スタンダール（二）――『恋愛論』と『性愛』

井上勇訳『恋愛論』（聚英閣、二冊本）は、大正一二年（一九二三）三月に刊行された。単行本としては日本最初の翻訳である。[40] 明治三四年（一九〇一）生れの井上勇は、この年、東京外語英仏語部を卒業するところであったが、在学中よりいくつかの翻訳を行い、同じ聚英閣からゾラ『呪われたる抱擁』（『テレーズ・ラカン』）、ゾラ『制作』、バルザック『地上の愛』（『ウジェニー・グランデ』）、フローベール『今昔選』（『トロワ・コント』）などを出している。

底本については、巻頭の「覚書」にカルマン・レヴィ版全集本による、とある。また、シドニー・ウルフの英訳を参考にした、とある。[41] 当初、三冊本を予定していたらしいが、最後の一冊は刊行されなかったようだ。全一冊の全訳が刊行されるのは昭和二年（一九二七）三月、同じ聚英閣からである。

第一巻冒頭に三一ページにわたる「訳者解説」がある。スタンダールの恋愛生活をその生涯の恋愛を通して語ろうとするものであるが、これは大部分、ジャン・メリア『スタンダールの恋愛生活』（一九〇九年）によるものであり、他にウルフ英訳の序文の参照が確認できる。[42]

この「訳者解説」で第一に注目すべきことは、スタンダールを「婦人解放論の先駆者」として見る見解である。『恋愛論』中の婦人教育論をその証左としてあげているのであるが、これは、ウルフ英訳本の序文の影響である。

第二に注目すべきは、上田敏への敬愛の情を籠めた言及である。

本書を始めて、日本に紹介されたのは故上田敏先生であると思ふ。先生の「渦巻」を読んで、訳者は始めてスタンダアルに此の書あることを知った。否、スタンダールなる人物が十九世紀の仏蘭西にゐたことを知った。

訳者は、『上田敏詩集』と時を同じくして訳書を刊行することを喜びとしている。このように、明治四〇年代の敏によるスタンダール紹介は、大正末年の翻訳として実を結んだのである。上田敏への言及はここだけではない。訳書の第二章、ザルツブルグの塩坑の訳者註に、「上田敏先生曰く」として『うづまき』の関連部分の引用がある。この翻訳が敏の小説の影響のもとになされていることは明らかである。

訳文は明快で、この時期の翻訳としては優れているのではないかと思われる。また、固有名詞にはウルフ英訳などを参考にしながら訳者註が付せられ、読者の理解への配慮がなされている。昭和二年の全訳本「はしがき」に、「私はスタンダアルの人と此一巻を限りなく愛するものであります」と書かれているが、まさにその通りである。

大戸徹誠訳『性愛』（大日本文明協会）は、大正一二年四月、井上勇訳『恋愛論』に遅れること一ヶ月にして刊行された。『性愛』は、『恋愛論』第一部と第二部の大部分を訳したもので完訳ではない。訳者は、仏語原本を訳した体裁をとっているが、実際には、ウルフ英訳本そのものを訳したと思われる。訳者については早稲田の哲学科出身で柳田泉と親交があったことしかわからない。刊行者の大日本文明協会は、明治四一年（一九〇八）、大隈重信により創立され、世界名著の翻訳出版を事業とする早稲田色の濃い団体であった。

この訳書で注目すべきは、冒頭に載せられた二つの序文である。ひとつは「巻頭に」と題された訳者のものであり、他は「例言」と題された刊行者のものである。両者とも非常に似通った内容であり、スタンダールを「女権拡張運動の開拓者の一人」として捉えようとする。この二つの序文とも、シドニー・ウルフの英訳『恋愛論』を参考としていて、特に訳者序文はほとんど英訳本序文を翻訳したものである。

ウルフ英訳本は、大正四年（一九一五）、ロンドン刊行である。エレン・ケイ『婦人運動』が一九〇九年、英訳本『恋愛と結婚』（ハヴロック・エリス序文）は一九一〇年刊行である。ウルフの序は、こうした一連の婦人解放思想の影響下に書かれているのである。(43)

大正一二年四月刊行の『性愛』が、婦人問題を意識した序文を載せたのは、この時期の婦人運動の動向と関係があると思われる。前年、大正一一年（一九二二）一二月、新婦人協会が解散した。この協会は、大正八年（一九〇九）、平塚らいてう、市川房枝、奥むめおらによって設立され、男女平等の諸権利要求、婦人参政権要求などの活動をするが、内部事情で解散するのである。為藤五郎「我が国婦人運動の一転機――新婦人協会解散の事情と婦人聯盟の成立」（『太陽』大正一二年一二月一日号）によると、思想上、気質上の違いにより、市川房枝、奥むめお、平塚明子（らいてう）の順で協会から手を引いていったらしい。解散前後、婦人運動の動きにジャーナリズムは注目していた。『性愛』の訳者が序文を書いているのは大正一一年一二月、まさにこの時期なのである。

刊行者の大日本文明協会もこの問題に無関心でなく、この時期、『性愛』以前にケネリー著『婦人解放と性の壊滅』を刊行している。このケネリーの著書は「太陽」（大正一二年二月）書評によると、「科学的に性の意識を闡明」して「女権主義の無理不当」を指摘しようとするものらしい。こうして見ると『性愛』という一見、際モノ的な題名は、婦人運動と性の問題を結びつけようとする刊行者の意図があって付けられたのではないか、と推察される。これにはさらに、平塚らいてうなど「青鞜」のエレン・ケイ紹介、原田実訳『恋愛と結婚』（天祐社、大正九年）の影響も考えねばならないし、エリス、クラフト・エビングなど性科学者の流行もあった。大正一二年には、山本宣治『性教育』（内外出版）も刊行されている。一方、第一次大戦後の日本は、「性慾思想横行の時代」（『太陽』一二年六月、大島正徳）でもあった。こうしたさまざまな流れのなかに、『性愛』は生れたのである。[44]

大正一二年三月の「新潮」には、柳沢健「芸術家の二つの型――フローベールとスタンダール」が発表される。フローベールにおける芸術礼讃、スタンダールにおける人生礼讃の対比をしたもので、作家の気質についてジャン・プレヴォが示した職人的推敲型、即興創作型の分類を想起させ、面白い。[45]

辻潤「らぷそでぃや・ぼへみあな」（『改造』大正一二年四月、のち『ですぺら』所収）では、「スタンダールとスイフトがヴェネチャのカフェーで会話」したことが話題になる。これは、ジェームズ・ヒュネカー『ユニコーンズ』（一九一七年）中の第一二章の話である。[46]

ヒュネカーは『エゴイスト』（一九〇九年）が明治、大正にかけて隠然と読まれたらしい。前章で見たように、この本に収められたスタンダール論については、上田敏が『うづまき』で援用し、後に佐々木訳『赤と黒』と同時期に抄訳（「新潮」大正一一年九月、訳者不明）が出た。完全に訳されたのは、芥川潤訳『エゴイスト』（聚芳閣、大正一五年六月）がはじめてである。大正末に近づくにつれて、このように文献の数は増加してくるのであった。大正一四年（一九二五）一一月、渡辺康夫訳『恋愛論』（佛語研究社）が刊行される。二四二ページの訳書で完訳ではない。巻末に、井上勇の文章があり、渡辺康夫との学生時代からの交遊、この訳書の背景が綴られており、訳者の逝去後の出版であることがわかる。

7　芥川龍之介とスタンダール

日本近代文学館所蔵の芥川龍之介蔵書のなかに二冊のスタンダール英訳本がある。シドニー・ウルフ英訳『恋愛論』（一九一五年）とH・B・サミュエル英訳『赤と黒』（一九一四年）である。[47]ウルフ英訳『恋愛論』は、大正一二年（一九二三）の二つの『恋愛論』翻訳に大きな影響を与えた本である。芥川はこの本の第五二章「十二世紀のプロヴァンス」に次のような書き込みを行っている。

往年デカメロン中の話を読み、我若しこの話を書(か)ば(か)くせんと思ひし事あり。今このプロヴァンスの話を読めば、我(が)構想と異ることなし。人々見る所相同じき乎。[48]

これは、十二世紀プロヴァンスの殿様が、奥方と通じた小姓の首をはね、その心臓を奥方に食べさせる物語で、スタンダールはレイヌアール『トゥルバドゥール原文詩選集』第五巻（一八二〇年）から材をとったらしい。[49] 芥川の書き込みは、創作の素材を求める彼の読書ぶりをよく示している。

芥川蔵書には他に、スタンダールについて詳しいブランデス『十九世紀文学主潮』（英訳、一九〇六年）[50] もあり、全体としてスタンダールについて関心を示していたことがわかる。

実際、芥川は何度かスタンダールの名をその作品中にも引いている。「愛読書の印象」（大正九年八月）でスタンダールに言及、『将軍』（一一年一月）でスタンダールの一句を引き、『菊池寛全集』の序（一一年三月）でスタンダールとメリメの比較を行い、『大導寺信輔の半生』（一四年一月）で主人公の偽善とジュリアンを結びつけている。また「文芸的な、余りに文芸的な」（昭和二年四月）では論争相手の谷崎潤一郎に答えて創作の「詩的精神」の例証としてスタンダールをあげるが、これについては次章で述べる。[51] しかしながら影響という点ではアナトール・フランスあたりと比べて小さいと思われる。少なくとも材源、創作方法での影響は今のところ確認できない。

芥川には、「仏蘭西文学と僕」（「中央文学」大正一〇年二月）という文章があり、フランス文学への言及が非常に多かったことは統計でも示されている。[52] 特に、アナトール・フランス、メリメなどの影響は重要で、優れた研究論文が書かれている。[53] こうしたフランス、メリメと比べ、芥川のスタンダール接近はどういう意味を持つであろうか。「芥川のアナトール・フランス愛好が、明治末期にあって大正文学を準備した反自然主義作家たちの線につらなるもの」[54] という大島真木の考察がある。スタンダールの場合も明治末期の紹介は反自然主義系の文学者によってなされた。この事実を考えると、芥川のスタンダール接近は、アナトール・フランスへの関心と同一線上にあったと思われる（ちなみにアナトール・フランスは、スタンダールについて論文を書いている）。[55] ただ、芥川のスタンダール読書が、フランスの場合のごとき創作力を刺激する源となりえなかっただけである。

結び に

大正の最後を飾るのは山田珠樹の登場である。東京帝大仏文の研究者陣から出たこの優れたスタンダリアンは、著書『現代仏文学研究』（聚芳閣、大正一五年五月）に、約三〇ページにわたる『赤と黒』論を発表、心理小説としてのこの小説を分析し、のちの『スタンダール研究』（河出書房、昭和二三年）への出発点とする。前記の谷崎もふくめて、新しいスタンダール愛好の時代が始まるのである。

大正期のスタンダール受容をふり返ってみると、大正一一、一二年（一九二二、二三）の『赤と黒』『恋愛論』の翻訳があり、この時期以降、スタンダールへの発言は多くなる。しかし、それ以前はほぼ空白期とも言えよう。つまり、明治末年の上田敏らの紹介から大正末年の翻訳までの、約一〇年間のスタンダール受容については不明のところが多い。

ただ、明治四三、四四年（一九一〇、一一）という大正文学の起点とされうる時点、および大正一一、一二年という昭和文学の準備期とされる時点で、それぞれ、スタンダールが登場していることには留意すべきであろう。日本の近代文学の流れの上でスタンダールは文学革新の時期に姿を現す、と言えないだろうか。このように考えると昭和一〇年前後のスタンダール像、昭和二〇年前後の動乱期のスタンダール像もそれぞれ大きな意味をもつように思われる。

第15章　谷崎潤一郎と昭和のスタンダール

1　谷崎潤一郎とスタンダール

日本において、スタンダールの『パルムの僧院』に対し本格的な評価を与えたのは、「饒舌録」（「改造」昭和二年）の谷崎潤一郎が最初であった。先の章で見たように、スタンダールは、上田敏の小説『うづまき』（明治四三年）の紹介をはじめとして、『赤と黒』、『恋愛論』を通して語られることが多かったが、谷崎に至り、はじめて『パルムの僧院』に対し強い共感が示されたのであった。

「饒舌録」は、谷崎潤一郎と芥川龍之介との間の「小説の筋」論争で知られている。

昭和二年（一九二七）、この両作家の間で、小説の「筋の面白さ」に関する論争が行われた。発端は、「新潮」二月号合評会で、芥川が谷崎の作品について、「話の筋」の面白さに芸術的価値があるかと疑問を投げかけたことにある。谷崎は「饒舌録」（「改造」二月―一二月）のなかでこれに反論し、「筋の面白さ」は「構造の面白さ」であり、「此れに芸術的価値がないとは云へない」と主張する。例証のひとつとしてスタンダールをあげ、『パルムの僧院』の緊密な構成、『カストロの尼』、『チェンチ一族』の簡潔な描写を賞讃し、次のごとく述べる。

此れ程の作家のものが、「赤と黒」と「恋愛論」を除いて、外に一向日本へ紹介されてゐないのは不思議なことだ。矢張かう云ふ筋の面白いものは小説の邪道だと思はれてゐるせいであらうか。(1)

全集で約二ページ弱の分量であるが、『パルムの僧院』をみごとに要約、紹介した谷崎の文章は、この作品に対して与えられた日本で最初の賞讃であった。

一方、芥川龍之介は「文芸的な、余りに文芸的な」(「改造」四月—八月)のなかで、小説の「構造的美観」を主張する谷崎に対し小説における「詩的精神」を主張し、「スタンダアルの諸作の中に漲り渡った詩的精神はスタンダアルにして始めて得られるものである」(2)として、スタンダールの小説について、谷崎とは異なった解釈を示す。この論争では、両者の論拠の例証としてスタンダールがあげられ、いわば、二人のスタンダール解釈が争点になっていることは無視できない。では、谷崎のスタンダール礼讃はどのようなものであったのか、谷崎の用いた版本に注意しながら、少し詳しく見てゆきたい。

最初に問題となるのは、谷崎がいつ『パルムの僧院』を読んだのか、ということである。書簡集を見てゆくと、佐藤春夫宛ての書簡(大正一五年九月二四日)の追伸に次のような文章がある。「唯今午前三時。僕ハスタンダルの英訳 The Charterhouse of Parma を読了した、二冊で六百ページほどある実に驚くべき作品だ、これが今迄日本で評判にならなかつたのが不思議だ誰かが翻訳すれバいいと思つてゐる」(全集第二四巻、昭和四五年)。すなわち、谷崎の『パルムの僧院』讃美は、「饒舌録」発表の約半年前から始まっているわけである。

ところで、谷崎の言う、二冊の英訳本とはいかなる版本であろうか。やはり、書簡集を見てゆくと、浜本浩宛ての書簡(昭和二年一月二七日)からC・K・スコット・モンクリフ訳チャット・アンド・ウィンダス版(ロンドン、一九二六年)(3)の二冊本であることがわかる。このころ、谷崎は同一訳者、同一出版者の『カストロの尼、その他』(一九二六年)も入手している。

谷崎の読んだモンクリフ訳『パルムの僧院』を見ると、まことに興味深いことには、上巻の巻頭に、序文として約七〇ページ以上にわたり、バルザックの「ベイル氏（スタンダール）研究」が掲載されているのである。第12章で見たように、バルザックは、『僧院』のワーテルローの戦いの部分が、宣伝のため、新聞、雑誌に掲載されたときから、この作品に対して賞讃を惜しまず、一八三九年三月末の全篇刊行のころに、賞讃の手紙を二通、スタンダールに送っており、さらに、街頭で出会って口頭で賞めている。翌年七月には、自分の雑誌「パリ評論」で、ワーテルローの描写を賞め、九月には、同じ雑誌に七〇ページに及ぶ「ベイル氏研究」を掲載、「一章ごとに崇高が炸裂する」と述べて『パルムの僧院』を激賞する。当時、既に一流の大家であったバルザックが『僧院』に対する理解と共感を示したことは、作家が作家を賞めたまれな事例として、スタンダールを驚かせ、感動させる。バルザックの文章には、作品に対する感嘆と同時に、小説構成に関する忠告も含まれ、これに対するスタンダールの反応は両作家の違いを示して興味深いが、ここでは触れない。

このように、モンクリフの英訳『パルムの僧院』（クレ版、一九二二年、を仏文底本とし、同時に、カルマン・レヴィ版などを参照）は、この作品に対する讃嘆の念に溢れた「ベイル氏研究」と、それに対するスタンダールの礼状を、序文の形で載せている。このバルザックの文章に、谷崎が目を留めたであろう確率はたいへん高いと思われる。というのは、一時期、谷崎は、バルザックに大きな関心を抱いていたからであり、佐藤春夫の「潤一郎。人及び芸術」（「改造」昭和二年三月）によると、谷崎は佐藤の勧めに従って、大正七年ごろセンツベリ監修の英訳バルザック全集を読んで驚嘆し、その影響が『嘆きの門』（大正七年）、『鮫人』（大正九年）などにあるという。

谷崎が読んだであろう英訳「ベイル氏研究」と「饒舌録」を比較してみると、共通点がいくつかあり、両者の『パルムの僧院』礼讃には関連があるのではないかと思われる節がある。以下、項目別に比較を試みる。

(1) 谷崎は、小説の「組み立て」の緊密さという点で『僧院』に驚くわけであるが、バルザックも「『パルムのいる。

僧院』のごとき緊密な事実から組み立てられた小説」（英訳序文、六四ページ）なる表現で作品に敬意を表している。

(2) 簡潔性について、谷崎は、「話の筋は複雑纏綿、波瀾重畳を極めてゐて寸毫も長いと云ふ気を起させない。寧ろ短か過ぎる感がある程圧搾されてゐる」と述べ、バルザックは、「人物描写は短い。人物の性格を行動と会話によって描く。ベイル氏は、少い言葉で充分である。彼は、描写で人を疲れさせるようなことはしない」（六八ページ）と述べる。

(3) 内容の密度について、谷崎は、「詰まりそれほどの長さのものを五百ページにぎつちり詰めて、殆ど一ページ一ページに百ページの内容を充実させてあるのである」と述べ、バルザックは、「この小説は、時として、一ページのなかに、一冊の本を包含している」（一四ページ）とする。

(4) 谷崎は、「書き出しからワーテルローの戦場迄が幾らか無味乾燥な嫌ひはあるが」と述べるが、バルザックは作者に対する註文として、この小説がワーテルローの戦いの見事な描写で始められることを望み、それ以前の事件は回想として語られることを希望している（六五ページ）。

(5) 谷崎は、「宰相のモスカ伯爵、此れが実によく描けてゐる。仮にも一小国の宰相を捉へて、その幅のある大きな性格、機略、聡明、熱情、嫉妬、恋愛等の複雑なる種々相を書き分けることは大変な仕事だ。然るにそれが実に簡結に、所に依つては十行二十行の描写でさつさつと片附けられて行く」と述べる。一方、バルザックも、モスカ伯爵の描写に最大の讃辞を惜しまず、「作品全体を通してのモスカの人物、ジーナがイタリア最大の外交官とみなす人物の行動については、この偉大な性格の展開の場となるいくつかの事件、数多くの継起する陰謀などを創造するのには天賦の才が必要だった」（一九ページ）と述べ、モスカのような人物を創造、活躍させ、かくも複雑な筋を簡潔に描く作者の技量に対し、妖精か魔法使いの仕事ではないか、と感嘆する。

(6) 谷崎は、「スタンダールに比べると、メリメなども大分光彩を失ふであらう」と述べ、バルザックは、「メリメ氏は、早くからベイル氏を知り、彼に学んだが、師の方が優雅であり、のびのびしている」（七二ページ）と述べる。

このように見てくると、モンクリフ英訳のバルザック「ベイル氏研究」と谷崎潤一郎「饒舌録」の間に、いくつかの類似点を発見することができる。すなわち、構成の緊密性、描写の簡潔性、内容の密度、冒頭の処理、モスカ像、メリメとの比較などの諸点であり、谷崎の『パルムの僧院』批評には、バルザックの影響があると言ってもよいだろう。しかし、このことは、格調ある文章で書かれた谷崎の『パルムの僧院』礼讃の価値をいささかでも引き下げるものではない。

さらに、小説の構成美について論を進めると、「饒舌録」のなかで谷崎は、「筋の面白さは、云ひ換へれば物の組み立て方、構造の面白さ、建築的の美しさである」とし、「凡そ文学に於いて構造的美観を最も多量に持ち得るものは小説である」とする。一方、バルザックは、『僧院』の筋の梗概を「大建築の骨組み」（六四ページ）にたとえ、『僧院』を「緊密な事実から組み立てられた小説」（六四ページ）とみなし、読者に対して「この堅固な建築を飾る洗練された優雅な彫刻を細かく数え上げ、小さい立像、絵画、風景画、浮彫りの前で立ち止るのは困難だ」（六五ページ）と述べる。バルザックは明らかに、『僧院』を一つの大建築にたとえ、その建築の美しさを賞讃している。バルザックはまた、芸術の支配的法則として、「構成（コンポジション）の統一」（六六ページ）というような言い方もしている。以上のことを考え合わせると、谷崎とバルザックの小説観の表現はよく似ており、谷崎の「組み立て」「構造」「建築」などの表現は、バルザックに由来すると思われる。

「饒舌録」以前の谷崎が、西洋の小説形式に言及している作品について調べてみると、「或る時の日記」（大正八年）、『鮫人』（大正九年）などでは、東洋の芸術が美を暗示するのに対し、西洋の芸術は「美をクリエートする」と定義している。わずかに「早春雑感」（大正八年）で、小説『サランボー』について「純粋の科学的理智に依つてあれだけの物を組み上げることは出来ない」として、芸術的空想力による構想の重要性が説かれる。すなわち、「饒舌録」以前には、小説の構造を建築にたとえる発想は存在していたとしても、言葉としては熟していなかったのであり、「構造的美観」なる表現は、芥川との論争で初めて登場したと思われるのである。谷崎は、芥川に対し自らの小説観を展開してゆく過程で、モンクリフ英訳本のバルザック序文を参照し、一連の建築のイメージを持つ用語、特に「構造的美観」などという言葉を生むに至った、と考えることができる。

小説の転換期にあった谷崎にとり、歴史小説としての面をもつスタンダールの作品を発見したことは、非常に重要だったと思われる。「饒舌録」以後、「『史記』の文章を読むような感じ」(「饒舌録」)に魅せられたのであろうか、谷崎は、英語版からの重訳による『カストロの尼』の翻訳(昭和三年)[4]を試みており、歴史的主題への関心を示している。しかし、『武州公秘話』(昭和六年)の洞穴のモチーフで『カストロの尼』との関連の指摘(『座談会・大正文学史』柳田・勝本・猪野編、岩波書店、昭和四〇年、三三四ページ、猪野謙二発言)もあるが、それ以降、谷崎においてスタンダールへの関心が深められることはなかったようである。

2　昭和期におけるスタンダール

前節で見たように、谷崎から昭和のスタンダール受容は始まったと言ってよいが、それ以降の展開についても簡単に概観しておこう。

スタンダールの紹介、研究という観点で考えると、最初に昭和一〇年(一九三五)前後の重要性が思い浮かぶ。この時期には、スタンダールの主要作品の新しい訳が続々と出た。前川堅市訳『恋愛論』(一九三一年)、『アルマンス』(一九三二年)を魁に、日本のスタンダール受容に大きい影響を与えた桑原武夫・生島遼一訳『赤と黒』(岩波文庫、一九三三、三四年）が出る。次いで、『パルムの僧院』の斉田礼門訳（一九三五年）、前川堅市訳（一九三五、三七年）が出た。さらに、大岡昇平・小林正編集『スタンダール選集』（竹村書房、一九三六、三七年）で、中島健蔵訳『ラミエル』、小林正訳『エゴティスムの回想』、前川堅市訳『日記』、河盛好蔵訳『書簡』、桑原武夫・生島遼一訳『短篇小説集』、佐藤正彰訳『回想録ナポレオン』が刊行される。同じ頃、桑原武夫訳『カストロの尼』（一九三六年）も出た。これ以降もスタンダールの作品翻訳は続き、佐藤正彰訳『ラシーヌとシェイクスピア』（一九三九年）、阿部敬二訳『アンリ・ブリュラールの生涯』（一九四〇年）、小林正訳『緑の猟人』（一九四〇、四一年）、大岡昇平訳『ハイドン』（一九四一年）、河出書房版スタンダール全集として冨永惣一・吉川逸治訳『イタリア絵画史』第一巻（一九四三年）などが出た。さらに、こうした作品翻訳と平行して、桑原武夫「スタンダールの芸術について」（一九三二年）、同「スタンダール」（一九三三年）をはじめとする論文がいくつか書かれ、ジッド（一九三二年）、テーヌ（一九三五年）、ブールジェ（一九三五年）、アラン（一九三九年）、ヴァレリー（一九三九年）、バルザック（一九四三、四四年）などの重要なスタンダール論も訳されている。

このように、昭和一〇年（一九三五）前後から戦争の時代にかけて、スタンダールは多くの文学者、知識人の関心を惹き、集中的に紹介されたわけである。こうした戦前から戦中、さらには戦後の流行期をふくむスタンダールの受容については、邦訳『赤と黒』を通して受容の変遷を論じた桑原武夫「日本におけるスタンダール紹介」（一九七七、八六年）(5)および明治から昭和までのスタンダール受容を作家の眼で眺めた通史である大岡昇平「日本のスタンダール――『スタンダール研究』刊行に寄せて」（一九八六年）(6)の貴重な証言がある。

一九四五年の敗戦を境に、スタンダールへの関心は爆発的に高まり、一種のブームとなる。翻訳、研究は著しく増加し、この現象はその後も続く。また、スタンダールへの言及のある作品『俘虜記』（一九四八年）、『武蔵野夫人』（一九五〇年）や『野火』（一九五二年）などによって大岡昇平が文壇に登場する。大岡は後に『わがスタンダール』（一九七三年、新版一九八九年）をまとめる。研究面では、スタンダールの生涯と作品について全般的展望を与える著作、山田珠樹『スタンダール研究』(一九四八年)が出る。没後出版である。片岡美智『スタンダールの人間像』(一九五七年)も出版された。これはフランスでの学位論文の日本版であり、その後もこの流れは続く。さらに、小林正『「赤と黒」成立過程の研究』(白水社、一九六二年)が出る。小林正のすぐれた業績のうちで、受容史の観点からは特にその書誌的業績に注目したい。(7) 一九七三年、人文書院版『スタンダール全集』(桑原武夫・生島遼一編)の刊行が完結する。スタンダール研究の現状をふまえたこの画期的な校訂版全集の与えた影響はまことに大きい。

この後、翻訳刊行は徐々に下り坂になってゆく。この動向をスタンダールの作品の翻訳点数で眺めてみると、一九四〇年代に四六点、五〇年代に四五点、六〇年代に四四点、七〇年代に三五点、八〇年代に九点、九〇年代に五点となり、戦後の流行期とその後の退潮期が明瞭である。ただし、一九八〇、九〇年代には、未刊の重要な作品がいくつか翻訳されている。明治以来の翻訳点数は二〇四点(一九〇〇—九八年)あるが、そのうち、『赤と黒』五九点、『パルムの僧院』三〇点、『イタリア年代記』(全訳でないものも含め)二九点、『恋愛論』二五点、『アルマンス』六点、その他と続く。

研究については、著書、雑誌論文、随筆などをふくむ文献の総数が約一一八〇点(一九〇〇—九八年)あるが、著書が三三冊あり、訳書も三〇冊ほどある。文献の数も年々増えており、一九七〇年代以降、各一〇年間に二〇〇点以上の数がある。研究テーマは、文献の半数以上がスタンダール全体に関わるテーマだが、作品としては、『赤と黒』(一五・九パーセント)を筆頭に、『パルムの僧院』『恋愛論』『アルマンス』『リュシアン・ルーヴェン』『アンリ・ブリュラールの生涯』など、の順で研究対象となっている。(8)

翻訳の退潮期とともに研究の時代がはじまり、国内、国外で日本独自のすぐれた著作が発表されるようになって、研究は著しく進展した。そのなかでフランスの研究誌「スタンダール・クラブ」の二度にわたる日本特集号(一九七七、九〇年)の刊行があった。『赤と黒』をテーマとした第一次特集号は桑原武夫を執筆者筆頭として編集され、後に、この特集号を基礎とした研究論文集『スタンダール研究』(白水社、一九八六年)が刊行された。しかし、昭和の最後の年とも言える一九八八年、一年のうちに、桑原武夫、次いで大岡昇平を失うこととなった。この二人の偉大なスタンダリアンから計り知れない恩恵を蒙ってきた世代としては、ひとつの時代の終焉を感じざるをえなかった。このころ準備中だった第二次特集号は、『パルムの僧院』をテーマとして、大岡昇平の遺稿を冒頭にかかげて編集され、一九九〇年に刊行された。二〇〇〇年には日本におけるスタンダール紹介一〇〇周年を迎え、これを記念して日本スタンダール研究会編集により一七人の執筆者による論文集『スタンダール変幻——作品と時代を読む』(9)が刊行された。

近年の状況を眺めると、各世代の熱心なスタンダリアンによるたゆまぬ活動があって、日本におけるスタンダール研究の深化と国際化は著しいものがあると言えよう。

第16章　大岡昇平とスタンダール

――『パルムの僧院』の衝撃――

はじめに

最初にいささか私事にわたるが、大岡昇平氏と私の関わりから始めさせていただく。昭和五〇年代前半にスタンダール文献書誌を作っていた私は、日本におけるスタンダール受容史に興味を持ち調べ始めた。私に特に関心のあったのは、スタンダールが何時、どのようにして最初に日本に紹介されたのか、ということであったが、これに関する唯一の論考が、大岡昇平氏の「明治のスタンダール――敏と鷗外」(昭和二三年)であり、大きな恩恵を蒙ることとなった。この論考に導かれて調査を進めた私は、明治末から大正にかけて、反自然主義の知性派文学者たちの間に、隠然たるスタンダール愛好の流れがあったことを知り、その内容を論文にまとめ(第13章の初出論文)、抜刷を未だ面識のなかった大岡氏にお送りした。氏はこの論文に興味を示され、以後、受容史について直接お話しする機会を得るようになった。

この事実が示すごとく、作家大岡昇平はスタンダールの受容史に強く関心を示し、自身の場合を含め「近代の日本において、スタンダールが何であったか、日本人がどうスタンダールに反応したか」(「エゴイストたち」昭和五六年）に興味を抱いていたのである。従って、ここで「大岡昇平とスタンダール」を考えるにあたって、同じ視点に立ち、大岡にとってスタンダールが何であったかという、いわば、大岡自身におけるスタンダール像を探ってみたい。

大岡のスタンダール傾倒の歴史は、昭和八年（一九三三）に初めて『パルムの僧院』を読んで味わった感動と衝撃に始まる。この衝撃の意味については、大岡が「ランボー＝ジッド段階という前史」を持ち、衝撃の主題が、「行動する無垢」であるとする菅野昭正のまことに的確な指摘(1)がある。とすると、まず、ジッドからスタンダールへ連続する像を求めてみなければならない。次に、大岡が作家として登場する昭和二三年の時期に注目し『パルムの僧院』が「詩と小説の間」に位置する重要な作品であったことを示し、『俘虜記』と交錯する像を求めてみる。最後に、大岡の三つの『パルムの僧院』論を眺め、大岡におけるスタンダール受容の意味を考察したいと思う。

1　ジッドからスタンダールへ

絶筆となった「愛するものについてうまく語れない――スタンダールと私」（昭和六四年）を読んでみると、大岡がアンドレ・ジッドについて多く語っているのが目を惹く。二章に分けられたこの論考の後半で大岡は自らのジッド受容を詳しく振り返っていて、そのジッド傾倒のなかで『パルムの僧院』の衝撃が来た、という風に書いている。

年譜（池田純溢による）を見ると、昭和三年（一九二八）に一九歳の大岡は河上徹太郎からラディゲ、プルースト、ジッドを教えられている。この年の秋、象徴派の影響から脱出したジッドの経歴に興味を抱き『法王庁の抜け穴』『パリュード』『鎖を離れたプロメテウス』『贋金つかい』などを読む。昭和七年（一九三二）京都大学に提出した卒業論文では『贋金つかい』を扱い、大正期後半にあたる一九二〇年代の小説の危機とジッドの「純粋小説」理論を検討している。同年の秋には、ジッド「スタンダール論――アルマンス序文」を翻訳している。

このようにジッドに関する熱中ぶりはほぼ五年間続くのであるが、そのあと昭和八年（一九三三）二月、『パルムの僧院』の衝撃がやってくるわけである。このいわば文学上の「事件」とも言える経験について大岡はこう書いている。

僕を驚かせたのは、それまで僕の気取りだった無償の行為が、ファブリスという骨と肉を具えた人物となって、パルム公国の政治の中を闊歩していることでした。ファブリスにくらべてラフカディオやベルナールがいかにけち臭く、縫いぐるみみたいに、貧相に見えたことか。ジードにどこか生意気で薄手なところがあるのは、前から感じていましたが、これで決定的に軽蔑することにしました。（「外国文学放浪記」昭和二七年）

スタンダールに感動しジッドを捨てる瞬間を明確に描いた文章である。他にこういう文章もある。

僕はジイドは若い頃傾倒して、卒業論文も『贋金つくり』を選んだくらいだが、その後スタンダールを知ってからは、一行も読んでいない。最近『秘められた日記』を読み、死んで嘘を残す男の執念みたいなものに、ゾッとした。（「わが師わが友」昭和二八年）

だが果たしてジッドからスタンダールへの道は断絶したものであったのか、という疑問が浮かぶ。ジッドに対して大岡にはもう一つの姿勢があるのであり、前述したごとく「愛するもの」（昭和六四年）においては、『パルムの僧院』の衝撃はジッドとの連続性において捉えられている。筆者が頂戴した書簡のなかにもこの点にかんする証言が述べられている。

ジードを讀み返して、若い日の迷妄を思い出しました。彼の文章がわかり易く、とにかく教師であったことは認めないわけに行かない。

それにこの時期、スタンダールを roman pur としてほめているので、小生あこがれていて A［rmance］序文訳もということだったようです。ただし、淡いものだったので忘れていた。これも書いておかなくてはいけません。

昭和十年代では彼をのけて日本文学史は語れないと思いました。小林は早くも二六年全集時に手を洗っていますが。しかし、Lafcadio と Fabrice のことを喋るのはしんどいですな。（昭和六二年二月二三日付書簡）

これより少し前に頂戴した書簡のなかで既に同じような証言が示されている。

目下 Jeu de l'ordre et de la liberté を読んでいます。ジードとからんで、Lafcadio を考えて見ねばならず「スタンダールと私」は結局「自己史」になりそうです。二回ぐらいかかりそうです。（昭和六二年二月一四日付書簡）

仏文の書名は『パルムの僧院』研究書であり、「スタンダールと私」の構想は「愛するもの」（昭和六四年）として結実するが、第一回目しか発表されなかった。これらの文面から大岡にはラフカディオとファブリスの連続性、言いかえれば自身におけるジッドからスタンダールへの道を洗い直そうとする意図があったと推測され、「愛するもの」を見るとその推測が正しいことがわかるのである。従って、検討すべき問題は大岡のジッド傾倒のなかにスタンダールへの感動が準備されていたのではないかということであり、ジッドのスタンダール像はいかなるものだったかということになる。

ジッドはその文学的経歴の出発点からスタンダールに注目し、よく読んでいた。ちょうど一八九〇年（明治二〇）前後に日記、自伝などスタンダールの未刊原稿が続々と刊行されたことも関係しているであろう。『アンドレ・ワルテルの手記』（一八九一年）の出版後、ジッドは『日記』のなかでスタンダールに触れ、スタンダールと同じに振る舞うためには「模倣の精神。これを用心しなくてはならない」「敢然として自己であること」と記している。

ジッドはヴァレリーとの往復書簡のなかでもたびたびスタンダールに触れ、『背徳者』（一九〇二年）発表後の長い不毛の時期にもスタンダールを読み続けている。

スタンダールは一度でも私にとって糧となったことはなかった。だが私はいつでもそこに戻る。彼は私の烏賊《いか》の甲だ。私はそこで私のくちばしを研ぎすますのだ。（ジッド『日記』一九〇七年一二月八日）

『法王庁の抜け穴』が完成する直前、ジッドは『パルムの僧院』賞讃の文章を書いている（NRF、一九一三年四月）。フランスの十大小説は何かと問われたジッドは、文学の末子たる小説のなかから、しかもフランス小説のなかから傑作を選ぶことへの躊躇を表明し、さらにスタンダールのなかから自由に選ぶなら自伝か日記の類いを選ぶかも知れぬと述べて小説形式への懐疑を示すのである。しかる後、『赤と黒』と『パルムの僧院』の間で迷い、後者を選び、「比類なき本」「真に魔術的なものがある」として賞讃する。この文章でジッドは「私はスタンダールに絶えず反撥する」と書いている。だが、『パルムの僧院』は別なのであって、モスカ、ファブリス、サンセヴェリーナ、さらにはこの本全体がいつも新しい顔でほほえみかけてくるのであり、そのさまざまな青春の最大の秘密はスタンダールが本来決して何も断定しようとしないことにあり、作品全体がただ「楽しみのために」書かれている、と述べている。

『法王庁の抜け穴』（一九一四年）は、諷刺的、喜劇的視点をもつソチ（茶番劇）の系列にジッド自身分類している作品であり、策略によりローマ法王（教皇）がサン・タンジェロ城に幽閉されており、その法王を脱出させるためと称する詐欺団の暗躍が筋となっているが、特に既成の道徳に縛られない青年ラフカディオが犯す、動機のない殺人が「無償の行為」として知られている。

大岡はラフカディオとファブリスの関連を考えているが、作品を読むと確かにこの人物はスタンダールの主人公的な要素を備えている。貴族的で皮肉な態度、小刀を腿に刺して自らの過失を罰する自己処刑、火事場で身を賭して高所に登り人を救う冷静な勇気などであり、さらに父親の嫡出子ではない。こうした特徴はむしろジュリアン・ソレル的で、ジッドの研究書でそう指摘するものもある（P・ラフィーユ）。しかし、「無垢」の観点からは確かにファブリスとの相関性を考えることができるだろう。

『法王庁の抜け穴』には『パルムの僧院』を想起させる要素が他にも二つある。ラフカディオの父はジュスト・アジェノール・ド・バラリウールであるが、バラリウール家は『パルムの僧院』の舞台となるパルムの出身であり、さらに十六世紀のパルムにはこの家の祖先である二人のアレクサンドル（アレッサンドロ）がいた。第10章でも述べたように、『パルムの僧院』の原案はスタンダールがイタリアの貴族の書庫から発見した古文書の一篇「ファルネーゼ家栄華の起源」であり、これはのちに法王パオロ三世（在位一五三四―一五四九）となるアレクサンドル・ファルネーゼの青春時代を素描したものである。パオロ三世は一五四五年に教会領パルムをファルネーゼ家の所領としていて、両作品に十六世紀のパルムとの関わりが見られる。

『法王庁の抜け穴』は、ローマのサン・タンジェロ城に幽閉された法王レオ十三世を脱出させるためと称する詐欺団の活躍が主題となっているが、『パルムの僧院』の原案においても後の法王パオロ三世たるアレクサンドル・ファルネーゼは同じサン・タンジェロ城に幽閉され脱出に成功しているのである。

『贋金つかい』（一九二六年）はジッドが唯一自ら小説《ロマン》と名づけた作品で、冒険を通じて秩序に向かう少年ベルナールと『贋金つかい』なる小説を書こうとしている小説家エドゥアールが中心に据えられている。ジッドはこの小説と同時に創作日記にあたる『贋金つかいの日記』（一九二六年）を刊行しているが、創作にあたって重視したのは純粋小説の概念であった。我が国でも昭和九年（一九三四）の二種類の全集刊行などジッド流行の気運とともにこの問題は光を浴び、横光利一『純粋小説論』などとの関連が考えられる。

だが、ジッドは純粋小説に関して詳しい理論的説明を行っているわけではなく、特に小説に属していない要素は小説から排除する、あるいは、人物の描写も本来小説に属するものとは思われない、などという言い方がなされているのみである。ジッドは、純粋小説は誰も書いたことがない、と言い、「おそらく誰よりも純粋小説に迫ったあの賞讃すべきスタンダールさえも」と、創作日記のなかで述べている。

この創作日記のなかには、スタンダールへの言及が他にもあるが、特に大岡の注意を惹いているのは次のメモである。

スタンダールでは、一つの句《フラーズ》が次の句を呼び出すということはない。句が前の句から生まれることもない。各々の句は垂直に（perpendiculairement）事実または観念に対している。――シュアレスは見事にスタンダールについて語っている。これ以上うまくはやれない。（大岡訳による）

スタンダールの文体の秘密を明かすこの文章に大岡は興味を抱き、何度か引用している。「一つの句が次の句を呼び出すことはない」という指摘は、スタンダールのみならず、接続詞を排し、事実または観念を「垂直」に叙する大岡の文章にも適合するもので、こうした文体の創出は小説世界の構成と深く関係しているものと思われる。

ジッドのスタンダール観をまとめるとどうなるであろうか。ジッドは自らの目指す新しい形式の小説を考えるにあたって、十九世紀フランス小説に批判的である。そのなかではスタンダールを最も読むに値する作家と考えていたようであるが、ジッドのなかには賞讃と反撥が共存していて、スタンダールを自らに対置する作家と考えていたようだ。スタンダールが思想の動きが敏活で即興性に富み、まさにその点で魅力のある作家であるのに対し、ジッドは矛盾する自己の内面を技法的にいかに表現するかに苦慮する、高い美意識をもった「職人」的作家なのである。大岡の『パルムの僧院』による衝撃は、このようにジッドのスタンダールへの関心（同時にヴァレリー「スタンダール」による示唆も考慮しなければならないが）によって準備されていたのだが、その衝撃の大きさは、この二人の作家の資質の違いによって増幅されたとも言えるだろう。

大岡におけるジッドからスタンダールへの連続性の意識は、作品の人物像としてはラフカディオ、ファブリスの系譜となって示されるが、それに従ってこの系譜を貫く「無垢」の観念、さらには「冒険小説」の思想が次に検討されねばならない。

2 「無垢」について

昭和八年の『パルムの僧院』の衝撃のあと、大岡がこの作品について論考を書くのは「バルザック『スタンダール論』解説」（昭和一九年）が初めてである。従って大岡がファブリスを「無垢」のイメージで眺めるのもこの論考が最初である。大岡はここで、作品の主人公としてのファブリスの優位性を主張しているのであり、ファブリスはその「無垢」と「エネルギー」によってモスカの政治学、サンセヴェリーナの才智に劣らない主人公としての大きさを獲得している、として、バルザックに反論しているのである。

しかし、大岡における「無垢」の系譜が明らかに示されるのは戦後である。昭和二〇年（一九四五）一二月に復員した大岡は、当時の消息を記した「疎開日記」（昭和二八年刊）のなかでこう書く。

私の文学的夢の系列。ランボオ—ラフカディオ—ファブリス。

無垢の夢。現実嫌悪の夢。（昭和二一年一〇月三日）

夢—無垢の政治学。目覚めて『化粧』の構想を得た。無垢を衒う男が無垢を衒う女に欺される話。しかしこれは「富永」「ファブリス」「ランボオ」の無垢を書いてからにする。二三年先の話だ。（昭和二一年一二月一五日）

この時期、大岡は『俘虜記』の最初の部分を書いたが発表するあてはなく、『恋愛論』『パルムの僧院』を翻訳しながら中原中也、富永太郎の伝記を書こうとしていた。そのなかで、詩的夢想を体現する「無垢」の人物の系譜が浮かび上がってくるのである。

大岡の初期のランボオ傾倒はよく知られているが、「無垢」のイメージは具体的にどこから導かれたのか。大岡自身の言葉によると小林秀雄のランボオ紹介からである（大岡昇平・吉田熙生対談「政治と無垢」『国文学』昭和五二年三月）。その証言に従って、小林秀雄「人生斫断家アルチュル・ランボオ」（大正一五年）を見ると、「無意識な生活者」としてのヴェルレエヌと「意識的な生活者」としてのランボオを対比して、

ヴェルレエヌは穢れを抱いて一切の存在に屈従する事によって無垢を守ったのか、ランボオには、無垢を抱いて全存在を蹂躙することによって、無垢すら穢れと見えたのか。

という文章がある。このランボオに関する論文は一八歳の大岡が「一字一句鉛筆で筋を引きながら理解しよう」と努めたもので、大岡の「人生と文学に対する考えを一変させた」ものである（『小林秀雄全集』第二巻解説、昭和四三年）。小林秀雄は、「ランボオII」（昭和五年）でもランボオに似た富永太郎のイメージと旅立つランボオの魂の「無垢」について語っている。「無垢」の観念は大岡の文学的出発のほぼ最初から存在したと言えるであろう。

小林秀雄はまた、横光利一の『機械』を「無垢」の観念から論じている（「横光利一」昭和五年）。小林秀雄は作

中人物の「私」の無垢に注目し、「私」の生き方に「人間の無垢と人間の約束との対決」を見て、「無垢がどういう風に踊るか。この分析は当然殆んど不可能に近い」と述べる。この理論的存在である「私」の無垢は、ランボオ、あるいはドストエフスキーを想起させ、大岡の「無垢」とつながっていくであろう。

「無垢」の観念は、このように大岡のうちにおいてランボオ－ジッド－スタンダールの詩的精神を結ぶものとして表れるのであるが、それに引き続き、大岡は新しい『パルムの僧院』論を考え始める。昭和二二年（一九四七）から翌年はじめにかけて、大岡は『俘虜記』の推敲、『武蔵野夫人』『野火』の原案構想とともにスタンダールについて新しい見方を開拓していく。「論文は小林の「モオツァルト」のように書くこと。スタンダリヤン共といっしょに僕自身をやっつける」（「疎開日記」昭和二二年一二月三日）。この時期、大岡の『パルムの僧院』論の構想は、この作品を青春讃歌として捉えることであった。

3　冒険小説論

「『パルムの僧院』について――冒険小説論」（昭和二三年五月）はこのような思索が結実したものであり、大岡文学とスタンダールの問題を考える上で重要な意味をもつ。この論考においては、「バルザック『スタンダール論』解説」（昭和一九年）以来の「無垢」なファブリス主人公説の主張が見られるとともに、昭和八年（一九三三）の『パルムの僧院』読書以後初めてジッドからスタンダールへの過程が取り上げられ、冒険小説の観念を通じて大岡における **NRF** の文学観との関連が明らかになる。

大岡はこの論考のなかで、『パルムの僧院』の魅力は何かを論じ、従来の伝記的解釈が作品成立の動機を説明するのみで魅力については何も明らかにしない、と嘆く。そして、この小説の最も精彩に富む部分のひとつとしてフアブリスのワーテルロー従軍記の叙事詩的進行をあげ、「こうした叙事詩的無礙と現実性の共存」にこの作品の魅力の源泉があるとする。

しかもこの従軍記はファブリスの眼を通して観察されるから、大岡は「ファブリスを中心にみれば『パルムの僧院』は宛然一個の冒険小説である」と考える。すなわち、この「冒険小説」は十九世紀のレアリスム、自然主義が行き詰まったあとの二十世紀初頭に出てきた小説の観念で、こうした小説の危機を前にして「心理即ち動かし難い現実の上に自由に動き得る心理のロマネスクと、可能性即ち現実と遊離した冒険が、レアリスムの開拓した高級な小説の読者を魅了し始める」と言う。そしてこの冒険小説の具体例として、アラン・フルニエ『モーヌの大将』、ジッド『法王庁の抜け穴』をあげている。だが、現実には冒険は真実の冒険とならず、「無償性」を発明することになるが、それがちょうどスタンダール流行の始まりと一致していた、とする。

大岡は昭和八年（一九三三）のスタンダールによる衝撃以来はじめてジッドからスタンダールへの過程を説明しようと試みているのである。前述した「無垢」のテーマが大岡におけるジッドからスタンダールへの詩的精神の流れを明らかにしているごとく、ここでは「冒険」とそれにともなう「行為の無償性」が大岡におけるジッドからスタンダールへの小説思想の流れを明らかにしている。昭和二一年（一九四六）から昭和二三年（一九四八）にかけて大岡は詩と小説の二つの視点から『パルムの僧院』を眺めていたのであって、このとき、富永太郎、中原中也の伝記を構想していた大岡にとって『パルムの僧院』はまさに「詩と小説の間」に位置する魅惑的な、しかし謎を秘めた作品だったのだ。

このように見てくると、『パルムの僧院』を「冒険小説」とする大岡の見方は、「無償の行為」などほぼ大正前半期にあたる一九一〇年代のフランスの小説観と結びついていることがわかる。大岡はいわばジッドが活躍したこの時代の眼を通して『パルムの僧院』を分析しているとも言えるのである。実際、ジッドやリヴィエールが編集していた一九一〇年代の NRF には、冒険小説に関する論文がいくつかある。リヴィエール「冒険小説論」（一九一三年

五、六、七月)、ティボーデ「冒険小説論」(一九一九年九月)などである。

リヴィエールによれば、二十世紀の文学に新風が吹きこみ、象徴主義の知的、静的な内的世界からの脱却を図って新しい躍動を求める動きがある、すなわち、象徴主義の詩を主体とした時代は過ぎ、戯曲と小説、特に小説の時代が到来したのであり、過去に例のない新しい小説、冒険小説の誕生が期待される、という。リヴィエールの考える冒険小説は、いろいろな要素が混在する長篇であり、たがいに関係のない事件が続く、偶然性に富む物語なのである。従って、伝統的なフランス小説の直線的構成、うまい筋の運び、話の簡潔性などは求められていない。しかし、リヴィエールはロマン主義文学に対して批判的であって、この冒険小説にも古典主義文学と同じ理性的規範を求めようとしている。

いったい、このような文学が存在しえたであろうか。リヴィエール「冒険小説論」は NRF の一九一三年(大正二)五月、六月、七月号に連載されるが、最後の七月号からは同時に『モーヌの大将』の連載が始まり、さらに NRF の翌年一月号からは『法王庁の抜け穴』の連載が始まる。リヴィエールの論文は、まさにこの二つの小説の出現を期待するかたちで書かれており、この二つの作品もリヴィエールの主張に応える内容をもっていると思われる。ティボーデはリヴィエールの論文の出た一九一三年を「冒険小説のルネッサンス」とみなし、『モーヌの大将』の名をあげている。大岡の論文でもこの二つの作品名への言及があり、リヴィエール、ティボーデの求める新しい小説の主張の延長線上に大岡の「冒険小説論」があることがわかる。大岡は『パルムの僧院』を冒険およびその進展としての行為の無償性の観点から分析するが、その源には、ジッド、リヴィエール、ティボーデなど NRF の文学的姿勢があるのではなかろうか。そのように考えると、大岡が「愛するもの」(昭和六四年)のなかで、昭和初期に「アンドレ・ジッド=ジャック・リヴィエール編集の NRF の衒学的モダニズムの影響下にあった」と述べているることが深い意味を持ってくる。

大岡は昭和八年(一九三三)に『パルムの僧院』による衝撃を味わうが、その衝撃についてすぐに書こうとはしていない。あるいは書くことが不可能であったとも言える。その衝撃はジッドのスタンダール賞讃（いつも留保つきであるが）によって準備されていたのだが、同時に、ジッドの人性観察としてのモラリスト的考察（それは懐疑的とも言えるが）や、小説における厳密な方法意識（それは時には架空性を帯びてしまうが）も大岡を捉えていたはずである。その大岡が、『パルムの僧院』のごとき「即興の連続形式」、「統一がないようで、いわば一種の詩とでもいうほかはない統一を持っている小説」、「垂直な文体で綴られた詩的小説」（「愛するもの」）に出会ったとき、彼はジッド的方法で自らの感動を語ることを好まなかったのでないだろうか。この意味で、ジッドからスタンダールへの道は、大岡独自の文学世界形成にとって試練の道だったはずであり、大岡がスタンダールに対するオマージュをなかなか書こうとしなかったのは、当時のスタンダール流行への反撥とともにこのあたりの事情があったと思われるのである。

4　二つの銃口

大岡は、『パルムの僧院』のなかで特にファブリスのワーテルロー従軍記に魅せられている。

ファブリスがワーテルローの退却戦で、自分の射ち落としたプロシャの騎兵を、獲物をたしかめる猟師の習慣から、死体に近づいて、同僚の騎兵の襲撃を受ける場面に、なぜ泣き笑いしたのか、その理由はどうしてもわからなかった。

（……）

射殺した敵の体を調べに行くファブリスの行動へ感動する自分は、自分にも謎であり、従って『パルム』全

体も謎であった。（「愛するもの」昭和六四年）

大岡のごとき自己検証に徹した作家をもってしても遂に知り得なかった謎を解き明かすことは至難の業である。しかし、大岡の引用場面を読み、いささか考察を加えることは許されるであろう。問題の場面は『パルムの僧院』第一部第四章のはじめである。

そのとき、彼はすぐそばで二発の発射音を聞いた。同時に一人の青服の騎兵が前方を右から左へ駆け足で通るのを見た。三歩より遠いが、これくらいなら自信がある、と彼は思った。彼は騎兵を銃口で追い引金を引いた。騎兵は馬もろとも倒れた。わが主人公は猟をしているような気になっていたから、喜び勇んで射った獲物のほうへ飛んでいった。彼はその男に触れた。死にかかっていた。そのとき二人のプロシアの騎兵が思いもかけない早さで斬りかかってきた。ファブリスはいっさんに森へ逃げた。（大岡訳）

ワーテルローの場面は第三章のはじめから始まるが、第三章におけるファブリスは、戦いに加わりたいと望みながら戦場を巡り歩き、自らの馬を盗まれ、酒保の女の保護を受けざるを得ない。疲れ果てたファブリスは酒保の女の馬車で深い眠りに落ちる。第四章のはじめ、ファブリスが目覚めたとき既に戦いは敗れ、彼は敗軍のなかにいることになる。だが、なお戦う意志を失わない。ファブリスは来合わせたオーブリー伍長の指示に従って配置につき敵の騎兵を射ち落とすのである。これは、ナポレオン讃美の情に駆られてイタリアからやって来た少年がはじめてナポレオンの兵士として戦った一瞬なのである。しかし、この場面の描写を読む限り、ファブリスの精神の働きは射撃の対象に対する距離と速度の計算、行為の確実性とその検証に費やされていて、ファブリスの行動のエネルギーの源であるナポレオン讃美の情は明らかではない。何故大岡はこの場面に感動を覚えたのか。

大岡は、『パルムの僧院』ではワーテルローの戦いの一日はファブリスの「無垢と勇気に対する抵抗」のかたちをとって示され、「スタンダールは実はそこでいかに少年ファブリスの無垢が傷つくかを辿ったにすぎなかった」（「冒険小説論」昭和二三年）と述べている。

実際、ファブリスのワーテルローの一日に、勇気を試す成人儀式《イニシエーション》を見ることもできる（第3章参照）。ファブリスは、戦場で嫌悪感をこらえながらはじめて見た死体の手を握ってみせ、弾の飛び交う戦野をネー将軍、次いでA伯爵（昔のロベール中尉でファブリスの真の父と目される）の一行の巡察に従い、オーブリー伍長とともに戦ったあと、バロン大佐の命で歩哨に立ち、敗残兵と争って重傷を負う。

そもそもファブリスは、叔父ピエトラネーラ伯爵の愛していたナポレオンに身を捧げようとしてワーテルローに参戦したのだったが、このときナポレオンはファブリスにとって父と同価値のものとなっている。その上、彼は戦場で真の父A伯爵とも遭遇する。めざましい功績によって真の父に自らの価値を認めさせるのは神話の英雄の運命であろう。ただし、ここに描かれたナポレオン叙事詩においては、ファブリスは皇帝の巡察を目前に見ながらその姿を確認できず、A伯爵と行をともにしながら馬を盗まれて終る。失意の末、疲れ果ててファブリスは死にも似た深い眠りに入る。この深い眠りはイニシエーションが死を象徴化することによって再生に至る儀式であることを想起させよう。目覚めたファブリスはオーブリー伍長の指示に従いプロシア騎兵を倒す。

ファブリスの銃撃は、彼がこの戦場ではじめて完了した行為である。ファブリスは現実生活への不適応性が目立ち、それまで庇護されるのみであったが、この場面ではじめて兵士として認められる働きをしたのである。歴戦のオーブリー伍長の賞賛にそれが表れている。「相当なもんだ。見たところばかみたいだが。お前は今日りっぱに働いた。」

このように、スタンダールの描くファブリスのワーテルローは、ナポレオン崇拝者である「無垢」な少年がその「無垢」を傷つけられ失意に陥る場面とナポレオンの兵士としての充足感に満ちた場面とで織り成されている。ワーテルローの場面を読んで大岡の味わった涙と笑いは、おそらくナポレオン叙事詩としてのワーテルローを走り抜ける「無垢」の少年ヒーローの勇気とエネルギーに対する感動であったと考えてみたい。だが、それは同時に、ラフカディオの行為の無償性とそれにまつわる一種の架空性への訣別であっただろう。

ところで、ファブリスの銃撃の場面は、『俘虜記』の最初の部分「捉まるまで」における若い米兵との遭遇場面を想起させる。敵を狙撃する、という点で両者の状況はよく似ているが、「捉まるまで」では遂に銃は発射されない。この、よく知られ、検討され尽くした場面について、スタンダールとの関連についてのみ触れておきたい。

私は果して射つ気がしなかった。

それは二十歳位の丈の高い若い米兵で、深い鉄兜の下で頬が赤かった。彼は銃を斜めに前方に支え、全身で立って、大股にゆっくりと、登山者の足取りで近づいて来た。（……）

私は異様な息苦しさを覚えた。私も兵士である。私は敏捷ではなかったけれど、射撃は学生の時実弾射撃で良い成績を取って以来、妙に自信を持っていた。いかに力を消耗しているとはいえ、私はこの私が先に発見し、全身を露出した相手を逸することはない。私の右手は自然に動いて銃の安全装置を外していた。

兵士は最初我々を隔てた距離の半分を越した。その時不意に右手山上の陣地で機銃の音が起った。

彼は振り向いた。銃声はなお続いた。彼は立ち止まって暫くその音をはかるようにしていたが、やがてゆるやかに向きをかえてその方へ歩き出した。そしてずんずん歩いて、忽ち私の視界から消えてしまった。（『俘虜記』「捉まるまで」）

ファブリスの狙撃の場面との共通性は、射撃技術に対する確信である。ファブリスは猟師としての経験から射撃に自信を持ち、狙撃に躊躇はない。一方、「私」は兵士として射撃に自信を持ち相手を逸することはないと確信しているが、実際には銃を向けることもなく狙撃は実現しない。何故射たなかったのか。この疑問が以後「私」の心を奪う。

その最初の検討にスタンダールが登場する。戦場での行動について「私」はモスカ伯爵に倣って「自分の生命が相手の手にある以上、その相手を殺す権利がある」と考えているが、実際には相手を射つことはなかったのである。「私」は検討の結果、「殺されるよりは殺す」というマキシムのなかに「避け得るならば殺さない」という道徳が含まれていることを発見する。「このモスカ伯爵の一見マキャベリスチックなマキシムは、私が考えていたほどシニックではなかった」と、この検討は結ばれている。

アランは『パルムの僧院』が「政治学の祈禱書」であり「真似手のない説得力を持っている」作品と定義している。モスカ伯爵はスタンダールの政治学を体現する政治家であるが、同じくアランの言葉によれば、彼は「思いやりのある確固たる人物」であり、友人から信頼され、ファブリスも彼を信頼して裏切られなかった。「殺されるよりは殺す」というマキシムは、オーストリアの重罪犯牢獄シュピールベルクに入牢の危険がありながら気づかずに行動した政治的判断の甘いファブリスに対して吐かれたもので、「私」の見抜いているごとく、マキャベリスムよりは友情と誠実がその裏打ちをなしている。

このように、モスカ伯爵の言葉には、恐ろしい真実を語りながらも何時でも揶揄的な調子が籠められていたのだが、「捉まるまで」ではその言葉は冷静な分析の対象となっている。この作品では、「私」の行動のある瞬間にジュリアンの言葉「武器をとれ」やジュリアンの原型アントワーヌ・ベルテが想起されるが、スタンダールの小説を支配する主人公のエネルギーに満ちた直線的行動様式は見られず、死を前提とした冷静な省察とともに「私」の行動が淡々と語られる。「捉まるまで」を構想していた昭和二一年（一九四六）四月二七日、大岡は創作に関するメモのなかで、「第二の自己を創り出すこと」、「情念は説明せず、他人事のように「語る」に止むべし」と自らに課している。

この方法の意識は、自伝、日記、さらには記録そのものに近くなる。「捉まるまで」は最初に俘虜になった日、つまり事件の終った日が明示してあり、あとは従軍記として事実を「語る」ことに徹している。

大岡は、昭和三十年（一九五五）、「覚書」のなかで、『パルムの僧院』の冒頭の、原文の語法を生かした訳例を上げながら、自らの「小説を書く心構えも大体この翻訳語法と共通したもの」を持つと述べ、俘虜になった日付からはじまる『俘虜記』の最初の章に言及する。

「覚書」は、『俘虜記』から『野火』にいたる小説創造を考察したものだが、そのなかで大岡はスタンダールの方法を意識している。「ロマネスク、つまりあとはどうなるかというものを、予め破壊するのが、僕の最初の発想」であり、「スタンダールはこの方法で押し通して、独特の小説世界を創り出した珍しい人」であって、「スタンダールの独創性は、事件を正確に歴史的に叙しながら、その間に人物の心理の間にロマネスクが生じること」にあると述べている。また、「接続詞を省いたのも、スタンダールの模倣」とも言っている。

大岡は最初の作品「捉まるまで」の出発点において、このように小説の方法、言語の面でスタンダールから著しい発想の刺激を受けている。

しかし、スタンダールから由来する「翻訳語法」の文体を用いながらも、スタンダールを愛する自らをも「第二の自己」の欺かれない眼で眺めることによって、大岡は、彼独自の新しい文学を生み出したのである。『パルムの僧院』では狙撃する銃を構えるのは「無垢」の若者であり、作者の眼は彼とともにあった。大岡の世界では、頰の赤く美しい若者は「私」の視線の先にいる。遂に銃は発射されることなく、作者の眼は視ている「私」に向けられるのである。ここに大岡文学の出発があると言えよう。

5　二つの『パルムの僧院』論

昭和八年（一九三三）の衝撃が示すごとく『パルムの僧院』は、大岡のスタンダール傾倒の歴史のなかで、最初に位置すると同時に特別な意味を持ち続けた作品である。いわば大岡のスタンダール傾倒はこの作品に尽きると言ってもよい。この鍾愛の作品について大岡は、昭和一九年、二三年、四〇年（一九四四、四八、六五）の三回にわたって論考を書いている。この三つの作品論の間にどのような変遷が見られるか、以下眺めてみたい。

大岡は、バルザック『スタンダール論』を昭和一九年（一九四四）に翻訳、刊行する。これはバルザック「ベイル氏（スタンダール）研究」（一八四〇年）を中心に、スタンダールのバルザックへの手紙、『パルムの僧院』のマルジナリア、作品創作の断片、作品原資料「ファルネーゼ家栄華の起源」などを集めており、当時の状況を考えると、まことに水準の高い訳業であったと言える。大岡はこの翻訳に六十枚の解説をつけているが、それは期せずして優れた『パルムの僧院』論になっているのである。

前章で見たように、日本において、『パルムの僧院』に最初の賞讃を行ったのは、「饒舌録」（昭和二年）の谷崎潤一郎であった。以後、作品そのものは斉田礼門（サイレン社、昭和一〇年）、前川堅市（岩波文庫、昭和一〇、一二年）の二つの翻訳が出るが、本格的紹介はされていなかった。

大岡は、緊迫した戦時下の情況で近づく召集と死を見つめながら、自らの「スタンダール傾倒の総決算」としてこの翻訳を行っていたが、昭和一八年（一九四三）六月に杉山英樹『バルザック・スタンダール芸術論争』という、まさに大岡が考えていたのと同じ企画の翻訳が出てしまう。大岡の失意は言うまでもない。特に杉山英樹は、この翻訳の解説で、大岡が書こうと思っていたバルザックとスタンダールの政治の比較をルカーチを援用しながら行っていたのである（この間の事情は、「『わがスタンダール』あとがき」（昭和四八年）に詳しい）。

こうした事情から大岡は、ルカーチや杉山英樹と違う独自の見解を出そうとするが、それが各人物におけるナポレオンの理念の影響である。大岡は、ナポレオンの姿のなかにイタリア戦役時代の青春とエネルギーの象徴を認めている。従って、その影響を受けたファブリスは無垢性とエネルギーによって、作品の真の主人公の資格を持つことになる。

繰り返し述べてきたように、バルザック「ベイル氏研究」は『パルムの僧院』刊行の翌年、この作品を「一章ごとに崇高が炸裂する」と述べて激賞した評論だが、バルザックは同時に、二人の作家の資質の相違を明らかにするような批判も行っている。主人公たるべきファブリスにもっと思想と感情を与えて作り直す必要がある、という批判もその一つである。大岡の主張は、バルザックおよびバルザックを支持する杉山英樹にも反論するものであった。

大岡の解釈は当時の状況を反映していると思われ、

すべてこれ等主人公は過去の人である。彼等の自然の才能を発揮する時は一生の間帰って来ないと諦めている。イタリアの小公国という牢獄の囚人である。絶望が彼等の精力を鼓舞し、最も危険な冒険に挺身せしめる。

という文章を読むとき、大岡の直面していたものを悟らざるを得ない。政治が「個人の幸福を越えた暗《やみ》の力の煥《かん》発《ぱつ》」であり、しかも、人間は政治を避けることができない、という認識がこの最初の『パルムの僧院』論を貫いているのである。

第二の作品論「『パルムの僧院』について——冒険小説論」(昭和二三年)においてもファブリスの無垢性とエネルギーによる優位性の主張は変わらない。ただし、戦後の情況を反映しているのであろう、政治に関する暗い色調は消えて、冒険小説の主張が出てくる。この無垢性のテーマが大岡の詩的イメージの流れに添い、冒険小説の思想がジッドと**NRF**に連なり、この時期、大岡の眼には『パルムの僧院』は詩と小説の間に位置する作品として映っていたことについてはすでに考察を行った。

この作品論は『俘虜記』第一篇「捉まるまで」とほぼ同時期に発表されている。重要なことは、大岡が、自らのスタンダール観を再検討し、新しい作品論を書いた時期と、『俘虜記』の推敲をし『野火』や『武蔵野夫人』の構想を立てていた時期が同じであったことである。それはまた、大岡が『恋愛論』『パルムの僧院』を翻訳していた時期でもあった。この時期の大岡には、創作とスタンダール批評、翻訳の幸福な共存があったのである。

第三の作品論「再び『パルムの僧院』について」（昭和四〇年）は、世界文学全集の解説ということもあって作品紹介の性格を持つが、前の二つの作品論の論旨を包含し発展させている。この論文の特徴をなすのは、スタンダールにおける幸福の観念の強調である。

> 人間の幸福の観念について、バルザックとスタンダールの間には重大な相違があった。啓蒙主義と大革命の子スタンダールには、人間とは幸福と快楽を追求する動物である、という観念があった。
> （……）
> どんな抜け道のない状況にあっても、幸福を追求するのをやめない、幸福がなければ、それを発明するのがスタンダールの主人公である。ここには彼独特の幸福の観念があって、結局、それがスタンダールの作品の魅力なのである。

この観点から大岡はファブリスとクレリアの密かな恋の物語に幸福な恋と信仰の一致を見ようとしている。

「愛するものについてうまく語れない――スタンダールと私」（昭和六四年）は、完結すれば第四の『パルムの僧院』論になるはずであった。大岡は昭和におけるスタンダール受容史の一環として大岡自身のスタンダール受容を扱い、『パルムの僧院』と『アンリ・ブリュラールの生涯』を論じて、「日本における『パルム』論」とすることを考えていたのである。ちょうど、フランスの研究専門誌「スタンダール・クラブ」が『パルムの僧院』をテーマに日本特集号を組むことになり大岡も執筆を予定していたからでもある。その急逝により「愛するもの」のみが訳載されることになった。

「愛するもの」では、既に検討したごとく、大岡は『パルムの僧院』の衝撃の謎に戻っている。大岡昇平のスタンダール傾倒の生涯の軌跡は、この作品の魅力の謎に対する新たな問いかけによって、その円環を閉じたのである。

大岡からの書簡（昭和六三年八月一二日付）の追伸に、「『海燕』には戦後の「赤と黒」（そして）再び「パルム」を書いて一冊の本にしようと頑張ってますが、どうなるか、命があるか」とある。生涯の最後まで大岡はスタンダリアンであり続けたのである。

結びに——大岡昇平のスタンダール

第3章で述べたように、『パルムの僧院』は、冒頭のナポレオンのミラノ入城、ワーテルローの戦いなどヨーロッパ近代史の変動を背景にした叙事詩的視点を備えた作品である。同時にこの作品は、後半、主人公のファルネーゼ塔入牢を契機として、障害によって高められる情熱恋愛の世界を展開する。それは、スタンダール特有の親密で情感に溢れた愛の世界である。従って、『パルムの僧院』では一つの作品のなかに叙事詩的部分から近代ロマネスクへの発展、主人公の神話的ヒーローから近代的ヒーローへの変貌を読み取ることが可能であった。ジルベール・デュランは、『「パルムの僧院」における神話的背景』（一九六一年）において、ヨーロッパの叙事詩の伝統を念頭におきながら、この作品における、叙事から抒情へ、昼の体制から夜の体制（愛の神秘）への主人公《ヒーロー》の変貌を指摘している。そして、この構造の二重性は、大岡昇平が二十世紀の小説の危機に際して現れたとする二つのテーマ、冒険と心理的ロマネスクと見事に対応するのである。その意味でこの小説は二十世紀の小説の矛盾を包みこむ豊かさがあり、大岡の受けた衝撃の正当性が肯定できると言えよう。

しかし、それでもなお作家大岡昇平がスタンダールに傾倒し続けた謎は謎のまま残るのである。スタンダールによれば、小説はヴァイオリンの弓であり、音を奏でるのは読み手の魂である。とすれば、耳を澄まして大岡文学のなかにスタンダールの響きを聞きとるより他はないのではなかろうか。

第17章　三島由紀夫とスタンダール[1]

はじめに

三島由紀夫とスタンダールというテーマは、いささか意外な組み合わせであるだろう。三島とラディゲといった組み合わせに較べ、違和感があるかも知れない。三島にとってスタンダールはそれほど重要な作家だったろうか、という疑問がぬぐい切れないからである。ところが実際に調べてゆくと、三島は、「小説家の休暇」、「自己改造の試み」、「裸体と衣裳」を中心とした評論、エッセイなどのなかでスタンダールの名を引き、『アルマンス』、『赤と黒』、『パルムの僧院』、『恋愛論』などの作品名、登場人物名をあげていて、その引用回数は少なくとも五〇回は越えている。さらには、短いものだが「『アルマンス』について」のような作品論まで書いているのだ。三島にとってスタンダールは、潜在的に意識せざるを得ず、決して無視できない作家であったことは明らかである。鹿島茂編『三島由紀夫のフランス文学講座[2]』は三島のフランス文学傾倒への明快な展望を与えてくれる選文集で、スタンダールについても適切な選択を行っているが、編者の鹿島茂はスタンダールを、バルザック、フローベール、プルーストなどとともに、三島の「方法論の探究」に資する作家として分類している。三島にとってのフランス文学は、創作の時点においても方法論の源となるもの、というのが鹿島の見方である。この方法論への意識を批評として捉えてみよう。批評の観念が、三島文学の創造行為に内在することは、『決定版三島由紀夫全集』の解題および『三島由紀夫論集』三巻を通覧して強く感じざるを得ないところである。(3)

それゆえ、三島におけるスタンダールを考えるとき最初に行うべき検討としては、三島のスタンダール批評とは何かを探ることになる。そして小説創造の方法論においてどれだけスタンダールを意識したか、ということになろう。これは当然なすべきことだが、次に浮かぶ疑問は、三島がスタンダールの作品を素材として援用することがなかったか、ということである。たとえば、三島は後期の作品『音楽』(4)で、精神分析医の患者面接の場面で『アルマンス』を話題にのせ、この作品の内容と症例を関連させている。これは単なるエピソードであるが、三島の長編小説のなかでスタンダールの作品名を出さずに小説のモチーフとして用いている場合もありうるのではないか。これを考えることは三島が他から摂取したものをいかに三島独自のものに同化させるか、その文学的手法を知ることにつながるのである。比較文学における「影響」の定義はなかなか難しいようであるが、ここでは、三島がスタンダールからどのような「創造的刺激」を受けたかを考える必要があるだろう。(5)従って、以下、最初に三島のスタンダール批評を眺め、次いで、『仮面の告白』から『豊饒の海』にいたる長編小説における隠れたるスタンダール援用について考えたい。

1　批評(一)——スタンダールの描写と方法

最初に、スタンダールの名が頻出する前述の評論、エッセイなどを眺めてみよう。「小説家の休暇」は昭和三〇年(一九五五)六月末から八月はじめにかけての三島の日記であり、翌三一年(一九五六)一月から連載の始まる

『金閣寺』の準備を行っていると思われる時期の文章である。その故であろうか、小説固有の問題とは何かについて論じながら、「小説とは、本質的に、方法論を模索する芸術である」と述べ、プルーストの『失われた時を求めて』の方法に言及している。[6]スタンダールについては、『ヴァニナ・ヴァニニ』冒頭の舞踏会で、その美しさを「漆黒の髪と燃えるような瞳」としか説明されていないヴァニナがローマ第一の美女と認められ、そこから物語が始まる場面をあげ、「小説における描写の価値」について絶望を表明する。[7]三島は具体的描写なしに断定された「ローマ第一の美人」という表現が呼び起こす想像力のあり方について、小説固有の方法は何かと疑問を投げかけている。それに反して『モデスト・ミニョン』におけるバルザックの長い微視的描写を取り上げ、バルザックによって、「小説家が描写に対してもつべき信仰のやうなもの」を少しずつ理解するようになった、と述べる。

この評論の昭和三〇年（一九五五）七月一〇日の項を見ると、三島は自らの芝居の舞台稽古に立ち合っていて、俳優とは何かについて考え、そこから現代小説における主体と客体、すなわち、作者と登場人物の関係に言及し、両者の決定的な離反（三島は乖離という言葉を用いている）が生れることで作品としての「有機的一体感」が失われてゆくと指摘する。ここで三島は、スタンダールの例を引く。

これに反してスタンダールの方法は、自分の愛する客体ジュリアンやファブリスへ身を投げて、身自ら、ジュリアンやファブリスを演ずることだった。彼は告白者ではない。これらの小説中のスタンダールは、肉体の桎梏をもたぬ俳優であり、ただ彼の精神の宿命である「情熱」の虜なのである。（……）スタンダールのエゴティズムは、かかる客体を発見した。といふのは、スタンダールは、自分の精神をはっきりした形（ほとんど人間の肉体のやうな）で見ることができた、といふことである。[8]

三島による作者スタンダール俳優説は、それによく似た発想をポール・ヴァレリーの評論「スタンダール」[9]のなかに見出すことができる。ヴァレリーによれば、自己を知り、自己を予見することは、結局「一つの役割」を演ずることであり、スタンダールの意識は「一つの舞台」であって、彼のなかには「多くの俳優的なもの」があり、その作品は「観客席をねらった言葉」に満ちている、というのだ。ヴァレリーはさらに、「文学的エゴチスム」とは、結局、「自己という役割」を演じることで、自分の代わりに一人の「仮作的人物」un personnage d'invention を置きかえることになるという発想を示している。こうして見ると三島はヴァレリー援用によって論を進めている。

この「小説家の休暇」のなかで、三島は大岡昇平『酸素』を「大そう面白く読んだ」と述べて分析している。三島はモスカ伯爵、サンセヴェリーナ公爵夫人、ファブリスなど『パルムの僧院』の人物像と大岡の登場人物を較べてみせる。瀬川とフランス人コランの掛け引きについて二人ともモスカ的性格をもつが、スタンダールのモスカ伯には「或る透明な無為といふべきもの」があって、それがモスカを偉大にさせているが、大岡の二人の作中人物には利害だけしかない、と述べ、大岡の作品を『パルムの僧院』に対する「悲痛なパロディ」と捉えている。当時、三島は大岡の属していた「鉢の木会」に最後に参加した最も若い会員だった。この時期の大岡・三島の関係は、自作をめぐっての両者の対談『犬猿問答』(昭和二六年)によってうかがうことができるだろう(10)。三島が、大岡の鍾愛する『パルムの僧院』(11)の人物像を基にして大岡自身の作品を批評するのは、ある意味で、ひとひねりした親愛の念の表れだったのかも知れない。

2 批評(二)──スタンダールの文体

「自己改造の試み」は、昭和三一年(一九五六)八月、『金閣寺』連載中に発表された評論である。「重い文体と鷗外への傾倒」という副題が示すごとく、『金閣寺』を含む九篇の自作の一部分を示し、自らの文体の変遷と影響を受けた作家について述べている。

三島の説明によると、三島の示した自らの文体一覧表の「(6)はスタンダールの翻訳。(7)はスタンダールに鷗外風な荘重さを加味したもの。(8)もスタンダール、プラス鷗外」とのことである。[12]

(6)というのは『青の時代』(昭和二五年)の文例である。これは、昭和二四年(一九四九)に、ヤミ金融「光クラブ」の学生社長が経営に失敗して自殺した事件を題材にした小説であるが、三島は雑誌「人間」の編集長・木村徳三に、この事件を基に現代のジュリアン・ソレルを書くよう勧められている。[13] 確かに、この小説は、父親に反感を抱く地方の秀才児が上京して大都会に挑戦するという、『赤と黒』に似た導入部を持つ。しかし、三島が引用するのは、中学生の主人公誠が、軍事教練の野外演習で、富士の広大な裾野を強行軍したあと、宿泊する兵舎に戻ってくる場面である。疲れ切った生徒たちは最後の歩調を整えるが、その庭のかなたに、聳え立っている薔薇いろの夕富士は誠を感動させた[14]」という一節である。三島はこの一節がスタンダールの翻訳であると言う。具体的に模範とした原文があるのであろうか。主人公が行進をしたあと高山の見える広大な自然に感動する、という状況を描いた場面はなかなか思い当たらない。強いてあげれば、状況が完全に一致するわけではないが、『パルムの僧院』第八章で、ファブリスがコモ湖畔で黎明のアルプスを眺める場面であり、『赤と黒』に固執すれば、第一部第一〇章で、ジュリアンが山中の岩に立ち、広い平野の上を舞う隼にナポレオンの運命を読み取る場面である。この二つの場面ともアランはその著書『スタンダアル』のなかで原文を引用している。[15] なお、三島はこの著書(大岡昇平訳)を所蔵していた。[16] ジョジアーヌ・アチュエルは、『スタンダールの文体』という著書のなかでスタンダールの文体の最大の効果として、「ぴりっと刺す妙味」le piquant をあげているが、実際、スタンダールの短い最後の一句は強い印象を与える。短い文で豊かな表現性を示すのがスタンダール風雄弁なのだ。[17] しかし三島は、このような「妙味」を示す文章を提示せず、主人公が雄大な自然に感動する場面を「スタンダールの翻訳」としてあげる。アランが黎明のアルプスの場面について書いているように、「運命の考察と悠久無限な自然の考察」を重ねる意図があったのだろうか。三島は『文章読本』(昭和三四年)の「自然描写」の章で、スタンダールの簡潔な自然の描写は、風景描写が登場人物を圧倒するような日本の自然描写とはまったく質を異にする、という意味のことを述べているが、ここでは、むしろ、そのような自然と人物の関係をスタンダールの特色と捉えているようにも見える。

三島の文例(7)は『禁色』からの引用であるが、主人公の出立という近似もあって、『アルマンス』最終章のオクターヴの心境を想起させる。文例(8)は『沈める滝』からの引用で、秋の駒ケ岳の雪を頂いた崇高な山容の描写であり、前述の『パルムの僧院』第八章における黎明のアルプスの場面を想起させる。だが、スタンダールの描くアルプスは「幸福なイタリア」の山並みであり、ファブリスが幸福感に浸されているのに反し、三島の描写は、この小説のモチーフである人工的な愛の装われた冷たさを象徴している。三島はスタンダールのアルプス像を逆転してその陰画を描いているような気がする。

ここで、自らの文体変遷についての三島自身の考察を眺めてみよう。三島は自らの初期の文体における「感受性への憎悪愛（ハース・リーベ）」による混乱を鷗外の「清澄な知的文体」の模写により自己改造を試みた、と述べ、その過程でスタンダールについてこう書く。

> その後、スタンダールのコード・ナポレオンの文体なるものが、多くの示唆を私に与へたが、その精妙な軽さは模倣するすべもなく、しひて真似ようとすると、泥くさいものになった。真の軽みが、すばらしい重量感を帯びるといふ秘密は、いかなる秘法であらうか。私は又自分の志す重さのために鷗外にかへらざるをえなかった。(18)

「コード・ナポレオン（ナポレオン法典）の文体」とは何であろう。「精妙な軽さ」とは何を意味するのか。ポール・ヴァレリー「スタンダール」、アラン『スタンダアル』を眺めてみよう。ヴァレリーの翻訳はこの文章が書かれた昭和三〇年代はじめによく読まれたもので、アランの方は前述のごとく三島の蔵書のなかに含まれている。ヴアレリーは、スタンダールを一ページ読んだだけで彼のものだとわかる「調子」le ton について語り、この「調子」、文体の特徴とでも言うべきものがどうして生れるかを考察する。「すなはち、あらゆる危険をかして、きびきびした文章にすること。(……)喋ってゐるように書くこと。ほとんど自分に話してゐるように書くこと。束縛のない愉快な会話の調子を失はぬこと。時には全く飾り気のない独語にまですすむこと」[19]と述べる。これはおそらく、三島の言う文体の「軽さ」を示すものであろう。

アランはスタンダールの文体探索に触れ、「最上の文体とは人に忘れられ、たゞ思想を最も明瞭に現わす文体である」[20]というスタンダールの定義を引く。アランによれば、手本になるのは「ナポレオン民法の文体、或ひは軍規の文体」で、要するに、「理論的な文体」だというのだ。アランは、「こんな露わな散文でどうしてスタンダールがこんなに飛翔することが出来たか」と疑問を投げかけている。これは三島の言う「精妙な軽さ」の問題と結びつくのだろう。

アランは、さらに「軽さ」の具体例もあげている。『赤と黒』第二部後半のジュリアン助命に関するフーケの場面、「少い言葉で表現された悲愴な場面」について述べたあとでアランはこう書く。

数頁後で私は次のやうな意味深長な、しかも鳥のやうに軽い二行を見付けた。「マチルドはこの地方一流の弁護士たちに会ひ、あまり露骨に金を提供して傷けた。が、結局彼等は受け取った。[21]」

アランは、この文章を「かくも自由な散文」と感嘆するのだ。

三島は、ここで、文体の軽さ、重さの対比を行っているが、この発想自体、アラン、ヴァレリーの「軽さ」の説明に触発された可能性もあるだろう。

「裸体と衣裳」は長編小説『鏡子の家』の執筆と並行して書かれた三島の作家としての日記である。[22]三島はこのなかで何度かスタンダールに言及している。昭和三三年(一九五八)三月二四日のモーリヤック『仔羊』の書評では、「精緻で完璧な作品」に対する息苦しさを表明し、小説には「何ほどかの隙間」が必要だとし、「ほとんど無意識に理想的な「隙間だらけの完璧」を成就した小説家はといふと、今までのところスタンダールしか見つからないのである」と述べる。[23] これは、三島自身が前に指摘したスタンダールの文体の問題と重なるものであり、三島の念頭にあったのは、自由で「真の軽み」を帯びた文体であったのだろう。昭和三三年七月八日の項では、小説の主人公の性格の能動性、受動性について論じながら『パルムの僧院』におけるファブリスを「一個の純粋観念、一個の詩的存在」として捉えている。[24] 昭和三四年(一九五九)四月三日の項では、「仕事の途中で、ふと魔がさしてスタンダールの小説を読むと、忽ち自分の仕事が、埃だらけ垢だらけの気がして来るといふ経験は、私一人のものではあるまい」と述懐するのだが、すぐ自分を鼓舞して立ち直る。[25] それにしても三島が読んだ小説とは何であろうか、どうも『パルムの僧院』のように思えてならない。三島は『金閣寺』では「個人」を描いたので『鏡子の家』では「時代」を描こうとする意図を持っていて、昭和三四年九月二九日のインタヴューでは、この個人から時代への展開の一例として、スタンダールの『赤と黒』から『パルムの僧院』に至る題材の変化をあげている。[26]

3　批評(三)——『アルマンス』論

三島は、昭和三三年(一九五八)六月、「『アルマンス』について」を発表している。[27] 世界文学全集の月報に書いたこの文章で、三島は、スタンダールのこの小説の隠された鍵である「不能」のモチーフに触れ、このモチーフゆえにこの作品は『赤と黒』、『パルムの僧院』のような行動と冒険から絶縁されている、と指摘する。三島は、恋愛の情熱が障害の増大によって増加する、とするジッドの言葉に言及しながらも、主人公オクタ―ヴを絶対に脱出不可能な「内面の牢獄」に閉じ込められた「内面の行動家、冒険家」、「不可能の英雄」とみなし、スタンダールの最初の小説の主人公のなかにファブリスの原型を見ようとするのである。

第1章で見たように、『アルマンス』の誕生には一八二六年はじめごろ話題になった二つの『オリヴィエ』という作品が関係する。すなわち、デュラス公爵夫人の『オリヴィエ』[28]と、スタンダールの知己でもあるアンリ・ド・ラトゥーシュが公爵夫人の作品のごとく装って発表した『オリヴィエ』[29]で、両方とも作品の秘密の鍵は、主人公の不能であった。スタンダールも、この経緯からもうひとつの新しい『オリヴィエ』を書こうと試み、刊行したのが『アルマンス』であった。この小説の隠された主題が『オリヴィエ』と同じであることは、スタンダールのメリメ宛ての書簡で明らかにされている。[30]

三島はジッドの『アルマンス』論に触れているが、これは『スタンダール全集』のなかの『アルマンス』序文として書かれたものである。[31]ジッドは、スタンダールがこの作品で、「恋する不能者」の事例を描き、「最も激烈な恋愛とは、最も深刻な障害に抗する恋愛」であることを示そうとした、と述べている。ジッドはこの小説の「不能」のモチーフの展開を細かく分析してみせるが、ジッドのこのような強い関心の源にはジッド自身の問題があり、クロード・マルタンは伝記『アンドレ・ジッド』のなかで、スタンダール『恋愛論』についても言及しながら、恋愛の精神的側面が強力であるために起こる性的抑圧についてジッドの場合を詳しく述べている。[32]

三島はジッドの批評に触れながら、ジッドの指摘する障害の分析から離れ、「古典的な心理小説の均整と典雅」をこの小説に見ようとしている。三島は『アルマンス』のなかに「明澄と高貴」「ふしぎな爽やかさ」を感じ、この作品の「詩的特質」を認めているのだ。もうひとつ注目すべきは、『アルマンス』から『パルムの僧院』へ、オクターヴからファブリスへ、「颯爽たるヒーローの形姿」を思い浮かべていることである。この「形姿」は三島の作品のなかに再現されているのだろうか。

三島に先行する『アルマンス』論としては、大岡昇平が昭和二四年（一九四九）九月に発表した「『アルマンス』の問題」[33]をあげることができる。大岡は、スタンダールが作中で鍵を明らかにしていない以上、この作品をひとつの社会小説として読むことができるのではないか、という観点から論をはじめ、この作品が王政復古期の貴族社会の戯画を描いていて、社会小説としての骨格を備えていることを確認する。スタンダール自身、「恋愛感情と肉体的欲望の分離」の自らの例を『恋愛論』『エゴチスムの回想』などで示しており、この小説でも不能者の心理の追究に工夫をこらしているが、『アルマンス』は「少しも不能者の小説でない」と大岡は断言する。従って、スタンダールは、「不能」のモチーフを描こうとしたのではなく、「王政復古時代の無気力な青年を描くために、不能者を主人公とすることによって、初めて動力的な描出を行い得た」のだと言う。大岡は、戦時中の昭和一七年（一九四二）、アルベール・ティボーデ『スタンダール伝』[34]を訳出しているが、大岡の解釈にはティボーデの影響が見られる。ティボーデは『アルマンス』の「不能」のモチーフによる生理的解釈から抜け出して、この作品にひとつの時代の「年代記」を読み取ろうとする。ティボーデによると、『赤と黒』が「一八三〇年という革命の年の年代記」であるのに対し、王政復古時代の「亡命貴族土地賠償法の年の年代記」が『アルマンス』だということになる。主人公オクターヴは精神的にも肉体的にもこの時代の貴族という「種族の終り」を示しているのである。ティボーデの批評は、『アルマンス』研究に新風を吹きこんだもので、大岡はその論旨を消化しながら論を進めている。なお、大岡の訳出した『スタンダール伝』の後記は、「私は私自身を含めて一九三〇年代のスタンダール愛好者に、何か滑稽なものを感じていた」（『わがスタンダール』あとがき）という大岡の冷徹な視点をうかがわせるもので、ティボーデをふくめ、ヴァレリー、アランなどスタンダール批評の明快な構図が示されている。ただし、大岡はジッドの『アルマンス』論には批判的である。

三島は、大岡の『アルマンス』論をどれほど意識していたであろうか。三島は、大岡の文章より時間的に前の昭和二四年（一九四九）一月一三日に、『仮面の告白』の広告のために書いた文章のなかで、「（作品の）後半は世にも不思議な『アルマンス』的恋愛（『アルマンス』よりも更に不可思議）の告白とその永い熱烈な悔恨の叙述に宛てられる」と書いている。[35]三島はなぜこの小説の「不思議」を強調するのだろうか。三島は、『スタンダール全集』（河出書房）のなかの前川堅市訳『アルマンス』（昭和二三年一二月二五日発行）を所蔵していた。[36]前川は「あとがき」の冒頭で、作品の鍵について述べ、「さういふ奇妙な小説」「なるほどこれは奇妙な小説」と繰り返し強調している。[37]三島の「不思議」の強調は、前川の「あとがき」の反映であろう。三島は、前川の訳本が出てから二〇日ばかりあとに広告のための文章を書いているのだ。『アルマンス』の読後感が消えぬうちに『仮面の告白』の広告文を書いたと考えてもよいだろう。

従って、昭和二四年（一九四九）九月の大岡の『アルマンス』論以前に三島がこの作品に強い関心を抱いていたことはたしかである。しかも、三島が大岡の批評を強く意識していた、と考えてみると、三島の『アルマンス』批評の意味が理解できる。大岡がジッドに反発し、ティボーデの社会小説、年代記の観念の方向に歩むのに対し、三島も、ジッドには固執しないが、大岡とは異なる方向をとり、この小説に小説的特質でなく「詩的特質」を見るのだ。三島はこの批評のなかで「宿命」を強調していて、「『アルマンス』には、宿命と主人公の対置において、自由意志がはじめから不可能に直面してをり、自殺によってしか、宿命を離脱して飛び立つことができない」と書く。これはそのまま『豊饒の海』における輪廻転生のモチーフを想起させ、『春の雪』における清顕の自殺的死、『奔馬』の勲の自死を予告するものである。

大岡は、その論を結ぶにあたって、瀕死のオクターヴがギリシャの山波を見て「英雄の地よ」と呟く場面を引き、「この頁には悲愴さがあるが、悲愴は常に無力なる者の慰めであり、第二流の美である」と書いている。三島もその批評の終りに同じ一節を引くが、それはこの作品の「詩的結晶」であることを例証するためであった。三島の評価は、大岡の解釈の対極にあると言えよう。

4 『仮面の告白』題名の源泉

次に、三島由紀夫の長編小説を対象に、スタンダールの作品がどのようにその創造に関与しているかを考えてみたい。

三島は、前述したごとく、『仮面の告白』（昭和二四年）の出版広告文用の文章に「世にも不思議な『アルマンス』的恋愛」という表現を用いている。おそらく、スタンダールの作品名の最初の引用であろう。それでは、三島が、「私の「ヰタ・セクスアリス」であり、能うかぎり正確さを期した性的自伝」（同広告文）とみなすこの小説のなかにスタンダールの反映は見られるのだろうか。主人公の「私」は、友人の妹園子との交際について、友人から結婚を促され断ったことがあるのだが、第四章冒頭で、自らの妹の死のあと、園子の結婚を知ることになる。本当の苦しみを徐々に味わいはじめた「私」は、本屋で、「粗末な仮綴の翻訳書」を手にするが、それは、「フランスの或る作家の冗舌なエッセイ」であって、その中の一行に「不快な不安」を覚え、翌日、本を買い、例の一行を探す。

きのうよりもっと鮮明な不安をその一行が私に与へた。

「…女が力をもつのは、たゞその恋人を罰し得る不幸の度合によってだけである(38)」

これは、スタンダール『恋愛論』にある一文である。三島は、昭和二三年（一九四八）五月三〇日発行の前川堅市訳のスタンダール『恋愛論』を所蔵していた。引用はこの本の第四一章「恋愛上より見た各国・フランス」のはじめにある文章であり、前川堅市の訳文と確認できる(39)。三島は、小説のなかのこの引用の少しあとで、主人公の性的な失敗の場面を描いているが、前記の訳書を見ると、その第六〇章は「大失敗（フィアスコ）」と題され、同様な失敗の例が列挙されているのである。ジッドも「『アルマンス』序文」のなかで関心を示したこの「フィアスコ」の章が三島の意識の底にあったことはたしかであろう。(40)

前川堅市のこの訳書で興味深いのは、上巻末につけられた訳者の「あとがき」である。前川は、スタンダールのこの書についてこう言っている。

> 彼は、恋を科学の渋面をかぶると同時に、科学的な正確さで描いたといって、殊更に自己の心境を語ることを避けるやうな顔はしてゐるが、ここにあらはれる人物は、それぞれ名を変へた彼自身であり、マチルド夫人なのである。彼の殊更な逆説めいたいひ分を裏切ってゐるところに、この書物の面白さと価値があると思はれる。(41)

前川の文章は、昭和二三年（一九四八）一月に執筆され、同年三月に刊行されたものである。「科学の渋面」という表現は、「仮面」を連想させる。三島は、『仮面の告白』の標題についてどう説明しているであろうか。前述した通り、この作品の初版刊行に先立ち、昭和二四年（一九四九）一月一三日に、広告の文章を書いているが、それにつけた註を読んでみよう。

> （註）「仮面の告白」といふ一見矛盾した題名は、私といふ一人物にとっては仮面は肉つきの面であり、さういふ肉つきの仮面の告白にまして真実な告白はありえないといふ逆説からである。人は決して告白をなしうるものではない。ただ稀に、肉に深く喰ひ入った仮面だけがそれを成就する。(42)

二つの文章は近似した内容をもっている。以下、比較してみよう。

前川の文章の趣旨は、スタンダールの告白の真実とその逆説的な表明方法に光をあてることである。スタンダールは、「科学の渋面」をかぶって、すなわち「仮面」をかぶって、「殊更に自己の心境を語ることを避ける」すなわち「告白を避ける」ような顔をするが、描かれた人物のなかに、彼自身やマチルドが姿を現し、告白の真実が示されてしまう。前川は、告白を避ける態度をとりながらかえって真実が示されてしまう過程を「逆説的ないひ分」と表現している。

三島は、告白の不可能性を強調し、仮面については「肉つき仮面」とする。しかし、仮面の告白がかえって真実の告白になる、という点は両者に共通する。「面をかぶる」という発想、「逆説」という表現、「告白の真実」という内容が両者に共通しているのだ。三島は、前川の表現「科学の渋面をかぶる」から「仮面」という単語を導き出し、「殊更に自己の心境を語ること」を「告白」に置き換えたと言える。従って、『仮面の告白』という三島の作品命名には、前川堅市の『恋愛論』訳者「あとがき」をその源泉として考えることができる。

もうひとつ、この訳者「あとがき」の源泉としての証左をあげておこう。前川の「あとがき」には、「科学的な正確さ」という一句が入っているが、三島は、この小説の意図を説明する機会に二度、「正確さ」を強調している。一度目は、昭和二三年（一九四八）一一月二日、『仮面の告白』という小説題名決定を知らせる、河出書房編集長・坂本一亀宛ての書簡のなかで、この「私小説」の心理分析に「出来る限りの科学的正確さを期し」ている、と述べている。二度目は、前述の『仮面の告白』出版広告用の文章（昭和二四年一月一三日）のなかで「この小説は、（……）能ふかぎり正確さを期した性的自伝である」と書いている（『全集』一、解題より）。

以上のような検討により、三島は『仮面の告白』の題名決定にあたって、前川堅市訳の『恋愛論』「あとがき」の一節から着想を得た、と考えられる。

また、三島が『仮面の告白』第三章で、ツヴァイクを引用（『デーモンとの闘争』序文と思われる）していることもあって、三島所蔵になるツヴァイク『知性と感性——スタンダールとカザノヴァ』（青柳瑞穂訳[43]）の重要性にも注目したい。題名決定二ヶ月前に刊行されたこの訳書では、スタンダールの伝記のなかで、「仮面」「告白」「嘘」「自己解剖」など三島のよく使う表現が頻出する。「つねに目覚めてゐる彼の執念深い理性は、彼の羞恥が隠されてゐる仮面をはぎ取(る)」（第四章）という訳文は、三島の「肉つきの仮面」を連想させる。三島は、初版の「『仮面の告白』ノート」のなかで、「告白とはいひながら、この小説のなかで私は「嘘」を放し飼いにした」(『全集』一、六七四ページ)と書いている。さらに、昭和二三年(一九四八)一一月二日、坂本一亀宛て書簡と同日、三島は、川端康成宛ての書簡で、『仮面の告白』執筆を知らせ、「自己解剖」という言葉を使っている(『全集』三八、二六五ページ)。従って、この訳書は、『恋愛論』「あとがき」を補強するかたちで、この作品の題名決定に深い関係を持つと言えよう。

『青の時代』(昭和二五年)については前に述べたが、さらに『赤と黒』との関連を考えると、第五章の軍事作戦めいた手紙の策略は、『赤と黒』第二部第二三章のコラゾフ公爵がジュリアンに教える手紙の戦略に似ているし、第九章における地方出身の誠の東京観と「東京のお嬢さん」の耀子のマチルド的イメージは、ジュリアン・ソレルのパリ登場を想起させる。(44)

『禁色』(昭和二六年)については、三島は、スタンダールと鷗外の混合文体を示していたが、第四章をみると、スタンダールを想起させる場面がある。三島は、同性愛者悠一の結婚初夜を描写して、「欲情の懸命の模写(45)」と捉えるが、これは『アルマンス』最終章との関連が考えられ、特に作品の鍵を説明したスタンダールのメリメへの手紙の内容との関連が考えられる。(46)

このように、初期の長編小説には、スタンダールとの関連が見られる部分があるが、それ以後、顕著に識別できるスタンダール援用は最後の『豊饒の海』中の二作品、『春の雪』、『奔馬』まで見受けられないようである。以下、この二作品の検討に入る。

5 『春の雪』と『アルマンス』

最初に、『豊饒の海』四部作の第一巻『春の雪』の検討からはじめる。

『春の雪』が単行本として刊行されたのは昭和四四年（一九六九）一月であるが、九月には、芸術座で舞台公演が行われる。三島は、公演のパンフレットに載せた文章のなかでこの作品の貴族生活の描写に触れ、「プルウストは別に貴族の出身でもないのに、貴族の生活を細大洩らさず描き、スタンダールは上流社交界をよく知りもしないのに、知ったかぶりをして書いた。（……）私の描いた貴族生活は、少くとも太宰治の「斜陽」のやうなイカサマものではないと思はれる[47]」と言っている。これは観客の興味を惹くための文章であったはずだが、ここでのスタンダール引用は深い意味を持っている。三島のスタンダールへの批判的言辞にもかかわらず、『春の雪』と『アルマンス』には強い類縁性が感じられるからである。

ところで、『豊饒の海』では、王朝文学の『浜松中納言物語』のモチーフが全巻に見え隠れし、特に『春の雪』ではこの物語のプロットが用いられている。従って、検討しなければならないのは、『アルマンス』がもうひとつのモデル作品たり得るかということであろう。そして、それはまた、『アルマンス』を通して『春の雪』の新しい読みを探る試みとなるだろう。

この二つの小説に共通するのは、上流貴族階級の環境のなかで進行する一組の青年男女の恋愛である。その恋は克服しがたい深刻な障害に直面し、主人公の青年の不可解な躊躇もあって恋の消滅の危険にさらされるが、結局のところ二人は結ばれる。しかし、主人公の青年は自死（あるいは自死に近い死）を選ばざるをえず、残された女主人公は修道院（あるいは尼寺）に隠遁する。このように、恋愛小説としての展開を辿ってゆくと、二つの作品は驚くほど似た骨格をもっている。しかし、『アルマンス』から『春の雪』へ、細部は微妙に変更されていて、全体の相似が見失われてしまうような仕組みになっているのだ。

以下、二つの作品の近似点について細部を眺め、三島が『アルマンス』を作品のモデルにしたのであれば、どのように変更を加えたのか、物語の進展に従って見てゆきたい。

第一に、『春の雪』における松枝侯爵家と綾倉伯爵家の設定である。作品冒頭で主人公松枝清顕が登場するが、松枝家が幕末には身分の低い武士だったが現在は富と権勢を誇る家柄であることが、父侯爵の宏壮な邸内の描写とともに示される。それに対し、綾倉聡子の家は、堂上貴族の名門で和歌と蹴鞠の家として知られ、京の古い伝統を守っていたが、その家運は衰えていた（第一、三、二二章）。

これを『アルマンス』の設定と較べてみよう。スタンダールの小説では、十字軍遠征に参加したという古い由緒ある家系を誇ってはいるが今は家運が傾いた、と信じているのは、主人公オクターヴの父マリヴェール侯爵である。反対に、父がロシアの軍人貴族で武人の血を引くのは、女主人公アルマンスである。フランス人の母も、父のゾヒロフ将軍も失ったアルマンスは、母方の親戚のボニヴェ侯爵夫人に引き取られ、姪として養われた。アルマンスは、のちに遺産が入るまで貧しい娘であったが、ボニヴェ侯爵は富も権勢もあり、王のおぼえもめでたく、そのサロンは社交界で人気があった（第一、五章）。

こうした『アルマンス』の設定と較べると、『春の雪』では男女の主人公の家の出自が男女逆になっていることがわかる。三島は、スタンダールではアルマンスの家のものだった武人の出自を清顕の家に与え、オクターヴの家の古い貴族の伝統を聡子の家に与えている。しかも、貧しいアルマンスが引き取られたボニヴェ家の権勢を清顕の松枝家に与えているのだ。三島は、若い貴族の男女の愛を描くにあたって、同様なテーマをもつ『アルマンス』の設定をたくみに入れ替えて小説の構想をすすめた、と考えられる。

第二は、主人公の美貌とニヒリズムである。それとそのニヒリズムの根源は何かということである。『春の雪』

第一章では、新年賀会における一三歳の清顕の「あまりの美しさに、却って果敢ない感じのするような美貌」が描かれる。第九章でも、清顕の美貌が、性格の優柔不断、努力の放棄などニヒリズム的態度とともに示される。一方『アルマンス』第一章では、「すらりと高い身の丈、上品なものごし、すばらしく美しい大きな黒い眼」(48)などの特徴をもつオクターヴの魅力が描かれるが、この青年は風変わりな性格で何も望まず、深い憂鬱の念を抱く人間嫌いであることを読者は知らされる。この憂鬱の原因が「不能」であることは既に論じてきたが、三島の主人公清顕のニヒリズムの源は何であろうか。それは「優雅」である。『春の雪』第二章によると、彼は自分を「一族の岩乗な指に刺った、毒のある小さな棘のやうなもの」、すなわち、「優雅の棘」と認識する。だが、彼の毒は、「全く無益な毒で、その無益さが、いはば自分の生まれてきた意味だ」と彼は考えるのだ。「自分の存在理由を一種の精妙な毒」、しかも「無益な毒」と感じることは一種のニヒリズムを生み、彼は何事にも興味を示さぬ生き方をしようとする。

三島が、主人公清顕に与えた「優雅」の特性は、スタンダールの主人公の「不能」の特性と小説構成上で人物の果たす役割の点で似ている。オクターヴの「不能」がそのエネルギーの欠如によって貴族という「種族の終り」を意味するごとく、「優雅」は清顕の家系にとって「迅速な没落の兆」となるものなのだ。

三島は、昭和三七年（一九六二）に「大岡さんの優雅」と題する文章を書いている。(49) 三島は、大岡昇平の小説における「優雅な好み」について触れ、『花影』を「フランスのサロン的心理小説のパロディ」と評する。三島によれば、日本にはサロンなどなく、「教養と優雅と倦怠と美しさを兼ねそなへた貴婦人など一人もゐない」はずだが、大岡は、スタンダールの手法によって「貴婦人の戯画」となる『花影』を書き、「完全な優雅の陰画」を実現した、というのだ。しかし、「女性的理念としての優雅」は大岡の最大の関心事でなかったとして、大岡が惹かれるであろうスタンダールの次の一文を引いて終る。

(……)極度の優雅を持ち得るのは、ただ極度の力のみである。素朴といふことが日常生活の崇高美であるやうに私には思はれる　(「日記」パリ、一八〇四年七月五日)[50]

『春の雪』の雑誌連載がはじまるのは、昭和四〇年(一九六五)九月からであるが、この文章は、その連載の三年前に「優雅」の観念を貴婦人の描写に結びつけている。『三島由紀夫事典』(明治書院)[51]を見ると、坊城俊民が古典文学を参照しながら、三島の使うこの語の語義を検討し、『春の雪』について興味深い分析を行っている。坊城は、『春の雪』という題名それ自身が「究極の脆い優雅」を象徴すると考え、作中で「優雅の復讐」「優雅のしぶとさ」「優雅の厚顔」の諸相を描いた『春の雪』を「優雅の書」として高く評価する。坊城の解説によれば、「優雅」を意味する言葉は、三島の十代の作品群と『春の雪』に多用されているという。三島は、日本の古典に由来する「優雅」の観念を持っていたわけだが、「大岡さんの優雅」では、フランスのサロン的心理小説に出てくる貴婦人像の「優雅」について考えている。『アルマンス』の副題は出版社がつけたものではあるがまさしく「一八二七年におけるパリのサロン場景」であり、三島の言う「フランスのサロン的心理小説」ということになる。従って、『春の雪』の貴族の描写には、『アルマンス』のようなフランス小説の影響を考えることができるだろう。

第三は、恋する男女の年齢である。物語の冒頭で、清顕は一八歳、聡子は二〇歳である(第一、三章)。『アルマンス』では、小説のはじめで、オクターヴは二〇歳と五日であり、アルマンスは一八歳である(第一、四章)。二つの作品で、二〇歳と一八歳の男女配分が逆になっている。清顕の一八歳は、転生のため二〇歳前の死が約束されているからであろう。『奔馬』も同じ状況だがこのような年上の女主人公の導入は、三島の作品にいささか母性的風味を添えているようだ。

第四は、偽手紙のトリックと自らの恋の発見という二つの要素の組み合わせである。三島とスタンダールでは、順序が逆になっている。

『春の雪』では、清顕は自分の放蕩を告白した嘘の手紙を聡子に出すが、すぐに焼却を依頼する（第六章）。だが、おそらく愛ゆえにそれを読んだ聡子の行為を「背信」ととらえる（第二〇章）。傷ついた清顕は、聡子からの連絡を拒否し、彼女の書いた部厚い手紙を読まずに焼却する（第二一章）。やがて、洞院宮治典殿下と聡子との間の婚約が進む（第二二章）。ある日、清顕のところに聡子付きの老女から「かなり嵩ばった二重封筒」が届き、そのなかにはさらに封書が入っていたが、清顕は引き裂いて捨てる（第二四章）。縁組の勅許が下ると、この「絶対の不可能」の前で歓びをおぼえた清顕は、恋してはいけない聡子に自分が恋していることを知る（第二五章）。清顕は、秘かなあひびきで聡子と結ばれる（第二七章）。

『アルマンス』では、自らの恋の発見の方が先である。オクターヴは、ドーマール夫人の指摘で、自らのアルマンスに対する恋心を知る（第一六章）。彼は不可能な恋の意識に苦しむが、決闘による重傷を負った折り、愛の告白をする（第二三章）。母マリヴェール夫人は彼とアルマンスの結婚をまとめることに成功する（第二八章）。この結婚に不満の叔父スビラーヌは、アルマンスの筆跡を真似た偽手紙をオクターヴに読ませ、彼女の愛に不信感を抱かせる。そのためオクターヴは自分の秘密を告白する彼女宛ての短い手紙を破ってしまう（第二九、三〇章）。オクターヴはアルマンスと結婚するが、彼女の幸福な様子を芝居だと思い込む。オクターヴはギリシャ行きの船の上で自死し、アルマンスは修道院に入る（第三一章）。

両者の作品で、偽の内容の手紙とそれに伴う誤解、それに前後して、「絶対の不可能」に直面しながらの自らの愛の発見がある。三島は、明らかに、スタンダール『アルマンス』の上記の要素を巧みに組み替えて自分の物語を作っている。

スタンダールの小説では、偽の手紙は主人公が読んで誤解を抱くものだが、三島の小説では、偽の手紙は主人公が相手に送ったもので、それが相手の誤解を生み、その相手の反応を「背信」と捉えた主人公も相手に誤解を抱く、という複雑な効果がこの手紙のトリックから生れている。

だが、最も重要な手紙の機能は、『春の雪』では聡子からの二通の部厚い手紙に与えられている。その部厚い手紙の量は何を意味するのか。第一の手紙は、単なる宮家との縁談の報告ではないだろう。第二の手紙は、縁談成立を前にした聡子の悲痛な想いが籠められていたはずである。二通とも必ずや聡子の清顕に対する真実の愛への問いかけがあったにちがいない。スタンダールは『アルマンス』のなかで、オクターヴの書いた短い手紙に同じ機能を与えている。オクターヴは躊躇を重ねた末にようやく自らの秘密をしたためた一〇行の手紙を書く。手紙は短くてよかったのだ。不能の事実を知るだけでアルマンスにとって今までの謎が一挙に解けたであろうから。そしてそれは同時に、真実の愛への問いかけになったはずであった。この三つの重要な手紙にはそれを書いた人間の運命が懸かっていたが、遂に読まれることはなかったのである。三島は、『アルマンス』におけるこの「読まれなかった重要な手紙」の構想を『春の雪』でも引き継いでいると考えられる。ただし、手紙の筆者は男性の主人公から女性の主人公になり、手紙は短いものから部厚いものになり、一通から二通になっている。このように、スタンダールの原モデルから三島独自の物語を構成してゆく手際はまことに鮮やかで感嘆すべきものがある。

さらに考察を続けると、スタンダールの場合、自らの恋を指摘された主人公は、不可能な恋を前にして悩む。三島の場合、主人公は禁忌の恋を前にして歓びを感じる。また、その恋の結ばれ方も、聡子の妊娠に至るまでの展開は『アルマンス』を離れる。聡子の尼寺入りと清顕の自殺的死は『アルマンス』を思わせるが、順序は逆転している。

ジョルジュ・ブランは、自ら校訂したルヴュ・フォンテーヌ版『アルマンス』(52)の序文で、この作品のなかに「逡巡と誤解のドラマ」を読み取っている。たしかに、『アルマンス』は、決断をためらう主人公、誤解を重ねる恋人たちの物語であり、三島もまた、『春の雪』で同じ物語を描いていると言えるだろう。しかも、その物語は村松剛によれば、作者自身の恋愛経験を核とする「私小説」だったのである。

このように三島は、『アルマンス』を自らの作品の隠れたるモデルとしている。スタンダールの小説の諸要素を組み替え、順序を替え、その諸要素に微妙な変化を加えることで、三島独自の世界を作り上げてゆくのだ。三島のなかでも恋愛を描いて最も美しいこの小説の創造過程を眺めることは、三島のスタンダール理解を知るとともに、三島文学生成の場に立ち合うことになると言えよう。

6 『奔馬』と『ヴァニナ・ヴァニニ』

『奔馬』を読んで連想されるスタンダールの作品は『ヴァニナ・ヴァニニ』である。『赤と黒』のマチルドの原型とも言うべき誇り高い美女ヴァニナの姿は、『奔馬』における昭和初年の国士的雰囲気とはそぐわないものがあるだろう。だが、『ヴァニナ・ヴァニニ』は、一九世紀前半にイタリア独立を目指した秘密結社カルボナリの物語でもある。外国の支配から脱するため武器を取って戦うカルボナリの党員のイメージは、三島が描く昭和の神風連たらんとする青年たちと相通ずるものがある。三島は、『奔馬』の半ばをこえる部分の章で、主人公勲を首領と仰ぐ青年たちの蜂起計画とその失敗を描いている。村松剛によると、三島自身はこの部分について、「『奔馬』のえがく未遂クー・デタには、特定のモデルはない」と言っていたそうである。[53] だが、この三島の言葉にもかかわらず、『奔馬』と『ヴァニナ・ヴァニニ』は著しい近似を示している。三島は、スタンダールのこの作品については、既に昭和三〇年（一九五五）の「小説家の休暇」のなかで、ヴァニナの美しさを描いた冒頭の場面を引き、描写について論じている。[54] では、三島のスタンダール援用はどのようなものであったか、この二つの作品の関連を眺めてみよう。

まず、三島がスタンダールの作品の構成要素をどのように用いているかについて検討するために参考になるのは、蜂起を企てる結社構成員の人数である。『ヴァニナ・ヴァニニ』で、ミッシリリの指揮する下部組織の集会

(vente) の構成員は首領のミッシリリをふくめ二〇名である。『十九世紀ラルース辞典』を見ると、「カルボナーロ・カルボナーレ」（炭焼党員）の項の説明には、スタンダールの友人で弟子とみなされることもあったデュヴェルジエ・ド・オーランヌ (Duvergier de Hauranne) が「タン」le Temps 紙に書いた、炭焼党の綱領に関する記事が引用されていて、そのなかに下部組織の集会二〇名という数字が出てくる。[55] スタンダールが構成員二〇名とするのには根拠があるわけである。『奔馬』の方はどうだろう。第一八章で構成員二〇名が確定し、第二四章では蜂起計画と二〇名の役割分担を決定している。ここまではスタンダールと構成員は同数だが、三島は、満洲転属を口実とした堀中尉の蜂起中止命令を機として（第二七章）、脱落者九名、新加入者一名として総数を一二名に変えている（第二八章）。この変更は何を意味するのか。『ヴァニナ・ヴァニニ』を見ると、密告による逮捕のとき逃亡に成功した者が九名いる。『奔馬』では、逮捕時の逃亡ではなく、前もって同数の構成員を脱退させている。一方、『奔馬』では、勲の父が主宰する靖献塾の塾生で四〇歳の佐和が新たに加入する（第一二章）。『ヴァニナ・ヴァニニ』でも、ミッシリリが党首となった下部集会には五〇歳をこえる老党員がいた。佐和の加入は、スタンダールの作品と同じく、組織に年長者を加える意味合いがあったのであろう。[56]『奔馬』では、スタンダールの方にあった逮捕後の自死者ひとりの考えをとらず、さらに年長の佐和を加えているので、総数一二名となるのである。

次にスタンダールの作品と比較して検討すべきは、密告から逮捕に至る経過であり、特に、密告による主人公の逮捕の有無である。『ヴァニナ・ヴァニニ』では、逮捕されず裏切りの汚名を恐れたミッシリリは自首する。一方、『奔馬』では、首謀者の勲は皆と一緒に逮捕される。では、ミッシリリの感じていた、裏切り者が逮捕後の自死者ではないかという疑惑、自分が裏切り者だと思われるのではないかという懸念は、『奔馬』ではどこに示されるのだろうか。第一の問題の「疑惑」は、獄中の勲の思念のなかに現れる。獄中で「裏切り」という言葉から離れようとして離れられない勲は、法に反する結社の血盟と裏切りの関係について思考を重ねるが、その過程で逮捕の当時不在だった佐和への疑惑を拭いきれない（第三三章）。佐和への疑惑が解けるのは、公判の共同被告のなかにその名を発見した瞬間である（第三六章）。第二の問題の「懸念」は、公判の証人として喚問された槙子が、勲を救うための証言を行う場面に描かれている（第三七章）。槙子は、勲が決行日以前に意欲を失い、仲間に決行中止を宣言するつもりでいた、と偽証する。勲はこの証言が、法廷にいる同志たちに彼の裏切りに対する疑いの念を呼び起こしたことを感じる。しかし、真実を暴いて槙子を偽証罪の犯人にすることはできない。「(槙子は）勲のもっとも厭ふやり方で、槙子を救ふことによって勲自身を救ふことになる罠をしつらへたのだ」と三島は書いている。このあたり、三島は、槙子の「罠」に示される勲への独占的な愛、勲の結社への忠誠、法廷の正義の三者の相剋を描き、見事な劇的状況を作り出している。勲は、槙子の証言はその通りだが、槙子を巻き添えにしないための嘘を槙子に告げたのだ、と述べ、苦境を切り抜ける。

このように眺めてみると、三島は、『春の雪』と同じように『奔馬』でも、スタンダールの小説の主題に大筋では従っているが、個々の構成要素については順序を変え、変化を加えて用いている。しかも、ミッシリリが逮捕を免れた段階で感じた疑惑や懸念を、勲の獄中の思索や公判の場の劇的状況に発展させることに成功している。このあたりに、三島の小説創造の具体的な手法を見ることができる。

さらに、両作品の女性人物像について眺めてみる。両作品の大きな違いのひとつは、語り手の視点である。『ヴァニナ・ヴァニニ』では、主として女性のヴァニナに視点が置かれ、その奔放な性格、大胆な行動が描かれるが、『奔馬』では、『神風連史話』の章を境にして、勲の視点から語られる。従って、三〇歳を少し超えた槙子の、母性的慈愛に満ち、控え目だが毅然とした美しい容姿は、憧憬の念に溢れた一九歳の勲の眼から描かれることになる（第一三章）。勲と槙子の唯一の接吻の場面も勲の眼から観察されている（第二九章）。それにしても、三島は何と精密にこの場面を描いていることだろう。「項に巻かれた槙子の両手を感じたのはその時である」という文章から始まって、「やうやく唇がはなれたとき、二人は抱き合って泣いてゐた」まで、四〇〇字詰原稿用紙で約三枚ある。三島は、前述のごとく、「小説家の休暇」のなかで、『ヴァニナ・ヴァニニ』の簡潔な描写に対して、バルザックのモデスト・ミニョンの長い精密な描写を引き写して対比し、「何と原稿用紙四枚！」と驚いてみせたのだが、彼自身、『奔馬』で、バルザックのあの「微視的描写」を再現しているのである。

『奔馬』において、上記の場面の夜、勲と別れたあと槙子が書いた日記の記述が、勲を救うための偽証工作の第一歩であったことを考えると、槙子が勲に対し独占的所有を求める愛は既にこの段階で始まっていたことになる。しかし、三島は槙子の秘めたる愛を表に出すことはなく物語を進行させる。槙子の実質的な密告も描かれることはない。わずかに獄中の勲への書簡のなかに、捉えがたい微妙な感情の流露があるのみである。その愛が明らかに描かれるのは、槙子が公判で偽証を行い、その偽証の動機が愛であることに勲が気づく前述の場面だ（第三七章）。三島はこう書く。「何といふ愛！　自分の愛のためなら、槙子は勲のもっとも大切にしてゐるものを泥まみれにして恥ぢないのである。」この独占的所有を求める愛の惨めな結果を示す文章は、そのまま、『ヴァニナ・ヴァニニ』の巻末で、自分が密告者だというヴァニナの告白を聞いたミッシリリの心境を表すものと言える。しかし『奔馬』では、この場面では未だ密告の真実は明らかにされない。勲は槙子の偽証を前にして、「もはや槙子の密告は明らかだ」と直感しながら、すぐ別の論拠をあげて自ら否定してしまうのだ。槙子の密告が確認されるのには巻末の佐和の証言（第三九章）を待たねばならない。

スタンダールは、ヴァニナの最後の告白に二つの事柄を含めている。恋人を救うための奔走が示す強い恋心の表明と密告という裏切り行為の告白である。三島は『奔馬』のなかでこの二つの要素を別々に、時間をずらして挿入する。第一の要素、つよい恋心の表明は、公判の場面でなされる。勲は槙子の偽証のなかに、「衆目の前で敢て危険を冒した愛」を認めるのである。第二の、裏切り行為の告白は槙子自身からなされることはない。佐和の口から、逮捕の前夜の勲の父への電話という具体的事実が明らかにされ、同時に、勲を牢屋に入れて独占したいという槙子の愛の実相が、「恐ろしい女」、「危険な女」という感想とともに語られる。三島の『奔馬』の展開は、槙子の人物像については、推理小説的戦略に基づいていて、隠されていた愛が一挙に噴き出し、隠されていた性格と行為が一挙に明らかにされて結末を迎えるのだ。静的で受動的な女性と見えた槙子のなかに、ヴァニナと同じ、恋人の独占的所有を願う女性を体現させようとする意図が三島にあったことは明瞭である。

ところで、勲が獄中で見る二つの夢（第三三章）は何を示すのであろうか。第一の蛇の夢では、熱帯の毒蛇による死というその内容から、『豊饒の海』第三巻の『暁の寺』の結末を想起させ、勲のジン・ジャン姫への転生を暗示することがわかる。しかし、勲が女性に変身する第二の夢は何を意味するのだろうか。

三島は、勲が見た「奇異で不快」な夢について触れ、「それは勲が女に変身した夢である」という文章からはじまって、男性の秩序、体系、信念が象徴する硬質な世界の溶解を、肉感に満ちた比喩を連ねて、数十行にわたり記述する。そして、女性に変身したはずの勲が外の視点からその女性を眺め、槙子と気づき、射精する、という描写で終っている。三島はこう書いている。

いひしれぬ悲しみがあとに残つた。不快は、たしかに自分が女に変身したといふ夢の記憶が一方にのこつてゐるのに、どこかでその夢の結露が捩れて、槙子と思しい女体を見つめてゐる記憶に変わつて行つた、その曲り角がはつきりしないところから来るのである。しかも自分が濆したのは槙子であらうのに、濆した自分の内に、世界が裏返つたような先程のふしぎな感覚が、まざまざと残つてゐたのは奇怪である。

この場面は、夢と変身、エロチスムというロマン主義的モチーフに加えて、バタイユ、さらにはプルーストのアルベルチーヌの眠りの描写などを想起させるが、ここでは、スタンダールのなかにあった変身願望について触れておこう。

スタンダールは、一八四〇年四月一〇日、死の二年前の五七歳のとき、「特典」と題して二三ヶ条の願望を書き連ねたメモを記す。彼が奇蹟の実現を願うその願望は、恋愛、性、死、衣、食、財政、人間関係、趣味など、生活全般の細部にわたり、人間スタンダールが晩年に至るまで心のなかに抱えてきた問題のかずかずを示していて、単なる老年のはかない幻想とは片づけられないものを含んでいる。(57) この「特典」は、三島の所蔵書で既に言及したクロード・ロワ『スタンダール』(58)に収録されている。そしてこの「特典」の第七条では、この特典を受ける者は、動物や人間への変身の過程で、「年に四度、そしてその度に不定期にわたって二つの肉体を同時に占めることができる」とある。

三島は、勲が変身によって占有した肉体（おそらく槙子のもの）を勲自身が眺める状態を「捩れ」と表現しているが、この状態は、スタンダールの言う、二つの肉体の同時占有という考えによれば、説明可能であって、自らが占有した肉体を自らが他の視点から視ることができるのである。三島が、スタンダールの「特典」に影響を受けていた可能性があることを指摘しておきたい。

この場面は、「エロティシズムが顕在化している場面」(59)のひとつとして読むことができる。スタンダールは本来、小説でのエロティシズムの表現には禁欲的な作家であるが、私的性格を帯びた記録では自己を解放することがある。「特典」もその例で、第三条では、性的快楽について語り、「一年に二〇度は特典者はのぞみの人間に変身することができる」と変身について述べる。エロティシズムについては、さらに、『ヴァニナ・ヴァニニ』の男女両主人公それぞれの、変装による「変身」をあげることができる。負傷したミッシリリは警察の追及を逃れるため娘に変装するが、その魅力に惹かれたのがヴァニナの恋の始まりであり、ミッシリリを死刑から救うため邸に侵入したヴァニナの男装の魅力に負け、警視総監は彼女に協力を約束する。三島は男装には好感を抱かなかったようだが、三島が読むことのできたスタンダールのなかにはエロティシズムの原型が潜んでいて、三島はバタイユなどのイメージを合わせ、増幅させることが可能だったと思われる。

三島は、卓抜な隠喩（メタフォール、メタファー）の使い手として知られているが、今度は『奔馬』と『ヴァニナ・ヴァニニ』を比喩の面から比べてみよう。『奔馬』で、勲が逮捕されたあと、勲の父の飯沼は弁護を引き受ける本多に向かって、「インバネス」（『新明解国語辞典』によれば、昭和の初めまで用いられた、男子の和服用コート。二重回し）の比喩を口にする。飯沼は、勲を警察に密告した、と本多に告げ、外套のインバネスをひろげ、それを掲げてこう言うのだ。

「かうですよ。これが私です。このインバネスが私であります。何も手妻をお目にかけようといふわけではありません。このインバネスが父親といふものです。暗い冬の夜空です。それが、遠くのはうまでかう裾をひろげて、倅の動きまはってゐる地上を覆うてゐるのです。倅は走り廻って光りを見ようとします。しかし、さうはさせません。この大きな黒いインバネスが、ひろびろと倅の頭上をおほうて、夜がつづくあいだは夜を冷たく認識させておくのです。朝が来れば、インバネスは地に崩れ落ちて、倅の目を光りを以て充たします。父親とはさういうものです。さうではありませんか、本多さん。(60)（……）」

「このインバネスが父親といふものです」と隠喩が使われている。「暗い冬の夜空」のごとく、息子の頭上を覆い、朝が来るまで光を与えない「インバネス」の隠喩は、密告という非常手段によって、息子が過激な行動に走る自由を奪い、国士としての将来の可能性を残そうとした父親のイメージを示しているのだろう。

では、『ヴァニナ・ヴァニニ』のなかにこれに対応する比喩は見出されるであろうか。ミッシリリが、祖国への献身とヴァニナへの愛の相剋に悩む場面を読んでみよう。

《祖国とは何か？　われわれが受けたご恩に感謝している相手というのでなし、われわれに捨てられたといって悲しみも嘆きもしないだろう。祖国とか自由とかいうものは、外套のようなもので自分に役立つものである。だからそういう物を父から譲り渡されなかった場合には、買わなければならない。しかし要するに自分が祖国や自由を愛するのはこの二つの物が自分に役立つからではないか。ところで、それらのものが今さら自分の役にも立たず、八月の外套のごときものである場合、何のためにしかも莫大な価でそれを買おうとするのだろう

か。ヴァニナはあんなに美しい[61]（……）》

祖国、自由に対して「外套のようなもの」と直喩（シミリ、シミリチュード）が使われている。スタンダールが比喩に「外套」を用いたのに対し、三島は「インバネス」を用い、近似性がある。さらに、スタンダールの「外套」は父から息子へ譲り渡すものであるのに対し、三島の「インバネス」は息子を包み覆う父自身であり、ともに父に関連する。二つの比喩は近似しており、三島は明らかに、スタンダールの影響を受けているのだ。ただし、三島はスタンダールの直喩を隠喩に改めている。スタンダールは論理的な比喩を試み、三島は感覚的な比喩を試みたということになるのだろうか[62]。ともに息子を包むマントを扱いながら、スタンダールにおけるカルボナリの革命[63]のテーマは、三島では家族のテーマに変えられ、「暗い冬の夜空」をイメージする隠喩が美しいだけに、父の愛情誇示と自己弁解が虚しく見える仕組みになっている。

マルグリット・ユルスナールは、『三島あるいは空虚のヴィジョン[64]』のなかで、『奔馬』の冒頭、本多が裁判所の高塔に登る場面について、プルーストが指摘したスタンダールにおける高さのモチーフを想起しているが、この高さのモチーフについても少し考えておこう。

マルセル・プルーストは『失われた時を求めて』の『囚われの女』の巻で、スタンダールの作品では「高い場所の感覚が精神生活と結びついている」ことを指摘している。その例証として、「ジュリアン・ソレルが囚われている高み、ファブリスが頂上に幽閉されている塔、ブラネス師が占星術に没頭し、ファブリスがそこから絶景を見わたす鐘楼」をあげている[65]。留意すべきは、この三つの例は、幸福の観念を示す例だということである。ジュリアンの天守閣の牢獄はレナール夫人と共に過ごしたヴェルジーでの幸福を回想する場であり、ファブリスの牢獄のファルネーゼ塔は雄大なアルプス連峰を背景にしたクレリアとの秘めたる愛の場であり、ブラネス師の鐘楼からはコモ湖の崇高な風景が見えるのだ。ジルベール・デュランやヴィクトール・ブロンベールは、スタンダールの作品にお

ける「幸福な牢獄」のモチーフを指摘している。(66)

こうして見ると『奔馬』の第三章で、本多が登った塔の高みは何を示しているのであろう。三島は、まず塔内部のうつろで無意味な空間の存在を意識させる。次いで絶頂からの景色は、スタンダールの高みの幸福感を欠き、雨に煙る近代都市のビル群の冷厳な描写である。本多は、自らが「目のくらむほどの高さ」にいることについて、「国家理性を代表するばかりに、まるで鉄骨だけの建築のやうな論理的な高みにゐるのだ」と認識している。ここで示された「論理的な高み」の危うさは、本多の観察者の宿命の危うさを予告していると言えよう。

『暁の寺』における本多は、自らの書斎の壁に穴をうがち、愛する女性の同性との愛の光景を目にし、愛の喪失を知る。スタンダールも、「見られずに見る」というモチーフを用いている。『パルムの僧院』で、ファブリスは、牢獄の窓を覆う日除けに穴を開け、向かいの建物の鳥小屋にいるクレリアを観察する。ファブリスの突然の合図で気づいたクレリアは動転して逃げ出す。「これはファブリスの生涯で比類のない美しい瞬間であった」(大岡昇平訳)とスタンダールは書いている。三島は、スタンダールの光に溢れた場面の陰画を書いているようだ。『天人五衰』では、本多は、神宮外苑の覗きで逮捕される。

本多のこの「論理的高み」からの転落にともなって『豊饒の海』最後の二巻は、虚無と混迷の色を深め、小説としての活力を失ってゆく感がある。三島は、『豊饒の海』初期創作ノートに、第四巻のプランを記している。七八歳の本多に死が迫ったとき、「十八歳の少年現はれ、宛然、天使の如く、永遠の青春に輝けり」と三島は書き、本多がその死に際して、「光明の空へ船出せんとする少年の姿」を見た、と結んでいる。昭和三八年(一九六三)末ごろ、三島は、小説の主人公で好きな人物は、と問われて、ファブリス・デル・ドンゴと答えたことがあったが、三島の「天使の如く、永遠の青春に輝」く少年はファブリスを連想させ、『豊饒の海』が別の展開になる可能性を示している。(67)

三島は、『豊饒の海』の創造過程について、一九世紀以来の西欧の大長篇と違うものを望んでいたこと、時間を追って続く年代記的な長篇小説に食傷していたこと、「どこかで時間がジャンプして個別の時間が個別の物語を形づくり、しかも全体が大きな循環をなすものがほしかった」ことを述べている。[68] 三島が所蔵していたE・ミュア『小説の構造』[69]を見ると、「年代記（クロニクル）小説」の章があり、「誕生・生長・死そしてまた誕生という循環」という物語のパターンが年代記小説の枠組みであり、時間の流れの厳密さに比べ、小説の動きは偶然的である、などと述べられている。三島は、『豊饒の海』で時間がジャンプした四つの物語を書いたわけだが、観察者で証人の本多のなかで時間は連続しており、生と死の循環や物語の不連続な出現などの点で、『豊饒の海』には、ミュアの定義に近いものが感じられる。大胆な見方をすれば、三島は、年代記小説を嫌悪しながら、新しい年代記を指向していたとも言えよう。そして、実際、『春の雪』『奔馬』の創造に強い刺激を与えていたのは、年代記的性格をもったスタンダールの小説だったのである。

結びに――三島由紀夫のスタンダール

最後に、三島由紀夫におけるスタンダールの援用を時間の流れに添って整理しておこう。

(1) 三島が、最初にスタンダールを引用したのは、昭和二四年（一九四九）一月一三日付の『仮面の告白』広告のために書いた文章のなかで『アルマンス』の名を引いたときである。

(2) 『仮面の告白』という標題は、スタンダール『恋愛論』（前川堅市訳）の「あとがき」の一節が命名の源泉と思われる。また、ツヴァイク『知性と感性』（青柳瑞穂訳）のスタンダールの伝記も重要な補強資料である。

(3) 『青の時代』（昭和二五年）は、現代のジュリアン・ソレルを描く意図をもった作品で、部分的に『赤と黒』

を思わせる場面があり、文体の面でもスタンダールの翻訳の意識があった。

(4)『禁色』（昭和二六、二七年）では、『アルマンス』を思わせる場面があり、文体面では、スタンダールと鷗外の混合文体を示している。

(5)昭和三〇年代前半、三島は『ヴァニナ・ヴァニニ』を引き、スタンダールの小説の描写に関心を示す。

(6)同じく昭和三〇年代前半、スタンダールの文体の「精妙な軽さ」に惹かれるが、真似すること能わず、鷗外に戻る。このころ、ヴァレリー、アランを参照している。

(7)昭和三三年（一九五八）六月に『アルマンス』論を発表し、主人公オクターヴに「不可能の英雄」を見る。宿命と主人公の対置において、自死によってしか宿命を離脱できない、との解釈は、『春の雪』『奔馬』の内容を予告する。この作品に「詩的特質」を見る三島は、大岡昇平と対極的な評価を行っている。

(8)モデル作品としての『浜松中納言物語』の存在にもかかわらず、『春の雪』においては『アルマンス』をもうひとつのモデル作品として考えることが可能である。貴族の家の設定、主人公のニヒリズム、手紙のトリックによるプロットの展開などが共通しており、両作品とも「逡巡と誤解のドラマ」を描いている。

(9)『奔馬』と『ヴァニナ・ヴァニニ』は、革命家の蜂起計画と恋人の密告による計画の失敗という共通する内容をふくみ、『ヴァニナ・ヴァニニ』はモデル作品としての役割を果たしている。両作品とも、蜂起計画の参加者数、密告と逮捕、裏切りへの疑念、恋心の表明、インバネスの比喩など、明らかに同じモチーフを用いている。

(10)三島は、『豊饒の海』の作品構想で、年代記的長篇を敬遠し、時間がジャンプする小説を考えていたが、実際には三島所蔵のE・ミュア『小説の構造』による年代記小説の定義と近似する小説を指向することになったのではないか。

では、三島文学とモデル作品とのこのような関係は何を意味するだろうか。西川長夫は、三島が東西の古典を下敷きにして書くことが多かったことから、この作家が小説世界の構成にあたって、古典の影響の大きい西欧近代文学の方法を意図的に用いていることを指摘している。[70] また秋山駿は、三島文学の根底には、三島の「生の感触を発展し豊富にする文学的モデル」があって、そこから三島の文学的手口が明らかになると述べている。[71] 両者の指摘はまさしくその通りであろう。

しかも、『春の雪』『奔馬』とスタンダールの作品の関係を見る限り、モデル作品は三島にとっては単なる材源ではない。三島はモデル作品を分析し、綿密な計算を基として、物語の諸要素に変化を加えながら周到な配置を行い、三島独自の雄大な虚構の世界を完成させるのである。

『奔馬』における『ヴァニナ・ヴァニニ』を例にとれば、陰謀の加担者数、密告と逮捕、裏切りへの疑惑、恋心の表明など、スタンダールの作品の諸要素は、三島の作品に悉く用いられているが、それにもかかわらず、『ヴァニナ・ヴァニニ』が材源であると安易に断定することを許さないほど歴然と三島独自の世界が『奔馬』には築かれている。

三島にとってモデル作品は、文学の素材であると同時に創造的刺激を与えてくれるものであり、そこから三島文学を生み出す過程には、強烈な方法の意識が作用している。モデル作品から出発して、独自の作品に至る飛躍と変貌の過程こそさらに検討の対象とされる必要があるだろう。

ともあれ三島は、『仮面の告白』の創作で『アルマンス』『恋愛論』に関心を示し、『春の雪』『奔馬』で『アルマンス』『ヴァニナ・ヴァニニ』を援用した。三島由紀夫の文学的生涯の最初と最後に、隠れたる文学モデルとしてスタンダールがいたのである。

あとがき

最後に、本書の研究の源にある発見の喜びに触れておきたい。本書の校正刷を読み返していて、各章のもととなる論文を執筆したときに味わった研究の苦しみと、それに続くどんな小さいことであれ新しい事実を発掘したときの感動を思い出していた。各論文にはほとんどの場合、私なりの発見があってその感動が論文を書く活力となっていたのである。この一見かた苦しい論文形式の書物に、そのような研究者の感動が潜んでいるとは信じていただけないかもしれない。

発見は偶発的なものではなかった。小説生成の過程で作家スタンダールの想像力がどう働くか、この作家の小説創造の時間を再体験する意識を持ちながら考えているうちに未知の事実と対面することが多かった。このような事実の発掘は、新しいスタンダールの小説世界を知ることでもあった。

ではどのような発見があったのか。論文である以上、発見があるのは当然であって、このようなことを麗々しく述べることを恥ずかしく思うが、敢えて触れておく。

第1章では、『アルマンス』を「性的不能」のテーマの代わりに「特異性」のテーマで読む可能性を示し、第2章では、『アルマンス』第二章の自殺正否論の出典が『新エロイーズ』であることを示した。また、『赤と黒』第一部第三〇章と同時期の中編小説三編の間には恋人の潜入と逃亡の共通のテーマがあることも指摘した。第3章では、『パルムの僧院』のなかで、主人公のワーテルローの旅と決闘後の逃避行の旅との間に著しい相似があることを指摘し、その解釈を示している。第4章では、もとの論文発表（一九九三年）のときから、『ラミエル』初稿執筆が一八三九年五月であることを主張している（二〇〇〇年にランケス論文により確認された）。

第II部になって、第5章では、『英国通信』における新聞の役割を分析し、第6章で、一八二七年六月にスタンダールが書いた「新聞のなかに見出される犯罪を作り直すこと」というメモを明らかにした。『赤と黒』のモデル「ベルテ事件」の報道はこの半年後だった。同じく第6章で、スタンダールによる一八二九年十月二三日、マルセイユ出発、二五日シャロン到着のメモを発表したが、これは十月二五日夜、マルセイユで行われたとする従来の『赤と黒』着想の定説を覆す可能性のあるメモである。第7章では、『赤と黒』に関連する一八二九、三〇年の新聞に掲載された「密書」事件関係記事を示した。この記事を発見した当時（一九六七年）、一八一八年の「密書」が定説となっていたが、それを大きく覆すこととなった。第8章では、『リュシアン・ルーヴェン』軍隊場面の創作に影響を与える一八三四年三月ごろの軍隊関連の新聞記事を紹介している。第9章は、イタリアを舞台とする『パルムの僧院』をパリで創作したスタンダールが、どのようなフランス語材源を用いたかを検討しようという新しい視点を持つ研究で、「デバ」「立憲」「シエークル」各紙の作品創造と関係ある重要な記事が紹介されている。第10章では、アンドリアーヌ『回想録』を『パルムの僧院』と比較し、この書が牢獄の場面のモデルとしてだけでなく、皇帝、宰相、判事の権力構造など他の点でも『僧院』に重要な影響を与え得たことを指摘した。第11章では、前章に引き続き、マチルド、メッテルニヒについて詳述した。第12章は、一八三九年四月、『ラミエル』着想と同時期に「シエークル」紙に連載されたバルザック『ベアトリクス』と『ラミエル』初稿の比較を行っている。

第III部第13章、第14章、第15章はスタンダールが日本でどのように受け入れられたかという受容の歴史を叙述した最初の研究である。また、上田敏『うづまき』におけるヒュネカー援用、芥川龍之介の英訳『恋愛論』へのメモの存在、谷崎潤一郎（『饒舌録』）の『パルムの僧院』礼讃におけるバルザックの影響なども指摘している。第16章では、『僧院』の射撃場面を『俘虜記』の場面と比較した。第17章では、『仮面の告白』における『恋愛論』、『春の雪』における『アルマンス』、『奔馬』における『ヴァニナ・ヴァニニ』の影響を指摘している。

このように資料による事実探究の努力のあと、それを文章化し、また探究の作業をはじめるというサイクルを繰り返しているうちに長い年月が経ってしまった。この方法が最良などと言うつもりはないが、私なりにスタンダールにおける近代ロマネスクの誕生をより深く究めようという思いがあった。そしてその思いを支えていたのは、未だ誰も知らない新しいスタンダールに出会う喜びであった。こういうスタンダールの愛し方もあるということを理解していただけたら幸いである。

本書は、南山大学学術叢書出版助成を得て刊行されるものである。長年続けてきた研究の集成をこのようなかたちで披露する機会を与えられたことに心から感謝申し上げる。

現在までこのように研究を続けてこられたことについて、また、本書が刊行の運びに至ったことについて、一人一人のお名前はあげないが、諸先生方、先輩、友人、同僚など多くの方々、とくにスタンダリアンの方々にどれほどのご厚情を頂戴してきたことであろう。深く御礼申し上げる。

本書の編集は橘宗吾氏が担当されたが、氏との出会いがなければ、本書は完成されることはなかったであろう。厚く御礼申し上げる。

二〇〇七年二月

著者

《著者略歴》

栗《くり》須《す》公《こう》正《せい》

1936年　東京都に生れる
1962年　早稲田大学大学院文学研究科仏文学専攻修士課程修了
1967年　グルノーブル大学博士（フランス文学）
南山大学助教授，教授（文学部，のち外国語学部）を経て
現　在　南山大学名誉教授
著　書　*Modernité du roman stendhalien : Aux sources d'une œuvre singulière*, Paris, S.E.D.E.S., 2001
『スタンダール研究』（共著，白水社，1986年）
『スタンダール変幻』（共著，慶應義塾大学出版会，2002年）

スタンダール 近代ロマネスクの生成　南山大学学術叢書

2007年3月30日　初版第1刷発行

定価はカバーに
表示しています

著　者　栗　須　公　正

発行者　金　井　雄　一

発行所　財団法人　名古屋大学出版会
〒464-0814　名古屋市千種区不老町1名古屋大学構内
電話(052)781-5027/FAX(052)781-0697

印刷・製本　㈱太洋社　ISBN978-4-8158-0560-9
乱丁・落丁はお取替えいたします。

人名・作品名索引

ア　行

サ　行

タ 行

ナ　行

ハ　行

マ　行

ヤ　行

ラ・ワ行

註

第 1 章　近代ロマネスクと「特異性」

(1)　本格的分析としては，Georges Blin の著作，特に *Stendhal et les problèmes de la personnalité*, José Corti, 2001 (1ère ed., 1958), p. 400 sq. があり，これ以降，*Armance* の刊本を中心に多くの言及がある。拙稿としては，«Idée de la singularité dans *Armance* de Stendhal», *Etudes de Langue et Littérature Françaises*, no. 28, 1976 ; «Le thème de la singularité chez les héroïnes stendhaliennes», *Stendhal Club*, no. 74, 1977. この章のテキストとして次の版を用いる。*Armance*, édition de Henri Martineau, Garnier, 1950.

(2)　『新スタンダード仏和辞典』大修館書店，1987 年。

(3)　*Le Dictionnaire de l'Académie française*, 6e édition, Firmin Didot père et fils, 1835.

(4)　この辞典の契約は，アカデミー・フランセーズの事務総長とフィルマン・ディド父子書店との間で，1823 年 4 月 1 日に調印された（辞典前文による）。

(5)　引用例文 «Il est singulier dans ses opinions, dans ses expressions, dans sa manière d'agir, de s'habiller, etc.　Cet homme est trop singulier, est d'une humeur singulière.»

(6)　«un caractère singulier» (*Armance*, pp. 12, 28, 44, 45, 47, 184 ; *le Rouge et le Noir*, Classiques Garnier, 1973, p. 262 ; *Lamiel*, Cercle du Bibliophile, p. 151).

(7)　«un être singulier» (*Armance*, p. 17 ; *le Rouge et le Noir*, pp. 61, 192, 213, 357, 443 ; *Lucien Leuwen*, Cercle du Bibliophile, IV, p. 292 ; *la Chartreuse de Parme*, Cercle du Bibliophile, I, p. 368, II, p. 215).　Mathilde est «la personne singulière» (*le Rouge et le Noir*, p. 350).

(8)　«Le sens d'un mot résulte de la totalité de ses emplois.» (Georges Mounin, *Clefs pour la sémantique*, Seghers, 1972, p. 241).

(9)　«J'ai par malheur un caractère singulier, je ne me suis pas créé ainsi ; tout ce que j'ai pu faire, c'est de me connaître.» (*Armance*, p. 12).

(10)　«l'instrument propre à une saisie interne» (Jean Rousset, *Narcisse romancier. Essai sur la première personne dans le roman*, José Corti, 1972, pp. 9, 10).

(11)　*Vie de Henry Brulard*, dans *Œuvres intimes*, Bibliothèque de la Pléiade, 1955, p. 6 (passage cité par J. Rousset).

(12)　Stendhal, *Mélanges*, peinture, Cercle du Bibliophile, III, p. 7.

(13)　*Le Dictionnaire alphabétique et analogique de la langue française*, par Paul Robert, 1970.

(14)　*Trésor de La Langue Française, Dictionnaire de la langue du XIXe et du XXe siècle (1789-1960)*, Gallimard, XV, 1992 (I, 1971).

(15)　«Les bals sont des jours de bataille dans ces pays de puérille vanité, et négliger un avantage passe pour une affectation marquée.　On eût voulu que madame de Chasteller

portât des diamants ; la robe modeste et peu chère qu'elle avait choisie était un acte de *singularité* qui fût blâmé...» (*Lucien Leuwen*, chap. 15).

(16) «On brave le danger à la tête d'un escadron tout brillant d'acier, mais le danger solitaire, *singulier*, imprévu, vraiment laid ?» (*Le Rouge et le Noir*, II, chap. 14).

(17) «Lorsque Fabrice eut fait sa première communion, elle obtint du marquis, toujours exilé volontaire, la permission de le faire sortir quelquefois de son collège. Elle le trouva *singulier*, spirituel, fort sérieux, mais joli garçon, et ne déparant point trop le salon d'une femme à la mode....» (*La Chartreuse de Parme*, I, chap. 1).

(18) «Malgré tant de bonté, Julien se sentit bientôt parfaitement isolé au milieu de cette famille. Tous les usages lui semblaient *singuliers*, et il manquait à tous. Ses bévues faisaient la joie des valets de chambre.» (*Le Rouge et le Noir*, II, chap. 3).

(19) «Cette affaire est si importante pour nous que je pense que vous ne trouverez pas *singulier* que je vous supplie de me donner quelques détails sur les espérances que vous m'avez permis de concevoir.» (*Lucien Leuwen*, chap. 63).

(20) «(...) Maman, dit un jour Mina à sa mère, m'accorderais-tu d'aller passer trois mois à Paris dans une sorte d'incognito ? (...) ——Nous partirons quand tu voudras, ma fille, et je prendrai sur moi *le singulier* de cette résolution.» (*Le Rose et le Vert*, chap. 2).

(21) «Une singularité répétée à l'envie dès le début du récit sans qu'aucune explicitation n'en vienne préciser la nature ou la cause.» (Natalie Mori, Post-face de l'édition du Seuil, 1993).

(22) *Stendhal Concordances*, éditées par Jean-Jacques Hamm et Gregory Lessard. Olms-Weidmann (*Armance*, 1991 ; *le Rouge et le Noir*, 1998, 2 vol. ; *la Chartreuse de Parme*, 2000, 3 vol. ; *Lamiel*, 2004 ; *Lucien Leuwen*, 2005, 4 vol.) 参照。

(23) Stendhal, *Romans et Nouvelles*, texte établi et annoté par Henri Martineau, Bibliothèque de la Pléiade, Gallimard, 1956 et 1960, 2 vol.

(24) *Armance*, p. 12.

(25) Ibid., p. 184.

(26) 拙稿 «Idée de la singularité dans *Armance* de Stendhal».

(27) 近年 homosexualité のテーマも論議されているようだ。たとえば，*Armance*, édition de Jean-Jacques Labia, GF-Flammarion, 1994 参照。なお，この 2 つの『オリヴィエ』と『アルマンス』の関係については，次の 2 つの邦語論文が分析している。松原雅典「『アルマンス』の成立」(『スタンダールの小説世界』みすず書房，1999 年，所収。初出，1967 年)；高木信宏「『アルマンス』における主人公像の造型」(*STELLA*, 第 17 号，九州大学フランス語フランス文学研究会，1998 年)。

(28) Mme de Duras, *Olivier ou le secret*, texte inédit établi, présenté et commenté par Denise Virieux, José Corti, 1971, 309 p.

(29) Ibid., pp. 47, 48, 49.

(30) Ibid., notes 12, 41, 42, 45, 46, 47, 48, 51, 61, 65, 72, 85, 93, 99, 101, 109, 110, 112, 114.

(31) Ibid., p. 147. 「水晶の壁」Ces murs de cristal.

(32) *Armance*, p. 121. 「ダイヤモンドの壁」Ce mur de diamant.

(33) *Olivier ou le secret*, pp. 48, 49.

(34) *La Quotidienne*, 28 janvier 1826, citée par Pierre-Louis Rey, Presses Pocket, 1992, p.

244.
(35) *New Monthly Magazine*, 2 février 1826.
(36) *Olivier ou le secret*, p. 13.
(37) Stendhal, *Chroniques pour l'Angleterre. Contributions à la presse britannique*, Ellug, 1993, VII, p. 113.
(38) *Olivier ou le secret*, pp. 42, 43.　この両ページに引用された次の文献も参照のこと。Abbé G. Pailhès, *La duchesse de Duras et Chateaubriand*, Perrin, 1910.
(39) H. Martineau, *Le Cœur de Stendhal*, Albin Michel, 1953, II, p. 133.
(40) «conventions réciproques au sujet de la publication» (Stendhal, *Correspondance*, Bibliothèque de la Pléiade, 1967, II, pp. 99, 100).
(41) Henri de Latouche, *Olivier*, préface de Henri d'Alméras, Pour la société des médecins bibliophiles, 1924, 108p.　悪魔的イメージは，pp. 90, 91.
(42) *Olivier ou le secret*, p. 131 (singulière), p. 158 (singulièrement).
(43) Ibid., pp. 140, 146.
(44) Ibid., p. 173.　Voir aussi p. 227, note 85, allusion au chap. 19 d'*Armance*.
(45) Ibid., pp. 188, 189.
(46) *Armance*, pp. 99, 146, 223, 226.　この作品中では，bizarre が 9 回，bizarrerie が 5 回用いられている。
(47) *Olivier ou le secret*, p. 148.
(48) *Armance*, pp. 31, 32.　『アルマンス』のこの文章が『オリヴィエ』書簡 XIV の校註で引用されている。*Olivier ou le secret*, p. 216, note 46.
(49) 『アルマンス』における「孤独」に関する語彙 : seul 81, solitaire 6, solitude 11, isolé 4, isolement 3, etc.
(50) *Ourika*, [著者名なし], Ladvocat, 1824, 172p.
(51) «This is to be alone, this, this is solitude. Byron»
(52) *Ourika*, pp. 53, 54.
(53) *Edouard*, Pour la société des médecins bibliophiles, 1926, 177p.
(54) Ibid., pp. 2, 119, 143.　*Edouard* には次の語彙があることを指摘しておく。singulier, p. 115 ; singulièrement, pp. 19, 55 ; bizarrerie, p. 103.
(55) *Olivier ou le secret*, p. 214, note 39.　この作品の書簡 XII はルネに似た世紀病の感情に満ちている。Ibid., pp. 146, 147.
(56) 1826 年 1 月 3 日の書簡。Stendhal, *Correspondance*, Bibliothèque de la Pléiade, II, p. 79.
(57) *Dictionnaire universel du XIX*[e] *siècle*, Larousse, 1867 の bizarre の項参照。
(58) Stendhal, *Mélanges*, Cercle du Bibliophile, II, p. 152.
(59) De Ségur, phrase citée dans *Larousse du XIX*[e] *siècle*.
(60) G. Blin, ouvrage cité, 2001, p. 163.
(61) *Racine et Shakespeare*, Cercle du Bibliophile, I, p. 30 ; II, p. 110.
(62) 形容詞 ridicule(s) の頻度比率（作品総ページ数÷頻度回数）の強い順に各作品を並べると，『リュシアン・ルーヴェン』(618÷128＝4.8)，『ラミエル』(151÷29＝5.2)，『パルムの僧院』(471÷64＝7.4)，『赤と黒』(481÷48＝10)，『アルマンス』(165÷15＝11) となり，『リュシアン・ルーヴェン』では 4.8 ページに 1 回，『アルマンス』

では 11 ページに 1 回使用されている。

(63) *Armance*, p. 114.

(64) *De L'Amour*, édition de H. Martineau, Garnier, 1959, p. 514, note 782. *Le Rameau de Salzbourg*, ibid., pp. 341-351.

(65) Ibid., pp. 397-400. Voir p. 517, note 796. Voir aussi G. Blin, ouvrage cité, p. 406.

(66) *Lucien Leuwen*, Cercle du Bibliophile, IV, p. 300 et pp. 317, 318.

(67) F.-M. Albérès, *Le naturel chez Stendhal*, Nizet, 1956, p. 411.

(68) Stendhal, *Correspondance*, édition de Victor Del Litto, Bibliothèque de la Pléiade, II, p. 109.

(69) *Romans et nouvelles*, Cercle du Bibliophile, p. 161. Voir aussi G. Blin, *Stendhal et les problèmes du roman*, José Corti, 1954, p. 153 sq.

(70) 拙稿 «Le theme de la singularité chez les heroines stendhaliennes», *Stendhal Club*, no. 74, 1977 ; «Le thème de l'étonnement dans *le Rouge et le Noir*», *Academia*, 1977.

(71) Jean Prévost, *La creation chez Stendhal*, Mercure de France, 1951, p. 228.

(72) Henri-François Imbert, «*Armance* et *Marguerite Aimond*», *Stendhal Club*, no. 29, 15 octobre 1965, pp. 9-16. 第 2 章註(11)参照。

(73) Prosper Mérimée, *Le Vase étrusque*, dans *Théâtre de Clara Gazul. Romans et Nouvelles*, Bibliothèque de la Pléiade, 1978, p. 516.

(74) Stendhal, *Romans et nouvelles*, Cercle du Bibliophile, p. VIII.

(75) *Dictionnaire des fréquences*, III, *Table des variations de frequences*, Didier, 1971, pp. 376-377. この辞典では，1789-1964 年の時期が 15 に区分され，1816-1832 年の時期，singulier は全期間中第 1 位，singularité は全期間中第 2 位の頻度である。

(76) Gustave Lanson, *Histoire de la littérature française*, Hachette, 1951, p. 1014 ; H. G. Schenk, *The mind of the european romantics. An essay in cultural History*, Constable, 1966, p. 15 (chap. The Emphasis on Singularity).

(77) Georges Gusdorf, *Le romantisme*, II, Payot, 1993, p. 12.

(78) Jean-Paul Sartre, *L'idiot de la famille*, Gallimard, 1971, 1, pp. 7-8. Voir aussi *L'Universel singulier*, dans *Situations IX*, Gallimard, pp. 152-190.

(79) Jean Starobinski, *Œil vivant*, Gallimard, 1961, p. 240 sq.

(80) Paul Ricoeur, *Philos. Volonté*, 1949, p. 404 (phrase citée dans *T.L.F.*).

第 2 章　スタンダールにおける近代ロマネスクの形成

(1) 刊行時の書評は次の書に全文収録されている。*Stendhal sous l'œil de la presse contemporaine (1817-1843)*, textes réunis et publiés par Victor Del Litto, Champion, 2001, pp. 357-480.

(2) Stendhal, *Chroniques pour l'Angleterre*, Ellug, 1993, VII, p. 112 sq.

(3) *Armance*, dans *Stendhal*, édition de Michel Crouzet, Robert Laffont, pp. 1009, 1010. この版は，次の研究成果を取り入れている。V. Del Litto, «Stendhal lecteur d'*Armance*», *Stendhal Club*, no. 71 et no. 72, 15 avril et 15 juillet 1976. なお，『アルマンス』と『クレーヴの奥方』との関係については，M. Crouzet, «Pour une lecture d'*Arman-*

ce», dans *Stendhal*, Robert Laffont, p. 811 ; *Armance*, édition de Georges Blin, La Revue Fontaine, 1946, pp. XLI–LIV.

(4) *Œuvres intimes*, Bibliothèque de la Pléiade, 1982, II, p. 412.

(5) *Ourika*, Ladvocat, 1824, 172p.

(6) *Edouard*, Ladvocat, 1825（刊行百周年記念版として *Edouard*, préface de Sainte-Beuve, Pour la société des médecins bibliophiles, 1925, 180p.）.

(7) Stendhal, *Chroniques pour l'Angleterre*, publications de l'Université de Grenoble, II, p. 201 ; III, p. 205 ; VI, p. 53（註(14)参照）.

(8) Ibid., II, p. 217.

(9) Ibid., VII, p. 110 sq.

(10) Ibid., VI, p. 53 et pp. 81–85.

(11) キュビエール夫人の 1822 年の小説。この小説と『アルマンス』の関係については次の研究参照。H.-F. Imbert, «"Armance" et "Marguerite Aimond"», *Stendhal Club*, 15 octobre 1965. 筆者アンベールは，この小説を材源とはみなしていないが，繊細な心理を描く類似点をあげ，帝政貴族に属する著者とその夫の出自から，作品にボナパルティスト的，自由主義的色彩を読み取っている。文体の上では，形容詞サンギュリエの使用を指摘するが，スタンダールの文脈とは違う，としている。

(12) Stendhal, *Correspondance*, Bibliothèque de la Pléiade, II, p. 79.

(13) この点については次の文献参照。M. Crouzet, «Comment et pourquoi Stendhal est-il devunu romancier ?», dans *Le roman stendhalien*, Paradigme, 1996, p. 219 ; Yves Ansel, «Introduction», dans *Stendhal, Œuvres romanesques complètes*, Bibliothèque de la Pléiade, 2005, p. LV.

(14) 『英国通信』として次の版を用いる。*Chroniques pour l'Angleterre*, textes choisis et commentés par K. G. McWatters, traduction et annotation par Renée Denier, publications de l'Université des langues et lettres de Grenoble, 1980–1995, 8 tomes（9 vol.）. 『英国通信』については，第 5 章「はじめに」参照。

(15) Henri-François Imbert, *Les métamorphose de la liberté ou Stendhal devant la Restauration et le Risorgimento*, José Corti, 1967, pp. 385–388.

(16) G. de Bertier de Sauvigny, *Au soir de la Monarchie. Histoire de la Restauration*, Flammarion, 3ème éd., 1955, p. 371 sq.

(17) 井上幸治編『フランス史』山川出版社，1977 年，351 ページ（喜安朗担当，第 6 章）。なお，*Armance*, édition de Georges Blin, La Revue Fontaine, 1946, p. 23, note 3 および *Armance*, édition de Pierre-Louis Rey, Presses Pocket, 1992, pp. 253–256（un point d'histoire. La loi sur Le milliard des émigrés）は，短いが内容の濃い説明をしている。

(18) 小林正／冨永明夫訳（『スタンダール全集』第 5 巻，人文書院）。以下同じ。

(19) スタンダールは，1828 年 6 月 6 日，ブッチ本『アルマンス』第 7 章に，作品に関するノートを書きつけている。『クレーヴの奥方』に似た『アルマンス』が理解されていないことを嘆きながら，「この小説のプランほど単純なものがあるだろうか？」と述べ，「自分を不能者と感じるゆえに心を乱し狂おしく」なった人物を主人公とするこの小説のプラン 11 ヶ条を示している。その冒頭は次の通りである。「二百万の金が入る。1. すべてについて誠実率直に語りうる唯一の女に軽蔑されていると感じる。2. この尊敬を回復しようとつとめる。このことは，彼が愛し，また自分では気づかずに，

相手に愛をいだかせるに，絶対に必要な条件なのだ。(……)」(生島遼一訳)。Cf. *Armance*, dans *Stendhal*, Robert Laffont, 1980, p. 1012. 『スタンダール全集』第5巻の解説（生島遼一）に翻訳がある。このように，1828年に作品を読み直したときスタンダールは，賠償法による200万フランをプラン1以降の心理的ドラマの展開を助ける前提条件としてのみとらえていたことがわかる。

(20) *Chroniques*, V, p. 79, *London Magazine*. 1825年1月18日付記事。

(21) Ibid., IV, pp. 289, 291, *London Magazine*. 1825年2月号。

(22) Ibid., III, p. 241, *Correspondance inédite de Stendhal* par Romain Colomb, 1855.

(23) Ibid., V, p. 113.

(24) Ibid., III, pp. 92, 93.

(25) Ibid., V, p. 369. 1825年11月18日付記事。

(26) 『アルマンス』と『英国通信』で，数字の違いが見られることがある。次の文献を参照。*Armance*, dans *Stendhal*, Robert Laffont, 1980, p. 825, note 4.

(27) M. Crouzet, *Stendhal ou Monsieur Moi-même*, Flammarion, 1990, p. 423 (cf. p. 421 sq).

(28) 『アンリ・ブリュラールの生涯』桑原武夫／生島遼一訳，岩波文庫，上，42，43，58ページ。以下同じ。

(29) *Armance*, dans *Stendhal*, Robert Laffont, 1980, pp. 1011, 1015. スタンダールは，1828年のブッチ本メモで二度ピストルの絵を描き，1826年10月の自殺の危機を回想している（Stendhal, *Œuvres intimes*, Bibliothèque de la Pléiade, 1982, II, pp. 97, 101)。また，1821年には，マチルドへの報われない恋から自殺の誘惑があったが，「政治に対する好奇心」によって救われた，と自伝で述べている。『エゴチスムの回想』冨永明夫訳，冨山房百科文庫，1977年，8，9ページ。

(30) 西川長夫「「遺書小説」としての『アルマンス』」(『スタンダールの遺書』白水社，1981年，所収)。なお，1826年のクレマンチーヌの危機とマチルドについては，Kichiro Kajino, *La création chez Stendhal et chez Mérimée. Du romantisme à la première création romanesque*, Jiritsu Shobo, 1980, pp. 341-404. また，クレマンチーヌについては，松原雅典『スタンダール・愛の祝祭――『赤と黒』をつくった女たち』(みすず書房，1994年)。

(31) Stendhal, *Œuvres intimes*, II, p. 83.

(32) 『ルソー全集』第9巻，第10巻，白水社，1979，1981年（『新エロイーズ』松本勤訳)。*La Nouvelle Héroïse*, Bibliothèque de la Pléiade, 1964, p. 377 sq.

(33) モンテーニュ『エセー』第2巻第3章における自殺正否論を想起させる議論である。Voir aussi *La Nouvelle Héroïse*, p. 378, note 2 (annotation de Bernard Guyon).

(34) 作品『リジモン』(1838年9月4日付）は1855年，「自殺療法」remède au suicide というスタンダールが書いたものではない言葉を添えて刊行される。Voir Stendhal, *Journal littéraire*, Cercle du Bibliophile, 1970, III, p. 193 sq.

(35) Stendhal, *Œuvres intimes*, II, pp. 83-87. これらの読書メモのうち，11月2日のメモは，次の版の註に引用されている。*Armance*, édition de Jean-Jacques Labia, GF-Flammarion, 1994, p. 281, note 243.

(36) *Armance,* La Revue Fontaine, 1946, pp. LIV, LV.

(37) スタンダールのイギリス寄稿記事を集めた校訂版 *Chroniques pour l'Angleterre*, 1980-

1993, 9 vol. は戦前の校訂版 *Courrier Anglais*, 1935-1936, 5 vol. に較べ，*Athenaeum* への寄稿記事を 17 から 8 に減らしている。戦前の版には，スタンダール執筆以外のものが含まれていたとの判断による。

(38) Louis-Henri Loménie de Brienne (1635-1698), *Mémoires du comte de Brienne*, Ponthieu, 1828. Cf. *Chroniques*, VII, pp. 105, 153.

(39) *Mémoires d'une contemporaine* (Madame de Saint-Elme), Ladvocat, 1828. Cf. *Chroniques*, VII, pp. 105, 153.

(40) Stendhal, *Contre la tendance industrielle du siècle* (article publié dans *Le Gymnase*, 31 juillet 1828), dans Stendhal, *Mélanges*, journalisme, Cercle du Bibliophile, II, pp. 211-212.

(41) *Chroniques*, VII, pp. 105, 155.

(42) *Le National*, 19 février 1830, dans Stendhal, *Mélanges*, journalisme, II, pp. 221-224.

(43) K. G. McWatters, *Stendhal, lecteur des romanciers anglais*, Grand Chêne, 1968, p. 80.

(44) M. Crouzet, «Comment et pourquoi Stendhal est-il devenu romancier ?», dans *Le roman stendhalien. La Chartreuse de Parme*, Paradigme, 1996, p. 333.

(45) V. Del Litto, *Comment Stendhal travaillait*, dans *Le Rouge et le Noir*, Le Livre de Poche, 1972, pp. 578-579.

近年の研究書，校訂版をいくつかあげておく（刊行順）。M. Crouzet, *Le Rouge et le Noir. Essai sur le romanesque stendhalien*, P.U.F., 1995 ; *Le Rouge et le Noir*, édition de Michel Crouzet, Le Livre de Poche, 1997 ; *Le Rouge et le Noir*, édition d'Anne-Marie Meininger, Folio, 2000 ; Yves Ansel, *Stendhal littéral, Le Rouge et le Noir*, Kimé, 2001 ; Stendhal, *Œuvres romanesques complètes*, I, édition établie par Y. Ansel et Philippe Bertier, Bibliothèque de la Pléiade, 2005.

『赤と黒』の作品生成については，Nobuhiro Takaki, «L'hypothèse du voyage à Grenoble en 1828 : précision sur la genèse du Rouge et le Noir», *H.B.*, no. 7-8, 2003/2004. 高木信宏「『赤と黒』における＜聖堂＞——第 1 部第 18 章の制作をめぐって」（*STELLA*，第 23 号，九州大学フランス語フランス文学研究会，2004/2005 年）；「『ジュリアン』のアイディア」（*STELLA*，第 24 号，2005 年）。

(46) 拙稿「Stendhal の一八二九・三〇年の中篇小説 *Le coffre et le revenant, Mina de Vanghel, Le philtre* と *Le Rouge et le Noir* 第 1 部 30 章の問題——*Le Rouge et le Noir* 創作に関するひとつの仮説」（「フランス語・フランス文学研究」no. 23, 1973 年）。

(47) Stendhal, *Romans et nouvelles*, Cercle du Bibliophile, 1970, p. 161.

(48) G. Blin, *Stendhal et les problèmes du roman*, José Corti, 1954, p. 153 sq. ; Richard Bolster, *Stendhal, Balzac et le féminisme romantique*, Minard, 1970, p. 183 ; Lee Brotherson, «Le problème de l'étranger dans *Le Rouge et le Noir*», *Stendhal Club*, no. 57, p. 57. 特に「視点」point de vue については，Jean Prévost, *La création chez Stendhal*, Mercure de France, 1951, p. 253 ; Claude-Edmonde Magny, *L'âge du roman américain*, Seuil, 1948, p. 83.

(49) M. Crouzet, *Le Rouge et le Noir. Essai sur le romanesque stendhalien*, P.U.F., 1995, pp. 59, 62.

(50) Ibid., pp. 60, 61.

(51) *Stendhal Concordances de Le Rouge et le Noir*, éditées par Gregory Lessard et Jean-Jacques Hamm, Olms-Weidmann, 1998, 2 vol.

(52) *Le Rouge et le Noir*, Classiques Garnier, 1973, pp. 26, 27. 邦訳『赤と黒』I（大岡昇平訳），II（古屋健三訳），講談社，1971 年。

(53) *Le Rouge et le Noir*, p. 529, notes 1 et 2 (pour chap. VI).

(54) Jules C. Alciatore, «Stendhal et La princesse de Clèves», *Stendhal Club*, no. 4, juillet 1959, pp. 281-294.

第 3 章　叙事詩的冒険から近代ロマネスクへ

(1) 本章の使用テキストは，*La Chartreuse de Parme*, texte établi, annnoté et préfacé par Ernest Abravanel, Cercle du Bibliophile, 1969, 2 vol. 文中の訳文は大岡昇平訳『パルムの僧院』（新潮文庫，上：1986 年，下：1985 年）による。

(2) Stendhal, *Œuvres intimes*, Bibliothèque de la Pléiade, 1982, II, pp. 324, 326, 338, 341, 360.

(3) Jean-Pierre Richard, *Littérature et sensation*, Seuil, 1954.

(4) Gilbert Durand, *Le décor mythique de «La Chartreuse de Parme»*, José Corti, 1961, p. 133 sq.

(5) ミハイル・バフチン『叙事詩と小説』新現代社，1982 年，225 ページ以下（「叙事詩と長篇小説」川端香男里訳）。

(6) *La Chartreuse de Parme. Exemplaire interfolié Chaper*, préface, transcription et notes par Victor Del Litto, Cercle du Livre précieux, 1966, 131p.（シャペール本復刻本の註釈篇）。

(7) Ibid., préface, p. 14 sq.

(8) Gilbert Durand, préface pour *Stendhal et Milan* par Annie Collet, José Corti, 1986-1987, 2 vol.

(9) *La Chartreuse de Parme*, préface, commentaire et notes de V. Del Litto, Le Livre de Poche, 1983, p. 680.

(10) Ibid., p. 30, note.

(11) G. Durand, ouvrage cité. pp.40-42. ベアトリス・ディディエにも同じ指摘あり。*La Chartreuse de Parme*, Folio, 1972, p. 589.

(12) *La Chartreuse de Parme*, édition de Henri Martineau, Classiques Garnier, 1961, p. 540, note 43.

(13) Robert André, *Ecriture et pulsions dans le roman stendhalien*, Klincksieck, 1977, 192p. ; Micheline Levowitz-Trew, *L'amour et la mort chez Stendhal. Métamorphoses d'un apprentissage affectif*, Grand Chêne, 1978, 197p.

(14) V. Del Litto, préface au *Symbolisme stendhalien*, Arts-Cultures-Loisirs, 1986.

(15) たとえば，レヴィ＝ストロースの神話研究におけるユング批判など。吉田敦彦他著『神話学の知と現代』（河出書房新社，1984 年，54 ページ）参照。

(16) Otto Rank, *Der Mythus von der Geburt des Helden*, Franz Deuticke, 1922（初版 1909）. 邦訳『英雄誕生の神話』野田卓訳，人文書院，1986 年。本書と『パルムの僧

院』については，大岡昇平『女性と文学の誕生』（新潮社，1982年）中の「母と妹と犯し——文学の発生についての試論」に詳しい。

(17) フロイト「ノイローゼ患者の出生妄想」『フロイト著作集』第3巻（人文書院，1969年）参照。

(18) G. Durand, ouvrage cité, p. 88.　エリアーデ『生と再生——イニシエーションの宗教的意義』（堀一郎訳，東京大学出版会，1971年）は，イニシエーションを三つの型，すなわち（1）集団儀礼，（2）秘儀集団加入礼，（3）神秘的召命に分けている（16ページ以降）。

(19) Béatrice Didier, postface à *La Chartreuse de Parme*, Folio, 1972, p. 593 sq.

(20) エリアーデ，前掲書，28ページ以降。

(21) Mairit Nordenstreng-Woolf, «Waterloo. Etude sur le troisième chapitre de *La Chartreuse de Parme*», *Stendhal Club*, no. 63, 15 avril 1974, pp. 230-242.

(22) *La Chartreuse de Parme*, Cercle du Bibliophile, I, p. 101.

(23) G. Durand, ouvrage cité, p. 171 ; B. Didier, postface à *La Chartreuse de Parme*, p. 597 ; 西川長夫「『パルムの僧院』における「牢獄」」（『ミラノの人スタンダール』小学館，1981年）; Jean Defoix, «Amour et citadelle», dans *Le symbolisme stendhalien*, 1986, pp. 189-199.

(24) スタンダールは後になって，『僧院』創作時の困難事のひとつとして「主人公の恋が作品第2部にしか現れないこと」を挙げている（『ラミエル』原稿メモ，1840年5月25日付）。

第4章　未完のロマネスク

(1) *Lamiel*, Le Divan, 1928, préface de Henri Martineau, p. 11.　日本におけるこの作品の翻訳を列挙すると，『ラミエル』中島健蔵訳，竹村書房，1936年（『スタンダール選集』第1巻)。『恋を追う女・ラミエル』大久保和郎訳，新人社，1948年。『ラミエル』大久保和郎訳，角川文庫，1961年。『ラミエル』生島遼一／奥村香苗訳，人文書院，1969年（『スタンダール全集』第6巻『イタリア年代記』)。なお，作品解題として，生島遼一「『ラミエル』について」，創作メモ翻訳として，「付録」生島遼一訳が添えられている。研究として，松原雅典「『ラミエル』の問題」（『スタンダールの小説世界』みすず書房，1999年。初出，1988年）。

(2) Jean Prévost, *Essai sur les sources de Lamiel*, Imprimeries réunies, 1942, p. 7 sq.

(3) *Lamiel*, roman inédit publié par Casimir Stryienski, Librairie Moderne, 1889.

(4) *Lamiel*, texte établi et annoté par H. Martineau, Le Divan, 1928.

(5) *Lamiel*, edition de Victor Del Litto, Rencontre, 1962.

(6) *Lamiel*, texte établi, annoté et préfacé par V. Del Litto, Cercle du Bibliophile, 1971.

(7) *Lamiel*, texte établi par V. Del Litto, notes et notices de Michel Crouzet, dans *Stendhal*, Robert Laffont, 1980.

(8) *Lamiel*, edition d'Anne-Marie Meininger, Folio, 1983. Voir notamment la notice, p. 323 sq.

(9) *Lamiel*, édition critique présentée, établie et annotée par Jean-Jacques Hamm, GF-

Flammarion, 1993.

(10) この章では，使用テキストとしてはビブリオフィル版『ラミエル』(1971 年) を用いている。しかしながら，学会論文集『最晩年のスタンダール 1837-1842』(2000 年) におけるセルジュ・ランケス「『ラミエル』の原稿――謎の終りか？」の発表により，1839 年 10 月にイタリアで作られたとされていた原稿約 80 ページが，5 月にパリで作られた口述筆記稿だったことが判明した（第 12 章参照)。これは『ラミエル』創造過程の研究の上でまことに重大な発見である。この結果，ビブリオフィル版の原稿配列にも，5 月の口述筆記稿の内容がはっきりした段階で変更が生じることになろう。本章においても，1993 年の初出論文で 4 段階に分けていた草稿の段階を，(1) (2) の 2 段階に変更した。ただし，「『ラミエル』研究」(1993 年) では，スタンダールのメモによる推論から，「1839 年 5 月の段階で部分的にせよ執筆を開始していたのではないか」として「5 月の初稿着手」を主張しており，ランケス論文の研究成果を予測したかたちとなっている（本章第 2 節参照)。2001 年にフランスで刊行した拙著でも，5 月初稿の存在を推測し，それに従って調査を展開している。2001 年の著書では，最後の段階で，ランケス論文が掲載されている『最晩年のスタンダール』(2000 年) を入手したため，記述に変更を加えることができなかった。ビブリオフィル版『ラミエル』とランケス論文の関係については，次の論文に言及がある。高木信宏「『ラミエル』における社会諷刺」(*STELLA*，第 21 号，九州大学フランス語フランス文学研究会，2002/2003 年，123 ページ)。

(11) Alain, *Stendhal*, P.U.F., p. 66 (cité par F. W. J. Hemmings. Voir notre note 14).

(12) J. Prévost, *La création chez Stendhal*, Gallimard (Idées), 1974 (1951), p. 28.

(13) *Lucien Leuwen*. Texte de Victor Del Litto, Le Livre de Poche, 1973, p. XVIII (*Comment Stendhal travaillait*).

(14) F. W. J. Hemmings, «A propos de la nouvelle édition de *Lamiel*. Les deux *Lamiel*. Nouveaux aperçus sur les procédés de composition de Stendhal romancier», *Stendhal Club*, no. 60, 15 juillet 1973, pp. 287-316.　この研究が，1973 年の研究状況のなかで書かれたものであることは充分に考慮しなければならない。

(15) Ibid., p. 289.

(16) Ibid., p. 290 (*Journal*, Cercle du Bibliophile, V, p. 108).

(17) *Lamiel*, Cercle du Bibliophile, p. 3 sq. *Lamiel*, Folio, p. 226 sq. Stendhal, *Œuvres intimes*, edition établie par V. Del Litto, Bibliothèque de la Pléiade, II, p. 385 sq.

(18) この旅行は確認されていないが，スタンダールは 5 月 5 日，18 日の 2 回，ノルマンディ地方の Honfleur の名を出している。Voir *Œuvres intimes*, II, p. 348 ; *Lamiel*, Cercle du Bibliophile, p. 11.

(19) メナンジェは，このプランを 5 月 9 日から 16 日の作とする。*Lamiel*, Folio, p. 228.

(20) 註(10)参照。

(21) *Lamiel*, edition de V. Del Litto, Rencontre, 1962, p. 13.

(22) Claude Liprandi, *Sur un personnage de «Rouge et Noir». La maréchale de Fervaques*, Grand Chêne, 1961, pp. 39-43.

(23) *Œuvres intimes*, II, p. 397 et note 2.

(24) *La Chartreuse de Parme. Exemplaire interfolié Chaper*, préface, transcription et notes par V. Del Litto, Cercle du livre précieux, 1966, p. 95.

(25) *Lamiel*, Cercle du Bibliophile, p. 113.

(26) Ibid., p. 159.

(27) Ibid., p. 5.

(28) Ibid., p. 40.

(29) *Œuvres intimes*, II, pp. 982-988.

(30) Ibid., p. 987 et note 3.

(31) *Lamiel*, Cercle du Bibliophile, p. 347.

(32) *Gazette des Tribunaux*, 13, 22, 23 avril et 12 mai 1839.

(33) J. Prévost, *Essai sur les sources de Lamiel*.

第5章　新聞を読むスタンダール (一)

(1) スタンダールの小説作品におけるフランス新聞の固有名詞としての引用回数は次の通りである。『アルマンス』7,『赤と黒』14,『リュシアン・ルーヴェン』87,『パルムの僧院』11,『ラミエル』16, であり, 生前刊行の3作品の回数が少ない。*Concordances d'Armance*, Weidmann, 1911 ; *Concordances de Le Rouge et le Noir*, Weidmann, 1998, 2 vol. ; *Index général*, Cercle du Bibliophile, 1974 による。

(2) Renée Dénier, «Les *Chroniques pour l'Angleterre* : quel journalisme ?», dans *Stendhal et la presse*, Recherches et Travaux, 1986, p. 25.

(3) Doris Gunnel, *Stendhal et l'Angleterre*, Bosse, 1909, 322p.

(4) Henri Martineau, *Courrier Anglais*, Le Divan, 1935, 5 vol.　この版の部分的再版として, Stendhal, *Lettres de Paris 1825*, Le Sycomore, 1983 ; Stendhal, *Esquisse de la société parisienne de la politique et de la littérature 1826-1829*, Le Sycomore, 1983.

(5) *Chroniques pour l'Angleterre*, textes choisis et commentés par K. G. McWatters, traduction et annotation par Renée Dénier, publications de l'Université des langues et lettres de Grenoble, 1980-1995, 8 tomes (9 vol.)（以下, *Chroniques* と略）.　この版のフランス文翻訳テキストのみ集めた版に次のものがある。Stendhal, *Paris-Londres, Chroniques*, édition établie par R. Dénier, Stock, 1997, 968p.　なお,『英国通信』を紹介した邦語研究としては次のものがある。小林正『『赤と黒』成立過程の研究』白水社, 1962年。邦訳としては, 梶野吉郎訳『イギリス通信抄』(『スタンダール全集』第10巻, 人文書院, 1973年)。

(6) René Bourgeois, «Du «Courrier Anglais» aux «Chroniques pour l'Angleterre»», *Stendhal Club*, no 140, 15 juillet 1993, pp. 348-351.

(7) R. Dénier, «La traduction. Présentation et méthode», dans *Chroniques*, I, 1980, p. 30. なお, 上記の R. Bourgeois の論文も参照のこと。

(8) たとえば, K. G. McWatters, «Introduction», dans *Chroniques*, II, pp. 12, 18.

(9) この時期の新聞の歴史については, Eugène Hatin, Charles Ledré をはじめとしていくつか優れたものがあるが, ここでは Pierre Albert, «La presse de la monarchie constitutionnelle», dans *Histoire littéraire de la France*, IV, première partie, Editions sociales, 1972, pp. 446-461 の簡潔な説明を挙げておく。

(10) 王政復古時代（1815-30年）のフランスの新聞に限定し, 雑誌は含まない。また, こ

の時期以外の新聞，雑誌，フランス以外の国の新聞，雑誌も含まない。新聞であるかどうかの判定および新聞名の表記は，*Chroniques*, VIII, Index, Ellug, 1995 の記述に従った。また，必要に応じて，E. Hatin, *Bibliographie historique et critique de la presse périodique française*, Anthropos, 1965 を参照した。また，32 という新聞の数は，スタンダールに当時のジャーナリズムにおける小新聞への関心が強かったことを示していると言えよう。

(11) 『ラシーヌとシェイクスピア』II，1825 年。『産業者に対する新しい陰謀について』1825 年。

(12) 作品中における固有名詞としての新聞名使用は『アルマンス』で 7 回，『赤と黒』で 14 回，普通名詞（journal, journaux など）としての使用は『アルマンス』8 回，『赤と黒』28 回（註(1)参照）。

(13) Guillaume de Bertier de Sauvigny, *La Restauration*, Flammarion, 1963, p. 365 sq. (Le règne de Charles X) ; Ch. Ledré, *La presse à l'assaut de la monarchie 1815-1848*, Kiosque, 1960, p. 68 sq.

(14) E. Hatin, ouvrage cité, pp. 355, 356. なお，E. Hatin, *Histoire de la presse*, VIII, p. 423 では，1827 年に 132 の新聞という記述あり。

(15) Ch. Ledré, ouvrage cité, p. 242.

(16) スタンダールのジャーナリズムについての研究書で，ルネ・ドロは，「立憲」紙に対するスタンダールの批判的態度を指摘している。René Dollot, *Stendhal journaliste*, Mercure de France, 1948, p. 48.

(17) *Chroniques*, IV, p. 297.

(18) Ibid., VI, p. 175.

(19) Ibid., VI, p. 177.

(20) G. de Bertier de Sauvigny, ouvrage cité, p. 193 ; Ch. Ledré, ouvrage cité, p. 61.

(21) *Armance*, Classiques Garnier, 1962, pp. 191, 192（以下，この版を使用).

(22) Ch. Ledré, ouvrage cité, p. 253.

(23) Eugène de Genoude (1792-1849). Cf. Henri Martineau, *Petit dictionnaire stendhalien*, Le Divan, 1948, p. 241.

(24) *Chroniques*, IV, pp. 285, 293 ; V, pp. 119, 139, 153, 209, 293.

(25) Ch. Ledré, ouvrage cité, p. 73.

(26) Saint-Acheul, *La Pandore*. Cf. *Armance*, pp. 191, 193 (cf. aussi notes). なお，Jean-Jacques Labia の解釈については後述。

(27) *Armance*, p. 13.

(28) *Armance*, avec une introduction et des notes par Georges Blin, la Revue Fontaine, 1946, 363p. (p. 318 sq., note 14).

(29) *Chroniques*, VI, p. 45 sq.

(30) Ibid., p. 74, note 2.

(31) *Armance*, p. 38. 第 2 幕の鍵を渡す場面とは，新婚の夜，新郎の年取った癈疾の軍曹が，新婦の Suzette に鍵を渡して引き下がる場面である。 Voir Michel Crouzet, *Armance*, dans *Stendhal*, Robert Laffont, 1980, p. 1020, note 3 (de p. 834).

(32) Scribe, *Le Mariage de raison*. Voir *Armance*, p. 38 et p. 276, note 98.

(33) *Chroniques*, VI, pp. 369, 371.

(34) この一節および，先に引いた「エトワール」紙に関する一節について，イギリスの研究者トムソン，その意見をうけてフラマリオン版の校訂者ラビアが，次のような解釈を与えている。すなわち，トムソンは，『アルマンス』解釈の新しい鍵として，アストルフ・キュスティーヌ侯爵が主人公オクターヴの人物像の原型である可能性を考えており，このキュスティーヌ侯爵の同性愛的行動を報じた「エトワール」紙その他の新聞に対する批判的反応が，作品中の上記二場面となって現れているというのである。Christopher W. Thompson, «Les clefs d'*Armance* et l'ambivalence du gênie romantique du Nord», *Stendhal Club*, no. 100, 1983, pp. 522-525 ; Jean-Jacques Labia, «Introduction», dans *Armance*, Garnier-Flammarion, 1994, pp. 17-18.

(35) Georges Blin, «Introduction», dans *Armance*, la Revue Fontaine, XIX.

(36) Victor Del Litto, «Préface», dans *Armance*, Rencontre, 1960, p. 17.

(37) *Armance*, p. 118.

(38) Grahame C. Jones, *L'ironie dans les romans de Stendhal*, Grand Chêne, 1966, p. 13.

(39) *Armance*, p. 118.

(40) M. Crouzet, *Armance*, p. 1026, note 1 (de p. 871). Voir aussi G. Blin, *Armance*, p. 349, note 16.

(41) *Armance*, p. 114.

(42) M. Crouzet, *Armance*, p. 1030, note 3 (de p. 869).

(43) M. Crouzet, «Stendhal et les petits journaux», dans *Stendhal et la presse*, textes réunis par Phippe Berthier, *Recherches et Travaux*, Hors série no. 4, 1986, p. 82.

(44) *Le Rouge et le Noir*, édition de P.-G. Castex, Classiques Garnier, 1973, p. 354 sq. (以下，この版を使用).

(45) Ibid., p. 39.

(46) Ibid., p. 65.

(47) *Lamiel*, Cercle du Bibliophile, 1971, p. 32 sq.　なお，中編『フェデール』のなかにも，成功のための有効な手段として，この新聞の購読をすすめる話が出てくるが，七月王政下のことであり，この新聞は正統王朝支持紙となっていたはずである。

(48) *Le Rouge et le Noir*, p. 242.

(49) Pierre-Georges Castex, «*Le Rouge et le Noir* et le ministère Polignac» (1973), dans *Horizons romantiques*, José Corti, 1983, pp. 66, 67.　さらに *Le Rouge et le Noir*, Classiques Garnier, 1973, p. 581 ; *Le Rouge et le Noir*, édition de M. Crouzet, Classiques de Poche, 1997, p. 252.

(50) *Le Rouge et le Noir*, p. 23.

(51) Ibid., p. 170.

(52) Ibid., p. 261.

(53) Ibid., p. 593, note 3 ; *Le Rouge et le Noir*, dans *Stendhal*, Robert Laffont, p. 951, note (de la page 192).

(54) E. Hatin, ouvrage cité, p. 370.

(55) スタンダール最後の任地名，または，この本の最初の所有者であるスタンダールの友人の名によりこう呼ばれる。最初の本格的校訂版のシャンピオン版（1923 年）以来，各校訂版はブッチ本を参照しているが，ガルニエ新版（1973 年）が全容をよくまとめている。

(56) *Le Rouge et le Noir*, p. 500 ; *Le Rouge et le Noir*, Classiques de Poche, 1997, p. 274. この後者の版で，Michel Crouzet は，un journal nouveau についての推測を行わず，スタンダールの増補部分に光をあてる校訂を行っている。

(57) *Le Rouge et le Noir*, p. 493.

(58) 第 7 章参照。

(59) *Le Rouge et le Noir*, p. 361.

(60) Ibid., p. 649 sq.

(61) Ibid., p. 621, note 8.

(62) *La Chartreuse de Parme*, édition de M. Crouzet, dans *Stendhal*, Robert Laffont, 1980, p. 415.

(63) Alexandre Andryane, *Les Mémoires d'un prisonnier d'Etat au Spielberg*, Ladvocat, 1837-1838, 4 vol.

(64) 『僧院』の牢獄の場面におけるこの『回想録』の影響については，H. Martineau (Classique Garnier), M. Crouzet (Robert Laffont) 各版の校註参照。

(65) 第 10 章参照。

(66) 「法廷新報」*La Gazette des Tribunaux*, 28, 29, 30 et 31 décembre 1827 ; 29 février 1828 にベルテ事件の記事あり。

(67) Anne-Marie Meininger et P.-G. Castex, «Le Marquis de La Mole et le Duc de Fitz-James», *Stendhal Club*, no 57, 15 octobre 1972, pp. 1-16.

(68) René Fonvielle, *Le véritable Julien Sorel*, Arthaud, 1971, fig. 23.

(69) *Le Rouge et le Noir*, pp. 360, 361.

(70) G. Blin, *Stendhal et les problèmes du roman*, José Corti, 1954.

(71) Robert Marquant, *Thiers et le Baron Cotta. Etude sur la collaboration de Thiers à La Gazette d'Augsbourg*, P.U.F., 1959, 537p.

(72) G. de Bertier de Sauvigny, ouvrage cité, p. 292.

(73) *Chroniques*, VI, p. 179.

(74) M. Crouzet, *Le Rouge et le Noir. Essai sur le romanesque stendhalien*, P.U.F., 1995, p. 29 sq.

(75) この作品については，古屋健三「文学者にとって現実とはなにか——「リュシアン・ルーヴェン」は政治小説か」(「三田文学」1967 年 7，8，9 月号)。

(76) Roland Cholet, *Balzac journaliste, le tournant de 1830*, Klinksieck, 1983, 655p. ; Honoré de Balzac, *Monographie de la presse parisienne*, 1843（新評論社より鹿島茂の翻訳［1986 年］あり）.

(77) Joëlle Gleize, *Le double Miroir. Le livre dans les livres de Stendhal à Proust*, Hachette, 1992, pp. 7-13.

第 6 章　新聞を読むスタンダール (二)

(1) ここでの司法関係の訳語は，『事典・現代のフランス』(大修館書店，1984 年) および『仏和大辞典』(白水社，1981 年) を参考とした。なお，ここで予告された記事内容の目次索引は，初年度 (1825 年 11 月 1 日より 1826 年 10 月 31 日) の終りに刊行

されるが，全体で63ページに及ぶ詳細な内容のもので，12章にわかれた分類索引とアルファベット順の項目索引を含む。ただし，後年（たとえば，1829-1830年）になると，アルファベット順のみになっている。

（2） Pierre Larousse, *Le grand dictionnaire universel du XIXe siècle*, 1872 (colonne : *Gazette des Tribunaux*).

（3） Eugène Hatin, *Histoire politique et littéraire de la presse en France*, Poulet-Malassis, 1859-1861, vol. 8, p. 423.

（4） *Histoire générale de la presse française*, P.U.F., 1969, II, pp. 86, 87.

（5） Louis Chevalier, *Classes laborieuses et classes dangereuses*, Plon, 1969 (1ère éd., 1958), 566p. 邦訳『労働階級と危険な階級』喜安朗／木下賢一／相良匡俊訳，みすず書房，1993年，475＋XXIIページ。

（6） 上掲訳書，7ページ。

（7） 同上，8ページ。

（8） 同上，111ページ。

（9） 同上，130ページ。

(10) *Histoire générale*, p. 286.

(11) Stendhal, *Chroniques pour l'Angleterre*, textes choisis et commentés par K. G. McWatters, traduction et annotation par Renée Dénier, publications de l'Université des langues et lettres de Grenoble, 1980-1995, 8 tomes (9 vol.). なお，『英国通信』の版本の歴史，内容については，第5章参照。

(12) *Chroniques*, VI, p. 179.

(13) Stendhal, *Correspondance*, Bibliothèque de la Pléiade, II, pp. 92, 95, 104.

(14) *Table générale des matières contenues dans La Gazette des Tribunaux*, 1ère année judiciaire (1er novembre 1825, au 31 octobre 1826), pp. 13, 27. 計11回の内容は，2月18日，25日，3月4日，12日，18日，19日，4月1日，8日，7月4日，17日，18日の各号である。

(15) Ibid., p. 27.

(16) Ibid., p. 13.

(17) *Gazette des Tribunaux*, 25 février 1826. Affaire en désaveu des enfants de la demoiselle Desmares よりM^{e} Hannequinの弁論の一部。«(...) La pudeur peut se trouver au théâtre ; je le désire (rire général)... je le veux.... Mais, toutes les comédiennes ne sont pas des vestales ; quelques-unes ont eu des erreurs... mademoiselle Desmares s'est placée parmi des exceptions ; elle n'a point attendu le mariage, le concubinage avait chez elle prévenu l'adultère, (...) la naissance d'une fille naturelle.»

(18) Stendhal, *Œuvres intimes*, Bibliothèque de la Pléiade, I, p. 660 sq.

(19) *Table générale des matières*, p. 32.

(20) *Chroniques*, VI, pp. 187, 189.

(21) *Gazette des Tribunaux*, 30, 31 mars ; 6, 16, 17 et 20 avril 1826.

(22) *Chroniques*, VI, p. 299.

(23) Michel Crouzet, «Stendhal et les petits journaux», dans *Stendhal et la presse*, *Recherches et Travaux*, 1986, p. 77.

(24) Ibid., p. 98, note 42. *Gazette des Tribunaux* 以外でこの事件に言及しているのは，

Nouveauté, 30 septembre 1826 ; *Figaro*, 14 juin 1827 ; *Frondeur*, 19 mai 1826.

(25) M. Crouzet, *Stendhal ou Monsieur Moi-même*, Flammarion, 1990, p. 424 sq.

(26) Stendhal, *Œuvres intimes*, Bibliothèque de la Pléiade, II, p. 91. このメモは，*The beauties of Shakespeare*, 1820 (Fonds Bucci) へのもの。

(27) Ibid., p. 91.

(28) ユルバック事件については，次の各号参照。*Gazette des Tribunaux*, 26, 27, 31 mai ; 6, 21, 24 juin ; 10, 28, 29 juillet ; 8, 25 août ; 11, 12 septembre 1827.

(29) *Gazette des Tribunaux*, 28, 29, 30 et 31 décembre 1827 (articles intitulés : Accusation d'assassinat, commis par un séminariste dans une église).

(30) *Le Rouge et le Noir*, édition de Perre-Georges Castex, Classiques Garnier, 1973, pp. LVIII, LIX.

(31) René Fonvieille, *Le véritable Julien Sorel*, Arthaud, 1971, 329p. なお，この著書を日本に紹介した次の文章がある。大岡昇平「『赤と黒』のモデルII」(『わがスタンダール』講談社文芸文庫，1989 年，所収。初出，1973 年)。

(32) Ibid., pp. 14, 15.

(33) Ibid., pp. 269, 270. 歴史家 P. Saint-Olive が発見し資料を 50 年間秘匿の条件でグルノーブル市立図書館に委託した。この事実を発表せざるをえなくなった事情も語られている。

(34) *Le Rouge et le Noir*, Classiques Garnier, 1973, p. LX. さらにこの序文では，スタンダールが，「ピラート」紙 (1830 年 5 月) からも 2 点，援用していることを指摘している。

(35) Ibid., p. LX et p. 666 (同記事収録). スタンダールがベルテ事件を知るきっかけになるという観点からこの記事に注目したのは，Nobuhiro Takaki, «L'hypothèse du voyage à Grenoble en 1828 : précision sur la genèse du *Rouge et le Noir*», *H.B.*, no. 7–8, 2003/2004, p. 171 (初出，*STELLA*，第 20 号，2001 年 9 月).

(36) *Promenades dans Rome*, dans Stendhal, *Voyages en Italie*, Bibliothèque de la Pléiade, 1973, pp. 1069–1080. 邦訳としては，『ローマ散歩』臼田紘訳，新評論，I：1996 年，II：2000 年 (ラファルグ事件，II，277–291 ページ)。

(37) Claude Liprandi, *Au cœur du «Rouge». L'affaire Lafargue et «Le Rouge et le Noir»*, Grand Chêne, 1961.

(38) P.-G. Castex, *"Le Rouge et le Noir" de Stendhal*, S.E.D.E.S., 1970, p. 41. さらに，両事件の研究の流れを明快に捉えた石川宏「『赤と黒』における源泉の問題——ベルテ事件，ラファルグ事件」(『スタンダール研究』白水社，1986 年，47–70 ページ)，また，ジュリアンのモデルとしての観点から両事件の主人公を詳しく検証した松原雅典「ジュリヤン・ソレル像の成立」(『スタンダールの小説世界』みすず書房，1999 年，113–142 ページ。初出，1978 年) がある。

(39) *Le Rouge et le Noir*, Classiques Garnier, 1973, p. 675.

(40) *Le Rouge et le Noir*, Classiques Garnier, 1973, p. XVI.

(41) Robert Vigneron, «Stendhal en Espagne» (1934), dans *Etudes sur Stendhal et sur Proust*, A.-G. Nizet, 1978, pp. 82–93 ; *Le Rouge et le Noir*, Classiques Garnier, 1973, p. XVI sq. Vigneron は日付の誤りなど錯綜するスタンダールのメモの記述を整理し，1829 年 9 月，10 月のスペイン，南フランスの旅を立証する。この旅におけるグルノ

ーブル滞在については，Henri　Martineau は，Grenoble～Marseille の順を考えるが（*Le Calendrier de Stendhal*, Le Divan, 1950, p. 242），Vigneron および P.-G. Castex は，順路という観点から，Marseille～Grenoble の順を支持している（*Le Rouge et le Noir*, Classiques Garnier, 1973, p. XVII, note 1）。

(42) Stendhal, *Œuvres intimes*, Bibliothèque de la Pléiade, II, pp. 105, 106.　これは Stendhal 蔵書（Fonds Bucci）の Bandello, *Novelle*, Milan, 1813, II へのメモである。

(43) *Le Rouge et le Noir*, Classiques Garnier, 1973, p. XVI.

(44) H. Martineau, *Le Calendrier de Stendhal*, Le Divan, 1950, p. 242.

(45) Stendhal, *Œuvres intimes*, II, p. 107 (3 décembre 1829).

(46) 註(41)参照。

(47) Stendhal, *Œuvres intimes*, II, pp. 567, 614, 635, 931 (chap. 4, 9, 10, 42).　スタンダールは，こうした記述で 1828 年とよく書くが，この版の校訂者 Victor Del Litto によると，これは 1829 年 10 月の誤りであり，南仏旅行の途次，グルノーブルに立ち寄ったのだ，ということである（同版，p. 1355, note 2 de p. 567)。他に，H. Martineau, *Le Calendrier de Stendhal*, p. 242.

(48) *Le Rouge et le Noir*, Classiques Garnier, 1973, p. 489.

(49) *Le Rouge et le Noir*, édition de H. Martineau, Classiques Garnier, 1960, p. 540, note 2.

(50) Abel Monnot, «*Le Rouge et le Noir* et la Franche-Comté», dans *Etudes comtoises*, Imprimerie de l'Est, 1946, pp. 155–185.

(51) *Le Rouge et le Noir*, Classiques Garnier, 1973, pp. XXI, XXII.　ただし，ブザンソンについてはあまり認めていない。

(52) Stendhal, *Œuvres intimes*, edition établie par V. Del Litto, Bibliothèque de la Pléiade, I, p. 726.　なお，この版の校訂者 V. Del Litto は，Dole と Verrières の関連に触れ，P.-G. Castex の論に言及している。Ibid., p. 1431, note 4 (de p. 726).　また，Stendhal の表記 le cours de Saint-Maurice（実際は，Saint-Mauris）についても註記を加えている。

(53) Pierre Larousse, *Le Grand Dictionnaire Universel du XIXe siècle*, 1872 (colonne : *Dôle*).　なお，Larousse も Stendhal 同様，Saint-Maurice と表記している。

(54) Vergy の名の検証については *Le Rouge et le Noir*, Classiques Garnier, 1973, p. 537, note 7.

(55) フランスに実在する他の Verrières の町名との関係については，Ibid., pp. 514, 515.

(56) Stendhal, *Voyages en France*, Bibliothèque de la Pléiade, 1992, p. 526（*Voyage en France*, Marseille, 15 juillet 1837).　なお，この版本にふくまれる諸作品の訳書として，『ある旅行者の手記』（山辺雅彦訳，2 巻，新評論，1983–1985 年）；『南仏旅日記』（山辺雅彦訳，新評論，1989 年）がある。

(57) Stendhal における Poligny については Stendhal, *Œuvres intimes*, I, 1981, p. 1432, note 3 (de p. 727, Journal 1811).　なお，Poligny については，冨永明夫「ふらんす手帖」14 号（1985 年）における考察があり，さらに滋味溢れる紀行文「ポリニー巡礼」(*Argo*, no. 14, 1992) がある。

(58) Stendhal, *Voyages en France*, p. 436.

(59) Ibid., p. 70 et p. 1007, note 3 (de p. 70).　ガイド・ブックについては，Ibid., pp. XVI,

XVII.

(60) 『赤と黒』と Claix の関係については，*Le Rouge et le Noir*, Classiques Garnier, 1973, pp. XXIV.

(61) Stendhal, *Œuvres intimes*, II, p. 105.

(62) Corneille, *Œuvres complètes*, Bibliothèque de la Pléiade, 1987, III, p. 307 sq. (*Sertorius*) ; p. 1442 sq. (Construction et signification de *Sertorius*).

(63) Ibid., p. 309.

(64) Serge Doubrovski, *Corneille et la dialectique du héros*, Gallimard, 1963, p. 345.

(65) Stendhal, *Œuvres intimes*, II, pp. 336, 337 (1er novembre 1838) ; p. 1167 (p. 307, C). Corneille, *Chefs-d'œuvre avec les remarques de Voltaire*, stéréotype d'Héran, an XIII-1805, 4 vol.

(66) Voltaire の Corneille 批判についての Stendhal の意見については，第 9 章，ヴォルテール『コルネイユ註釈』参照。

(67) Stendhal, *Œuvres intimes*, II, p. 296.

(68) Stendhal, *Correspondance*, Bibliothèque de la Pléiade, II, p. 172.

(69) Stendhal, *Les Chroniques pour l'Angleterre*, V, p. 117, p. 139, note 4 ; VI, p. 45, p. 47, p. 74, note 5, etc.

(70) 第 5 章参照。

(71) Stendhal, *Œuvres intimes*, II, p. 513

(72) 『ある旅行者の手記』山辺雅彦訳，新評論社，1983 年。

(73) Stendhal, *Voyages en France*, pp. 13, 301-305. *La Gazette des Tribunaux*, 2 février 1838.

(74) Ibid., p. 526. *La Gazette des Tribunaux*, 14 juillet 1837.

(75) Ibid., pp. 773, 774.　この小編の解釈については，pp. 1432-1436.

(76) *Lamiel*, Cercle du Bibliophile, 1971, p. 235.

(77) ルイ・シュヴァリエ『労働階級と危険な階級』みすず書房，30 ページ。

(78) Stendhal, *Romans et nouvelles*, Cercle du Bibliophile, 1970, p. 161.

第 7 章　『赤と黒』と「密書」事件

(1) 本章では，スタンダールの英国雑誌寄稿記事については『英国通信』旧版を用いている。第 5 章参照。

(2) この占領期間は，1815 年 11 月 20 日締結のパリ第 2 条約によるもので，フランスの東部，北部国境に，15 万の外国軍隊が 3 年から 5 年駐留し，年間費用 1 億 5 千万フランをフランスが負担することになっていた。

(3) 「水辺」とは，陰謀が協議されたチュイルリ宮のテラスを指す。

(4) Adolphe Paupe, *La vie littéraire de Stendhal*, Champion, 1913, pp. 55-58.

(5) Jules Marsan, note de l'édition Champion (cf. Edition Cercle du Bibliophile, tome 2, p. 595).

(6) Pierre Jourda, note de l'édition Fernand Roche, 1929, tome 2, p. 365. Alfred Massé, «La *Note secrète* du *Rouge* et la vérité historique», *Mémoires de la Société Académique du*

Nivernais, tome 36, 1944, pp. 97-116.

(7) Claude Liprandi, *Stendhal, le «Bord de l'eau» et la «Note secrette»*, Maison Aubanel Père, 1949.

(8) Alexandre Baudoin, *Anecdotes historiques du temps de la Restauration*, 1853.

(9) *La Note Secrette exposant les prétextes et le but de la dernière conspiration*, Libraire Baudoin, 1818, VII-58 p.

(10) Guillaume de Bertier de Sauvigny, *La Restauration*, Flammarion, 1963, p. 149.

(11) C. Liprandi, ouvrage cité, pp. 95, 102.

(12) C. Liprandi の著書（1949）以降で，「密書」事件に関して詳しい言及をしている『赤と黒』校訂版を挙げると，*Le Rouge et le Noir*, édition de Perre-Georges Castex, Classiques Garnier, 1973 (Introduction) ; *Le Rouge et le Noir*, dans *Stendhal*, édition de Michel Crouzet, Robert Laffont, 1980, p. 955 ; *Le Rouge et le Noir*, édition de M. Crouzet, Le Livre de Poche, 1997, pp. 372, 373 ; *Le Rouge et le Noir*, édition d'Anne-Marie Meininger, Folio classique, 2000, p. 801, note 1 (de p. 494) ; *Le Rouge et le Noir*, dans Stendhal, *Œuvres romanesques complètes*, 1, édition établie par Yves Ansel et Philippe Berthier, Gallimard, 2005, p. 1105.

(13) *Courrier Anglais*, III, p. 460.

(14) Ibid., III, p. 199 ; IV, p. 91.

(15) Ibid., II, p. 239 ; III, p. 286 ; IV, p. 90.

(16) Ibid., IV, p. 80.

(17) *Mélanges*, Cercle du Bibliophile, II, pp. 213-219.

(18) Louis Aragon は，1830 年の重要性を主張している。*La lumière de Stendhal*, p. 32.

(19) 資料は，次の 2 種類にわかれる。

(A) Henri-François Imbert が提出した資料(1)(2)(4)(10)(13)(18)の記事については，同氏の著書 *Les Métamorphoses de la liberté*, José Corti, 1967 の巻末参照。

(B) 筆者が提出した資料(3)(5)(6)(7)(8)(9)(11)(12)(14)(15)(16)(17)(18)(19)(20)(21)(22)(23)(24)(25)の記事については，拙稿「*La Note secrète du Rouge et le Noir——origine de l'affaire en 1830*」(「フランス語・フランス文学研究」白水社，1969 年）参照。ただし，両者共通の資料(18)については Imbert の著書参照。上記(B)の資料は，1967 年 7 月 1 日公開審査の博士論文中で発表されたものである。

(20) Daniel L. Rader, *The journalists and the July Revolution in France*, Martinus Nijhoff, 1973, ch. 2.

(21) Hyacinthe Azaïs, *La vérité entière sur la Charte et sur la crise actuelle*, A. Boulland, 1829, pp. 11-13. 他に，Alfred Nettement, *Histoire de la Restauration*, J. Lecoffre, 1872, VIII, p. 364.

(22) René Dollot, *Stendhal journaliste*, Mercure de France, 1948, p. 48.

(23) *Courrier Anglais*, III, p. 461.

(24) Le Divan 版全集索引による。「立憲」紙の重要性については *Courrier Anglais*, II, pp. 205, 291.

(25) *Philosophie transcendantale,* dans *Journal littéraire*, Cercle du Bibliophile, III, pp. 178-186.

(26) 2 月 3 日号については *Mélanges,* II, pp. 213-219, 2 月 12 日号については André

Doyon, «Un compte rendu inconnu des *Promenades dans Rome* en 1830», *Stendhal Club*, no. 40, 15 juillet 1968, pp. 309-313 参照。1830年におけるスタンダールと「タン」紙の関係については，A. Doyon et Yves Du Parc, *Amitiés parisiennes de Stendhal*, Grand Chêne, 1969, pp. 143-145 (chap. IV : *Le «Temps» retrouvé*).

(27) 修道会（大文字の Congrégation）が国政に容喙しているというのは王政復古時代後半における反政府派の主張であった。実際には，議員を多く擁していた聖信騎士団（Chevaliers de la Foi）と修道会（Congrégation）との混同がみられた。G. de Bertier de Sauvigny, *Un type de l'ultra-royaliste, le comte Ferdinand de Bertier et l'énigme de la Congrégation*, Les Presses Continentales, 1948, p. 397，あるいは同じ作者の *La Restauration*, 1963, p. 313. さらに修道会とイエズス会の同一視については，同じく，*La Restauration*, p. 382 参照。

(28) この事実は『赤と黒』シャンピオン版で最初に指摘された。

(29) Louis Aragon がおそらく最初にメッテルニヒ説をとなえた。次いで拙稿 «La *Note secrète* du *Rouge*», *Stendhal Club*, no. 41, 1968 で検討がなされ，P.-G. Castex もメッテルニヒ説をとっている。Garnier 版 624 ページ。

(30) 神聖同盟の明確な定義は G. de Bertier de Sauvigny, *La Sainte-Alliance*, Armand Colin, 1972, p. 6.

(31) G. de Bertier de Sauvigny, *Metternich et la France après le Congrès de Vienne*, 1968-1972, 3 vol. 参照。

(32) *Le Rouge et le Noir*, Classiques Garnier, 1973, p. 724（『スタンダール全集』第1巻，人文書院，1968年，582ページ）.

(33) G. de Bertier de Sauvigny, *Metternich et son temps*, Hachette, 1959 の年譜による。

(34) *Mémoires, documents et écrits divers laissés par le prince de Metternich*, Plon, 1882, V, p. 2.

(35) 「秘密政府」とは王政復古の初期，アルトワ伯を擁立して暗躍したヴィトロル，ポリニャックなどの過激王党派に対する呼び名で，この一派の策謀を攻撃した小冊子に Madier de Monjau, *Du gouvernement occulte, de ses agents et de ses actes*, 1820 がある。*Courrier Anglais*, IV, p. 80. および G. de Bertier de Sauvigny, *La Restauration*, p. 141 参照。

(36) Henri Martineau, *Le petit dictionnaire stendhalien*, Le Divan, 1948 (colonne : Mareste, Lingay).

(37) *Mille et une calomnies ou extraits de correspondances privées insérées dans les journaux anglais ou allemands pendant le ministère de M. le duc Decases*, 1822-1823, 3 vol. この外国通信のからくりに関しては，G. de Bertier de Sauvigny, *Le comte Ferdinand de Bertier*, p. 285 ; *La Restauration*, p. 148 ; H.-F. Imbert, ouvrge cité, p. 205.

(38) 「ガゼット・ド・ドーグスブール」(「アウクスブルク新報」) は独名 Allgemeine Zeitung で，社主のフォン・コッタ男爵は「立憲」紙の株主であり，この新聞の執筆者のティエールの才能を買い，1823年以来彼の記事を Allgemeine Zeitung に転載した，ということである。D. L. Rader, ouvrage cité, p. 20 および P.-G. Castex, Garnier 版序文，p. VLI.

(39) *Mémoires de Vitrolles*, Charpentier, III, 1884, p. 356.

(40) G. de Bertier de Sauvigny, *Metternich et la France*, III, pp. 1252–1258, 1336.

(41) グルノーブル市立図書館の『ミナ・ド・ヴァンゲル』原稿中に，執筆中の他の小説の章分けページ対照表が挿入してあった（原稿 R5896, tome VIII, fol. 214 bis）。その作品は『ミナ』執筆中の段階で，第 27 章 469 枚まで書き進んでいた。おそらく『赤と黒』第 1 部創作に関するものと推測される。拙稿 «La *Note secrète* du *Rouge*» 参照。

(42) 第 2 章参照。

(43) M. J. B. Férat, *Une révolution est-elle encore possible ?* （このパンフレットの作者フェラは，国務大臣フェラン伯爵の元秘書）.

(44) A. Massé, «La *Note secrète* du *Rouge*». H. Martineau, Garnier, 1960, p. 585. これに対し C. Liprandi は当時の言論状況から革命前執筆可能とする（ouvrage cité, p. 100）。

(45) Philippe Vigier, *La Monarchie de Juillet*, P.U.F., 1962, pp. 12–14 ; G. de Bertier de Sauvigny, *La Révolution de 1830 en France*, Armand Colin, 1970, pp. 37, 38, 57–61, 67, 68, 289 ; *Histoire générale de la presse française*, P.U.F., 1969, II, p. 97–99.

(46) Eugène Hatin, *Histoire politique et littéraire de la presse en France*, Slatkine Reprints, 1967, VIII, pp. 582–586, 594–597 ; Charles Ledré, *La presse à l'assaut de la Monarchie 1815–1848*, Armand Colin, 1960, pp. 96, 97, 133.

(47) E・アウエルバッハ『ミメーシス』篠田一士／川村二郎訳，筑摩叢書，下，210 ページ。

第 8 章 『リュシアン・ルーヴェン』と軍隊

(1) Stendhal, *Correspondance*, Bibliothèque de la Pléiade, 1967, pp. 559, 560 (lettre datée du 11 octobre 1833).

(2) Ibid., pp. 643, 644.

(3) 王政復古期，ヴェルサイユは，パリの秩序維持のため，パリ近郊に置かれた軍隊駐留地のひとつであった。André Corvisier, *Histoire militaire de la France,* 2 : *de 1715 à 1871*, sous la direction de Jean Delmas, P.U.F. (Quadrige), 1997 (1ère éd., 1992), p. 537.

(4) 本章では次の版をテキストに用い，以下 *Lucien Leuwen* と表記する。*Lucien Leuwen*, édition de Henry Debraye, préface de Paul Valéry, Cercle du Bibliophile, 1968, 4 vol. (Champion の復刻版).

(5) たとえば，H. Debraye, Avant-Propos (*Lucien Leuwen*, I, p. LXIV) ; Maurice Bardèche, *Stendhal romancier*, La Table Ronde, 1947, p. 244.

(6) Stendhal, *Œuvres intimes*, II, Bibliothèque de la Pléiade (Nuit du 8 au 9 mai 1834).

(7) Jean Prévost, *La Création chez Stendhal*, Mercure de France, 1951, p. 293.

(8) H. Debraye による指摘。Avant-propos (*Lucien Leuwen*, I, p. LXVI) ; *Racine et Shakspeare*, Cercle de Bibliophile, 1970, p. 98.

(9) 『リュシアン・ルーヴェン』の校訂版としては，前述のセルクル・デュ・ビブリオフィル版（第 2 巻は自筆稿第 1 章から第 25 章を収録）がある。他の重要な版として，*Lucien Leuwen*, édition de Michel Crouzet, Garnier-Flammarion, 1982, 2 vol. ; *Lucien Leuwen*, édition de Anne-Marie Meininger, collection de l'Imprimerie Nationale, 1982, 2 vol.

翻訳としては，島田尚一／鳴岩宗三訳『リュシアン・ルーヴェン』（桑原武夫／生島遼一編『スタンダール全集』３，４，人文書院，1969 年）および戦前初訳の小林正訳『緑の猟人（リュシアン・ルーヴェン）』（『新世界文学全集』16，17，河出書房，1940，1941）参照。

軍隊に関する研究としては，K. G. MacWatters, «*Lucien Leuwen* et l'armée impossible», dans *Lucien Leuwen. Le plus méconnu* ..., pp. 141–153 ; Fernand Rude, «Le complot lorrain d'avril 1834 et sa résonance dans *Lucien Leuwen*», *Stendhal Club*, no. 113, 15 octobre 1986, pp. 1–23 ; Geoffrey Woollen, «Officier et gentleman cherche emploi : Lucien Leuwen devant la grande peur de 1834», *Stendhal Club*, no. 114, 15 janvier 1987, pp. 184–196 ; Maurice Descotes, «La vie de garnison dans *Lucien Leuwen*», *Stendhal Club*, no. 118, 15 janvier 1988, pp. 165–170.

他に，1982 年以前の研究での軍隊言及については，次の研究が Girardet に言及している。Kenzo Furuya, «Des précisions sur quelques sources de *Lucien Leuwen*», dans *Communications présentées au Congrès Stendhalien de Civita-Vecchia*, Didier, 1966, p. 205.

『リュシアン・ルーヴェン』の軍隊，士官に関する考察としては，ミシェル・クルーゼによるガルニエ・フラマリオン版の校註（I, p. 349, note 50 ; p. 362, note 136）があり，1834 年 3 月の軍隊の共和主義について「ナショナル」紙の記事を参照している。

作品誕生の観点から（日本における研究を 2 点のみあげると，古屋健三「文学者にとって現実とは何か——スタンダール「ルシヤン・ルーヴェン」は政治小説か」（「三田文学」1967 年 7 月，8 月，9 月号），松原雅典「『リュシヤン・ルーヴェン』の成立」（「成蹊法学」1987 年。『スタンダールの小説世界』みすず書房，1999 年，所収）。作品の源泉と成立についての示唆的な文章としては，石川宏「小説家の跳躍台」（「朝日新聞」1978 年 6 月 1 日号）。

(10) Stendhal, *Correspondance générale*, édition de Victor Del Litto, Honoré Champion, 1997–1999, 6 vol. Lysimaque Tavernier の書簡については，Stendhal, *Correspondance inédite*, édition de V. Del Litto, CIRVI, 1994 参照。

(11) *Correspondance générale*, IV, pp. 3, 33, 48, 54, 75, 76.

(12) 「ナショナル」「立憲」「ヴォルール」紙については，Ibid., IV, pp. 142, 159, 230, 463, 483, 579, 618. 「フィガロ」紙については，Ibid., IV, pp. 280, 302, 304, 433.

(13) Ibid., IV, p. 269.

(14) Ibid., IV, p. 443.

(15) Ibid., IV, pp. 274, 483.

(16) Ibid., V, pp. 50, 90, 94, 122 (7 février ; 5 avril ; 11 avril ; 15 mai 1834).

(17) Ibid., V, p. 118 (6 mai 1834).

(18) Ibid., V, p. 181. 1834 年 6 月 17 日付リジマック書簡での「ナショナル」紙への言及。

(19) Standhal, *Œuvres intimes*, II, p. 197.

(20) Standhal, *Correspondance générale*, V, pp. 50, 90, 177.

(21) 紙名，掲載日は以下の通りである（ABC 順）。

「立憲」紙（*Le Constitutionnel*） 2 月 9，26 日号，3 月 2，5，6，7，8，11，13，15，18，19，22，24，26，27 日号，4 月 5，8，14，22 日号

「クーリエ・フランセ」紙（*Le Courrier français*） 3月26日号
「フィガロ」紙（*Le Figaro*） 4月7，8日号
「ガゼット・ド・フランス」紙（*La Gazette de France*） 4月2，4，13日号
「ナショナル」紙（*Le National de 1834*） 2月5日号，3月23，25，26，28日号
「コティディエンヌ」紙（*La Quotidienne*） 3月21，22，24，25，26，27，28，29，30日号，4月11日号（Revue des journaux）
「タン」紙（*Le Temps*） 3月13，22，24，25，26，27，29日号，4月2，5，6，8，11，12日号
「トリビューヌ」紙（*La Tribune*） 3月26，28日号，4月3，6日号

(22) *Lucien Leuwen*, II, p. 12. 以下，筆者訳による。

(23) Ibid., p. 338.

(24) *Grand Dictionnaire universel du XIXe siècle,* par Pierre Larousse (colonne : *Lamarque*).

(25) *Le National de 1834*, 26 mars 1834.

(26) Guy Antonetti, *Louis-Philippe*, Fayard, 1994, p. 707 sq.

(27) *Lucien Leuwen*, II, p. 338.

(28) *Lucien Leuwen,* I, édition de M. Crouzet, Garnier-Flammarion, 1982, p. 349, note 50 ; Pierre Chalmin, *L'officier français de 1815 à 1870*, Marcel Rivière, 1957.

(29) *Le National de 1834*, 5 février 1834 (Projet de la loi sur l'Etat des officiers).

(30) *Le Temps*, 22, 28 mars ; 6, 8, 11, 12 avril.

(31) *La Tribune*, 28 mars 1834 (De l'avancement actuel dans l'armée).

(32) Duc d'Orléans (Ferdinand). ルイ・フィリップの長子（1810-1842)。1832年，アントワープ攻囲戦指揮，のちアルジェリアで戦う（*Petit Robert,* II)。スールト元帥と密接な関係にあり，親しい文通を行っていた。Cf. Duc d'Orléans, *Lettres 1825-1842*, publiées par ses fils le comte de Paris et le duc de Chartres, Calmann Lévy, 1889.

(33) *Lucien Leuwen*, II, p. 11

(34) A. Corvisier, ouvrage cité, p. 448. この軍事史によると，1818年のグビョン・サン・シール法による士官任官の条件のひとつは，2年間軍関係の学校に在籍し，所定の成績を修めることである。

(35) *Lucien Leuwen*, II, p. 12.

(36) R. Girardet, *La Société militaire dans la France contemporaine, 1815-1839*, Plon, 1953, p. 64 sq., citées par M. Crouzet dans *Lucien Leuwen*, Garnier-Flammarion, I, p. 349, note 50.

(37) *Lucien Leuwen*, II, pp. 94, 95.

(38) *Le Moniteur universel*, 24 mars 1834.

(39) *Lucien Leuwen*, II, p. 94.

(40) Ibid., I, p. 113.

(41) Ibid., II, p. 96. 『19世紀ラルース辞典』の記述によると，少尉の1819年以降の年俸は1200フランとのことである（sous-lieutenant の項)。

(42) *La Quotidienne*, 22 mars 1834. *Le Moniteur universel*, 23 mars 掲載の各中隊騎乗者は113名となっている。

(43) *Lucien Leuwen*, II, p. 79.

(44) *La Quotidienne*, 26 mars 1834. なお，これは，*Le Temps*, 23 mars 1834 の上院議事録のなかのドゥジャン将軍の発言を要約したものである。同じ議事録は，*Le Moniteur universel*, 23 mars 1834 が最も詳しくドゥジャン発言も 170 行程度の長さで収録されているのに対し，「タン」紙はわずか 15 行程度であり，「コティディエンヌ」紙は 40 行程度に増幅し，自らの見解を付け加えている。

1831 年から 1832 年にかけての，ベルギー独立に伴うオランダ軍の侵入とフランス，イギリスの介入については，*Histoire générale*, sous la direction de E. Lavisse et A. Ranbaud, Armand Colin, 1898, X, p. 360 sq.（A. Waddington, *Le Royaume de Belgique, 1830–47*）; A. Corvisier, ouvrage cité, p. 504.

(45) *Lucien Leuwen*, II, p. 30, 31.

(46) Ibid., p. 33.

(47) *La Quotidienne*, 19 mars 1834.

(48) *Le Temps*, 5 et 13 mars 1834.

(49) *La Quotidienne*, 21 mars 1834. 同紙 3 月 30 日号にも同様の記事あり。

(50) *Lucien Leuwen*, II におけるこれらの語の使用は次の通りである（総計 28 回）。
Républicain（名詞）, pp. 5, 6, 7, 12, 15, 16, 19, 33, 36, 71, 79, 88, 92, 94, 95, 104, 106, 107 ;
Républicain（形容詞）, pp. 35, 83, 85 ;
Républicanisme, pp. 82, 94, 107, 107 ;
République, pp. 52, 86, 96.

(51) Ibid., II, pp. 5, 12, 15.

(52) Ibid., II, pp. 14, 338, note (de p. 14).

(53) *Le Temps*, 5 avril 1834.

(54) *La Tribune*, 6 avril 1834.

(55) *Le Figaro*, 7 avril 1834.

(56) *Lucien Leuwen*, II, pp. 83, 84.

(57) Ibid., II, p. 86.

(58) Ibid., II, pp. 36, 83, 103.

(59) *Le National de 1834*, 28 mars 1834 ; *La Tribune*, 28 mars 1834 ; *La Quotidienne*, 29 mars 1834. なお，「ナショナル」紙 3 月 28 日号の密告に関する記事については，ミシェル・クルーゼによる指摘がすでになされている。*Lucien Leuwen*, édition de M. Crouzet, Garnier-Flammarion, I, p. 362, note 136.

(60) 1834 年 1 月末，新聞呼び売り人を取り締まる法律が議会で可決され施行される。これは民衆新聞の各紙には打撃であり，2 月 23 日，証券取引所広場で各紙そろっての宣伝キャンペーンが行われるが，集まった多勢の群集に警官隊が襲いかかり，見境ない打撲を加える。さらに，その後には騎兵隊が待機していた。Cf. Louis Blanc, *Histoire de dix ans, 1830–1840*, Pagnarre, 1848, 8e éd., tome 4, p. 197 sq.

(61) *Le National de 1834*, 28 mars 1834 ; *La Tribune*, 28 mars 1834.

(62) *Lucien Leuwen*, II, p. 98.

(63) Ibid., II, p. 102 sq.

(64) Ibid., II, p. 178.

(65) 共和主義思想を持つ兵士のアルジェ転送については次を参照。*Le National de 1834*, 28 et 29 mars 1834 ; *La Quotidienne*, 29 mars 1834.

(66) Alfred de Vigny, *Servitude et grandeur militaires*, édition de François Germain, Classiques Garnier, 1965 («obéissance passive», pp. 27, 65, 66, 67).

(67) *Le National de 1834*, 5 février 1834 (De l'obéissance passive de l'armée).

(68) L. Blanc, ouvrage cité, tome 4, p. 190 sq.

(69) *Le Temps*, 2 février ; *Le Courrier français*, 26 mars ; *Le National de 1834*, 26 mars ; *La Tribune*, 28 mars ; *La Quotidienne*, 29 mars.

(70) De La Mennais, *Paroles d'un croyant* (1833), chap. XXXVI (*Œuvres complètes*, 1836-1837, Slatkine, 1981, p. 137 sq.). Voir aussi A. de Vigny, ouvrage cité, p. 65, note.

(71) *Lucien Leuwen*, II, p. 426, note 240.

(72) Stendhal, *Œuvres intimes*, II, pp. 190, 191 ; p. 1112, note 1.

第9章 『パルムの僧院』のフランス語材源

(1) *Origine delle Grandezze della Famiglia Farnese*, dans Stendhal, *Chroniques italiennes,* Cercle du Bibliophile, II, p. 229 sq. 以下，『僧院』テキストについては，この全集版参照。

(2) Benvenuto Cellini, *La Vita*, 1728.

(3) Silvio Pellico, *Le Mie Prigioni*, 1832.

(4) Alexandre Andryane, *Les Mémoires d'un prisonnier d'Etat au Spielberg*, Ladvocat, 1837-1838, 4 vol. (vol. 3 et 4 publiés en septembre 1838).

(5) 第10章参照。

(6) *Le Constitutionnel*, 2 septembre 1838 ; *Le Siècle*, 4 septembre 1838. スタンダールが『僧院』の構想をえて，若干の枚数を書いたのは，1838年9月3日である（Stendhal, *Œuvres intimes*, Bibliothèque de la Pléiade, II, p. 341）。

(7) 小説のモデルになったベルテ事件，ラファルグ事件は第6章，「密書」事件については，第7章参照。

(8) 第8章参照。

(9) *Duchesse de Palliano, Revue de Paris*, 15 août 1838.

(10) *To make of this sketch a romanzetto*, 16 août (18)38. 註(1)参照。

(11) Jules Janin, «Voyage en Italie, Ferrare-Parme-Milan», dans *Journal des Débats*, 15 août 1838. Voir aussi J. Janin, *Voyage en Italie*, E. Bourdin, 1839, II-343p.

(12) *Promenades dans Rome,* dans *Voyages en Italie*, Bibliothèque de la Pléiade, 1973, p. 1033.

(13) *Le Rouge et le Noir*, édition de Perre-Georges Castex, Classiques Garnier, 1973, p. 692 sq. Voir notamment le commentaire sur l'article de J. Janin.

(14) Stendhal, *Correspondance*, III, Bibliothèque de la Pléiade, 1968, p. 267. Anaïs de Raucou (dit Bazin), *Histoire de France sous Louis XIII*, Chamerot, 1837-1842, 4 vol. (d'après *Bibliographie de la France*, tomes 1 et 2 en décembre 1837, tomes 3 et 4 en février 1842).

(15) マルチノーは，ガルニエ版でバザンの著作名に註をつけているが，作品の構想との関係については述べていない。

(16) Stendhal, *Œuvres intimes*, II, p. 326.
(17) Ibid., p. 338.
(18) Ibid., p. 338.
(19) Ibid., pp. 341, 360.
(20) A. Andryane, ouvrage cité.
(21) *Le Constitutionnel*, 2 septembre 1838 (article de S. A. Berville); *Le Siècle*, 4 septembre 1838 (article de Henri Martin).
(22) 第10章参照。
(23) *Bibliographie de la France*, no. 42, 21 octobre 1837 ; no. 37, 15 septembre 1838.
(24) *Journal des Débats*, 4 septembre 1838 (colonne : «Royaume Lombardo-Vénétien»). パスタについては，『ロッシーニ伝』山辺雅彦訳，みすず書房，1992年。
(25) Stendhal, *Chroniques italiennes*, Cercle du Bibliophile, II, pp. 218, 219.
(26) *Journal des Débats*, 15 septembre 1838 (colonne : «Théâtre de l'Opéra»).
(27) Stendhal, *Promenades dans Rome,* dans *Voyages en Italie*, Bibliothèque de la Pléiade, 1973, p. 856.
(28) *Revue de Paris*, septembre 1838, p. 211, 212.
(29) Hector Berlioz, *Mémoires,* I, II, Michel Lévy frères, 1870 (Voir chap. 48). 邦訳としては，『ベルリオーズ回想録』丹治恆次郎訳，2巻，白水社，1981年。
(30) ベルリオーズは領事スタンダールの皮肉な肖像を描いている（Ibid., chap. 36)。スタンダールはほとんどベルリオーズに関心を示さない。なお，両者の関係については，邦訳『回想録』Ⅰ，341ページの註(6)参照。
(31) Stendhal, *Œuvres intimes*, II, p. 338.
(32) *Le Siécle*, 24 octobre 1838 (La cour et la ville de Naples, article de Pierre Durand). この記事の筆者名ピエール・デュランは，ウジェーヌ・ギノー（Eugène Guinot）の筆名である。ピエール・デュランは，「シエークル」紙1839年6月28日号に，短い前書きをつけて「ローマ便り」と題したスタンダールのものとみなされる手紙を発表している（V・デル・リット校訂プレイヤード版『スタンダール書簡集』III，280-285，711-712ページ参照)。その手紙のなかではナポリ王が話題になっている。今ここに引用している記事「ナポリの宮廷と街」もピエール・デュランの署名がされ，短い前書きがあり，ナポリ王を話題としている。しかも，その筆致はスタンダール的アイロニーに満ちている。従って，この記事もまたスタンダールの手紙とみなしうる可能性があるだろう。
(33) Stendhal, *Rome, Naples et Florence* (1826年版), dans *Voyages en Italie*, p. 565. ナポリの魔眼（iettatura）を扱ったものに，テオフィル・ゴーチエの同名の作品（1857年）がある。なお，「シエークル」紙の記事の筆者は，フェルディナンド1世をフェルディナンド2世の先代のナポリ国王としているが，フランチェスコ1世（1825-30）の存在を考えると先々代にあたることになる。森田鉄郎編『イタリア史』山川出版社，277ページ。なお，『ローマ・ナポリ・フィレンツェ』1817年版，1826年版は，臼田紘訳により『イタリア紀行』『イタリア旅日記』として，新評論より翻訳が出ている。
(34) *La Chartreuse de Parme*, édition de Henri Martineau, Garnier, 1954, p. 615, note 639.
(35) 「シエークル」紙と同じ時期に，「ルヴュ・ド・パリ」なども，『ポリウクト』の上演禁止，主題の似通ったヴォルテール『ゲーブル』上演の試みと新たな上演禁止を報道

しているが，「シエークル」紙のあの辛辣な論調はないのである。*Revue de Paris*, octobre 1838, p. 310. Voir aussi décembre, pp. 67, 68, 363.

(36) Corneille, *Chefs-d'œuvre avec les remarques de Voltaire*, stéréotype d'Héran, an XIII-1805, 4 vol. (Fonds Bucci).

(37) Stendhal, *Œuvres intimes*, II, p. 335 sq.

(38) Ibid., p. 336.

(39) Voltaire, *Commentaires sur Corneille dans Œuvres complètes de Voltaire*, vol. 31, Garnier frères, 1880, p. 388.

(40) Clément (de Dijon), *Les Lettres à M. de Voltaire*, La Haye, 1773-1776, 4 vol.

(41) Victor Del Litto, *La vie intellectuelle de Stendhal, Genèse et évolution de ses idées* (*1802-1821*), P.U.F., 1959, 730p. (Voir p. 62 sq.).

(42) Ibid., p. 66. Voir aussi, Stendhal, *Pensées* (11 octobre 1805).

(43) Stendhal, *Œuvres intimes*, II, p. 339.

(44) Corneille, *Polyeucte*, Bordas, 1970, p. 111 sq. (Etude de *Polyeucte*).

(45) Stendhal, *Œuvres intimes*, II, p. 338.　原稿 80 ページは印刷の約 90 ページに相当する (Voir note du 2 décembre, p. 340)。

(46) Ibid., p. 338.

(47) *Gazette de France*, 8 novembre 1838 (Feuilleton dramatique Théâtre français : *Maria Padilla*, tragédie en cinq actes et en vers, par M. Ancelot).

(48) *Le petit Robert des noms propres*, 1994 (Voir Ines de Castro, Pierre le Cruel, Pierre 1er le justicier).

(49) Stendhal, *Correspondance*, III, p. 266.

(50) Ibid., p. 272.

第 10 章　『パルムの僧院』と牢獄

(1) 参照テキストは *La Chartreuse de Parme*, Cercle du Bibliophile, 1969, 2 vol. および大岡昇平訳『パルムの僧院』(新潮文庫，上：1986 年，下：1985 年)。

(2) Gilbert Durand, *Le décor mythique de «la Chartreuse de Parme»*, José Corti, 1961, pp. 159-174 (Jonas ou la prison heureuse); Victor Brombert, *La prison romantique*, José Corti, 1975, pp. 67-92 (Stendhal et les «douceurs de la prison»)；西川長夫「『パルムの僧院』における「牢獄」」(『ミラノの人スタンダール』小学館，1981 年)。

(3) Benvenuto Cellini, *La Vita*, 1728 (『チェッリーニ自伝』古賀弘人訳，岩波文庫，上・下，1993 年).

(4) Silvio Pellico, *Le Mie Prigioni*, 1832.

(5) Alexandre Andryane, *Les Memoires d'un prisonnier d'Etat au Spielberg*, Ladvocat, 1837-1838, 4 vol.

(6) Comte Primoli, «L'enfance d'une souveraine. Souvenirs intimes», *Revue des Deux Mondes*, 15 octobre 1923, pp. 752-788 (Stendhal, p. 770 ; Andryane, p. 777).

(7) Bernard-Benoit Remacle, «Une visite à la prison d'Etat du Spielberg (Moravie), en novembre 1838», dans *les Mémoires de l'Académie royale du Gard*, Nîmes, 1840.

(8) *Le Moniteur universel*, 30 janvier 1824 ; *Le Journal des Débats*, 31 janvier 1824.

(9) Arthur Lehning, «Buonarroti and his international secret societies», *International Review of Social History*, no.1, 1956, pp. 112-140.

(10) 以下 18 項目にわたって比較を行うが，各項目について『回想録』のなかの該当の巻とページを示しておく。(1) I, 17-21 ; (2) II, 373 ; (3) I, 206-207 ; (4) II, 154 ; III, 180 ; (5) II, 269, 271 ; III, 196-197 ; IV, 308 ; (6) II, 294 ; (7) III,35 ; (8) III, 12 ; (9) III, 353 ; (10) III, 252-253, 308-309 ; I, 260 ; (11) III, 158 ; IV, 209 ; II, 305 ; (12) IV, 186 ; (13) II, 50-59 ; (14) II, 57 ; (15) II, 109, 258 ; (16) I, 150, 153-156 ; II, 146-148 ; (17) I, 187 ; (18) IV, 279-280, 331, 358, 359.

牢獄の場面について，アンドリアーヌ『回想録』に基づく丁寧な校註をつけているのは，『パルムの僧院』アンリ・マルチノー校訂ガルニエ版（1954 年），ミシェル・クルーゼ校訂ラフォン版（1980 年）であり，上記の項目の比較において参照した。なお，項目(1) (2) (3) (5) (7) (10) (13) (14) (15) (17) (18)が本章における新しい指摘である。

第 11 章　マチルドとメッテルニヒ

(1) Alexandre Andryane, *Les Mémoires d'un prisonnier d'Etat au Spielberg*, Ladvocat, 1837-1838, 4 vol.

(2) 以下の叙述は，アンドリアーヌ『回想録』を参照するとともに，『恋愛論』については，Stendhal, *De l'Amour*, édition de Henri Martineau, Classiques Garnier, 1959, 521p. マチルドについては，従来の諸文献と同時に，特に，Annie Collet, *Stendhal et Milan, De la vie au roman*, José Corti, 2 vol., 1986, 1987 (I : *Stendhal Milanese*, 239p.; II : *Millan recrée*, 139p.) と V・デル・リットによるその書評（*Stendhal Club*, no.115), Michel Crouzet, *Stendhal ou Monsieur Moi-même*, Grande Biographie Flammarion, 1990, 796p. 邦文文献では，石川宏『ミラノの情熱恋愛——スタンダールの誕生』（五月書房，1995 年）が『恋愛論』の背景を適確に論じている。

(3) *Vie de Henry Brulard*, dans Stendhal, *Œuvres intimes*, II, edition établie par V. Del Litto, Bibliothèque de la Pléiade, 1982 (chap. 1, p. 532).

(4) 矢田俊隆『ハプスブルク帝国史研究』岩波書店，1977 年，第 1 部第 1 章。坂本義和「ウィーン体制の精神構造」(『政治思想における西欧と日本』上巻，東京大学出版会，1961 年)。その他に，ハプスブルク帝国とメッテルニヒについては，ハンス・コーン『ハプスブルク帝国史入門（1804-1918)』稲野強／小沢弘明／柴宜弘／南塚信吾訳，恒文社，1982 年。A・J・P・テイラー『ハプスブルク帝国 1809-1918』倉田稔訳，筑摩書房，1987 年。メッテルニヒに関する邦文文献として，矢田俊隆『メッテルニヒ人と歴史』清水書院，1973 年。クレメンス・W・L・メッテルニヒ『メッテルニヒの回想録』安斉和雄監訳，安藤俊次／貴田晃／菅原猛訳，恒文社，1994 年（*Mémoires, documents et écrits divers laissés par le prince de Metternich* (...), Paris, 1880-1884, 8 vol. の第 1 巻の訳)。メッテルニヒは，文書をドイツ語とフランス語で書き残しており，仏語版回想録は独語版と同じ重要性をもつ。フランス語文献としては，ギョーム・ド・ベルチエ・ド・ソヴィニーの優れた諸研究があるが，特に次の著作のみをあ

げておく。Guillaume de Bertier de Sauvigny, *Metternich*, Fayard, 1986, 535p.（巻末に，メッテルニヒに関する原資料，書誌が掲載され，研究の現状を伝えている）.

(5) C. W. L. Metternich, *Mémoires documents et écrits divers* (...), Plon, 1882, vol. 5, p. 2.

(6) *La Chartreuse de Parme*, Cercle du Bibliophile の付録参照。

(7) アラン『スタンダール』大岡昇平訳，創元社，1939 年，45 ページ（第 3 章）。

(8) Gilbert Durand, Préface, dans *Stendhal et Milan, de la vie au roman*, I, *Stendhal Milanese*, José Corti, 1986, p. 7.

第 12 章　『ラミエル』の同時代材源

(1) *Lamiel*, Cercle du Bibliophile, 1971, p. 3.

(2) Ibid, pp. 3, 5, 13, 17, 164.　この問題をふくめ，この小説の創造状況について触れているのは，松原雅典「『ラミエル』の問題」（「成蹊法学」第 28 号，1988 年。『スタンダールの小説世界』みすず書房，1999 年，所収，340 ページ以降参照）。

(3) Ibid., p. 3.

(4) Jean Prévost, *La création chez Stendhal*, 1951, p. 371 ; Philippe Berthier, *Lamiel ou la boîte de Pandore*, P.U.F., 1944, pp. 113, 114.

(5) J. Prévost, *Essai sur les sources de «Lamiel»*, Imprimeries réunies, 1942, 42p.

(6) André Doyon et Yves du Parc, *De Mélanie à Lamiel ou D'un amour d'Henri Beyle au roman de Stendhal*, Grand Chêne, 1972, pp. 204, 207, 208, 229.

(7) *Lamiel*, édition d'Anne-Marie Meininger, Folio, 1983, p. 21.

(8) *Lamiel*, édition de Jean-Jacques Hamm, GF-Flammarion, 1993, pp. 13–16.

(9) Christopher W. Thompson, *Lamiel fille de feu. Essai sur Stendhal et l'énergie*, L'Harmattan, 1997, p. 58 sq.; p. 101 sq.

(10) Serge Linkès, «Le manuscrit de *Lamiel* : La fin d'une énigme ?», dans *Le dernier Stendhal 1837–1842*, textes réunis par Michel Arrous, Eurédit, 2000, pp. 463–477.

(11) ランケス論文（p. 470）の第 2 図では，1839 年 5 月のシャンベラン紙の分量は，フォリオ 60 枚程度であり，以後，イタリア紙となる。「最初の 80 ページ」という説明と図表の間にどのような関係があるのか不明である。

(12) 第 4 章のもとになった 1993 年発表の拙稿では，1839 年 5 月 17 日に，スタンダールが書いた欄外メモ「『ラミエル』L'Amiel 25 ページ目」（*Œuvres intimes*, II, p. 348）を根拠に，「5 月の初稿着手，10 月以降の修正，拡大稿執筆」の考えを既に主張している。その推論に添って，2001 年の拙著のなかでも，作品創造開始の直前となる 1839 年 4 月の新聞を中心に，作品の内容に関連する資料の調査を行った。スタンダールの各小説が，多くの場合，作品執筆と同時期の資料に影響を受けていることから『ラミエル』の 1839 年原稿にもまた，その可能性を考えてみたのである。なお，拙論に先立って，拙論とは異なるかたちで，アンヌ・マリ・メナンジェは，1839 年 4 月 13 日以降，執筆された部分が，破棄されたか，10 月の草稿に融合され，判別しがたくなっているはずだ，と指摘している。ただし，5 月 17 日メモには触れていない。

(13) *Lamiel*, Cercle du Bibliophile, pp. 4, 5, 9.

(14) Stendhal, *Œuvres intimes*, Bibliothèque de la Pléiade, II, p. 348.

(15) Le Sage, *Gil Blas de Santillane*, dans *Romanciers du XVIIIe siècle*, I, édition d'Etiemble, Bibliothèque de la Pléiade, 1987, pp. 741 sq. et 758 sq. 『ジル・ブラース物語』2（杉捷夫訳，岩波文庫，第4版，2000年）参照。この第10章については，未完作品『サン・チスミエ従男爵』の材源とするピエール・マルチノー（1951年）の意見などがあるが，ティルソ・デ・モリナ『ル・トレダン』(1654年，フランスで刊行）が実際の材源と考えられている。André Nougué の研究（1962年），Michel Crouzet（1968年），Pierre-Armand Dubois（1994年）の指摘がある。C. W. Thompson, «Du *Chevalier de Saint-Ismier* et du *Tolédan*, des longs romans et des récits courts», dans *Le dernier Stendhal 1837-1842*.

(16) *Gil Blas*, p. 754 : «un fripon qui subsistait aux dépens de personnes trop crédules».

(17) *Lamiel*, Cercle du Bibliophile, p. 237 : «entendre un prophéte», «l'horrible magnétisme de son éloquence infernale».

(18) Ibid., pp. 312, 313.

(19) Léon Gozlan, *Le médecin du Pecq*, éditions Werdet, 1839, 3 vol. (I , 331p.; II, 294p.; III, 288p.).

(20) *Lucien Leuwen*, Cercle du Bibliophile, II, p. 437 ; *Vie de Henry Brulard*, Cercle du Bibliophile, II, p. 317.

(21) 5月9日，16日，18日のメモについては，*Lamiel*, Cercle du Bibliophile, pp. 4, 5, 9.

(22) *Le Médecin du Pecq*, II, p. 162 sq.

(23) Balzac, *Correspondance*, édition de Roger Pierrot, Garnier, 1964, III, pp. 581-587 ; Stendhal, *Correspondance*, édition de Henri Martineau et de Victor Del Litto, Bibliothèque de la Pléiade, 1968, III, pp. 274, 277, 555-558, 756-757, note (de p. 555).

(24) *Béatrix*, texte présenté et annoté par Madeleine Fargeaud, dans *La Comédie Humaine*, II, Bibliothèque de la Pléiade, 1976.　この連載の状況は，「昔の風俗」「今日の風俗」と題された第1部，第2部の19の短い章が，1839年4月13日から4月26日（24日を除く）の間に，また，「敵対関係」と題された第3部の8章が，5月10日から19日の間に掲載されている（プレイヤード版，1451ページによる）。バルザック自身の校閲になるこの小説の出版は，スタンダール存命中のものとしては，次の出版のみである（プレイヤード版，1452ページ参照）。*Béatrix ou les Amours forcés*, chez H. Souverain, 1839, 2 vol. (『フランス出版目録』1840年1月11日号)。

(25) S. Linkès, ouvrage cité, p. 470.

(26) *Béatrix*, pp. 637-842.

(27) Ibid., p. 1441.

(28) Ibid., p. 605.

(29) 『パルムの僧院』付録（西川祐子訳，『スタンダール全集』第2巻，人文書院，1970年，592ページ)。

(30) Louis Royer, «Un portrait de Stendhal par Balzac», *Le Divan*, 1936, pp. 255-259.

(31) *Béatrix*, édition de Maurice Regard, Classiques Garnier, 1962, p. 82, note 2.　他に，スタンダールとの関連を指摘するものとして，Félicien Marceau, *Balzac et son monde*, Gallimard, 1986, pp. 136, 137.

(32) *Béatrix*, p. 1489, note 1 (de p. 701).

(33)　この人物像については，カミーユ・モーパンを中心に詳しく論じた，中村加津「『ベアトリクス』に見られるバルザックの小説技法」(「関西外国語大学・研究論集」第69号，1999年2月27日発行，197-213ページ）がある。

(34)　*Index des personnages fictifs, La Comédie humaine*, XII, Bibliothèque de la Pléiade, 1981, p. 1550.　フェリシアン・マルソーは，1814年（1817年の誤り）に，フェリシテが，「自分で心を決めて，ある男に身を与えた」と書いている。F. Marceau, ouvrage cité, p. 135.

(35)　*Béatrix*, p. 1451（「シエークル」紙のテキスト改変についての説明参照).

(36)　他に，カミーユの両性的性格と男装（4月16，18，19日，pp. 677, 689, 708）にたいしてラミエル男装の着想もあった（『ラミエル』p. 134, note)。

(37)　Philippe Berthier, *Lamiel ou la boîte de Pandore*, P.U.F., 1994, p. 113 sq.

(38)　スタンダールは，この部分のカミーユ・モーパン＝フェリシテのなかに，女主人公ラミエルに対する一種の反モデルを読み取ることが可能であったろう。

(39)　C. W. Thompson, ouvrage cité, p. 58 sq.

(40)　Ibid., p. 61.

(41)　書評の標題は，«*Nanon, Ninon, Maintenon, ou les trois boudoirs*. Vaudeville en trois actes par MM. Dartois, Théaulon et Lesguillon».　なお，この芝居は，「シャリヴァリ」紙の演劇欄によれば，4月28日まで上演されることになっている。

(42)　Saint-Simon, *Mémoires*, Ramsay, 1977-1979, XII, p. 21 ; V, p. 77.

(43)　Ibid., II, p. 242 sq.

第13章　明治文学におけるスタンダール

(1)　『わがスタンダール』立風書房，昭和48年，所収（初出，昭和23年)。

(2)　「昭和初頭文学への鍵――ある季節の感想」(「明治大正文学研究」第25号)。

(3)　参照文献として，『明治・大正・昭和翻訳文学目録』国立国会図書館編，風間書房，昭和34年。『近代日本における西洋文学紹介文献書目・雑誌篇（1885～1898)』佐藤輝夫他編，悠久出版，昭和45年。柳田泉『西洋文学の移入』春秋社，昭和49年。「早稲田文学」第一期分，復刻版。「比較文学」掲載の富田仁論文（昭和41，43年)。

(4)　Paul Bourget, *Essais de psychologie contemporaine*, Lemerre, 1885, VIII-326p. (*Stendhal* (*Henri Beyle*), écrit en 1882, pp. 275-330).

(5)　「新思潮」第1巻第1号，23頁より40頁まで。臨川書店刊（昭和42年）復刻版による。

(6)　参照文献として，猪野謙二「第一，二次新思潮」(「文学」昭和31年9月号)。『日本近代文学大事典』講談社，昭和52年。『小山内薫全集』第8巻，春陽堂，昭和7年，「自伝」の項。

(7)　Félician Pascal, «Du Romantisme à l'anarchie», *Le Correspondant*, le 25 novembre 1906, pp. 765, 767.

(8)　Henri Cordier, *Bibliographie Stendhalienne*, Champion, 1914, p. 303 ; «Stendhal――A study by Count Lützow, ph.D.», *The North American Review*, Vol. CLXXX, 1905, pp. 829-841.

(9) Maud S. Walther, *La présence de Stendhal aux Etats-Unis (1818-1920)*, Grand Chêne, 1974, pp. 120-122.

(10) The Count Lützow, *A History of Bohemian Literature*, Heinemann, 1899 (*Short Histories of the Literatures of the World*, edited by Edmund Gosse); The Count Lützow, *The life and times of Master John Hus*, Dent, 1909.

(11) *The Chartreuse of Parma*, translated from the French of STENDHAL (Henri Beyle) by The Lady Mary Loyd, Heinemann, 1901.

(12) André Strauss, *La fortune de Stendhal en Angleterre*, Didier, 1966 に『パリシオ』の記述なし。

(13) 『荷風全集』(第3巻, 岩波書店, 昭和38年) による。引用原文は, *Vie de Henry Brulard*, Cercle du Bibliophile, II, p. 214 参照。

(14) 後に改題して『新帰朝者の日記』となる。

(15) 鷗外が問題としている, 何をどう書くかについては, たとえば, 抱月「文芸上の自然主義」「自然主義の価値」(明治41年1月, 5月) が,「作の態度方法」「作の目的題材」を論じている。

(16) 敏の「享楽主義」については,『定本上田敏全集』第2巻,『うづまき』解説 (島田謹二) および本間久雄「上田敏——『うづまき』覚書」(「明治・大正文学研究」第4輯, 昭和25年10月)。他に, 安田保雄『上田敏研究』増補新版参照。

(17) 註(4)参照。ただし, ここでは, Plon, 1920 の増補版を用いて比較参照した。

(18) «Un salon de huit à dix personnes aimables, où le bavardage est gai, anecdotique, et où l'on prend du punch léger à minuit et demi...» 『アンリ・ブリュラールの生涯』第28章にある文章であるが, ブールジェの引用はスタンダールの原文 (ビブリオフィル版参照) に忠実でない。

(19) «Le début de *la Chartreuse de Parme*, où Fabrice del Dongo assiste à la bataille de Waterloo, comme une jeune fille assiste à un premier bal, avec un virginal frémissement d'initiation, n'a pu être écrit qu'à la flamme des souvenirs les plus passionnés, (...)»

(20) Emile Talbot, *«Perspectives sur la critique stendhalienne avant Bourget»*, *Stendhal Club*, no.78, 15 juillet 1978, pp. 343-353.

(21) Hippolyte Taine, *Nouveaux Essais de Critique et d'Histoire*, Hachette, 1901, pp. 223-257 (*Stendhal*, article paru en 1864).

(22) Emile Faguet, *Politiques et moralistes du dix-neuvième siècle*, 1900, pp. 26-27 (*Stendhal*, article paru en 1872).

(23) James Huneker, «A sentimental education. Henry Beyle-Stendhal», *Scriber's Magazine*, Feb. 1908, pp. 226-238. 収録著書は, James Huneker, *Egoists. A book of supermen. Stendhal, Baudelaire, Flaubert, Anatole France, Huysmans, Barrès, Nietzsche, Blake, Ibsen, Stirner and Ernest Hello*, T. Werner Laurie, 1909, 372p.

(24) M. S. Walther, ouvrage cité, p. 126 sq. ヒュネカア『エゴイスト』芥川潤訳, 聚芳閣。

(25) *Essays* by J. Huneker, Charles Scriber's sons, 1929, pp. 121-169 に収録された原文を用いた。

(26) «"Femmes ! Femmes ! Vous êtes bien toujours les mêmes." he cries in a letter to a fair correspondent» (J. Huneker, *Essays*, p. 167).

(27) «Nietzsche, in Beyond Good and Evil, described Stendhal as "that remarkable man

who, with a Napoleonic *tempo*, traversed *his* Europe, in fact several centuries of the European soul, as a surveyor and discoverer thereof. It has required two generations to overtake him one way or other; to divine long afterward some of the riddles that perplexed and euraptured him——this strange Epicurean and man of interrogation, the last great psychologist of France." He also spoke of him as "Stendhal, who has, perhaps, had the most profound eyes and ears of any Frenchman of this century."» (Ibid., pp. 131-132).

(28) «"I require three or four cubic feet of new ideas per day, as a steamboat requires coal," he told Romain Colomb.» (Ibid., p. 131).

(29) «"Without passion there is neither virtue nor vice," he preached.» (Ibid., p. 156).

(30) (1) «He served in the Italien campaign, following Napoleon through the Saint Bernard pass two days later. (...) He was present at Jena and Wagram, and asked, during a day of fierce fighting, "Is tha all ?"» (Ibid., p. 137).
(2) «He read Voltaire and Plato during the burning of Moscow——which he described as a beautiful spectacle——and he never failed to present himself before his kinsman and patron, Marshal Daru, with a clean-shaved face, even when the Great Army was a mass of stragglers.» (Ibid., p. 126).

(31) Rémy de Gourmont の筆名は，Coffe, Lucile Dubois, R. De Bury などである。グールモンと「メルキュール」については，Adolphe Paupe, *La vie littéraire de Stendhal*, 1914 (Slatkine, 1974), p. 182 sq. グールモンは，ストリヤンスキーの後を継いで「スタンダール・クラブ」の会長に選ばれた，とされる。H. Cordier, ouvrage cité, p. 368.

(32) 後藤末雄「スタンダールの風格と芸術」(雑誌「仏蘭西時報」大正8年12月)。後藤の業績については，島田謹二「中国思想のフランス西漸（後藤末雄の先駆者探究)」(『日本における外国文学』朝日新聞社，下，1976年)。

(33) 『明治文学全集・四十三集』筑摩書房，268ページ。

(34) 猪野謙二「第一・二次新思潮」の引用による。

第14章　大正文学におけるスタンダール

(1) 松田穣「日本文学とフランス文学 (1)」(中島健蔵他『比較文学——日本文学を中心として』矢島書房，昭和28年)。國立國会図書館編『明治・大正・昭和翻訳文学目録』風間書房，昭和34年。荒正人「大正時代における外國文学の受け入れ」(「文学」昭和39年11月)。日本近代文学館編『日本近代文学と外國文学』読売新聞社，昭和44年。松田穣「日本近代文学にあたえたフランス文学の影響」(『日本近代文学大事典』第4巻，講談社，昭和52年)。

(2) 成瀬正勝「大正初期文壇と西洋文学」(成瀬正勝編『大正文学の比較文学研究』明治書院，昭和43年)。

(3) 大岡昇平「明治のスタンダール——敏と鷗外」(『わがスタンダール』立風書房，昭和48年。初出，昭和23年)。

(4) 研究家名を列挙すると，Casimir Stryienski, Rémy de Gourmont, Adolphe Paupe, Henri Martineau, Paul Arbelet, Edouard Champion, Pierre Martino, Léon Blum.

(5) 文学史上の大正期の時代区分について，臼井吉見は「白樺」「三田文学」「新思潮」創刊の明治 43 年から芥川自殺の昭和 2 年とする（「大正」『現代日本文学史』（現代日本文学全集別巻 1）筑摩書房，1959 年）。しかし，下限をプロレタリア文学の出現までとする西田勝「日本近代文学史における大正の位置」（「文学」昭和 39 年 11 月）の意見もある。つまり，スタンダール紹介が活発になる大正 11 年以降を昭和文学として考える可能性もあるらしい。だが本章では，受容史の区分の一つとして，元号としての大正年間を対象とする。他に，三好行雄「日本近代文学の時代区分」（『日本近代文学大事典』第 4 巻）参照。

(6) 『独語と対話』（大正 4 年 7 月刊）所収。

(7) 原著デンマーク語，1872–1890 年刊行。英語版，Georg Morris Cohen Brandes, *Main Currents in Nineteenth Century Literature*, the Macmillan Co., 1905–1906, 6 vol. 独語版については， Christa Riehn, «Stendhal en Allemagne——Bibliographie 1824–1944», *Stendhal Club*, no. 37, 15 octobre 1967.

(8) この作品のストリヤンスキー版（1890 年刊，1912 年新版刊）か，出たばかりのシャンピオン版（1913 年）を参照したと思われる。おそらく，手に入りやすかったストリヤンスキー新版であろう。英語版，独語版は未だ出ていなかった。*Vie de Henry Brulard*, Autobiographie publiée par Casimir Stryienski, Charpentier, 1890, Nouvelle édition, Emile Paul, 1912 ; *Vie de Henry Brulard,* edition de Henri Debraye, Champion, 1913, 2 vol. 独語版は前註参照。英語版は，Maud S. Walther, *La présence de Stendhal aux Etats-Unis, 1818–1920*, Grand-Chêne, 1974.

(9) 大岡昇平は，ヒュネカー援用の可能性があることを指摘している（「エゴイストたち——スタンダールの場合」昭和 56 年）。

(10) 『平和の巴里』（佐久良書房，大正 4 年 1 月 10 日），『戦争の巴里』（新潮社，大正 4 年 12 月 24 日）として刊行。スタンダール引用箇所については，伊東一夫編『島崎藤村事典』（明治書院，昭和 51 年）参照。

(11) 『島崎藤村全集』筑摩書房，昭和 42 年，第 6 巻，341 ページ。

(12) 『全集』第 6 巻，394 ページ。『エトランゼ』（大正 11 年）に同じ文面の引用あり。

(13) Paul Bourget, *Discours prononcé le 28 juin 1920 à l'inauguration du monument, suivi du discours de M. Edouard Champion et d'une bibliographie*, Champion, 1920, 53 p.

(14) 日本近代文学館編『日本近代文学と外國文学』所収。

(15) «(...) see in Dostoïevsky's Raskolnikow——Crime and Punishment——a Russian Julien Sorel.» (James Huneker, *A sentimental éducation. Henry Beyle-Stendhal, in Egotists*, T. Werner Laurie, 1909).

(16) この廉価本は次の版であろう。Stendhal, *De l'Amour*, Arthème Fayard et Cie (janvier 1913), 2 vol., in-16, 94p.＋ 1f. n.ch., 64p.

(17) 初出「新小説」。『春をまちつゝ』（アルス，大正 14 年 3 月 8 日刊）所収。

(18) 『エトランゼエ』春陽堂，大正 11 年 9 月 18 日刊。初出「朝日新聞」「新小説」大正 8 年 9 月より大正 11 年。

(19) 前述の Paul Bourget, *Discours,* Champion, 1920 の巻末広告による。なお，1913, 1914 年のシャンピオン版全集の刊行書目原題は，*Vie de Henry Brulard*, publié intégralement pour la première fois d'après le manuscrit de la ville de Grenoble, par Henri Debraye, 1913, 2 vol. *Vies de Haydn, de Mozart et de Métastase*, texte établi et annoté

par Daniel Muller, préface de Romain Rolland, 1914. A. Paupe, *La vie littéraire de Stendhal*, 1913. Henri Cordier, *Bibliographie stendhalienne*, 1914.

(20) 特集号は *La Revue Critique des Idées et des Livres*, 10 mars 1913 (tome XX, no. 118). H. Cordier, H. Debraye, Emile Henriot, Eugène Marsan, H. Martineau, A. Paupe などが執筆している。ブルム，マルティノーは，L. Blum, *Stendhal et le Beylisme*, Ollendorff, 1914 ; P. Martino, *Stendhal*, Sosiété Française d'Imprimerie et de librairie, 1914.

(21) 『島崎藤村全集』第 8 巻，397 ページ。『エトランゼエ』97 章。

(22) 『新生』岩波文庫，昭和 45 年，下，294 ページ，猪野謙二「解説」。

(23) 平野謙『島崎藤村』(現代作家論全集 2) 五月書房，昭和 32 年，131 ページ。

(24) Un soir d'argent, si beau, si noble,
Enveloppe et berce Grenoble
Tout l'espace est sentimental.
Voici la ville de Stendhal... (Mme de Noailles)
『吉江喬松全集』第 3 巻（白水社，昭和 17 年 3 月 25 日刊）による。
Comtesse Matthieu de Noailles, *La Ville de Stendhal* (*«Les Essais»*, revue mensuelle, décembre 1905, p. 237-239).

(25) George E. B. Saintsburry, *A short History of French literature* (*from the earliest texts to the close of the Nineteenth Century*), the Clarendon Press, 6th edition, 1901.

(26) G. E. B. Saintsburry, *A History of the French Novel*, Macmillan, 1919, pp. 133-152 (Stendhal). Cf. M. S. Walther, ouvrage cité, p. 146 sq.

(27) Ferdinand Brunetière (1849-1906), *Manuel de l'Histoire de la littérature française*, 1897 ; Emile Faguet (1847-1916), *Histoire de la littérature française*, 1900, 2 vol. ; Jules Lemaeître (1853-1914), *Les Contemporains*, 1885-1918, 8 vol. ; Gustave Lanson (1857-1934), *Histoire de la littérature française*, 1895 ; René Doumic (1860-1937), *Manuel de la littérature française*, 1900 ; Petit de Julleville (1841-1900), *Histoire de la langue et de littérature française*, 6 vol., 1896-1908 ; Victor Giraud (1868-1953).

(28) 「ポール・ブールジェの批評」(「帝國文学」大正 5 年 2 月号)，「ポール・ブールジェの小説」(同誌，大正 5 年 3 月号)。太宰施門には『ブールジェ前後』(高桐書院，昭和 21 年) がある。

(29) 臼井吉見は，文学史の大正後期の始まりを大正 7 年としている（「大正」『現代日本文学史』)。

(30) Edouard Rod, *Stendhal*, Hachette (Les grands éccrivains français), 1892, 160p. (pp. 9-14, 18, 20-22, 33-35, 40); Jean Mélia, *La vie amoureuse de Stendhal*, Mercure de France, 1909, 418p. (pp. 23-24).

(31) たとえば，Raphaël Mairoi, *Un beyliste ignorant : M. Edouard Rod*, Mercure de France, novembre 1898, pp. 563-571. ロッドについては註(37)参照。

(32) 新潮社世界文芸全集第 8 編として前編が 7 月に，第 12 編として後編が 11 月に刊行された。前編は，6 ページの訳者序があり，作品第 1 部と第 2 部第 7 章までを収録，後編は第 2 部第 8 章以降である。

(33) Stendhal, *Le Rouge et le Noir*, introduction par C. Stryienski, Bibliothèque Larousse, s.d. (1911), 2 vol., in-16, 196p., 232p.

(34) ただし，ストリヤンスキーの版には，校訂の不備が指摘されている。Cf. *Vie de*

Henry Brulard, Souvenirs d'Egotisme, Cercle du Bibliophile, préfaces (Victor Del Litto).

(35) Adolphe Paupe, «Notice sur "Le Rouge et le Noir" (chronique stendhalienne)», *Le Divan*, 1912, pp. 141-144. ストリヤンスキーの承認をえて発表した，との断り書きあり。

(36) *Le Divan*, 1912, pp. 223-228. Doris Gunnell, Jules Dechamps, L'abbé Léon Jules, Désiré Muller, S.C. よりの手紙である。

(37) Edouard Rod, *Stendhal*, Hachette, 1892, pp. 114, 115 (chap. IV). マルセル・プルーストはロッドと知り合いだったが，この著書を「非常に悪い」très mauvais と評価していた。Cf. Armand Wallon, «Quatve *premiers* stendhaliens», *Stendhal Club*, no. 138, 15 janvien 1993.

(38) パスカルについては Félician Pascal, *Du Romantisme à l'anarchie*, dans *Correspondances,* le 25 novembre 1906.

(39) 読書例として「大正のスタンダール」の大岡昇平と武者小路実篤，『日本近代文学と外國文学』の阿部知二，成瀬正勝「昭和初頭文学への鍵」(「明治大正文学研究」第25号）における横光利一の途中放てきの証言および桑原武夫「日本におけるスタンダール紹介」(『スタンダール研究』白水社，昭和61年，所収)。「スタンダールの手紙」の刊本は，*Lettres à Pauline*, édition annotée et présentée par M. M. L. Royer et R. de la Tour Du Villard, la Connaissance, 1921.

(40) 雑誌掲載の抄訳としては，後藤末雄「三田文学」1911年2月号発表のものがある。

(41) カルマン・レヴィ版は *De l'Amour* par Stendhal (Henry Beyle), seule édition complète augmentée de préfaces et de fragments entièrement inédits, Calmann-Lévy, 1876, in-18, XXIII-371p. この版以後いくつも版を重ねている。シドニイ・ウルフ英訳本は，Stendhal, *On Love*, translated from the French, with an introdution and notes by P. and Cecil N. Sidney Woolf, Duckworth, 1915.

(42) Jean Mélia, *La vie amoureuse de Stendhal*, Mercure de France, 1909. Sur le livre de «L'Amour»; Les premières aventures ; Les joies et les souffrances の三章を適宜，訳したものである。メリアの叙述はあまり正確でないようである。

(43) 英訳者の一人 Cecil N. Sidney Woolf は，ケンブリッジの fellow of Trinity college である。いくつかの特徴から Virginia Woolf との関連を求めたが未だ確認出来ない。

(44) 拙稿「大正十二年のスタンダール——『性愛』と英訳『恋愛論』」(「図書」昭和57年4月）参照。

(45) Jean Prévost, *La création chez Stendhal*, Éd. du Sagittaire, 1942.

(46) James Huneker, *Unicorns*, Charles Scribner's Sons, 1917 (chap. XII : The queerst yarn in the world).

(47) ウルフ英訳本については前述。Stendhal, *The Red and the Black. A chronicle of 1830*, translated by H. B. Samuel, Kegan Paul, Trench Trübner & Co., 1914.

(48) 「日本近代文学館館報」第65号。

(49) Raynouard, *Choix des poésies originales des Troubadeurs*, Didot, 1816-1821, 6 vol.

(50) Georg Morris Cohen Brandes, *Main Currents in Nineteenth Century Literature*, 1906, 6 vol.

(51) 『芥川龍之介全集』筑摩書房，昭和46年，第8巻，索引による。

(52) 木内やちよ／宝林和子／太田三郎「芥川龍之介と外國作家の関係——統計的調査」(「比較文学」昭和 33 年，第 1 巻)。

(53) 根津憲三「アナトール・フランスを通してみた芥川龍之介」(「浪漫古典」昭和 9 年)，大島（旧姓篠塚）真木「芥川龍之介の創作とアナトール・フランス」(成瀬正勝編『大正文学の比較文学的研究』) など。メリメと芥川については，『日本近代文学大事典』に，根津憲三「日本近代文学とメリメ」がある。比較文学的検討としては，富田仁編『比較文学研究・芥川龍之介』(朝日出版社，昭和 53 年) がある。

(54) 前掲，大島真木「芥川龍之介の創作とアナトール・フランス」。

(55) Anatole France, *Stendhal. Revue de Paris*, 1er août 1920 et tirage (revu et corrigé) à 200 exemplaires, dans la collection des Amis d'Edouard (no. 25, lettre U), in-16, 1920, 44p.

第 15 章　谷崎潤一郎と昭和のスタンダール

(1) 『谷崎潤一郎全集』中央公論社，昭和 43 年，第 20 巻，80–81 ページ。

(2) 「文芸的な，余りに文芸的な」(『芥川龍之介全集』筑摩書房，昭和 46 年，第 5 巻，133 ページ) なお，芥川龍之介は「「話」のない小説」，「最も詩に近い小説」，「最も純粋な小説」を主張し，その最適の例として，ジュール・ルナールをあげる。そして，ルナールを「小説の破壊者」として捉え，ジッドやフィリップも同じ道を歩く，とする。これは，1920 年代のフランスにおけるジッドの「純粋小説」，ルナールの「詩的小説」の問題と連結しているのではないか。20 世紀初頭の小説の危機を論じたミシェル・レモンは，ルナールなどの「詩的小説」に一章をあてている。以下の文献参照。Michel Raimond, *La crise du roman. Des lendemains du Naturalisme aux années vingt*, José Corti, 1966, 539p. (p. 224 sq.). 柏木隆雄「ジュール・ルナールと日本」(「流域」第 41 号，平成 8 年)。

(3) *The Charterhouse of Parma*, translated by C. K. Scott Monclieff, Edition Chatto & Windus, 1926, 2 vol.

(4) 「女性」1928 年 1 月，2 月号。

(5) 『スタンダール研究』(白水社，昭和 61 年) 所収。

(6) 『わがスタンダール』(講談社文芸文庫，平成元年) 所収。なお，戦後のスタンダールについては，西川長夫『日本の戦後小説——廃墟の光』(岩波書店，昭和 63 年。*Le roman japonais depuis 1945*, P.U.F., 1988 の日本語版) で，織田作之助，大岡昇平が論じられている。

(7) 山田珠樹『スタンダール研究』巻末の小林正作製になる (G) 邦語参考文献，(H) スタンダール著作表は，書誌として重要である。また，戦後 15 年間の文献を紹介した次の書誌も意義がある。Tadashi Kobayashi, «Stendhal au Japon. Bibliographie (1946–1961)», *Stendhal Club*, no. 17, 1962, p. 69–80.

(8) 以上，統計的数字は，拙稿 «Stendhal au Japon. Un essai d'observation statistique», *H. B.*, no. 2, 1998, p. 259, 260 による。

(9) 『スタンダール変幻』慶應義塾大学出版会，平成 14 年。

第 16 章　大岡昇平とスタンダール

（1）　菅野昭正「明瞭なること」（『わがスタンダール』講談社文芸文庫，平成元年，解説）。なお，文中で言及した文章は，『大岡昇平集』（岩波書店，昭和 57-59 年）および『昭和末』（岩波書店，平成元年）による。また，『大岡昇平全集』（中央公論社，昭和 48-50 年）も参照した。

第 17 章　三島由紀夫とスタンダール

（1）　執筆にあたって次の全集を参照した。『決定版三島由紀夫全集』編集委員：田中美代子，編集協力：佐藤秀明／井上隆史，新潮社，42 巻・補巻 1・別巻 1（以下『全集』と略称）。
（2）　鹿島茂『三島由紀夫のフランス文学講座』ちくま文庫，平成 9 年。なお，三島とスタンダールについて触れた文章としては，『三島由紀夫事典』（長谷川泉／武田勝彦編，明治書院，昭和 51 年，220 ページ）の立仙順朗「スタンダール」があり，対談「現代作家はかく考える」，評論「自己改造の試み」などを引きながら三島の小説作法，文体模索との関連を述べている。
（3）『全集』中の長篇小説に関する田中美代子の解題。『三島由紀夫論集』3 巻，松本徹／佐藤秀明／井上隆史編，勉誠出版，平成 13 年。
（4）『全集』11，121 ページ（『音楽』昭和 39 年，第 24 章）。
（5）　影響の定義については，Pierre Brunel, Claude Pichois, André-M. Rousseau, *Qu'est-ce que la littérature comparée ?*, Armand Colin, 1983, pp. 51, 64.　この項では大塚幸男『比較文学原論』（白水社，昭和 52 年）38，39，94，95 ページを参照した。
（6）『全集』28，558 ページ。
（7）　同上，567 ページ。三島は『文章読本』でも『モデスト・ミニョン』を引き，同じ趣旨のことを述べている。『全集』31，102-104 ページ。なお，三島の引用したスタンダールの文章は，生島遼一の訳文である。三島は，スタンダール『媚薬・他 6 篇』（桑原武夫／生島遼一訳，世界文学社，昭和 24 年 3 月 30 日発行）を所蔵しており，この訳書のなかにこの作品はふくまれると推察される。生島遼一は，昭和 11 年，竹村書房の『スタンダール選集・短篇小説集』で初めて訳し，昭和 17 年の岩波文庫『ヴァニナ・ヴァニニ他 4 篇』（生島遼一／桑原武夫訳）でも訳している。
（8）『全集』28，585，586 ページ。
（9）「スタンダール」桑原武夫／生島遼一訳，『ポオル・ヴァレリイ全集』第 11 巻（作家論 2），筑摩書房，昭和 25 年刊（初版，昭和 18 年）93，107 ページ参照。『定本三島由紀夫書誌』（島崎博／三島瑤子編，薔薇十字社，昭和 47 年）にはこの評論はふくまれていない。なお，この『書誌』の掲載書目は，三島由紀夫の蔵書の一部とのことである。他に，『ヴァリエテ 2』（安士正夫／寺田透訳，白水社，昭和 14 年）があるが，これも前記書誌には入っていない。
（10）『全集』39，62-81 ページ。
（11）　大岡昇平における『パルムの僧院』については，前章参照。

(12) 『全集』29，244，245ページ。

(13) 『全集』2，697ページ

(14) 『全集』29，243ページおよび『全集』2，248ページ。

(15) アラン『スタンダアル』大岡昇平訳，創元社（創元選書），昭和23年12月20日発行（初版，昭和14年），（第1の場面，第6章，103ページ，第2の場面，第1章，7ページ）。翻訳底本は，Alain, *Stendhal*, Les Editions Rieder, 1935, 106p.（Avec 40 planches hors-texte）.

(16) 『定本三島由紀夫書誌』311ページ参照。

(17) Josiane Attuel, *Le style de Stendhal. Efficacité et romanesque*, Pâtron-Nizet, 1980, 734p.（p. 500 sq.）.

(18) 『全集』29，246ページ。

(19) ヴァレリー，前掲書，115ページ。

(20) アラン，前掲書，93ページ。

(21) 同上，112ページ。

(22) 「日記」として「新潮」連載，昭和33年4月-34年9月。『裸体と衣裳——日記』新潮社，昭和34年11月。

(23) 『全集』30，96ページ。

(24) 同上，135ページ。

(25) 同上，219ページ。

(26) 『全集』7，611，613ページ。

(27) 『世界文学大系21　スタンダール1』月報，筑摩書房，昭和33年6月。

(28) Madame de Duras, *Olivier ou le secret*, texte inédit établi, présenté et commenté par Denise Virieux, José Corti, 1971, 309p.

(29) Latouche（Hyacinthe Thabaud, dit Henry de）, *Olivier*, Urbain Canal, 1826, in-12, 226p.

(30) Stendhal, *Correspondance générale*, édition de Victor Del Litto, III, pp. 598-601.　3種の翻訳があり刊行順にあげると，(1)『スタンダアル・日記・書簡集』河盛好蔵／前川堅市訳，竹村書房，昭和17年11月20日発行，290-299ページ（「書簡」河盛好蔵訳，「19・巴里なるプロスペル・メリメに」。ただし，検閲のため，4ヶ所ほど伏字になっていて文意に欠けるところがある）。(2) スタンダール『アルマンス』新庄嘉章／平岡篤頼訳，角川文庫，昭和33年5月15日発行，265-287ページ（「『アルマンス』に関するメリメ宛ての手紙」）。初めての完訳である。(3)『スタンダール全集』桑原武夫／生島遼一編，5（『アルマンス』）『中短篇集』），人文書院，昭和43年12月20日発行，525-529ページ（付録「メリメへの手紙」鈴木昭一郎訳）。

(31) 翻訳は，『ジイド全集』第8巻，建設社，昭和9年10月20日発行。「アンシダンス」（渡辺一夫／桑原武夫訳）のなかの「『アルマンス』序文」（225-244ページ）があるが，『定本三島由紀夫書誌』には入っていない。

(32) クロード・マルタン『アンドレ・ジッド』吉井亮雄訳，九州大学出版会，平成15年6月20日発行，74ページ。

(33) 大岡昇平「『アルマンス』の問題」「批評」第63号，昭和24年9月，72-77ページ（『わがスタンダール』講談社文芸文庫，平成元年，128-139ページ）。なお大岡昇平は，既に昭和7年にジッド「『アルマンス』序文」を訳している（雑誌「小説」昭和7年10月，262-274ページ）。

(34) アルベール・ティボーデ『スタンダール伝』大岡昇平訳，青木書店，昭和17年11月30日発行，229ページ（「後記」219-229ページには昭和17年9月の日付あり）。原書は Albert Thibaudet, *Stendhal*, Hachette, 1931. なおティボーデ『フランス文学史』（辰野隆／鈴木信太郎監修）上，『アルマンス』の項で，『スタンダール伝』と同じ解釈が述べられている。『定本三島由紀夫書誌』（399ページ）によれば，三島はこの文学史を所蔵していた。

(35) 『全集』1，673ページ。

(36) 『定本三島由紀夫書誌』382ページ。

(37) この「奇妙な」はスタンダールがこの小説のなかで頻繁に使う «singulier»（サンギュリエ）なる形容詞の訳であろう。第1章参照。なお，三島は「奇妙な」の観念に興味を示し，ドイツ語の同意語を並べたメモを書いている。『全集』1，676ページ。

(38) 『全集』1，337ページ。

(39) スタンダール『恋愛論』前川堅市訳，上・下，新人社，昭和23年3月10日発行（ここでは昭和23年5月15日発行の再版参照，上巻，177ページ）。この本は，『定本三島由紀夫書誌』に記載あり（382ページ）。

(40) ジッド，前掲書，「『アルマンス』序文」235ページ（註(31)参照）。

(41) スタンダール『恋愛論』上巻，309ページ。

(42) 『全集』1，673ページ。なお，三島は昭和23年11月2日には既に，『仮面の告白』という題名を考えているが（同上，672ページ），前川の「あとがき」は，それ以前の昭和23年3月10日に刊行されている。

(43) ツヴァイク『知性と感性』河出書房，昭和23年9月5日発行。なお，『仮面の告白』の題名については，仏文訳 Yasunari Kawabata/Yukio Mishima, *Correspondance* (1945-1970), traduit du japonais et annoté par Dominique Palmé, préface de Diane de Margerie, Albin Michel, 2000 のディアーヌ・ド・マルジュリーによる序文で，オスカー・ワイルドの評論「インテンションズ」からの影響が指摘されている。ワイルドのこの評論は，三島蔵書の『オスカー・ワイルド全集』評論集（天佑社，大正9年）に収録されている。

(44) 『全集』2，271，295，296ページ。

(45) 『全集』3，71ページ。

(46) このメリメ宛て書簡については，註(30)参照。

(47) 『全集』13，832ページ。

(48) 『世界文学大系21　スタンダール1』筑摩書房，昭和33年6月10日発行，331，332ページ（スタンダール『アルマンス』小林正／冨永明夫訳）。三島が「『スタンダール』について」を書いたのはこの巻の月報のためであった。三島はこの巻を所蔵していた（『定本三島由紀夫書誌』396ページ）。

(49) 『全集』32，131-133ページ（『日本文学全集64　大岡昇平集』月報，新潮社，昭和37年10月）。

(50) クロード・ロワ『スタンダール』生島遼一訳，人文書院（永遠の作家叢書），昭和32年6月10日発行，84ページ。『定本三島由紀夫書誌』465ページに記載あり。三島引用文は，生島遼一の訳文である。ただし，旧仮名遣いに改変してある。

(51) 『三島由紀夫事典』433，434ページ（「優雅」坊城俊民執筆）。

(52) Stendhal, *Armance*, avec une introduction et des notes par Georges Blin, La Revue

Fontaine, 1946 (introduction, p. XIX). 原文 «drame du scrupule et du malentendu».

(53) 村松剛『三島由紀夫の世界』新潮文庫，平成8年11月1日発行，521ページ。

(54) 註(7)参照。

(55) *Grand dictionnaire universel du XIXe siècle*, par Pierre Larousse, III (colonne : carbonaro).

(56) 生島遼一訳では「その中の二人」となっているが，翻訳底本によれば「その中のひとり」である。原文 «l'un d'eux», *Vanina Vanini*, dans *Chroniques italiennes*, II, Le Divan, 1929, p. 106.

(57) V. Del Litto, «Un texte capital pour la connaissance de Stendhal : *Les Privilèges*», *Stendhal Club*, no,13, 15 octobre 1961, pp. 3–20.

(58) 註(50)参照。

(59) 澁澤龍彦『三島由紀夫おぼえがき』中公文庫，平成14年発行，92–103ページ（「輪廻と転生のロマン『春の雪』および『奔馬』について」）。

(60) 『全集』13，711ページ（『奔馬』第31章）。

(61) 『ヴァニナ・ヴァニニ他4篇』岩波文庫，昭和38年10月16日発行，21，22ページ。

(62) 佐藤信夫『レトリック感覚』講談社，昭和53年9月20日発行，85–93ページ（「隠喩と直喩」）。

(63) 森田鉄郎『イタリア民族革命――リソルジメントの世紀』近藤出版社，昭和51年，58ページ。なお，カルボナリおよびイタリア情勢については，他に，*L'Italie au temps de Stendhal*, Hachette (Collection Ages d'Or et Réalités), 1966；G・プロカッチ『イタリア人民の歴史』I・II，豊下楢彦訳，未来社，昭和59年発行；セルジュ・ユタン『秘密結社』（改訂新版）小関藤一郎訳，白水社（クセジュ文庫），昭和62年発行などを参照した。また，三島の所蔵していた『世界の歴史』（中央公論社）の「ブルジョワの世紀」の巻にも，カルボナリの記述がある。

(64) Marguerite Yourcenar, *Mishima ou La vision du vide*, Gallimard, 1980. 翻訳としては，マルグリット・ユルスナール『三島あるいは空虚のヴィジョン』澁澤龍彦訳，河出書房新社，昭和57年5月15日発行，74，75ページ。

(65) マルセル・プルースト『失われた時を求めて』『囚われの女』伊吹武彦訳，新潮社，昭和49年5月30日発行，326ページ。三島は，この大作の同じ翻訳を，昭和28年から昭和30年に刊行された版で所蔵していた。なお，プルーストは，文学評論でも同じ指摘をしている（『プルースト評論選』I，保苅瑞穂編，ちくま文庫，平成14年，343ページ）。

(66) Gilbert Durand, *Le décor mythique de «La Chartreuse de Parme» Contribution à l'esthétique du romanesque*, José Corti, 1961, p. 159 sq. ; Victor Brombert, *La prison romantique. Essai sur l'imaginaire*, José Corti, 1975, p. 78 sq.

(67) 『三島由紀夫全集』（旧版）補巻，723ページ（「三島由紀夫氏への質問」「文芸」）。なお，奥野健男は，「はじめの構想の方が，はるかにこの四部作の大団円にふさわしい。」（『三島由紀夫伝説』新潮社，平成5年発行，437ページ）と述べている。

(68) 『全集』13，829ページ（「毎日新聞」夕刊，昭和44年2月26日）。

(69) E・ミュア『小説の構造』佐伯彰一訳，ダヴィッド社，昭和29年6月1日発行。

(70) 西川長夫『日本の戦後小説――廃墟の光』岩波書店，昭和63年8月30日発行，371ページ（第3章2「三島由紀夫」）。

(71)　秋山駿「三島由紀夫とヴァレリー」(『三島由紀夫論集 3　世界の中の三島由紀夫』松本徹／佐藤秀明／井上隆史編，勉誠出版，平成 13 年 3 月 30 日発行，1-8 ページ)。

初出一覧

＊本書に収録するにあたって大幅に加筆増補した章もある。

第 1 章　近代ロマネスクと「特異性」――『アルマンス』を中心に
「スタンダールの小説における「特異性」の問題」『アカデミア』文学・語学編，第 71 号，南山大学，2002 年 1 月。

第 2 章　スタンダールにおける近代ロマネスクの形成――『アルマンス』から『赤と黒』へ
『アカデミア』文学・語学編，第 59 号，南山大学，1995 年 9 月。

第 3 章　叙事詩的冒険から近代ロマネスクへ――『パルムの僧院』における二つの旅
「『パルムの僧院』における二つの旅――叙事詩的冒険から近代のロマネスクへ」『アカデミア』文学・語学編，第 52 号，南山大学，1992 年 1 月。

第 4 章　未完のロマネスク――『ラミエル』の生成に見る晩年の創造
「『ラミエル』研究――スタンダール最晩年における小説創造の諸問題」『アカデミア』文学・語学編，第 54 号，南山大学，1993 年 1 月。

第 5 章　新聞を読むスタンダール（一）――『英国通信』から『アルマンス』『赤と黒』へ
「王政復古期のスタンダール――ジャーナリズムから小説へ」『アカデミア』文学・語学編，第 67 号，南山大学，1999 年 9 月。

第 6 章　新聞を読むスタンダール（二）――「ガゼット・デ・トリビュノー」紙の場合
「スタンダールと「ガゼット・デ・トリビュノー」紙」『アカデミア』文学・語学編，第 68 号，南山大学，2000 年 3 月。

第 7 章　『赤と黒』と「密書」事件――1829，30 年の新聞情報と作品創造
「『赤と黒』「密書」事件の研究――1830 年の「密書」とは何か」桑原武夫／鈴木昭一郎編『スタンダール研究』白水社，1986 年。
グルノーブル大学提出博士論文（1967 年）第 5 章。

第 8 章　『リュシアン・ルーヴェン』と軍隊――1834 年の新聞情報と作品創造
「『リュシアン・ルーヴェン』と軍隊――1834 年 3 月の新聞報道と作品着想の背景」『アカデミア』文学・語学編，第 73 号，南山大学，2003 年 1 月。

第 9 章　『パルムの僧院』のフランス語材源――1838 年の新聞情報と作品創造
「『パルムの僧院』とフランス語材源――1838 年の創作日程から」『アカデミア』文学・語学編，第 60 号，南山大学，1996 年 3 月。

第 10 章　『パルムの僧院』と牢獄――アンドリアーヌ『回想録』を読むスタンダール（一）
「『パルムの僧院』と牢獄――作品の材源と作家の想像力」『アカデミア』文学・語学編，第 56 号，南山大学，1994 年 1 月。

第 11 章　マチルドとメッテルニヒ――アンドリアーヌ『回想録』を読むスタンダール（二）
「アンドリアーヌ『回想録』とスタンダール――マチルドとメッテルニヒの人物像をめぐって」『アカデミア』文学・語学編，第 61 号，南山大学，1996 年 9 月。

第 12 章　『ラミエル』の同時代材源――1839 年 4 月の新聞情報と作品創造
«*Lamiel*, roman mis en projet en avril 1839», dans *Modernité du roman stendhalien. Aux sources d'une œuvre singuière*, Paris, S.E.D.E.S., 2001.

第 13 章　明治文学におけるスタンダール
「明治文学におけるスタンダール像」『アカデミア』文学・語学編，第 30 号，南山大学，1981 年 2 月。

第 14 章　大正文学におけるスタンダール
「大正文学におけるスタンダール像」『アカデミア』文学・語学編，第 33 号，南山大学，1982 年 9 月。
「明治・大正・昭和のスタンダール像」『スタンダール変幻——作品と時代を読む』日本スタンダール研究会編，慶應義塾大学出版会，2002 年。

第 15 章　谷崎潤一郎と昭和のスタンダール
『ちくま』1984 年 3 月号。
「明治・大正・昭和のスタンダール像」『スタンダール変幻——作品と時代を読む』日本スタンダール研究会編，慶應義塾大学出版会，2002 年。

第 16 章　大岡昇平とスタンダール——『パルムの僧院』の衝撃
「『パルムの僧院』の衝撃」『文学』（特集　大岡昇平——葛藤と表象）第 1 巻第 2 号，岩波書店，1990 年。

第 17 章　三島由紀夫とスタンダール
『アカデミア』文学・語学編，第 77 号，南山大学，2005 年 1 月。

フランス語による著書・論文との関連（著書・論文の後に，本書において関連する章を示した）

著書　*Modernité du roman standhalien. Aux sources d'une œuvre singulière*, Paris, S.E.D.E.S., 2001, 185p. (Publications académiques de l'Université Nanzan)（特に第 7 章が本書第 4 章，第 12 章に関連）

論文（刊行順）

—— «La *Note secrète* du *Rouge*» I et II, *Stendhal Club*, no. 40, 15 juillet 1968, pp. 331-340 : no. 41, 15 octobre 1968, pp. 27-42.（第 7 章）

—— «La *Note secrète* du *Rouge et le Noir*—origine de l'affaire en 1830», *Etudes de Langue et Littérature Françaises*, no. 14, mars 1969, 日本フランス語フランス文学会, pp. 78-122.（第 7 章）

—— «Le thème de l'adultère dans l'œuvre romanesque stendhalienne des années 1829-1830», *Stendhal Club*, no. 68, 15 juillet 1975, pp. 338-347.（第 2 章）

—— «Idée de la singularité dans *Armance* de Stendhal», *Etudes de Langue et Littérature Françaises*, no. 28, mars 1976, 日本フランス語フランス文学会, pp. 28-45.（第 1 章）

—— «Armance, Mina de Vanghel, Mathilde de la Mole—Le thème de la singularité chez les héroïnes stendhaliennes», *Stendhal Club*, no. 74, 15 janvier 1977, pp. 123-132.（第 1 章）

—— «Le thème de l'étonnement dans *Le Rouge et le Noir*—Une remarque sur la description de Stendhal», *Academia*, no. 116, 南山大学, février 1977, pp. 135-148.（第 2 章）

—— «Les *Mémoires* d'Andryane et la création de *La Chartreuse de Parme*», *Stendhal Club*, no. 127, 15 avril 1990, pp. 238-246.（第 10 章）

—— «Note sur la structure de *La Chartreuse de Parme*. Les deux Voyages de Fabrice», *Stendhal Club*, no. 136, 15 juillet 1992, pp. 318-322.（第 3 章）

—— «La création de *La Chartreuse de Parme* et quelques "sources" françaises—D'après

la chronologie stendhalienne en 1838», *H.B. Revue internationale d'études stendhaliennes*, no. 1, 1997, pp. 22-35. （第 9 章）

—— «Du premier éloge de *La Chartreuse de Parme* au Japon", *H.B. Revue internationale d'études stendhaliennes*, no. 2, 1999, pp. 203-208. （第 15 章）

—— «Stendhal et la *Gazette des Tribunaux*», *H.B. Revue internationale d'études stendhaliennes*, no. 3, 2000, pp. 139-149. （第 6 章）

—— «Idée de la singularité dans les romans de Stendhal», *H.B. Revue internationale d'études stendhalienne*, no. 7-8, 2003/2004, pp. 41-55. （第 1 章）

—— «Stendhal et Mishima. *Armance et Vanina Vanini*, deux œuvres à l'origine de l'inspiration créatrice», *H.B. Revue internationale d'études stendhalienne*, no. 7-8, 2003/2004, pp. 177-196. （第 17 章）